ルー＝ガルー

忌避すべき狼

京極夏彦

KODANSHA NOVELS
講談社ノベルス

カバー・目次・扉・巻末デザイン　坂野公一(welle design)
カバーイラスト　redjuice
ブックデザイン　熊谷博人＋釜津典之

loup-garou（複～s-～s）［lugaru］男 ルー・ガルー，
化物（夜間狼に化けてさまよい悪事を働く伝説上の怪物）．

———クラウン仏和辞典（三省堂）より

characters

少女達
牧野葉月《まきのはづき》
神埜歩未《こうのあゆみ》
都築美緒《つづきみお》
矢部祐子《やべゆうこ》
作倉雛子《さくらひなこ》
麗猫《レイミャオ》

カウンセラー
不破静枝《ふわしずえ》

警察関係者
石田理一郎《いしだりいちろう》
橡兜次《くぬぎとうじ》
高杉章治《たかすぎしょうじ》

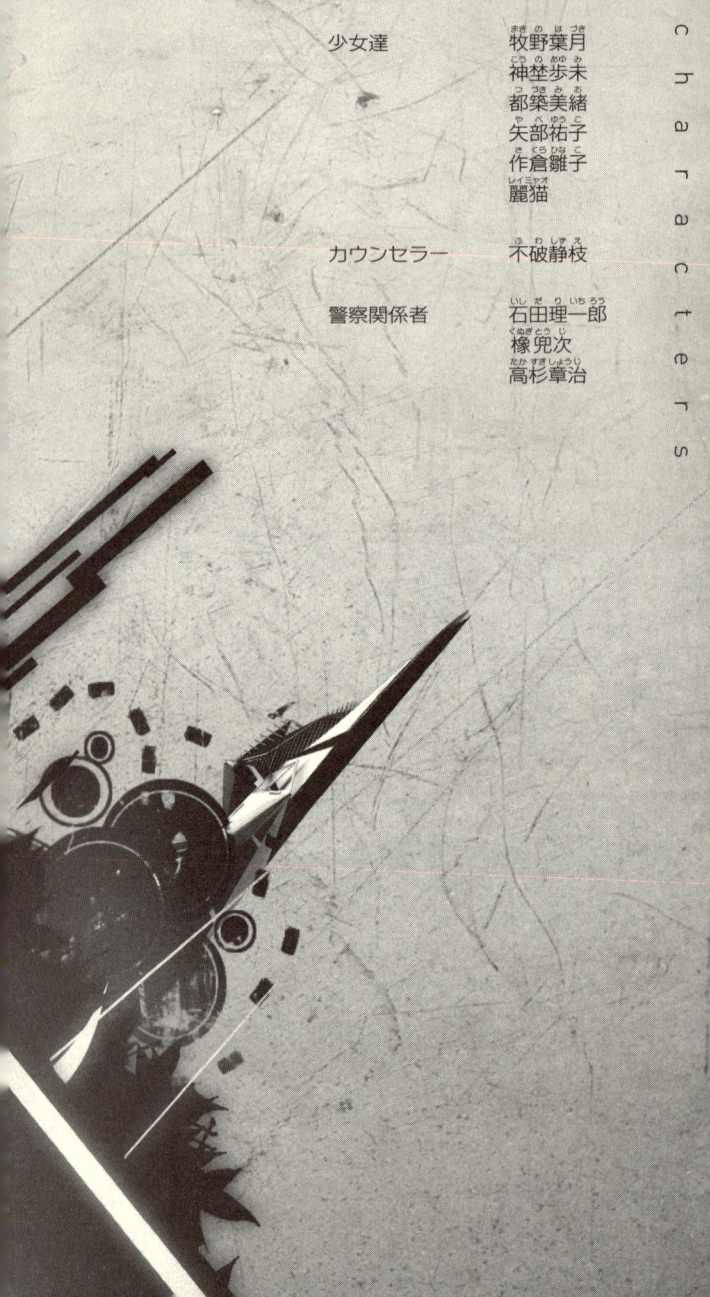

ルー＝ガルー
LOUPS=GAROUS
忌避すべき狼

Loups=garous

001

昔、狼というけだものがいたそうだ。

画面で観《み》てみると、犬とどこが違うのか、というようなものだ。

牧野葉月《まきのはづき》は神埜歩未《こうのあゆみ》の背中を見ながらそんなことを考えている。どうしてそんなことを思いついたのかは葉月にも解《わか》らない。

意味はないのだ。

その証拠に、ついさっきまで葉月は登校服の生地《きじ》は厚くて動きにくい、というようなことを考えていたのだから。


ヴェリーショートの髪。

黒い髪と白いカラーに挟まれた、シャツより白い歩未の項《うなじ》。

登校日にはいつも見る。

見慣れた景色《え》である。

髪伸ばさないのと葉月は話しかける。ねえ、ともう一度声をかけると歩未は振り返る。

長い睫《まつげ》に縁《ふち》どられた、仔鹿のような瞳だ。

「けものの匂いがする」

膝《ひざ》を抱えた歩未は葉月の無為《むい》な問には答えず、もう一度前を向き直してからそう言った。

「けもの？」

「何かやだ」

歩未は膝の上で組んだ腕に顔を埋めるようにしてそう答えた。葉月は座ったまま前に出る。

「何それ？　けものの匂いなんて嗅いだことない」

「僕もないよ」

そっけなく歩未は答える。

じゃあ何で判《わか》るのと問うと、歩未は右腕をすっと出した。

白くて細くて靭《しなやか》な腕。

よく解らないけど女の子の腕だと葉月は思う。

そして葉月は鼻を近づける。

「別に匂いしないよ。身体洗剤《ボディソープ》の匂い」

「そう」

歩未は腕を戻して再び膝を抱えた。

遠くを見ている。葉月は更に前に出て、歩未の横に並んだ。端正な――という月並みな表現が似合う凛《りん》とした横顔である。

「何がけものなの」

「よく解んないよ。そう思っただけ」

歩未は眼を伏せる。

葉月は逆に、歩未がそれまで見ていた方向に視線を投じる。

覇気のない燻《くす》んだ街並み。その先に――動画スティックみたいな何本かのビル。

――つまらない。

動きもしない。

歩未は何を見ていたのか、たぶんただ遠くを見ていたのだろう。対象物を見るのではなく、ここからそこまでの距離をこそ見ていたのだ。モニタに距離はないから。

暫《しばら》く黙って空気だの風だの、見えもしないものを見た。

葉月と歩未はコミュニケーション研修が終わった後、必ずこの場所に座って無為に景色を眺める。カリキュラム終了後はすぐに帰宅するように指導されてはいるのだが、真っ直ぐ帰る者は殆《ほとん》どいない。普段から出歩いている連中はそのままどこへでも行くようだし、滅多に自宅から出ない者達にとっても週に一度の登校日は屋外に出られる――或《あるい》は引っ張り出される日になる訳だから、これは仕様がないと思う。指導員達もある程度は見逃しているような節《ふし》がある。

そもそもコミュニケーション研修というのは、社会性を養うという目的の下《もと》に行われているものなのだそうだから、少し街をふらつくくらいはいいだろう——という見方もあるようだ。

でも。

ふらつく程度のことしかできないのだけれど。

街には何もない。

リアルショップに陳列されている商品はやたら高級だったりマニアックだったりするだけだから、興味もないし、とても子供に買える値段ではない。飲食店は監視が厳しいからつまらないし、長居をするだけ料金もかかる。アミューズメントに行く者も少しはいるようだが、モニタが大きいというだけでメニューは自室のそれと変わりがない訳だし、遊んでいるのは大半が大人だから子供は遊びにくい。だから大方の者は公園でスポーツ競技の真似事をしたり、あちこちで屯《たむろ》してだらだらと会話を交わすだけなのである。

他愛《たわい》もないものなのだ。

もっと不道徳なことをしようと思えば夜まで待たねばならないし、ならばわざわざ登校日を選んでですることもないのだ。

コミュニケーションの授業はエリアによっては結構長引くところもある。でも葉月達のエリアは無保護者児童や特殊環境家庭の占める率が多いわりに授業が淡泊で、すぐに終了する。区域内の治安もいいしコミュニティ内の秩序維持がスムーズに行われているから——だそうである。そういう訳で講習自体は十五時には終わってしまう。時間はいやという程ある。

でも——葉月はただ屯《たむろ》してだらだらと会話するのにも飽きてしまった。話題がない。端末に向かっている訳でもないのに勉強のことを話題にするのも馬鹿馬鹿しい。情報交換なら自宅にいてもできるわけだから、子供同士が顔を突き合わせてまで話すことなどないのである。

ただ——。

折角《せっかく》外に出たのだし、寄り道でもしないとわざわざ家を出て来た甲斐《かい》がない——ようにも思う。

無為なら無為で徹底的に無為な方がいい——とも思う。

だからこうして、膝を抱えて景色を眺めるようなことをする。

最初、ここには歩未がひとりで座っていた。

下校途中に偶然その姿を見かけて、葉月は少し不思議に思ったものである。

歩未は五年前に転入して来た娘である。

同じ受講クラスだから葉月も名前くらいは知っていたのだが、それまで存在を意識したことは一度もなかった。

葉月はその時どうにも気になって、登録データを検索してみたのだった。同じクラスなのだから年齢《とし》は一緒なのだろうが、学習レヴェルには個人差がある。歩未は葉月と同じレヴェルだった。


その翌週、葉月は何となく歩未の横に座った。

何を話すでもなかったが、ただ座った。

暖かくなってからはずっとそうしている。

葉月は歩未の真似をしている訳でもないし、歩未と親しくなりたかった訳でもない。この場所は無為に過ごすにはいい場所なのだ。

他に意味はない。

邪魔だとも言われないから一緒にいるというだけのことである。

歩未は、また自分の腕に鼻先をつけて、それから右の掌《てのひら》を開いてそこに見入って、それからぐっと拳《こぶし》を握った。

「何の匂いよ」

「解んない。人の——匂い」

「けものって言ったじゃない」

「じゃあ言い直す。生き物」

「自分の匂いじゃん」

「そうだけど」

綺麗《きれい》な娘だと思う。

髪も短いし装いも地味なのだけれど、髪の毛を伸ばしてちゃらちゃらと飾っている自分よりもずっと女の子らしいと葉月は思う。自分はどうして潔《いさぎよ》く髪を切れないのだろうと、そんなことも思う。葉月が言葉を継ごうとするより一瞬早く、す、と歩未は立ち上がった。そしてくるりと躰《からだ》を返す。葉月も振り向く。

階段の手摺《てすり》の所に都築美緒《つづきみお》が立っていた。

「叱《しか》られるぞ」

美緒はそう言った。

「今日は早く帰れと言われたろ」

「そっちこそ」

歩未がそう言うと美緒は少し笑って、手摺を乗り越えて葉月の横に立ち、

「暇なんだ」

と言った。

猫科の小動物のような眼。小作りな顔。


都築美緒も葉月達と同じクラスの娘だ。

ただ、齢《とし》は同じだが学習レヴェルは遥《はる》かに上である。いや——上とか下とかいう前に比較の対象にならないと言った方が良い。

公開データに拠《よ》れば、美緒は九歳で義務的学習カリキュラムを終え、高等課程を僅《わず》か二年でクリアして、即座に大学課程に進んでいる。現在は海外の大学院博士課程のカリキュラムを習得中なのだと聞いている。

未成年学習要領の基本ラインに沿うなら、美緒は十年先に進んでいることになる。修得速度はエリア一なのだそうだ。昔なら天才と呼ばれていただろうと、大人達は言う。

でも、どれだけ進んでいても十四歳は十四歳である。

そういう意味では何も変わらない。

「やることがない」

美緒はそう言った。

「学習すれば」

「飽きた」

美緒は面白くなさそうに言うと、くるりと背を向けた。

「やり尽くしたってこと？」

「飽きただけ」

葉月は美緒の背中と歩未の顔を見比べた。

意外――に思ったからである。

美緒は取っ付きにくい娘である。葉月はこの居住区に転入して来て十年になるが、今日まで十年の間、一度も会話らしい会話を交わしたことがなかった。私生活に就《つ》いては一切知らないし、共通項らしきものも見当たらない。当然尋《き》くこともないし、話すこともない。

尤《もっと》もそれは都築美緒に限ったことではない。現状、葉月達は日常的な生活空間を共有できる環境にはいない訳だし、だからクラスのメンバーは互いのプライヴェート情報をほとんど持っていない。

閲覧《えつらん》できる個人情報も、法的に公開を義務付けられている公的データを除けば、恣意的《しいてき》に公表されている個人情報など、真実かどうか判ったものではない。

勿論《もちろん》、そんなことは誰もが承知していることである。そうした状況下で週に一度何時間か顔を合わせるだけなのだから会話など五分と保《も》つものではないのだ。

モニタの前には五時間でも平気で座っていられるというのに、妙なものだと葉月は思う。

本来、週に一度の登校日というのは、生身の人間同士の正常な関係を図ることが困難な児童が増えているため――あるいは今後増えるだろうという予測の下に設けられている訳で、ならば効果はほとんどないということになる。

積極的にコミュニケーションが取れる者には最初からそんなカリキュラムなど必要ないし、取れない者は何をしたって無駄なのである。

都築美緒は何をしたって無駄な口――だと葉月は思っていた。

一方、歩未は殆ど目立たない存在である。美緒のように特記すべき公開データもない。解らないというなら歩未の方が一枚上手《うわて》といえるだろう。その二人が自然に会話しているという事態が、葉月には上手《うま》く呑《の》み込めなかったのである。

美緒は鞄《かばん》を下に落とすと、しゃがんでから向きを変えた。大きな眼。刺すような視線。葉月は観られるのが得意ではない。自分がモニタになったような気持ちになるからだ。たとえ何を入力されても、葉月は気の利《き》いた回答など提示できない。美緒は葉月を見て、まずこう言った。

「牧野――だっけ」

「牧野だよ」

「県議の娘」

「養女」

「娘じゃない」

「月に一度も会わないから」

「あたしだって親とは年に一度も会わないよ」

「ふうん」

会話が続かない。

「いつも居残りじゃなかったの――」

頭の上から歩未の声がした。

「毎回指導員に物理学レクチャーしてるんだろ」

「指導員に？　本当？」

葉月が眼を瞠《みは》ると、美緒はもう一度微《かす》かに笑った。否定しないということは事実ということなのだろう。あり得る話である。葉月はまったく気がついていなかったけれど、歩未までが知っているということは周知の事実だったのかもしれない。

美緒は歩未を上目遣いで見て、

「あたしがレクチャーしてるのは指導員じゃなくてカウンセラーの不破《ふわ》。レクチャーの内容も物理じゃなくて統計学」

と言った。

歩未はそれには答えずにただ美緒を見下ろした。

美緒はこう続けた。

「今日は帰れってさ。教官も早く真っ直ぐ帰れって言ってただろ」

「いつものことじゃないか」

「今日は特別なんだ。危ないんだって」

「危ない？」

「人殺しが出るから帰れってこと」

「人殺しって——あの？」

そう。人が——殺されている。被害者の数は既に四人を超えているという話だ。しかもそのすべてが十四五歳の女児だというのである。オンエアの公報チャンネルは、どこと接続しても必ず一時間に一度はその話題を取り上げる。ショーチャンネルに至っては、そればかり流している。オンラインの方も大差はなく、怪文書やら怪情報が横行しているようである。葉月は覗《のぞ》いたことがないが、会議室も幾つもできているという。でも——。

「珍しいことじゃないじゃない」

連続殺人事件など毎年毎年至る所で起きているのだし、その殆どが未解決なのである。去年の夏だって六人は殺されているし、その犯人も検挙されていない。だから今だって何人もの殺人鬼が、きっと何喰わぬ顔で普通に生活しているのだ。今更騒ぎ立てることもない。今回に関していうなら、被害者が未成年ばかりだから話題になっているというだけのことである。

だって近いじゃないと美緒は言う。

「近くたって隣でしょう？」

葉月はそう言った。所詮《しょせん》は他人《ひと》ごと——である。事件が起きているのは、総《すべ》て他のエリアなのである。隣接しているとはいうものの、葉月達の居住するエリアでは一件も起きていない。この街は——治安だけはいいのだ。

隣じゃないのさと意味ありげに言って、美緒は後ろに手を突き、空を見上げた。

「他人ごとじゃなくなったんだ。自治委員もエリア警備も大慌《おおあわ》てだよ」

「誰か――死んだの」

葉月は思い起こす。今日――クラスの構成員は全員揃っていただろうか。騒ぎが起きていた様子は窺《うかが》えなかった。尤《もっと》も葉月が気づかなかっただけかもしれないのだが。

――そういえば。

「今日欠席いたっけ」

名前は何といったか。

「矢部《やべ》」

「ああ矢部だ――」

と――応《こた》えてから、よく知っているなと思った。

葉月は同じクラスの構成員の名前を半分も覚えていない。歩未は立ったまま、あれは違うよ――と言った。

「――死んでない」

「死んでないんだ」

変な問答だと葉月は思った。死んだのは別の子だよと美緒は言った。

「今朝屍体《したい》が見つかったんだって」

美緒の言葉に歩未が顔を向ける。逆光でよく見えない。

「中央南北ラインの陸橋の下だって。あそこ、ぎりぎりこの居住区の端っこだから」

「でもそんな話は――」

観ていない。聞いてもいない。

「まだ情報公開されてないから。エリア警備と県警察と警察庁で揉《も》めてるとこ」

「揉めてるって――」

「だからさ、連続した事件なのか個別の犯罪なのかで担当省庁やら責任部署が変わるの。エリアも県も跨《また》がっちゃうと広域指定になるでしょ。機構が変わろうと体制が変わろうと、この国は歴史的にそういう体質なのさ。当然初動捜査は失敗するから当分ごたごたするって」

美緒は大人のような口を利く。

「何でそんなこと知ってんの」

「ちょっと覗いたの。割り込み」

「今時ハッキング？　よくやるね。捕まるよ」

捕まんないよう——と言って、美緒は上を向いたまま諧《おどけ》た。

葉月の抱いていたイメージとは大分違う。

どうも戸惑いがある。

葉月はちらりと歩未を見た。

顔が——見えない。

「手口は似てるんだってさ。首とか顔とか切られてるみたい」

美緒は上を向いたまま続ける。

慥《たし》か——暴行した後、鋭利な刃物で滅多切りにする——というのが今起きている連続殺人事件の特徴なのだ。

同一犯人ということか。

「ただね——」

被害者男なんだってさ——と言って美緒は仰向けに寝ころんだ。葉月も上を見る。

空にはフレームがなくて落ち着かない。すぐに目を逸《そ》らす。

「男って——このエリアの子なの？」

「そうみたい。水曜日のクラスの子。だから——十六か」

「十六の——男？」

「そう。だから先月の交流授業で会ってるはずだよね。どうでもいいけど。データ観ても何にも覚えてなかったから——名前も観たけど忘れた。近くの子でしょ」

「そう——かもしれないけど、それって」

葉月は再び歩未を見る。眩《まぶ》しくて空なんか見ていられない。

「で——」

歩未が口を開く。

「——それで、何でここにいるの」

「だから暇なんだって。だいたい自宅《うち》帰ったたって一人なんだから余計危ないじゃない。全部帰宅途中でやられてるんだし。帰れっていうんならせめて送れよとか思うよね」

美緒は寝転んだまま表情ひとつ変えずに答えた。

本当に——思ったよりよく喋《しゃべ》る。

「送ってくれないんだ——大切な天才を」

「会議があるんだって」

「会議って——」

「顔合わせて話す方。大人は直接会って話すのが好きなんだ。無駄だね——」

顔合わせたって話し合ったって人殺しは見つからないだろうに——と投げ遣《や》りに言って、美緒は躰を起こした。背中にも髪の毛にも枯れ草が沢山《たくさん》ついていた。美緒は肩口の枯れ草を見咎《みとが》めて手で払い、それから無造作にショートボブの髪の毛をくしゃくしゃに掻き回した。枯れ草は払われるどころかいっそうそちこちにくっついた。

「何か馬鹿らしい」

「荒れてんじゃん」

「荒れてないよ。いつもこうだし」

「普段は咬《か》んで来ないじゃん」

美緒は襟《えり》ぐりに人差し指を差し入れて緩《ゆる》めるようにしてから、神埜普段のこと知ってるみたいじゃんと言った。

「知らないけどさ」

歩未は上げていた顔を斜め下に向けて、

「人と——話すの好きなんだ都築」

と、意外そうに言った。面白いぜと美緒は笑う。

「何が」

「だってさ——見切れないから」

反応が予測できない——という意味だろうか。

歩未は美緒の足許《あしもと》あたりを無表情に見据えて、抑揚なく言った。

「それ——頭悪い奴の考えることは解らないっていうこと?」

美緒は大きな眼をひと回り大きくした。

「まあ僕らは大抵《たいてい》何も考えてないもんな。予測すンのも難しいだろ。それとも――それもコミュニケーション研修の成果？」

優等生だな――と歩未は結んだ。

へ――と美緒は周波数の高い声を出す。

「意外につまんねーリアクションすんじゃん」

「生憎《あいにく》僕はコメディアンじゃないから――」

そう言ったあと、歩未はゆっくりと顔を葉月に向けた。

「――な」

視線は外れている。葉月は答えずにただ下を向いた。脛《すね》に当たる雑草が不快だ。

「だから――そうやって見物したって面白くない」

見物ゥと美緒は今度は顔をくしゃくしゃにした。

「見物なんかしてないよ」

「じろじろ観てんじゃん」

「見なきゃ話せねーよ」

「僕は観てない」

そう。歩未は――一度も美緒を見ていない。

――いや。

歩未は。葉月のことも。

歩未は突如踵《きびす》を返し、屈《かが》み込んで美緒の顔を凝眸《みつめ》た。

「何だよ」

美緒は視線を歩未の頬《ほお》の外に逃がした。

「ほら――眼を背《そむ》けるじゃないか。自分だって観られたくないんだろ」

美緒はつまらなそうな顔をした。

「やな奴」

「そう――」

自覚してるから一人でいるんだと言って、歩未は再び腰を下ろして遠くのスティックビルに眼を向けた。その仕草は、まるで会話はこれでお仕舞いだという合図のように見えた。

そうなのだ。

歩未は拒否している。

美緒は、歩未の背中を見て両方の眉《まゆ》を吊《つ》り上げた後、まあいいや——と言ってすっと立ち上がった。

葉月と同じように思ったのだろう。

「面白かったぜ」

面白かっただろうか。言葉もなくただ見上げている葉月にちらりと視線を寄越《よこ》して、美緒は手摺を越えてさっさと行ってしまった。公開データから酌《く》み取れる姿や、教室で受ける印象とは大分違う娘のようである。

歩未は——その後ろ姿を追うこともなく、最初と同じように遠くを見ていた。

「観られるのって——ヤだよね」

葉月は問うた。

「さっき都築が自分で言ってただろ。顔合わせて話したって意味ないよ」

「そうだけど」

あたしも邪魔なのかな、と葉月は小声で続ける。


慥《たし》かに観られるのは嫌だ。それなのに葉月はずっと歩未を観ていた。

ずっと。

無神経に。

「邪魔？」

語尾が上がっている。疑問形である。

「別に——何の邪魔でもないけど」

歩未はそう答えた。

「牧野喋らないじゃん」

「そう——かな」

そんなつもりもなかったのだが。考えてみれば言葉を交わすとしてもひと言ふた言で、内容も他愛のないことばかりだった。後はただ二人で遠くを眺めていただけである。いや——。

葉月の視野にはいつも確実に歩未が入っていたのだ。でも、それはやはり風景の一部に過ぎなかったのだろう。葉月はそこにあるべき景色の一部として歩未を観ていたのかもしれない。

――だから。

だから歩未は、葉月の視線を感じていなかったのだろう。

――判らないか。

判らないだろう。

一緒にいるといっても眼を合わせたことは一度もなかった。歩未の方が葉月を観ることはなかったのだ。葉月の網膜に何が映っていようと歩未の知ったことではないのだろうし。

安心出来るような安心出来ないような関係。

――それで普通か。

葉月は自分に言い聞かせるようにそう胸の裡《うち》で思って、漸《ようや》く腰を上げた。

「帰るよ」

「うん」

「帰らないの」

「え?」

歩未は意外そうな声を出した。

思い起こせば今まで一度も、葉月はこんな言葉を歩未に掛けたことがないのだ。帰りたくなれば互いに勝手に帰る。別れの挨拶《あいさつ》を交わさぬ時すら多い。

「あ――危ないんでしょう」

葉月は言い訳をする。弁解しなければならぬ理由もないのだけれど。

「――人殺しが」

「大丈夫だよ」

歩未は振り返った。そして葉月の顔を真っ直ぐに見上げた。

目が――。

「僕は平気。牧野は――」

危ないかなと歩未は言った。

「それは――どういうこと」

歩未はその問いには答えず、ただ、水の匂いがする――と言った。

「え――」

上――。

歩未の意識は上の方に向いている。葉月は何故《なぜ》かそう思った。天を仰ぐとぽつりとひと粒、冷たい刺激が頬に当たった。

「雨」

雨だ。

傘は持って来ていない。歩未の方は一向に動く気配がない。葉月は何故か逡巡《しゅんじゅん》する。今日は、何故かとても帰りにくい。濡れちゃうよと言おうとすると、平気だよ——と歩未が先に言った。

何が平気なのか葉月には判らなかった。

所在なく踵《つまさき》を返し勾配《こうばい》を少し上ると、足許に異物を感じた。爪先で探ると草の合間にディスクが一枚落ちていた。

抓《つま》み上げ、顔を上げ気味に背後に気を遣る。歩未のものではあるまい。

「これ——」

神埜の——と葉月は問うた。

違うことは判っているのだが。

再び戻ってディスクを歩未の方に向ける。

「そんな容量のでかいディスクは使わない」

言われてみればそうである。表記してある数字を見る限り、葉月の持っているあらゆるデータを全部記録したとしても十分に余裕があるような大容量のディスクだった。そう思うと、途端に抓んだ指先に重さが感じられるような気がして来るから不思議だ。どれだけ記録容量が大きかろうと、たぶん重さは同じなのに。

そんなの使うのは都築くらいだろと歩未は言った。

「——都築のか」

そうかもしれない。さっき美緒が鞄を置いた——というより落としたのはこの辺りだった。

「どうしよう」

「取りに来るんじゃない」

「でも、ここに落としたって——知らないんじゃない」

プロテクトがかかっているところを見ると中味が空とも思えない。

「大事なものなら探すんじゃないか。置いとけば」

「でも」

葉月はもう一度天を仰いだ。

冷たい水滴がふた粒、続けざまに額に当たった。フレームのない巨大モニタには一面ダークグレーの、抑揚のないテクスチュアがマッピングされている。雨が降る。

それでも——水の匂いなんかはしなかったのだけれど。

002

デスクの端《エッヂ》に目を遣った。

真向かいに座っている肌の荒れた中年の指導員の顔を見ていたら、気分が悪くなって来たからだ。

しかし、目を逸《そ》らしても声は聞こえる。

つまり。

こうしている間にもあいつはすうはあと息を吸ったり吐いたりしている訳だ。あの、動物染《じ》みた男の体内を巡り、不潔そうな鼻腔や口から排出された気体を自分も吸っているのだと思うと、どうにも遣り切れない気になる。


——会議は嫌だ。

ただ情報を交換するだけなのに不当に長い時間拘束されるという無駄。

建設的ではない。結局こうした会議から得られるものは議題の審議には不必要なものばかりである。面と向かって対話をしたところで情報量が増加する訳でも情報が整理される訳でもない。結局報告者や論者の感情やら体調やら、不快な匂いやら耳障りな声やら、そうした夾雑物《きょうざつぶつ》がデータに混じるだけで、何の成果もない。これでは論議も審議もできたものではない。

——苛々《いらいら》する。

結局一番コミュニケーション研修が必要なのは自分じゃないかと、不破静枝《しずえ》は思った。

目の遣り場はそこしかなかった。前にも横にもずらりと見たくない顔が並んでいる。それに——。

静枝はこの建物の壁も、天井も嫌いだった。いや、この部屋自体が嫌いだった。

広くて天井が高い。

開放感があるはずなのにどこか閉塞《へいそく》している。

要するに、この部屋は開放的なふりをしているだけなのだ。

モニタのフレームの中の方が余程広がりがあるように思う。

そう思ってみると無機的なデザインも嘘《うそ》っぽく映る。否《いな》、これは紛《まご》う方《かた》なき嘘なのである。所詮《しょせん》飾り気なく見せるための装い——という装飾がなされているだけなのだから。

真実の直線は観念の中にしかない。

それなのに人は直線の贋物《にせもの》を作って直線だと思って暮らしている。実は凸凹《でこぼこ》でぐにゃぐにゃなものを真っ直ぐだと思い込んでいる。そんな風に思い込むことができるなら、わざわざ真っ直ぐに見せかけて作ることなどないと思う。

エリアコミュニティセンターA棟の第三会議室である。


全国に幾つあるのか知らないが、各エリアごとにあるコミュニティセンターは全て統一規格を以《もっ》て建てられている。部材もデザインも全て一緒である。

公的な施設に華美な装飾は不必要——なのだそうである。簡素且《か》つ清潔——がコンセプトなのだそうだ。しかし下手《へた》な意匠を凝《こ》らすより簡素に見せかける造りの方がコストは高い。清潔第一といっても滅菌処理されている訳ではないから雑菌の数は然程《さほど》変わりがない。寧《むし》ろ埃《ほこり》が目立つ。静枝など消毒用のウエットペーパーを手放せない程である。

別に華美な装飾を施《ほどこ》せと思う訳ではない。無機を装うことの方がより装飾的なのだと何故《なぜ》気づかないのかと静枝は思うだけである。人は所詮モニタの中には入れない。

——こんな部屋ばかり作るから、有機的な人体が汚らしく浮いて見えるのだ。

厭だ。月例会議は先週済ませたばかりだというのに。

臨時招集がかかったのだ。

教養省が統括する総合国民育成機構と各エリアのセンター職員で構成される青少年保護育成委員会第百二十二エリア支部の臨時会議——という名目だった。

静枝は中央からこのセンターに派遣されているカウンセラーのひとりである。

カウンセラーといっても心療内科医ではない。ライセンスは取得しているが、静枝の場合はエリア内に居住する未成年者の生活環境管理とメンタルケアが主な仕事である。

通達に依《よ》れば本日早朝エリア内で殺人事件発生が確認され、支部内対処協議が行われる——ということだった。

殺人事件に対処するとはどういうことか静枝にはさっぱり解らなかったのだが、聞けばどうやら被害者はこのセンターに通う受講生のひとりであるらしかった。


実際会議の場には警察関係者やエリア警備官も同席していたし、普段は顔を見せない所長やら支部長やら、エリア担当議員まで顔を揃《そろ》えていた。ただの臨時会議ではあり得ない。

事件絡みであることは確実である。

どうであれ、むさ苦しい連中と一定時間同じ空間で過ごさなければならないのかと考えただけで静枝は心底うんざりしてしまったのだった。そのうえ、議事進行役はセンター一愚鈍《ぐどん》な——そう静枝が判断している——指導員だったのだ。

静枝の憂鬱《ゆううつ》は最高潮に達していた。指導員の前置きは無意味で、ただ長かった。

「多発する猟奇犯罪の」

必死に演説している。

——猟奇ってなによ。

死語である。

猟奇とは怪奇なもの、異常なものに執着しそれを渉猟《しょうりょう》すること——であるらしい。

——猟奇か。

そんな言葉が似合うのは百年前の探偵小説くらいだし、そんな言葉が通用した時代は更にずっと昔のことだろう。

そもそも異常と正常という大雑把《おおざっぱ》な括《くく》りでものごとを区分けすること自体、前時代的だ。

特に人の心や社会の在《あ》り様《よう》に関わるような、容易に数値化できない領域にそれを適用することは、それ自体犯罪的だと静枝は思う。

異常とは普通とは違うということだ。

または、理想的な状態よりも劣っている状態のことである。過剰であるにしろ過小であるにしろ、優れた異常というのはあり得ない。

つまり異常という言葉を使う以上、まず普通という状態を規定していなければならないし、または理想的なモデルというものを想定していなければならないのである。本会議上に於《おい》て、そうした定義は全くなされていない。

精神や社会といったものに普通の状態などない。

それは常に変化しているものだし、尚且《なおか》つ無段階の位相を持つ複雑なものである。安易に領域化してしまうことはできない。線引きができない以上逸脱の度合いなど量《はか》れようはずもない。

また、理想とは現実的な不備や欠陥を捨てて観念的に構成された最も完成された究極目標のことである。

つまり理想などというものは、某《なにがし》かのイデオロギーに左右されるものに他ならないのだ。ならば、今の時代に確固たる理想など掲げる方がどうかしている。掲げられないなら劣っているも勝っているもないだろう。

——それに。

大体多発しているという物言いも怪訝《おか》しい。

どこからが猟奇事件かという判断は斯様《かよう》に難しいのだが、要するにその手の事件は昨日今日始まったものではないのだ。

各時代ごと、その当時の漠然《ばくぜん》とした時流に沿っているかいないかで目立つ目立たないという差異はあったにしろ、そうした事件は多分何百年も前から一定の件数で発生しているのである。発生件数の数値を取って平均値を出してみたなら、きっと多い少ないの差など誤差のうちに収まってしまうのではないかと静枝は踏んでいる。

ずっと昔から——毎日毎日大勢の人が殺されているのだ。勿論《もちろん》減らすべきだし無くすべきだし取り締まるべきなのだけれども——この国は、その昔罪人の首を斬《き》って往来に晒《さら》していたような野蛮な国なのである。戦争と称して一度に何万人という人命を無駄にした国でもある。今回に関していうなら、子供ばかり狙われるとか、手口が残虐だとか、動機が解らないとか——それは慥《たし》かに困ったことではあるのだが——そもそも殺人に良いも悪いもないのだ。どんな殺人も殺人は殺人である。ならば取り立てて騒ぐこともない。普通というならこれで普通なのだ。

異常という概念自体、今はもう無効なのである。だったら異常だの猟奇だの、そんな時代後れの言葉を並べ立てても意味はない。

事態は切迫しているのだ。もっと具体的な策を講じるべきである。

静枝は机の端を角《コーナー》まで眺め切って、それから右端に座っている青少年保護育成委員の顔を見た。

神妙な顔で端末を見ている。しかも指導員の言葉に反応して頻《しき》りに頷《うなず》いている。

何も感じないのだろうか。表情から仕草まで、こういうケースの場合はそうするのが決まりだとでも思っているのだろうか。

鈍感なのだ。

本当に——。

何も感じていないのだ。まず言葉に対して鈍感なのだから始末に負えない。

こいつら——世紀末育ちの世代は特に言葉に対して鈍感なのだ。

用語を定義することは、論議に於ける大前提である。言葉は本来多義的なものなのだから、限定的にでも定義してから使用するのでなくては論を交わすことなどできない。単にデータのやり取りをする場合は、この大前提を疎《おろそ》かにするととんでもないことになる。相手の顔が見えない分慎重にならざるを得ないのだ。

　しかし発展途上の文化に半端に関わって来た連中はどうにも始末が悪い。情報管理技術も拙《つたな》くツールの普及率も低い時代を過ごした連中は、理解度の低さ故《ゆえ》に、いまだ過剰に過信するか、一切認めないか、いずれかに与《くみ》している。だからこうして顔を突き合わせないと何も解らないという愚かな主張をするか、無神経に配慮のない言葉の遣い方をする。

　いずれにしても——。

　静枝ら二十一世紀生まれの子供達は、そうして配慮に欠ける鈍感な言葉に随分と傷つけられて育ったのである。愚かしいことである。無性に肚《はら》が立つ。

　しかし——。

　静枝は息を止める。そしてふつふつと湧き出した怒りを肚の底に沈める。

　この——自分達を傷つけて育てた鈍感な世代を育てた連中は、きっともっと鈍感だったに違いないからだ。歴史的な遺物を見るような目で静枝はもう一度正面の指導員の顔を見た。

　そう思うと少しはマシな気がした。

　指導員は相変わらずの口調で何か喋っている。

「——当居住区内で遺体が発見され、しかもそれがこのエリアの居住者、しかも未成年であるということが判明した以上、たとえ本件が一連の連続未成年殺害事件でなかったとしても、これは由々《ゆゆ》しき事態であると受け止めざるを得ず——」

　——当たり前だ。

　静枝は端末の時間表示を見る。

　そんな鳩でも解るようなことを確認するためにこの会議はもう千五十秒を費やしている。

要するに。

今朝方《けさがた》発覚した殺人事件は広域指定犯罪にはならなかったのである。指定外に落ち着いた理由は、被害者の性別が男性だったから——他の被害者の性別は女性だったから——なのだそうだ。

この決定によって、捜査の指揮権は県警エリア部長に委《ゆだ》ねられることになる。特別捜査本部長には百二十二エリア担当部長が就《つ》き、以降は県警の指導の下、エリア警備が主体となって捜査に当たることになる。

それだけのことだ。文書配信されたなら三秒程で伝達できる情報である。

しかも。

——それ以前の問題だ。

事件は偶々《たまたま》このエリアの中で起きていなかったというだけなのだ。今更慌ててどうするというのだろう。これは危機管理云々《うんぬん》というレヴェルの問題ではないではないか。

既に、現状隣接する全てのエリアで事件は起きているのだ。

エリアが違うとはいうものの、境界に遮蔽壁《シールド》が張り巡らされている訳ではない。

居住区域の線引きなど概念の中にあるだけで、実際にはなにもないのだ。地続きである。

対岸の火事どころか隣家の火事だったのである。類焼して当然だろう。四方八方燃えていて、それでも自分の家ではないからと安心して寝ているような間抜けはまず助からない。救いようもないと静枝は思う。

青少年と関わる者にとっては——。

ずっと前から由々しき事態なのだ。

「そこで我々と致しましては——」

指導員の隣に座っている間延びした顔のエリア警備官が発声した。

強面《こわもて》のわりに口をあまり開けないで喋るので語尾が曖昧《あいまい》で聞き取りにくかった。

「――早急に容疑者の洗い出しにかかった訳ですが、先にお渡し致しました資料にある通り、現場は居住区からは外れており、また事件の発生時間が深夜と考えられますところから、有力な目撃証言を得ることは難しいと考えられ――」

だから――何だ。

そんなことを青少年保護育成委で発表してどうなる。

「――現在」

静枝は酷《ひど》く厭な予感を持った。

「――現在我々エリア警備としましては、当居住区内の異常者のリストを」

「待ってください」

遂《つい》に口を挟んでしまった。厄介《やっかい》なことになるのは目に見えていたが――止められなかった。

「――異常者というのはどのような定義で判別されているのでしょうか。明確な異常者の定義をお尋《き》きしたいです。それは――差別用語でしょう」

突然話の腰を折られて面喰らったのか、警備官は一度黙った後、眉間《みけん》に皺《しわ》を寄せ、差別ゥ――と頓狂《とんきょう》な声を発した。

「差別ってことはないだろう君。異常者は異常者だよ。正常ならざる者だ」

「私は基準ならびに基準値をお尋ねしています。警備官は医学的――あるいは社会統計学的な基準を以てその呼称を用いられているのでしょうか――」

――無駄だ。

「何のことだ？」

警備官は当惑の表情を浮かべて右隣の指導員に視線を送った。その視線を受けて指導員は静枝を攻撃的な視線で睨《にら》みつけた。

「不破君――」

呼びかけ方が魯鈍《ろどん》だ。

「――訳の解らんことで会議の進行を妨げるのはよしたまえ。時間の無駄だ」

無駄――なのはこの会議自体である。

「訳が解らないとはどういうことでしょうか、高沢《たかざわ》指導員。カウンセラーとして繰り返し申し上げますが、無根拠にそうした言葉を使うことは差別に当たります。そういう意思がおありでないのなら、不用意に使って戴《いただ》きたくはない言葉です」

「差別――」

解らないといった顔で警備官は左隣の男を見る。

上司だろうか。痩《や》せた男は冷ややかな視線で警備官を見た後、静枝に顔を向けて、

「県警刑事部R捜査課強行犯担当管理官の石田《いしだ》です」

と言った。

「仰《おっしゃ》る通り一部誤解を招きかねない発言ではありますね。私の方から補足させて戴きます。横田《よこた》警備官の言う異常者とは、起訴不起訴を問わず、過去に一般的な犯罪とは一線を画する刑事事件、或《あるい》は刑事未遂事件を起こした者、またはそれに関与した疑いのある者――のことです」

「一般的な犯罪と一線を画する――とは」

「大変漠然とした言い方になりますが――ストーカーなどを含む特殊な性犯罪――でしょうかな。それ以上微細に申し上げると却《かえ》って差別発言になり兼ねない」

「と――仰いますと」

「あなたの仰るように異常正常の区別は非常にデリケートな問題です。たとえどのような趣味嗜好《しこう》を持っていようと、個人の責任の範囲内でそれを行っている以上は我々が口を挟めるものではない。またそうでなくても、たとえ社会に宜《よろ》しくない影響を与えるような行為が確認できた場合でも、立件も起訴もできなかったなら、当該者を犯罪者と呼ぶことはできません。しかし、私どもは事件を速《すみ》やかに解決する、或は犯罪を未然に防ぐという観点から、そうした人物も視野に入れておく必要がある。情報は適宜《てきぎ》収集しておりますし、県警にはそうしたデータベースがある程度はある――」

「それは」

静枝が言葉を発する前に機先を制するように石田は言った。

「これをプライヴァシーの侵害といってしまえば、それはそうかもしれません。しかし別に非合法な手段を以て情報を収集している訳ではない」

「公式な個人の公開情報をデータベース化しているということですか」

「公式非公式を問わず公開の意思があると思われる情報と、第三者から発信された情報を併せて収集しています。個人管理の情報源への侵入行為はしておりません」

「当然です」

「そう。総《すべ》て警察でなくても入手可能な一般的な情報です。ただ個人では処理することが困難な程の量の情報がデータベース化されているというだけのことです。但《ただ》し、どうであれ警察が意図的にそれを開陳することは——問題でしょう」

「問題でしょうね」

「ですから私達は詳《つまび》らかには申し上げられない」

「だから漠然とした言い方しかできない——と？」

「そうです。あなたの仰る通り、世の中には様々な種類の人間がいますし、それは認めなくてはならない。ただ我々の尺度から見れば明らかに危険な人物だって少なくはない。しかし犯罪を犯していない以上は、どれ程危険でも善良な市民の範疇《はんちゅう》から零《こぼ》れるものではありません。ですからこちらの横田警備官は敢《あ》えて大雑把に、異常者という言い方をしたのだと私は考えます。その点は御了解戴きたい」

都合のいい——話である。

「つまり——正常異常の線引きは司直《しちょく》がする、ということですか」

「社会の安全を保障するという観点から我々が危険人物たり得る可能性を持つと判断した人物を本会議上で便宜上《べんぎじょう》異常者と呼称した、ということです」

もういいだろう不破君——と指導員が言った。

「変態でも異常者でも構わない。話が進まない」

「大事なことです」

「困ったお嬢さんだな」

警備官が不満げに妄言《もうげん》を漏らす。五十代だろうか。いずれ前世紀生まれには違いない。静枝がきつく睨みつけると、石田が透《す》かさず窘《たしな》めた。

「横田警備官。ただ今の発言は明確なセクシャルハラスメントです。公式の場ではあからさまに年齢差や性差を示す呼称は極力避けるように指導されていないのですか」

警備官はいっそう不服そうになって静枝を凝視《ぎょうし》した。静枝は目を逸らす。見たくもない。

「ただ今カウンセラーの方から御指摘がありました通り、エリア警備官の説明中一部不適切な発言があったようですので——後は県警の私が続けさせて戴きます」

石田が仕切り直すように言った。口跡《こうせき》がいい分少しはマシか。

「ただ今申し上げました通り、私ども県警及びエリア警備は現場周辺の捜査と同時に県警のデータベースを基に致しまして、当エリア内での——所謂《いわゆる》暴力的犯罪を起こし得る可能性を持つと思われる人物を検索し——」

回り苦吸《くど》くなっただけだ。

「——綿密に検討を加える作業を実施しております。これに関しましては、当居住区内の住民の皆様には是非とも御理解戴き、御協力戴きたいと望むところであります——」

石田は一番の席に着いているエリア担当議員に顔を向けた。

それは勿論——と議員は言った。

「ただ——正直に申し上げるなら、捜査は難航しているというのが県警刑事部としての現状認識です。実のところ我々のデータベースには大きな穴があると言わざるを得ない」

「穴——とは」

「未成年情報が著《いちじる》しく欠けているのです」

石田は一同を見渡し、最後に静枝を見た。

「我々は未成年のデータは公式なもの以外収集していないのです」

「我々が作成するデータのみということですか」

「そう。各エリア青少年保護育成委員会と各エリア住民管理部が共同作成し半期に一度更新される民部省と教養省公認のデータだけです」

「これだけ凶悪な少年犯罪が横行しているというのにかかね」

議員が言った。

実に無責任な発言である。流石《さすが》に気に障《さわ》ったのだろう、青少年保護育成委員会エリア支部長が横目で議員を睨《ね》めつけた。

「お言葉ですが議員。未成年者の起こす犯罪件数は二〇二〇年をピークにして年々減少傾向にあるのです。決して増加している訳では」

まるで自分の手柄——のような言い方である。

そんなことはない。

自分達はほとんど役に立っていないのだと、静枝は痛感している。

「減少しているにしてもなくなった訳ではないだろう。慥《たし》か私が初めて議員になった年に法改正が行われて——今では」

勿論未成年者と雖《いえど》も犯罪を犯せば逮捕も起訴もしますと石田は言った。

「ご存知の通り刑事罰も加えられる。現行法に照らす限り両者に大きな差異はありません。刑事事件に関して言えば、裁判が長引くということを除いて成年未成年の区別は一切ないと言えるでしょう。ただ、未成年者の場合、公式公開情報以外の私的公開情報は法的な証拠能力を持ち得ないと判断されます。従って収集する必要がない——というのが警察機構全体の判断なのです」

予算がないんですよと石田の横の警察関係者らしき男がぼやく。

「データ管理も大変なんだ」

　そんなこと聞いたって始まらない。静枝の虫は再び居所を悪くする。

「警察の予算に余裕がないことだけは十分に解りましたが――それが何だというのですか。一向に本題に入らないように思うのですが、これこそ時間の無駄ではありませんか」

　石田は表情を変えず、それまでと同じイントネーションで続けた。

「それでは単刀直入に申し上げます。こちらで管理されている、十歳以上の未成年者のデータを――警察に提供して戴きたい」

「そんな――」

　静枝は隣の席のカウンセラーを見た。

　動かない。

　動揺しているのか――それとも何も考えていないのか、静枝にはさっぱり判らない。

「それはどういう意味です」

「お聞きになった通りの意味です。こちらのセンターが管理されている未成年者――現在は一括して児童と呼称するのでしたか。ええと、この居住区ですと――該当する児童は三千二百人程度ですね。その非公開データを提供して戴きたい、と申し上げているのです」

　そんな――。

「そんなことはできません。各エリアのセンターが管理する児童のプライヴェート情報は非公開が原則です。年齢が十歳を超している場合はたとえそれが保護者であっても、閲覧には本人の許可が要るんですよ。幾ら警察だって――」

　原則はあくまで原則だと警備官が言った。

「状況を考えて戴きたいな。殺人事件だ」

「殺人事件は常に全国で発生しています。この居住区内でも過去全く起きていなかった訳ではありません。しかしそんな非合法な要求は聞いたことがありません」

「非合法ではありません。超法規的措置です」

「言葉を換えただけです」

まあまあ不破君——と指導員が髪の毛を搔き上げて珍妙なリアクションを取った。

搔き上げてもすぐ元の髪型に戻る。鬱陶《うっとう》しい。形状記憶植毛というのは実に不愉快な技術だと静枝は思う。そんなものを植えるなら髪など搔き上げないで欲しい。多分スキンシップが足りないのである。

「君の言い分は尤《もっと》もだが、それは私達も承知していることだ。そのためにこの会議は持たれているのだからもう少しお話をだな」

「子供達を——疑っているということですか」

最後まで喋らせてやるものか。言葉尻を失って指導員は口をパクパクとさせた。

「このセンターに通う児童の中に殺人者がいるとお考えなのですね」

「可能性の問題です」

「疑っているのですね」

石田は怯《ひる》みもせず気色《けしき》ばむこともなく、淡々と応えた。

「未成年者も成人と同等に容疑者の圏内に入っている、ということです」

「それは疑っているということでしょう」

「おい、不破君。その——だな」

疑っています——と石田はきっぱりと言った。

「——被害者は未成年です。交友関係を当たるにしても——当然未成年を射程に入れなくてはならない。勿論そこに絞り込んでいる訳ではありません。しかし絞り込むためには検討する必要がある」

交友関係——。

今や友達に年齢などない。端末を通じて交流する限り、齢《とし》も性別も関係ないのである。誰もが実際に顔を合わせられる機会を頻繁に持てるのならば、コミュニケーション研修など必要がない。

仰りたいことは解っています——と、石田は静枝の顔色を読むようにして言った。

「我々は未成年だから友達も同年代だろう、などという短絡的な発想をしている訳ではありません。警察も現状は認識している。被害者の端末も調べましたし、交信記録からの洗い出しも進行中です。被害者は二十世紀のセル画式アニメーションが好きだったようで、そうした同好の士と頻繁に情報を交換していたようです。交信相手は年齢も性別も、国籍さえもバラバラです。寧《むし》ろその手の趣味を持つのは高い年齢層が多い。しかし——」

石田はそこで自分の端末をちらりと見た。

「——こうした殺人事件の場合、被害者と加害者は必ず物理的に接触しているのです。そこは——お解りですね。今回の事件は、毒殺でもないし爆発物を使った事件でもありません。被害者に物理的危害が加えられている以上、確実にリアルコンタクトしている訳です」

そんなことは改めて言われなくても解る。

石田は一同を見回した。

「情報交換するだけではなく、実際に物理的に接触するような関係となると、これは大変に限定されて来る訳です。何しろ最近の子供は人と会わない。他人と接触する機会といえばコミュニケーション研修くらいですよ。これは学習レヴェルの上下や保護者の職業などに拘《かかわ》らず、完全に横割り——年齢別にクラス分けされる訳ですからね」

そうですね——と、石田は静枝に同意を求めた。

静枝は答えなかった。

答えたくなかったのだ。

「被害者には兄弟もいません。保護者を除けば、実際に顔を合わせているのは同じ年齢の児童か、交流授業で顔を合わせる他のクラスの児童だけということになる」

「そうとは限りません。警察から未《ま》だ被害者の身許に関する詳細なデータが呈示されていませんから明言はできませんが、子供達はそれなりに社会と関わりを持っています」

「ですから——そうしたデータを提供して戴きたいと申し上げているのです」

石田は静枝に向けて言った。

たぶん、静枝が折れればこの場は収まると踏んだのだろう。対立する二項の一項を潰すことで、警察側の超法規的要求の正当性を議論するという根本的な場面を回避しようという肚積もりなのだ。

静枝は生贄山羊《スケープゴート》である。

——味方は。

当てになるものではない。

「あなたが仰るように、あなたがたのセンターは児童一人一人のパーソナルな情報を持っている訳でしょう。そうやって情報を収集し、未成年者の生活を管理することがあなた達の仕事なのでしょう」

「未成年者の生活を管理するという言い方は適当ではありません。管理しているのはあくまで情報であって、私達は児童そのものを管理している訳ではありません」

「それこそ同じことではないのですか」

「同じではありません。例えば問題が発生したとして、それを解決するのはあくまで個人の責任です。私達は助言もしますし、児童側からの要請次第では様々な対応もしますが、一切の強制力を持たないというのがこの制度の大前提です。強制し、動物を仕込むように一方的な社会性を強要してきた過去の学校制度とは根本的に違います。社会的弱者たり得る未成年者——児童の基本的な人権を保護し、健全に育成する権利を行使する手助けをするという姿勢を徹底するために、先年教育という言葉が排除されたのはご存知でしょう」

自分の言う台詞《せりふ》ではないと静枝は思った。

こんな能書きは青少年保護育成委員会エリア支部長が言うべきことだ。

当の支部長は苦虫を噛み潰したような顔をして成り行きを見守っている。苦渋の表情ではない。放棄している。どうでもいいのかもしれない。

「ですから――」

静枝は続ける。続けるしかないだろう。

「――ですから、私達が保管している児童のデータは、総て児童個人から預かっているだけのものなんです。本人に断りもなく第三者に提供することは断じてできません。これを提供することは、センターと児童との信頼関係を揺さぶることになり兼ねません」

「信頼関係ねえ――」

警備官が鼻の頭に皺を寄せる。

「――まあ一介のエリア警備官には難しいことは解りませんが――私らから言わせれば、学校がなくなろうがどうしようが結局世の中は良くなった訳でも何でもないですよ。未成年の犯罪は慥《たし》かに減少傾向にあるんでしょうが、数字の上じゃどうか知らないが実感としちゃほとんど変わらないですよ。教育という言葉がいかんと言われてもねえ――」

警備官は同世代の出席者の顔色を窺う。

「――私らが育った時代にはまだ学校はあって、しつけだ教育だと煩瑣《うるさ》く言われてた。ま、そちらの言う通り誰も学校なんて信頼してなかったが、今だってそう大きく変わった訳じゃないように思うがね。寧《むし》ろ悪くなったんじゃないかと思うこともある。強制しないというが――しまりもないな」

「印象で発言しないでくださいませんか。抽象的な発言は議事進行になんら貢献しません」

警備官はオウ、と首を竦《すく》めた。嫌な男だ。

「とにかく――私は反対です」

「君はカウンセラーだろう。中央から派遣されているだけなんじゃないのか」

「勿論決定権はありません。所長と――支部長の見解をお尋きしたいです」

静枝が問うと二人は揃ってぐう、と妙な声を出した。

「何しろ前例がない。この場合全国青少年保護育成委員会に報告して指示を仰ぐしか」

「その必要はありません」

石田が宣言するように言った。

「必要ないとは」

「はい。実は——既に事件の起きている他のエリアからは当局の要請に従って情報の提供がなされているのです」

そんな話は聞いていないが——と所長はやにわに当惑した。

「定例連絡会でもそのような報告は一切なされていない」

「勿論——情報提供があった事実は一般には非公開です」

隠蔽《いんぺい》していということですかと静枝は問うた。

「隠蔽？　公開していないだけです」

「好ましからぬ行為だという認識があるからこそ隠蔽工作をするのでしょう」

「そうではありません」

石田は再びきっぱりと言った。


「事態は急を要するのです。ただ現状はそれに対応する法的な整備が行き届いていない。そこで、モデルケースとして超法規的措置が取れないかどうか、関係省庁及び青育委に打診し、協力要請をしたのです。当局としては一切の強制は出来ませんからね。その結果、協力する旨《むね》のお返事を戴いたのです。これは十分検討して戴いた結果なのだと判断していいます。ただ、再三申し上げる通り、これは違法ではないものの非常にデリケートな問題です。ですから社会的な混乱が起きないように、暫定的《ざんていてき》に箝口令《かんこうれい》を布《し》いたのです」

「データ提供したことを隠してくれればそれでいいと——委員会は回答したのですか」

「箝口令は警察側の判断です。この事実を公開した際に槍玉《やりだま》にあげられるのは警察よりも——寧ろデータ提供をした青育委の方でしょうからね」

親切で黙っていてやった、というような口振りである。

静枝は支部長を睨みつけた。

口をへの字に曲げている。

「前例が――あるということですな」

「そういうことです」

「中央は――それで納得していると――」

「支部長――」

静枝は立ち上がった。

「いずれ非合法な特例です。そうした既成事実の積み重ねを繰り返すことでなし崩し的に法制化しようという卑劣な遣り口が透けて見えているじゃないですか」

「卑劣かどうかは別として――」

法制化は視野に入っていますと石田は言った。

「勿論法律を作るのは私達の仕事ではありませんから、こればかりはどうにもできませんが」

静枝は机の端を見た。

茶番だ。もう異論も反論もない。

これは予《あらかじ》め決められていたことなのだろう。


ただ記録には残せないことなのだ。

だから――わざわざこんな臨時会議なんか招集したのだろう。通達はできないことなのだ。

静枝は息を止めた。

匂いを嗅ぎたくなかったからだ。

003

この匂いは何と言い表すのだろう。

　葉月はずっと、それればかり考えている。

　RGB。YMCK。色を表すことは容易《たやす》い。葉月はよく知らないけれど、古来色彩には様々な固有名詞も与えられているらしい。形状も質感も、それを指し示す語彙《ごい》は豊富に存在する。明るさや温度湿度は数値化できる。音だって周波数があるし、音色を説明することもできる。何より音声は擬音で表現できてしまう。触覚も同様に擬態語を使って表すことができる。

　視覚、触覚、聴覚は何とか伝えられる。

　味覚と嗅覚になると、途端に表現が乏《とぼ》しくなる。

　それでも味覚はまだ、甘い辛い苦い酸っぱいと、大雑把《おおざっぱ》ではあるが区分けができている。匂いにはそれすらない。構成成分を分析すれば香りも数値化できるようだが、数字では理解しにくい。それに残念ながらその数値に対応する言葉がないのだ。

　だから具体的なものを挙げて、何の匂いというよりない。

　でも薔薇《ばら》の香りと言われたところで、薔薇の匂いを嗅いだことのない者には解らないだろう。

　薬品臭とか刺激臭とかいう言い方をするが、よく考えてみると何も指し示していない。甘い匂いや酸っぱい匂いという言い方もあるけれど、そうしたものは要するに味覚と組み合わせた表現だし、腥《なまぐさ》いというのは、どちらかというと状況を表す言葉で、具体的に匂いの種類を示す言葉ではない。

　いい匂いか、悪臭か——。

臭気は大まかに快と不快に大別されるだけなのである。

だから微妙な差異や特徴を的確に言い表すことはできない。良い香りでもなく、嫌な臭いでもない。何の匂いにも似ていない。街の匂い。外の匂い。空気の匂いか。

――これが水の匂いなのかな。

水道水はこんな匂いはしない。

少なくとも室内で感じる匂いではない。

「濡れた」

歩未が言った。

「撥水素材《はっすい》って何の意味があるの」

それは葉月もよく知らない。細かい透明な水滴が霧のように立ち籠《こ》めている。

葉月がそう言うと歩未は、本物の霧はもっと白いよと言った。葉月は本物の霧を知らない。ケーブルが破損してデータがバグった時みたいに、白く翳《かす》んでしまうものなのだろうか。

空気が素通しなのに街は昏《くら》かった。

建物が古いのだ。規格も統一されていない。

景色が煤《すす》けているのは建材が黒ずんでいる所為《せい》だろう。垂直も微妙に狂っている。配信ポールの先端から各戸に延びるケーブルの撓《たわ》みが、統一感のなさを助長している。この地区は埋設ケーブル対応規格住宅街ではないのだ。つまり、二十年以上前の街並み――ということになる。

エリア内C指定地区。

俗に旧カンラク街と呼ばれる地域である。

全国の居住エリアのふたつにひとつには、このC指定地区が存在する。その名の通り本来は居住区ではなかったようだが、では何だったのかと問われても、葉月は知らない。カンラクという響きと建物の古さなどから、どことなく一段低い地区であるかのような印象を受けるのだけれど、住む人間に決して格差はないのだと、葉月は繰り返し教えられて育った。

そんなことは当然のことだ。どこに住んでいようと何の仕事をしていようと、人を蔑《さげす》む理由にはならない。なり得ない。改めて念をおすまでもないことだと思っていたから、あまりに念の入った指導に対し、却《かえ》って不自然さを感じたものである。

　しかし、過去にはそうした地域差別や身分差別のようなものが大手を振って罷《まか》り通った時代があったのだと、葉月は最近になって知った。凡《すべ》てはそうした愚かしい歴史を踏まえてのことなのだろう。しかし、そうなのだとしても過剰な言説は逆効果であるように思う。

　格差はない格差はないと反復するから、本当はあるのかと思う者も出てくる。

　事実、C指定地区には経済的に恵まれていない居住者が比較的多く生活しているらしい。加えてマップ上で見る限り、C指定地区は他国籍者混在居住地区——B指定地区に隣接している、或《あるい》は重複して存在しているケースが多いようである。

格差はなくとも差異はあるのだ。

　ナヴィゲータの色分けを見る限りそれは明確である。緑地なども含む公共施設区域はグリーン、商用区域はブルーで工業用区域はグレー。開発中の地域を除く一般居住区域——A指定地区は、基本的に白地だ。それなのに、B指定はイエローでC指定がマゼンタである。BとCが重なっている面は赤だ。これは取り分け危険地域という意味ではなく、あくまで単なる色分けなのだそうだけれども、オフィシャルなシンボルカラーとしての赤は危険を表すのだから、連想するなという方が無理だと思う。幼児のうちは単なる赤い場所でも、少し長じればそれなりに意味を見出してしまうだろう。だから——。

　そこに居住している人間を差別したりするような発想は全く持てないのだけれど、漠然と怖い区域なのだという先入観が、子供心に全く芽生えていなかったかといえば——葉月は何とも断言することができない。

黙っていればどうということはないはずなのに、と葉月は思う。

そもそも同じ指定地区内でさえ、住民同士が密接な交流を持つことなどはないのだ。コミュニケーションのほとんどはケーブルを通じてモニタ上で行われる訳だから、相手がどんな場所に住んでいようとどんな顔をしていようと、性別も年齢も国籍すらも関係ないことなのだ。

配信されるデータから酌《く》めることだけが真実である。だから真実のほとんどは嘘なのだ。

虚実の区別なんかない。

だから知る意味もない。

その証拠に研修で顔を合わせるメンバーがどこに住む何という人間なのか、正直言って葉月はよく知らないのである。親しげにしていても名前を知っているという程度である。モニタの中で知り合った相手のことは、趣味嗜好《しこう》から誕生日まで知っていたりするというのに。

そういう状況下では、本来そうした人と人との確執は起きにくいのではなかろうかと、葉月は思うのである。

浅はかな子供の考えなのかもしれないが。

葉月はもう一度景色を見渡す。見慣れない。前も後ろも見慣れない。これがモニタの中ならば、どれだけ異質な景色が見えていたって、振り向けば自分の部屋なのだけれど。

どうにも落ち着かない。道幅やら建物の高さやら、街の規格が微妙に違っているから、スケール感が狂ってしまうのだろう。景色の中に自分の居場所がない。このままどこかへ漂って消えてしまいそうな果敢《はか》なげな気持ちが湧《わ》き上がる。

ぐるりと見回して、視線は歩未で止まった。

端末のディスプレイを見ている。

「この辺のはずだけど——都築って」

言葉を最後まで続けずに歩未は首を曲げ、葉月から顔を背《そむ》けた。

C地区に住んでたんだ、という言葉を呑み込んだのだろう。

それに就《つ》いては葉月も意外に思ったのだった。都築美緒とC指定地区は似合わない気がしたのである。でも、検索して出て来たアドレスの数字は慥《たし》かにC地区を指し示していた。

でも、そう思ったということは、葉月とて若干なりともC地区に対する差別意識めいたものを持っている——ということになるのだろう。都築美緒に関しては、学習レヴェルが異常に高いことしか知らなかった訳で、つまりはそうした者はC地区には住んでいないと、漠然とでも認識していた訳である。明確に蔑視《べっし》している訳ではないにしろ、葉月が一種の先入観を持ち合わせていたことは間違いあるまい。

「あ」

歩未が小さな声を発した。

葉月は歩未が顔を向けている先に視線を投じる。

普通より狭い道路の向こう。

安っぽい建材の壁に挟まれた、更に狭い路地に。

「矢部」

そうなら、クラスの構成員である。

でも——名前と顔は必ずしも一致しない。私服だと余計に判らない。目を凝《こ》らす。顔には見覚えがある。青白い肌に、少し前に流行《はや》ったピンク色のコンタクトがよく映《は》えている。似合っているから流行遅れという印象はない。

容姿以外には何も知らない。でも容姿に見覚えがあるということは、たぶん同じクラスの娘だろう。いくら関係性が希薄でも、モニタで観ただけの人間と直接会ったことのある人間の区別くらいはできる。直接会っているならコミュニケーション研修以外に考えられない。

——そういえば。

矢部——矢部祐子《ゆうこ》だったか——は、今日欠席していた。

——何をしているのだろう。

軒下に脱力して立ち、矢部祐子はただ上を見ている。雨具をつけている様子もないし、軽装だからかなり濡れているに違いない。

「あの子濡れてる」

撥水素材というのはこんな時に役立つのだと言いかけた時、歩未は小雨が散る道に踏み出していた。

早く行こう――歩未は振り返らずにそう言った。

つまらないことを言わなくて良かったと葉月は思った。

それにしても、歩未はあの子のことが気にならないのだろうか。

――普通は気にならないか。

別に関係ないことだ。そう思い直して葉月は見慣れぬ雨の街に一歩踏み出した。その時。

――見られた。

矢部祐子に気がつかれた――そう思った。

歩未は矢部から顔を背けるようにしている。たぶん――わざと見ないようにしているのだ。

どんな事情があったって、見られるのは嫌に決まっている。葉月もそれに倣《なら》って彼女を見ていなかったのだから、どうしてそう思ったのかは解らない。でも何故《なぜ》かそう思った。歩未もそう感じたのだろうか、ふ、と動きを止めた。

待って――さあさあいう雨の音に雑《ま》じって声が聞こえた。

歩未が止まったのが先か、呼ばれたのが先か。

ゆるりと振り向くと雨に濡れたピンク色の瞳の矢部祐子が近づいてくるところだった。

「待ってよ」

祐子はもう一度そう言った。

歩未に向けて言っている。何故なら葉月はもう振り向いているのだから。

「大丈夫だったの」

祐子はそう言った。歩未は振り向かなかった。

ねえ、と祐子が重ねて問うと、僕は平気だと歩未は言った。何のことか葉月には判らない。

祐子は振り返る気がないらしい歩未のその背中を暫《しばら》く眺めて、それから漸《ようや》く葉月を視界に入れた。

「何か――起きてる？」

どこか思い詰めたような尋《き》き方である。

葉月は返答に窮する。

「何か起きてるかって――どういう意味」

「なんか――その、ちょっと変だし」

「知らない――の？」

エリア内で殺人事件が起きたことを知らないのだろうか。

一時間くらい前に情報は公開されているはずだ。

葉月はここに来る途中で確認している。祐子が家にいたのなら必ず知っているはずだ。この手の緊急公報データは、どんな作業をしていようともモニタさえ点《つ》けていれば必ず表示されるのだ。

葉月が本当に知らないのかと問うと、祐子は、端末壊れちゃったからと答えた。

「壊れた？」

何かトラブルがあったのだろうか。

それにしたってこの娘は家にいたのだろうに。メインの端末まで壊れたとでもいうのだろうか。

「殺人。このエリア内で」

「殺人？」

祐子は薄い眉《まゆ》を寄せた。

「南北線の陸橋の下で――滅多切りだって」

「じゃあ」

「じゃあ？」

「じゃああいつ、あの後――」

死んだのは男の方だよと言って、歩未が躰《からだ》を返した。

「ほら」

歩未は自分の端末のディスプレイを祐子に向けて差し出した。

携帯用端末のディスプレイは小さいから葉月からは見えなかったが、たぶん被害者の情報が映し出されているのだろう。

「川端《かわばた》リュウ。十六歳。平凡な保健衛生局員の息子だって」

歩未はそう言ってもう一度、ぐい、と端末を祐子に近付けた。ピンク色の瞳に、四角いディスプレイが映り込む。

「被害者はこいつだ」

祐子は、額に当たった細かな霧が水滴となって流れ落ちるまで凝乎《じっ》と歩未の端末を凝視《ぎょうし》していた。

それから頬を緊張させてちらちらと葉月を見て、

「こんなとこで——何してんの」

と尋いた。

尋きたいのはこちらの方だと葉月は思った。

しかし——。

先程からの祐子の口振りを聞いている限り、歩未と祐子は何らかの情報を共有しているとしか思えない。そう考えると、さっきの歩未の言葉も頷《うなず》ける。

あれは死んでない——歩未は祐子が研修を欠席した理由を知っていたのだろう。

でも。

それなら、まず尋常ではない祐子の姿を見かけても無視し、のみならず避けるようにするという歩未の態度は腑《ふ》に落ちないように思う。

葉月がそうしたことをだらだらと思考しているうちに祐子は何か不審に思ったらしく、何よ——何なの、と言った。

「まさか」

「心配しなくても矢部を見舞いに来た訳じゃないよ」

歩未はそう言った。

「都築美緒の家を探してる」

「どうして」

「雨だから」

さっ——と、雨滴が細い細いストライプに変わる。雨足が強くなって来たのだ。

「都築の家なら——そこの、クルマが停《と》まってるとこ」

「クルマ？」

「油燃やして動く昔のヤツ」

Ａ区域には乗り入れ禁止の旧式自家用車が道端に置いてある。動くのだろうか。

「入口は二階。一階はミセだから。中国の人とかしかいない」

「ミセって何？　リアルショップなの」

そうじゃないと歩未が言う。

「アルコールとかタバコとか、要するに合法的ドラッグばっかりを提供する時流に逆らった飲食店のこと。合法でもそういうのは嫌われるから、商用区域じゃ販売許可がおりないんだよ」

「お酒とか――薬関係か」

歩未は何故か少し笑って、それだけじゃないかもねと言った。

もともとここはそういう場所だしと祐子は言う。

「――昔の歓楽街だから」

葉月には意味がよく判らない。

まごまごしているうちに歩未はもうその建物に向かって歩き出している。

祐子は雨に濡れている。

葉月は――取り立ててそれ以上何の言葉も交わさずに、祐子に背を向けて歩未を追った。

路地を曲がるまで、背中はずっとピンク色の視線を感じていた。

めりめりと聞き慣れぬ音がした。振り向くと肩越しに立ち竦《すく》む祐子が見えた。その遥か背後に、剝離《はくり》したコンクリートの壁面が、ゆっくりと落下して行くところが見えた。

街が老朽化している。

否、二十世紀の建物はろくな材料を使っていないんだ。

古臭いデザインだ。窓の形もまちまちで、おまけに妙な装飾が施《ほどこ》されている。

ずっと前、あれはコーコクなんだと聞いた。

コーコクとは広告のことだろうか。

屋外に僅《わず》かなデータを晒《さら》して、しかも汚らしくわざと目立つ形で作って、いったいどれ程の広告効果があるというのか。葉月は全く理解できない。昔の人間の考えることは解らないと思う。

中は薄暗く、流行遅れのスタイルの女性が数名、椅子に座っているのが見えた。

「覗《のぞ》かない方がいいよ」

歩未はそう言ってぐるりと建物を廻り、入口らしきガラス張りのドアの横に立った。

そして旧式だな、入れるかなと言いながら入口の横に設置されているキーボードを突《つつ》いた。

「識別カード使えないし」

「カードリーダーないんだ。端末も接続できないの？　じゃあ音声識別とか？」

「慥《たし》か暗証番号とかあるんだ。後は中と直接話して開けて貰《もら》うんだ」

手間だねと言って葉月はドアの前に立つ。

くう、とドアは開いた。

「開いたよ。ロックなし」

安っぽい人造大理石をふんだんに使った建物だった。古めかしいエレヴェーターは動いていないようで、開きっ放しのスライドドアの中には最近見かけないプラスチック容器やガラス瓶なんかが沢山放置されている。おまけに壁が数箇所壊れていて、太いケーブルの束が何本も覗いている。そのうち何本かは引き出されており、床に置かれた金属の箱のようなものに接続されている。そこから更に太いケーブルが床を這《は》うように、壁づたいに延びている。歩未はそれを無造作に眺めた。そしてちらと葉月を見て、行く――と尋いた。

「なんか凄《すご》くない」

「でも――」

ここまで来て帰るというのもどうかとは思う。雨も止《や》む気配はない。登校服は一向に濡れないけれど、髪の毛はすっかり湿っている。

葉月は鞄からディスクを出した。

「渡す」

床のケーブルを目で追いながら歩未は言う。

「だけど——都築は端末の通信切断してる」

だから来たんだと言いかけて葉月は思い至る。

つまり。

——会いたくないということか。

そうじゃないかと思ってさ、と歩未は言った。何も言わなかったのに、たぶん葉月の顔色を読んだのだろう。顔なんか観ちゃいないくせに。

「いきなり行っちゃ迷惑じゃないか」

「自宅の端末にアクセスする？」

「それもヤだよね」

暇そうだったからいいかと言って歩未はケーブルを伝うようにして歩き出す。

ケーブルはうねりながら階段を上っている。

カツンカツンと跫《あしおと》が響く。ジイジイという音が引っ切りなしに聞こえている。古い照明が鳴るのか、それとも冷却ファンが回る音だろうか。

ケーブルの中を何かが通って行く音か。

「二階だって言ってたっけ——」

廊下に沿って三つ、突き当たりにひとつ、計四つのドアがあった。歩未は床を観る。ケーブルの束は階下からだけではなく階上からもまた延びて来ており、二筋の束は一本に縒《よ》り合わせられて、廊下の真ん中を通って突き当たりのドアへと続いていた。ドアの横の壁は少し剝《は》がされており、しかもそこには孔《あな》が穿《うが》たれていて、ケーブルはその孔の中へと繋《つな》がっていた。

「すごい原始的」

歩未は短く言って、迷いなく真っ直ぐに突き当たりのドアへと進んだ。表示がある訳ではない。どの部屋かは判るまい。検索したアドレスの番号は居住区域と建物を示すだけのものだったのだ。葉月は、まさかそれが昔の集合住宅式物件とは思ってもみなかったのである。

「待ってよ」

知っている——訳はない。慥《たし》かに歩未は葉月の知らないことを多く知っているようだけれども、この建物は中々発見できなかったのだから。歩未は無言で指を差す。

「入れない」

慥かに——廊下に並んだ三つのドアのノブは総《すべ》て取り外されていた。

突き当たりのドアの前で歩未は止まった。

何もないドアである。居住者在宅サイン表示ディスプレイも訪問者識別用センサもない。歩未はケーブルが引き込まれている孔を覗いた。

たぶん、そこは本来旧式のインターフォンが設置されていた場所なのである。昔の動画などを観るとそういう家が多く出て来る。マイクとカメラとスピーカーが一緒になった大雑把な機械で、屋外の者と屋内の者とが会話ができる仕掛けである。

何か見える——と葉月は尋いた。

なんにもと歩未は答えた。

暫《しば》し動きが止まる。

歩未だって他人の家を訪問することなどないだろうと思う。慣れていないのだ。

ジイジイという音が続いている。

突然、歩未はがちゃりとドアのノブを摑《つか》んだ。

ドアは簡単に開いた。途端にノイズの音量がいっそうに増した。

「開く」

開けてから歩未はそう言って、一歩裡《なか》に這入《はい》る。

葉月も頭を差し入れる。

そして葉月は絶句した。裡は想像を絶する有様だった。

真っ黒——な印象である。壁といわず天井といわずケーブルが這っている。チップやパーツが剝《む》き出しの機械や様々なディスプレイ、葉月が観たこともないような金属製の装置が至る所に設置されている。黒いケーブルはとぐろを巻いて、悉《ことごと》くそれらを接続している。

――モニタの内側だ。

葉月は咄嗟《とっさ》にそう思った。

小さい頃――七八年も前だろうか――エンジニアが自宅のメインモニタの調整に来た時、葉月は肩越しにこっそり中を覗いたのだった。

娯《たの》しいことも厭《いや》なことも、嬉《うれ》しいことも困ったことも、勿論《もちろん》他人からのメッセージも、通達も警報も、モニタには何でも映る。その内側――何でも映る窓の向こう側――が見たかったのである。

中は真っ黒だった。

そこは何本ものケーブルとチップと基板とで雑然と組み上げられた無味乾燥の閉鎖空間だった。その線だの板だのを囲った箱に映るものが葉月にとって世界の凡てだった訳だから、この世は全部幻なんだと、幼い葉月は思ったものだ。

それを知ったところで別に驚きもしなかったし、だから悲しいとか嬉しいとかいうこともなかったのだけれど。

最初は何だか胸が締めつけられるような、妙な気分になったように思う。

何だか嘘っぽかったのだ。でもそんなことはすぐに忘れた。その後葉月はすぐに携帯用の世界を手にした訳で、それを持ち歩くことで希薄な現実感は和《やわ》らぎ、葉月は嘘っぽい現実と同化して、箱の中味を忘れたのだ。

この部屋は――。

まさにその内部とそっくりだった。

ジイジイ。

これは、あの黒い線の中を得体の知れない電流だか情報だかが流れる音。

――ここは世界の裏側だ。

「その辺シールドもなんにもしてないから結構電磁波きついぜ――」

ごちゃごちゃの装置とケーブルの中に美緒が立っていた。

「――別に死なないけど」

美緒は驚いた様子もない。

寧《むし》ろ葉月が動揺している。

端末繋げときなよと歩未が言う。

「お蔭で濡れた」

「面倒臭いからさ。外は」

美緒はそう言って、手に持っていた工具らしきものを脇にある台の上に置いた。

「それよりなんだよ。ここに人が這入るのは初めてだぞ」

歩未は顔を僅かに葉月に向けて、頬で促《うなが》した。葉月は慌てて手にしていたディスクを出す。

「これ——」

「あ」

美緒は何だか呆《あき》れたような顔をした。

「全然気づかなかった」

「大事な物なんじゃないかと思って」

「大事っていうか——別に役に立つものじゃないけどさ」

「そうなんだ」

「趣味だよ」

葉月は床のケーブルを踏まないように気をつけながら前に出て、ディスクを美緒に渡した。

「じゃあ要らなかった？」

「いや——なくしたら計算すンのがまた面倒だったから。つっても計算時間は何分ってハナシなんだけどね、データ再入力すンのが無駄って感じか」

何のことだか葉月にはさっぱり解らない。

歩未は無表情のままぐるりと部屋を見渡した。

どうやら封印された三つのドアを入口に持つ三つの部屋は、内部で総て繋がっているようだった。

「凄いとこ住んでるな。これ——よく行政の指導入らないな」

「指導って何さ」

「児童育成環境整備なんとか。あるだろ？　子供が育つのに相応《ふさわ》しくない環境の家庭に強制的に介入して改善するヤツ」

「ああ。まあ親の住んでるとこはこの上だし、そっちは別に何でもないし。でも親の方はずっと留守なんだけど。手をかけられた覚えはないから、よく親権強制剝奪《はくだつ》されなかったよな、とは思うけど。でも、ま、あたしンとこは大丈夫みたい。不破が一回来たけど呆れて帰ったし」

「天才だからか」

そう——と都築は答えた。

「じゃあここは都築だけの部屋か」

「最初はここだけだったんだけど、狭くなっちゃったからフロアぶち抜いてさ。壁壊すの大変だったぞ」

「壁——壊したの？　自分で？」

壊した壊したと言って美緒は笑った。

「寝るとこなくなったから。今思えば出入り口は階段側にしておけば良かったと思うけど。壁に沿って色々置いたらどうしようもなくなった」

「なくなったって——これ何」

「何って機械だよ」

「機械は判るけどさ」

「あたしのメインモニタ」

「部屋全部が？」

「そう。でもさ、考えてみればモニタって監視するって意味だろ。変だよな。情報の発信と受信機能を備えた演算装置なのに、なんでモニタなんだろ。不思議に思ったことない？」

そう言われればそうだ。でも葉月は不思議に思ったことなどなかった。

「昔、オンエア情報受信する機械はオンラインの端末と別だったんだって」

ふうん、と歩未は興味なさそうに反応した。

「しかも受信専用機が普通だったみたい。そのうえ音声情報専用受信機とかまであったんだって。音声受信だけだぜ。すげえ無駄。勿論受信機だから発信も計算もできないの。オンラインの通信も音声だけだったみたいだし」

「音だけ?」

それは——不安だ。

目が見えないのと変わりがない。

「いや、昔、相互通信はオフラインでも音声だけだったみたいよ。デンワとかいうの。何語か知らないけど。画像——特に動画は受信専用が一般的だったんだとさ。で、その受信専用機の普及率が異様に高くって、そのスタイルが今の家庭用情報端末の原型にスライド採用されたらしいんだな。で、その受信機のディスプレイ部分をモニタと呼んでて、その名《な》残《ごり》なんだそうだけど」

物知りじゃん、と歩未は言った。美緒は無視して続けた。

「でもあたしはさ、モニタっていうんだから個人が世間を監視するという意味かと思ってたんだよね。だから徹底的に監視してやろうと思ってさ。改造したの」

「それにしたって不細工だよ」

「あたし天才だから美観とかないから。でも性能はいいぞ。情報処理能力は一般の家庭用端末のおよそ一万二千倍。記憶容量は想定で八千倍。尤《もっと》も百分の一も使ってないけど。でもどんな情報源にだって瞬時に接続できるしさ。逃げ足も速いし、大抵のことはできるぞ」

「無意味。僕らは子供」

「だから趣味だって」

「そのディスクもそうなの」

「これはさ、カイジューだよ」

「カイジューって?」

「なんか古い動画のフィクションで見たんだよ。でっかいカメがさ、口から火の玉出すの」

何だよそれと歩未は顔を顰《しか》めた。

「だから昔の動画。まだ光学で撮ってるヤツ」

「亀が火を吹くの?」

凄《すげ》ェんだぜと美緒は言った。それから部屋の奥の方——というか、隣の部屋の方を指し示した。

隣室にはいっそう不可解な装置が置いてあった。

「カメにできて人にできないというの納得できなくてさ。あれは——プラズマ発生装置。んで、発射する機械とか造ってんの。失敗したけど」

「武器じゃん」

法律違反だと歩未は言った。

「武器としては失敗だよ。もっと他の方式を考えなくちゃね。何十年も前の娯楽動画の通りにはいかないって。んで、別な方式のやつを考案したの。こいつにはそのデータが入ってる」

「危ないやつ」

「造るだけで使い道はないからさ。使いようもないだろうに。昔と違ってもの壊したってなんにもならないし。でも——破壊衝動とかあるじゃん」

本能だよと、唸《うな》る電磁波の中で美緒は言った。

歩未は嫌悪感を剝き出しにした。

004

首をうんと曲げて筋を伸ばすと、気管が圧迫されて少し噎《む》せた。

——やってらんない。

静枝はたぶん眼精《がんせい》疲労から来るものと思われる軽い鬱《うつ》状態に陥っている。

これは明確な報復人事である。

選《よ》りに選って——当局に対する情報提供反対派の急先鋒《きゅうせんぽう》である静枝に、超法規的情報提供作業の実務担当責任者を任せるというのは——。

これは厭《いや》がらせ以外の何ものでもないだろう。

思うに、あの形状記憶植毛の指導員が所長に根回しでもしたに違いない。エリア担当議員の前で恥をかかされたとでも思っているのではないか。

別に静枝はあの不潔な男に恥をかかせたつもりもないし、誹謗《ひぼう》も中傷も——心の中ではしていたのだけれど——口にしたつもりはない。しかし静枝の所《せ》為《い》で会議の進行が滞《とどこお》ったことは事実だし、ならば議事進行を任されていたあの男がそれを快く思わなかったことも想像に難《かた》くない。

あいつらはいつだって、実のある結果よりスムーズな進行の方を重んじるのだ。

——いまいましいったらない。

情報提供は違法だ。違法でなくたって問題だ。何が何でも阻止するべきだったのだ。

しかしこれで静枝も同罪である。

例えば事実が露見して、縦《よし》んばそれが問題視されたとしても、この段階で静枝は批判することも糾弾《きゅうだん》することもできない立場になっているのだ。

何しろ実際の作業を静枝自身がしてしまっているのだから、弁解は利《き》かない。

後からやりたくなかった、強制されたなどと繰り言を述べたところで、所詮《しょせん》は言い訳にしかならないではないか。そうした物言いは静枝のスタイルに反することだ。

勿論《もちろん》、そうなる前に告発することも——それも考えてはみたのだけれど——作業を始めてしまった今となっては難しくなってしまった。

静枝はヒステリックにキーを叩いた。

——無駄だ。

「無駄だな」

県警から遣《つか》わされて来た刑事が気のない声を発した。

椽《くぬぎ》——とかいったか。四十も半ば過ぎの冴《さ》えない男である。多分——警察機構の中では大して役に立たない男なのだろうと、静枝はそう判断している。

外見から判断した訳ではない。

不本意な任務に無理矢理回されて来たのだといわんばかりの怠惰《たいだ》な態度ばかりとるからである。そういう意味では静枝と一緒なのだが、ただ、この男は自分が何をしているのかという問題意識をそれ程持ってはいないようなのである。だから——この男が昼間からこんな部屋に籠《こも》って非生産的作業に従事しているのは、静枝のように体制に忤《さから》ったが故《ゆえ》の不幸な結果ではなく、無能なるが故の当然の帰結なのだろうと——そう静枝は判断した訳である。

「まるで不経済だ。何でこんなことをしなきゃならんのか解らん」

刑事はそう続け、静枝の指先辺りに視線を寄越《よこ》した。

「もうちょっと、その、何とかならないもんかな」

「それは——私の操作《オペレーション》に対して発せられた不満なんですか？」

静枝は刑事に目を遣《や》る。別に見たくもなかったのだが。

椽は屈強そうな肉体を持て余すかのように、身を縮めて座っている。風采《ふうさい》の上がらない男である。ただ不潔な感じがしないのが救いだった。

「何ならご自分でおやりになります？　誰がやっても――コピーするのにかかる時間に変わりはないはずですけど」

そういう意味じゃないよと椽は言った。

「何というのかな――今時そんな、データやり取りするのにそんなメディア使うってのが、その――どうかなと。こんなこと言う柄《がら》じゃないし。印象に過ぎないんだが、その、時代遅れじゃないのかい」

「オンラインでは送れないんです」

「送れない――プログラムなのかい」

「勿論不可能ではありませんが――特殊なプロテクトがかかってますから。閲覧にも暗証が必要ですし、現行のままでは配信することは疎《おろ》か、データをコピーすることも不可能なんです」

「今コピーしてるんだろう？」

「してますよ。ですからね、システム全部を更新して全てのデータをオープンデータ扱いにするのに要する時間と、部分的に処理しながらトラフィックメディアにコピーするのにかかる時間と――どちらが速いかという問題です」

多分――システムに手を加える方が作業効率は良いし確実なのだ。

しかし、問題はある。システムを変えてしまえば一時的とはいえセンターが保管しているデータの総てをオープンにする形になる。十歳未満の児童データは警察には渡さない訳だし、その他にも――機密という程大袈裟《おおげさ》なものではないにしろ、公表を差し控えた方が賢明と思われるような情報を、センターは少なからず管理しているのである。それに加えて、システムは一度変更してしまったら元に戻すのに同じだけ時間も手間もかかるのだ。その僅《わず》かな時間に――僅かかどうか専門家ではない静枝には判らないのだが――何か不手際がないとも限らない。

データは、どんなところからでも洩《も》れる——それが、二十一世紀の三十年が出した結論である。著作権やら版権やらプライヴァシーやら、そんなものは倫理や道徳では守れないし、守る気があるならデータになどするべきではないのだ。

——結局はモノに頼るんだ。

未だに昔の紙幣を家に貯《た》め込んでいる老人がいるそうだが、最終的にはそうなるのだろう。

人は、最後は具象に頼るものなのだ。

「様々な問題が派生するからディスクに落とせと指示して来たのは警察側なんですけど」

心中を語るのは憚《はばか》られたから、静枝は単にそう言った。

「まあ、そうなんだが」

橡はつまらなそうに応えた。

「そのな、俺は——ああ、言葉遣いが悪くてすまんな」

別に気になりませんと静枝は答える。

事実気にはならない。

言葉などというものは伝われば良い訳で——要は何を伝えたいのかということを問題とすべきなのだが、その辺りを判らない馬鹿が多過ぎると静枝は思う。丁寧に喋れば何を言っても許されるというものではないだろう。口調など、要はディスプレイ上に表記される書体のようなものなのであって、文意とは何ら関係ない。

橡は、あの石田という上司かエリア警備の横田辺りから、静枝に就《つ》いて何か聞いているに違いない。

どうせ喰《く》えない女だとでも聞いているのだろう。

「俺は——まあ見ての通りの不器用な刑事でね、しかも警察学校行ってたのは前世紀だから、まあ文字通り前世紀の遺物だ。だからその、あんた達みたいな若い人——ああこれも一種のハラスメント発言だな。まあ、今世紀生まれの人間と違って、最新技術には疎《うと》いんだが」

「私も専門ではありませんけど」

「そうなんだろうな。でもな、俺の若い頃の、今の俺くらいの齢《とし》の親爺《おやじ》どもはな、先《ま》ずそのコンピュータってものが解らなかったな。単なる道具だと思ってたようでな。何に使うんだとよく尋《き》かれたもんだよ。そう尋かれてもなぁ。何にでも使えると答えるしかねえさ。何でもできるとなると今度は理解する前に便利がるのよ。単純なものだな。俺が警官になった頃は、まだインターネットとか、何とか革命とかいって騒いでた時期だから」

「それがいけなかったんです」

「いけない？」

「コンピュータなんて妙な呼び方をして特別視していた時期が長過ぎたんです。過剰な幻想が一時期の混乱を招いたことは事実ですし、世間がその後の軌道修正に手間取っているのも、未だにそうした思いが捨て切れない世代が衍《はびこ》っているからです」

俺達の世代か——と椽は言った。静枝はキーボードの端を人差し指で突《つつ》いた。

「こんな当たり前の技術に対する思い入れが強過ぎるんです。未だに何でもできると勘違いをしている。こんなものは所詮道具なんですから——できることしかできません」

「そりゃそうなんだろうが——そんなものかね」

「当然です。言うまでもなく、鋏《はさみ》は紙を切るには便利な道具ですが——でも鋏で紙は綴《と》じられません。同じようにどんなに優れた表計算ソフトでも、音楽を作ることはできません。コンピュータというのは要するに計算機です。作業をするのに必要な計算をするだけのシステムのことでしょう。大量の演算が一度にできる能力を人間が持っていれば、必要のないものです。どんなに大袈裟な計算をしたところで、最終的に紙を切るのは刃物なんですから」

椽は口の両端に皺《しわ》を寄せて、むう、と唸《うな》った。

「ですからその——椽さんの若かった頃の親爺達というのは——最初のうち、だから至極《しごく》真っ当な認識をしてたんでしょうね」

静枝はできるだけ冷淡にそう言って、モニタに目を移した。その方が落ち着く。

パラメータは動く気配を見せない。作業はまだ十パーセントしか完了していない。後三十分以上はかかるだろう。実際に残り千八百二十秒の表示が出ていた。

その間、静枝はただ凝乎《じっ》としていなければならないのだ。

そういう仕事なのである。

そして椽は、その凝乎《じっ》としている静枝を監視するのが仕事なのだろう。そうでなければこの男がここにいる意味はない。協力というのは名目である。こんな単純作業に生身の人間二人は要らない。

だから、データ処理等の知識や技術を何等持たない頑丈そうな男が横に座っていなければならない理由というのは、ただひとつしか考えられない。静枝がデータの改竄《かいざん》削除などの不正工作をしないように見張っている——そうに違いない。

横目で見ると、デスクの上には折ったり畳んだりした形跡のある使用済みディスクのパッケージの残骸が散乱している。余程暇なのだろう。実際ただ見ているだけなのだから暇に違いはない。作業している静枝がこれだけ暇なのだ。

幻想なのかもしれないがね——椽は言った。

「このディスクな、これにコピーをするとしたってだ。時間がかかり過ぎやしないかと、まあそう思った訳だよ。これだけ進歩してるんだから、他に方法がありそうなもんだなと」

「こんなもんじゃないんですか」

静枝はモニタに視線を戻して、やはり冷淡に答えた。

「昔はもっと速かったように思うが」

「昔って——ＦＤとかＭＯの時代ですか」

「そうだな。ああいうのは今は見ないな。俺が学生の頃はまだあったがな。今は——記録方式が変わってるのか？」

橡はディスクのパッケージを手に取って弄《もてあそ》んだ。

「記録方式自体はその昔と大きく変わってはいないはずですけど、圧縮技術が飛躍的に進歩したんだと思います。慥《たし》か——昔のメディアは容量が極端に少ないんです。速くて当然」

「ふうん、でも最近じゃこういう円盤型も古いんだろう」

「フォーマットの変更にはそれなりに時間がかかるんですよ。ハードの普及が不完全ですから、今のところまだそれが主流ですよ」

じゃあ仕方がねェのかと投げ遣《や》りに言って、刑事は前屈みになって静枝に顔を向けた。

「まあ、俺はどうせ暇だからいいんだけどな」

あんたが厭《いや》なんじゃないかと——そう思ってよと橡は言った。

「私が？」

「不本意なんだろ。厭そうだ」

「外見で判断しないでください——」

私はいつもこういう態度なんですと静枝は冷淡に言った。

見透かされるのは厭だったからだ。

刑事は眉間《みけん》に縦皺を寄せる。

「違ってたんなら謝るよ。中のことまでは判らないからな、外見で判断するしかねえ。判らねえから尋くんだが——すまなかったな」

やけに素直に引く。何だか遣りにくい。

「まあ、正直に言えば茶でも飲まないかと——遠回しにそう言いたかったんだがな。どうも慣れねェもんだから、色々とな」

静枝はモニタのゲージが僅かに動くのを確認してから、不器用そうな中年男に目を向けた。目が合った途端に橡は視線を静枝から外して、しどろもどろになった。

「あ、いや、俺が淹《い》れるよ。何が——いい」

「結構ですよ。ここは私の職場ですから——お茶がいいんですか」

「日本茶なんてものはあるのかな」

フラボノイドドリンクは今流行《はや》りですから——と言って静枝は席を立った。普段なら、自分以外の人間に茶を淹れることなどない。同様に他人に淹れて貰ったこともない。他人の注《つ》いだ飲み物など飲む気がしないからだ。毒が入っているとは思わぬが、清潔である保証もまたない。

来客用の消毒済みレンタルカップに茶を注いでいるうちに、やや鬱が晴れた気がした。

——あの調子だと、あの男。

椽は、職場では所謂《いわゆる》お茶汲み社員なのだろうと静枝は思った。どういう訳か、お茶汲みという言葉は組織の中では蔑称として使用されることが多い。それが何故なのか静枝は知らない。茶を汲むという行為のどこに差別的な要素があるのか、まるで解らないのである。

茶を注いで戻ると、椽は静枝が座っていた椅子に座って難しい顔でモニタを覗き込んでいた。

睨《にら》んだところで作業効率が良くなる訳でもないだろうに。

「ああ、申し訳ない」

刑事は慌てて立ち上がる。思ったよりつき合い易《やす》い男なのかもしれないと静枝は思う。

しかし、静枝の視線は目聡《めざと》く肘《ひじ》掛けに指紋らしきものを発見している。気にしないでくださいねと、わりと突慳貪《つっけんどん》に言いつつ、静枝はウエットペーパーで肘掛けを拭《ぬぐ》った。清掃し易いというだけの理由で選択された合成皮革《ひかく》張りの椅子は、付着したケラチンが余計目立つのだ。布張りならばここまで気にはならない。

「潔癖症か」

「普通でしょう。最近はそうでない人種を不潔愛好症と呼ぶんです」

俺はそれだと言って椽は茶を口に運んだ。

「——後二十分はかかると表示されてるが」

「そうのようですね」

父親と同じくらいの年齢だろうか——静枝はそんなことを考えている。

「その間——お見合い《リアルアクセス》でもします?」

静枝は面と向かって椽を見据え、私を監視する役目なんでしょうと、半ば挑発的に言った。

嫌悪感が薄れてきた途端に遠ざけるような行動を取る。我ながら捻《ひね》くれていると思う。

あのな——椽は再び姿勢を低くした。

「公の場で個人的な事柄を語るのはマナー違反なんだろうが、それを承知で言わせて貰えばな、俺は独身なんだ。その俺に見合いなんて言っちゃ洒落《しゃれ》にならないぞ。俺が本気にしたらどうするよ。冗談なら冗談で、それはセクシャルハラスメントだぞ。それにな、俺は慥《たし》かにあんたを監視するように観ちゃいるがな、それは俺が手持ち無沙汰だからで、あんたのような年齢の女性を間近で観る機会が殆どない人種だからだ。つけ加えるなら、県警はあんたが不正を働くとは考えてない」

「そうでしょうか。既にご存知のことだとは思いますが——私は未成年のプライヴェートデータを警察に開陳することに強く反対しました。その私がたったひとりでデータのコピーを任されたんです。疑われて当然です。例えば——予《あらかじ》め提供するデータの中から警察に疑われるような要素を検索して削除することだって、十分に考え得ることではありませんか?」

「そりゃない」

「どうして断言できます?」

「断言できるさ」

「何故?」

「証拠がある」

「証拠なんか——ある訳ないでしょう」

「いいや、あるよ。もし本当にあんたが不正行為《アンフェア》を働くと当局が考えているんなら——俺みたいな使えない男を派遣しやしないよ」

椽はにやりと嗤《わら》った。

「俺の頭はな、二十年くらい前に進歩することをやめてんだ。あんたがそこでキー叩いて何か細工をしたってだな、見破るだけの知識がない。何をしてるか尋いたところで、嘘を説明されても正否の判断ができない。何の抑止力にもなりゃしない。無能なむさ苦しい中年だよ。俺がここに座ってたって精々《せいぜい》あんたが不愉快になるというだけのことだろう」

「不愉快――」

そう見えたのか。

否定はできない。

実に不愉快そうだったぞと刑事は言った。

「勿論見た目の判断――なんだがな。ま、俺が派遣された理由として思い当たることといえばその程度な訳で、つまり俺はあんたに対する嫌がらせのネタでしかない訳よ。嫌がらせするくらいだから、警察当局があんたに良い感情を持っていないことは事実なのかもしれないが――少なくとも連中はあんたを疑っちゃいないさ」

そうなのだろうか。

そんなもんだよ――と椽は結んだ。それから神妙な顔で茶をひと口飲み、

「うん、ここの茶は旨《うま》いな」

と、わざとらしい言葉を口にした。

――どこで飲んでも同じ味だろうに。

ディスペンサーから注いだだけの規格品である。

嗅覚異常や味覚異常の症状を訴える者が急増している所為《せい》もあって、最近の食品は少しばかり味や匂いを強めに作っているのだそうである。静枝には少しばかり蘞《えぐ》い気がする。

暫《しばら》く沈黙した後、あんたそんなに反対してたのかい――と、椽は徐《おもむろ》に言った。

「そんなに――とは？」

「いや、疑われても当然な程強く反対したって、あんた今言ったじゃないか。それは何か、自分の教え子を疑うのは厭だということなのか」

「そうじゃや――ありません」

唐突な問いだった所為か、妙に素直に答えてしまった自分に、静枝は少しばかり新鮮さを感じた。

「私はカウンセラーですから」

「教え子などという感覚は——ないか」

「そもそも教師という職業は今、もうないんです。専門知識を修得する手助けをするのは講師ですし、社会規範遵守《じゅんしゅ》の手解《てほど》きをするのは指導員。コミュニケーション研修には辛《かろ》うじて教官という名称が残っていますが、これも近々改称されるでしょう」

「教育者というのは——今、いない訳だな」

「教育という言葉に教え育《はぐく》むという本来の意味が見出せなくなってしまったんです。強制し、訓練するというマイナスイメージしかなくなってしまった。過去のデータなどを観るとその昔はもっと幅広い意味で使われていたようですが、教えるにしてもいったい何を教えるのか、二十世紀の終わり頃にはもう解らなくなっていたようですから」

俺も人生は教わらなかったなと橡は言った。

「慥《たし》かに教師は嫌いだったな。もっと昔のことは知らないが」

「何も学び取れなくなった以上、学生という括《くく》り方もおかしい。先生というのも変だ。本来は先に生まれているから偉い——という意味ではないのでしょうが、結局そう判断されてしまった。年長者が無条件に優れているという保証はないと——」

「年齢差別にも繋がる——か」

まあそうですと静枝は答える。

「ここ十年、様々な矛盾が噴出して来て、結局旧弊的な教育制度は瓦解《がかい》したんです。同時に教育という言葉も排除された。現在未成年は凡《すべ》て児童——社会に於《お》いて義務と権利の在り方が違う者達という認識の仕方でしか捉《とら》えられていないんです」

「よく解らないがな。まあ、俺は職業柄人権問題に就《つ》いては煩瑣《うるさ》くレクチャーされるんだが、慥かに昔とは考え方が違うな。俺の若い頃は少年法とかいう法律があったりしたが——」

何というか、その——と刑事は言葉を濁した。勘違いしないでくださいと静枝は言った。何を言いたいかは解る。

「私は少年法復活論者ではありません。子供と大人を明確に分かつ線引きなど、どこにもありませんから、誰にも決められません。知識の有無、経験の有無、肉体的機能の優劣——そうしたものは年齢や性別に関係なくあるものなのですから、単純に年齢だけで線を引いてしまうことは問題です。未成年だから刑事罰を与えないという考え方は、飛躍を承知で言うなら、女性だから選挙権を与えないという考え方と同じ構造を持っている訳ですし。保護し、慈《いつく》しむ必要はあるにしろ——人権を認める以上は、どんな形であれ責任が発生する訳ですし」

それじゃああんたは何が気に入らないんだと椽は尋いた。

「警察相手に嫌われる程反対した理由だよ」

「何故そんなことをお尋きになるんです？」

「ん——」

椽は空になったカップをデスクに置いて右手で自《おの》が口を押さえた。

「私が問題視してるのは——集約して言ってしまえば現状、提供したデータの使い方に対する指針も基準も何もないという点です」

当然である。

非合法なのだから。

「使い方？」

「使い方次第では非常に良くない結果を生むことになります」

「使い方は限られてるだろう。まあ、どんなデータかによるんだろうが」

「それも——二十世紀生まれの人が多く思い込んでいる幻想なんだと思いますけど——」

刑事は苦笑いして自分の顔を指差した。

「俺だな」

静枝はうんとも否《いや》とも答えずに続けた。

「データ自体には何の意味もないんです。データはただの数字や記号の羅列に過ぎません。どんなデータにも、常に意味なんかない。そこに意味を見出すのは、あくまでデータを使う側なんです。読みようによって同じデータからまったく違った情報が汲《く》める。様々な意味を紡《つむ》ぎ出すことができる。問題は何を拾うか、それをどう使うかです。結局使う者の資質に左右されてしまう」

「悪用されるとでも？」

「少なくとも警察は悪用はしないでしょう」

静枝にしてみれば嫌味のつもりだったのだが、橡は真顔で、それは勿論だと答えた。

「流出したデータの悪用を取り締まるのが今の警察の主な仕事なんだからな。警察機構全体の三分の二が情報通信管理に従事してるというのが現状だ。ご覧の通り俺は落ち零《こぼ》れだから部署が違うが——しかしな、それは子供達の記録なんだろ。間違った使い道なんかは想像できないがな」

「私はまったく逆の想像しかできません」

「警察は間違った使い方をする——と？」

「このデータは単なる児童の生活記録ではないんです。ここには児童のメンタルケアに必要なあらゆる情報が記録されています。学習や発達に関する情報、家庭環境家族構成は勿論、趣味嗜好《しこう》、性癖性向の変遷《へんせん》、体質や肉体的な特徴、詳細な病歴から日記、夢の記録まで、何もかもがデータベース化されているんです」

「それで大変な量なんだな」

橡は静枝越しにモニタを確認した。

「警察はここから——犯罪者を割り出そうとしている」

「いや、割り出す手懸かりを見つけようとしてるんだ——そうだが」

「余計悪いわ」

橡は眼の焦点をモニタから静枝に移した。

「悪い——のか」

「悪いです。例えば——簡単な例では心的外傷の問題があります。心的外傷は——慥《たし》かに社会生活に支障を来《きた》す程の影響を及ぼす場合がある。しかし犯罪の原因として——犯行動機の説明としてそれを持ってくることはナンセンスです」

「ん——慥かにトラウマってのは昔流行ったな」

「今だって変わりませんよ。人間の行動様式を還元論的に説明しようとしたって無理があることは解り切ったことですよ。迷信に近い。幼児期に虐待を受けた者は長じてから同様の行動を執《と》るようになるなんて——」

「——ことはないのか」

「勿論です。そうした例もあるでしょうが、そうでない例もある。実際幼児虐待は憂慮すべき問題ですが、先ず虐待の基準が決まっていないんですから。例えば可愛がるという虐待の仕方もあるし、コミュニケーションを取ること自体が虐待的な刺激になり得る場合だってある」

「構い過ぎとか——か」

「違います。過干渉も問題ではありますが、問題の質が違います。一般的なコミュニケーションを取ることが困難なタイプの人間というのは現にいるんです。そうした児童に普通に接することは、実は大変な苦痛を与えているのと変わりないことになる。ほら、五六年前に、頑張ってという言葉は使わないようにという指導があったでしょう」

使って叱られたよと橡は言った。

「別に悪いこと言ったつもりはなかったんだが」

「コミュニケーションというのはそういうものなんです。常に一方的なものでしかない。相互理解というのは言葉の上にしかあり得ない幻想です。どんな場合も、その一方的な思い込みを誤解し合うことで成り立っているのがコミュニケーションです。現在は、その誤解の仕方が解らない人間が増えているという、それだけのことです」

橡はもう一度口を押さえた。

「とにかく、入力された情報に規則的に反応して予想通りの出力をするような人間はひとりとしていません。心理学のような前近代的な学問に基づく人間理解は既に破綻《はたん》していますよ。それなら宗教の方がまだましですよ。統計をとっても、数値化しても、無駄なんだ――人間は全く理解できないんだということに気づくのが遅過ぎたんです。だから、未だにトラウマだの性格判断だの、原始人みたいなことを言う人がいるんです」

「警察もそうだと」

「そうでしょう。会議の席上でのあなたの上司の口振りからはそう受け取れました。警察が判断する異常者――危険人物をピックアップするためにこのデータは使われる。異常者たる判断は警察がするんだそうですから――それはつまり家庭環境やら性向、病歴などから判断するということでしょう」

それがどれ程危険なことか、何故気づかないのかと静枝は思う。

データ提供を法制化することも視野に入れていると、あの石田という男は明言した。それはつまり、やがては国民の総てを、そうした馬鹿馬鹿しい基準で振り分けて管理して行くつもりがあるということではないか。

人種、地域、職業、家柄、性別――そうした格差がなくなって来たものだから、今度は育成環境や性向で差別しようということだろう。

静枝がやや感情的にそう告げると、椽はそんな大袈裟な話じゃないだろうよと、思った通りの反応をした。

「今回の件は――捜査が難航してだな」

「それはいつものことです。強行犯の検挙率は近年下がっているんじゃないんですか？　それに、聞けば――遺伝子レヴェルで反社会的行動を取るであろう人間を峻《しゅん》別《べつ》するというプロジェクトも進んでいるそうですけど」

「それは――俺も聞いてる」

「このデータは——そうしたものの材料にされるんです。社会が先にあって、それに合わせて人間がある訳じゃないでしょう。慥《たし》かに逸脱者を取り締まらなければ枠組みは維持できないんでしょうが、予め逸脱すると予測して切り捨てるのは正しい在り方なんでしょうか。それは一種の選民思想ではないんですか」

あんたの言うことは解るよと言って刑事は居住まいを正した。

「実を言えば——俺もな、何だか厭な感じだったんだよ。でも、俺はあんた程聡明じゃないから、何が厭なのかよく解らなかったんだがな。それで色々尋いたんだが——」

お、と言って椽は静枝の肩先を指差した。

振り向いたのとゲージが満ちたのはほぼ同時だった。

作業完了を示す信号音が短く鳴って、ディスクが排出される。

静枝はそれを手に取り、ハードケースに納めてプロテクトを掛けた。朝からかかって漸《ようや》く三分の一である。作業を続けるべく次のディスクを出そうとすると、椽が止めた。

「今日はそこまでだ」

「まだ——相当ありますけど」

「ご存知の通り——俺達地方公務員は五時に業務が終わる」

「五時までなら——まだ一時間以上ありますから、後二三枚コピーできますけど」

「そうじゃないんだ。俺は今日上がった分を五時までに県警本部まで届けなくちゃならないんだよ。このセンターから本部までは、あの格好の悪い官庁推薦のソーラカーで丁度三十八分かかるんだ。手続きその他を含めると、後二十分程でここを出なくちゃならない。二十分そこそこじゃ、一枚終わらないだろう」

三十分はかかるだろう。

「警察官が必ず立ち会うというのが条件だそうだから、俺がこの部屋を出た後、あんたひとりで行った作業は無効——なんだそうだ。うちもここも、お役所だからな」

　椽はそうぼやくように言いながら静枝からディスクを受け取り、整理番号を記した。それから一度ため息を吐いて、それまでに上がっていた分と合わせて枚数を数えると、別のカードに書き込んで一緒に箱に入れ、更に鞄《かばん》に仕舞った。

「幻想なのかもしれないが——どうも無駄な気がするな」

　椽は最近では見なくなった古臭いジャケットを羽織った。

　静枝は指先を滅菌する。

　つまり——。

　後二日、この作業を続けることになるのか。

「無駄かどうかは別にして——通常業務には支障が出ますね」

　カウンセラーは代役が利かない。加えて問題はいつ起きるか判らない。今日はまだ定期的に送られてくるメールのチェックも済んでいない。この状況がまだ二日も続くとなると——問題ではある。

「通常業務優先じゃないのか」

　立ち上がった椽が意外そうに尋いた。

「これじゃできませんよ。私達の受け持ちは上限百人なんです。この地区はカウンセラーの数が規定より少ないので、私も各年齢七八人ずつ、計九十人以上担当しているんですから。本当ならひとり三十人がいいところですよ。それ以上は目配りが行き届きません」

　——こんな男に愚痴を言ってどうなる。

　静枝は端末を操作してメールを確認した。椽はタイミングを逸《いっ》した格好で立ち竦《すく》んでいる。

　——ん？

　静枝は目を凝《こ》らす。

　——ない。

気にしていた児童からのメールが届いていない。

ルームモニタを切り替えて児童の一覧を呼び出す。

見てはいけないと思ったのだろう。椽は躰《からだ》ごと壁の方を向いて、何か問題でもあったのかい——と問うた。

「問題——ではないんですけど」

送信状況を確認する。矢部祐子との通信は——。

——失敗している。

アドレスを検索して再接続を試《こころ》みる。

繋がらない。接続先が認識できない。

——端末が破損したのか。

すっと、静枝の背筋が冷たくなった。

端末が壊れるような事態が起きたとするなら、それは尋常なことではないのではないか。昨日メールを送った時点で気がつくべきだったのだ。いや、音声通信を試みるか、せめて自宅の端末に接続してみるべきだったのではないか。昨夜静枝はデータ提供問題でかなり動揺していたのである。

「昨日のコミュニケーション研修に来なかった児童がいるんです。無届けだったので教官から指示を受けて事情を報《しら》せるよう送信したんですけど——」

「返事がないのか?」

「それならよくあることなんですが——返信がないのじゃなくて、端末が——ないんです」

「ない?」

行きます——静枝は立ち上がった。

005

オンラインを切断すると、下らないオンエア情報が映った。

右下の文字情報を見ると、二十世紀の猟奇殺人者ファイルというタイトルが窺《うかが》える。

スピーカーをオフにしていても、オンエアメニューはモニタにだらだらと文字が表示されるから、大抵内容が知れる。

昔風に髪の毛を染めた中年男性がパクパク口を動かしている。その動きに連動して、モニタ下部のボックスに次々と文字が表示される。


動機なき／劇場型／サイコキラーなどと呼ばれ／未成年の／『教育』の／家庭の——。

丁度《ちょうど》この頃からストーカー／代表的な／猟奇殺人は——。

——速くって読めやしない。

読みたくもないけれど。

大体葉月は、猟奇という言葉の意味をよく知らない。何だかとても悪いことなんだろう、と思うくらいである。

いや——ただ悪いことというより、どこか背徳《うしろめた》いことという印象がある。理由は判らないが、たぶん字面《じづら》の所為《せい》だと思う。日本の文字はたとえ読めなくても意味が酌《く》めてしまう。本当は違うのかもしれないけれど、それでも某《なにがし》かの意味は発生してしまう。

だから英語表記に変えてみた。それでも知っているスペルの単語が出てくるので、何となく癪《しゃく》に障《さわ》って、思案の末にアラビア語表記に変えた。

そうすると本当に判らなくなって、茶色の髪の中年男もどこの国の者とも知れなくなった。

モニタに次々と女児の静止画像が映った。

それは訳の判らない文字の連なりによって説明されている。

被害者――なのだろうか。年齢から考慮するに加害者ではないだろう。あまり見慣れない服装だから、他国籍の子供にも見える。でも、顔つきは見慣れたものなので、きっと日本人ではあるのだろう。

相当昔の子供なのだ。

自分も殺されれば、かなり未来にこうして外国人になるのか――。

葉月はそんなことを思う。

モニタには続いて見慣れた風景の動画が映し出された。

訳の判らない文字に囲まれてはいるが、それは明らかに葉月の暮らしているエリアを映した映像だった。

しかし、見慣れた画《え》だと思えたのもほんの一瞬のことで、動画はすぐに殺風景な架橋下の景色に切り替わった。たぶん美緒が言っていた殺人現場――南北線の陸橋の下――正確には中央南北ライン高架の下、このエリアの端っこ辺りの画像なのだろう。

地図上での位置関係こそ把握できているが、葉月はそこに行ったことがない。だから初めて観る風景だった。

画面は人物の静止画に変わった。

――最新の被害者か。

男である。葉月は名前を思い出そうとしたが、どうしても思い出せなかった。いや、葉月は最初から記憶してなどいなかったのだ。

――この男も外国人だ。

画面上に羅列されているアラビア語の所為《せい》だ。

どのみち自分とは関係のない世界の話なんだと、葉月は納得した。

モニタの表示を見る。

十六時五十一分二十秒——。

学習ラインに接続してから既に五時間以上が経過している。一日の推奨学習時間は疾《と》うに越えていることになる。と——いうより、葉月達は二時間以上の連続学習はしないように指導されているのだ。

葉月はモニタをスリープにして椅子を離れた。

夕食の用意ができている頃だ。

部屋を出て階下に向かう。

食堂には——いつものように——整然と、食事の用意が整っていた。

四歳の時に引き取られて十年——葉月はずっとこの食卓で同じような食事を摂《と》っている。養父は忙しい人だから、月に一度くらいしか帰宅しない。十二歳になって、それまで住み込みだった養育係と保育士がいなくなり、それからはずっと一人だ。

食欲がなかった。

浄水器から水を注いで一杯だけ飲んだ。それで満腹になった気がした。

食べようが食べまいが、翌朝食卓の上は全て朝食に変わっている。セキュリティセンターが派遣するホームヘルパーはとても律儀《りちぎ》で、正確で、そして寡《か》黙《もく》だ。

食べずに捨てようか——と思う。捨ててしまうのは勿体《もったい》ないことだと思うのだが、ただ、そのまま残しておくと後が面倒なのだ。二回手をつけずにおくとセキュリティセンターから自動的にカウンセラーに連絡が行くというシステムになっているのだ。

そうするとメールが来たり、訪問があったり、保護者にまで連絡が行って、それは面倒くさいことになる。

無保護者児童でもないのにこの扱いはどうだろうと葉月は思う。場合によってはメディカルセンター扱いになってしまうのだ。十六歳未満の場合、もしも摂食障碍《せっしょくしょうがい》児童と判定されてしまったら、強制的にリハビリテイションセンターに収容されてしまうのである。

その判定もほとんどはモニタ越しの問診で下されるのだそうだ。要領の悪い回答をすれば健康な者でも病気にされてしまう。逆にどれ程重い病を抱えていようとも、上手《うま》く躱《かわ》せたなら判りはしないのだ。

他の病気と違って神経系の病は厄介《やっかい》である。

それにしても——本当のことを答える子供が何処《どこ》にいるというのだろうと、葉月は思う。

暫《しばら》く料理を眺める。

捨てるのはよそうと思った。食べたくなれば食べれば良いのだ。何時に食べたって構いやしないのだから。冷めているだけのことだ。

そんな気持ちになった時——。

がたん、と音がした。ヘルパーがまだいるのだろうか。普段はなるべく顔を合わせないようにしている。向こうもそれが礼儀だと弁《わきま》えている。顔を見るのはハウスクリーニングの日くらいのものである。

今日は——。

掃除の日ではない。

訪問者の予定もない。養父が帰って来たとも思えない。養父は一人で行動しない。帰宅する時は秘書やら何やら、十人からの人間がくっついて来る。のみならず前日から大勢の人間が議員の帰宅準備のために訪れるのだ。

がちゃがちゃとドアノブを動かす音がした。

葉月はキッチンのモニタを見る。訪問者があった場合、普通は自動的にオンになるはずだ。画面は時刻を表示しているだけだった。葉月はメイン端末からセキュリティコールを抜き出して確乎《しっか》りと握り、それからモニタをオンにした。

途端にピ、と信号音が鳴り、がちゃんと玄関が開いた。

葉月は反射的にセキュリティコールを押そうとしたのだが、指先は微《かす》かに痙攣《けいれん》しただけで止まり、結局ボタンを押すことはできなかった。モニタにあまりにも意外なものが映ったので硬直してしまったのである。

──でけえ家。

端末のスピーカーはそう言った。モニタに映っていたのは都築美緒だった。

「何よ──いったい」

葉月は混乱し、暫く逡巡《しゅんじゅん》した末に、セキュリティコールを持ったまま玄関に向かった。何だか安心できない。何がどうなっているのかまだ判らない。

玄関には美緒が突っ立っていた。

「潜入は失敗だ」

「な──」

何がどうなっているのか問おうとしたのだが、声が出なかった。でも、たぶん、葉月が戸惑っていることなど美緒には判りはしないだろう。葉月は結局沈黙して、美緒の小動物のような眼を注視《みつめ》た。

「こっそり忍び込もうと思ったんだけど。門からドアまで距離あるし、ドア開けたって中にいないし、部屋かと思ったら玄関ホールだし」

「どうやって──入ったの」

それだけ尋《き》いた。美緒はカードを出した。

「大抵開く」

「偽造？」

「万能だよ。偽造ってニセモノって意味だろ。これ、何かのニセモノじゃないから。どんなもんでも通るから万能。鍵も開くし検問も通れる。後はセンサを除《よ》けられれば忍び込める算段ね」

「センサ除けられるの？」

除けられるよ──と美緒は言った。

「でも──ドア開けた途端、こんなでっけえ集像機《アイ》あるし」

美緒は天井から下がった集像機を指差した。

「これ──記録残るよな」

「残るんじゃない。普通」

じゃあ消すか、面倒だなあ──と美緒はぼやいて、首を回した。

「消すって──何なのいったい」

葉月は漸《ようや》く初めに用意していた言葉を吐いた。

「だからさ。訪問記録とか残ると、カウンセラーに尋かれるじゃん。お友達になったのね、とかさ。なるかって。迷惑だろ、牧野」

「まあ——迷惑かな」

「それにさ、門と玄関とセンサ二つすっ飛ばしてここにいるじゃん、あたし。システムエラーだと判断されれば修理屋が来るだろうし、そうでなきゃエリア警備が来る。顔映ってるからあたしは捕まる」

捕まれば——と葉月は横を向いて言った。

「捕まりたくってやってるんでしょ。私——関係ない」

そうとしか思えない。美緒のような天才が葉月なんかに用があるとは思えない。たとえあったとしたって、端末を接続すれば済むことだし、何かの理由でそれができなかったのだとしても、家の前まで来たのなら、まともに訪問すれば済むことである。

葉月は肚《はら》を立てていた。何が気に入らないのか自分でも判らない。ただ。

最初から美緒と知れていたなら——。

——迎え入れたかもしれないのに。

そういう気持ちはあるのかもしれないと、葉月は薄々察している。

別に美緒が嫌いな訳ではない。

話くらいしたっていいし、顔を見たり見られたりすることだって、いつもと違ってそれ程厭《いや》だと感じない——ように思う。

でも、もう厭だ。厭になってしまった。話したくない。

「帰ってよ」

顔を見られたくない。葉月はセキュリティコールを掲げる。

「待ってよ。変な奴だな」

「変なのはそっちでしょ。居住者在宅サイン点灯してなかった？　だったら——」

リーダーに個体識別カードを通せば、訪問者は正確に識別され、戸内のモニタ総てに表示される。

もし、最初にモニタに都築美緒の文字が表示されていたなら——そこに美緒の識別ナンバーが表示されていたなら——そうすれば葉月は、もしかしたら素直に美緒を迎え入れることができていたかもしれないのだ。

それなのに。

「——そんな変なカードを使わなくたって、自分のカードがあるでしょ」

「あるけどさ。だって——仕返しだよ仕返し」

「仕返し？」

上手いコトバ知らないけどさ——と言って美緒は髪の毛を掻《か》き毟《むし》った。

「お前ら昨日、あたしんとこに来たじゃん。黙って入っただろ」

「え？」

盗み見る。美緒は口を尖《とが》らせる。

「おあいこじゃないか」

「その仕返しに——来たの？」

だから黙って侵入して来たというのか。それがどれだけ厭なことか、知らしめるために、そのためにこんなことをしたのだろうか。でも——。

葉月はセキュリティコールを降ろして美緒の方に顔を向けた。飾り気のない強化素材のパンツが視野に入る。作業用のコスチュームだ。

あの時——美緒が厭がっていたのだと、少なくとも葉月は感じていなかった。そんな様子は全く見受けられなかったと思う。接触した際に悪い印象を持たれたという覚えもない。

しかし、それもこれも凡《すべ》て葉月のひとり合点で、もしかしたら突然の訪問は美緒にとっては酷《ひど》く迷惑なことだったのかもしれない。いや、そうなのだろう。自分がこれ程動揺しているのだから、美緒に限って平気なのだとはいえない。

「怒ってるの」

そうじゃなくてさ——美緒は顔をくしゃくしゃにした。

「これ」

すっと腕が出る。指の先に何か小さな物がぶら下がっている。

葉月は目を凝《こ》らす。それはきらりと光った。

「ピアス?」

「そう呼ぶの? よく知らないけどさ、ニクタイに埋めるヤツ」

ピンクの石だった。

大きさから見て耳用か頬用だ。

「それが?」

「それがって——牧野のじゃないの」

「私の?」

葉月はピアッシングは嫌いだ。ちぎりたくなるからだ。

違うのか——と言って、美緒は石を掌《てのひら》に載せて眺めるようにした。

「牧野があたしのディスク届けてくれたから——今度は届け返そうと思ったんだけどな」

「それが仕返し?」

「そうじゃん。遣《や》ってくれたこと遣り返すんだから仕返し——じゃないか」

「そういうの仕返しって言わない」

葉月は何だか急に気が抜けて、漸く美緒の顔を真正面から見た。

「都築——本当に天才?」

「天才だよ。悪かったな。でも——じゃあ、これ神埜のか」

「歩未の?」

歩未はそんなピアスをしていただろうか。

記憶にない。尤《もっと》も、葉月はいつも歩未を右斜め後ろからしか見ないから、もし歩未が左耳にピアスをしていたって気づきはしないだろう。神埜こんなのするかなと美緒は言った。

「なんかちゃらちゃらしてるのは牧野かと思って。あ、怒るなよ」

「怒らないよ」

本当のことだ。葉月は時代に忤《さから》うように着飾っている。歩未は――。

「あいつシンプルじゃん」

そう、歩未は無駄のない形をしている。

神埜のじゃないと思うけど、と葉月は答える。

似合わない。勿論《もちろん》それは葉月の独断だし、もしもその独断が一般的な判断と合致していたのだとしたって、似合おうと似合うまいと何をつけようが本人の勝手なのだから、歩未がピアスをつけないという証拠にはならないのだが。

こいつ、ネオセラミックだから丈夫だぞと美緒は言った。

「硬さ関係ないよ」

「関係ないか。でもあたしンとこに来たのは後にも先にもお前ら二人だけだし、これは誰が何と言おうとあたしの物じゃないんだから。牧野のじゃないなら神埜のだ」

美緒は石を握った。


「それより牧野さ、ちょっとメインの端末操作させてくんない？　十五分以内にこの記録抹消しないとセキュリティが怪しむからさ」

「消せるの？」

消せるようなことを言っていた。

「もう集像機ない？」

「各部屋にあるけど――異状がなければ作動しないはずだけど」

すげえ、各部屋にあるんだと言いながら美緒は靴を脱ぎ、侵入《はい》るよ、と続けた。葉月が止める間もなく、美緒は廊下にあがり、真っ直ぐダイニングの方に向かった。

「さすがに県議の家はセキュリティ確乎《しっか》りしてるよな――なんかゴテゴテして昔の家みたい」

「昔風に造ったんだって」

葉月は後を追う。

美緒はダイニングの扉を開けた。

「ここセンサないだろ――わあ」

美緒は食卓を前にして声を上げた。

「美味《うま》そうじゃん」

「そう」

「家庭料理だな」

「家庭ないけど」

料理の種類だよと美緒は言った。

「フレンチとかあるだろ。誰が作ったってこういうのは家庭料理というの。たぶんだけど」

「たぶんなのか」

「あたしだって家庭ないし。それよりメインの端末どこ——ああ、これでいいや」

美緒はキッチンの端末の前に座ってキーを打ち始めた。澱《よど》みなく指が動く。

「上手く行くの？」

「別に何でもないよ。時間差し替えちゃえばいいんだから。あたしが玄関に達した時間が十六時五十七分二十秒。今が——十七時十分。あ、あんまり時間ないいや」

「時間を——差し替えるの」

「切って消して、昨日のヤツかなんか繋げば終わり。昨日は誰も来なかったろ？　どーせこん中の時間は作り物だからな。全部なかったことになる」

そんなものだろうか。

「そういう根拠のない数字を頼りにあたし達は暮らしてるの。世界は信じられないぞ。だってさ、ここの時間表示がズレてたら、牧野気づく？」

美緒は肩越しに視線を寄越す。

「それは——少しなら判んないけど」

「少しってどのくらいさ。一秒？　一分？　一二時間なら判んないんじゃないか」

モニタの前に座っていると、慥《たし》かに時間の経過が判らなくなる。

「判んないかもしれないけど——携帯の端末と比べればすぐ判るよ」

「そっちもズレてたら？」

「ズレないよ」

「ズレてたらっ、て話じゃんよ。いや、こいつら今は全部繋がってるから、通常は単体でズレないんだよ。ズレんなら世界中一遍にズレる。一日分吹っ飛んじゃったらたぶん、かなりの人間が結構気付かないぜ。いや、半日ズレたとしたら――時間表示が狂ったと思わないで、昼なのに何で暗いんだとか、きっとみんなそう思うぜ」

美緒は嗤《わら》った。

「だからこうやって部分的に切り貼りすると、もう判らなくなる。ええと――ほら、もう大丈夫だ。あたしは今、ここにいない」

「いるじゃない」

いないんだよと言って、美緒はくるりと椅子を回した。

「牧野にはあたしが見えてるけど、データ上この家に訪問者はいないことになってるから、あたしは歴史的にここにはいない。マホーだな」

「魔法？」

「昔の人はお気楽だったからさ、時間旅行とか瞬間移動とか馬鹿みたいなことを平気で、しかも真剣に考えたみたいだけど、正気とは思えないね。でも大昔の人はもっと現実的だったみたいだから、そんなくだらないことはマホーで済ませちゃったワケだ」

「魔法の方が現実的なの？」

「そりゃそうだよ。だってマホーはリアルじゃないんだぜ。リアルでマホーやろうとするのは現実的じゃないじゃん。マホーならそんなことは簡単だったワケね。何でもできると考えるお気楽な時期が終わって、漸く元に戻ったんだな」

「よくわかんないよ」

「リアルの時間はね、行きっぱなしなの。順序は保護されてる」

「保護されてるって？」

「遡行《そこう》もできないし遣り直しも利《き》かないってこと。数式言ったって理解できないだろ。物理法則に則《のっと》れば閉じた時間的曲線を導き出すことは不可能なの」

美緒は眼を一回り大きくして葉月を見た。

「その昔はヒモだとか虫喰い穴《ワームホール》だとか、色々都合のいいモデルを考えたようだけど、どれもこれも机上の詭弁《きべん》。これぱっかりはどうしようもない。この時空にいるあたし達は、この時空自体には手出しができないんだ。でも、変な理屈つけなくたって机上ならどうにでもなるだろ。あたしは空を飛びました、過去旅行しましたって、口でなら言えるし文章にもできる。それが大昔の人のやりかた。つまりマホーだね。昔の人はその大昔のマホーを現実にしようとして、飛行機作ったり電波飛ばしたりしたんだろうけど、所詮《しょせん》は不細工だろ。根本的には手出しができない。どうやっても万能のマホーが使えない。だから——きっと考えたんだ」

「何を?」

「だから今の世の中をさ。今みたいに世界を全部数字に置き換えること」

「数字にっ——て?」

数字じゃんと言って美緒はモニタを指差した。

「これは全部信号だもの。画《え》だって字だって元は数字の配列だから。あたし達は数字の配列見てこの世界を理解してるんだ。なら——マホーは使い放題だぜ。数字並べ換えれば、あたしは百五十歳の年寄りにもなれるし男にだってなれる。たった十何分の間の存在証明を消すくらい、簡単なことさ」

やらない手はないだろう——そう投げ遣りに言ってから美緒は食卓に顔を向ける。

「でもマホー使ってもお腹は一杯にできない。牧野あれ——喰わないの?」

食べてもいいよ——と葉月は言った。

何故そんなことを言ったのか、言ってしまってから葉月は首を傾《かし》げた。美緒は食べたいと言った訳ではない。食べないのか、と尋いたのである。なら食べないとか後で食べるとか答えるのが普通ではないのか。端末を通した会話では、こうしたことは起き得ない。

ぼうっとしているうちに、美緒は食卓に着いていた。

「あたし毎日下の中国料理ばっかだから」

美緒はそんなことを言いながら、ラタトゥイユに手を伸ばしている。

多くを省略してなお意思が疎通してしまうことに葉月は戸惑いを覚える。

「下って——」

とにかく。葉月は美緒の向かいに腰を下ろした。

こんなことで動揺してしまう様を気取《けど》られるのが何となく厭だったからだ。

「来た時見たろ。外国人。あれ半分くらい中国人なんだ。原材料とか添加物とか、何使って作るのか知らないけど辛いの」

美緒は喋りながら繊維質を摂る。生野菜を食べて温野菜を食べて、メインディッシュのつけ合わせを食べた。葉月はただぼうとその口許《くちもと》を見ている。

「——ベジタリアン？」

「違うよ。蛋白質《たんぱくしつ》ばっかり喰わせるの。何を培養したもんか判らないけどさ。あの辺ろくな食材ないからさ。これ何？」

美緒はグラタンの中のブロッコリをつっ突き回していて、何か別なものを拾ってしまったらしい。

「貝じゃない」

「カイ？　カイって水棲《すいせい》生物？」

「水棲って——まあそうじゃない。都築、貝知らないの？」

「よく知らない。カメなら知ってるけど。ネイチャリング興味ないから」

美緒はフォークの先に刺さった物体を繁々《しげしげ》と眺めて、こういうのはどうやって培養するんだろ——と呟《つぶや》いて、その水棲生物を模したものの部分を口に含んだ。

「美味いね。何だか判んないけど」

「変な——娘」

「変かな」

普通だよと答えて美緒はフォークをぞんざいに置いた。喰い散らかしたという感じである。

味わったとも思えなかったし、満足したようにも見えなかった。それでいて美緒は、美味かったなどと年寄り染みた言葉を発した。

「喰い物は大事だよな」

「大事って——まあね」

「思うに、あたし達の先祖はよっぽど弱かったんだぞ」

「弱い？」

「そうさ、バクバク喰われてばっかりいたんだ。そうに違いないぜ。だから必死で——食物連鎖から切れようとしたんじゃないかな。今さ、世界中挙《こぞ》ってケモノ殺さなくなっただろ。この国で生き物喰う奴はいない」

「殺すのは良くないことでしょ」

「昔は殺してた。殺して喰ってた」

「殺さなくたって食材は作れるでしょ」

「作れるさ」

「植物だって作るんじゃない。植物は昔から作ってるんでしょ」

「作るって——あれはただ育てるんじゃん。クサとかだって生きてるんだから。何かから作るってのとは違うよ。一から全部作るようになったのは最近のことだよ」

そう——なのか。

「でもさクサとかケモノの代わりまで、何から何まで全部作り物でカバーするようになって、人は食物連鎖から切れることができたの。何千万年もかかってさ、漸《ようや》く切れたんだ。喰い物は全部、無生物から捻《ひね》り出すようになっただろ。ひと昔前は合成食品とか言って厭がってたみたいだけど、成分に変わりはないじゃん。昔は技術が拙《つたな》かったから有害なものもあったらしいけど、それは馬鹿だっただけのことだし、でもさ」

「でも？」

「喰ったり喰われたりしなくなったら動物じゃないよな」

「動物――」

「ケモノな。今だって保護区の中ではケモノはケモノを喰ってるんだぞ。喰い合って生きてるんだ。喰わないのは人間だけだ」

それが――悪いことなのだろうか。

「人が獲《と》った所為《せい》で絶滅しちゃった動物もいるんでしょ」

「トラとかだろ。でも獲らなくなった所為でクジラは増えた。今、海の生き物は全部クジラが喰ってるって話じゃないか」

「鯨は何でもかんでも食べない」

カイとか喰ってるんじゃないの――と美緒は適当なことを言った。どうも、この天才娘は生物学的な知識には乏しいようだった。葉月は――何故か動物が好きだ。ほとんど見たことはないけれど、昔の画像を蒐《しゅうしゅう》集してファイルしたりしている。

――狼。

そう――一昨日の夜、絶滅動物のファイルを検索していて偶然行き着いた獣だ。画で見る限りは犬のようなものだった。凄く小さい頃に見た、犬に。

――犬。

何処《どこ》で見たのだろう。

よく覚えていない。

「動物って動く物って書くだろ」

美緒は作業着らしき強化素材の服の袖《そで》で口を拭《ぬぐ》った。

「あたし達あんまり動かなくなったし。人間は本当に動物やめる気なんだ」

がたがたと椅子を動かして、美緒は再び端末の前に座った。

「何時間でも座ってるだろ。そいでもあたしら生きてるもんな。普通は死ぬぜ」

パチパチとキーを叩く音がする。

「何するの――」

「これから先の十分間を昨日からコピーするの。あたしはここから出なくちゃならないから。あんまり遅くに出歩くとエリア警備が煩瑣《うるさ》いだろ。人殺しの警備で人員増えてるし――」

「都築――まだ何処《ど》っか行くの」

「何処って――この石返しに行く。神埜の家」

――歩未の家。

「今度こそ昨日の仕返しするんだ。よし、これで何もかもなかったことになる」

なかったこと――今の時間は嘘の時間か。

「今のは全部――夢ね」

美緒は振り返って――笑った。

006

合成樹脂臭が鼻につく。廉《やす》い合成皮革《ひかく》のシートが匂うのだ。

いや——それだけではない。これは薬品臭だ。揮発性の消毒剤の香りが雑《ま》じっている。

有機的な匂いを厭《いと》う連中がこの手の匂いを好んだ時期もあったようだが、所詮《しょせん》この手の匂いは人体にとって有効な類《たぐい》の芳香ではない。と、いうよりもあからさまに有害である。

心地よい匂いの研究は未だに盛んで、特に若い世代に広がった調香ブームは今以《もっ》て健在らしい。

静枝の担当する児童の中にも調香を趣味にする者がいるが、残念ながらデリケートな香りなど嗅げた例《ためし》がない。芳《かんば》しい香りどころか、そちこちで異臭を漂わせているだけである。

嗅覚障《しょう》碍《がい》者が急増しているのだから仕方がないことだとも思う。

静枝はウインドウを開けた。

外気とてそれ程清浄な香りがする訳ではない。決して清々《すがすが》しくはないのだが、空気が流れることで幾分気が紛れる。何処《どこ》まで行っても雰囲気の変わらない規格住宅街の風景が、まるで時代後《おく》れのスクロール型壁紙のように流れて行く。

むさ苦しいかと椽は言った。

「俺は——まあ、あんたのいうところの不潔愛好症のようだがな、公用車《こいつ》にいつも乗ってるのは潔癖症の女性職員でな。いつだってそっちこっち消毒してる。だから——あんたでも大丈夫かと思ったんだがな」

「その人はきっと嗅覚障碍です」

「そうか？」

椽は二三度鼻を鳴らした。

「それより――本当にいいんですか。もう五時を回りますが」

「平気だよ。さっき、作業が終わるのを待つと本日の業務中には戻れないと――そう言った。俺の携帯端末じゃなくてセンターの端末から県警の管理課に連絡を入れたんだからな、疑いやしない。だから現在、俺は帰宅途中扱いなんだ。その代わり――明朝は本部に立ち寄ってからそっちに行くことになる。作業も俺が着いてから始めて貰うことになるが」

そんなことは構わない。

――それよりも。

「その娘は無保護者児童か」

「違います。でも両親とも三日前から留守なんです」

「留守？」

「旅行中なんです」

「そりゃ――気楽なもんだな」

「プライヴェートじゃありません。公務ですよ」

ああ――と椽は溜《た》め息《いき》とも返事ともつかぬ声を出した。

「――配偶者同職雇用制とかいう奴だな」

「ええ。ペアワークス制の弊害ですよ。十六歳以下の子供がいる者には当然児童に対する保護監督の義務がある訳ですが、公職にある者とペアワークス登録者に限っては職務遂行に併う育児義務免除制が設けられています。しかし託児扱いになるのは十三歳未満です。十四歳から十六歳までの未成年は保護して貰う権利があるというのに、この場合はその権利が行使できないんですね」

「いつだって穴があるんだ。法律には」

「穴だらけです。結局その間はセンターが児童を保護しなければならない。しかしセンターにそんな人手はありませんから」

カウンセラーが気をつけているしかないのだ。しかし気をつけるといっても、一人の児童にずっとついている訳にはいかない。預かる訳にもいかない。センターが個人の自由を拘束することはどんな場合でも禁じられている。端末を通じて頻繁に連絡をとり合うしかないのだ。幸い、パーソナル端末を持ち歩かないような者はまずいない訳で、つまりそれでもほとんど問題はないのだが――。

親には連絡したのかいと橡は問うた。

「すぐにアクセスしました。現在移動中で――今夜にも戻るそうですが」

「仕事とはいうものの――子供とは連絡とり合わないものかな」

「とらないんじゃないですか。別に話すこともないでしょうし」

「俺は家族がないから解らないがな。まあ、考えてみれば、俺が若い頃から家族崩壊とかいわれてたからな」

「それは言葉の遊びです。家族というのは概念であって物体ではないのですから、崩壊などしません」

「しないか」

「しないでしょう。単に概念が変容したというだけのことです。家や血族といった概念は橡さんが若かった頃、既にそれまでと違ったものとして捉《とら》え直されていた訳ですし――その当時も現在も、血縁者、或《あるい》は戸籍上の縁者が同居する生活スタイルを取る場合、それはやはり家族と呼ばれる訳ですから、家族が壊れた訳ではないでしょう。時代時代に見合ったモデルが形成されていくのは当然のことで、現在はそれが家族の在り方として定着しているというだけのことです。それがそれ以前と違っていたからといって、壊れたとかなくなったとかいう表現をするのは――どうでしょうか」

本当は――愚かですと言おうと思ったのだが、静枝は表現を抑えた。

所詮世代が違う。

しかし椽は、あんた初めて俺の名前を呼んだなと、随分ずれたことを言った。

静枝は顔を背《そむ》ける。刑事さんと呼べば良かったかと後悔する。椽は前を向いたまま笑った。

「ま、そりゃそうなんだろう。俺も若い頃、識者ぶった連中が家族だの自己だのに就《つ》いて偉そうに語るのを聞いて、何だか違和感を覚えたもんだ。自分探しだの家族崩壊だの、頭の悪そうな言葉は大抵その頃できたんだ、きっと」

「いつの時代も識者の言葉は大抵頭の悪そうなものと相場が決まっています」

「まあ、そうかもしれない。でもその頃は、自分が若いから解らないんだろうと思ってた。で、結局齢《とし》喰って、そいつらの言ってたことが解るようになったのかというと——そんなこともない」

丸くなった訳でも変節した訳でもねえんだな、と言ってから椽はナヴィゲータの表示を詳細なものに切り替えた。

「俺は——昔は上の世代とのギャップに、今はあんたら世代とのギャップに、それぞれ違和感を覚えているというだけのことなんだな」

「人間は保守的なものですから。中味を常に更新して行くことは難しいでしょうし。いつの時代も若い層は愚かで軽薄で駄目なんだと——そう判断されるものです。でも実際に次代を作るのはその愚かで軽薄な層の人間なんです」

理路整然とした女だなあ、と椽は言った。静枝が顔を向けると、中年男は一瞬だけ視線を助手席の方に向けて言った。

「今はプライヴェート扱いだから性差表現は可だろ」

「可——ですけど」

「うん——ただ、俺はね、親がその、心配はしないもんかな——と、そう思っただけだ」

「この場合は、私達センターの人間が信頼されているということです」

「なる程な――」

橡は多分上の空で返事をした。

空々しいと静枝は思う。静枝が本心で語っていないことを、この中年男は多分見抜いているんだと、そう察したからである。

センターもカウンセラーも、信用されてなどいるものか。

「で――多分この辺りのはずなんだけどな。その娘の住居は」

「あ――」

静枝は己《おのれ》の端末を見る。慥《たし》かに目的地周辺の表示が出ている。

静かに減速し、やがてソーラカーは止まった。橡はナヴィゲータの横のカードリーダーにＩＤカードを通した。

「こりゃ警察の備品だからな。勤務時間外の使用は個人精算なんだよ」

「それじゃあ請求を」

「早く行きな」

橡はホルダーから己の端末を引き抜いてからそう言った。

静枝はドアを押し開けて薄闇の街に出た。

通常、センター職員が児童の登録居住家屋に直接行くことは滅多にない。重度の引き籠《こも》り児童のように訪問カウンセリングが必要な場合や、育成環境指導が必要かどうか調査に行くような特殊な場合を除けば、年に一度の訪問もない。

矢部祐子の登録居住家屋にも、静枝は過去に一度しか行っていない。

問題のある児童ではなかった。

――それにしたって。

まるで記憶になかった。

尤《もっと》も規格住宅街は全国どこでも全く同じ外観だから、覚えていろというのも無理な相談ではある。

――家の中は。

室内の様子は朧《おぼろ》げに覚えている。

デフォルメされた二十世紀のキャラクタートイが沢山並べてあったはずだ。

――否《いや》、それは。

データから判断した仮想の記憶か。

児童のパーソナルデータは、流石《さすが》にほとんど頭に入っている。趣味や嗜好《しこう》も心得ている。そうした知識や先入観が、静枝の内部に仮想の記憶を形成するのだ。詳細な情報が、静枝の中で勝手にリアルとなる。そしてそれは――概《おおむ》ね外れることなく、現実のそれと符合してしまう。

大嫌いなプロファイリングのようで酷《ひど》く厭《いや》だ。

そんなもので人間は量れないし、理解もできはしないというのが静枝の持論である。

いや、識者の見解としては昔から、ずっとそうだったのだ。本来的にプロファイリングなどは手の込んだ性格判断のようなものなのだから、結局のところ占いの域を出るものではない。

それが正解なのである。

どんな場面に於《おい》ても、そんなものを憑拠《ひょうきょ》として判断を下すような行為は、本来的にしてはならないことなのだ。参考程度に留めておくのが妥当な扱いだといえるだろう。

――そんなこと。

考えるまでもないことだと静枝は思う。

それでも、現在《いま》もなおプロファイリング信奉者は一部に根強く生き残っている。それで人間は類別できるのだと信じている馬鹿がいるのだ。それもこれも――。

――当たってしまうことがあるからだ。

勿論《もちろん》それはプロファイリングの技術が向上した所為《せい》ではない。

どれだけ微細に調査しようとどんなに精緻に解析しようと、類推は何処まで行っても類推であり、事実ではない。それが類推なら、たとえ的中する確率が高かったとしても手法が優れていると考えるべきではない。

もしそうした事実があるのなら、それは自《みずか》らを分析し、想定される人物像に自らなりすます人間が増えているという風に理解するべきだろう。こうした環境で育ったのだからこうなるはずだ、斯《かく》あるべきだという、類型的な自己規定をする者が増えていると考えるべきなのだ。

　静枝は溜め息を吐《つ》いて、頭の中から矢部祐子の部屋の様子を追い出した。

　端末でナンバーを確認し、念の為に再接続を試みる。相変わらずメイン端末は留守番モードだし、携帯端末は認識不可能だった。通信拒否は可能だが、認識されないという状況は通常あり得ない。故障したのか。破損したのか。

　振り向くと横に運転席から降りて突っ立っている椽の背中が見えた。装甲の薄いソーラカーは、慥《たし》かにあの男には似合わないように思えた。

　角から三軒目の建物が矢部祐子の登録居住家屋だった。

不在の表示が出ている。

たとえ誰であろうと、屋内に人間がいればこの表示は出ない。センサが壊れているのでなければ留守ということだ。

　カードをリーダーに通して訪問記録を残す。

　静枝の認識番号が表示され、続いて十七時二十分訪問の表示が出た。

　端末に訪問理由を打ち込み、カードリーダーに接続する。序《つい》でにデータを採ると、一昨日の二十時十二分から不在という情報が得られた。

　――一昨日の夜から帰っていない。

　既に四十五時間が経過している。のみならず矢部祐子は二度も外泊していることになる。登録居住家屋以外、矢部が宿泊可能な他住居及び施設はデータ上にはない。そうなると――。

　何らかの事件に巻き込まれた可能性というのも否定できない。

　静枝は視線を椽に送った。

静枝をここに送り届けた以上、もう用はないのだろうに、まだそっぽを向いて立っている。

下心があるとも思えない。事件性がある場合を危《き》惧《ぐ》して残っているのか。

——そうなら警官の鑑《かがみ》だ。

声をかけようかとも思ったが——静枝は躊《ちゅう》躇《ちょ》の末にやめた。不安は既に静枝の内部に充満しつつあるのだが、それを認めることが厭だったのだ。

もう一度ドアを見る。

——まさか中で。

どうした——と榛の声が後頭部に当たった。

「やっぱり留守かい」

静枝は答えなかった。声が近付く。

「いつからいない」

「一昨日の夜から——です」

榛は静枝の背後に至った。

「そりゃ不穏だな」

「——入れないですか」

「入れるがね——」

己のIDカードを翳《かざ》して、入れても入るのは無理だよと答え、榛は静枝の横に立った。

「警官がロックを解除していいのは緊急時——しかもケースDだけだ」

「緊急時です」

「ケースB以上のランク判断は部長以上でないと下せないんだよ。それに——このケースは精々《せいぜい》ランクAだからな。エリア警備に要注意連絡して、それで終わりだ。不在表示が出ている以上は中に人間はいない。一人残らず外出しない限りこの表示は出ないんだからな。これで中に誰かいたとしたなら、センサが壊れていることになるだろう」

「壊れているかもしれません。端末も認識できないんですから」

「そりゃその児童のパーソナル端末だろ。この家のセンター端末は生きてるはずだ」

それは事実である。

「それで勝手に開けたりしたら――俺が送検されるよ」

椽は武骨《ぶこつ》な顔を静枝に向けて、眥尻《まなじり》を下げる妙な表情になった。

「まあ――不審は不審だからな。不在中の訪問者チェックくらいならしてもいいだろう」

椽は腰のホルダーから警察官仕様の特殊端末を抜いた。静枝は慌てて自分の端末のケーブルをカードリーダーから引き抜く。

「訪問者記録は通常ロックされてるんだがな。訪れたにも拘《かかわ》らず開門されなかった訪問者情報だけはこいつで読み取れる。望まれない訪問者である場合もあるからな。こいつはケースAでも許されている行為だ。つまり――エリア警備でもできることだ」

電子音が鳴った。

「ん――」

椽の表情が曇る。

「何です」

「いや――」

留守中の訪問者は二名だなと椽はぞんざいに答える。

「両方とも未成年だ。ここの娘《こ》は、通常から友人と行き来のあるタイプの娘か？」

そんなはずはない。矢部祐子は引き籠りではないものの、主たる交友関係は端末を通じてする一般的なそれであり、直接訪問してくるような特殊なタイプの友人はいないはずである。

違うのか、と椽は言った。

「偶々《たまたま》――ってこともないのか。未成年――児童だしな」

一人だけなら偶々ということもあるのだろうが、短期間に二人続けて訪問者があったとなるとどうだろうか。椽は暫《しばら》く端末のキーを押していたが、そのうちいっそう険しい顔つきになった。

「訪問者が誰なのか――民間人の私は教えて貰えない訳ですね」

「通常はな。ただなぁ」

椽は更にキーを押し、それから小声でおッと叫んで、顔を上げた。

「前例があった」

「何です——前例って」

「警察官が取得した秘守情報を民間人に公開できるケースを検索してたんだよ。前例さえあれば最悪でも始末書提出で済むからな——」

言い訳じみたことを言いながら、椽は静枝に向けて端末のディスプレイを示した。

「見せるぞ。両方ともあんたんとこのセンターに通ってる児童だが——」

管轄内の児童数は多い。担当児童でなければ氏名と認識番号だけでは判らない。

——いや。

「これは——」

見覚えがあった。

知ってるかと椽は問うた。

「二番目の作倉雛子《さくらひなこ》というのは——私の担当児童です。矢部祐子と同じコミュニケーション研修クラスのメンバーです」

「友達か？」

交流はない。

少なくとも静枝は把握していない。

「作倉という子は少し特殊な嗜好の子で——他の児童との交流は全くないんです」

特殊な嗜好——それはオカルト嗜好である。

作倉雛子は神秘主義に対して強い興味を抱く児童なのである。どのコミュニティにもそうした傾向を持つ児童は一割程度はいるのだが、作倉に関していうなら——度を超しているとしかいいようがなかった。中世の占いなどを真剣に学んで、剰え《あまつさ》実践していたりする。

静枝などから見ればあまり良い趣味とは思えないのだが、問題を起こす訳でもないから指導対象にもならない。

いずれにしろ、どんな趣味嗜好であれ、そのまま専門的・学術的な方向に進んで成果を上げる者もいることはいる訳だから、未成年の段階で嗜好性を捩《ね》じ曲げるようなカウンセリング方針を執るべきではないと、ガイドラインには書かれている。

静枝もそう思う。

ともあれ扱いにくい児童であることに変わりはないのだが。こっちは知らないかと言って橡はディスプレイを示した。

——中村雄二《なかむらゆうじ》。

知らなかった。名前に見覚えがないこともないのだが、名簿や児童一覧は常に目に入る状況にあるのだから、担当以外の児童の名前も記憶に残ることはある。

「こいつは——」

橡はディスプレイの表示を消した。

「——どうやら重要参考人らしいな」

「参考人って——例の殺人事件の？」

そうだ——と短く言って橡は端末をホルダーに仕舞った。

「捜査中の事件関係者がヒットした場合は判る仕組みになってんだ。こいつは——犯行当日被害者川端リュウと行動を共にしていたらしい未成年——いや、児童だな」

「らしい？」

「本人は否定してる。しかし——」

橡はそこで言葉を止めて、ソーラカーの方に二歩三歩と歩《ほ》を進めた。そして、半ば独り言のように続けた。

「——訪問時間は昨夜だ。事情聴取が終わってすぐに中村はこの家に来たことになるな」

「矢部祐子が事件に関わっている——ということですか」

「関わっている可能性も出てきたということだ。報告する必要があるな」

橡は振り向いた。

「あんたにも多少面倒をかけることになるかもしれないな。このデータ転送すれば、個人宅から勝手にデータを取得した経緯も報告しなくちゃならなくなる。ケースAの判断を下した状況を説明するには、あんたの証言が必要になる」

「それは構いませんが――」

静枝は視線を泳がせる。

予期せぬことではあった。

「ん――？」

道路を挟んだ向かい側の家蔭に一瞬黒いモノが過《よぎ》った。

「どうした？」

「今――こっちを」

見ていた人間が、静枝が視線を向けた途端に身を隠した――ように思えた。

椽は一瞬にして状況を呑み込んだらしく、顎《あご》を一度突き出した後、すぐに視線を送り、道路を突っ切って駆け出した。静枝も後を追う。

あれは――。

静枝は道路の真ん中で一度転びかけた。走り方を忘れてしまったかのようにぎくしゃくしている。走るのは常に設備の整った施設の中である。静枝は生まれてこの方アスファルトの上を走ったことなどない。勿論健康上害があるからで、それは正しいことなのだけれど――。

分離帯の手前で立ち止まって左右を見渡す。

何処もそうなのだが、夕暮れの住宅街は特に閑散としている。在宅勤務者が五割を超し、食材や物資も宅配が主流になった現在、慥《たし》かにこんな時間に街を徘徊《はいかい》する必要などほとんどないだろう。光量が少なくなって来た所為《せい》か、街路灯が点《とも》った。

――まるでリアルじゃない。

遠近感などあったところで、風景がざらついて見えるだけでまるで瑞々《みずみず》しくない。

「おい、ちょっと来てくれ」

椽の声がした。

反射的に声のした方向を見ると、武骨な男が喪服の少女の華奢《きゃしゃ》な腕を摑んでいた。

　放して放してと少女は暴れている。

「暴れるなよ。俺はただ――」

「わたくしは関係ありません。放してください」

「だから――名前を尋《き》いただけじゃないか」

　黒い昔風の衣装。アンティークのリアルショップに陳列されているようなヒール。

「作倉さん！」

　作倉雛子だった。雛子は静枝の顔を見ると、眼を瞠《みは》り、小作りな顔を強張《こわば》らせた。

「この娘が――その？」

　椽が手を放した途端、雛子ははずみで飛んでライトポールに打ち当たった。

　黒い衣装が映る所為か、街灯の心許《こころもと》ない灯《あか》りに照らされた所為か、雛子の顔はこの上なく青白く見えた。触ると壊れてしまいそうだ。

　雛子は思いきり顔を背けた。

　拒否されている。

「作倉さん――あなた」

「関係ありません」

　でも――静枝はその痩せた肩に手を伸ばし、触れる前に止めた。

　接触しただけで暴力行為と見做《みな》されることもあるからだ。

「あなた――矢部さんに用があったんじゃないの」

　静枝の口からは訪問したことを知っているとは言えない。雛子は顔を背けたまま、幾度か頭を揺すった。それからゆっくりと顔を上げて、静枝に強い視線を寄越《よこ》した。

「そんなこと――カウンセラーに報告しなければならない義務は課せられていないはずです」

「そうなんだけど」

「警察に対してはあるぞ」

　椽がＩＤカードを雛子の面前に差し出した。

「警察――」

雛子は首を竦《すく》め、形容し難《がた》い表情を作って榛を見据えた。

「最初からそう言っているんだがな」

「警察——って、でも、コスチュームが」

「スーツ着てるのはエリア警備。あれは民営だ。俺は県警刑事課。地方公務員だよ」

雛子は何度か静枝と榛の顔を見比べるように顔を動かした。

真っ直ぐに切り揃《そろ》えた真っ黒な前髪が何度も揺れた。どこか人形染みた娘だ。

「それじゃあ——やっぱり矢部様は」

「様ァ?」

榛は裏返った声を発して、すぐに低い声でこう続けた。

「やっぱりってどういうことだ」

「ですから——矢部様の身に何か変わったことでもあったのですか」

そうなのですねと雛子は榛の袖を摑む。

榛は答えず、代わりに雛子に顔を寄せた。

「何故《なぜ》そう思う」

高圧的ではない。しかし十分である。

直接会話することにそもそも慣れていない。

「それは」

「何を——知っている」

何も知りませんと弱々しく言って雛子は首が折れる程に横を向いた。

割って入れない。

静枝に頼ろうという考えは最初から持っていないようだった。

「関係ないと言ってたようだが——そうでもないようだな」

「関係ありません」

「それなら——何故矢部祐子の身を案ずるようなことを言うんだ」

「それは」

雛子はそこで初めて静枝の方に顔を向けた。

眼の周りが黒く縁《ふち》どられている。それが顔色を悪く見せている理由のひとつだと、その時静枝は気づいた。雛子は、その黒く縁どられた瞳で上目遣いに静枝を見た。

——許可を求める眼。

カウンセリングの際も、雛子は発言する前に必ずこういう表情を見せる。会話する相手の了承を得てからでなければ発言してはいけないと思っている——というより、何かきっかけがないと言葉を発することができないのだろう。静枝は頷《うなず》く代わりに眼を伏せた。カウンセラーとして好ましい態度ではない。案の定雛子は——多分失望したような顔をして——静枝から眼を逸らせた。

「占ったのです」

そして雛子はそう言った。

「占った？」

「良くない結果が出ましたの」

「良くない結果ァ？」

椽は雛子の手を振り解《ほど》くようにして静枝に向き直り、こういう娘なのかと問うた。どうであれ上手《うま》く説明はできない。静枝は椽を退けて一歩前に出る。

「作倉さん——どうして矢部さんのこと占ったりしたの」

少なくとも静枝は二人の交流を把握していない。コミュニケーション研修の際も二人は常に距離を置いていたはずだ。

「あなた達——」

「先月の特別メディカルチェックの時に——声をかけられたのです」

それならば静枝の目は届いていないはずである。

若年層の難治性疾病《しっぺい》障碍が増加していることもあって、本格的な精密検査を定期的に行うセンターが増えている。静枝の勤めるセンターでも三年前から実施している。対象人数が多い上に丸二日以上かかる大袈裟《おおげさ》なものだから、その間は担当児童総てにつ いている訳にはいかないのである。

「あなたがそうしたことに詳しいと――矢部さんは知っていた訳？」

検索したらしいんです――と雛子は小さな声で答えた。

そういえば雛子は自分がオカルト趣味を持ち、研究もしていることを自分の公開データに載せているのだ。情報交換のためである。

「本当なら占ってみてと言われたのです。揶《からか》われたのかもしれません」

たぶん揶ったのだろう。雛子には面と向かって言えないが、今時そんなものを信じる子供は少ない。

矢部祐子の本心は判らないが、真剣だったとは思えない。静枝は青白い顔を注視《みつめ》る。

わたくし占ったんですと雛子は言った。

「そうしたら凶の星が出たのです。でも、報《しら》せるのが怖くて――ところが昨日の研修に矢部様は来なかった。急に心配になって――でも端末に接続しても繋《つな》がらなかったものですから――」


橡は顔を強張らせた。

雛子は薄い唇をわななかせた。

静枝はその時、雛子がグレーの口紅をつけていることに――漸《ようや》く気づいた。

007

外は何だか湿っているような気がした。

気の所為《せい》だ。

昨日の雨が残っているとも思えない。今日は一日快晴だったはずだ。

葉月は外の様子など一度も確認していないから、本当の所は判らないのだけれど。

ふうと風が頬に当たった。髪の毛がその風を孕《はら》んで膨らむ。葉月は胸を押さえる。動悸《どうき》が高まっているようだ。珍しく走ったからだろうか。

行き止まりがない。

道は何処《どこ》までも続いていて、先が見えない。

不安だ。街という箱は大きい。葉月のスケールには合わないらしい。

解像度の低い画像データを巨大モニタで観るようなものだ。スカスカで輪郭まで暈《ぼ》やけてしまいそうだ。こんなに密度が低いのに、どうして現実というのはこんなに明瞭に像を結んでいられるのだろう。

真っ直ぐな道路の先に黒い影が見える。

何だよう——と影が言った。

「何だよ。ついて来んなら一緒に行こうぜ」

「一緒に——？」

一緒に行く気なんかなかった。

——どうして飛び出して来てしまったのだろう。

自分でもよく判らない。突然飛び込んで来てがちゃがちゃと引っ掻《か》き回し、そのままプイと出て行ってしまった美緒に、何か一言文句でも言いたかったのか。

——そうじゃない。

それは違うと思う。

変な奴だな——と、影は言った。

「一緒に来る気がないなら何やってる訳？」

「何って」

「だってさ、黙って後からついてこられてもサ」

「うん——」

そう言った途端に街灯が点《つ》いた。

影が美緒の顔を得た。

「夜だぜ」

しかも危ない夜だと美緒は言った。

「行かないなら戻った方がイんじゃないか。人殺しは出なくても、そんな格好でうろうろしてるとエリア警備に捕まるぜ」

葉月は外出着ではない。

しかしそれを言うなら美緒だって大差はない。

「自分はどうなの」

葉月は美緒に駆け寄る。あたしは逃げると美緒は言った。

「とっとと逃げる。トットってどういうのか知んないけど」

「私だって逃げる」

「無理じゃん。三十メートル小走りで息上がってるし」

「上がるって？」

ぜーぜーしてんだろと美緒は愉快そうに言った。

「そのぜーぜーすんのが、どうもアガルって言うらしいぞ。肩上下してるし。全然走れないな牧野。変な奴」

変なのだろうか。

葉月は一応、室内運動に於《お》いては標準体力値に達する結果を得ている。総合メディカルチェックでもランクはAダッシュだった。

そういうことじゃないよと美緒は言う。

「面白いよ牧野。一緒に神埜ン家《ち》行こうぜ」

「面白い？」

何が面白いのか葉月には判らない。

そのうえ、それでどうして美緒が葉月に同行を求めるのかも理解できない。歩未の家になど行ってしまっていいものだろうか。

「歩いて行けるの」

何故《なぜ》か、物凄く遠いような気がした。

「行けるに決まってるじゃないか。慥《たし》か――意外と近いんだ」

美緒は歩道の端の縁石の上に乗って、端末を覗《のぞ》き込んだ。

「A地区？」

「でしょ。あたしの街《カンラクガイ》にはいないから――あ、ここか」

美緒は横道に入った。

「このエリアは意外に古いんだ。この先の道なんか有害っぽい」

先の道。街には奥行きがある。気持ち悪い。地図と違う。

葉月はそんなことを思う。

美緒は路地に入って行く。遅れると見えなくなる。葉月は端末を出してナヴィゲータを表示する。

位置を確認する。自分が世界の何処に位置しているのか座標軸で確かめなくては、居場所がないような気になってくる。先がどうなっているか判らないなんて、物凄く不安なことじゃないのだろうか。

地図で観るなら全体を俯瞰《ふかん》できる。五メートル先の東側に何があるのか、塀の後ろの建物の所有者が誰なのか、みんな記されている。でも、実際には何も見えない。

早く来いよと声がした。ならば――。

「この辺はもう規格住宅街じゃないから迷うぜ」

「A地区に規格外なんてあるの？」

「馬鹿だな。全国のA地区の六十パーセントは規格外なんだぞ。街なんてのは元々出鱈目《でたらめ》にでき上がってるんだ。一遍にぶっ壊して建て直さなきゃ規格品になんかなるもんか」

――一遍にでき上がったものじゃないのか。

当然だろう。

ただ、考えたことなどなかった。

この世界は葉月が生まれた時からずっと同じものだった。少なくとも葉月の知っている、葉月の見聞きできる範囲の身の回りの世界は、何も変わってはいない。学習した過去の世界はまるで違った景色だったけれど、それは現実とはスッパリ切れたものだった。そうした過去の残滓《ざんし》は、慥《たし》かに今でもC地区などには色濃く見られるのだけれど、それはあくまで——葉月にとっては——別世界の風景でしかない。訪れたところで眺めるだけで、ならばモニタに表示される過去の風景と変わるものではなかった。

——地続きだ。

高々二十分程度歩いただけなのに、景色はまるで違っていた。

時間帯の所為《せい》かもしれない。

こんな時間に外出することなどない。明るさが違えば見え方も違うだろうとは思う。

それでも自分の居住するブロックの中にこんな風景があるというのは、葉月にとって予想外のことだった。

「街は時間を内包してる」

中々リセットできるもんじゃないぜと美緒は言った。それから美緒は跳ねるようにして道端のポールのようなものに手を掛けた。

「これ見ろよ。これ、ケーブルポールじゃなくてハシラだぜ。ただの棒。しかもコンクリート製。こんなの、もう歓楽街《うち》にもないぞ。一本だけ残ってるってのも無意味だし——」

ああ、やっぱり立ってるだけだ、役に立ってないと言って、美緒はケラケラと笑った。

「天下のA地区だもん、流石《さすが》にケーブルは埋設だよね」

「天下って何？」

「何って——変な顔するなよ。そう言うんだよ、こういう時は。この辺——来たことないの？」

「用がないから」

何だか歩きづらい。

葉月は足先に神経を集中させている。

路面が堅い。それに、上を見たくなかった。空が夜空に変わる途中の様子なんて、スケールが大き過ぎて見たくもなかった。美緒の声がする。ああエリア警備の巡回車だ――と、声はそう言った。

「巡回してンなあ。遭うと面倒だから――あ、この道だ」

美緒は身を隠すようにして横道に入った。踵を返すと遠くに赤いシグナルが滲んでいた。

「何してんだよ」

見蕩《みと》れていた葉月は袖を攫《つか》まれ、引き込まれるように径《こみち》に入った。

坂道だった。

公道の規定を五割程度しか満たしていない旧道である。

「この辺、昔ボチだったんだ」

「ボチ？」

「屍体《したい》埋めるとこ」

本当――と尋《き》くと、美緒はきっとねと答えた。

街灯の数も少ない。左右の家並みが見る見る黒い塊《かたまり》になる。

行く手の闇はもっと深かった。

「この先――モリとかじゃないの」

「自然保護区じゃないからテキトーに生えてるだけでしょ。このエリアの緑地環境基準はセンター周りのグリーンだけでもうクリアしてるから、開発されずに残ってるのは私有地の植物だけのはずだし。この辺は住民が老朽化してるんだね。昔の人は木とか生やすの好きでしょ。だからそんな大袈裟《おおげさ》なものじゃないよ」

「でも」

それは森に見えた。

「あ――あそこだよ牧野」

美緒はその森を指差した。

黒々とした森を後ろに背負って、新しめの住宅が建っていた。美緒はその門に駆け寄った。小さな顔の白い頬が明るい緑色に染まる。端末の発光ディスプレイが映《は》えているのだ。

やっぱりここだぜと美緒は言った。

「神埜聖未《きよみ》・歩未――神埜って姉妹で住んでるんだっけ」

「お姉さんは海外にいるとか言ってた」

いつ聞いたのだろう。聞いたことは覚えているのだが。

美緒の隣まで進む。

門には不在表示が出ていた。

「留守」

美緒はしかし動く様子もなく、凝乎《じっ》と建物を見つめている。

「侵入《はい》る気？」

手製のカードを使う気なのだろう。

「不在中に侵入したら犯罪でしょ」

「不在中じゃなくたって犯罪なんだけどな。うーんでも――これ、使う必要ないみたい」

美緒は無表情のまま僅《わず》かに顎を上げた。

美緒の視線は、建物の上方に注がれているようだった。葉月もゆるりと目線を上げる。

典型的な三階建ての規格住宅である。

ただ――。

「あれ何？」

目を凝《こ》らすと屋上に何か四角い形状の物体が確認できる。森の黒に紛れていてそれまで葉月は気がつかなかったのだ。微《かす》かに輪郭が確認できるから、発光でもしているのだろうか。

「動いてる」

「動く？」

美緒はごそごそと衣服をまさぐって、やがてスコープグラスのようなものを取り出した。見たこともないゴツゴツした機械だった。

「何それ」

よく見えるぜと言って、美緒はそれを顔面に装着した。それから、なる程そういうことか――と呟《つぶや》くなり、美緒は門を抜けすたすたと歩き始めた。

「そういうことってどういうこと？」

「だからさ」

「だから何。それに――勝手に敷地内に入っちゃいけないいんじゃない？　警備来るよ」

「牧野ン家と違って一般家庭に監視用集像機《アイ》なんかねーよ。建物内に入らなけりゃ敷地内だって公道と変わりないいんだから平気だ。あいつにできるならあたし達にもできる」

「意味わかんない」

だから――面倒くさそうに答えながら、美緒は家の横手――塀と建物の隙間を抜けて裏手に回った。

「神埜はいるんだよ。ここに」

「留守だったじゃない」

「留守じゃなかったの。あ――やっぱり」

かんかん、と金属を叩く音。

歩きにくい。規格外の幅。歩行に向かない材質でできた地面。葉月が漸《ようや》く隙間を抜けて家の裏手に出たその時、美緒は柱のようなものを平手で叩きながら、やはり上を見上げていた。

「ほら。螺旋《らせん》階段だ。後付けで作ったんだね」

「どうして？　なんで家の裏にこんなものが――」

昏《くら》くてよく見えなかったが、最近ではほとんど見かけない金属製の階段らしかった。

それは当然上に上がるためだろ、と言って、美緒は躰《からだ》を回す。

「上って？」

「察しの悪い娘だな。屋上にあっただろ部屋」

「部屋――なのか」

――あれは。

屋上に部屋を増築したということか。葉月がそんな当たり前のことを考えついた時、もう美緒はくるくる回りながら空に近付いていた。

葉月も堅い鉄の板に右足を載せる。

脚に力を入れると高度が上がる。行為を反復する。視界が回転する。自分が回っているのではなく世界が回っている。やがて、葉月は信じられない程高いところにいることに気づく。

美緒の背中。その向こうに——。

見慣れた白い項《うなじ》。

ヴェリーショートの髪。

歩未は何かに腰掛けて、夜を見ていた。

「不法侵入」

歩未は言った。

「違法建築」

美緒は答えた。

「考えたな。ここは——要するに屋外だもんな」

「何の用」

歩未は首だけで振り返る。葉月は美緒の背中越しにその白い顔を見た。

「牧野」

歩未は葉月を確認して、とても短くそう言った。

抑揚はなかったけれど、驚いたのだと葉月は思った。

目を逸《そ》らせて、それから屋上に出る。

結構広い。

三分の一程が小窓のついた四角い部屋になっている。中から灯りが洩《も》れていた。

「これ——何？」

「鳩の家」

ハトォ、と裏返った声を上げて美緒は開け放たれた扉を覗き込んだ。

「いないじゃん」

「トリのスケジュールまでは知らない」

「ふうん——」

美緒は突っ込んでいた顔を建物から抜いて、巫山《ふざ》戯《け》た口調で言った。

「——ハトってベッドで寝るんだ」

「僕が寝るんだ」

歩未は立ち上がった。美緒は肩を竦《すく》める。

「神埜、ずっとここにいんの」

「いるよ」

「不在表示出して、メインの端末もスリープにしてれば――まあ静かだろうな。でも学習はどうしてんの？　この環境じゃできない」

「――下に行く。週に一度でいいから」

「週に一度は家に入る訳ね。怪しい女」

「食事もここじゃ作れないよ」

「へえ。料理すんだ」

「用は」

「まあ待ってよ」

美緒は立っている歩未を追い越して、手摺《てすり》のところで止まった。

葉月と歩未が向かい合うような形になった。

歩未の肩越しに、丸くて紅《あか》い天体が輝いている。

――月。

月は、真実《ほんとう》に宙に浮かんでいる。

歩未は月を背にして立っている。

葉月は目を伏せ、
口の中で小さく、

「ごめんなさい」

と言った。

聞こえなかっただろう。聞こえなかったに違いない。歩未は何の反応もしなかった。

でも――。

嫌いなんだ。嫌いに違いないんだ。歩未はこうして人と向き合うのも、顔を見られるのも、会話するのも煩《わずら》わしく思ってるのに違いないんだ。葉月は酷《ひど》く後悔した。頸《くび》の辺りから、どくどくという脈動が顳顬《こめかみ》に駆け上る。

ここから何が見えるんだぁと、美緒が大きな声で言った。手摺に手を掛けて身を乗り出し、それまで歩未が顔を向けていた方向を眺めている。歩未は気《け》怠《だ》るそうに頸を伸ばして、

「空」

と答えた。

「ソラ?」

美緒は躰を裏返して手摺に腰を当て、何にもないよと言った。

「何もないモノ」

「なきゃ見えないじゃん」

「じゃあ見えないモノ——」

「哲学的なヤツ」

美緒はへえん、と小馬鹿にしたような声を発してから、さっきのスコープゴーグルを取り出して装着し、もう一度躰を翻《ひるがえ》した。

「——あれは——運送用高架道路か。昔の高速道路だな」

「南北線だよ」

歩未は素っ気なく答える。眩《まぶ》しいと言って美緒はスコープを外す。

「道の両側のランプ。これ相当光量上がって視《み》えるから」

「そんなものつけなくちゃ見えないの?」

「人間の眼はそんなに良くないぞ。視えるなら視える神埜が変なの」

美緒はつまらなそうに肩を揺らせて歩未に近付くと、指先でピアスを抓《つま》んで歩未の頰の横に突き出した。

何を反射したのか——月の光だと葉月は思ったのだけれど——一瞬だけそのピンク色の石はちかちかと瞬《また》いた。

「これ」

歩未は大きな眼の瞳だけを横に動かしてその幽《かす》かな光を捉《とら》え、

「これが?」

と言った。

「あたしンとこに落ちてたぞ」

「で?」

「だから神埜の——」

美緒は歩未の剝《む》き出しの耳に顔を寄せた。

「——じゃないのか」

歩未は急に気が抜けたように肩の力を抜き、腕を組んでから葉月と美緒の顔を見比べた。

「そんなもののために――来たの」

「悪い？」

「変だよ」

面白いじゃないかと美緒は歩未の前に回り込む。

「面白い？」

「面白いよ。なあ牧野」

――面白い。

面白いって、どういう感情だろうと葉月は考えている。

考えが纏《まと》まる前に、歩未は美緒の指からピアスを取り上げた。

「これ――」

凝乎《じっ》と見る。

あたしはそんなの死んでもつけないぞと美緒は言った。じゃあ死んでからつけてあげるよと歩未は言った。

美緒は眼を細めた。

「特別につけさせてやるよ。でも――牧野のでも神埜のでもないなら、それ誰のなんだよ」

「――これ矢部のだ」

「矢部？」

矢部祐子――雨に濡れていた青白い肌。ピンク色の瞳。

「それ――」

――コンタクトとおそろいなんだ。

葉月はそう思った。

「矢部ってあの矢部？」

この前研修休んだ矢部、と美緒は念を押すように問うた。

「他に矢部はいない」

「いないけど――だって何で矢部のピアスがあたしンとこに落ちてるワケ？　そんなのおかしいじゃないか。顔だってよく覚えてないぞ。接続したこともないし家だって離れてる」

家が離れてる。

――離れてるの？

美緒が言うならそうなのだろう。

しかし、昨日矢部祐子は、その美緒の住むC地区にいたはずだ。しかも濡れ髪のピンク色の娘は、その美緒の住む建物を葉月達に教えてくれたのではなかったか。あれは何だったというのだろう。何かの間違いなのか。

間違いかもしれないと葉月は思う。

見聞きしたって現実とは限らない。

「僕が――触媒《しょくばい》だ」

しかし歩未はそう言った。

「触媒？」

「僕は一昨日の夜、矢部祐子と物理的に接触してる」

「物理的接触《リアルコンタクト》？　会ったの」

「嘘――」

葉月は口に出してしまった。


「嘘？」

歩未は怪訝《けげん》な顔をする。

歩未が人と会ったりするものか。

歩未が人の顔を真正面から見たりするものか。

歩未が他人と言葉を交わしたりするものか。

葉月だって――見て貰ったことなんかないのに。

でも。

昨日。

矢部祐子と歩未は――。

互いに何かを共有していたのだ。葉月なんかの与《あず》り知らない共通の認識を持っているような――そんな様子だった。

そうならば。

もしかすると――。

葉月が見返すと、歩未はそっぽを向いたまま、

「遭遇したんだ」

と言った。

「遭遇？」

「そう。たぶんその時にそれが僕の鞄にでもくっついたんだろう。そして僕は同じ鞄を持ってコミュニケーション研修に出て、その帰り道に都築の住処《すみか》に侵入する羽目になった。その時にそれが落ちた。そう考えるのが一番合理的だ。都築の部屋は変なケーブルが沢山《たくさん》出てたからいろいろぶつかったし」

　歩未はそれまで座っていたモノ——木製の椅子らしい——を引き寄せて、再び浅く座った。

　美緒は回り込んで歩未の正面に屈《かが》んだ。

「遭遇って——行き合ったってこと？」

「そう」

「行き合っただけでどうして矢部のピアスが神埜の鞄にくっつくの？　出合うなりに耳でもすり寄せて来たっていうの？　あいつは高額所得者の愛玩動物か？」

　そうだよ執拗《しつこ》いなと歩未は躰の向きを変える。

「矢部は僕に縋《すが》りついてきたんだ」

「縋る？」

「僕にしがみついて——そう、都築の言うように顔を何度か擦《こす》りつけるようにしたかもしれない。あの時ピアスが外れて——」

　歩未は少しだけ上を向いた。

「いや——その時ピアスはもう取れてたのかもしれないな」

「え？」

　歩未は自分の躰に視線を落とし、少しだけ顔を右に振った。

「いずれにしても——それは僕の身体を媒介することで都築の部屋に辿《たど》り着いたんだ」

「どこで？」

　どこで遭遇したのさと美緒は重ねて問う。歩未はただすっと指を伸ばす。指し示したのは何もない暗闇だった。

　さっきまで美緒が眺めていた方向である。

「え？　だって夜なんだろ？　何してたんだ」

「関係ないだろ。散歩さ」

「神埜じゃないよ。神埜は変だから何してもいいけど。矢部の方さ」

　知らないよと歩未は素っ気なく答える。

「その時——矢部は誰かに襲われていたんだ。逃げてた」

「襲われてたァ？」

　美緒は眼を丸くして葉月の方に顔を向けた。

「フィクションでもあるまいし——そんなことってあるか？」

　葉月には答えられない。

　よく意味が通じない。

「暴行されてたっていうの？　誰に？」

「知らないよそんなこと」

「で——助けたりしたのか神埜？」

「助けないよ。僕は通り掛かっただけだ。助けたのは中国服の娘だ」

「中国服の娘って——まさか猫《ねこ》のヤツじゃないだろうな」

　美緒は立ち上がる。

　歩未は動かない。

　葉月は——。

　歩未の上の丸い天体を観ていた。

008

神経質にタブレットの表面を拭《ふ》いて、石田管理官は額《ひたい》に縦皺《たてじわ》を寄せた。

——腺病質《せんびょうしつ》な男だ。

こうした、あからさまに嫌悪感を示すような態度は、不潔を厭《いと》わぬ無神経さ以上に、周囲に好印象を与えない。他人から見れば多分自分も同じように見えているであろうことを半ば自覚しつつ、静枝はそう考えた。会議室で観た石田は寧《むし》ろ好印象だったのだが、それはあくまで比較できる対象、しかも愚劣な対象物がその場にいたからなのだろう。


結局こいつも——。

——厭《いや》な男だ。

静枝は毒のある強い視線を石田に送り、それからセンターとほとんど同じ造りのつまらない建物の内部に、まるで毒物を撒《ま》き散らすかのように視線を散らした。

何処《どこ》もかしこも清潔を装っているだけの偽《いつわ》りの均質と、正確を装っているだけの偽りの直線で構成されている。本当はぐにゃぐにゃの不衛生な建物のくせに。その嘘の中に平気で身を置き、嘘の上塗りをするように潔癖を装っているこいつは、やっぱり物凄く厭な男に違いない——。

静枝は思いつく限りの悪態を思い浮かべ、それを呑《の》み込んだ。

頭の芯《しん》がきりきりと軋《きし》む気がした。

こうなると近親憎悪というより自虐に近い。

悪罵《あくば》は全部自分に撥《は》ね返ってくる。

いい加減にしろと思う。

「捜査会議の必要は」

横から椽の声がした。今のところその必要はありませんと石田は答えた。

「――それでは情報を捜査員に流しますか」

「それは君の心配することではありません。職務は凡《すべ》て分担されている。情報の公開非公開に就《つ》いて判断を下すのは管理官である私の仕事です。君は単なる一捜査員でしょう」

「それでは――せめてその行方不明児童の捜査指示を」

それも管轄が違いますと石田は言った。

「それに就いても同様の回答をするしかない。私としては担当が違うとしか答えようがないのです。現在別室で事情を聴いている失踪した児童の保護者から捜索願が出されたなら、早急に然《しか》るべき措置をとるべく、担当部署の責任者に伝達しておきます。君は――君に与えられた職務を遂行することを一義として考えて貰《もら》いたいものです」


矢部祐子の保護者は昨夜帰宅している。その段階で保護責任はセンターから保護者に戻った格好になる。つまりこの場合は保護者の意向が最優先されるということだ。

そうなれば、カウンセラーの意見など助言程度の効力しか持たない。静枝の要請では警察もエリア警備も動かないのである。

結局――。

「これは余計なこと――だった訳ですか」

静枝は石田の背後のディスプレイを見ながら皮肉を言った。

誰が聞いても皮肉に聞こえるように言ったつもりだった。でも、それが実際この役人に皮肉として届いているのかどうかは甚《はなは》だ怪しかったのだけれど。

案の定そんなことはありませんと石田は冷ややかに答え、指先でタブレットに触れた。

それまで表示されていたデータが消えて、警察のマークが大写しになった。

「結果的にこのアクシデントは捜査本部にとって大変興味深い情報を提供してくれたことになった訳ですから——当局としては一応感謝の意を表しておきますが——」

石田はそこでもう一度タブレットを拭いた。

「それは、あくまで結果的に、という意味でしょうか」

静枝は先制攻撃を仕掛ける。

「本件については——殺人事件の重要参考人が何らかの形で関与している可能性があるという興味深い事実が得られなかったなら、私のカウンセラーとしての判断は誤りだったと——また私の執った行動はコミュニティセンター職員の職務からは逸脱した行動だったと、そう仰《おっしゃ》りたいのですか？　今のお言葉のニュアンスからはそうした含みが感じられますけれど」

そんなことはありませんよと石田は表情を変えずに冷淡に答えた。

「その段階であなたの下した判断及び行動は極めて妥当なものでしょう。保護者不在中にコミュニケーション研修を無断欠席した児童のパーソナル端末が認識不能になったのなら、担当職員が速《すみ》やかに出向いて事情を調査するのは当たり前のことです。なんら不適切なことはない。いや——」

石田はそこで言葉を切って、コツコツと無意味にタブレットの縁《ふち》を叩き、寧ろ対応が遅過ぎたきらいはあるでしょうが——と言った。

「遅い？」

そんなことはない。迅速に対応したつもりでいた。石田は僅《わず》かに首を振る。

「遅かったのでしょう。それはあなたが誰よりもお判りになっているはずです。あなた自身にそうした認識があったからこそ——あなたは警察の公用車に乗って現地に駆けつけるような真似をしたのでしょうし」

石田はじろりと椽を睨《にら》んだ。

椽は気づかないふりをしているようだった。

「育児義務免除期間中ならば、該当する児童の保護責任はコミュニティセンターにあることになりますね。その期間中にその児童が研修を無断で欠席したとなると――本来ならば欠席が確認された段階で即座に事情確認の義務が発生する訳でしょう」

「仰る通りです。ただ――これは慣例的に」

そこで静枝は言い訳を止《や》めた。慣例であれ何であれ――たとえそれが現実的に実行不可能な規約であったとしても――センターの対応が規約から逸脱していることは事実なのだ。

「まあ、諸事ご多忙なのでしょうからそこは大目に見るとしても、メールを発信した段階で端末の認識ができないということは判ったはずです。少なくとも――あなたは立場上もっと早くにその児童の異変に気づくべきだった。結果的に行動を起こすのが丸一日遅くなってしまったことになる訳ですから、問題視するとしたなら寧ろそちらの方でしょう」

その通りである。

気づくべきだったのだ。

気づくのが遅くなったのは――。

――あの会議の所為《せい》じゃないか。

無意味な会議と、不本意な仕事こそが、静枝から的確な判断と最良の行動のタイミングを奪い去ったのである。

私が結果的にと申し上げたのはそのことですよと石田は抑揚なく続けた。

「もしあなたが、速やかに行動を起こしていたならば――中村雄二とその、矢部祐子さんですか、そちらの児童との繋《つな》がりは判っていなかったかもしれない。そうでしょう」

慥《たし》かに――あの会議がなければ静枝は矢部祐子の異変にもっと早く気づいていただろう。

そうならば、たとえ業務を終えてから向かったとしても、遅くとも一昨日の夕方――十八時前には矢部宅に到着していたに違いない。

一方中村という少年が事情聴取を終えて矢部宅を訪問したのは夜——二十時過ぎだという。静枝の方が早く着いてしまっては知りようがない。

尤《もっと》も——。

「それから、この件に関しては、その場に警察官が居合わせた——という偶然もある。あなたが一人で訪れていたのなら、訪問者のデータは採れなかった訳ですからね。それに関して申し上げるなら、これは本当に偶々《たまたま》そうなった、というだけのことでしょう」

石田はもう一度橡を睨《ね》めつけた。橡は不服そうにその視線に応えた。

「たまたま——ですか。自分は自分の意志を以《もっ》て行動に臨んだんですが」

「橡君。君のプライヴェート時間中の行動まで拘束する権限は上司である私にも、それから組織自体にもないんだがね——」

石田はやや頬を攣《ひきつ》らせて、静枝と橡を見比べた。

橡は短く息を吐き、始末書は入力しておきましたとぶっきらぼうに答えた。それから細い眼で静枝をもう一度見た。

たとえどんな理由があったとしても、公務以外でこんな男と行動を共にしたのだと思うとぞっとしない。例えば橡に何らかの下心があって、その誘いに静枝が乗ったのだと、もし石田が考えているのだとしたら——それは大いなる誤解なのだが——言語道断である。

鳥肌が立つ。橡はげんなりするような顔を上司に向ける。

「取り敢《あ》えず自分に他意はないです。それに警察官服務規程から逸脱した行動を執ったつもりもありませんが——まあそれを判断するのも管理官ですか」

石田は何も答えなかった。

「それより石田管理官。その中村という児童は」

「事情聴取を終えた後、解放されて以降は家に戻っていません。未だ行方不明です」

「それは――」

警察の怠慢ですねと石田は静枝の言葉を遮《さえぎ》るように答えた。

「認めるのですか」

「当然です。私達に不手際があったことは火を見るよりも明らかでしょう。勿論《もちろん》これは今だから言えることではあるのですが――私達は被疑者となり得る重要参考人をむざむざ逃がしてしまったことになるのですからね。しかし」

「逃がした――という言い方は感心しませんね。まるで犯人扱いですよ」

静枝は話の腰を折る。犯人ではなく被疑者となり得る重要参考人ですと石田は繰り返した。

「だからこそ拘束できなかったのです。残念ながら私達に彼を拘束することはできなかった。彼は全面的に事件との関わりを否定しています。被害者とは一緒にいなかったと述べている。ただ――この証言に関しては偽証である確率が著しく高いのですが」

「宜《よろ》しいのですか。民間人である私の前でそのような軽はずみな発言をされても――」

「私は、彼が被疑者だと申し上げているのではありません。彼の証言と、捜査本部が収集したその他の多くの情報、ことに複数の目撃証言との間に整合性が見出せない、という事実こそを申し上げているだけです」

「それで――被疑者扱いなのですか？」

「当然、その可能性はあります」

「詭弁《きべん》ですね。可能性を持ち出すのなら――当然そうでない可能性もあるということになります。可能性という言葉は、可能性はない、という否定形で使用する以外、ほとんど意味がない言葉です」

「おい不破さん」

椽が戒《いまし》めるように手を翳《かざ》した。

「ここでの発言は総て公的な記録として保存されるんだ。余計な忠告かとも思うが――あ、いや、挑発的な物言いは、その――避けた方が賢明ですよ」

橡は気安く呼びかけておいて急に言葉遣いを改めた。

石田は微《かす》かに笑った。

「まあ──あなたの疑義はご尤《もっと》もです。しかし民間人であるあなたにこうして公言している以上、警察が把握している情報がどの程度信憑《しんぴょうせい》性を持つものであるかということは、逆にご理解戴けるかと思います」

「情報に信頼性がないとは思いません」

「そうですか。ただ──同時に、それらの情報はあくまで犯行当時被害者と参考人が行動を共にしていた、ということしか示していない。参考人が事件とどのような関わりを持っているのか、そこは皆目《かいもく》判らないと申し上げるよりありません。つまり、私達警察は殺人事件に関わる部分に関して言うなら、参考人の証言を覆《くつがえ》すだけの決定的な材料を何も持っていない、ということにもなる」

勾留《こうりゅう》はできませんと石田は言った。

当然ですと静枝は返す。

「その程度で勾留されていては堪《たま》りません。しかし少なくとも彼は重要参考人には違いないのでしょうし、解放後の足取りを見失うというのは少々お粗末ではありませんか」

おい、と橡はもう一度戒めの言葉を発した。

「仰る通りです。ですから私も率直に警察の不手際と認めているのです。未成年ということで甘く見ていた」

──甘く見た？

石田の言葉は悉《ことごと》く静枝の神経に触れる。静枝は息を吸い込んだ。

無臭だ。

「聞き捨てなりません」

何がでしょうと管理官は心外そうに顔を顰《しか》める。

「今の管理官のご発言には問題があります。その文脈からは暗にその児童を被疑者候補としてしか捉《とら》えていないという警察の姿勢が窺《うかが》えます」

「そうですか」

「管理官にその気がなかったとしても、政治的に正しくない発言ではあります。誤解を受けても仕方がありません。私は青少年保護育成センターの職員です。そうした立場上申し上げておくべきと考えるのですが、この場合――警察はその少年を保護するべきだった――と仰るべきなのではありませんか」

「保護――ですか？」

「そうです。その少年――中村雄二君が警察の見解通り、虚偽の証言をしているのだとしたら、場合によっては犯行を目撃しているということにもなり兼ねない訳でしょう。犯行当時被害者と行動を共にしていたからといって、犯人とは限らない訳ですから。犯人でないなら」

「そう。目撃者になる。ですから」

「だからこそ――」

保護するべきなのですと、静枝は石田の弁明を制する。

「――目前で知人が惨殺されるような極めて特異な経験は、あなたがたが好きなＰＴＳＤを形成する可能性だってあるんです。一刻も早いアフターケアが必要です」

「なる程――しかし担当カウンセラーの方からはそうした申し出はなかったですね。私達は別に何か隠していた訳ではない。そちらに対しても詳《つまび》らかに情報を公開している」

「担当カウンセラーは誰です？」

「司馬《しば》さんという方です」

「司馬さんか――」

やる気のない女だ。

あの女なら細かい配慮はできないだろう。

「諒解《りょうかい》しました。担当が必要ないと判断したのならそれは致し方ありません。しかし管理官、だからといって、短絡的に放逐《ほうちく》してしまうのは如何《いかが》なものでしょうか」

「それはどういう？」

「こういう考え方もあります。その少年――中村雄二君は、慥《たし》かに被疑者となり得る可能性もあると同時に――第二の被害者にもなり得る状況でもある訳ですよね」

「ん？」

石田は眉根《まゆね》を寄せ、瞼《まぶた》を少し降ろした。嫌悪ではなく、当惑を示す表情である。

「被害者？　それではあなたは――次に中村雄二が狙われるとでも？」

「可能性だけなら十分にあるでしょう。私は犯罪に就いては専門ではありませんし、事件の捜査などしたこともありませんから、これは完全な素人《しろうと》考えなのですが――」

静枝は天井を見上げる。静枝が喋る度《たび》、静枝に向けられた指向性マイクの横のタリーランプが反応する。記録されているのである。

管理官は当惑を隠すかのように髪を掻き上げ、構いませんお話しくださいと言った。

「例えば、中村君も同様に狙われる立場にあったとは考えられませんか。当日の行動に就いて中村君が虚偽の申し立てをしているのだとしても、それは犯行を隠すためではない――というケースもあり得る訳で――」

ううん、と石田は唸《うな》った。

「――これで殺害されたのが他エリア同様女子であったなら幾分事情も違ってくるのでしょうが、今回殺害された川端リュウ君は中村雄二君と同世代、同性の児童です。しかも記録に拠《よ》ればリアルコンタクトを取り合う程親しかった。当然何らかの共通項を持っていたはずです」

「それは考えられる」

椽が言った。

「――するとまず、犯人が川端リュウを殺した動機が問題になってきますな」

「動機なんかどうでもいいのです」

静枝は否定する。

「動機を詮索するような作業はギャンブルに勝つために作戦を練《ね》るようなもので、全くなんの役にも立ちません。プロファイリングだって同じことです。占いの方がまだましです」

「プロファイリングには科学的根拠があるんじゃないのか」

「ありません」

静枝は冷たく突っ撥《ぱ》ねる。椽は首を竦《すく》める。

「これこそ余計なお世話なのでしょうが、これからは警察もそうした胡散臭《うさんくさ》いまやかしを排除した方針を選択して戴きたいものです」

「まやかしか」

「迷信です。この場合も先《ま》ずは事実だけを見るべきです。被害者と、現場に居合わせたと思われる人物には共通項が散見しているんです。犯人は——何らかの理由で共通項を持つ二者のうちの一人を殺害した。これが事実です。そうですね」

石田は頷《うなず》いた。

「ならば——何故《なぜ》そうした選択が為《な》されたのかを考える時、今申し上げたように犯人の心理的葛藤なんかを視野に入れて判断することは無意味です。当たることもあるのでしょうが、それでも甚だ確実性を欠く判断をすることにはなるからです。そうした不確定要素を排除して残る選択肢は幾つもない。まず中村君の証言通り、彼は現場にいなかった、というのも選択肢のひとつです」

「その確率は低いようだが」

「低いだけでしょう。消えた訳ではない。それからもうひとつ。彼は、現場にいたにも拘《かかわ》らず何らかの理由で殺されずに済んだ——というケースです。こちらには当然警察の見解も含まれる訳ですが」

「中村雄二が犯人だ——と」

「それは警察の見解ではないよ椽君」

石田は言った。

「私の見解でもない。繰り返すが、それは可能性のひとつであって」

「そう。可能性のひとつ――なんです。犯人だからこそ中村雄二君は助かった――これは事実関係のみから予測しうる選択肢のひとつではあるんです。しかし、可能性を持ち出すのなら答えはそれだけではない。もしかしたら彼は何処かに隠れていたのかもしれないし、同じように殺されかけて助かったのかもしれない。或《あるい》は、犯人は川端君だけを襲い、中村君には見向きもしなかったのかもしれない。可能性というのは論理的に矛盾が含まれていないという意味で考え得ること――です。つまり選択肢ということですね。そういう意味では無限に可能性はある。彼を被疑者と想定するという解決は、その中のたったひとつに過ぎません。ただ――」

　静枝はもう一度天井のマイクを見上げた。

「中村君が犯人だった場合、警察にマークされた状況下で犯行を重ねる確率は高くはないし、もしもう一度事件を起こしたりしたなら、逆に検挙される確率は高くなる訳です」

「その通りでしょうね」

「でも。その逆で、もしも中村君が被害者候補だった場合――現状真犯人は野放しということになる訳ですから、この場合犯行は容易になる、ということです。だからこそ警察が為すべきことは保護だと申し上げているんです。警察の仕事というのは、データ管理と犯罪者を検挙することだけ――ではないのでしょう？」

　石田は表情を堅くした。

　橡はその顔色を窺う。

「管理官、自分なんかが言うことじゃないかもしれんが、この人の意見は尤もですよ。その――」

「いや、解っている」

　石田は橡を制する。

「昨夜の君からの報告を受けて、捜査本部は早朝から中村雄二君を確保するために相当数の人員を割《さ》いている。しかし不破さん」

　石田は妙に砕けた口調で静枝に向き直った。

「あなたのご意見は非常に参考になった。恥ずかしい話ですが、例えば私達は、被害者川端君と中村君が共通項で括《くく》れる――つまり中村君も被害者となり得るという発想を持っていなかったんです。中村君の位置づけは、目撃者か被疑者か――その二者択一に近いものでした。正直言って二人がどの程度の関係なのかも攫《つか》み切れていない」

「司馬は何も？」

「司馬カウンセラーからは――積極的なご意見を戴けなかった」

「非協力的だったのですか」

――そういう女だ。

「協力はして戴きました。しかし、結局判ったことといえば、二人が前世紀のセル式動画に興味を持っていたらしいことと、それに就いて頻繁に情報交換を行っていたということだけです。これに関しては、カウンセラーに聞くまでもなく、被害者の端末のデータから既に得られていた情報なんですが」

「その他の情報は」

「保護者と相談しなければ開陳できないと」

「ああ」

それは正しい判断なのだろう。

しかし――。

「司馬自身の見解はなかった訳ですね？」

見解を持っていないのだろう。

石田は頷いた。

「ですから私達は児童の情報公開要請に踏み切ったのです。ご理解戴けましたか」

「それとこれとは――」

話が違う。いや。

――同じなのか。

静枝は混乱する。

「今回お持ち戴いたディスクの中に、中村君のデータは」

「ありません」

結局三分の一しか終わっていない。

「中村君のファイルも、矢部祐子さんのファイルも、今回お持ちしたデータの中には多分ありませんね。五十音順に作業していますから。昨日のペースから判断すると、データの完全譲渡は明後日ということになるでしょう。現在もこうして作業が止まっている訳ですし――」

「明後日ですか――」

石田はディスプレイの方に顔を向けた。

「もし急がれるのでしたら――作業に携わる所員を大幅増員して即刻作業を再開するよう、早急にセンター所長宛てに打診でもされた方が宜しいのではありませんか。並列処理できる作業内容ですから、人員補充は有効です。それから――できるものなら警察の方からも、もう少しシステム管理やハードの操作に造詣《ぞうけい》の深いスタッフを派遣されることをお勧めします」

椽は無言で鼻の上に皺を寄せた。

「ご尤もなご意見ですね――」

石田は上の方に向けて、少し大きな声で言った。

「ただ今の不破静枝氏の発言内容を採用します。ケース３８７６５捜査本部長名義で、大至急エリアコミュニティセンター所長宛てに管内児童データ複製作業の速やかな再開及び担当人員の増員に就いての申請文書を送信してください。同時に、Ｒ捜査課石田管理官名義でＶ捜査課に協力要請をしてください。データ処理班のエキスパート人員の貸し出し要請です。出向先はエリアコミュニティセンター。詳細はファイルナンバー３８７６５参照のこと」

程なくして石田の前のモニタにテキストが映し出された。石田は一瞥《いちべつ》をくれてからテンキーを叩いて数字を入力し、最後に人差し指でエンターキーを叩いた。

「対処しました。すぐに回答があるでしょう」

――ものによっては恐ろしく対応が早い。

矢部祐子の捜索願は、多分未だに受理されていないのだろうに。

別室に矢部祐子の両親が召喚されているらしい。

昨日——。

端末の向こう側で、二人の測量技師達は娘の変事を知り、ただただ狼狽《ろうばい》していたようだった。静枝がアクセスした時点での事件性は低かった訳だが、それでも娘の失踪というのは善良な市民にとっての大事ではあるだろう。

それが——戻った段階で事情は大きく変わっていたことになる。警察がどのような呼び出し方をしたのかは判らないけれど、いずれ呼び出しておいて事件と無関係を装うことなどできないだろう。決定的ではないまでも殺人事件である。娘の失踪との関連性を示唆されたりしたならば、なおいっそうに周章しているに違いない。

——それにしても。

何を話しているというのだろう。矢部祐子のことを尋ねたところで、あの二人には返答のしようがないはずである。

矢部祐子の保護者達は、娘に就いて多くを知らない。愛情が欠落しているとか保護責任を果たしていないとか、そういうことはない。ごく普通に——何も知らないのである。

——子供の人権。

人権があるということはプライヴァシーの保全を主張できるということでもある。つまり子供の人権を認めるということは、自分の子供と雖《いえど》も立ち入れない部分があるのだと、保護者の方もきちんと認識して接するということでもある。だから大抵の親は子供のことを何も知らない。それは正しい在り方だろうし、それで普通だと静枝は考える。そしてこれは別に最近の風潮などではない。静枝の親も静枝のことなど何も知らなかった。ただ、昔の親達は子供の凡てを知るべきだと勘違いをしていたし、知っているふりをし続けていただけだ。そういうポーズをとることが親としての責任なのだと、その昔は誰もが考えていたのだ。

そうした無意味な幻想が、今はもうない——というだけのことである。

静枝は矢部の扱いがどうなったのか尋ねようとして、止《や》めた。聞いても仕方がないことだからだ。

それに——。

カウンセラーは、少なくとも親よりは児童の情報を多く持っている。それでも——その児童を知っているということにはならない。

静枝も矢部祐子のことは何も知らないのである。

静枝は情報を保管し、活用するために管理しているだけに過ぎない。

つまり、自分のことは自分しか知り得ないということである。

いや——。

——こいつは知っていることになる。

静枝はモニタを見る。

人間の歴史は記憶される時代から記録される時代に遷《うつ》り変わったのだ。

個人のことなんか誰も覚えていてくれやしないけれども、凡ての歴史は数字と信号に置き換えられて何処とも知れぬ、場所のない場所に蓄積されているのである。

——人生は仮想の中にある。

仮想の入口にシグナルが点《とも》る。

石田がモニタを覗《のぞ》く。

「早速回答が寄せられました。所長からです。十一時丁度に五人の職員によって作業再開の準備を開始するとのことですね。当方からも——既に情報処理班の精鋭が二人出発しています。あなたに対するセンターからの指示は——不破さん、あなたの端末に送信したそうです」

「失礼——」

指示があったので端末のスウィッチはOFFになっている。

取り出して電源を入れると、ディスプレイいっぱいに緊急通達の表示が出た。

開くなり静枝の児童情報複写担当者の任を解く旨《むね》の辞令が示された。受理すると、続いて県警からの指示を受けて高沢指導員を中心にしたチームを編成しての作業の続行が決定したので速やかに進捗《しんちょく》状況を送るように——との指示書が示された。

——形状記憶植毛が責任者か。

静枝は無言で夜のうちに作成しておいた作業日報を送った。

それで十分だろう。

「どうやら不本意なお役目からは解放されたようですね」

石田は石田らしからぬことを言った。

どのようなつもりの発言なのか、勿論本意は知れなかったのだが、静枝には皮肉や嫌味の類《たぐい》として聞こえた。

「お蔭様《かげさま》で。これで通常業務が優先できます」

「カウンセラーも多忙なお仕事だと聞いております。もう——お引き取り戴いて結構ですよ」

なる程——公式な会見は終了したということなのだろう。会話の録音は既に止められているのだ。口調が変わったのはその所為《せい》だ。

石田は立ち上がった。そして振り向きざま忘れていたかのように椽に目を留めた。

「椽君——」

椽は、たぶん敢えて愚鈍そうに——はいと返事をした。

「君にも別な職務を与えなければいけないな。ただ本隊に戻す訳にはいかない。君は——前回、一度訓告を受けている。それもあって閑職に回されたことは承知しているのだろうが、それをしてこの結果ですからね。計らずも悪い結果にはならなかったものの、前回の教訓が全く生かされていないことに変わりはない」

学習しない性質《たち》なんですと、椽は返した。

「それは——困った性質ですね」

「謹慎ですか。この人手不足に」

「人手というのは役に立つ人員の頭数のことだよ橡君。中村雄二や矢部祐子の捜索願が出されたならばある程度人員を割かねばならないだろうが――取り敢えず指示があるまで――そう、個人的に休暇願でも出しておいて戴きましょうか――」

橡は一度首を竦めて、仰《おお》せの通りにいたしましょうと答えた。

同時にディスプレイの画《え》が落ちた。

009

生きている猫を初めて見た。

思ったより可愛くないなと葉月は思った。すばしこくてよく見えなかったのだけれど。

都市部で野生化した猫の姿を見かけることはほとんどない。昔は各家庭に犬や猫がいたのだそうだが、何だか知らないけれど今はいない。動物を飼うには許可が要るのである。それぞれの生き物には飼育環境基準が設けられており、その基準をクリアする設備を持たない限り、飼ってはいけないことになっているのだ。

だから愛玩用の動物を飼育できるのは、経済的にかなり余裕のある人達だけだ。

——でも。

あんなものが家の中を勝手に動き回っていたなら、結構微気味《うすきみ》悪いような気もする。

葉月は生き物に興味がある。生態系保護地区には野放しで動物がいて、そこには一度行ってみたいとも思う。モニタで観る限り——静止画であっても動画であっても——それはとても可愛らしく思えた。でも、本当は違うのかもしれない。

イヌもいるよと美緒は言った。

「犬も？」

「いる。ノライヌとかいう種類」

「それ種類じゃないいんじゃない。よく知らないけど」

「あたし詳しくないいんだって。ネイチャリング系弱いの。ドーブツとか興味ないから。カメとかワニくらいしか知らないよ。あとカイジューな」

葉月は少々呆《あき》れた。

この天才は、本当に興味のないことは何も知らないらしい。

生物学に無知な天才少女は、廃材の上に無造作に座って首を左右に曲げた。

「ここはさ、一種の保護区でもあるワケ」

「保護区？」

「そう。旧態依然としただらしない時代を保護してるの。旧歓楽街は非衛生的だぞ。環境衛生基準を全然クリアしてない。本当は全部ぶっ壊して規格住宅街にしたいところなんだろうけど、住民が中々承知しないんだ。まあ住民ごと潰しちゃいたいってのが本音《ほんね》のような気もするけど。一応生き物だしな。金のない連中も多いし、善良でない奴らもいる。外国人も多いし、中にはIDカードのないヤツまで住んでるんだからさ。イヌやネコくらいいるの」

後ろの歪《ゆが》んだ建物の窓の桟《さん》を、もう一匹の猫が横切った。

大きな眼を剝《む》いてそれを確認した後、な、と美緒は言った。

「ほら何でもいるだろ。ワケわかんないケモノもいるぜ」

「狼は——」

何故《なぜ》そんなことを尋《き》いたのだろう。

葉月は口にしてから疑問を抱く。

「オーカミ？」

案の定、美緒は高い声を発して怪訝《けげん》な顔つきになった。

ひゅう、と風が吹き抜ける。

C地区中心部の空き地である。

「狼は絶滅した」

よく響く声がした。

躰《からだ》にぴったりと貼りつくような黒いスーツに強化素材のベスト。カーキ色のウエストバッグ。競技用の大きなシューズ。積み上げられた鉄骨の横に。

歩未が立っていた。

「都築——他人を呼び出すなんてどうかしてる」

「呼び出されて来る方もどうかしてるぞ——」

美緒はやけに嬉《うれ》しそうに立ち上がって廃材から飛び降りた。

「——ただ見物してる馬鹿も一人いるけどね」

美緒は葉月を示す。

歩未は葉月の足許に視線を寄越す。

歩未は何も言わなかった。

その代わりに——確乎《しっか》りと美緒を見据えた。

「昨日は昨日で他人の家に勝手に上がり込んでおいて——日をおかずに午前中から呼び出すなんて、時代錯誤だ。大人だってこんなフザケた真似はしない」

いいじゃないか——美緒は遠くに霞《かす》むスティックビルの影を見上げる。

「——暇なんだろ」

「僕は都築とは違う」

「じゃあ何で来たんだ」

美緒は向き直って歩未の視線を真正面から捉《とら》えると、歩未の目の前に立った。

「神埜がここに来たのは——来たかったから来たんだろ。違うのかよ」

「僕は呼ばれたから来た」

「ふん」

美緒は腕を組んだ。

「なんで格好つけんだよ。呼ばれようが頼まれようが厭《いや》なら無視すれば済むことじゃないか。あたしはただの未成年だぞ。他人に対して何の拘束力も持ってないんだ。あたしが警察だったとしても、任意同行のうちは何の強制力も持たないんだぞ。来る来ないはそっちの自由じゃないか。あたしが神埜で、もしウザいこと言われて厭だと思ったら、絶対無視する」

絶対すると繰り返して美緒は胸を張った。

「それが——何だよ」

「何って」

「来るだけ来ておいて他人の所為《せい》にするようなこと言ってさ。いいじゃないかよ。牧野だって面白がってるじゃないか。なあ牧野——」

葉月は呼ばれてどきどきとした。血液が巡る。視界が瑞々《みずみず》しくなり、急に視力が良くなったかのような錯覚に陥《おちい》る。その分視野は狭くなっている。

「私は——」

「いいよ」

歩未は笑った。

何を赦《ゆる》してくれたのだろう。

思い起こせば——発端は葉月自身なのだ。

ディスクを拾ったのも葉月だし、それを美緒の住居に直接返しに行ったのだって、凡《すべ》て葉月の思いつきだった。

歩未は——物騒だというだけの理由でついて来てくれた、付添いに過ぎなかったのだ。

一昨日の段階では、葉月こそが首謀者だったのである。

その葉月の行動が結果的に今の事態を招いているのも事実なのだろう。

自室で異物を発見した美緒がそれを闖入者《ちんにゅうしゃ》の遺留物と判断し、更には直接返しに行こうと思い立ったのも、要するに葉月のそうしたやや常軌を逸した行動に触発された結果とも考えられる。

歩未は——凡てから目を逸らして、

「都築さあ。絶滅した動物みたいに珍しいヤツだよな」

と言った。

美緒は言葉をなくしたように押し黙って、なんだよそれ、と小声で言った。

「で——僕に何の用なんだ」

最初から素直にそう言えよと言って美緒は顔をくしゃくしゃにした。

「あの後あたし矢部ン家《ち》に行った」

「行った？　ホントに物好きだな。都築って家庭訪問魔なのか」

「仕方ないじゃん。エリア警備でもあるまいし、あたしだって日に三軒も回りたくないさ。そんなの変態のやることじゃないか。でも——端末がないんだもん」

「OFF？」

「OFFじゃないよ。ないんだよ。壊れたんだきっと。端末ってのは叩き壊しでもしない限りは電源落としたって何したって一応繋《つな》がるもんなんだから、壊れてなきゃメッセージ送れる。でも全然認識しなかったんだよ。だから行ったの。行くしかないじゃん。そしたらいないんだ。不在」

「あの時間に？」

「帰ってないの。三日前の夜から」

「襲われた——晩から？」

「そう。不審だろ。あたしが矢部んとこに着いた時はもう二十一時過ぎてたんだぜ。そんな時間に出歩くのは悪いヤツか変なヤツくらいだろ」

　僕か君な、と歩未は茶化す。美緒は無視する。

「まあ神埜の話を信じるなら矢部は誰かに暴行されかけたってことなワケだし、街ん中に人殺しがうろうろしてるような時期でもあるワケだからさ。どっか安全な場所に避難してるのかもしれないと、あたしも一度はそう思ったワケ。でも——さ」

　そこで二人は揃って葉月の方に顔を向けた。

「な、何？」

「何じゃないって。牧野言ってたじゃん。あたしン家《ち》の近くに矢部立ってたって」

「言ったけど——」

　葉月は歩未に恐る恐る視線を送る。立ってたよと歩未は言った。

「都築ン家《ち》教えてくれたんだ」

「それがまず変だよな。矢部、旧歓楽街《ここ》来たことなんかたぶんないぜ」

「判らないだろ」

「判るよ。あたしはここで育ったんだ。ここは酷《ひど》いとこだぜ——」

美緒は周囲を見渡す。葉月も視界を広げる。異世界の風景が眼に飛び込んで来る。

「――変だろ」

美緒は繰り返した。葉月は何が変なのか判らない。葉月が黙っていた所為《せい》か、歩未が、

「ここは身の危険を感じてる未成年がいるのに相応《ふさわ》しい場所柄じゃないってこと？」

と尋いた。平然とした口調だった。

そうさ、そうだよと美緒は大袈裟《おおげさ》に答える。

「よりによってC地区だぞ。フツーはセンターで預かるぜ。殺人鬼がうろついてる雨の旧歓楽街に前夜暴漢に襲撃された児童たったひとりで放り込んで、まんまってことはないだろ。そもそも端末が壊れてるのだって、センターが知ってたらほっとくはずないじゃん。あんなの代替機用意して登録すれば三十秒で復帰だぞ」

「そうかもね。つまり」

「大人は知らないいんだよ何も」

知らないのだろう。

いや、大人に限ったことではない。子供同士だって他人のことなんか何も判りはしない。みんな判りたくもないし、判って欲しくもない。だから他人のことなど誰も知らない。知らなくても困らない。知られなくたって困らない。寧《むし》ろ――。

――知られてる方が厭だ。

知りたくなってさと美緒は言った。

「で、ちょっとデータ盗《と》ってみた」

「犯罪」

「そう。個人情報略取ね。住居不法侵入、優先保護データ改竄《かいざん》に次ぐ軽犯罪。あたしは軽犯罪少女なんだ。でも神埜だって違法建築に無許可飼育してんじゃん。ハト」

――鳩。

昨夜、鳩は遂《つい》に戻って来ることがなかった。

葉月は、月に照らされた歩未の家の屋上に舞い降りる鳥の姿を観たかったのだけれど。

「あれは野生の鳩が棲《す》み着いたんだよ」

「それだって法律違反に違いはないぞ。まあ、そんなことはどーでもいいんだけどさ。そしたら——見事に予想は当たったワケ。十七時二十分に不破が来てた。カウンセラーがのこのこ留守宅に来るってことは、矢部自身をセンター側が捕捉してないってことだろ。丸二日たって漸《ようや》く異変に気がついて慌てて来たってトコなんだろうけど——ってことは、襲われたって事実すらセンター側は知らないでいる可能性がある」

「保護者は」

「ずっと留守だったみたい。その時点で三日間家を空けてた。因《ちな》みに留守中の訪問者は中村雄二って男と、それから作倉雛子」

「作倉？　あの——お葬式娘？」

「ソーシキ？　わはは。そういえばあの娘、登校服の下いつも喪服な」

美緒は愉快そうに笑った。

葉月は誰のことを言っているのかよく判らない。知らないと言った方がいいか。たぶん、葉月達と同じクラスの構成員なのだろう。

「——変だろ」

笑い終えてから美緒は真顔でそう言って、葉月の方を見るともう一度、変だよなと言った。

「フツーそんなに訪問者が来るか？」

「来るじゃん」

歩未は美緒を示す。

茶化すなよと美緒は応える。

「あのなぁ、年齢《クラス》も性別《ジェンダー》も違うのが直接面会《リアルアクセス》して来るか？　二十世紀の性愛愛好症《ニンフォマニア》じゃないんだからさ。矢部が今時男女交際でもしてたっていうの？」

「その中村って？」

「殺された川端リュウと同じクラスの男。公開データ上留意すべきような特異点はナシ。凡庸《ぼんよう》な十六歳だな。昔のペーパーマガジンのコレクターらしいけど。でさ——」

美緒は頸《くび》に提げていた暗視ゴーグルを外した。

「一昨々日《さきおととい》の夜、矢部が誰かに襲われてたところに神埜は遭遇したンだろ？」

「そう」

「襲ってたヤツってのは、もしや——その中村なんじゃないか？」

美緒はあっさりと、恐ろしいことを言った。

「え？」

歩未は一瞬、迷惑そうな顔をした。

それからすぐに、

「知らない」

と答えた。

「観たんだろ？」

観たって誰だか判らないよと歩未は返す。

「——僕はその中村という人を知らないから」

「でも——顔観れば判るだろ」

判らないよ——と歩未は即座に答えた。

「僕が通り掛かった時は、もう乱闘になってた」

「乱闘って——ああ、襲ったヤツと正義の味方の中国服女か」

「そうだよ。たぶんその人が矢部助けたんだ。だから矢部はその場から逃げて、僕にぶつかって来た。でも、昨日も言ったけど、僕は関わり合いになりたくなかったから、矢部を道の反対側に連れてって支柱の陰かなんかに座らせて、そのまま——乱闘してる脇を通り過ぎたんだ」

すげえ度胸と美緒は呆れた。

「少しは慌てれば？　いずれにしても神埜はよく観なかった訳だ。でもその——中国服の女のことは覚えてたんだな」

「変わった生地《きじ》だったから。昔の布だった」

遠くから見ただけで昔の布と判るものだろうか。

「今の合成素地じゃなくって、昔の」

「化学繊維とかいうチャチなヤツか」

「もっと古いの。生き物から採ったものだと思う。姉貴が外国で買って来たクロスとよく似てたから」

「なる程ねえ。それじゃあやっぱりそうだ」

美緒は何かを企むように北叟笑《ほくそえ》んで腕を組み、猫がうろついている建物の方に向き直った。

「何がやっぱりそうなんだよ。僕に何をしろって言うんだ？　用がないなら帰るよ」

「待てよ。確認して欲しいんだ」

「何を」

「もうすぐあそこに——女が一人現れる」

美緒は旧式の低層ビルの上を指差した。

「そいつの顔を観て欲しいんだ。たぶん——それが神埜の観た中国服の女のはずだ。昔風に言えば首実検だな」

「おい」

歩未は美緒の横顔を睨《にら》んで、それから葉月に背を向けた。

「サムライとか出て来る古代の動画じゃないんだぞ。そんなの画像データでも送ってよ。一瞬で返事してあげるよ。二秒もかからない」

それができれば最初からそうしてるサ——と、美緒は謔《おど》けた。

「どうしてできないの？　僕の端末は別に壊れてない」

「画像がない」

「撮ればいいだろ」

「撮れない」

「どうして」

「撮らせてくれないんだ。しかも盗み撮りもできない。あいつの画像は——ない」

「そんな訳ないだろ。僕ら未成年は半年に一度必ず静止画撮られてる。公式データには必ず顔と全身の正面背面左右の静止画が載ってるじゃないか。その女が本当にあの時の女なら——僕らとそう年齢は変わらないはずだよ」

「そうだな。あいつは十五だと思う」

「なら」

「あいつは——」

戸籍がないんだよ――と、美緒は建物の方を向いたままそう言った。

「ない？」

「この街にはいろんな連中が棲んでる。外国人も多いぜ」

「そんなことは知ってるよ。でも、慥《たし》か国籍とかと戸籍は関係ないんだろ。外国人でも国内に住んでる限り、義務も権利もビョードーだって学習したぞ。IDカードも発行するんだろ」

それはそうさと美緒は言う。

「手続きすればな。しなきゃ判らないだろ」

「手続きって――何だよ」

「手続きさ。今でこそなくなったけど、不法入国者や違法滞在してる外国人なんかはさ、昔は沢山いたんだ。法律が整うまでは隠れてなきゃいけない連中も多かったみたいだぜ。露見するとタイホされたりソーカンされたりすんだ」

「今は違うんだろ」

「だから――出そびれたヤツだっているんだよ。隠れ続けてさ、その子孫がずっと暮らしてるとしたらどうだ？　データの管理も昔みたいに杜撰《ずさん》じゃなくて、今は一から十まできちんとしてる。適当に紛れて暮らすことなんかできない。なら余計に隠れ続けるしかないだろ。そういうヤツらはさ、要するに昔のユーレイだ。整備されたとこには居られない。だからこの街みたいに壊れた場所に逃げて来て――なんとか紛れて生きてるんだよ」

「嘘っぽい」

そう、すげえ嘘っぽいぜと美緒は嘯《うそぶ》いた。

「あたしの親は、あんまり自慢できない商売をしてる。違法なことはしてないけど、A地区に住むようなタマじゃない。だから――あたしはこの汚い旧歓楽街で育った。いや、ここだって、そういう意味じゃやまともな連中がほとんどなんだけどな。でもその嘘っぽいヤツらも雑《ま》じってるんだよ」

美緒は瓦礫に目を遣《や》る。

「訳の判らない幼児の頃はさ、区別も差別もないからよく遊んだよ。でも、ある日突然気がつくんだ。どういう訳か――コミュニケーション研修に出ないでいいヤツがいるんだよな。で、ああ、違うんだって判る。それまで友達だったのが、いきなり昔の人になるんだ」

「昔の人？」

よく解らないよと歩未は言った。

葉月には解る気がした。それは葉月がモニタで観る異国の子供達と同じことなのだろう。

そうなら、その感覚はよく解る。過去の風景が異国のそれと思えるように――葉月にとってこの街はやはり外国だ。それは即《すなわ》ち、いずれも日常と距離を隔てた場所だからなのだろう。でも、ここで暮らしている美緒にとって、この風景は日常に他ならない。裡《なか》で暮らしている以上隔てる距離などない。ならば――時間を隔てるよりないのだろう。

だから昔の人――なのである。

――でも。

そうなるまでは友達だった――という言葉の方が葉月には理解し難《がた》かった。

友達とは何なのだろう。少なくとも葉月の人生にはそんな関係の他人は存在しない。

「麗猫《レイミャオ》――ってんだ」

美緒は髪の毛を掻《か》き毟《むし》った。

「本名かどうか知らないけどな。なんかネコみたいな女なんだよ。昔の中国服着て――なんかケンポーやってるんだ。強いぜ」

歩未はくるりと躰を返して、美緒と同じ方を向いた。

「その人が僕の観た女だとして――じゃあどうだっていうんだ？」

「だからさ」

美緒は屈《かが》む。

「矢部を助けたのが麗猫だとしたら――そのまま矢部を保護してるんじゃないかと思ってさ」

「保護――？」

「ここに連れて来たのかもしれないだろ。危ないから」

「矢部は――まだ狙われてるということ？」

「かもね。例えば――殺された川端は矢部の身代わりンなったとか」

「身代わり――」

歩未は沈痛な貌《かお》をした。葉月は何故か緊張する。

「それはないだろ。被害者は男だ」

「でも――実際襲われたのと殺《や》られたのは同じ日だし、場所も近いんじゃねえ？」

「近いよ」

歩未は平然と言った。しかしよく考えてみれば、歩未自身もとても危険だったことになる。

「でも、そうなら普通は警察かセンターに報《しら》せる」

「その時点で端末が消失してたら？　おまけに麗猫は端末持ってねーし、ＩＤカードもない。警察に通報されてまず困るのは――助けた麗猫だ」

「矢部は普通の人だよ。なら真っ直ぐ家《うち》に帰ればいい。家にはメイン端末がある」

「帰る途中を襲撃される可能性があったら？　麗猫は存在自体が法律違反なんだから、助けたとしたって規格住宅街まで送りやしない。矢部があんな街外れから家まで無事に辿《たど》り着けるかどうかは怪しいと、そう判断したとしてもおかしくはないだろ」

「だから一緒に連れてってくれと、そう頼んだっていうの？」

「帰ったって親は留守なんだし――今はともかく、その時点で殺人事件はまだ起きてないんだから、エリア警備も警察もそんなに対応早くはないだろ。矢部がホントに襲われたんなら、ちょっとの間だって一人は怖いぜ」

なあ牧野――と、美緒は振り向きざまに葉月を呼んだ。

「――セキュリティコールなんて中々押せないもんだろ？」

理由はどうであれ、葉月がコールボタンを押せなかったことは間違いない。加えて、厳重なはずのセキュリティシステムも、実際は穴だらけだということも判った。

「それに――実際中村って男がその次の日に矢部ン家《ち》行ってるんだ。これだって中村が矢部を狙ってたと考えれば辻褄《つじつま》があうだろ。一日経っても通報された気配がないから、もう一回襲撃に行ったのかもしれない」

「なる程ね――」

歩未は何故か――納得した。

「要するに都築は僕が観た女がそのミャオとかいう人かどうか確かめたい訳だ。もしそうだったなら、矢部がまだこの地区のどこかに隠れている確率は高いことになると、そういうことなんだろうけど。でも――そこまでしてピアス返したい？」

乗りかかった何とかっていうだろがと美緒は言った。

「――このまんまじゃ気持ち悪いじゃないか。なあ牧野」

「え？」

――そうなのだろうか。

葉月は戸惑う。そうなのかもしれない。でも、そんなことはどうでもいいと思えばどうでもいいことだ。葉月には関係ないこと――他人《ひと》ごとである。

それに、これが例えば他人が積極的に関わることで何か事態が好転するなり進展するなりするようなことかというと、そんなこともないと思う。だから関わる意味が見出せない。

あのピアスを矢部祐子に返却しても、たぶん何も変わりはしないのだ。もしかしたら矢部祐子は喜ぶのかもしれないけれど、葉月自体には何の変化もない。だいいちそんな切羽詰まった状態で、落とし物なんかを返して貰ったところで、葉月だったら嬉しくは思わないだろう。寧ろあれこれ詮索されたことに対して不快感を持つかもしれない。いや、

——絶対。
絶対不快に思うだろう。葉月は確信する。そもそもこうして、矢部祐子と関わりのない場所で矢部祐子と関わりのない人間が集まって矢部祐子の話をしているのだって、それだけでもう十分に不快なことだろう。もしも——今、どこか離れた場所で知らない誰かが、葉月のことをあれこれ憶測を交えながら話しているとしたら——それは死ぬほど厭な気がする。考えただけで吐き気がしてくる。

「私は——別に」

「直接尋けばいいじゃない」

葉月が語尾を曖昧《あいまい》に引き延ばしているうちに歩未はそういった。

「都築、その人とは知り合いなんだろ。幼児の頃からの。だったら直接尋いてみればいいじゃないか。その方が断然早い。なのにどうして僕達を巻き込むんだ？」

「尋けないんだよ」

すうっと廃材を撫《な》でて風が吹き抜けた。

子供の頃に嗅いだ何かの匂いに似ていた。

「あたしは相手にして貰えないんだ。六歳の春から八年口利《き》いてないの。すぐ近くに住んでるのにさ。あいつ端末も持ってないしな。それに——あいつはいつも動いてる」

捕まえられやしないと美緒は言った。

「見かけるのがやっとさ。あいつは——いつもこのくらいの時間に、その辺回って食い物集めてきちゃネコに分けてるんだ。C地区も徐々に開発が進んでるからさ、ネコも生きてくのが大変なんだろうな。最近じゃ衛生局やら環境局が巡回してるし——もし捕獲されれば、すぐに動物保護区に送られるようだけど——こういうところで育ったネコは保護区の環境下では生きられないんだそうだぜ。よく知らないけど、餌は取れないし、天敵に対しても無防備だから、都市部で捕獲されたドーブツで生き残るのは三パーセントくらいなんだそうだし。だから」

「それで普通なんだ」

歩未はきっぱりとそう言って、再び低層ビルの屋上に目を投じた。

「――保護区なんて呼び方が不自然なのさ。僕は大嫌いだよ」

そして歩未は身構えた。

そして空の方に向けて言った。

「結局どこにいたって死ぬヤツは死ぬし。生きるヤツは生きる。ほっといたって――これで丸ごと自然なのに、保護だなんて驕《おご》ってる。僕らは環境や自然を保護してるんじゃない。泣いても笑っても地球に保護されてるんだ。保護しようなんて思うのは、結局ペットとかコンパニオンアニマルとか勝手な呼び方して家畜を虐待してた二十世紀の馬鹿となんら変わりがないよ」

――誰に向かって。

歩未は誰に語っているんだ？

葉月は急に不安になる。

「生き物は生きるために生きてるんだ。餌をやれば絶対になつくさ。生き物を生き物として尊重するのと、愛玩するのは違う。ペットってのは、人が自分の身勝手な感情を投影するために動物を餌で縛ってるってだけのことじゃないか。捕獲して保護するのだって、野生の獣に餌を与えるのだって同じことだよ。ナルシストの偽善だ。僕はそう思う」

す、っと屋上に長身の影が立ち上がった。

ストレートの長髪。プロテクター付きのレザーのスパッツ。紅い刺繍《ししゅう》のチャイナ服。周りには猫が群がってにゃおにゃお鳴いている。

猫の鳴き声は――葉月にはとても気味悪く聞こえた。

010

母親の匂いがした。

四年前に死んだ母親の、何故《なぜ》か左肩のあたりの映像が、突然静枝の脳裏に浮かんだ。

眼を細める。狭《せば》まった視界の先には、不健康そうなメイクの作倉雛子が座っている。

「これ——何の香り」

静枝がそう問うと、暫《しばら》く間を置いてから、お香《こう》です——という素っ気ない答えが返って来た。

そう答えた後雛子はもじもじと身を縮めて、上目遣いで静枝を見た。

自分のした回答の有効性を確かめるような素振りである。

思うに——このオカルト志向の少女は、まず焚《た》いている香の種類を答えようとしてすぐにそれは無駄だと判断し、結果一番無難な回答を選択したのだろう。

静枝が香の種類を問うていたのなら、慥《たし》かにこの選択は無意味なものとなる。しかし雛子の選択は賢明だったといえるだろう。静枝は香の種類など知らない。ややこしい名前を聞かされたところで判りはしないのだ。それに、そう聞くまで静枝は香が焚き染《し》められていることにさえ気づいていなかったのだから、それはまさに的確な回答だった訳である。

——母親の匂い。

多分、全然違うのだろう。思い込みだ。

静枝は四年前、生まれて初めて葬式というものに出たのだ。そして、多分生まれて初めて香の匂いを嗅いだ。

焼香だか線香だか、何の香りだか判らないのだけれど、母の葬儀の際に吸い込んだ空気はやはりこんな匂いで、そうした空気はそれ以来吸い込んでいない。

だから。

――いや。きっと違うんだろう。

きっと違うのだ。静枝はどうでもいい煩悶《はんもん》を頭から追い出す。嗅覚より視覚を優先させる。

雛子の部屋は雛子同様モノトーンだった。

凝《こ》った意匠は施《ほどこ》されていない。

デスクの周りにはかなりの量のディスクと、それから結構な冊数のペーパーファイル――書籍が整然と並んでいる。どれも最近発行されたものではない。どうやらまだテキストファイル化されていない僅少《きんしょう》部数の古書であるらしかった。十四歳の少女が持つに相応《ふさわ》しいものとは思えない。かなり高価なものだろう。

「お香――好きだったんだっけ」

「落ち着くのです。香水や、それから揮発性の人工香料は苦手なんです。お嫌いですか」

「嫌いじゃないわ。寧《むし》ろ――落ち着くわね」

静枝がそう言うと、雛子は意外そうな顔をした。

「意外そうね」

回答はなかったが、雛子の視線は静枝のバッグに注がれていた。静枝はすぐに察する。そこに入っているウエットペーパーこそが静枝のイメージなのだろう。

「不潔なのは我慢できないけど――消毒臭は大嫌いなの。煙の方がましよ」

雛子は解ったような解らないような顔をした。

最初に言ったけど――静枝は話が隘路《あいろ》に迷い込む前に仕切り直した。

「これは公式な訪問ではありません。もしあなたが面会を拒絶するなら――その時は帰りますから、遠慮なく言って。一応ご両親を通じて意思確認はさせて戴《いただ》いたんだけど」

未成年に対する面会の強要は、場合によっては暴力となり得る。

だから面会する場合には必ず保護責任者を介して本人の諒解を取る必要があるのだ。保護者を介さず、本人に直接アクセスしてアポイントメントをとっても、何か問題が起きた場合にその諒解は法的に無効となってしまうのである。

ただ、静枝はカウンセラーという、謂《い》わば面会を強要できる立場にある訳で、この場合、どれだけ事前に非公式な申し入れであると断ったところで公的な強制力めいたものが暗黙のうちに発生してしまうようである。

雛子の両親も当惑していたようだから、面会許諾《きょだく》の返事を貰ってはいるものの、雛子自身の真情はまるで知れない。

なんですか――と雛子は言った。

「え」

何故か虚をつかれ静枝は一瞬戸惑った。

帰ってください――。

私は会いたくありません――。

そういう返事を、静枝はどこかで予想していた。

いや、期待していたのか。

「何の御用がございますのでしょう。文書の交換では不都合があるのでしょうか」

「そう――なの」

不都合があるのだ。

たとえ私的なものでも記録に残るのは何となく嫌だった。

プライヴェートな相談事よと静枝は言った。

「相談」

「そう――ね。あなたに相談があるの」

「変です」

雛子はセルロイドめいた眉間《みけん》の皮膚を撓《たわ》ませて、表情を曇らせた。

「カウンセラーが児童に相談するのですか」

「そう――」

静枝は肩の力を抜く。

これは勿論《もちろん》相手の警戒心を緩《ゆる》めるためのポーズでもあるのだが、静枝自身の迷いを吹っ切るための動作でもある。静枝自身、この面会に踏み切るまでにはかなりの躊躇《ちゅうちょ》があったのだ。

「何か変かしら」

「変ではありませんでしょうか。普通は逆だと思うのですが」

「そうかしら。私はそうは思わないわ。判らないことを判っている人に尋《き》く――自分の知らないことを詳しい人に尋ねる――別に変だとは思わないけど」

「わたくしは――」

未成年ですと雛子は言った。

まだ静枝のバッグを見ている。

「年齢はそれこそ関係ないと思う。長く生きているからものを識《し》っているとは限らないでしょう。私なんか、毎週担当児童に統計学をレクチャーして貰ってるし」

「でも、わたくしにお教えできることなどございません」

「占いのことよ」

「占い」

まずはそこから尋くしかないだろう。

それにしても尋きにくいことではあった。

「占いって――どうなのかしら」

主旨《しゅし》の漠然とした問いである。

案の定雛子は落胆したように眉を顰《ひそ》めた。

「わたくしの趣味嗜好《しこう》が好ましくないという御忠告でしょうか。それでしたら過去にも幾度となく御指導を」

「だからそうじゃないの。その、占いって――中《あた》るものなの」

なんて尋き方だろう。

静枝は改めて自分の語彙《ごい》の少なさに呆《あき》れた。

「中る?」

雛子はいっそうに眉間の皺《しわ》を深くした。

「そう。作倉さんには悪いけど、今時占いを信じてる人間は誰もいないでしょ。でも、私の生まれる前くらいには事情が全然違ってて、占いは物凄《ものすご》く流行してたようなのね。オンエアチャンネルのカリキュラムでさえ毎日占いを流してたようだし」

「それは占いではありません」

雛子はきつい視線を静枝に向けた。

静枝はどきりとする。雛子がこうした態度に出たことは過去に一度もなかった。のみならず——。

静枝の担当する児童の中にも反抗的な態度を取る児童は数多くいるけれど、それはその手の児童が発する視線とも異質なものであるように思えた。

「占いじゃないって——」

「違います」

そう言って、雛子は居住まいを正した。

「現在では、そうした愚かしい占いまがいの情報は許可なく配信できないはずです。違いましたでしょうか」

「そう——慥《たし》か二十年くらい前に訴訟があったの。その時、運が悪いとかツイていないとか、そうした無根拠な未来予測を恰《あたか》も決定事項のような表現で不特定多数に伝えることは一種の脅迫にあたるという判決が出たのよ」

それ以来、メディアは占いに関しては自粛を続けている。否、最初は自粛だったのだろうが、現在は自粛とは言い難《がた》いだろう。そのうち大衆がその手のものを求めなくなってしまったのである。受け入れられないものは配信されない。それだけのことだ。

尤《もっと》も——。

アンダーグラウンドな場面に於《お》いて状況がどうなっているのか、それは静枝の与《あずか》り知らぬところではあるのだが。

それは二十二年前の占い放送弊害訴訟のことですね——と雛子は言った。

訳知り顔で切り出したものの、どうやら雛子は静枝より詳しく知っているようだった。

「不破様の仰《おっしゃ》る通り、当時のメディアは無根拠な未来予測を毎日のように配信していたようです。現在の倫理規定から鑑《かんが》みるに、当時のメディアというのは配慮も何もない無節操なものだったようです。提訴した原告団は、配信される未来予測を信じた結果、物理的、経済的被害を受けてしまった方々と、またそうした情報に過敏に反応してしまう一種の神経症、あるいは依存症的症状を発症してしまった方々の連名だったようです。配信側の言い分は、これは一種の遊びであるから一般常識に照らす限り信じる信じないは受信者の判断に委《ゆだ》ねるのが妥当、というものだったようですが、これは何の言い訳にもなりません。無責任そのものです。信じるに値しないような情報なら、それを恰《あたか》も真実であるかのように配信することは犯罪行為に等しいでしょう。わたくしの生まれる前のことですが、このデータを読んだ時は強い憤《いきどお》りを感じました」

「そう——なの」

内容よりも先《ま》ず口調に気圧《けお》されてしまって、静枝は返答に困った。

——こんなに闊達《かったつ》に話す娘だったろうか。

静枝は少々驚いている。

「結局メディア側と、当時メディアを管理していた省庁は敗訴し、巨額の賠償金を支払いました。司直の判断は正しかった訳ですが、結果的に大きな誤解をも招きました」

「誤解？」

「誤解です。当時は無根拠な未来予測を占いと混同していました。そうした愚かしい予測は、簡単で平易であるが故《ゆえ》に人口に膾炙《かいしゃ》していたのでございます。そうしたものが否定されるのは当然なのですが、結果的に占いもまた、印象的には否定されることとなったのです」

——悔しそうにしている。

静枝は、雛子の話し振りから明瞭にそうした印象を感じ取った。

何を根拠にそう感じたのかは判らない。それこそ無根拠にそう思ったのである。

「占いは未来予測ではありません」

「そうね。では予知――ということ？」

余計に悪いですと雛子は答えた。

「予知という言葉には予《あらかじ》め知るという意味しかありません。そうした無神経な言葉の遣い方が文化を駄目にするのです」

それは――。

静枝自身が何日か前に考えていたことではなかったか。静枝はもう一度雛子の顔を直視した。視線は静枝の瞳を捉《とら》えていた。

「不用意な発言がどれだけ人の心を傷つけ蝕《むしば》むか、それは不破様がわたくしに教えてくださったことではありませんか。わたくしは、三年前に不破様からそうした主旨のお言葉を戴いて以来、肝《きも》に銘《めい》じてまいりました。文化も人の心と同じだとわたくしは考えます」

「ああ」

慥《たし》かに静枝はこの娘にそんなことを言った。

いや、必ず言っているはずだ。それは上の世代が築いて来た無神経な生活環境に対して静枝が抱き続けて来た実感なのである。

しかし――。

自分が吐いた言葉が他人に根づいているという現実を知って、静枝は新鮮な驚きを感じている。そしてまた、どんなに気取って注意しても、結局自分も無神経な大人の一人に過ぎぬかもしれないということをも静枝は予感している。

「ごめんなさい」

静枝は素直に謝った。

「でも、私があなたに尋きたかったのはまさにそこなの。巫山戯《ふざけ》てる訳でも否定してる訳でもないの。判らないのよ。占いって――」

「占いという漢字は」

雛子は静枝の言葉を遮った。

しかしその表情は幾分和《やわ》らいでいた。

「ボクと口という漢字から成り立っています」

ボクと聞いて静枝が卜の字を思い起こしたのは雛子の話が次に進んだ後だった。

「卜《ぼく》は獣骨や亀甲《きっこう》を焼いた時にできる亀裂を表した象形文字です。亀卜《きぼく》はご存知ですか」

「え――まあ」

「加熱した亀の甲羅に発生する罅《ひび》割れなどから物事の吉凶を見定めることを卜という――というのが定説のようです。ただ、現在では単に加熱しただけで亀甲に罅は入らないということが判っておりますから、何らかの物理的衝撃を加えて罅割れを作ったのかもしれません。いずれにしろ卜というのは、亀卜の際に現れる罅を象《かたど》った象形文字であり、これに口がついたものが占です。つまり卜の結果を語ることを占うというのです」

「怒らないで聞いて」

静枝は慎重になっている。

「占うという文字の本来は諒解したわ。でもね、それにしたって、亀の甲羅の割れ具合で何か先のことを判断する訳でしょう。その――私は判らないから言うのだけれど、罅の入り具合というのは、例えば気温や湿度だとか、熱の加え方だとか、物理的に衝撃を与えるのなら、叩き方だとか、その――亀の甲羅の状態なんかでも左右される訳よね」

そうでしょうねと雛子はあっさり答えた。

「ならばそれは、偶然そうなる訳であって――或《あるい》は人為的に操作出来るものなのかもしれないけれど、いずれにしても、その、神秘はないでしょう」

「この場合、人為的という選択肢は執るべきではありません。偶然そうなることこそ、神秘なのです」

「どういうことかしら」

「神秘とは神の秘密と書くのです。つまり何故そうなるのか判らない事柄のことであり、事象《じしょう》自体は別に不思議なことではありません」

「偶然は――神秘な訳」

「厳密な意味で偶然を定義することはできませんでしょう。どのような事象にも必ずそうなるだけの理由があるのです。ただ今不破様が仰ったように、亀の甲羅が罅割れるという物理現象が起きるまでにも様々な要因があるのです。それらが相互に作用しあい複雑な経過《プロセス》を経て罅はでき上がっております。それができ上がるまでには微細で微妙な条件が数え切れない程錯綜《さくそう》してある訳でございます。私達は、その凡《すべ》てを視野に入れて考えることができないだけなのです。凡ての条件を把握して事象を読み取ることは、人間にはできません。それができれば計算で凡てが判るはずなのです。その場合、それは正確な未来予知となるでしょう。違いますでしょうか」

「違わないでしょうね。それは未来予知ね」

「でもそれは、これだけ性能の良い計算機が普及した現代に於ても、できないこと——なのではないのですか」

それもその通りよと静枝は答える。

「この国を動かしているセンターシステムを以《もっ》てしても、亀の甲羅の割れ具合は予知できないでしょうね。せいぜい予測。しかも必ず外れる」

百年以上の歴史を持つ気象予報ですら未だに確率で逃げている。

「ですから——人はそれを偶然という概念に押し込めることで遣《や》り過ごしているのでしょう。しかし、亀の甲羅に熱や衝撃を加えれば割れるという現象そのものは、不可思議なことではありません」

「そうね。単なる物理現象ね」

「卜占の場合は偶然と逃げないだけです。それがそうなること自体を神の意志という表現で伝えているだけです。非常識なことが起きることを容認している訳ではありませんし、別段非科学的な考え方ではないと思うのですが」

「言い方の問題な訳」

「捉え方の問題です」

静枝は暫《しば》し考える。

「神の意志ということは、その——そう、その神というのは」

「勿論神の存在論的証明は何世紀も前に否定され、あらゆる合理的神学の正当性は否定されています。神はいません」

「なら」

「神が存在するという言い方自体が矛盾しているのです。前世紀では例えば脳や意識の在り方とそうしたものを比定して捉えるような言説が流行《はや》った時期もあったようですが、それも間違っています。それは『存在すること』というのは存在するかと問うているようなものです。当然のように、『存在すること』などというものは存在しません」

「待って」

静枝はそこで手を翳《かざ》した。

「解った。あなたとここで神学論争をするつもりはないの。それに、そういう話、私はあまり得意じゃないから——」


論理学自体は随分前に行き詰まっているのだという。静枝の印象では哲学も袋小路に入ってしまった感がある。でも。還元主義で世界を理解するには限界があるんだなどと、年端《としは》も行かぬ子供ですら言っていた時期が結構前にあったにも拘《かかわ》らず、現代人は未だに還元論でモノを語っているし、とどのつまりは演繹《えんえき》的推論でコトを測っている。斯《か》くいう静枝もそうなのだ。

結局簡単だからだろう。人間は世界をそのまま丸ごと受け止めることができないのだ。だから何かに置き換えずにいられないのである。頭のいい人達がぐだぐだ言っているうちに、本来数値化なんかできるはずのない世界のほとんどは数字に還元されてしまった。

静枝の暮らしている世界はいま、突き詰めてしまえばすっかり数値化されてしまっているのだ。二進法も陰陽五行《いんようごぎょう》も数秘術《すうひじゅつ》も——静枝は詳しくは知らないのだが——数で世界を読み解く術に違いはない。

勿論幻想なのだ。

数字は概念であって実相ではない。

例えば一と二の間には、無段階に開きがある。でも、人は一と二の間を無視することで世界を単純化する。

数字だけで表される世界は薄っぺらで奥行きがない。静枝は、その厚みのない世界に奥行きを幻視して生きている。

だから、一と二の間を語るような話題は苦手なのである。

「——その、占いの」

解りましたと雛子は短く答えた。

「解ったって——」

「宜《よろ》しいでしょうか。そこのデスクの上——」

雛子は細い指を立てて、静枝の横のモニタデスクを示した。

「——そこに置いてある筆記用具が床に落下したとします」

「これが？」

レーザーペンが一本置いてあった。

「はい。それが下に落ちたとして、それは祥《よ》いことでしょうか凶《わる》いことでしょうか」

「良いこと？」

そんなことは判らない。

判らないというより、どちらでもない。

「それは——まあ、強《し》いて言うなら悪いこと——かしら」

拾う手間がかかる。それでも精々《せいぜい》その程度のことだ。しかし、たとえ僅《わず》かであろうとも、労力がかかることは間違いない。僅かでも消費する以上はマイナスだろう。静枝はそう言った。

「でも——例えば、それを拾うために身を屈《かが》めた際に、机の下に落ちていた捜し物を発見したとしたら如何《いかが》でしょう」

「それはまあ——良いことなんじゃないかしら」

そうですね、と雛子は言った。

「しかし失《う》せ物《もの》を見つけたこととペンの落下に因果関係はありません」

「それはまあ——ないでしょうね。あり得ない。それは偶然——あ」

先程、偶然と逃げないいんだとか言っていた。

「じゃあその、無関係な事象に因果関係を生じさせることが、その」

「ちょっと違います」

雛子はあっさりと否定した。

「それは、占いを通じて結果的に因果関係を持っているように受け取ることが可能になるというだけのことで、やはりその二つの事象の間に関係はないと考えるのが正しいでしょう。物事は常に、ただ起きるだけ。本来善《よ》いも悪いもないのです。善し悪しというのは要するに価値判断です。それを判断するのは人間です」

それはそうだろう。同じ事象に対して正反対の判断が下される場合もある。

「極端な例を挙げるなら——そう、人が死んだとします。社会通念上、これはどのようなケースであれ負の出来ごととして捉えられるべきでしょう。しかしその人が亡くなったことで何かが大きく変わり、社会全体が非常に円滑に機能するようになったとします。するとそれは結果的に正の出来ごととして捉えられることになります」

「それが——何か」

「そこが肝心です」

雛子は切り揃えた前髪の下の黒い瞳で静枝を見据えた。

「占いというのは、これから何が起きるか予測することではありません。未来に何が起きるのか、それは誰にも判りはしないことなのです。占いは、いま起きていること、それからこれから起きるだろうことを、どう受け止めるべきか判断するものです」

「判断——」

最初に申しあげましたでしょうと雛子は言う。

「卜とは、吉凶を見定めるものだと。未来に何が起きるか知らせる——予知することではないのです。現在の状況、それからこれから起きるであろうことをどう受け止めるべきか、それを告げるのが占いなのです。本来、物ごとは正でも負でもない訳ですから、どう受け取ろうと構わないものでしょう。それだけに人は迷う。だからこそ、形而下《けいじか》の論理を超えたところで正負の判断を下して戴き、正負のラベリングをする——それが占いです」

「ああ——」

静枝は納得する。少なくとも愚鈍なセンターの教官よりも判り易《やす》い説明である。

雛子という娘は面談の際、いつも怯《おび》えたような反応しかしない娘である。それが得意分野に関して語る限りは、これだけ理路整然と持論を語るだけの聡明さを備えているのである。

所詮《しょせん》カウンセリングなどでは何も知ることができないということである。

データなど、どれだけ大量に集めても集めるだけでは無意味なのである。読み方を知らなければ何の役にも立たないのだ。数字を羅列するだけでは人の顔すら判らない。

「神頼みも一緒です」

雛子は続けた。

「真摯《しんし》に神に祈ること——これは本来、いかがわしいことではありません。しかし現在はそう受け取られないことの方が多いようです。神頼みはいかがわしいものとして捉えられていますでしょう」

「まあそうね」

「それは何やら神秘的な力の介在を利用して事象を動かそうという魔術的な側面ばかりが強調されているからです。結果として御利益《ごりやく》を求めてしまうことが問題なのですね」

それもそうだろう。

御利益というものに対する大きな考え違いがあるのですと雛子は言った。

「御利益というのは、つまり正の事象であり、簡単に言えば福や富です。福や富が神秘的な力で齎《もたら》されることを祈ることが神頼みだと、多くの人は考えている。その通りなら慥《たし》かに邪《よこしま》な考えでしょう。努力を放棄して成果だけを求めることが神頼みだということになるからです。しかしこれは間違っています。福や富は然《しか》るべき行動をした結果齎されるものです。本来神頼みとは、自分がこれから起こすであろう行動を神前で報告し、それが完遂《かんすい》できるように祈願することとです」

「決意表明のようなもの?」

「神の前でするものですから、人前でするそれとは重みが違います」

「神——ねえ」

結局そこに行き着く。

静枝は、その部分に就いて考えを巡らせたくはないのである。だからこの話題はここまで、ということなのだろう。

思うに静枝はそこには立ち入らないようにして生きているのだ。

しかし。

ひとつだけ解ったことがあった。この作倉雛子という娘は、決して迷妄《めいもう》に囚《とら》われた愚者ではないということである。静枝がわざわざ雛子に面会を求めたのは、たぶんその辺りのことを確認したかったからなのだ。そういう意味では収穫はあったということになるだろう。

「それでね」

静枝は話を切り替える。途端に雛子はいつもの雛子に戻る。

雛子は視線を下ろして肩を強張《こわば》らせ、俯《うつむ》き加減ですいません、と言った。

「何故謝るの?」

「わたくし、お話が過ぎてしまったのでしょうか」

「そんなことないわよ。すごくよく解った。これからも良かったら聞かせて欲しいくらい」

半ば本心である。しかし雛子は落ち着きのない、不可解な態度を見せた。

「あ――あなた、もしかしたら、こういう内容の会話を私と交わすことは」

記録に残るから厭なのだろう。

雛子は小さく頷《うなず》いた。

「解った。じゃあ話が聞きたくなったら――」

また来る、というのもきっと厭なのだろうなと静枝は思った。カウンセラーと児童が非公式《プライヴェート》な面会を繰り返すというのも不自然なのだろうし。

静枝は語尾を濁して、結局おどおどとした態度で下を向いた。これではどっちが児童か判らない。

「――矢部さんのことなんだけど」

漸《ようや》く切り出せた。それにしてもなんと不格好な切り出し方だろう。

怖《お》ず怖《お》ずと目を向ける。

「その、矢部さんも今の私のようなことをあなたに尋ねたのかしら」


「あ――」

僅かの間《ま》が厭だった。閉ざされてしまえば開けるのは難しい。

雛子は発言の許可を得るかのように一度静枝の眼を見た。

静枝は頷く。

これは本来の雛子の対人作法である。

「――あの方は、ただ占って欲しいと」

「運勢を？」

「はい。あの方は医学的検査に懐疑的であるような御発言をなさいました」

「検査？　メディカルチェックのこと？」

その日に雛子は矢部祐子に接触しているのだ。

「あの方は――こんな検査では自分の病気は判らないだろうと」

「病気？」

矢部祐子に特筆するような病歴はないはずだ。静枝は昨晩データを確認しているのである。

メディカルチェックの結果も良好だった。

いや、良好どころかコンディションは最良という判定である。全児童の中でトリプルAと判定されたのは一割に満たず、矢部祐子はその一割の中に含まれていたのだから。

「矢部さんは自分が病気だという自覚を持っていたのかしら」

御自覚はなかったようですと雛子は答える。

「ただ、どなたかに指摘されたようなことを仰《おつしや》っていました」

「指摘？」

「はい。もし本当にその病気なら、自分の命は危ないんだと」

「命が？　それは生命に関わるような病気なの？」

「でも、それはメディカルチェックでは判らないことだから、と」

「そんな——」

検査はかなり綿密に行われる。

静枝が子供の頃に受けた身体検査などとは比べ物にならない徹底ぶりである。癌《がん》検査のための組織サンプル採取や全身のスキャニングまで行われる。

念入りなのには事情がある。

そもそも総合国民育成機構が各コミュニティセンターに於《お》ける児童の精密検査実施奨励に至った背景には食糧庁や厚生科学省など中央省庁の思惑が潜んでいるのである。

契機《きつかけ》は、未成年の肝機能障《しようがい》碍の爆発的な増加だった。この原因を、五年前に採用された合成食材の成分基準に求める動きが一部で出たのだ。これはそうした動きに対応するための策ともなっている。

今のところ医学的に因果関係が確認された訳ではないのだが、合成食材への完全転換は過去に例がないため、中央も慎重になっているのだろう。

「あれだけ検査しても判らない病気なんかあるかしら」

それは存じません、と雛子は言った。

「あの方は——もし自分に凶の卦《け》が出たなら、自分はきっとその病気なんだろうと」

「それで、その、良くない結果が出たのかしら」

非常に——と雛子は小声で答えた。

「それは——作倉さん、今あなたから聞いたお話に依《よ》るなら、その、矢部さんの現在の状況、それからこれから矢部さんの身に起こるだろうことは、良くないことだと判断するべきだ、ということになるのかしら」

「凡てに於て楽観的な受け取り方は避け、何ごとにも用心するべきと」

「根拠は——聞いても解らないんでしょうね」

「お教えしないのが基本です。オカルトは隠すという意味ですから。ただ」

「ただ？」

非常に特徴的な結果が出ましたので、と雛子は申し訳なさそうに答えた。

「特徴的——とは？」

「狼に出合うという」

「オオカミ？　狼って」

「前世紀に絶滅した動物です」

「そ、それは判ってるけど——狼に——出合うって？」

どういう意味だろう。

静枝の逡巡《しゅんじゅん》を見透かしたのか、忌避《きひ》すべき事象の暗喩《あんゆ》でしょう、と雛子は言った。

「忌避すべき——事象？」

「わたくしはそう判断致しました。先程申しました通り、これは未来に於て矢部様が絶滅動物と遭遇するというような短絡的な予言ではありません。矢部様の身に何が起ころうと、或は何も起こらなかったとしても——それはあの方にとっては避けるべき事柄として受け取るべきだと、そういうことです」

「避けるべき——こと」

「はい。ですから一刻も早くお伝えしたかったのですが、同時に躊躇《ためら》いもございまして——」

慥《たし》かに凶の卦は伝えにくいだろう。

「それに、矢部様は占いの結果は絶対にメールでは報《しら》せないでくれと仰《おお》せでしたもので」

「そうなの？」

メールでは駄目な理由でもあったのだろうか。

「ならばコミュニケーション研修でお会いした際にお伝えするよりないかと。でも」

矢部祐子はその研修に来なかったのである。

——狼に出合ったとでもいうの？

静枝は混乱した。

011

自分が何処《どこ》にいるのか、葉月は見失っていた。

旧式の低層ビル。その屋上に立つ旧式の人影。

全然リアルじゃない。これがモニタの中の景色だったら、却《かえ》ってリアルなんだろうなと葉月は思う。フレームに嵌《はま》って、アラビア語の文字情報でも下に流れていれば、たぶんもっと嘘っぽくないのに。

何だか壊れたみたいに音階の定まらない動物たちの声が聞こえる。

にゃお。にゃお。にゃお。

「猫《ミャオ》！」

美緒が叫んだ。美緒の視線は屋上の人物を捉《とら》えている。

紅《あか》い刺繡《ししゅう》の娘は無表情に脚下を見下ろしていた。

美緒は勢いよく歩未の方に顔を向ける。歩未は動かなかった。葉月の位置からは歩未が何を見ているのか判らない。葉月は歩未を捉えたままふらふらと前に出る。美緒はその間に娘——麗猫の方に向き直り、大きく脚を開いて立った。

「猫。話があるんだ」

そう言って数歩前に進んだ美緒は振り向いてもう一度歩未の様子を窺《うかが》った。それでも歩未は止まっている。その瞳に映った風景の中にたぶん美緒の姿はない。その視線はただ屋上の娘のみを捉えているようだった。

無反応な歩未を見限るように首を振り、美緒は降りて来いよともう一度叫んだ。しかし麗猫もまた応えなかった。ストレートの長い髪がふわりと顔にかかる。払い除《の》けもしない。

美緒は一度地面を蹴って、こっち見ろよと怒鳴った。ムキになっている。

美緒は――。

――せめて視線が欲しいのか。

そう。

麗猫はどれだけ美緒が大声を出そうと聞こえた素振りさえ見せない。ただ歩未を凝視《ぎょうし》して静止《とま》っているのだ。他人の視線が欲しくなることもあるんだと、葉月は初めて知った。

おい――美緒は更に前に出る。それでも麗猫の視線は美緒には向けられなかった。

ただ、その乾いた声だけは風に乗って葉月まで届いた。

「生憎《あいにく》――忙しい」

「忙しい？」

そう忙しい――と麗猫は繰り返した。

「なに偉そうなこと言ってるんだお前。あたし達子供に忙しいもクソもあるか」

「子供か。あたしは――子供じゃない。子供の相手はできない」

「あん？」

美緒は頭の後ろで手を組み、そのまま反《そ》るようにした。

「何だよその言い種《ぐさ》は。お前、あたしと齢《とし》変わらないだろうが。幼児の頃よく遊んだだろ。忘れたのかよ。十四も十五も変わりないよ。子供だよ子供」

「旧歓楽街《ここ》で子供ってのは自分で餌が獲《と》れない者のことだ」

会話というより麗猫は宣言しているようだった。

会話の相手――美緒を見ていないからだ。

「エサだと？　それは自活――経済的に自立するってこと？　あのな、未成年の就労は禁止されてるし、経済活動だって物凄い制限されてるんだぞ。お前だって未成年じゃないかッ」

「だから何」

す、と顎《あご》を引く。

レーザーポインターのように真っ直ぐの視線が美緒に照射される。

「何って——」

美緒はたじろいだようだった。

どれだけ欲していたって視線を受けるのは苦手なのだと、葉月は勝手に思った。

「児童とか未成年とか、そんな線引きはここにはない。何だか知らないけどそれはあんたらの法律で決まってることだろ。あたしには関係ない。ここではそんなモノは通用しない」

この娘には——国籍がないのだ。いや、IDカードも、端末さえないという。

麗猫は見切ったように、くるりと身軽に背を向けた。

その足許に小動物が纏《まと》わりつく。

「悪いけど子供の相手はできない」

麗猫がそう言い放った時。

「本当に——」

突如。

歩未が声を発した。

「——本当に偉そうなことを言うな。都築の知り合いは」

背中の刺繍を睨《にら》みつけるようにして歩未はそう言った。

屋上の猫どもはその声に敏感に反応して、ぴたりと止まった。

葉月は大きく息を吸った。何だかどきどきする。

歩未は決して大きな声を出した訳ではないのだけれど、その言葉だけはやけにはっきりと耳に届いたからだ。取り留めなく嘘っぽいシチュエーションの中で、その声は何だか妙にリアルだった。

麗猫は何も答えず、ただ静止した。

歩未はその背中を注視《みつめ》ながら言葉を繋《つな》いだ。

「子供と大人とどう違うのか——そんなことは僕にも判らない。僕にはどうでもいいことだし」

麗猫の背中が歩未の言葉に反応している。

それに――歩未は続けた。

「慥《たし》かに餌が獲れるようになれば動物は一人前だろうさ。でも――」

「あたし達は動物じゃない人間だ――なんてこと言うんじゃないだろうな」

麗猫は背を向けたまま投げ捨てるように言った。

「そんなありふれた御託《ごたく》は聞きたくないんだ。ヒトだって動物だ」

「そうさ。ヒトも動物だ。でも野生動物じゃない」

「何だと？」

「君の言うのは野生動物の理屈だ」

「野生――って何だよ」

麗猫は己《おのれ》の肩越しに再度歩未を見た。

歩未の視線は猫の視線を跳ね返す。

「生きるためだけに生きてるものを野生というのさ。こんな保護区でぬくぬくと暮らしているくせに野生を気取るのはやめて欲しい」

「保護区だって？　この街が？」

「保護区さ。君はこの街に保護されている。決して一人で生きてる訳じゃない。その証拠に、君はここから一歩も出られない。そうだろ」

麗猫は無表情のまま向き直った。

「君は無登録住民なんだろ。それは、卑下《ひげ》することではないけど、威張れることでもないよ。それ自体は別にどうでもいいことだから。ただ君が――このC地区のような場所以外ではまともに生きていけないことだけは事実だ」

「何だと――」

「だってそうだろう。君の捕食活動とやらは、このいかがわしい環境の中でだけ保証されているものじゃないか。ここから一歩出れば、君個人は著《いちじる》しく無力だ」

歩未は静かに威嚇《いかく》している。

「慥かに君のいうように、僕らは保護者めいた他者から援助を受けることで生きている。自分では餌は獲らない」

「獲れない——だろう」

「獲らせてる——という言い方だってできる」

「獲らせてる？　獲って貰ってるだけだろう」

「そうとも限らないよ。自分で獲らずに獲らせてるのさ。僕らだって、ただ口を開けて餌を待っているだけの馬鹿じゃないからね。雛鳥《ひなどり》には雛鳥なりの生きる知恵が要る」

「知恵？」

「知恵さ。最近ではね、親鳥が必ず餌をくれる保証なんてないんだ。今はただぼうっとしてれば親鳥が餌を運んで来てくれるような都合のいい時代じゃないんだよ」

「愛情が足りないんだとか甘ったるいこと言う気か。そんなもの——」

「動物の親が子供を育てるのは愛情があるからじゃないよ」

歩未は麗猫の発言を妨げた。

「本能だよ。動物に愛情なんかない」

歩未は断言する。

「詳しくは知らないけどね、生き物ってのは、そういう行動を取るようにプログラムされてるんだそうだ。と——いうより、それが生き物の本分さ。子供は可愛いから育てるんじゃない。種《しゅ》を保存するために育てるのさ。強《し》いて言うならその本分を愛情と呼ぶんだ。愛情って言葉はね、ヒトは動物とは違うと思いたいがために作り出した便利な言葉さ——」

葉月は眼を瞠《みは》る。

——何を言っているの。

歩未が別の世界の人間のように思えた。

葉月は愛情なんて言葉に就いて真剣に考えたことなどない。だからそんなものがあろうとなかろうと知ったことではない。

けれど。

人の眼を見据えて堂々と話す歩未は——葉月の許容範囲の外にある。

だから何だという麗猫の声がする。

「だからヒトも同じだってことさ。最近のヒトが子供を育てられないのは、家庭が悪い所為《せい》でも性格が悪い所為でも世の中が悪い所為でもなくって、脳の機能障碍《しょうがい》なんだそうさ。病気だよ。全人口の約三十パーセントが多少なりともこうした障碍を持ってるそうだ。経済事情や生活環境とは関係ないのさ。ただ貧しい方がつぶしがきかないから実害は多いようだけどね。僕らは無神経で無知だった二十世紀の連中のトバッチリを受けてるんだ。だから——僕ら二十一世紀の子供はおちおち安心して寝てもいられない。生まれた以上は生きなきゃならないからね」

「なら自分で餌を獲れ」

獲れないルールなんだよと歩未は応えた。

「さっき都築が言ってただろ。僕ら子供は、このつまんない社会の枠ン中でアタマ使って生きて行かなきゃいけない決まりなのさ。それができない連中は死ぬ。死ぬ環境になくたって鬱病《うつびょう》にかかって自分で死んじゃう奴もいるしね」

決まりを守るのは当たり前のことだろうと歩未は言った。

「枠の中で餌貰って生きるのも命懸けなんだ。安全な保護区で勝手に野生ごっこしている君なんかに、枠の外からとやかく言われる筋合いはない」

「野生ごっこ——だと」

「そうだろ。じゃあ尋《き》くが、君はなんだって猫に餌なんかやっているんだ」

弱者を保護しているつもりなのかと歩未は強い口調で言った。

「あ——あたしが何をしようと勝手だろ」

「勝手だよ。でもそれで偉そうなことを言うのは気にいらないな。君は、いつもそうやって猫に餌を与えてるんだろ。君は君の判断でそいつらを弱者と規定し、余計な世話を焼いてる訳だ。その段階で君に僕らを誹謗《ひぼう》する権利はない。本当の野生動物は生きるために生きることしかしない。無駄なことをすると死ぬからだ。施《ほどこ》しなんかできるもんじゃない」

「施し——」

「そうさ。君が餌をやっているその猫は、君に餌を貰えるという特殊な環境の中でそうして生きている。その猫どもは動物保護区に送られたらほとんどが死ぬんだ。君も——同じだ」

麗猫は肩の力を抜いたようだった。手に持っていたものが落下し、その落下地点に何匹もの小動物が群がった。

「僕を覚えているか」

歩未は顔を上げた。

「お前、あの時の——」

「やっぱり矢部助けたのはこいつだったんだな。おい神埜」

呆《あき》れたように成り行きを見守っていた美緒が歩未に顔を寄せた。歩未はそれでも美緒の問いには答えず、ゆっくりと上げていた顔を下ろした。

「君は僕の顔は見ていないはずだけど」

「いや」

判ると言って、麗猫はすっと身構えた。

「お前だ」

「何の真似さ」

「やるなら——降りるぞ」

「君と喧嘩《けんか》する気はない。君がそのつもりなら僕は君がそこから降りてくる間に逃げるよ」

「何故《なぜ》だ。お前——強いだろ」

——強い？

歩未が強い——。

それはどういうことなのか葉月には判らない。

強くないよと歩未は答えた。

「枠ン中で生きてる子供は喧嘩なんかしない」

「そうかな。あの時——お前は全然動じてなかったじゃないか。あたしは——」

「君は格闘していただろ。だから僕の顔なんか見てない。そうだろ」

「顔なんか見なくたって判るさ」

「それは凄いな」

歩未は怯《ひる》まない。

「匂いでも覚えてたのか。なら慥《たし》かに獣並みだ。君は――あの後気を失ったんだろ」

「気を失っただぁ」

美緒が歩未の前に回った。

「れ、麗猫が襲われてた矢部を助けたんだろ？　違うのかよ。おい神埜、こいつがボーカンやっつけたんだろ？　その麗猫が気を失ったって、それはどういうことさ。じゃあ」

「矢部を助けたのは真実あの人さ。都築が言った通り、あの人は強いよ。でも、どんなに強くたってあんなもので殴られれば誰だって気を失うさ」

「殴られる？」

「あの人は男に回し蹴りを決めてた。同時にもうひとりが金属の棒のようなもので殴りかかろうとしていた。僕はそこに通りかかった。そこで――矢部が走り出して来て僕にぶつかった。僕は矢部を道の反対側に連れてって座らせた。それだけだよ」

「それだけって――じゃあ」

「その後は見ていない。でも、たぶんこの人は気絶したと思う」

「見てないって――神埜」

そのまま行っちゃったのかよと美緒は問う。僕には関係のないことだからと歩未は言う。

「冷てえ女」

美緒はそう言って一歩下がった。

「通報とかしろよ。端末持ってんだろが」

「通報しても警備員が到着する前に決着はついてただろう。僕には手が出せないし、警備員が来るまでボーカン引き止めることもできないよ。もしできたって逆恨《さかうら》みは御免だし」

「じゃあせめて騒げよ。助けられなくたって、誰か呼ぶとか」

「誰もいないよ。騒げば見つかるだろ。見つかればやられる」

そうかな――と麗猫が言った。

「——ただやられるようには見えないけどな」

「さっきも言っただろ。僕は喧嘩の仕方なんか知らないよ。生まれてこの方殴ったことも殴られたこともないからね。君みたいに他人を痛めつける時の手加減なんか——判らない」

「おい神埜。そーいう場合、手加減も何もないんじゃないか。フツー」

美緒が大きく手を広げる。

「た、闘うのに手加減するか？　闘いって、よく解らないけど何か必死でやるもんなんだろ。前に見たけど、あいつなんかケモノみたいに動いてたぜ」

美緒は麗猫を指差し、続いて麗猫と歩未を交互に見た。以前格闘しているところを目撃でもしたのだろう。葉月には想像することもできない。

「必死かどうかなんて知らないけど、加減はしてるさ」

あたしは手加減なんかしてないと、麗猫は怒鳴った。

「そんなことないだろう。君のやってる、そのケンポーとかいうものは、要するに手加減の仕方のことなんだろ。そう見えたけど。だって、たぶんケンポーって相手殺しちゃったら駄目なんだろ。でも、どんな奴だって思いっきり急所一撃したら——」

死ぬよと歩未は言った。

「——死んだら喧嘩にならないだろ。死なない程度に殴り合ったりするから喧嘩になるんだ。喧嘩してる奴は相手を殺そうなんて思ってない。あれは野蛮だけど、それでも人間同士のコミュニケーションなんだよ。喧嘩って、一瞬で決まるものじゃないだろう。動物はそんな無駄なことしない。喰うか喰われるか、生存をかけた闘いは大抵一撃で終わるよ。ロスは少ない方がいい。襲った方が弱くて反撃を受けた時にだけ闘いは生じるんだ。だから人の喧嘩ってのは——猿のポジション争いみたいなものさ」

あたしはドーブツのこと知らないんだよと美緒は怒鳴った。

「サルってのがどんなケモノかも知らないよ。牧野なら——知ってるかもしんないけど」

「私は——」

葉月はただおろおろとした。

歩未はほんの一瞬葉月を垣間《かいま》見て、すぐに視線を麗猫に戻した。

「猿の闘いにはお約束があるんだよ。ヒトの喧嘩も同じさ。約束知らなきゃできないし、約束が通じない相手ともできない。君は——約束知らない奴と喧嘩したから負けたんだ」

麗猫は真っ直ぐな長い髪を掻き上げた。

「なる程な——」

よく解ったよと屋上の娘は言う。

葉月には何も解らない。何一つ解らない。

「——お前の言う通りだ。前言は撤回する」

「賢明だね」

歩未は躰《からだ》を横に向ける。見慣れた項《うなじ》が葉月の視界に入る。

「賢明なところでもう一つ尋くけど、君は——その猫の他にも何か保護しているのか」

「何のことだ」

「見れば弱者を保護するのが君の趣味のようだからさ。足許の猫の他に、あの晩怯《おび》えて震えてたピンク色の猫も保護してるんじゃないかと思ってね。君がご親切にもそれを保護してるんなら、どうやらその弱者に——この都築がアクセスしたがってるようなんだ」

歩未は美緒の肩に手を置いた。

「この都築という人は大変変わった娘で、僕は豪《えら》く迷惑している」

会わせてどうすると麗猫は言った。

美緒が眉を顰《ひそ》める。

「いるんだな、矢部」

「いたらどうだと言うんだ」

まどろっこしいなこいつと言って美緒は歩未の手を逃れ、更に前に出て思いきり顔を上げた。

「用があるっつってんだから会わせりゃいいじゃないかッ」

「あの娘は狙われてる」

「だから何。あたしも矢部を狙ってる奴の仲間だっての？　何だよそれ」

麗猫は何も答えなかった。

「何とか言えよ猫！　あたしが信用できないってのか。あたしはただピアスを」

「気安く呼ぶな」

麗猫は厳しい声を発し、そして初めてまともに美緒を見据えた。

「そいつの言い分も尤《もっと》もだから、お前達を見下げるようなことを言うのは止《よ》す。野生とかを気取るのもやめる。でも、やっぱりあたしとお前達は生きてるステージが違うんだ。都築美緒、お前はもう、そっち側に行ってしまった人間じゃないか」

そっちもこっちもあるか——と美緒は声を張り上げる。

「あたしは好き好んでこんな世の中に生まれて育って住んでるワケじゃないや。お前だってそうなんだろうが。関係ないよ。その猫の子みたいにじゃれて育ったんじゃないか」

「でももう違うんだ」

麗猫は顔を背《そむ》けた。

「何だと」

「やめなよ」

走り出そうとする美緒の二の腕を摑んで歩未が止めた。

美緒は酷《ひど》く悔しそうな顔をして、歩未の肩から顔を覗《のぞ》かせるようにして叫んだ。

「じゃあ尋くけどな猫。矢部だって、その、お前とは違うステージとかで暮らしてる娘なんだぞ。それを何でお前が匿《かくま》ったりするんだよ」

「あたしは匿ったりしてない。あの娘が勝手にここに来たんだ」

「勝手に？」

「あたしの後について来たんだ。慥《たし》かに、怯えてたよ。あの娘を襲ったのは理屈の通じない殺人鬼なんだそうだ。あいつらはもう何人も殺してるんだと、あの娘は言ってる」

「だから何だよ。お前が護《まも》るとでもいうのかよ。格好つけんなよ。昔話に出てくるセーギの味方かお前は。こんな物騒な街に置いとく方が危ないだろ」

「解ってるさ。ただあいつは今動けない。発熱している」

「だから手を差し伸べたのか」

美緒を摑んだまま、歩未が言う。

「――情け深いね」

「叩き出せば良かったか？　帰れと言っても帰らなかった。保護者もいないというし、何かが壊れたとか言って混乱してた。お前達、あの機械がないと随分落ち着かないようだな」

――端末。

そう。


葉月は考える。

自分達は端末なのだ。

社会とか全体とか、何と呼ぶのかよく解らないけど、何か大きな、とても確乎《しっか》りしたものが中心にあって、自分達はその確乎りしたものにどこかで繋がっている。そう思うことで安心してる。安定を保っている。端末はその証《あかし》なのだ。

予定調和的に、あるもの、あるべきものを受容するだけの、ある意味無責任な存在の仕方が心地よいのだ。生きるために必要なことは全部どこかに用意されていて、それは端末さえ持っていれば確実に配信して貰える。

端末は世界を受容するための装置であり、人としてあるためのパスポートなんだ。

だからそれをなくすということは――。

思いの外《ほか》恐ろしいことなのかもしれない。

あたし達はそんなもの持ってないからなと麗猫は言った。

「どうすることもできない。だから暫《しばら》く放っといたが——雨が降ってきた」

「なる程。それで君は都築の住居を教えたのか」

歩未がそう言うと、美緒は眼を大きく見開いてそのまま後ろに下がった。

「あたしの？」

麗猫は一度横を向いて、小声で何か言った。

「あ、あたしン家《ち》教えたのはお前か」

「他に適当な家を知らなかっただけだ。でもあの娘は行かなかった。仲が——悪いのか」

「普通だよ。口利《き》いたこともない。なあ」

美緒は葉月に同意を求める。

葉月ならどうするだろう。

そうなったら美緒のところに行くだろうか。

きっと。

——行かない。

そんなもんかなと麗猫は言った。

「とにかくあの娘は今動けない。それだけだ」


「雨ん中でずっと突っ立ってりゃ風邪もひくだろーが。せめて医者に」

医者も駄目か——と美緒は口を尖《とが》らせた。

「不便だよお前ら」

「どう思おうとお前達の勝手だ。ただ、こうなった以上は熱が下がるまで寝かせておくしかない。向こうから頼って来たんだ。来た以上ここの流儀に合わせて貰う」

警察は勿論、医療機関に報《しら》せることもできないということだろう。

端末がないからではない。麗猫のような人種は公的機関とアクセスすることが不可能な人種なのだ。医者と雖《いえど》も危険なことに変わりはない。あたしにとってはお前達だって危険なんだと麗猫は続けた。

それはそうだろう。葉月も歩未も美緒も、端末なのだ。繋がっている。

「死ぬようなことはない。用があるなら——ここを出た後に会え」

「どれぐらいかかる」

美緒の代わりに発言したのは歩未だった。

「二三日——なんてのんびりしたことは言ってられないと思うけどな」

「何故だ」

「もう知ってるだろうけど——人が一人死んでる」

「それがどうした」

「捕まるぜ。君」

「関係ない。あたしは殺してない」

「それこそ関係ないさ。都築の話だと死んだ男と頻繁にアクセスしてた人間が一昨日矢部の家を訪ねてるんだそうだ。矢部の失踪も既に発覚してるようだから、これは時間の問題だ。関係あろうがなかろうが結びつけて考える。ならもうすぐエリア警備や警察がここにも来るよ」

あ——と美緒が声を上げた。

「そうだよなあ」

美緒はそこまでは考えていなかったようだった。


美緒はぐるりと周囲を見回して、それから来るぜ警察——と言った。

「来るよ。エリア内は徹底的に捜す。矢部がこの地区内で保護されれば、困るのは君だろ。たぶん君は捕まる。君が無実でも関係ない。どれだけ喧嘩が強くたって無駄だ。君が捕まれば、ここに住んでる君のような人達も一斉に検挙されると思うけど。警察にしてみれば絶好の機会だろうから」

「なる程な——」

麗猫は腕を組み、空を仰《あお》いだ。

足許の猫達はいつの間にかいなくなっている。

矢部は帰した方がいいぞ、と美緒は言った。

「下手《へた》するとこの街自体がなくなるぜ。旧歓楽街はゴミためだ。連中は神経症並みに綺麗《きれい》好きだからゴミは掃除したいんだよ。契機《きっかけ》さえあればいつでも踏み込もうと思ってる」

「しかしあの娘は今動けない。担いで家まで連れて行けとでも言うのか」

「行けよ。あたしはこれで結構ここが気にいってるんだ」

　麗猫は沈黙した。何か考えているようだった。

「それも良い手とは言えないと思う」

　歩未がその考えを妨げる。

「今、矢部の住処《すみか》の周囲には警察がうようよいるだろう。警戒はかなり厳しいはずだ。そんなところに君が矢部を担いで行ったりしたら、これは捕まえてくれと言ってるようなものだ。まあ——そこで捕まってしまえばここの住人達には直接的には迷惑がかからないかもしれないけどね。それでも君の素姓が知れてしまえば大差はない」

「それはつまり——こういうことだな。捕まったあたしが警察に口を割れば——お前も面倒に巻き込まれると」

　御免だなと歩未は肩を竦《すく》めた。

「今でも十分に迷惑だ。僕は何も知らないことにする。幸い証拠もないし」

「あたしが証言する。あの娘だって言うだろう」

「人違いだよ」

「何ィ——」

　突風が空き地を巡った。

　葉月の衣服の無駄な意匠が風を孕《はら》んで、すぐに吐き出す。はたはたと無駄な部分がはためく。

　画像はまるでリアルじゃないのに皮膚感覚だけがやけに現実的で、葉月はそのギャップに戸惑う。嘘なのか真実なのか、何処にも示してくれるものはない。

　麗猫の髪の毛が揺れている。美緒の作業着がごわごわと音を立てる。歩未には無駄なところがない。

　煩瑣《うるさ》いよと美緒が怒鳴った。

「決めた。あたしン家《ち》に匿う」

「都築ン家《ち》だってC地区の中なんだから一緒さ。うまく隠して遣《や》り過ごしたって、回復した矢部が戻って事情を話せば結果は同じだよ。事件がさっさと解決してしまえば別だけど——」

歩未はそこでぴたりと黙った。

「そうだよ。先に犯人が捕まっちまえばいいんじゃないか」

美緒の声は再びの風に掻き消されてしまった。

美緒は廃材の上に駆け上がり、もう一度大声で言った。

「そうだろ。犯人が逮捕されちゃった後なら――」

誰も何も答えなかった。

捕まる訳はないと――みんなそう思っている。葉月もそう思うし、勿論美緒だってそんなことは判っていることだろう。この手の事件は解決しない。検挙率も低いし、捕まる場合も時間がかかる。捜査は何年も続くのだ。その間、矢部祐子をずっと閉じ込めておくことなど不可能である。

じゃあどうしろと言うんだ――美緒は歩未に言い寄る。

「あれも駄目これも駄目じゃどーにもできないじゃないか」

「そうだけど――それより都築。君はそもそもそのピアスさえ矢部に渡せればいいんだろう。ならあの人にでもそれを預けてしまえば済むことじゃないのか」

今更そうは行くかと言って、美緒は頭を掻《か》き毟《むし》った。

「A地区に移せばまだマシか」

「A地区内にそんな困ったものを隠しておく場所なんかないよ。ここと違って管理されてる。監視もされてる。枠の中に連れ込めば異分子はすぐに排除される」

歩未の言う通りである。考えられない。隠すだけならまだC地区の方がマシだ。

「そんなことないぞ。管理社会なんて穴だらけだぜえ。数字でできた世界なんて嘘っパチだから、マホーは使い放題だ。なあ牧野」

美緒は葉月の方を向いてにやりと笑った。

――魔法。

本当に美緒は魔法を使った。

美緒は慥《たし》かに葉月の住居に侵入したし、剰《あまつさ》え食事までしたのだけれど、それは慥かに葉月の眼の前で繰り広げられた事実なのだけれど、今は事実ではなくなってしまった。誰も知らない。記録にも残っていない。なかったことになってしまったのだ。

今となっては葉月の記憶の方が間違っているようにも思える。

「管理されてるのは現実じゃなくて情報だ」

美緒は廃材に腰掛け、膝《ひざ》の上に肘《ひじ》を載せて頬杖《ほおづえ》をついた。

「情報は書き換えられる。数字を拠《よ》り所に生きている連中は、数字に嘘があるとは思えないんだ。大昔の人間がいい加減な脳味噌信じてユーレイ見たように、今の大人は数字の間違いが許せないからユーレイを捻《ひね》り出すんだ。だから、辻褄《つじつま》さえあってれば誰も疑わない。要は——邪魔臭い生身の人間さえいなきゃいいんだ。例えば——」

大きな瞳が葉月を捉える。

「牧野の家は——駄目だな。人はいないけど集像機《アイ》があるから面倒だし。いや——」

美緒は歩未の背中を眺めて、格好の隠れ家があるぜ——と言った。

012

屋外に出ると母親の幻影は綺麗さっぱり消えてしまった。

その代わりどことなく懐かしいような、切ないような——それはちっぽけな、大層《たいそう》サイズの小さな感情だったのだが——静枝はそんな感傷めいた喪失感を味わうことになった。それは実際の母親に対して持ったことなど一度もない感覚だったから、静枝は酷《ひど》く不安定になった。

混乱している所為《せい》だろう。或《あるい》は焚《た》き染《し》められた香《こう》の残り香が纏《まと》わりついてでもいるのか。


屋外の空気を胸一杯に吸い込む。無臭だが、ざらついている。

——何をしているのだろう。

雑菌が雑《ま》じった外気が鼻腔を通じて体内深くまで侵入して来る——それは厭《いや》な想像だった。まるで清々《すがすが》しくない。処理しなければならない案件は山積みで、それなのに静枝はまるで建設的とは言えぬ行動ばかり取っている。淡々と通常業務を熟《こな》す、その気力が湧いて来ないのだ。要するに軽い鬱《うつ》状態なのだろうと静枝は自己判断を下している。

そう考えるよりない。

静枝の行動は無駄である。

矢部祐子の捜索願は先刻受理されたようだった。警察は既に捜査を開始していることだろう。中村雄二の身柄確保に就《つ》いても同様である。今更静枝の出る幕はない。ただ、どうしても欲求が抑えられなかったのだ。

とはいうものの。

だからといって作倉雛子に接見したところで何かが判るものでもないし、静枝の気が晴れる訳でもなかった。そもそも雛子は祐子の失踪に関わりを持っている訳でもないし、況《まし》てや殺人事件に関与しているとは思えなかった。雛子は祐子と接触さえしていないのだ。祐子の無断欠席を知り、その身を案じて様子を見に行っただけなのだから、要は静枝と変わらぬ立場なのである。実際警察も雛子の許《もと》には訪れていない。橡の報告から無関係と判断したようである。

しかし。

そんなことは最初から承知の上の行動である。事実、雛子と会ったことで静枝はいっそうに混乱している。これは、静枝の中に何か行動を起こしたいという欲求があるというより、通常業務に着手したくないという後ろ向きの意識の反映として受け取るべきなのだろう。非日常的な行動を執ることで現実逃避の正当化を図っただけなのだ。

うんざりした。

自己分析の結果にうんざりしたというのもあるが、いよいよ逃避の口実がなくなってしまったことの影響の方が大きかったかもしれない。

虫が飛んでいる。

静枝は虫の軌跡を目で追った。街中で動くものは少ないのだ。

その先に。

ソーラカーが停まっていた。

「橡さん」

ソーラカーの横には橡刑事が所在なげに立っていた。橡は覇気のない動作で右手を挙げ、声を出さずに口だけでよう、と言った。

「どうしたんです――作倉さんに？」

そうじゃないんだと言った後、橡は照れたかのように顎《あご》を引いた。

「あんたにな、まあ、ちょっとな」

「私に？」

「ん――その、センターに行ったら外出先の掲示板にここの住所が出てたもんだから――ここは、あの占い娘の住居なんだな」

「何の御用ですか。矢部さんが」

そうじゃないんだと榛は再び手を振った。

「プライヴェートな用だよ。あ――勘違いしないでくれ。その、そういう意味じゃない」

「そういう意味ってどういう意味です？」

まともに相手にするのは面倒だった。榛はただでさえ強張《こわば》った顔を更に強張らせて、ああ、と声を洩らした。

「俺達の世代は――まだジェンダーに対して妙なコンプレックスを持ってるんだよ。プライヴェートでも、セクシャルハラスメントには違いない。申し訳ないな。その――あんたがここを訪れてるってことは、その、矢部祐子の件に関してセンターも調査を続けてるってことなのか？」

「何故《なぜ》そんなことを？」


「いや、センターの活動に対して警察が干渉することはできないし、俺の方も公務での質問じゃないから、質問に答える義務はあんたにもないが」

「回り苦《くど》いですよ」

気を遣っているのだろうが。

「榛さんと同世代の他の人はもっとずっと無神経ですよ。だから――徹底的に嫌われてますけど」

榛は苦笑する。

そして神経遣っても嫌われるんだから遣うだけ無駄か、と言った。

ですから何の御用なんですと静枝は冷たく言い放つ。その方が自分らしい。

「私は慥《たし》かに作倉雛子に接見しましたが、それは個人的行動であってセンターの方針とは関係ありません。センターは矢部祐子の失踪を殺人事件と関連づけて捉《とら》えているようですから、捜査活動は完全に警察に一任していますす」

「そうなのかい」

「勿論《もちろん》警察の捜査活動には全面的に協力するよう指示が出ています。児童データの供出も続行していますし、センターが摂取した情報も提供することになっていますが、ただ解決に向けた能動的な活動や独自の調査などは一切行っていません」

あんただって相当回り苦吸いぞと橡は言った。

「要するに気になったから来てみただけ、ということか。収穫はあったのかい」

「それこそお答えする必要はありません。個人的な面会ですから」

収穫は——無根拠な混乱と、理不尽な喪失感だけである。

「まあな。俺はな、完全に外された」

橡は脈絡なくそう言った。

「捜査から——ですか」

「もっと悪いよ。結局謹慎だ。序《つい》でに減俸」

「謹慎って——それはこの間の件が咎《とが》められた訳ですか?」


ならば静枝にも責任がない訳ではない。責任を取ってくれと言われても困るのだが。

静枝が訝《いぶか》しげに様子を窺《うかが》うと、違う違うと橡は言った。

「慥かに名目上はそうなんだが、そりゃ口実だ。俺は元から目をつけられていたんだ。俺は鼻抓《つま》みなんだよ。どうやら全体の方針という奴と食い違うようなことばかり考えるらしい」

「それなら——」

何でここに来たのだ。恨みごとを言うためでないなら、愚痴をこぼすためか。

「釈然としないんだ」

橡は憮然《ぶぜん》とした。

「何がです」

「だから一連の事件がさ。何だかちぐはぐで——このままじゃ駄目な気がする。と、思ってるのはどうやら俺だけのようなんだがな。しかしこう続けざまに未解決連続殺人が起きたんじゃなあ」

「警察の威信が地に落ちると」

そんなものはどうでもいいよと椽は背を向ける。

「威信って何なんだよ。信頼感なんてものは最初《はな》から ねえだろう。あんたなんかは児童や家庭から信頼されてるのかもしれないが、俺達はただの役人で、嫌われることはあっても頼られることはないよ。何しろ俺達は事件の容疑者と関係者にしかリアルアクセスしない役割なんだからな。人間である必要すらねえ」

静枝は返答に困った。

信頼とは何だ。結局、今の世の中信頼も数値で測るしかない。モニタを通じてやり取りする不変の数値だけが、信頼するに値するものである。

「それじゃあ——あなたは何を」

「何をって——まあ何もできないんだがな。言っただろ。ただ釈然としないんだよ」

釈然としない——。

何とも曖昧《あいまい》な表現である。

しかし、それは今の静枝の鬱々とした心境に近いものなのかもしれない。

「まさか——椽さん、独自に捜査するつもりだなんて仰《おっしゃ》るんじゃないでしょうね」

「捜査なんてできないさ。謹慎中の俺は登録上民間人だからな。何の権限もない」

「それでも黙っていられないというのは正義感ですか。それとも好奇心ですか」

椽は振り返り、眉尻《まゆじり》を下げた。

「いくら俺が古い人間でも、正義感なんて黴《かび》の生えたものは持ってないぞ。それに現実に人が死んでるってのに好奇心ってのもないだろ。俺はでき損ないだが、それほど不謹慎じゃない。だから——そう、納得できればいいんだ。その——釈然としない部分に関してな。極めて自己満足的な行動なんだよ。それで——まあ、あんたに尋《き》きたいことがあると、まあこういうことだ」

「それでこんなところまで?」

「端末を通じてアクセスすると記録に残る。だから
こうしてアポイントなしで面会に来た訳だ」

「無謀な人ですね」

「無謀——かな」

「私が面会を拒否し、のみならず警察に通報したなら、あなたは免職でしょう。法で定められた強制力を持たない人間が、本人の諒解なしに接見を強行した場合は、慥《たし》か罪に問われるのでしょう。軽犯罪と雖《いえど》も謹慎中に送検されたりしたなら間違いなく罷免《ひめん》です」

「通報するかい」

橡は自分の端末を差し出した。

「通報はいつでもできるわ」

静枝は己《おのれ》の端末を引き抜く。

「ただ、今は通報するより予約がしたいんですけど。私はあなたの組織のお蔭《かげ》でストレスが蓄積して軽い鬱状態なの。ストレス解消のため少し高級な食材を摂取したいと思っていたところなんですけど」

橡は再び苦笑した。

「俺は県警の食堂しか知らないからな。ほとんど三食そこで喰うんだ。だから謹慎中の食事はどうしようかと思っていたところだから——ただ、よく知らないんだよなあ」

橡は一旦《いったん》差し出した端末を操作し始めた。検索しているのだろう。

「通報するかどうかは食事のランクで決めます」

静枝はそう言った。

通報する気は元よりなかった。

今までの橡の反応から類推するに、迷惑だと一言告げればこの男は退散するだろう。それならそうした方が通報するより遥《はる》かに手間がかからない。

しかし静枝はそう告げることもしなかった。

どうしてかは自分でもよく解らない。

現実から逃避する格好の口実が見つかった——ということなのだろうか。

たぶん、そういうことなのだろう。

正直言ってこんな男と二人で食事などしたくはない。ただ路上で立ち話をしているよりはマシだろうと、静枝はそう思ったのである。

　ソーラカーは、この間乗ったものとは違っていた。車種は一緒だが匂いが違う。公用車ではなくレンタルなのだそうである。福利厚生の一環としてプライヴェートに貸し出すのだという。地方公務員たる者は、たとえ私的な時間に於《お》いても行政が推奨する機種を使うことが好ましいという、不毛な判断もあるのだそうだ。

　橡が予約したのはアンティークリアルショップの上にある和風フードの店だった。

　和食には合成食材で再現することが難しい料理が多い。植物はともかく動物性蛋白質《たんぱくしつ》は百パーセント合成食材なのだから、生に近い調理法程再現率は低くなる。

　だから、高価《たか》い。

　部屋は個室だった。

　高級な店であることは集像機《アイ》が剝《む》き出しになっていないところからも知れる。犯罪防止のため、総《すべ》てのリアルショップは利用者の行動を記録する設備を整えることが義務づけられているのである。特に長時間滞在する飲食店では、エリア警備から派遣された監視員が常駐し、客室の画像を監視している。プライヴァシー保護のため、音声を盗聴することだけは禁止されているが、記録された画像と音声のデータは一定期間保存され、犯罪に関わると裁判所が認めた場合のみ警察に提出される仕組みである。

　ランクの低い店では、このカメラやマイクが剝き出しになっているのである。聞かれることはないと解っていても記録されることには抵抗があるし、自分が食事をする姿が別室のモニタに映し出されているということを考えると、慣れていたって不快ではある。

　ある程度ランクの高い店では、その辺りのことも配慮しているのである。

「あそこだな」

椽は壁面の間接照明を目で指し示した。そこにカメラがあるのだろう。

「さあ、自棄糞《やけくそ》だ。俺は普段喰わないものを喰う。あんたも選んでくれ」

椽はモニタに表示されたメニューを選択し、接続した自分の端末に入力する。オーダーと同時に入力した端末の持ち主の口座から即座に料金が支払われる仕組みである。

「あまり無茶しないでくださいね。注文者の口座の額が少ない場合は自動的に同席者登録した私のところに請求が来るんですから」

昔はこうじゃなかったがなと、キーを押しながら椽は言った。

「俺が若い頃はな、カードだったよ」

「結局管理できなかった訳でしょう。購入と支払いのタイムラグがあったから、どんな場合も一度借金をする格好になる訳ですから」

「信用販売というやつだったからな。要するに今の時代は誰も信用できないってことなんだ。しかしこの――刺し身ってのは何でできてるんだろうな」

刺し身は刺し身でしょうと言うと、違うんだよなと椽は答えた。

「昔は生きたものを切って喰ってた。警官になった時、祝いに喰った刺し身は、生き物の死骸だったがな。はっきり覚えてるのはそれが最後だ。よし、俺は刺し身を喰う」

椽は乱暴にキーを押して、自嘲《じちょう》的な笑みを浮かべた。

結構可笑《おか》しい。可笑しいという気分になるのは久し振りだった。

入力し終わると椽は姿勢を崩し、合成食材ってのは本当に人体に影響がないのかなと言った。

「公務員がそんな発言をしちゃいけないでしょう」

「いや、国が認めたから絶対安全とは限らないだろう。バイオ産業との癒着《ゆちゃく》があるんだ。結局」

「なら摘発するべきでしょ」

「無理だよ」

橡は顔を顰《しか》めた。

「俺は殺人事件は疎《おろ》か失踪者の捜索からも外されるような無能な地方公務員だぞ。バイオ産業は食糧庁だの厚生科学省だの中央省庁に根を張って、この五年で飛ぶ鳥を落とす勢いの急成長だ。合成食材産業は今後この国の経済基盤となるとまで言われてるんだぞ。相手になるかい」

「なら——身の程を弁《わきま》えた方がいいんじゃないですか。録音されてるんだし」

静枝が忠告めいたことを言うと橡はふんと鼻を鳴らした。

「俺が若者の頃、バイオ産業はまだヴェンチャービジネスだった。脚光を浴びたのは二十年くらい前のことだ。ありゃ何だったんだろうな。俄《にわ》かに注目されてな、大人気だったからな。成績のいい奴はみんな関係企業に就職した」

「流行に確固たる理由はないでしょう」

「いや——ありゃ国を挙げて支援してたんだよ」

「それは、クローン技術の医療分野での活用目処《めど》が立ったからでしょう」

クローン技術に対する世界基準の倫理規定が確立したのも、慥《たし》かその頃のことだったと静枝は記憶している。ただ、生体組織培養の倫理基準とは如何《いか》なるものなのか静枝は詳しく知らない。もしかしたらその当時は別の使用方法でも模索されていたのかもしれない。

しかし橡は首を横に振った。

「そりゃ代替案だ」

「代替って——」

「だからな、俺の記憶する限り、クローン技術に関する認可が下りたのはブームが下火になってからのことなんだよ。最初はクローンに関しては風当たりが強かったんだ。むしろ、そう、DNA情報のデータベース化の方が注目されてたはずだ」

「ああ」

それは静枝も聞いたことがある。

「DNA情報を登録制にして国民の個人識別に用いるなんて恥知らずな計画もあったんだ」

「登録制って――」

「勿論、国家事業だ。あれ、慥か半ば採用されかけてたんだ。こりゃ確実に識別できるからな。下手《へた》に番号なんかつけるよりずっといい。何より犯罪捜査には有効だ。まあ警察では導入してるんだがな。指紋より証拠能力は高い。前科がつくと、今はDNA採られる訳だよ。しかしその当時は、要するに戸籍やらIDカードの代わりにするために、国がそれを採用しようとしてたんだ」

「それは慥か――識者を中心とした人権擁護団体が猛烈に反対したんじゃなかったですか」

「まあな。でも、結局はあんたがさっき言ったように、管理ができなかったというのが正解だろうな。民間団体なんていくらだって抑えつけられるぜ」

「技術的に不備があったということですか」

「バイオテクノロジー的に問題はなかったようだな。要は管理体制が確立できなかったんだ。今と違ってこんなものはなかったし」

椽は手にした端末を二三度振った。

「DNA情報ってのは莫大なものらしいからな。しかも一人一人違う訳だろう。それをきっちり管理するだけのシステムが組めなかったんだな。今、前科者の情報管理するだけで、警察は予算の半分くらい使ってるんじゃないか。それが、国民全部だぞ。それにな、ことDNA情報の漏洩《ろうえい》は人権持ち出すまでもなくまずいだろう。あんたは児童の個人情報の供出に懸念を示してたが――考えてみれば、いや考えるまでもなくDNA情報の悪用は更に深刻な状況を予想させる。管理の不徹底は国家間の問題さえ抱《かか》え込む障害になり得る。で、計画は空中分解だ。国はその時、企業に借りを作っちまったんだな」

「借り？」

「巨額の予算が組まれてたらしいんだが、結局駄目だろ。企業側はそれを当てにして大規模な開発プロジェクトを展開してた訳だが、採用されなかった以上、パーだ。先行投資は丸損だよな。だからといって開発費全額を国が持ったりすることはできないだろう。本来的にする必要がないわな。でもそうはいかない事情ってのがあったんだよ。その時に空いたでかい穴をな、結局国は埋めさせられたんだ」

クローンが代替案だというのはそういうことか。

椽はそうなんだがな、と含みを持たせた。

「医療分野での展開はそれ程おいしくなかったんだな。組織培養技術の医療展開に関しては海外の方が遙かに進んでいたしな。それだけで借りは返せなかったんだと思う。だから俺はな、五年前の動物性蛋白質食材の合成食材への完全転換に関する法律の施行も、そこに根を持つものなんじゃないかと思うんだ。動物愛護だ自然保護だとお題目はいくつもあったようだが、結局太ったのは連中だからな」

合成食材開発に関しては、慥かにこの国の技術は他国を一歩リードしている。

椽の言うようなこともあるのかもしれない。

それにしたって——。

どんな裏事情があろうとも、結果的に生き物を殺して食料にしないという政策方針は現在の社会の風潮にマッチしたものではあったのだ。人体に対する影響を心配する声も少なからずあったし、それは未だに言われ続けてもいるのだけれど、そうでなくても食糧の自給率は致命的に下がっていた訳だし、多面的に考えれば妥当な決定ではあったのだろうと静枝は思う。

そんなことを考えているうちに、合成食材の料理が運ばれて来た。

慥かに高級そうな料理ではあった。野菜を除けば全て人工の食材であるにも拘《かかわ》らず、料理は天然の食材を調理したものを忠実に模した形に仕上がっている。

但《ただ》しそれがどれ程精巧なレプリカなのか、静枝などにはよく判らない。

完全転換されたのは五年前だが、それ以前から天然の食材は不足しており、合成食材の方が多く流通していたのである。

橡は刺し身を口に放り込んで珍妙な顔をした。

違いますか——と静枝は尋く。橡はいっそう不思議な顔になった。

「その、警官になった時に食されたとかいうお刺し身と」

橡は刺し身を呑み込んでから、うむ、と唸《うな》った。

「判らない」

「構成成分は全く同じ、組織の構造も同じ。色艶《いろつや》から食感まで同じに作った職人の技——ってモニタには出てますけど。天然ものを食べ慣れない私には判断できませんが」

じゃあ同じなんだろうなあ、と橡はつまらなそうに言った。

「ただ——どうも釈然としない。どうして味覚や嗅覚ってのは、こう、記憶したり表現したりすることが難しいのかな。どこがどう違うとか——まるでうまく言えない」

——釈然としない。

「それより——」

静枝は消毒済みと記されたパッケージから箸《はし》を取り出す。

「——何かお話があるんじゃないんですか」

おう、と言って橡は居住まいを正した。

「通報は勘弁してくれたか」

「まあ——誠意を汲《く》みましょう。どうせ食事が不味《まず》くなるような話なんでしょうから早めにお願いします。こう見えて私も——」

忙しいんです、という結句を静枝は口にしなかった。

「実はな」

橡は前屈みになる。

「——あんた俺が少々馴《な》れ馴《な》れしい口の利《き》き方になってるとか思ってないか」

「思ってませんよ」

そう言われてみればかなり馴れ馴れしい。だが。

——気がつかなかった。

「ならいいんだが——俺はどうも口の利き方を一通りしか知らないんだな。まあ、端的に言ってしまえば——ううん、ま、さっきも言ったが、俺は今回の連続殺人事件の捜査方針に疑問を抱いてる訳だ」

説明しにくいことなのだろう。

「今回は——近郊のエリアで四人殺されている。実は少し離れた場所で一人殺されてて、これも同一犯人の犯行と考えられている。被害者は計五人だ。性別は全て女性。年齢は上が十六歳、下が十三歳。ただ十六歳の娘は誕生日を迎えたばかりだったし、十三歳の娘はもう半月生きていれば十四になってたから——まあほぼ十四五歳ということになる」

椽は箸で皿に数字を書く仕草をした。

「しかも年齢が上の方の被害者は、病気などの理由でコミュニケーション研修参加が一年遅れているんだな。つまり、被害者は全員、十四歳のクラス分けにされていたということになる」

静枝も事件のアウトラインくらいはメディアを通じて概《おおむ》ね聞き知っていたのだが、その点に就いては初耳だった。

「ま、それが現時点では被害者の共通項だと考えられている。そりゃまあ事実なんだからそうなんだろうな。このエリアで殺された川端リュウは性別もクラスも違う。共通項が一切ないということで一連の事件からは外された訳だ。ここまでは——まあ、誰でも知り得ることだ」

「捜査上の秘密ではない、と」

「ない。と——いうか、今回の事件に関して警察当局が掴んでいる情報は一般人が持っているそれと何ら変わりのないものだ。ところであんた、去年西の方で起きた連続殺人事件、覚えてるか」

毎年同じような事件は起きている。覚えているような気もするがよくは判らないと、そのまま素直に答えた。実際、一昨年の事件もその前の事件も似たようなもので、それ以前のものになると静枝は完全に混同している。

去年は六人殺されたんだ——と橡は言った。

「去年の事件の被害者は男二人に女が四人、年齢は十九歳から二十六歳。ただ、この被害者達には確実な共通項があってな、全員ある企業の系列会社に勤めていたということだ。しかも揃《そろ》って昨年度の新規採用者だった」

「紫苑《しえん》エンタープライズでしたか」

すっかり忘れていたが、そういえば去年厭という程耳にした覚えがある。

そうだ、と橡は言った。

「まだ犯人は捕まっていない。捜査は継続中だが目処も立ってないようだな。容疑者すら浮かんで来ないのが実情だ。ま、ここからはオフレコなんだが」

「録音されてますが」

「俺がここで暴れたり、あんたを殺したりしない限りは誰にも聞かれないよ。聞くことはできない。記録は一年で消去される。あのな、実は去年の事件もな、ほぼ確実な線の被疑者が挙がってたんだ。八割がた確実だったようなんだが、結局逮捕すらできなかったようだがな」

「理由は」

「アリバイがあった。六件中二件はそいつには犯行不能な事件だったんだ」

「なら」

仕方がない。八割だろうが九割だろうが、シロはシロである。クロなら必ず十割なのだ。

確率というのは何も指し示さない、数字のトリックでしかない。

静枝がそう言うと、四件に関しては十割だったんだと橡は答えた。

「しかし二件は違った訳でしょう」

「だから——六件を連続殺人事件だと規定するから割が下がるんだ。何も全部繋《つな》げる必要はない。別の事件だと考えれば済むことじゃないか。六件のうち四件はそいつが犯人だったんだ。データを見る限りそれは確実だと俺は思う」

「しかしそうは判断されなかった訳でしょう」

そうなんだと答えて、椽は乱暴に白米を掻き込んだ。

「どうしても連続殺人事件なんだ——となそう判断されたようだ」

「私の知る限り大層な捜査網だったようですし、捜査本部がそう判断したのならそれなりの理由があったのじゃないんですか。いずれ個人の判断じゃないでしょう」

「まあな。目撃情報や現場の状況から判断するに、それぞれの犯行は複数犯ではなく単独犯だと考えられていたようだからな。本当に連続殺人事件だったなら、アリバイがあるというのは痛いだろうな」

どうにも思わせ振りな口調である。

「つまり椽さんは去年の事件は連続した事件じゃない、とお考えなのですね？　そうすると、もし、その二件が椽さんの言うように別の事件なのだとすれば、それは——例えば模倣犯ということになるんでしょうか？」

「そこら辺が問題だったんだな」

「問題というのは？」

「一連の六つの事件の、最後の二件が別人の犯行だとか、そういう単純な話ならまた話は違ってたんだろうけどな。残念ながら本ボシと思われる男に犯行が不可能だった事件というのは、順番で言うと三番目と五番目の事件だったんだ」

「三番目と五番目？」

「そう。三番目の事件が発生した時点では、まだ先行する二つの事件の詳細は報道されてなかったたし、連続殺人とも考えられていなかった。つまり模倣のしようがないということだ」

「模倣しようがないと？」

「その時点じゃな。にも拘らず、二件の事件と三番目の事件の間には共通項が多く見受けられた。加えて三番目と五番目以外の事件の犯人と思われるその男は、重度のコミュニケーション障碍を抱えていて第三者とは全く接触できないような状態だった。共犯がいるという線は考えにくい」

「それなら――やはりその人は犯人ではないんでしょう。論理的整合性は保たれています。妥当な判断ではありませんか？」

「資料を読むまでは俺もそう思ってたんだ。でもなあ――やっぱりその三番目と五番目の事件は違うんだ。他の四件と。記されたデータの上では非常によく似ている。同一犯人の仕業としか思えない。ところがな」

椽は箸を置き、中指で額《ひたい》を掻いた。

「変な男だと思わないで聞いてくれよ」

「最初から思ってますから御心配なく」

「なら別にいいけどな。あのな、三番目と五番目を除く四つの事件は、全部仏滅に起きているんだよ」

「ブツメツ？」

「知らないか？　大昔の風習だ。古い暦《こよみ》なんか見ると載ってる」

「知っています。全く無根拠なものだと記憶していますが」

「どうもそうらしいな。データ読む限り、一連の迷信の中でも筋金入りに根拠がないもんなんだそうだな。最近じゃ見ないが、十年くらい前まではカレンダーにも載ってたし、それに準じて行事の日取りを決めたりもしてた。馬鹿馬鹿しいことに契約日から納品日まで、その無根拠な指標に沿って決めてたというんだから正気の沙汰とは思えないな」

「無根拠こそがどうでもいいことの価値判断をしてくれるんですよ」

静枝がそう言うと椽は眉根を寄せて何だいそれはと問うた。

静枝はだから占いですよ、と答えた。

「まあ占いなんだろうな。今時そんなもの気にする奴はいない。だからこそ誰も気がつかなかったんだが——」

「椽さんは気づいた、と。しかし椽さん、六回のうち四回しか該当していないというなら、それはやはり偶然と考えた方が——」

——偶然か。

偶然こそ神秘——だったか。偶然としてしまうのは逃げ——なのだったか。作倉雛子ならもっと詳しく知っているんだろう——そんな思いが静枝の脳裏を過《よぎ》る。

「いや、それは慥《たし》かにそうなんだろうがな」

静枝が言い淀《よど》んだ隙《すき》に椽は語り出した。

「だからこそ——俺は怪しいと思ったんだ。捻《ひね》くれてるんだよ。ところがな、そのホシと思《おぼ》しき男は、どうやら一度しくじっているんだ。殺《や》り損ねているんだよ」

「しくじった？」

「未遂だ。で、そいつが検挙されたのが最後の事件から六日後のことだ。不審尋問をしたところ逃げ出したので捕まえてみたら凶器を持っていた。で、これなんだがな、六件の事件は一見ランダムに、偶発的に発生しているように見える。間隔がまちまちなんだ。ところが三回目と五回目の二件を除いて、未遂の一件と検挙日を加えるとだな、これが綺麗に収まる。全部仏滅なんだ」

「仏滅ですか——」

どうも耳に馴染《なじ》まない。

静枝は取り敢《あ》えず出ている料理を片付ける。味わうというよりも摂取するという感じだと、静枝は自分でも思う。

いつも——別なことを考えているからだろう。

「慥か、その仏滅とかいうやつは六種類くらいの繰り返しでしたよね。大安《たいあん》とか、友引《ともびき》とか。後は知りませんけど」

「そうだな。赤口《しゃっこう》とか先負《せんぶ》とかな。六輝《ろっき》だとか六《ろく》曜《よう》だとかいうんだそうだ。まあ、未だに採用されてる七つの曜日だって、元は同じようなもののようなんだがな。ただ六曜には、いちいち早くしろとか何もするなとかいう指針がついてるんだ。仏滅は——万事凶、駄目な日なんだ」

——それなら。

「そうした犯罪は慥か周期的に反復されるケースが多いのだと聞いています。その周期が何に由来するかはケースバイケースなんでしょうが、例えば六日周期で犯行を繰り返すとしたなら、厭でも必ず同じ日に当たることになってしまうんじゃないでしょうか。別に仏滅に拘泥《こうでい》しなくても」

ところがそうじゃないんだよ、と橡は言った。

「六曜は調整のために偶《たま》に一日詰まるんだ。必ずしも六日周期という訳じゃないんだな。それに——その男はマニアだったんだよ。暦の」

「暦マニア？」

「マニアというか蒐集家《しゅうしゅうか》だな。しかも十九世紀末から二十世紀半ばまでの暦のコレクターだ。警察では単なる古美術蒐集家の類《たぐい》と捉えているが——俺にはそうは思えなかった。案の定、そいつは過去に起きた様々な事件と起きた時代の暦の照合が趣味だったと——後に証言している」

「照合？」

「照合だ。暦ってのは必ず実際の日付けより先に書かれている訳だろ。しかも当時のものは良い日悪い日なんてことが逐一《ちくいち》記されている。悪いと書いてある日に本当に悪いことが起きているかどうか、良いとされる日に吉事が起きているか、それを綿密に調べてたんだな。それが高《こう》じて——」

悪い日には悪いことが起きるべきだと。

「つまり——仏滅の殺人は予言の自己成就《じょうじゅ》ということですか？」

馬鹿げている。

馬鹿げてるなと橡も言う。

「でも——それが正解だと俺は思うんだ。結局人が人を殺す動機なんてものは、実はちっぽけなことなんじゃないのか。結果起きてしまったことは重大なんだろうがな。人の長い歴史の中で、数え切れないくらい人殺しは行われているが、真実殺されるに値するような動機で殺された人間が何人いる。金が欲しいだのむかつくだの、命の重さに釣り合うだけの動機なんて何処《どこ》にもないだろ」

　頷《うなず》くしかないだろう。

　橡の言う通りである。

　動機なき殺人などという尤《もっと》もらしい常套句が持て囃《はや》されるようになったのは、二十世紀の終わりくらいからのことなのだそうだ。だが、よく考えてみれば、それ以前に比べて動機が希薄になった訳では決してないのだ。神代《かみよ》の昔から殺人の動機などというものは一様にくだらない。

　それは生命の価値が過剰に肥大した故《ゆえ》の言説である。

　そう考えるとな——橡は骨もないのに魚の形をした食品を訝しそうに眺めながら言う。

「そう考えると、そんな野郎が仏滅以外の日に犯行に及ぶだろうか」

「その——三回目と五回目ですか」

　大安なんだよと橡は言った。

「でも——手口その他は一緒なんでしょう」

「凶器の種類や形状、遺棄の状況、何より被害者の共通項——無関係とは思えない。でもな、つぶさにデータを検索していくと、不審な点もあった」

「その二件に関してのみ——の特異点ですか」

「そうだ。他の四件とその二件を分かつ、相違点だよ。実はな——」

　橡は骨のない魚の頭を齧《かじ》り取る。そして。

　足りないんだ——と言った。

「足りない？」

「足りないのさ。三回目の被害者と五回目の被害者に関しては——臓器が一部発見されてない」

「え？」

「去年の事件の手口というのはな、腹部を中心にして滅多切りにするという残忍なものだ。まあ、遺体の損傷はかなり激しかったようだ。あちこちに破片が――」

　飯喰いながらする話じゃないな、と椽は言った。

「――まあ、ここまで話しちまえば同じことだろうから、この際続けるがな、現場から回収された部品を集めても遺体は一体分完成しなかったんだな。肝臓を始めとする臓器の一部が――未回収だった」

「その――二件だけ？」

「その二件だけだ。と、いうか二件とも、だ。現場の判断は野生動物に喰われたんじゃないかというものだったが――野生動物って何だ？」

「C指定地区には犬や猫がいます」

「遺棄現場はB地区だ。犬も猫もいない」

「どういうことですか？」

　判らないんだ――椽は箸を弄《もてあそ》ぶ。

「全然判らない。ただ、少なくとも六件の殺人事件は連続した事件ではなくて、別の二つの事件だったのじゃないか――これが俺の見解なんだが――訓告を受ける程突飛《とっぴ》な見解だろうかな」

　訓告――を受けたというようなことを石田は言っていた。受けたんだ訓告を――と、椽は恥ずかしそうに言った。

「建設的な意見を言ったつもりだったんだが、先様《さきさま》からクレームがついた。管轄外の事件のデータを読んで正式な手続きも踏まずに勝手なこと言ったんだから、まあ、叱られるのは仕様がないがな。それだって巫山戯《ふざけ》てた訳じゃない。前の上司は昇進異動が内定してたから面倒は避けたかったんだろう。訓告だ。結局俺の意見は誰にも聞いては貰えなかったんだが――」

　椽は自分の前の食器を横に除《ど》けて卓上に顔を突き出した。

「今回はうちの管轄だ」

「椽さん、あなた今回も——」

——違うか。

「いや、そうじゃないですね。今回は連続殺人事件じゃない、という判断がなされた訳でしょう。去年のケースとは違う。それとも」

椽は手を翳《かざ》して静枝の言葉を抑えた。

「ここと、隣接するエリアで起きた殺人事件は、さっき言ったようにこのエリアで発生した川端リュウ殺害を加えて計六件だ。あんたの言うように、川端の件のみは連続殺人事件と見做《みな》されていない。理由は川端だけが男性だったからだ。裏返せば、他の五件は有無を言わさず連続殺人事件だと理解されている。でも——本当にその分け方でいいのか?」

「つまり、連続していると思われている事件は連続しておらず、非連続と思われている事件は連続していると——そういうことですか」

「川端の件はなんとも言えない」

椽はタッチモニタに触れて空調を強めた。


「ただ現状その一件が浮いていることは事実だ。しかしな、俺が気にしているのは被害者の共通項なんだ。果たして、比較的近い区域に居住するほぼ同じ年齢の女性、という括《くく》りでいいのか。それは単純すぎないか? もしかしたら別の括り方があるんじゃないか。それが判れば、川端の件もうまく配置できるかもしれないだろう」

椽は去年の例でいう仏滅のようなキーワードを求めているのだろう。

多分それは他言語解読ソフトのようなものなのだろう。慥《たし》かに法則を導き出しさえすれば構造が判明する。構造が判れば翻訳も理解も可能である。

でも——。

そう上手く行くものだろうかと、静枝は思っている。数字で組み上がった仮想空間と違い、この現実という奴は夾雑物《きょうざつぶつ》と不協和音で満ちている。

何ひとつ予測できない。

何ひとつ予定通りに運ばない。

現実というやつは悉《ことごと》くぐちゃぐちゃで気味の悪いものなのだ。直線が存在できないような不定形の空間で、純粋なものが存在し得ないような不潔な世界で、偶然できあがるような綺麗な形を求めても、それは無駄だと思う。

世界は一定の法則に従って生成されていると考えるのは幻想なのではないかとさえ——最近静枝は思うのだ。

「何か——手懸かりでも？」

静枝が問うと橡は首を横に振った。

「それをあんたに尋きたかったんだ」

「私は川端リュウの担当カウンセラーではありません」

「知ってるよ。ただあんたの同僚はあまり協力的ではないようだし、まず俺は面識がない。非公式にコンタクトを取ったりしたらそれこそ通報されるからな。それに」

「それに？」

「俺は失踪している矢部祐子に鍵があるのじゃないかと思ってる」

「鍵——ですか」

「あんたも以前言ってたかもしれないが、本来の被害者は矢部祐子だったのかもしれない。矢部はデフォルメーションキャラクターに興味持ってなかったか？」

「デフォルメーションキャラクターって——」

俺が若い頃はコミックと言ったものだがと、豪《えら》く神妙な顔で橡は言った。

「もっと昔は漫画と呼んだようだが。要するにリアルじゃない動画のことだ」

矢部祐子は動画にはそれ程興味を持っていなかったはずである。ただ静枝の記憶では、祐子の自宅の部屋には二十世紀のキャラクタートイが沢山並んでいたようだった。そう答えると橡はコレクターだったのかと問うた。

「コレクターではないと思います」

「でも——今時そんなもの、集める気にならなきゃ手に入らないだろう」

「全部保護者から譲り受けたものだった——と記憶しています。父親か母親か判りませんが、どちらかが持っていたものを幼児期に玩具として与えられ、彼女はそれをそのまま大事に持っていたんです。たぶん」

たぶん——。

どうしたって記憶は曖昧だ。拡散する。しかし静枝には聞いた覚えがある。カウンセリングの記録を見ればはっきりするだろう。児童との会話は総て残されているのだ。圧縮されていたって、記録は常に正確だ。思い出は凡《すべ》てパルスに変換されている。そうすれば劣化はしない。

——複製もできる。

警察にお渡しした児童のデータで確認してくださいーーと言ってから、静枝は沈黙した。

「できない——んですね」

「だから飯をおごってるんだよ。そうか。じゃあやはり川端なのかな」

「そういえば——川端君は光学式の——ええと」

アニメーションだと椽は言う。

「アニミズムが語源だそうだ。本来動かないはずの絵が魂でも宿ったかのように動く——からだそうだが、ピンと来ないな。モニタに映ってるものは全部絵だし、大抵は動く」

動いたって魂なんざ入ってねえと謹慎中の刑事は毒突《どくづ》く。

「実はな、最初の被害者はキャラクターデザイナー志望で、DCビエンナーレの一般公募に応募して高い評価を得たという経歴がある。二人目は、今一番人気があるらしい何とかいうキャラクターの、あれは——」

椽はややこしい固有名詞を述べた。

少し違っていたのだが、静枝は敢えて正さなかった。本筋とは関係ないだろう。

「――その有力ファンサイトの常連だった。それから四人目も、その同じキャラクターの熱烈なファンで、コスチュームを模した服装を好んで着用していたそうだ。被害者のうちの三人がデフォルメーションキャラクター絡みなんだ。残り二人は全然関係ない」

「川端リュウの場合は毛色が違いますね。彼の場合は何十年も昔のものを愛好していた訳でしょう。慥《たし》か前時代的な――セル画とかいうのでしたか。そのコレクターですからね。三十年以上も前のものですよ。矢部祐子にしても同じく現在のものではありません。その二人を外せば六人中三人の確率ですからね。それは――どうなのでしょう」

ううん、と橡は低い声で唸った。

「それは判ってる。十分判っていて、それで言ってることなんだが――その、まるでキャラクターと無関係な、残り二人の被害者だが、その二人に限ってな――」

やっぱり臓器が足りないんだと、橡は暗い口調で結んだ。

013

生きている鳩は実に不気味だった。

啼《な》き声も臭気も質感も、何もかも。特に、何が見えているのかまるで想像がつかない、輝きに乏しいその瞳は、どう考えても葉月を、いや、葉月の暮らす世界を拒絶しているようにしか見えなかった。

「気持ちワリー」

じっと鳩を注視していた美緒が顔を歪《ゆが》めた。

「ドーブツって気持ち悪いよな。牧野さ、こんなの好きなワケか」

葉月は答えられなかった。

窓全体が鳩の出入り口として開放されており、部屋自体も鳩のために改造されている。金網で仕切られたそこは雑然としており、六羽ばかりの鳩が確認できた。

結局部屋の三分の一は鳩に占領されていることになる。

歩未は鳩の家だと言っていたが、これでは本当に鳩のための部屋としか呼びようがないだろう。残りのスペースにはテーブルと椅子が三つあるだけで、隣室にも簡素なベッドが一台あるだけである。

そのベッドには今、矢部祐子が眠っている。

入口のドアの横には麗猫が突っ立っている。

歩未の住居の屋上にある違法建築物——。

そこが、美緒が思いついた祐子の移送先だった。

慥《たし》かにここならば、A地区であるにも拘《かかわ》らずセンサもないし、監視設備もない。在宅表示も出ない。

但《ただ》し。

格好の隠し場所である。

思い返せば無謀もいいところだったと思う。

連続殺人事件の一斉捜査中に、たぶん捜索願が出ているだろうその関係者——しかも病人を、ほとんど無防備な状態で、何の策も講じないで運んだのだから、これは相当に——子供が考えたって簡単に判る程に——危険な作業なのだ。

でも。

葉月はそんなことはすっかり見失っていた。

C地区との境界から、交代で祐子をおぶって運んだ。

人間の体はぐにゃぐにゃして、生温かくて、ひたすら重たかった。汗の湿った感じも、息遣いも、有機的な匂いも、何もかも耐えられないものだった。

大体、どうして自分がそんなことに手を貸さなければならないのか——葉月はまるで判っていなかった。そもそも祐子を別の場所に運ぶ理由も、匿《かくま》わなければならない意味すらも、葉月は判ってなどいなかったのだ。

それでも葉月はその時、どうしてもそうしなければならないような、理屈では割り切れない感覚に囚われていたのだ。

——歩未が断らなかったから。

なんだと思う。歩未の住居まで祐子を運ぶという美緒の乱暴な提案に対して、歩未本人は何故《なぜ》か一切異を唱えなかったのだ。

——あれだけ。

関わり合うのは厭《いや》だと言っていたのに。

だから葉月は、そうすることが当たり前であるかのように錯覚してしまったのだろう。

そう思う。

話が決まった後、葉月は美緒と共に一度自分の住居に戻っている。そこで別れてしまえば凡《すべ》てはそれで終わりのはずだった。

しかし葉月は再び家を出た。美緒の魔法で在宅表示を点灯させたまま——である。だから記録上、葉月は今寝室にいることになっているのだ。

そんな非合法な細工までして、葉月はぐにゃぐにゃの物体を運ぶ手伝いをしたのである。

しかし、移送自体は意外とスムーズに終わった。

商用区域を除けば夜の街に人影はほとんどない。定点観測地点を外したルートを取るなら、そう人目を気にすることはなかった。それでも、巡回中のエリア警備にでも遭遇してしまえば終わりだったのだろうけれど、子供にはそんな思慮も分別も、余裕さえもなかったのだが。

幸いなことに葉月達は誰にも行き合わずに行軍を終えた。歩未の家は祐子の住居とは方角が違っていたし、殺人現場とも離れている。その所為《せい》で警戒が手薄だったのか、はたまたそれは単なる偶然が齎《もたら》してくれた幸運なのか、葉月には判断できなかった。

約七十三分程で作業は終わり、矢部祐子は鳩の家のベッドに寝かされた。

そして葉月は美緒と並んで鳩を見ている。実物の小動物は、やはり可愛くはなかった。


その落ち着きなく痙攣《けいれん》する胸部を見ながら、葉月は自分の置かれている状況があまりにも日常的でないことに漸《ようや》く気づき始めている。

そっと麗猫を見る。戸籍のない娘はまるで警戒でもしているかのように入口の横に止まっている。外の様子を窺《うかが》ってでもいるものか、ただ黙って立っている。彼女は作業中も一言として口を利《き》かなかったことを葉月は思い出す。

がさり、と麗猫が動いた。

途端に扉が開いた。

扉の外には歩未が立っていた。

麗猫は一瞬驚いたように眼を開き、それから何故か困ったような表情を見せた。

歩未は麗猫には一瞥《いちべつ》もくれずに部屋に入ると、手に持ったカーゴをテーブルの上に置いた。

中にはジャンクフードとウォーターパックが入っていた。

気が利くじゃんと美緒が笑う。

「備蓄。不味《まず》いよ。それより薬——飲ませられるかな」

歩未はカーゴの中からピルケースを出した。

「常備薬しかないけど」

「駄目だよ」

美緒が奪い取る。

「最近ドラッグの出し入れ厳しいじゃん。常備薬なんか抜き出すとチェック入っちまうだろ」

「僕が飲んだことにする」

「二回以上チェック入るとメディカルセンターからアクセス来るぜ」

誤魔化《ごまか》すよと言って歩未は隣室に移動する。

「一分でも早く出て行って欲しいからね」

歩未は祐子の体に手をかけた。治ったたって帰しちゃ駄目だよ——と美緒は言う。

「全快じゃなくて解決するまで匿うんだ」

「不可能だよ」

「御免なさい」

掠《かす》れた声。ゆっくりと祐子が顔を向けた。

「私——」

なんか迷惑かけてる——そう聞こえた。

「まず薬飲んで。それから眠るんだ」

歩未はそう言って祐子の上体を起こした。葉月は祐子の顔を確認しようとしたのだが、視界は前に出た美緒に妨げられてしまった。

「おい神埜。そうは言うけど一般処方の常備薬なんかに即効性ないぞ。副作用が怖くって、ほとんど効かないくらいの量で調合されてるんだからさ」

知ってると歩未は抑揚なく答える。

「——解ってるからプラシーボ効果まで下げるようなこと言わないでくれないか」

美緒は振り向きざま鼻の頭に皺《しわ》を寄せ、卓上のジャンクフードをひとつ取ってベッドの方に放った。

「少しでも喰ってから飲んだ方が吸収率が上がるぞ。ほら、これで元通りだろーが」

何が元通りなのか葉月には解らなかった。

美緒はあたしらも喰おう、と言って椅子を引き、戸口に立っている麗猫に向けてお前も座れば——と言った。麗猫は無言で美緒を睨《にら》んだ。

「何格好つけてんだ。腹減ったろ。野生だかドーブツだか知らないけどさ、どんなもんだって喰わなきゃ死ぬんだぜ。なあ牧野」

美緒は葉月に食糧を押しつける。

「腹減ってる時喰えばモソモソの常備食だって何だって、大抵のモノは美味《うま》いって。座れよ猫。それとも——まだ神埜の言ったこと気にしてるのか」

麗猫は躰ごと横を向いて、美緒に背を向ける。

「ま——いいけど」

美緒はダミーミートを口にくわえたまま椅子を金網の前に置き、ペタリと座った。

「——可愛くない娘。この不気味なハトの方がまだ可愛げがあるぜ。ん。これ——肉か。味が肉だ。神埜さ、ハトって何喰うの？　肉喰う？」

隣室から知らないという声が聞こえた。

「知らない？　なあ、ハトって肉喰う？」

美緒は肉の切れ端を千切りながら葉月に問うた。

「食べないと思うけど——」

葉月が答え終わる前に、鳩は肉なんか喰わないよと麗猫が言った。

「喰わないの？　何か凶暴そうだけどな。共喰いとかしそう。本当に食べないのか」

麗猫が食べないともう一度答えるのと、やめろよと歩未が言ったのはほぼ同時だった。

「何だよ二人して」

美緒は肉を頰張ったまままむくれた。歩未は冷ややかにそれを見つめた。

「そいつらに干渉するなよ」

「餌とかやるんだろ」

「やらないよ」

「だって飼ってるんだろ」

飼ってないよと言って歩未は葉月の真正面に座った。

「そいつらは勝手にそこに棲《す》み着いたんだ。何を食べてるのか、どうするつもりなのか、そんなことは知らない。放っておくと部屋を占領されるから、それ以上こっちに来ないようにワイヤーネットを張ったんだ」

「なら追い出しゃいいじゃん。窓自体に網張ればいいだろ」

「これぐらいなら別に迷惑じゃない。都築の方が迷惑だよ」

美緒はもう一度鼻の上に皺を寄せて、けっと声を出した。

「あたしはトリ以下か」

「鳥なら諦《あきら》めるから。僕が縄張りを主張したって鳩には通じない。土地を区切って売ったり買ったりするのは人の勝手なんだし、鳥的には無意味だろ。それに僕が生存していくためにそこのスペースは必ずしも必要じゃないし、なら僕にはそいつらを排除する理由がない」

「共存ってヤツか？」

「ただそこからこっちに来られると、ここで食事ができなくなる」

思ったより理屈っぽいのなと美緒は呆《あき》れたように言って、パックの水を飲んだ。

「トリ的にどうだか知らないけど、ここは神埜のテリトリーだろ。そこにこいつら侵入して来たんだからさ。便宜《べんぎ》計らってるってのは飼うのと変わりないようにも思うけどな。捕まえて、喰っちゃえばいいじゃん。こんなトリ」

「鳩って」

食べられるの――と葉月は思わず尋《き》いた。

「喰えるんじゃない？　昔は喰ってたんだろ。なあ」

美緒は麗猫に振った。背を向けていた麗猫が反応する前に、歩未が相変わらずの調子で、食べられるよ――と、葉月に向けて言った。元は葉月の問いである。

「食べた——の？　歩未」

何故だろう。葉月はとても果敢《はか》ない気持ちになって、どうでもいいことを歩未に問うた。

歩未は顔を金網の方に向け、いつものように項《うなじ》を露《あらわ》にして、

「食べないよ」

と答えた。

「食べない——よね」

「料理の仕方を知らない」

「料理——するんだ」

葉月はワイヤーネット越しに動く、奇妙な物体に目を遣《や》る。フォルムは有機的だがモーションは機械的だ。マチエールは艶々《つやつや》しているが、触感を想像することが難しい。

意思の疎通は絶対にできないだろう。だから怖いのだ。

この小動物は、自分達とは繫《つな》がっていない。

ハト料理なあ——と美緒が呟《つぶや》く。

「なんか凄《すご》い作業っぽいよなそれ。こんなもの、喰えそうにないぜ」

「鳩に限らないよ。どんなものでも生きているうちは食べられそうにない」

「でも昔の人って喰ってたんだろ。こんな風にさ」

美緒は合成肉を囓《かじ》る。葉月はカーゴの中に伸ばしかけていた手を止める。

「鳩料理はこの国では一般的じゃない」

「外国なのか——喰ってたの」

やっぱり殺して解体するんだろうな、と言って美緒は金網に手を掛けた。

古来、鳩は平和の象徴として扱われたのだと鳥類データには載っていた。

葉月がそう言うと、歩未はこいつら結構戦闘的だよ、と言った。

強そう強そうと美緒は笑う。

「やっぱりさ、共喰いとかするんだろ」

「そんなことはしない」

麗猫が冷ややかに言った。

「鳩は主に穀物を食べる。何でも食べるのは人間だけだ」

「人間はもう何にも喰わないじゃん。でもさ、何かデータ読んだことあるぞ。主に草を食べるドーブツも、いよいよ腹が減れば肉とか喰うって。ハトって凶暴そうだから、餌がなくなれば喰い合うんじゃないのかハト同士で」

「動物は簡単に共喰いはしない」

そうかなあと美緒は残念そうに言う。

それからもう一度ネットの中を覗き込んだ。

「生き物って美味いのかな」

「食べたいの都築」

「だって、何か興味ない？」

美緒は首を反《そ》らせて葉月を見ると、牧野とかドーブツ好きじゃんと言った。

「好きって——好きだけど——そんな」

「好きなら食べられるだろ」

「食べるって——」

殺すということだろう。

「そう」

歩未はフードパックをひとつ手にとると、

「殺さなければ食べられない」

と言った。

「歩未——」

「牧野は動物を殺せないよ」

それからそのパックを立っている麗猫に渡した。

麗猫は無言で受け取る。なんで、どうしてさと美緒は妙な抑揚をつけて言う。

「残酷だから？　気持ち悪いから？」

人間だからだよと歩未は答える。

「神埜にしてはなんか当たり前の答えじゃん。人間だってドーブツだって昼間に言ってたくせにさ。あたしはヒトはもうドーブツじゃないと思うぜ。だって、動物って動物を喰って生きるものだろ。ヒトはさ、喰い合いの連鎖からゲダツしたんだ」

「ゲダツ?」

「そう。だからもうドーブツ失格だよ」

そういえば。

人間は動物をやめたんだと、この前も美緒は言っていた。臆病な人間は長い時間をかけて食物連鎖から切れたんだ——と。

「人間はまだ動物だよ」

「そうかな」

「さっきも言っただろ。動物は生きるためだけに生きている。だから腹が膨れれば食べない。無駄なことはしないんだ。ここに——」

歩未はジャンクフードのパッケージを開ける。

「——逃げも隠れもしない蛋白源《たんぱくげん》があるのに、わざわざあの食べにくい鳩を殺すような無駄なことはしない。それだけだよ。過剰な栄養分の摂取は生命を維持することの妨げにしかならないだろ」

そんなもんかなと言って美緒は二個目のダミーミートにかぶりついた。


「でもさ、さっきの共喰いの話じゃないけどさ、もし腹が減って死にそうになったら——神埜はハト喰うワケか?」

食べるだろうねと歩未は言った。

「——都築を食べるよりは簡単だ」

「あたしも食材のうちか」

「鳩食べなきゃいけなくなるような危機的状況ならそれも当然じゃないか。そうなれば——牧野だって鳩くらい食べるだろう」

「殺して?」

殺して。

「殺さなきゃ食べられないって」

「私は——」

食べることはできても殺せない。

葉月はそう言った。

何故だろう。

今さっき美緒が言っていたように、残酷だからだろうか。気持ちが悪いからだろうか。

少し違うように思う。

いや、それは慥《たし》かにそうなのだけれど、それよりも寧《むし》ろ。

——可哀相《かわいそう》だから。

そう、可哀相だからというのが一番近いかもしれない。

「動物は」

葉月は力なく発言する。

歩未や美緒のようには振る舞えない。

「動物は他の動物を食べる時に可哀相とは思わないの？」

「思わないよ」

間をおかずに歩未が答えた。

「そもそも動物は——何も思わない」

歩未は断定した。

「思わない——のか」

何も思わないってどういう感じなのか。

葉月の顔をちらと見て、美緒が言った。

「でもさ、ドーブツにも意識はあるって、何か昔のデータで観《み》たぞ。感情らしいものもないワケじゃないとかなんとか書いてあったぜ。カトーな奴は知らないけど」

「意識や感情と、思うことは別だよ」

「別か？」

「思うためには、時間を積み重ねることが必要なんだ。時間に奥行きがなければ、考えることはできても思うことはできないだろ。動物にはその時間の積み重ねがないんだ。だからケモノはその瞬間だけを生きてる」

「そうか？　ケモノも記憶はするだろ。学習するじゃん」

「記憶も学習もするさ。でも動物って、一瞬のことでも十年かかったことでも、一イヴェントは一イヴェントなんだそうだよ。厚みがないんだ。厚みがないものをいくら重ねても厚みは増さないだろ。だからずっと——今しかない」

姉貴が言っていたと歩未は答えた。

美緒は暫《しばら》く肉をくわえたまま天井を眺め、やがてはあん、と言った。

「それ、パターン認識として記憶はするけど、時間経過の概念がないからパターンとパターンを接続するような経験的な過去認識ができないということか？」

なる程すげえ勉強になったと美緒は言った。

美緒は理解したのだろう。

葉月には解らない。

今しかないと、どうして思いが生まれないのか。

今しかないと何故可哀相という気持ちが発現しないのか。

葉月には全く理解できなかった。

でも。

可哀相なものは可哀相なんだ。

だから人間は動物を殺して食べることをやめたんだ——と、葉月は思っている。

美緒の言うように生態系と切れたかったとか、或《あるい》は地球環境の保全のためとか、そんな大層なことはよく解らないし、身近なこととして考えてみたこともないけれど、動物を殺して食べることは良くないことだとみんな考えたから、人間は動物を食べなくなったんだろう。

殺すのは可哀相だから。

「可哀相だと思うのは——牧野がそいつを鳩だと思ってないからだよ」

歩未はそう言った。

「そんなことないよ。それは——」

鳩だ。モニタで観た時よりずっと可愛くないけれど、同じデザインの生き物だ。

「——これは鳩だよ」

「じゃあ鳩っていうのは牧野にとってどんなものなんだ？　自分の種族か、生存を脅《おびや》かすものか、食べ物か、どうでもいいものか——動物は相手をその四種類に分別するんだ」

「どれでもない」

敢《あ》えて言うならどうでもいいものだろうか。

まあどうでもいいものだね——美緒が続ける。

「当面喰えないみたいだし——気持ち悪いし。どーでもいい」

「気持ち悪いと思うのは」

歩未は顔を金網の方に向けた。

「都築がこいつらを鳩じゃなくて鳩の形の人間だと思ってるからさ」

「は？　ハトの形の人間？」

美緒は人造肉を喰い千切《ちぎ》った。

「そんなこと思うワケないじゃん。こんなの完璧にトリじゃないかよ」

「ヒトの基準に嵌《は》めて観るから気持ち悪く見えるんだ。可愛いと思うのも同じだよ」

歩未は本当にいつもの調子でそう言うと、葉月に向けてミネラルウォーターのパックを差し出した。

葉月は黙って受け取った。


「動物を哀れむのも慈《いつく》しむのも人間の驕《おご》りだ。保護も乱獲も僕には大差ないように思える。ヒトの理屈はヒトにしか通じない」

「可哀相と思うのは驕りなの？」

「牧野の驕りじゃなくてヒトの驕りさ」

牧野はヒトなんだからそれでいいだろと歩未は言った。

何だか突き放されたような気持ちになった。

突然、麗猫が躰を返した。美緒は驚いたのだろう、喉を詰まらせて水を吸いながら何だよと言った。麗猫は持っていたパッケージを丸めて、ご馳走《ちそう》さまと言った。

「移動した？」

歩未が問う。

麗猫はその問いには答えず、帰るよと言った。

歩未は外に気を遣るようにして、よく判るね、と呟いた。

「音がしたから。東に行った」

「東——なら逆方向か。でも本当に動物並みの感覚だね。呆れた」

「おい神埜。移動したって何がさ？　何の音がしたって？」

「ここに来る時、前の通りのちょっと先にエリア警備がいた」

「エリア警備が？　気がつかなかったけどな。牧野解った？」

葉月に解るはずもなかった。

「じゃあ——猫、お前ずっとそれを？」

麗猫は無言のままドアを開け、一度ぐるりと室内を見渡して、それから隣室の入口に視線を向けた。

「気をつけて」

歩未がそう言うと麗猫は片手を挙げて、そのまま一歩外に出ると、

「またな——ミオ」

と言った。

凄く短い間《ま》があった。


その時、挙げられた麗猫の指先を見つめていた葉月は、その短い間に急に不安になって美緒の様子を窺った。美緒はなんのリアクションもとらず、頬に食べ物の屑をつけたまま何だかぼうっとしていた。葉月がその小振りな顔を見ているうちに、ばたんとドアの閉まる音がした。

葉月はドアが閉まってから、もう見えないはずの麗猫の後ろ姿を追った。

四角い飾り気のないドアには——当然なのだけれど——対象の現在位置も距離も速度も、麗猫に就《つ》いての情報は何ひとつ表示されはしなかった。それでも葉月は、麗猫がどんどんと遠ざかって行くことを実感した。

端末を見ると、もう二十三時を過ぎていた。

それから葉月はほんの少しだけ鳩を眺めて、それから美緒と共に歩未の家を後にした。ドアを出る時に小さくさよならとだけ言ったけれど、たぶん歩未には聞こえなかっただろうと思う。

何故か美緒も寡黙《かもく》になっていて、ほとんど会話のないまま葉月は住居に戻り、美緒の手を借りて在宅表示の点灯する無人の建物の中に入った。

凡ては——なかったことになった。

住居の中の時間は慥《たし》かに止まっていた。

いや、止まったまま流れていたのだろう。環境設定は何ひとつ変わっていない。

葉月が裡《なか》にいようといまいと、そんなことは本当は関係ないことなのだ。

食卓の上には、出掛けた時のままの食事が、出掛けた時のままの状態で冷えている。

一応キッチンのモニタを確認してみる。何事もない。訪問者記録もないし特記事項も更新されていない。メインの端末にメールが二件届いていたが、開いてみるとひとつは今月の電力使用量の通知で、もうひとつは有線回路の料金値下げサービス開始の告知だった。

観ても仕方がないからそのままスリープにした。

食卓に収まると、十年見続けた風景が、全く変化しない日常がそこにあった。座った途端に今日一日の出来ごとが何もかも嘘《うそ》だったかのように思えてくる。

祐子を背負った感触も、匂いも、重みも、勿論《もちろん》記憶してはいるけれど、まるでリアリティーがない。

美緒の言ったことは本当だ。

モニタに表示される、数字で示された世界こそが本当で、実際に起こったことなど全部嘘なんだ。

葉月はそう思った。

——パターンを反復するだけ。

結局葉月の過去はそれだけのものだ。葉月の短な生に真実の過去などないのだ。過去だと思っているのは全部パターンの集積でしかない。

人は、繰り返したパターンの回数を刻むことで時間や歴史を得たような勘違いをしているだけなのだ。時間の経過そのものを、カウントすることに置き換えているのだろう。

数値化されてしまった過去など、どれもみな同じだというのに。

昨日と同じ今日。

先月も、去年も、十年前も同じ。

それでは。

——動物と同じだ。

葉月は冷めた食事を眺め、スープを三口だけ飲んでやめた。

そしてかなり躊躇《ちゅうちょ》した末に、残りをディスポーザーに捨てた。

料理が蠢《うごめ》いて見えて、まるで食欲が湧かなかったからだ。

元より命を持たない合成食材が動く訳もなかったのだが、肉も魚も——それは肉のようなものであり魚のようなものでしかなかったのだけれど——どれもひくひくと痙攣して、生命を主張しているように思えてならなかったのだ。

鳩の眼を思い出した。

気持ちが悪くなって、葉月は浄水で顔を洗い、冷えたミネラルウォーターを大量に飲んだ。

余計にぶかぶかした気分になったのでシャワーを浴びて、留守中、葉月がずっといたことになっている部屋——寝室に戻った。

部屋を真っ暗にしてベッドに入ると——。

少しだけけものの匂いがするような気がした。

014

新たな遺体が発見されたのは、静枝が雛子の家を訪れた日の翌々日のことだった。被害者は相川亜寿美《あいかわあすみ》。十四歳のクラスの女子生徒だった。

連続殺人事件だとすると六人目――川端リュウを加えると七人目――静枝の居住するエリア内に限れば二人目の犠牲者になる。

その日は幼児クラスのコミュニケーション研修の日に当たっていた。

幼児の場合、研修は午前中で終わる。午後からはその週の残務処理に充《あ》てられる。


殺人事件解決の目処《めど》も立っていなかったし、勿論《もちろん》矢部祐子の行方も杳《よう》として知れなかったのだが、それでもセンターの中は取り分けいつもと違った様子だった訳でもなく、事件に就《つ》いて口にする者は一人としていなかった。必要以上の緊張感もなく、誰もが淡々と平素の業務を熟《こな》していた。

他人《ひと》ごと――なのだ。

それまでの事件は既にモニタの中の情報に還元されてしまっていた。配信される情報の中だけに喧騒《けんそう》はあり、日常の中に異常は何もない。皆そう考えていたのだろう。

前日付けで児童のデータ提供作業が終了したという状況も手伝っていたのかもしれない。

その所為《せい》か――屍体《したい》発見の報《しら》せは、酷《ひど》く現実感に乏しい情報として静枝の耳に届いた。

第一報が入ったのは、ちょうど所長からの定期連絡事項が各デスクの端末に配信された直後のことだった。

定期連絡の内容はといえば、このエリアが中央から健康維持環境モデルエリアに指定される旨《むね》の通達があった——というような、どうでもいいような類《たぐい》のものだった。

先日行われたメディカルチェックに於《お》いて、当エリアは県内で一番トリプルA判定児童の比率が高かった——のだそうである。トリプルA判定一割弱という数字は決して低い比率ではなかった訳だ。

つまり静枝の一割に満たないという認識は妥当ではなかったことになる。寧《むし》ろ一割近くもいた、と考えるべきだったのだ——その時静枝はそんなことを考えていた。

続いてトリプルA判定児童の一覧が各所員に配信された。そのリストの最初の名前も——偶然にも相川亜寿美だった。

それも良くなかったのだと思う。

相川亜寿美がリストのトップだったのは、単にリストが五十音順だったからに過ぎない。

それでも彼女は健康な児童の一人目として記憶され、その直後に彼女は屍体として再度紹介されたのである。

だから。

慌《あわ》てる者もあまりおらず、驚く者も少なかった。

すぐに帰宅を見合わせるように各所員宛ての通達があり、小一時間の待機の末に警察とエリア警備が再びやって来て、臨時職員会議が招集されて——ほとんどの者はその時点で漸《ようや》く、事態の深刻さを把握したのだった。

相川亜寿美の遺体は住宅地——A地区の真ん中に捨てられていた。

遺体は損傷が激しく、まさにうち捨てられていたというに相応《ふさわ》しいような状況だったそうだ。

説明に当たった所長は、憤《いきどお》りの結果とも驚愕《きょうがく》の結果とも思えない事務的な口調で、まるでゴミのように、と云う比喩《ひゆ》をつかった。

静枝は産業廃棄物《ゴミ》を思い浮かべた。

Ａ地区内で廃棄物を見かけることは、ほとんどない。

住環境整備の名目の下、いらないもの汚いものは徹底的に隠蔽《いんぺい》され、確実に処理されるからだ。

Ａ地区では各家庭ごとに廃棄物処理設備の設置が義務づけられている。一般の設備で処理できぬ廃棄物は地区内の処理施設が有料で回収する。地区内で処理できないものは県の環境整備課が、県の設備でも処理できぬものは国が管理する特殊廃棄物処理センターが回収する。

回収は迅速かつ清潔、そして高額だ。

ものは買ったり作ったりするより捨てる方が高いのである。

だから誰もゴミを出さない。ゴミは家から外に出ない。街から外に出ない。県から外に出ない。

加えて、不法投棄に科せられる量刑は極めて重いのだ。そんなリスクを負ってまで捨てる者もいないのである。

それはＢ地区や、商用区域に於ても同じことだ。

企業体には自主的な処理が義務付けられている。処理し切れない廃棄物は共同廃棄物集積所に集積され、定期的に処理される。

それは外からは見えない。

廃棄物処理問題は前世紀に於ては重要な課題であったと聞くが、でも静枝はゴミの山など見たことがない訳で、到底実感が湧かない。ゴミを捨てる人間なんかいないのだ。

だから——死骸をゴミに擬《なぞら》えるというのはどうなのだろう、と静枝は思う。ゴミを見かけないこの世界では、一般的な比喩たり得ないのではないか。街はとても綺麗だ。

でも。

——いや、そうじゃない。

見えないだけだ。決して清潔な訳じゃない。静枝はそうも思う。汚らしいものが全くないから、綺麗なものも見えない。境界が引けない。

街はただ漠然と——漠然と整然として見えるだけだ。観念として自分達はゴミを捨ててる。そういう意味では街はゴミで溢《あふ》れ返っているのだろう。

人は世界の凡《すべ》てを管理しているふりをしているけれど、管理できないものというのはある。管理できない何かを、人は不必要なものとして排除して、そして捨てている。

モニタの外は、結局人如《ごと》きに管理などできないものなのだろう。

その証拠に、その他の場所——C地区には所謂《いわゆる》ゴミがある。C地区は決して大昔の物語に登場するスラム街のような場所ではない。手がつけられない程荒《すさ》んでいる訳でもないし、恐ろしく貧しい者ばかりが住んでいる訳でもない。C地区はただ、管理しているふりができない場所だというだけである。ふりができないというだけで、街にはゴミが現れる。不法投棄された廃棄物は、その他の地区ではあっという間に回収されるが、C地区だけは別である。


だから静枝の知っているゴミは、C地区のそれなのだ。

それは大抵《たいてい》、一般家庭から出そうもない産業廃棄物だ。

瓦礫《がれき》だとか鉄骨だとか、樹脂製の容器だとか、バネだとかチューブだとか、磁気フィルムだとか注射針だとか——。

家庭どころか、今はもうどこに行ったって見ることすらできないようなものばかりである。

時代の垢《あか》のようなものだ。

うち捨てられているゴミとは、だから静枝にとってそうしたもののことなのである。

だから静枝は、所長の話をいくら聞いても——それは紋切り型の悲しみの常套句《じょうとうく》であり官僚的な対処策の説明語句でしかなかったのだが——結局、産業廃棄物としての屍体しか思い浮かべられなかった訳である。

尊厳も何もあったものではない。

使えなくなったもの、壊れた部品が不法投棄されている――そんな乾いた情景が静枝の脳裏を占領した。

道端に散乱する手や脚や首や――そうした生々しい情報も、まるでリアルなものとして認識されなかった。

それもそのはずで、そもそも静枝は人間の骸《むくろ》など見たことがないのだ。いや、一部の人間を除いて、この国の人間は屍体を見ることなど生涯ないだろう。屍体もまた廃棄物同様、いやそれ以上に徹底的に隠蔽され、迅速に処理されるものなのだ。

――いや。

静枝は一度だけ屍体を見ている。

母親の遺体である。その時母親は生前同様の姿に作られて横たわっていた。それは勿論生きている母親ではなかったが、母親の屍体でもなかった。

それは人間のレプリカだった。

作り物である。

損壊されて路傍に投棄されている屍体――というのは、つまり静枝にとってはレプリカの残骸なのである。

だから残酷だとも思えなかった。

それは、要らなくなったから捨てられたものでしかない。

――要らない部分。

足りないところ。

何か引っ掛かった。

不破君不破君と不快な声が聞こえた。

形状を記憶している不愉快な毛髪が視界に浮かんだ。

「どうした。大丈夫か。まあ、こんな話を聞かされて動転する気持ちは解るが――」

動転などしていない。自失していただけである。

「だが、ここは我々がしっかりせんことには――」

高沢指導員は神妙な顔つきで語尾を濁した。しかし続く言葉は容易に想像できた。

普段は気丈に振る舞っているが所詮《しょせん》は女だなと、この鄙俗《いやら》しい男はそう続けたかったのに違いないのだ。静枝は無表情のまま差別主義者に侮蔑《ぶべつ》の視線を返した。

それが静枝の邪推に過ぎないことは百も承知のうえである。たとえ穿《うが》った見方であったとしても、静枝は確信する。この男は嫌な奴だと、そう思いたかったからである。

変質者ですよ異常者ですよと所長は連呼した。問題発言だ——と、言い返す気にもならなかった。異常というなら異常だろう。いや、静枝も含め、ここにいる全部が、いや人間全部が異常なのだ。

異常と正常の境界などない。人間は誰でもいつでも、その両方の領域を行き来して暮らしている。発現の仕方が特殊なケースというのはあるにしろ、凶悪殺人犯だろうが聖人君子だろうが、内面で起きていること自体に大差はないのだ。

ただ、自分も異常と知ることは怖い。

自我などというものは脆弱《ぜいじゃく》なものだから、己《おのれ》の異常性に自覚的に日常生活を送るということは中々に難しいことなのだ。それには生半《なまなか》ならぬ精神力が要る。だから——人は忘れるようにできている。くるくると替わる不安定なはずの己を常に一定であると思い込もうとする。

そのために人は性格だの人格だのという、定義すらできぬものを生み出して無批判にそれを信じ込むのだ。自分はこういう人間だ、私はこうした性格だと断言する人間程、自分のことが解っていない。人間はそんなに単純なものではないし、脳の仕組みだってそんなに簡単なものではない。

だから自分はこんな性格だなどと平気で口にできる者は、自己を何らかの形で規定することがただの逃避であり、まやかしだということにすら気づかない愚か者である。そして、それでもまだ安心できない臆病者は、失敗《しくじ》ってしまった他者を異常だ異常だと誹謗《ひぼう》するのだ。

そう——犯罪者はどのような場合も失敗した者でしかない。

勿論行為自体は責められるべきである。

犯罪者は罪刑法定主義社会に於ける確実な落後者《らくごしゃ》なのである。しかしそれを差っ引いて後に、犯罪者を責め得る資格を持つ者はいないと静枝は考える。

それは、例えば被害者の家族であろうと同じことである。

心情は痛い程解る。でも——。

「被害者のご両親は現在、かなり錯乱していらっしゃる——」

所長はそう言った。

「——まあ、変質者に娘さんを殺害されてしまった訳ですから、その悲しみや怒りというのは、察してあまりあるところがあります。混乱されるのも十分に理解できるのですが——どうも、ご両親は当センターの責任を問うような発言をされているようなのです。が——」


所長は静枝越しに視線を送った。

「亜寿美さんは一昨夜から姿が見えなかったということらしいですが」

そ、そうですと裏返った声がした。

同僚の司馬佑子《ゆうこ》の声だった。

川端リュウに続き、今回の被害者の担当カウンセラーもまた、司馬だったようである。

「報告はされていないが」

「警察に止められたのです」

「どういうことかね」

「ですから——徒《いたずら》に混乱を招く惧《おそ》れがあるので情報は公開しないようにと」

「だから」

所長の代弁でもするかのように職務管理官が発言した。

「どうしてセンターに報告する前に警察に報せたか、と尋《き》いているのだ」

報告しようとしましたと司馬は言った。

「相川さんからのメールを戴《いただ》いてすぐに、センターのメイン端末と所長の個人端末宛て、それから職務管理官宛てにも一度に送信したんです。そうしたら」

「そうしたら？」

「送信不能になっていて――」

「送信不能？　何故《なぜ》」

「警察が」

「警察が止めたというのかね？　君の発信したメールを？　そりゃ君、問題なんじゃないか」

問題だろう――と思う。

どこがどう問題なのか、静枝は深く考えたくなかったのだが。

「それが――相川さんは過去に二度程、無断で外泊したという経緯があるものですから」

そんなに素行が悪かったのかね――と所長が問うと、司馬は首を振った。

「彼女は夜通し走っていたんです。その――」

ああ訓練か、と職務管理官は納得した。何の訓練か知らないが、夜通し走る訓練などあるものかと静枝は思う。

そして司馬の様子を窺《うかが》う。

何を考えているのか判らない。

そうした事実がありましたもので――と、そこまで言って司馬は口籠《くちご》った。

「――私も、その」

「納得したと？　いや待ちたまえ。何故そんなことを警察が知っているのだね。そうしたことはカウンセラーしか知らないことだろう。君が申告でもしたのか」

「でも――児童のデータが」

ああ、と所長はデスクを叩いた。

「しかしデータの供出作業が終わったのは昨日の夕方だったろう」

四時二十三分でありますと、まるで答える必要のないことを高沢は言った。

「しかしですね、データは五十音順に提供しておりますから、その」

「相川亜寿美は今年度センター登録児童整理番号0002です」

堪《たま》り兼ねて静枝が答えた。

三日前の作業分である。一昨日の始業時刻には提供済みだ。

しかし、それにしたってこれは何とも釈然としないよ君——と、所長が苦々しく言った。

「そもそもどうやったらメールの送信を止められるんだね？　だいたい——そういうのは、その、個人情報保護法に反するのじゃないのか」

事務局長が一度唸《うな》った。

「それはですね、個人が送信したデータの内容を傍受すれば警察と雖《いえど》も違法なんですが——犯罪行為に関わるような場合、送受信を一時的に差し止めることはできるはずですが」

関わらないじゃないかと職務管理官は返す。

「どうして児童の緊急事態をセンターに報せることが犯罪に結びつくんだ？　それはむしろ犯罪防止のための行為だろう。このような場合に於ては逆効果ですよ。いやいや大変にまずい。大体カウンセラーがセンター宛てに発信したメールをだな——いや、データの内容をチェックできない以上、選択して止めることなんかできないんだから、君の回線がまるごと押さえられていたということだろう。なあ司馬君、君は何故黙っていたのだね？　君は先《ま》ず、その横暴自体を問題にするべきだ」

「あの」

司馬は立ち上がった。

「すぐに回線は復旧したんです。ですから、私は単にサーバーの不調かと思って——それで、そしたら復旧してすぐ警察から連絡があって——まだ事件と関わりがあるかどうか判らない、捜査は開始しているから徒に騒ぎを大きくしないように、この件に関しては内密にしろと——」

どういうことだと所長は職務管理官に問い、管理官はそのまま視線を事務局長に送った。

「相川君のご両親が君のところより先に警察に通報していた——ということかね？」

司馬はそうなんでしょうねいや違うわと、酷く曖《あい》昧《まい》な返事をした。

「報せがあったのは私のところが先です。私が警察に報せるように指示したんですから。それで先方との音声通話を切断してすぐにセンター宛ての報告文書を作成して、それで発信しようとしたんです。そしたら駄目で——ああ、警察はこう説明していました。通報を受けた際、カウンセラーには報せてあると聞いたので口止めしようとしたら回線が塞《ふさ》がっていたので緊急措置で強制切断させて戴いた——と。大変失礼しましたと、丁寧なご挨拶《あいさつ》が」

「丁寧かどうかは問題ではない。その記録は残っているね？」

「はあ——」

司馬は端末を出した。

出すまでもない。

どんな通信も個人が消去するまではデータが残っているはずだし、たとえ消去しても一定期間は地区のデータバンクに記録されている。

いちいち尋く方もどうかしているが。

「しかし——」

結局事件になってしまったんだからなあと所長が言った。既にぼやきの類である。

「それに就いては当センターの責任問題も含めた追及がされる可能性がありますな。担当の指導員やカウンセラー以外の方にもある程度の自覚をしておいて戴かなくては」

「責任といっても——どうしようもないだろう」

「まあ、我々サイドが事前に知っていたところでですね、民間人に捜査はできないですよ。なんの権限もないんですから」

「それだって、例えば情報収集くらいはだな」

「情報があったって阻止できていたかどうかは判らないですよ」

「いや、判らないんだから、阻止できていた可能性もある、ということだろうに」

確率的に高いとはいえないものの、可能性というならば、慥《たし》かに可能性はあっただろう。しかしこうした状況で可能性を持ち出すことは無意味だと静枝は思う。勿論、僅《わず》かの可能性でも最善を尽くすという考え方もあるだろう。しかしその結果正反対の結果を招くことも、可能性としてはある訳である。要するにこれは、捗々《はかばか》しくない結果が出た場合に判断した主体が責任を取れるか否か――危機管理能力の問題である。

静枝はうんざりする。

こいつらは、自分達にも責任があるのではないかと、そう考えている訳ではないのだ。反省をしている訳でも問題提起をしている訳でもない。殊勝な気持ちなどかけらもないのだ。


これは責任の所在を他者に移すための論拠を捜すための議論なのである。責任を取る者が誰なのか明確になっているならば、こうした議論は行われないのだろう。この場で行われている議論の中心に被害者や事件そのものはない。

――判断する主体。

それは、きっとこの連中にとっては大きな問題なのだろう。

先のことなど誰にも判らない。

如何《いか》に詳細なデータに基づいた見解だろうと、どれ程緻密な計算の下に成り立った理論であろうと、絶対ということは――絶対にない。

正しい判断という評価は常に良い結果を得られた時にのみ下されるものである。そうでない場合は、どんなに優れた判断であっても判断ミスという評価がなされるのだ。判断する主体は、必ずやリスクを負うのである。

――なる程。

そして静枝は雛子の言葉を反芻《はんすう》する。

占いというのは、そのリスクを人間から追い出すための装置なのである。責任を取る主体こそが神なのだ。

それじゃあ警察の責任なんだな、と職務管理官は言った。

「はあ。責任と——いうか」

「そうだろう。理不尽な箝口令《かんこうれい》を布《し》いたのは警察なんだからな。慥《たし》か相川君というのは県外にも名前が知れている娘なんだろう？」

アスリートとして大成するのではないかと有望視されておりましたと事務局長が答える。なる程こいつらはそれで訓練などという戯言《たわごと》を口にしていたのかと静枝は漸く思い至る。

担当児童でないというだけでなく、その手の話題にはほとんど興味がない。いや、そんなことはどうでもいいことである。

相川亜寿美は既に死んでいるのだ。

生前の彼女がどんなに優れた人間であろうと、どのような功績を遺《のこ》していようとも、そんなことは一切問題にするべきではないのだ。少なくともこの場では、その死こそを、死の意味のみを問題視するべきである。生前の功績で死の重さを量るのは命に対する冒瀆《ぼうとく》だと静枝は考えるからだ。

厭《いや》になった。

馬鹿どもはいつまでも諄々《くどくど》と責任転嫁を繰り返すだけである。単なる通達のはずなのに、これでは会議より悪い。通達というのは伝えるべきことを伝えれば終わるべきものである。ここは議論する場ではない。況《いわん》や小心者の愚痴を聞いたり周章する愚か者の姿を見物する場では決してない。

息苦しくなったので、静枝はウエットペーパーを出して自分のデスクの上を拭《ふ》いた。

大嫌いな消毒臭が鼻をつく。それで少しは落ち着く。こんな連中の吐き出した空気を吸うよりはずうっとマシである。

腹を切り裂かれていた十四歳の女児。

傷は数十箇所に及び、いずれも深い。胴体は二つに分断され、内臓は四散していたという。首、及び四肢も切断寸前だったらしい。状況を思い浮かべることは容易だ。モニタの中にはもっと残虐な情景が記憶されているし、それは手続きさえ踏めば観ることが可能なものである。

だから想像はできる。

ただ、それは現実感が伴ったものではない。静枝の中で悲惨の二文字は血肉を得ていない。

静枝はレプリカをオリジナルに擬《なぞら》えようと努力してみた。

しかし、静枝の記憶の中には相川亜寿美という娘の顔は見当たらない。だから静枝の頭の中の相川亜寿美の屍体は、最初矢部祐子の相貌を得た。しかし、現実感《リアリティー》を付加すれば付加する程にそのビジョンは遠《とお》退き、やがてあやふやなまま――。

母親の顔になった。


君に連絡して来たのは誰だ――と、突然所長が言った。

「警察といっても――エリア警備か？　それとも」

「県警の石田管理官と名乗っていました」

司馬はそう答えた。

――石田。

腺病質な顔。論理的な言葉。嫌味な発言。石田の印象が母の面影を払拭《ふっしょく》する。

「石田――というと、先日ここに来たあの」

捜査の指揮を執っている担当課長の――更に上の人物ですと事務官が言った。

「責任者直々《じきじき》の判断ということか」

「音声通信は当然記録に残る訳ですからね。先方だってその覚悟はある訳でしょう。管理官本人が連絡してきたということは、要するに我々が相川亜寿美の失踪《しっそう》を知らなかったこと、結果的に何の手も打たなかったことに就いての責任は警察が負うと、そう判断して良いということです」

石田という人物は責任を取れる立場の人間なのかねと所長が問うた。

「管理官ですから、その辺は」

「管理官とはいえ、県警の管理官だからな。所詮は現場責任者だろう」

「いや、それがですね、相当のエリート——のようですな。県警幹部といいましても、公開データを観る限り、経歴や後ろ盾など、人脈も豊富で相当影響力もある。見縊《みくび》ってはいけない人物のようです。本来であれば中央の、しかもかなり上の方に収まっているべき人物らしいですな」

「ほう」

感心したような、安心したような感嘆詞。

静枝は息を止める。

腥《なまぐさ》い気がしたのだ。

「しかしね、そんな人物が何だって地方の現場に残っているのかね。中央に行かんのには、それなりの事情があるのではないのか？」

「いや、それが凶悪犯罪——特に異常心理に関わる犯罪や今回のような猟奇的な事件のエキスパートだとかで、そういった事件が発生する度《たび》に、その地方の警察に派遣されるんだと——まあ、これは警察関係が発表している公式な情報ではなく、アンダーグラウンドな情報なんですが」

——あの石田が？

本当にそうだとしたら、石田というのはエキスパートどころか能なしだ。

ここ数年の連続殺人事件——特に手口の残酷なもの——の検挙率は著《いちじる》しく低いのだ。

それに、警察機構の仕組みを考えるに、そのような人事が行われる確率は低いと思う。特殊技能を持ったスペシャリストが任務に応じて派遣されて来るようなことならあるのだろうが、管理官として着任するというのは考えにくい。過去に同種の事件を手掛けたというだけでは無理があるだろう。

そもそも情報源が問題だ。

事務長のいうアンダーグラウンドな情報というのは、要するに犯罪愛好家などが流す非公式な情報のことだろう。連中は様々な手段で犯罪に関わる情報を集めては遣《や》り取りしているという。凡《およ》そ信頼できるものではない。噂の類である。

だから、もし石田に関するそうした流言が流れているとするならば、彼らのいう猟奇事件が起きた幾つかの地域に、その時期偶然石田が着任していたという、ただそれだけのことに過ぎないのだろう。

現実的に考えるなら——。

解決することができずに飛ばされて、飛ばされた先でも同じような事件が発生し、再び失敗《しくじ》って飛ばされて——と、そんなところだろう。それなら静枝のした値踏みとも齟齬《そご》はない。

どんな経歴なのかどんな人脈があるのか知らないが、所詮大した男ではないということだと、静枝は確信した。しかし、所長以下一同はそれで納得したようだった。

所長は司馬と、それから担当指導員数名に居残るように伝え、他の者には警察の正式な情報公開があるまで事件に就いては口外しないように申しつけると、漸《ようや》く解散を告げた。

「警察の情報公開は十八時丁度になる予定です。同時にここで司馬君以下、関係者の事情聴取が行われることになっている。それを受けて、明日以降に臨時会議を招集することになると思いますので、各自心得ておいてください。日時は追って通達致します」

それだけ伝えれば済むことだ。だらだらと三十数分かけて伝える内容ではない。

——二十秒で終わる。

静枝はモニタのカウントを観ながら所長の言葉を反復し、所要時間を確認してから電源を落とし、乱暴に席を立った。我ながら厭な性格だと思う。

立ち上がって踵《きびす》を返すと、頬を強張《こわば》らせた司馬が視界に入った。

司馬は、悲しいとか困ったとかいうより、厭で堪《たま》らないという顔つきをしていた。

まあ――厭なのだろうとは思う。静枝だって相当に厭なのだ。それに、もしも矢部祐子の身に何か起きたりしたならば、その時は静枝も同じ立場に立たされることになる。そうなればきっと、静枝もこんな顔をするに違いない、とは思うが。

――共通項。

声を掛けると、司馬はやる気のない視線だけで応《こた》えた。

「変なことを尋くようだけど、相川亜寿美さんという児童は――例えばデフォルメーションキャラクターに興味を持っていたとか、そういうようなことはない？」

司馬は遣る気を見せぬまま、眼を細めた。いっそう厭そうな顔になった。

「何それ」

「だから――何でもいいのよ。何かそういう――」

ないわ、と司馬は態度に似《そぐ》わぬ、妙に明瞭な返事をした。

「相川さんは走ること以外何にも興味を示さない人だったから。その手のモノは嫌いだったと思う。ご両親もそういうのは大嫌いだって聞いた覚えがあるから」

やけに決然《きっぱり》している。司馬にしては珍しいと思ったので重ねて尋くと、私は好きなのよ、と答えた。

「あなた――自身が？」

「そう。あの子は全国大会なんかに出場するような特殊な子だったから何度か面談したの。それで、ＤＣのことを話題にした途端に軽蔑されたわ。だから忘れないのよ」

司馬は心ここに在らずというような、まるで気の入らぬ口調でそう続けると、ふらりと静枝に背を向けた。それから、何で死んじゃうのよと独り言を洩《も》らして、とぼとぼと部屋を出て行ってしまった。

――死にたくって死んだ訳じゃないだろうに。

いずれにしても橡が想定していた連続殺人のキーワード――被害者はデフォルメーションキャラクターに関わる者――は、的外れだったということになるだろう。

――いや。

はずれもあり――なのか。

規則性にはずれた者。

はずれた者には――。

――足りない部分か。

警察官でも、況《まし》て担当カウンセラーですらない静枝にそれを尋き出すことは難しいだろう。

検案調書が纏《まと》められて公開されるのはずっと後のことである。しかもそうしたデータは警察内部の限られた者しか見ることはできない。民間人が閲覧できるようになるのは、事件が終わった後――被疑者が起訴され、裁判が結審して後――のことである。

しかもデータを引き出すには遺族の承諾を始めとする煩雑《はんざつ》な手続きが要る。

データには厳重にプロテクトがかけられているから、ダウンロードした端末でしか観られないし、コピーもできない。

――橡なら。

いや、担当を外された落ち零《こぼ》れ刑事にも閲覧はできないかもしれない。

――何を考えているのだろう。

静枝はそこで気づく。自分が心配しなくてはいけないのは矢部祐子の行方ただひとつなのであって、殺人事件の真相なんかではない。それを考えるのは他の人間の仕事である。静枝なんかがそんなことに就いて思いを巡《めぐ》らせることは、単なる現実逃避に他なるまい。うんざりするような状況下ではあるけれど、自分の置かれている立場を弁《わきま》えた思考をするべきである。

静枝は何度か頭を振った。

015

　コミュニケーション研修一時中止のお知らせが配信されたのは土曜日のことだった。

　その日は珍しく、何の前触れもなく父親役の議員が戻って来ていて、葉月は窮屈な思いをしていた。

　前触れもなくといったところで、ひとりでふらりと戻って来た訳ではない。

　第一秘書だの第二秘書だの護衛だのをぞろぞろ引き連れて、職務の合間に無理矢理時間を作って訪れた、というだけのことである。

　だから、そう。訪れた——のだ。

　この人の場合、帰宅した——というより、養女の葉月を育成しているこの建物に顔を出した、という方が正確なのだろう。

　会えば養父は優しい言葉を掛けてくれる。紳士なのだ。

　元気そうですね、カリキュラムの進みが速いようですね、無理をしても効率は下がるだけですよ、一日の平均学習時間が長過ぎるようですね——養父は、葉月のことを物凄《ものすご》く詳しく知っている。養父は帰宅前には必ず葉月のデータをチェックしているのである。たぶん、仕事場からこの家まで移動する間に保護者用のデータを読むのだろう。

　たった一時間で、葉月の一箇月はこの人の知るところとなるのだ。

　ありがたいとは思うけれど、嬉《うれ》しくはない。

　葉月の養父には戸籍上六人の子供がいる。全部実子ではない。書類上、葉月には姉と兄が一人ずつ、弟が二人に妹が一人いることになっているのだ。

会ったことはあるが、顔はよく覚えてはいない。それぞれに家が与えられ、各々《おのおの》がそこで暮らしている。養父は、無保護者児童を養子として引き取って育てているのだ。

葉月は運が良かったのだろう。

全国には数え切れない無保護者児童がいる。葉月達の生まれた頃——十四五年前をピークとして、ここ数年は減少傾向にあるようだけれど、養育の義務を放棄する親や、養育の権利を剝奪《はくだつ》される親は跡を絶たないのである。

そうして生まれた無保護者児童のほとんどは福祉施設で生活している。施設といっても環境はいいし待遇も悪くはない。昔と違って偏見を持たれるようなこともないから、何の不自由もない。子供にしてみれば、貧しい家庭で育てられるよりたぶんずっといいはずである。

施設での生活は、葉月の今の暮らしとそう変わりのないもののようである。

ならば葉月の棲《す》む家は私立の施設に過ぎないともいえる。

それでも葉月には戸籍の上だけでも——父がいる。優しい言葉を掛けてくれるのは保護士でも指導員でもなく、父という役割の人である。

養父が何故《なぜ》こんなことをしているのか葉月は知らない。養父の行いに対しては、過去一部で強い批判があったとも聞いているし、評価されたという話もあるようだ。慈善家気取りなのか偽善家なのか、葉月にはどうでもいいことである。

葉月にとって肝心なことは、否応《いやおう》なしに父と呼ばざるを得ない関係の人間がいて、その人物が自分に対して好意的であるという事実だけである。それだけで十分だと思う。

でも——やはり葉月の父は養父であって義父ではない。名を呼んだことは一度もない。嫌いな訳でもないし拒《こば》んでいる訳でもない。その、溝のある関係が、葉月には心地良いというだけである。

養父はいつもと同じ内容のことを、いつもと同じ抑揚で言った。それから、身辺には十分に気をつけるようにと言った。

それが来訪の理由だった。エリア内でまた一人殺されたこともあって、葉月の身辺を案じてリアルアクセスして来たということだろう。

メールで済むことなのに、律儀《りちぎ》なことだと思う。

こういう時養父は心底心配しているように見える演技をする。本心で心配しているなら大層《たいそう》ボディランゲージが達者な人だと思うし、そうでないならそれはそれで凄いことである。

このくらいの表現力が身につけられたならコミュニケーション研修など必要ないと、葉月は養父に会う度《たび》に思う。

ただ成文化や数値化できぬ技術を修得するのは難しい。モニタと向き合って暮らしていると、表情や身振りに表現力があるということを屢々《しばしば》忘れる。

忘れると言うより自覚できない。

葉月だって、可笑《おか》しければ笑うし哀しければ泣くが、それが第三者の目にどのように映るのか、葉月は知らない。

だから他人が笑っていても、可笑しくて笑っているのかそうでないのか判断などできない。確定できない。想像できない。

やはりモニタの外は全部嘘《うそ》なのだ。

嘘を本当と信じ込ませることができる養父の表現力は、だから葉月を困惑させる。

いい人なのだろう、とは思うのだけれど。

コミュニケーションセンターからのメールが届いたのは、葉月がそんな窮屈な気持ちになっている時のことだった。

葉月はそれを契機《きっかけ》に、心配事を語り続ける養父から逃れた。

「御免なさい」

そう言って。

謝罪の言葉と区別がない。

いや、会話を中断することに対する謝罪だと考えれば区別などする必要はないのだけれど、謝る時のそれとは違うんだという気もする。

どう違うのか、それは解らない。

文字にした場合そんな細かいニュアンスの差は最初からないから、誤解されそうな曖昧《あいまい》な言葉はどんどん使われなくなる。限定的な意味でしか使えないような、薄っぺらな言葉が主に選択される。これはトラブルを避けるための知恵である。解釈は一通りしかない――そういうふりをした文章を書くことがこの時代の円滑なコミュニケーションの必須条件でもあるのだ。勿論《もちろん》、それはふりに過ぎない。だからトラブルは絶えないのだが、表面化はしない。

葉月達の年齢だと、会話の八割が文書によるものだから、謝罪以外の意味の御免なさいは既に死語に近い。使い分けなんかできないし、言い方なんか判りやしない。

どうしましたと養父が問うた。


来週のコミュニケーションは休講すること。昼夜を問わず外出は差し控えること。やむを得ず外出する際は端末を携行し、その際は必ずGPSモードにしておくこと――それはつまり、たとえ殺されても居所は判るようにしておけという意味である。

メールの内容を告げると養父は苦い顔をした。それから、これは由々《ゆゆ》しき問題だと言った。

その後も何か色々言っていたけれど、葉月には全く聞こえなかった。

葉月の意識はモニタに集中していたのだ。

モニタの隅に――見覚えのないアイコンが表示されていたからだ。

――亀。

亀の形だった。

こんな巫山戯《ふざけ》たものは今朝までなかった。

いや、センターからメールが届くまではなかったように思う。養父はまだ何か語っている。音声認識はオフにしてある。

葉月は養父の視線を気にしながら、恐る恐るタブレットを指でなぞってカーソルを移動させる。

開く。

幸いサウンドなどはついていないようだった。

17時55分30秒から56分まで、停電になる。

その間に外に出ること。ハトの家で待つ。

プライヴェートルームには施錠すること。

玄関までの廊下には停電の後に出ること。

連絡事項はこの文の後ろに書き込むこと。

それだけでOKだからさ。　　　　ミオ。

——美緒。都築美緒。

慌てて閉じようとしたら勝手に閉じた。そういう仕組みなのだろう。あまりに開いている時間が短かったから読むのが精一杯だった。

——十七時五十五分って。

モニタの時刻表示は三時三十三分。後二時間二十二分。その時間ならホームヘルパーは帰る。

でも——。


葉月が視線を送ると、まあそう心配しないで、と養父は言った。

「この家のセキュリティは万全です。不法侵入者なんてあり得ない。葉月君はほとんど外には出ないようだし、ならばそんなに不安がることはありませんよ。コミュニティセンターもすぐに再開するでしょう。私の方からも警察には万全を尽くすようくれぐれも言っておきます」

不法侵入者は——。

既に何度もここを攻略している。ただそれは凶悪な殺人鬼でも狡猾《こうかつ》な変質者でもなくて、多少バグの多い天才少女だったのだけれど。

安心なんてできやしない。

養父はそれじゃあ私は行くよ、と言って葉月の肩に手を遣《や》った。

その掌《てのひら》は温かくて柔らかかった。でも、葉月が思い出したのは、あの——矢部祐子のぐにゃぐにゃの躰《からだ》の感触だった。

何だか──変な気分になった。

「これから弟や妹のところにも顔を出そうと思っているんです。あの子達は心配はないだろうと思うけれども──今日は卓《すぐる》のところに泊まるつもりですから、ここからそう遠くはない。何かあったら報せてください」

養父は笑って、じゃあ、と言った。

葉月は解りました、さようなら──と言った。

入れ替わりにヘルパーがやって来たので葉月は自分の部屋に入った。

──ハトの家で待つ。

歩未の住居のことだろう。

祐子に何かあったのだろうか。

モニタをオンにする。葉月の部屋のモニタにも亀のアイコンは映っていたが、何度開いても、すぐに閉じてしまう。どうなっているのか解らなかったけれども、そういうものなのだろう。美緒が造ったのだ。

ただ書き込めるようなことが書いてあるので、僅《わず》かな間を狙って書き込んでみた。キーを打っている間は閉じないようだった。音声変換の時はどうなるのか、そんなことを気にしていたら、妙なところでエンターキーを押してしまった。

これはいったいどういうことです──。

どういうことですか、と書きたかったのだが。

もう一度開くと、最初の文書の後に今打った文が続いて表示され、やはりすぐに消えた。その間抜けな字の連なりを目にした途端に葉月は萎《な》えてしまった。続きを書く気にもなれなかったから、モニタをスリープにした。

葉月はそのままの姿勢で五時五十分までただ椅子に座って何もせずに過ごした。何も手につかなかったのだ。五十分になったので部屋を出た。指示通り外から施錠する。

リビングまで移動した。ヘルパーはいなかった。食卓には整然と夕食が並んでいる。

――後二分。

その二分が長かった。葉月は食卓の料理を見て珍しく食欲が湧いた。ただ食べている余裕はない。こんな時だけ湧く食欲など何の意味もないじゃないかと、葉月はそう思った。

五十五分。十秒。二十秒。三十秒。

まずモニタが落ちた。それから灯《あか》りが消えた。

反射的に葉月はドアを開け廊下を駆けていた。

言う通りにする気なんかなかったというのに。

玄関を抜けて門を出た。門の前で止まって、生唾《なまつば》を呑《の》み込んで、くるりと身を翻《ひるがえ》す。

ぱ、と門灯が点《とも》った。続いて玄関灯と家の灯りが点《つ》いた。

在宅表示ランプが点る。

もう戻れない。

今入れば――葉月の姿は監視集像機《アイ》に捉《とら》えられてしまうだろう。玄関まで辿《たど》り着いたところで、ＩＤカードを使わなければ中には入れない。

しかし葉月は、現在家の中にいることになっているのだ。中にいるはずの人間が外から入って来たら、確実にシステムはバグる。計算が合わなくなるからだ。

ややこしいったらない。

――あ。

葉月は慌てて端末を出す。ＧＰＳが作動していないかどうか確認するためである。

もし作動していたなら――やはり矛盾が生じてしまう。家から出ていないはずの人間の登録端末だけが屋外を移動している――ことになるからである。

ＧＰＳモードにはなっていなかったが、どういう訳かオーディオモードになっていた。音楽を聞くことなどないのに。

――もう。

葉月はセンターから告知された指導内容を全部破っている。

表通りには誰もいなかった。

まだそんなに暗くはない。

葉月は真っ直ぐ続く道路の先を眺める。道はどこまでも続いている。切りがなくて気分が悪くなる。俯瞰《ふかん》できない。位置関係が確認できない。自分がどこにいるのか判らない。移動しても移動してもフレームに辿りつかない。なら移動する意味がない。

地図は区切られていてこその地図なのだ。

端末を見る。GPSモードが使えないということは、つまりナヴィゲーション表示にはできないということである。道順を覚えていない訳ではない。しかし――。

これはつまり、葉月がどの程度の速度で移動しているのかも確認できないし、どこにいるのかも確定できないということである。いや――。

葉月は今、確実に家の中にいるのだ。だから道端に突っ立っている葉月は、要するに葉月の幽霊のようなものなのだ。葉月の幽霊は、本当の幽霊のようにふらふらと移動した。


地面を踏んでいる感触も、何だか嘘臭かった。

時間を確認する。

せめて運動量だけでも知っておきたかった。距離が計測できなければ運動量の計算だってできないのだけれど、カロリーの消費量くらいは判るだろうと思った。

二十分ばかり歩行した。

昔屍体を埋めていたらしい場所。

古い路地の先、適当に生えているだけの森。

その森を背負った三階建ての規格住宅。

その――。

規格外の部分。

歩未のいるところ。葉月は二十五分二十二秒間だけ移動して、ハトの家に辿り着いた。

不在表示を確認してから裏手に回る。

螺旋《らせん》階段を回りながら高度を上げて行く。

屋上の違法建築には、灯りが点っていた。

真っ直ぐドアに向かうことには躊躇《ためら》いがあった。

葉月はフェンスを伝い、最初に歩未が座っていた場所まで移動した。放置されたままになっている椅子に座る。

座って——空を視《み》る。

歩未が見ていたように空を見る。世界はかなり暗くなっている。いや、ところどころ真っ黒である。夜というのはムラのあるものなのだと、どうでもいいことを葉月は思った。

目を凝《こ》らすと、微《かす》かに灯りが視えた。視えるなら視える方がおかしいと美緒は言っていたけれど、少しだけなら葉月にも視える。モニタのピンホールのようなものだ。小さな点である。

暫《しば》く注視していると、やがて空間と見えていた黒い部分は実は障害物——物体であるということが判明した。黒く深い夜だと思っていたところこそが、たぶん架橋なのである。そう思った途端、一挙に世界が認識できた——ような気がした。

橋は黒くて大きい。

がちゃんと背後で音がした。

「何してるワケ」

ドアの蔭《かげ》から猫のような瞳が葉月を注視《みつめ》ている。

美緒だった。

「あのさ、来たら入ればいいじゃん。何してるワケ」

「何もしてないけど」

んもう、と声を上げて美緒は半身を乗り出し、葉月の右袖《みぎそで》を攫《つか》んで引き寄せた。

「なんか——作動環境悪いんじゃねえ牧野」

美緒はそう言いながら葉月の両肩を攫む。葉月の顔の真正面に美緒の顔が来る。顔を背《そむ》ける間《ま》がなくて、葉月はその大きな眼をまともに見据えてしまった。どきり、とする。

瞳孔《どうこう》。虹彩《こうさい》。毛細血管。睫《まつげ》。瞼《まぶた》。

——生き物。

そう思った途端、美緒は葉月を室内に向けて突き放した。

葉月は眼を見開いたまま鳩の檻《おり》の方に数歩後退した。美緒がばたんとドアを閉める。

美緒も同じように感じたんだと、葉月は思った。

人間を見慣れていない。

ドアを閉めた美緒が肩越しに顔を向ける。

「ホントに変な奴だよ」

「何なの」

葉月は美緒から目を逸《そ》らして小声で尋《き》いた。何だよと美緒は問い返す。

「あのアイコン」

「何の絵だか判らなかった？」

「それは判るけど」

「判った？　あたし絵下手《へた》だし」

「だから」

「カメな。カメしかちゃんと知らないんだよ。ドーブツの形」

そうじゃなくって——。

「あれは何」

「え？　あれな、だってメールとか音声通信とか、全部残るじゃん。だから残らない方法考えたの。すげえ大変だった。通常通信では絶対使わない回線通して微弱な信号発信するのな。これ物凄い乱数になってて、通常はノイズとしてしか認識されないんだけど、特定の端末で受信した場合にだけモニタ上に仮想のフィールド作るの。だから——」

「だからそうじゃないよ」

「何だよ」

「何の——用なの」

葉月が不安そうに振り向くと、美緒はけらけらと笑った。

「来ないかと思ったよ」

「気に——なるじゃない」

「いやさ、研修で会えればそん時で良かったんだけどな。中止だろ。事件なんていつ解決するかわかんないし、牧野のことだからその間ズーッと気にしてるかと思ってさ」

「矢部さんのこと？」

気にしていたのだろうか。掻《か》き乱されるだけ掻き乱されて、随分不安定な気持ちにはなったのだけれど、家に戻ればいつもと同じで、いつもと同じである以上、いつもと違うことなんか考えなかったし感じなかったと思う。気にしてなんかいなかった。

でも、その間何を考えていたのか、何を感じていたのか、葉月は思い出すことができない。

矢部祐子をおぶった時のあの不快な感触や——。

葉月は鳩に目を遣る。

この気味の悪い異生物の匂いや動きなんかは、明瞭に覚えているのに。

何揉《も》めてんの——。

歩未の声がした。

ベッドのある部屋のドアを開けて歩未が現れた。

「これ以上面倒なことは御免だよ」

「揉めてんじゃないって。牧野変なの」

葉月は美緒の方が余程変だと思う。


都築の説明が悪いんだよと歩未は言った。

「説明って何さ」

「あの通達文じゃ何も判らない」

「判らなくないだろ。牧野がここに来てるってことは、必要な情報は伝わってるってことだぞ。システムの潜《くぐ》り抜けちゃんとできてるじゃん」

「違うよ」

歩未は椅子を葉月の方に押した。何が違うのさと美緒は不服そうに言う。

都築は相談がしたいんだそうだと歩未は言った。

「相談？」

「そうらしいね。矢部がほぼ恢復《かいふく》したんだ。で、家に帰るという。都築は反対してる。あの中国服の娘は捕まらない。僕はどうでもいい。そこで——一応最初から事情を知っている牧野にも意見を求めようと都築が言い始めた。牧野は気にしているだろうと都築は言う。どうして気にするのか僕には判らないけど、都築はそうだと言うんだ」

美緒は歩未が葉月に差し出した椅子を奪って、わざわざ反対向きにして座った。

歩未はもう一脚、別の椅子の背を持って葉月の方に差し出した。

「――でも通信手段がない。どんな手を使ったって必ず記録に残るだろ。何かあった時、その通信記録が牧野に迷惑をかけないとも限らない。得意の不正手段でリアルアクセスすればいいだろうと言ったんだけど、厭だと言うんだ」

「あたし一人で牧野ん家《ち》行ったってしょうがないじゃん」

「で――結局、都築はあの変な通信手段を編み出した。なら、それを使って相談すればいいと思ったんだけど、どういう訳か都築は牧野を呼び出したんだよ。僕が思うに――この都築は、牧野に会いたかったんだろう」

「け」

美緒は顔をくしゃくしゃにした。


――会いたい？

美緒は背凭《せもた》れに顎《あご》を載せ、会いたいって何さと言った。

「よくわかんないよ神埜」

「そうかな。苦労して電力供給システムやらセキュリティシステムに潜《もぐ》り込んで、普通は考えられない小細工してまで牧野が外出できるようにしたんだから――きっとそうなんだろ。あんな大層なことができるなら、もっと楽な方法はいくらでもあるんじゃないか。バレたらずっと大きな問題になる。ハッキングや不正な情報操作は未成年でも実刑だよ。今回は、三十秒間牧野の家への電力供給がストップしたんだから――そういうのって損害賠償も発生するんだろ」

「バーカ。十四歳の児童がさ、そんな何の得にもならない犯罪行為するなんて考えないよ。児童は体制に反抗しないものだと思ってるぜ、大概」

「子供だからするんだよ。そういう無意味なこと」

あッそうか、と美緒は眼を丸くして顎を上げた。

「どっちにしても、この変な女は君をここに呼びつけて、顔見て話がしたかったらしい。僕は来ないと思ってたんだけど――」

「御免なさい」

葉月は小声で謝った。

歩未には迷惑なことだろう。そこまでは考えなかった。

すぐ謝るのなコイツ、と美緒は葉月を指さす。歩未は何も答えず、隣室に向けて来たよと言った。

矢部祐子がドアの蔭から半分顔を覗《のぞ》かせた。

「御免ね」

祐子はそう言った。

「コイツも謝るし」

美緒は可笑しそうにそう言ってから立ち上がり、椅子を祐子に向けた。

祐子はピンクの瞳で座面を暫《しば》く見つめてから、そこに座った。

初めて会った時と同じ服装である。歩未がクリーニングにでも出したのだろう。それ程汚れた感じはしなかった。

「何か――変な感じになっちゃったから。私、何か、その、混乱してて」

仕方がないだろう。

暴行されたのだ。

この娘は殺されかけたのである。

でも、生理中で体調も悪かったからと祐子は変な言い訳をした。

別に当たり前のことなのだけれど、葉月はそうした言葉を普段耳にしないので――目にはするのだけれど――やけに新鮮に――というか、生々しい感じを受けた。

「矢部襲った犯人は殺された川端と逃亡中の中村なんだって」

美緒は鳩の檻に凭れかかってそう言った。

「逃亡中？」

「逃亡中。警察もエリア警備も捜してる。中村は端末を捨ててったみたいだから、捜査は難航してるみたいね」

「端末を？」

「ケースDの重要参考人の場合、裁判所の決定があれば強制的にGPS作動させることができるんだ。衛星《ほし》は何でも知ってるからね。警察の情報だと自宅の傍《わき》から端末だけ発見されたみたいな。口座の金額も減ってないからIDカード使った様子もないようだし、飲まず喰わずでトーボーしてることになる。ま、犯人でなきゃそこまでしないからな。通報するまでもなく犯人はバレてるわけ。捕まるのは時間の問題だぜ。それまで待った方がいいって」

そうかな——と歩未は言う。

「警察は同時に矢部のことも捜してる。中村が捕まるのが時間の問題だというなら、矢部が発見されるのも時間の問題なんじゃないか。端末がないという条件は一緒だよ」

「そうだけど」

「中村は捕まるけど、矢部は見つからないというのは変だよ。中村見つけられるなら矢部だって見つかるだろうし、矢部がいつまでもここにいられるなら中村だって捕まらないかもしれない。何とも言えないと思うけどな」

祐子は、背《うしろ》に立っている歩未を不安そうに見上げた。美緒は不服そうだった。

「矢部の場合は——あたしたちみたいな物好きが匿《かくま》ってるから見つからないんじゃない」

「中村という男に協力者がいないとは言い切れないだろ」

そうだけど——と言って美緒は金網を揺らした。

鳩が騒いだ。

「なら——余計に帰すのはまずいんじゃないか」

「本人が帰ると言ってるんだよ」

歩未は祐子から離れて部屋の隅に置いてあった椅子に座った。

「帰りたいんだろ」

だって迷惑でしょと祐子は言った。まあね、と歩未は答えた。

「間が開けば開く程帰りにくくなる。もう十分に帰りにくいと思うけど」

「どうして――」

どうして襲われたの、と葉月は尋いた。

美緒が目を丸くする。癖なのだろうか。

「そうだよな――矢部さあ、どうして襲われたんだ？」

「病気なんだ。私」

祐子はそう言った。

「何だよ病気って。何かのキャリアなの？」

「違う。そういうんじゃない。私――形状認識異常なの。きっと」

「ケージョーニンシキイジョー？」

何のことか判らない。

あれか、と美緒は言った。


「でもあれ、疾病とか障碍《しょうがい》だって認定されてないじゃん。報告されただけだろ」

「でも――そうなんだ。きっと」

「それは」

どういう病気なのか――とても尋きにくい。知らないかと美緒は言った。

「神埜も知らない？」

「知らない」

「これさ、なんか難しいんだよ。去年知覚障碍学会で報告されたばっかりで、味覚異常とか嗅覚異常との関係を考慮する必要があるのか、それともまるで違うものなのか、そもそもそれは異常なのかどうなのか、意見が分かれてるんだよ」

「何でそんなこと知ってるの」

「友達の医者に聞いたの。聞いたっていっても文書だけどさ」

「友達の医者？」

二十八歳のドイツ国籍者――と美緒は言った。

「同じカリキュラムやってるの。認識論な」

葉月はすっかり忘れていたのだけれど、美緒は海外の大学院博士課程カリキュラムを修得中なのである。会話を交すようになるまで美緒は天才少女だったのだ。

ほら、色が認識できない人っているだろ――と天才少女は言った。

「特定の周波数の色相が区別できないって人は昔からいるよね。それから味覚と嗅覚に関していえば、今はかなりの人数が識別できなくなってる。苦いとか酸っぱいとかが判んないの。形状認識異常は、形が認識できない、いや、できないんじゃなくて、できるんだけど――説明しにくいな」

いい――と言ってから美緒はポケットから出したタブレットに自分の端末を接続して指先で何かを描いた。描きながら美緒はへへへ、と笑った。

「うわー。すげぇ下手。まあいいや。牧野さ、これ何だ？」

端末のディスプレイには鳥らしきものの絵が映し出されていた。

「鳥」

「わははは。トリだって判る？　これじゃカメと変わりないかと思った。これハトな。あたしはあれを描いたの。あの一番端で寝てるハト。一生懸命、観た通りに描いた。ほら、この辺の模様とか、ハトだろハト。あいつ」

そう言われれば――そうだった。

これがさ、と言ってから美緒は顔を顰《しか》めた。

「でもこれじゃあナンだな。何か稚拙《ちせつ》。うーん、それじゃあ――」

美緒はタブレットを乱暴に引き抜いてテーブルに放り、端末で何かを検索して、それからもう一度葉月達の方に向けた。

「これどう？」

画面には鳩のデフォルメーションキャラクターが表示されていた。

その絵なら葉月も知っている。有名なアーティストがデザインしたもので、何年か前の国際鳥類保護年間のシンボルキャラクターにもなったものである。簡素な線と省略された形が可愛かったので、動物が好きな葉月は同じ作家の画集までダウンロードした程だ。

「これはデフォルメされたハトの絵だろ。でも実際のハトは」

美緒は端末を鳩に向ける。

ピ、と音がした。

「これだろ」

ディスプレイはワイヤー越しの鳩の画像に変わっていた。

「こういうの昔はシャシンって言ったみたいな。この画像と、あの本物のハトは、まあ同じ形だよな。あれ撮ったんだから。で、こっちのキャラクターも、まあひと目でハトと判るんだけどさ」

美緒は端末を操作する。

画面が二分割されて、キャラクターと撮影した鳩の画像が並んだ。

「これとこれ、実は全然違うだろ」

「違うけど——何?」

「あたしの目にだって、ハトはこの画像みたいに視えてるワケ。こんな可愛くないだろ。あれはもっと獰猛《どうもう》で気持ち悪いじゃん。毛とか生えてるし。ブツブツとかあるし。でも、それを絵に描こうと思うとさ、観た通りに描こう描こうと努力して描いても、こうなっちゃうのな」

画面が三分割され、先程の美緒の描いた絵が加わった。

「すげえ下手。でもさ、これはあたしの絵が下手だからこうなってるだけでさ。実際にはこっちの画像みたいに視えてるワケだ。ここまではいい?」

いいけど、と葉月は答えた。

美緒は画面を祐子に向けた。

「矢部は——どれがリアル?」

祐子は暫《しばら》く画面を見て、それから美緒の背後の鳩を眺めた。

「よく——判らない」

「なる程ね」

「無理にいうなら」

これ、と言って、祐子は鳥類保護のキャラクターを示した。

こういうこと——と、言って美緒は葉月の方を向いた。

「こういうことって——どういうこと？」

「矢部には世界がこんな風に見えてるんだ」

「こんな風にって」

あんな、可愛い絵のように、ということか。

「デフォルメーションってのはさ、誇張とかいう意味なんだろ。特徴を大袈裟《おおげさ》に描いたり省略したりして描くの。抽象とか象徴とか置換とか、こ難しいけどな。ま、この絵は表現なんだ」

美緒は画面を葉月に向けた。


「あたしの表現だとこう、下手クソになる。でもこれは上手《じょうず》な奴が表現すると、こんな可愛くなる。表現力の差でさ、たぶんこれ描いた奴もあたしも、見えてる現実の景色はこの画像の方と同じだろ。いや、同じはずだと——みんな思ってたんだ。ところが違うかもしんないと最近は思われ始めてるワケ」

「こんな——風に見えてる訳？」

どんな風に見えてるのかは判らないんだと美緒は言った。

「こればっかりは矢部になってみないと。意識は反応であって反応自体は物質化できないから移植も交換も摘出も無理だし。だから絵に描いてもらうくらいしかできないんだけど」

ほら、ともう一度美緒は端末を葉月に向けた。

「必ずしも見えた通りには描けないの。あたしだって写実的に描いたつもりなんだけど、この下手な絵は、こっちの撮影した画像よりも——まだこっちのキャラクターの方に近いだろ」

「そう――か」

頭の中は覗《のぞ》けない、ということだ。とても不便な気がする。

人と人は接続できないのだ。

「でも――今、矢部が言ったことを信じるなら、少なくとも矢部が見てる世界はあたし達が見てる世界とは違うんだ。いや、本当のことをいうなら、牧野が見てる世界も神埜が見てる世界も違うはずさ。ただ、その差は通常なら誤差のうちなんだ。突出して差異が大きい場合を異常と呼ぶんだから――まあこれは異常なのかもしれないけど、日常生活に支障が出るワケでも人格形成に影響があるワケでも――まあ今のところだけど――ないからさ」

だから病気とはいえないということか。

「先天的なものとは考えにくいし、後天的なものだとしても一部の色覚異常のように障碍のある部位が特定できないからね。原因は――不明。ただ現実を見せないで育てるからだという人達はいるね」

「現実って――リアルってこと?」

「音痴と一緒でさ、音痴って音感を形成する時期に調子の外れた電子音聞かせて育てるからなるんだそうじゃん。よく知らないけどさ。レンジが広い自然音がまるで耳に入らない環境で育つから決まった周波数しか認識できなくなるらしいって。それと同じで、幼児期からモニタに映る色も形も整理された画像ばっか見せるからそうなるんだ、というんだね。あたしは――よく判らない。違うかもしんないし」

「私――そうかもしれない」

祐子が言った。

「パパもママも忙しかったから。基礎保育システム買ってくれた」

「あー」

うちにもあったぞと美緒が言った。

「まともに使わないでおもちゃにして壊した。すげえ叱《しか》られた。結局あたしは下の中国人に育てられたようなもんだからさ。矢部、真面目だったんだ」

真面目じゃないよと祐子は答える。

「壊したりしたらもう買ってもらえないし。そしたら——何にもないし」

「高価《たか》いからな。まあ人件費よりは安いけど」

「それで——」

ずっと黙っていた歩未が祐子に向けて言った。

「——その形状認識異常と、襲われたのと、どう関係あるの?」

関係あるとは思えなかった。

「冒瀆《ぼうとく》だ——って言ってた」

祐子は薄い眉を顰《ひそ》めた。

冒瀆って何だよと美緒が問う。

「コミュニケーション研修で——自画像描いたでしょう。去年だっけ」

「描いた。描いたぞ。やっぱしすげえ下手だった」

美緒は再び端末を操作した。

「見て。これ。教官は何も言わなかったけど、不破の奴なんか見て笑いやがんの」

画面には美緒が描いたと思われる人間の顔らしきものが映し出されていた。

「カウンセラー失格だよあの女。傷ついた」

自分をどのようなものとして認識しているかを考える——そしてその見解を他者にどう伝えるかを試《こころ》みる——更に他者は自分をどう認識しているかを知り、その差異を受け入れる——というような趣旨の研修だったと思う。

葉月は正直言って厭だった。自分を見つめるなんて、そして他人が自分をどう観ているかを知るなんて、意味がないような気がしたからだ。葉月は誰のことも観てないし、誰にも視られていない。誰も他人のことなんか見ちゃいない。

ちょっと貸して——と祐子は手を伸ばす。美緒は端末を渡した。

「私の公開ファイル呼び出したらまずい?」

「ん——いや、いいよ。何とかするから。公開データだろ」

「そう」

祐子は細い指でキーを押した。ピンクのマニキュアがところどころ剥《は》げている。

研修で描いた自画像は――勿論本人の許諾のうえでなのだが――一年間公式データページに掲載されることになっている。葉月は即座に拒否した。美緒や祐子は許可したということだろう。どうやらアクセスしたらしい祐子は、首を少し傾けてから画面を向けた。

「私は――こんなだった」

ピンクの髪とピンクの瞳。ピンクのピアス。

立派な――少女のキャラクターだった。

「上手《うま》いじゃん」

「判らないよ。私――鏡視て描いた。都築が鳩描いたのとおんなじに、視た通り描こうとしただけだから。描いた時は――別になんとも思わなかった。それに同じような絵を描いてる子もいっぱいいいたでしょ」

「あれは真似だもん」

美緒は感心したように画面に見入っている。

「元が判るでしょ。表現ってのはどうであれパターン化されてるワケ。そのパターン化する過程や方法にオリジナリティがあるワケじゃん。でも幼児の場合はさ、複雑なパターンを単純化することが中々できないから、他の誰かの、判り易《やす》い方式を真似るんだな。建物の描き方とか、それこそドーブツの描き方とかさ。それは絵の模写でもあるんだけど、考え方の模倣でもあるわけよ。実際にそう視えてるワケじゃないのにそう描くワケだから。抽象化の方法を受け入れてるワケだろ。でも、何度か描いているうちに――っていうか、育ってくると、視えてるものと描いてるものの差が判って来るからさ。だからオリジナルの修正を加えて、自分なりのパターンを獲得すんだ。でもさ、最近は絵を描くこと自体が少ないし。紙とかないだろ、一般家庭に」

葉月の家には養父の与えてくれた書籍がある。

でも――描く道具がない。

「だからそうした訓練ができないんだよな。ずっと真似してる奴が多いの。これはこう描くものだってアタマっから信じ込んでるから、自分が観てるものと自分が描いたものの違いが判らないのな。ま、現実観ることとの方が少ないからさ、いいんだけど。だから自分の好きなキャラクターそっくりに絵描く奴はいるよ。でも、矢部は違うワケだろ」

「そうなの？」

葉月が問うと祐子は頷《うなず》いた。

「でも――そんなの判らないじゃない。絶対判らないよ。だから――」

判らないだろうと思う。いや、葉月には今以《いまもっ》てよく判らない。

「私、自分が人と違うなんてこと考えてもみなかったし、別に何でもないと思ってた。綺麗《きれい》に描けてるって言われたし。何にも気にしてなかった」

笑われたんだ、あたしはと美緒は言った。

「でも――そう、先月の初め頃、変なメールが届いたの」

「変なメール？」

「匿名《とくめい》のメール」

「匿名だって発信先なんかすぐ判るぜ」

私には判らないからと祐子は言った。葉月にも突き止められないだろう。

「何て書いてあったのさ」

「都築の言った通り。あの絵は、何かの真似なんだって――て」

「真似？」

「そう。真似なんだから自画像じゃない、盗作だって。それをまるで自分の顔みたいに偉そうに載せるなって、凄く乱暴な口調で。だから私、真似じゃないって返信したの。あのままなんだ、見たままなんだって。そしたら――お前は病気だ、しかも冒瀆的な病気だって。本当にそうなら――生かしてはおけないって」

物騒だなあと美緒は言う。

「でも冒瀆的って何だ？　冒瀆って、いったい何を冒瀆するっていうのさ」

都築の絵の方が鳩を冒瀆してると歩未が言った。

「ひでー。否定はしないけど。でも、矢部の絵は上手いぞ。上手い下手じゃないんだな。うーん、形状認識異常のどこが冒瀆的なんだ？」

「うん。その頃は詳しく知らなかったのね。でも自分の顔があんな風に見えてるのは病気だって、そうなのかなと思ったから——段々気持ち悪くなってきて。少しは気がついてたし。気になって色々調べたの。でもよく判らなかった。で、ほら、メディカルチェックがあったでしょう。あの時に——」

「不破にでも尋いた？」

「尋けなかった。何か——知っている人には尋きにくくって」

冒瀆的なんて言われたら、それは尋きにくいだろうと思う。

「だから——占いとか、何か色々やったのね。医療サイトとか検索したり。そしたら——国際キャラクター症候群学会の形状認識異常診断テストっていうのがあって」

「国際なんだって？」

「キャラクター症候群学会。やってみたら——真性だった」

それ絶対怪しいぜ、と美緒はそっくり返る。

「絶対どっかの変態だよ。医療機関とかの公式サイトじゃないだろ？」

祐子は首を横に振った。

「じゃあインチキだよ、無根拠。そんなのあり得ないよ。変態が妄想をアップしてるだけの迷惑なページに違いないって。インチキ」

「インチキっていうか——それ、たぶんあの男達の開いてるページだったの」

「どういうこと？」

葉月は尋いた。

「最初に変なメール送ってきたのもその人達だったってことでしょ。じゃあ」

自画像を検索し、デフォルメーションキャラクターに似た絵を描いている者を見つけては怪しいメールを送りつけ、その人物が形状認識異常らしいと判るなり殺すと言って脅《おど》し——。

それで——。

そのうえテストを用意して、いったいどうするというのだろうか。

「要するに——形状認識異常者を洗い出していた、ということ？」

美緒が顎に手を当て、珍しく神妙な顔で言った。

「本物の形状認識異常かどうかというよりヤツらの基準に引っ掛かるかどうか、ってことな。要するにすべてはテスト受けさせるための罠で、そのテストに合格した者は——」

殺す。

殺すと——いうのか。


そんな手の込んだことだなんて考えてもみなかった——と祐子は言った。

「テストの結果は真性で——これは非常に危険ですって返信が来たの。それで、この病気はとても厄介《やっかい》で恥ずかしい病気だから——人には言うなって。治療法を教えるから来いって」

「来い？」

信じるなよそんなの——と美緒は大声で言った。

「それで行くなんて子供じゃん」

「僕達は子供だ」

歩未が言った。

「そんな分別はない」

「フンベツって？　まあ——信じるか。それでも夜だぞ。出かけるの怖くなかったの？」

「逆に凝乎《じっ》としてるのが怖かったから。ほら、最初のメールのことがあるから。自分が本当にその病気なら——殺されるかもって思ったの」

ああそうか、と美緒は言った。

「パパもママもいなかったし。心細かったの。相談もできないし、治せるんなら早くこっそり治したかったの。まさか――」

殺そうとする相手が待ってるなんて思わなかったんだろう。

「あの――橋の下に古い建物があるでしょ」

知らない――と美緒はそっけなく言った。

あれは大昔の工場だよ、と歩未が言った。

「廃墟《はいきょ》だ」

「そんなの知らなかった。指定された住居表示を確認したら――商用区域でもないし、工業用区域でもないし、居住区域でもないし――」

「あそこは――何でもない。トラフィックロードの敷地だ。公共の土地ではあるけど」

「そうなの。マップ上では緑色の単なる建物だったから――私、病院だと思ったの。あれがC地区とかB地区とかなら――絶対行かなかった。でも行ってみたら何にもなかった」

あの、見覚えのない景色の場所だ。

「怖くなって帰ろうとしたら、いきなり棒とかナイフとか持ったあの人達が」

うひゃあ、と言って美緒が屈《かが》んだ。

「怖いじゃん。やっぱり死ね、とか言うワケ?」

「死ねとは言わなかったけど。神聖なものを穢《けが》すなとか、永遠がどうとかとか――よく解んないよ。凄い勢いで殴りかかってきて、私端末しか持ってなかったから、こう、避《よ》けたら端末がバキッて壊れて。私、もう何が何だか解んなくて、それが罠だったなんて――そう気づいたのだって昨日とかだし。で、必死で逃げてあの橋の下のとこまで走ったら――」

麗猫がいたのだろう。

それで闘いが始まったんだなと言って美緒は立ち上がる。

「猫の奴何してたんだ? きっとケンポーの練習だな。既に臨戦態勢にあったんだ。でもって、乱闘になって、そんでそこに――」

——歩未が。

歩未は何故か斜め下の床を見ていた。

「ホントに怖くって、走ってきた神埜さんに私、たぶん抱きついたんだと思う。何か叫んだような気がするけど何を言ったかも覚えてないし、どうなったかも判らない。その後は全然覚えてないんだ。気がついたら——ふらふらあの人の後ついて歩いてた」

C地区。旧カンラク街——麗猫の街。

あいつどこ住んでんの今、と美緒が尋いた。

「都築ん家《ち》の傍《そば》だよ。何か地下だったけど——すぐにC地区だって判った」

「どうしてさ」

「匂いかな。私さ、昔——前の街に住んでた頃ね、C地区に親戚がいたの。小さい頃、パパとママが旅行の時とか何度か預けられて——凄く厭だった。変な人がいっぱいいて、厭な臭いがして、なんか煙たくって——私が厭がると叱られた。歓楽街って不潔なところなんだって」

美緒は不可解な表情をした。

美緒もC地区の住人なのだ。

祐子も気づいたのだろう。あ、御免——と小さく言った。

「でも、本当にそうだったのね。まだ四歳とか五歳とかだったけど、一人でモニタ見てた方がずっといいって思ってた。都築には悪いけど、大っ嫌いだったの。だから匂いですぐ判った。でも——怖かったから。がくがく震えちゃって、歩けなくってさ。そしたらあの人が食べ物とかくれた」

「猫だな」

麗猫。

中国服の、国民として登録されていない娘。

「あの人は名前言わなかったけど。私は尋かれたから色々答えた。そしたら、じゃあ都築美緒と同じだろって言って、都築の家のこととか教えてくれた。行ってみなとか言われたけど」

「ふうん」

美緒はぺたんと床に座って、あいつ、何て言ってた——と脱力したように尋いた。

「別に悪くは言ってなかったけど。友達——だったんでしょ？」

「友達って何だよ。昔よく遊んだだけ」

美緒はそう言った。

祐子はピンクの眼で美緒を見つめる。

「でも——色んなこと沢山《たくさん》話してくれたよ。私泣いたりしてて、あんまり覚えてないけど、お蔭で少し怖くなくなった。でも、怖くなくなったら急に、どうしていいか判らなくなったの。端末もないし、端末ないと時間も場所も判んないし、何だか混乱しちゃって——あの人がいなくなって、外に出たら二人が来たの」

「そうだったの」

——あの雨の中。

あの時、祐子がそんな気持ちでいたなんて——葉月にはまったく判らなかった。

C地区のことをよく知っているような口振りだったのも、美緒の住処《すみか》の場所を知っていたのも、傘も差さずに立っていたことにだって、ちゃんと理由があったのだ。

殺人事件のことを知らなかったことも——それを知った時に不自然な対応をしたのだって、その状況なら当然のことだったろう。人にはみんなそれぞれ理由があって、その所為《せい》で色々な気持ちになって、その結果行動しているんだと——よく考えるととても当たり前のことに思い至って、葉月は何だか落ち着かなくなった。頭の中は覗けない。だから。

——そんなこと判りやしない。

全然判らないよ。

いや——歩未は知っていたのか。

あの後、また気を失ったの——と祐子は言った。

「殺されたって人は殴りかかって来た男だった。なら——いったい何があったのか私にはますます判らなくなって、そしたら何かドキドキして」

「発熱したんだ」

歩未は壁の方を向いたままそう言った。

「ここに来た時だって三十九度はあったんだ」

冷たいよな神埜——美緒はすたすたと歩未に近寄る。

「だってさ、ある程度知ってたワケじゃん。そん時何とかしてやればさ」

「あの後矢部がどうなったのか僕は知らなかったから。無事でいたんだし——助けてくれと言われたのならともかく、僕が口を出すことじゃない」

「神埜さん親切にしてくれたよ。熱下がったし」

祐子は横に立っている美緒を見上げた。

「都築も——牧野さんも、ありがとね」

「何だよ」

美緒は歩未を通り越して反対の壁に突き当たり、変な奴、と言った。

「だからさ——私帰るよ。もう迷惑はかけらんないから」

「でも」

葉月は口に出す。

「犯人のうち一人が死んで、もう一人は逃げてるんでしょ。危なくない？」

「警察に護《まも》ってもらうよ」

「大丈夫——」

ううん、と美緒は唸《うな》った。

「警察は矢部の失踪と事件を関連づけて考え始めたみたいだからさ。当然矢部の通信記録も調べてるだろうし——なら中村と死んだ川端の繋《つな》がりも摑《つか》んでるはずだよ。川端がどうして死んだのかは知らないけど、中村の容疑はほぼ確実な線で、矢部が狙《ねら》われてたことも承知だろ。だから出頭すれば必ず護ってはくれる。でもさ」

「でも——何？」

「空白の数日間の言い訳」

みんなには迷惑かけたくないし——祐子は下を向いた。

「あの人にも」

「猫か。でもさ、よく考えてみれば、中村が捕まれば必ずあいつのことはバレるぜ。あいつだってそれを承知で助けたんだろうから――そうだ、あいつに助けられて、ずっとあいつのとこにいたってことにしちゃえばいいよ。本来そのつもりだったみたいだし」

「いや――取り敢《あ》えず黙ってた方がいいよ」

歩未が言った。

そうかぁ、と美緒が返す。

「だってさ――同じことだろ」

「いや、中村が捕まる前に矢部が麗猫のことを正直に言えば――あの人が疑われるよ」

「あ――そうか」

これは、単なる暴行事件ではない。殺人事件なのだ。

殺されたのは襲われた方ではなく襲った方――暴行犯の方が殺人事件の被害者なのである。

暴行犯と格闘して祐子を救った者がいたとなれば、疑われるのは当然だろう。

「中村が簡単に捕まると僕には思えない。殺人事件は昨日も起きてる。どう考えてもここに長くいるより警察に保護して貰った方が安全だと思う」

新しい被害者――相川亜寿美。葉月は顔をよく知らない。

しかし、中村という男は警察に追われて逃亡潜伏中なのではないのか。そんな状況で人を殺すだろうか。それとも別の事件なのだろうか。

「でも、麗猫が疑われたらC地区全体が危なくなると言ったのは都築だよ。それもそうなんだろうと思う。中村という男は麗猫の素姓《すじょう》までは知らないはずだ。矢部だって名前を知らなかったんだから――わざわざ言うことはないさ」

「じゃあ空白の一週間どうするんだよ」

わからない、っていうわと祐子は言った。

「記憶障碍」

「それ、いかにもお子様じゃないか？　だって都合良過ぎ」

　そうでもないよと言って歩未は立ち上がった。

「嘘を吐《つ》くなら——吐くならだけど、それが一番有効かもしれない。何を尋かれても覚えていませんと答えるの」

「一週間意識がなくて、いきなり思い出したってか？」

「いや——下手に話すると嘘を沢山吐かなきゃいけなくなる。辻褄《つじつま》が合わなくなれば、それこそバレちゃう。すぐにバグる嘘作るより、まだ記憶が混乱している状態装った方がいいかもしれない」

「ただ判らないの一点張りかあ」

　美緒は腕を組んでうろうろと歩き回る。そして牧野どう思う、と尋いた。

「私——その、よく判らないけど、そうするとしても——どうやって警察に行くの？」

　はあ、と美緒は眼を見開いた。

「どうやってって？」

「矢部——さんさ、記憶がない状態で——どうするの？　家に帰るの？」

「それは——まあ、ただいま、ってワケには行かないか。でも——例えばふらふら家の周りを歩いてれば警察の方から捕まえてくれないか？」

「警察より先に中村とかいう人に見つかったらどうするの？」

　葉月がそう言うと祐子は自分の両肩を抱いた。

怖いのだ。

「矢部さんの家はどこ」

「え——」

　祐子は住所を告げた。

　徒歩なら一時間以上かかる。

「なら——ここからは結構遠いでしょう。その間、ずっと一人で歩かせる訳？　私、ここに来るまでの二十分間、エリア警備にも警察にも会わなかった。都築だってそうでしょ？」

この辺は治安がいいから巡回も少ないんだよと美緒は言う。

「矢部さんの登録居住区までは——真っ直ぐ行くとしたら、慥《たし》かC地区を通り越さなきゃいけないんじゃなかった？　コミュニティセンター経由して回り道したとしても、途中にB地区があるし——」

「センター周辺には緑地があるだろ。そこに中村が潜伏してるんじゃないかって、警察はあそこ中心に捜査してるみたいだから——センターに行くってのは？　警察いっぱいいるぜ」

「中村もいるかもしれないってことになるけど」

歩未がそう言うと、美緒はくッそう、と言った。

だから——葉月は続ける。

「警察に保護して貰うなら、ここから通報するのが一番安全なの」

「でも」

祐子は薄い眉を歪《ゆが》めた。

「それじゃあみんなに」

「でも——安全考えればそれが一番だと思う」

「ここに警察呼ぶっての？　牧野。それでどうするのさ。トボけるの？」

「うん——そうも行かないってことは解ってるんだけど。ここに矢部さんがいることの説明はできない訳だし——偶々《たまたま》矢部さんがやって来たとか、偶々見つけて保護したとか、それも不自然でしょう。私達は外に出ちゃいけないと言われてるんだし、そもそも外出なんかしないんだから、矢部さんに会うこと自体あり得ないことじゃない」

「どこか別の場所に移して、そこから連絡するか」

「どうやって連絡するの？」

「矢部は端末持ってない——のか」

美緒は顔を顰めた。

「通報するには必ず誰かの端末を借りなきゃいけないでしょ。街頭の緊急用端末を使う？」

「記憶を失ってる者が緊急用ってのもなあ。するならもっと早く通報するか」

「それじゃあどうやったって、矢部さんは警察の方から見つけて貰うしかないわけでしょう。でも、一人で外に出すのは危険。私達がついていたとしたって危険なのに変わりはないし、警察に見つかった時のことを考えると、ここから通報するのと大差ないと思う」

慥かに牧野の言う通りだね、と歩未が言った。

「所詮《しょせん》僕らは子供だってことだ。矢部の安全を考えるなら――今、ここから通報して、包み隠さず全部正直に言うのが一番ということだろうね。牧野の非行も都築の軽犯罪も、それから僕が現場にいたことも――全部バレるけど」

祐子の命には替えられない。

歩未は結句を言わなかったが、葉月にはそう聞こえた。

美緒は頭を目茶苦茶に掻《か》き毟《むし》った。

「ううん――バレるとかバレないとかいうのはいいんだけどさ。何か悔しくない？」

「悔しいって、意味が解らないよ」

「悔しいってのはさ、こう、なんかヤだってことだよ神埜。そんくらい解れよ」

美緒はそう言った、歩未は解らないよと即答したが、葉月には、少しだけ解るような気がした。

気がしただけではあるが。

美緒は暫《しばら》く右手で自分の顔を撫《な》で廻《まわ》し、それからそうだ、と叫んだ。

「通報しないで警察を呼ぶ手があるぞ」

喜べみんな、と言って美緒は一同を見渡した。

「あのな、まずこれから――牧野ん家《ち》に行く」

「え？」

「ここからわりと近くって、しかも治安が悪くないA地区の一等地で、家に誰も人がいなくって、それでセキュリティが死ぬほど完備されてる家なんか他にないじゃん」

「ないけど。だから？」

察しの悪い連中、と美緒は呆《あき》れたように言う。

「いいか、まずあたしがもう一度細工して牧野を家に入れる。それから、矢部がふらふらと牧野の家の門を潜る。透《す》かさず集像機《アイ》が捉えて、セキュリティ会社に映像が映る。牧野は家で学習してたことにしてさ、それでサインを見て画面を確認し、慌てふためいて緊急通報する——どうだ？」

飛んで来るぜ警察と美緒は言った。

「いい——の」

祐子は困惑気味の視線を葉月に寄越《よこ》した。

葉月は頷く。

それならいい——と思った。

016

最悪の報《しら》せが配信されたのは水曜の朝だった。

週末に行われた緊急会議でコミュニケーション研修は一時中止することが決定していた。しかし研修が行われないからといってカウンセラーの仕事がなくなる訳ではない。直接面談ができなくなった場合は通信で全児童の近況を逐一《ちくいち》確認し、もし問題が発生した場合は即座に解決にあたらなければならないのである。

指導員と違って、非常時の場合カウンセラーの仕事は寧《むし》ろ増えるのだ。

捜査協力のために職務遂行が不可能になっている司馬のフォローもあったから、結局静枝は土日を含めてまる三日、センターにずっと詰めていた。

自宅に戻ったのは火曜の午後で、溜《た》まっていた私事を熟《こな》して眠ったのは午前二時のことだった。

しかし。

その――決して心地よいとはいえない惰眠《だみん》は、僅《わず》か五時間で強制終了させられてしまったのだ。

緊急のメールであった。しかもアラーム付きの特別配信である。

矢部祐子の発見を報じる文面だった。

保護ではない。発見である。

祐子は――殺されていた。

最悪だった。

シャワーを浴びてドレッサーに向かう。酷《ひど》い悪相だった。疲労の結果とは思えない。先週の司馬なんかよりずっと悪い人相である。

――何で死んじゃうのよ、か。

司馬の言った言葉である。結局、静枝も司馬と大差はない。鏡に映っているのは、口にはしなくてもそう思っているような顔だった。

仕方がないから身嗜《みだしな》みを調《ととの》える。

なりふり構わず駆けつけた方が深刻な感じはするのだろうが、静枝はそういう形で自分を演出することを好まない。

それに、たとえ静枝の到着が少々遅れたところで事態は好転などしないのだ。矢部祐子が生きて戻るというならば、裸足《はだし》でだって裸でだって駆けつけるけれど、泣こうが喚《わめ》こうが死んだ娘は生き返らないのである。

死んだ子は戻らない。

そうは思うが——。

それでも静枝は、自分が酷く薄情な女に思えた。

人相はいっそう悪くなった。

取り敢《あ》えずセンターに来るように指示があったので直行した。


所長を始め、ずらりと並んだ関係者はほとんど腑《ふ》抜《ぬ》けたような顔になって、ひたすら惚《ほう》けている。

犯罪に対するセンターの基本的な方針などは前の会議で決定している。今更被害者が増えたところで慌てて方針を変えることもないのだろう。だから交わす言葉もないのだろうとは思うが、それにしても何かすることはないのかと静枝は思った。

暫《しばら》くすると静枝は特別応接室に呼ばれた。

数名の捜査員らしき男と——石田がいた。

不破さん——石田は静枝が着席するなり声を発した。

「もうご説明するまでもないことでしょうが——最悪の事態になってしまいました。不破さんには予《あらかじ》め多くの情報をご提供戴《いただ》いておりましたし、我々としましても、最善を尽くしたつもりではあったのですが——力及ばず、まずはお詫《わ》びを」

石田は頭を下げた。

後ろに控えた捜査員も一斉に畏《かしこ》まった。

「私に謝罪されても――何ともお答えの仕様がありません。初期段階での私のカウンセラーとしての行動が必ずしも適切なものでなかったことは先日ご指摘戴いた通りですから。責任の所在を云々《うんぬん》するならまず槍玉《やりだま》に上がるべきは私です」

「そうした事実を加味した上での謝罪だったつもりです。多分――ご遺族が今回の件を問題にするとしたなら、矛先《ほこさき》は最初にあなたに向くでしょう。場合によっては引責問題にもなり兼ねません。そういう意味で――十分な時間があったにも拘《かかわ》らず未然に悲劇を防ぎ得なかったことに対する、謝意を表しました」

回り苦《く》しい。

「で――私にできることはあるのですか。児童の過去のデータは提供済みですし、被害者に関しては失踪段階でかなりの情報を供出しています。このうえ何か――」

仰《おお》せの通りです――と石田は言った。

「ただ、あなたはまだ我々に伝えていないことがあるのではありませんか」

何のことでしょうと静枝は抑揚なく答えた。

石田は無表情である。表情豊かな人間を静枝は好まないが、この時ばかりはこの鉄面皮《てつめんぴ》が憎々しく思える。

「あなたは先週、事情聴取の後に作倉雛子さんのところに行っていますね」

「行きました」

調べはついている――ということか。

もしかすると橡が報告したのかもしれない。

そういえば――あの刑事が現れたタイミングは良過ぎたようにも思う。謹慎中だとか何だとか、都合のいいことを言っていたが、静枝を張っていたのかもしれない。

「家族の方に確認したところカウンセラーの仕事ではなかったようだが」

「個人的な用件です」

「と――いいますと？　差し支えなければお話しくださいませんか」

「占いに就《つ》いて――作倉さんにレクチャーを受けたんです」

隠しても仕様がない。半ば本当のことである。

石田は薄い唇をやや曲げて、指先でモニタのフレームを叩いた。

「カウンセラーが児童にレクチャーを――」

「おかしいですか」

「おかしくはありません。あなたは他の児童ともそうしたコミュニケーションをとっておいでのようですし。ただ――」

石田は携帯用大型モニタを覗き込んだ。

「――あなたが占いに興味を持つとは思えない。過去の記録を見る限り、あなたは占いに関心を示すタイプとはいえないようですが。寧ろそうした神秘的な物事には懐疑的――というより拒絶するタイプのように見受けられるのですが」

「変節はありますわ管理官」

「急に興味を持ったと？」

いけませんかと静枝が問うとそんなことはありませんと石田は答えた。

「まあ――作倉雛子さんもそう仰《おつしや》っている。間違いないのでしょう」

「作倉さんに事情聴取をしたのですか？」

「現在も続行中です」

「あの娘《こ》は関係ないでしょう」

それはこちらで判断しますと石田は言った。

「実は彼女が直接被害者と会話した最後の児童なのです。先月こちらで行われたメディカルチェックの際に――ああ、ご存知ですね。その後幾度かコミュニケーション研修は行われているが、被害者は授業以外で誰とも会話していない」

「他者と肉声で言葉を交わさない児童は珍しくありません。だからこそ研修を」

おやおや、と石田は肩を竦《すく》めた。

「被害者の矢部祐子さんはそういうタイプの児童でもなかったようですがね。まあ、プライヴェートで人と会うことこそなかったようですが、研修中は積極的にコミュニケーションを取るタイプの児童だったと——これはあなたの評価だが」

　嫌味な男である。

「戴いたデータ上特に変わった様子は見受けられなかったようですが——当方で調査した結果、今月に入ってから失踪するまでに行われた研修の際、被害者は著《いちじる》しく寡黙《かもく》だったようです」

　それに就いてはいかがですかと石田は問うた。

　正直言って気がついていなかった。

　矢部祐子は——少なくとも静枝に対しては——取り分け特別な態度を取っていなかった、と思う。

　素直に答えた。

　なる程そうですかと石田はあっさり引いた。

「まあ——カウンセラーと雖《いえど》も気がつかないということはあるでしょう。これは仕方がない」

　石田はそこで静枝の目に視線を向けた。

「ああ、今の発言はあなたの能力を軽視したものではありません。あなたはカウンセラーとしては一流だ。ただ、胸襟《きょうきん》を開かぬ児童も多いと聞きますし、何かとご苦労が多いのでしょう。戴いたデータを閲覧《えつらん》して実感したのですが——あれだけ大勢の児童を抱えていては——無理もないことかと」

「数は関係ありません。法で定められた人数をオーバーしている訳ではありませんから。何であれ児童の異変に気づかなかったなら私の落ち度です」

「いや——そう依怙地《いこじ》になることはない。繰り返しますが私達はあなたのカウンセラーとしての実績を高く評価しています。あなたが気づかなかったというのなら、やはり何もなかったと考えるべきなのでしょう。健康上の問題があったのかとも思ったのですが、彼女はトリプルA判定ですね。疾病《しっぺい》も障碍《しょうがい》もない。すると、これは偶々《たまたま》と考えるのがいいのでしょうね」

「たまたま?」

「偶々虫の居所が悪かったと——まあ古い表現ですが。そういうことなら誰にでもある」

——何か——変だ。

静枝はそう感じた。

「しかし——」

案の定その後がある。静枝は石田の作り物のような顔から眼を逸《そ》らす。

「——まあ、あなたがどれ程優れたカウンセラーであったとしても、です。児童の総《すべ》てを把握するということは不可能でしょう。私達が犯罪者の総てを把握し切れないのと同じことです。当然、子供同士でなくては解らないこと——というのもある訳でしょう」

「そんなに簡単に把握できる程、人間は単純ではありません」

「仰る通りです」

石田はモニタを閉じた。

「だからこそあなたは——作倉雛子さんにお会いになったのではなかったのですか。私はそう理解していたのですが。あなた程の人だ。矢部祐子さんの失踪を手を拱《こまね》いて見ている訳がない。あなたは作倉さんが矢部祐子さんと直接会話した最後の児童であることを知っていて、矢部さんの知られざる情報を得るために接見をした——違いますか? 個人的接見だと仰っているが、実はカウンセラーとしての責任感から起こした行動だったのではないのですか」

「それは——」

買い被《かぶ》りですと静枝は言った。

「煽《おだ》てられても、事実以外のことを申し上げることはできません。それに、もしそうだとしても——その作倉さんの事情聴取は済んでいるのではないのですか」

「続行中ですよ。ただ——彼女は何も答えてくれないのです」

「何も——とは」

「慥《たし》かに被害者と話はしたが、内容は忘れたと彼女は言う。他愛《たわい》もないことだったと思うと、こう言うのです。それがどうも私達には信じられない。データで見る限り、彼女は大変に優れた記憶力をお持ちのようだ。高々一月前のことを忘れてしまうとは我々には思えないのです。それに、被害者と違って作倉さんはほとんど他人と会話を交わさないタイプのようですし——ならば滅多にないことでもあったはずです」

雛子は——隠しているのだ。矢部祐子が病気を気にしていたことを。

「それはそうですが——」

彼女がそう言うならそうなのではありませんかと静枝は答えた。

雛子が言いたくないのなら、言わずにおこうと思ったのである。

特に石田には言いたくなかった。

いずれ——事件とは無関係だろう。

どうです、何かお聞きではありませんかと、石田は身を乗り出した。

「先程申し上げました通り、私は占いのことに就いて教わりに行ったのです。何も聞いていません。大体、あなた達は人から情報を引き出すのがご専門なのでしょう？　それなら」

「我々が事情聴取の専門家なら、あなたは未成年者と接するプロフェッショナルだ」

石田は視線に力を籠《こ》める。

「お心当たりは」

「ありません」

そうですか、と石田は後ろに引いた。

「それより——矢部さんの遺体の発見状況などはお教え戴けないのでしょうか。私は今朝連絡を戴いただけで、詳しいことは何一つ聞かされていないのですが——」

ああ、と短く言って石田は再びモニタを持ち上げた。

「矢部祐子さんは――このエリア内のC地区――東側ですね。そこで発見されました。発見の時刻は今朝――いや、未明に近い早朝ですね。四時五十分。同じく失踪中の中村雄二――君の捜査に当たっていたエリア警備員が、巡回中に発見しました。遺体の状況は――損壊が激しい。相川亜寿美さんとほぼ同じ状態とお考えください」

考えたくなかった。

「死亡推定時刻は、発見時より遡《さかのぼ》ること三十時間以内――です。現在司法解剖中ですから、細かい確定はできません。月曜の深夜には殺害されていたという可能性もある」

少なくとも、姿を消してすぐに殺害された訳ではないのだ。

「失踪中の足取りなどは全く判らないのですか」

「判りません。ただ、遺体が身につけていた衣服は失踪当日被害者が着ていたものと同様のもの――と考えられます」

「根拠は？　失踪時の目撃者でも？」

「いいえ。失踪当日の目撃者はおりません。ですからこれに関しては確実にそうだという訳ではないのですが、ご両親に自宅にある被害者の衣服を確認して戴いた訳です。ご両親が記憶する限り、減っているものは一着で、それは遺体の着ていたものと一致しました」

一週間以上も同じ服を着続けていたのか。

ただ失踪中にクリーニングをした形跡がありましてね――と石田は言った。

「撥水素材《はっすい》はクリーニングする時再加工しますからね。何日経《た》っているかはほぼ判る。クリーニング後約五日という結果が出ている。ならば――失踪中です」

「失踪中に――クリーニングですか？」

「失踪というより」

どこかに身を隠していたと考えた方がいいのでしょうね、と石田は言った。

「身の危険を感じて隠れていたと？」

「ご両親も留守だった訳ですし――」

「でも――それなら警察なりエリア警備に保護を願い出るのが普通でしょう。そうでなくても例えばセンターなり私の」

いや。

静枝は――多分信頼されていなかったのだろう。

端末は見つかったのですかと尋《き》いた。

「携帯用パーソナル端末は発見されていません。IDカードは所持していましたが、失踪中は一度も使用されていない。クリーニングするにもカードくらいは要る訳で――その辺りのことはまるで判っていません」

「彼女の――個人的な通信記録は」

そればかりはカウンセラーと雖《いえど》も知ることができない。

「ご両親の許可を得て調べさせて戴きました。通信の記録は――まったくありませんでした」

「全くない？　送信も――受信も？」

「個人的なものはありませんでした」

全くないなどということがあるのだろうか。祐子の性格を考えるなら、それこそ不自然のような気がする。

「犯人は――」

やはり中村雄二なのか。

「――いや、ではその、中村君の方は」

「彼の足取りも依然として不明です。川端君のこともありますし――大変に危険な状況ではあるでしょう。全力を挙げて捜索中です」

「被疑者として手配するのではなく、あくまで被害者となり得る人物として捜索するという風に方針が変更された訳ですか」

「何度も申しますが被疑者と確定するような方針は最初から持っておりません。重要参考人ではありますが、あなたからの助言を反映し、被害者候補として捜査に当たっております。それに」

石田は背後の捜査員に気を遣《や》った。

「それに——ここだけの話ですが、どうも——怪しい人物というのも浮かんでは来ているのです。目撃者もおりますし」

「怪しい人物ですか？」

「C地区の未登録住民ですよ。国籍も何もない連中です。まあ、全国にこうした手合いは相当数いるのですが——人権の問題もありますし、全面的に摘発する訳にも行かず、当局もその実態を摑《つか》み切れてはいない。どうも——彼らの中に中村君と亡くなった川端君、それから矢部さんと接触をしたらしき人物がいるのです」

「——未登録住民ですか」

C地区に居住する児童は全体の二十パーセント程度ですかと石田は問うた。

「警察の計算でそうなるのなら——そんなものなのでしょう。児童の居住区域別内訳など意味がないので出してはおりません」

「育成環境を把握することは必要なのではないのですか」

「あそこは——居住区域環境基準を満たしていない規格に基づいて作られた地域だ、というだけのことでしょう。元来特殊商用区域だった訳で、住宅地として開発発展した歴史を持たないのですから、これは仕方がありません」

「規格外環境ではある訳でしょう」

「そうです。ただ——その、未登録住民のような例を別にするなら、現在C地区に居住している者の多くは、いわゆる一般市民です。住民達は純粋に住宅地として使用している訳ですし、規格外だというだけで特別視する必要がある地域とは思いません。少なくとも私達カウンセラーにとっては個々の家庭の在り方の方が重要です」

「地域の特殊性が家庭に影響を与えることはないと判断されている訳ですか？」

残念ながら——と静枝は答えた。

「地域の中で家庭は孤立しています。家庭の中で個人は孤立しています。個人と個人を繋《つな》ぐのは情報であって、物理的な接触は何の有効性も持たないのです。だからこそそこのコミュニティセンターのようなものが必要になるのですわ。制度化して強制でもしない限り、今や隣の部屋に誰がいようが関係ないという社会ができ上がっているんです」

そういう実感は私も持っています——と石田は答えた。

「地縁に固執するのはほとんど前世紀に教育を受けた者達です。彼らは——まあ、私もどちらかといえばそちら側の人間なのですが——国家という枠組みを維持するのに、謂《い》わば必死なのです。だから枠を作る。枠組みを作ることで管理しようとする訳ですね。ただ、カテゴライズしたりラベリングしたりすることが、即コントロールすることに繋がるとは限りませんからね。焦りはある」

「焦りですか？」

「はい。警察機構の凡《およ》そ三分の二が情報管理に携わっていることからも、それは容易に知れる訳です。ただ——」

石田はポケットから布を出してモニタのフレームを拭《ふ》いた。

「それでも——私達は情報だけを摂取して生きている訳ではない。そこに住み、食べて寝て暮らしている訳です。そうした生活がある限り、犯罪も湧《わ》いてくる」

否定はしない。それは事実だろうと思う。

ただ静枝には実感がない。

だからR捜査課などという時代錯誤な課が残っているのですと石田は言った。

「特に——C地区を中心にして棲《す》み着いている未登録住民は、私達体制側の作った枠組みを無視する形で生活している連中です。彼らは未《いま》だに地縁血縁で集団を形成し、非合法な手段で生計を立てている」

「総《すべ》て犯罪者——だと？」

「非遵法者《ひじゅんぽうしゃ》をして犯罪者と定義するならば、未登録住民は総てが犯罪者となるでしょうね。いずれにしても未登録住民達が我々の管理下にない、ということだけは事実です。それは即ち、彼らは別の国の住民だと考えた方がいい——ということなんです。つまりC地区には、この国と、彼らの国が二重写しになって共存しているのですね。そこで暮らしている以上、一般市民にも——影響がないとは考えにくいのですが」

回り苦吻《くど》いですねと静枝は決然《きっぱり》と言った。

「慥《たし》かに、私の担当している児童の中にも、そうした未登録の居住者や、他国籍居留民と交流のある児童や、或《あるい》は過去に交流があったという児童はおります。それは——」

とっくに知っているはずだ。データは渡しているのだから。

もうご存知のことなのでしょうと言うと、存じておりますと即座に返された。

「それなら——これ以上私からいったい何を聞き出したいと仰《おっしゃ》るのです？　最悪の事態を迎えてしまった今、この期《ご》に及んで急ぐこともないといえばないのでしょうが、のんびりしていられる状況でないこともまた明らかなのですから——単刀直入に仰って戴けませんか」

石田は細く揃《そろ》えた形の良い眉《まゆ》を歪《ゆが》め、苦笑いするような表情になった。

それから暫《しばら》く人差し指でデスクの表面をこつこつ叩いて、やがてそうですか——などとわざとらしいことを言った。

「まあ、そう仰って戴けるとこちらも話し易《やす》い。実はですね、捜査線上に浮かんだ未登録住民というのが、十四五歳の未成年で——しかも女性なのです。勿論《もちろん》戸籍も何もないのですから正確な年齢も、名前すら判らない。ただ——年齢的には今回の連続殺人事件の被害者に非常に近い訳です。まあ、年齢はあまり関係ないと言われてしまいそうなのですが」

「被害者と交流があったと？」

「いや、何らかの形で被害者と関係を持っていた可能性がないとも言い切れない。そこで幾つかの目撃証言から構成された人物像で、戴いた児童のデータに検索をかけたところですね——」

石田はモニタをくるりと裏返し、画面を静枝の方に向けた。

愛想のない児童の画像が映し出されていた。

「都築美緒——あなたの担当児童ですね。非常に優秀な児童だそうですな。学習記録のデータを閲覧して——いや、正直言って驚きました。これは大変なペースだ」

「県下では一番でしょうね」

「それどころではありません。私の知る限り他に類を見ない。世界的な水準と考えていいでしょう。実に貴重な人材だ。しかし、情緒の面ではやや問題がある——訳ですね？」

「問題はありません」

静枝はやや横柄《おうへい》に答える。

「都築美緒は慥かに学習レヴェルが突出して高い児童です。しかしそれ以外の部分では、ごく普通の十四歳の児童である——というだけのことです。知識と情緒面のバランスが悪いことは事実ですが、特別な問題がある訳ではありません。他の児童が抱えているような問題を抱え、他の児童と同じように成長している。知的なレヴェルが高いことを問題視する必要はありません」

諒解しました——と石田は言った。

「彼女はC地区の住人ですね」

「そうです」

「このエリア内の、旧歓楽街の中心部で生活している」

「それがどうしたのです」

「彼女は被疑者らしき人物と面識がある——と考えられます」

「美緒が——」

考えてもみない展開だった。

不破さん、と石田は呼ぶ。

「都築美緒さんのご両親――ご両親というよりもその先代にあたる方、祖父と申し上げた方がいいのかな。都築さんのお祖父《じい》さんは、その街がかつて特殊商用区域だった頃に、街の発展に大いに貢献した人物ですね。歓楽街が衰亡し、撤退する際にも地域住民や警察と少なからず悶着《もんちゃく》を起こしておられる。先代がお亡くなりになった後――現在は非常に特殊な情報産業をやっておられるようですが、これは非合法なものではないが、必ずしも褒められる類《たぐい》の事業内容ではないようですね。他国籍住民や未登録住民とも密接な繋がりを持っていらっしゃる――」

美緒の両親の職業に就いては、センターとしても完全に把握しているとはいい難《がた》い。問題がないとは一概に言い切れないところがある。昔でいう金融業だと説明されたが、どのような仕組みで運営されているのかは詳《つまび》らかには判っていない。

それに石田の言う通り、美緒の周辺には一般市民が関わりを持たない種類の人々も多く出入りしている。美緒自身、外国人に育てられたと公言して憚《はばか》らないし、特殊な家庭環境にあることは事実である。

但《ただ》し――そうしたことと今回の事件を結びつけて考えることを静枝は一切していなかったし、また改めてそうだと言われても、静枝は何の実感も持てなかった。

「あなたはこの都築君と、個人的にも接触を持たれているようですね」

「コミュニケーション研修の後にレクチャーを受けています。あなたの仰る通り世界的な水準の知能を持った児童ですから――教わることも多い」

「猫――と呼ばれる娘のことをお聞きになったことはございませんか？」

――猫。それは。

「私の記憶では――幼い頃よく遊んだ猫――がいると」

「そう記録にも残っているようですね。それは」

「それは猫です。いや、猫だと思っていました」

「動物の？」

他にいますかと静枝は言った。

「あの辺りにはまだ猫が沢山《たくさん》――」

それは人間の名前ですと石田は言った。

「中国系の人物らしいですが――通称猫。詳細は一切判りませんが、俗にクスリ屋と呼ばれる非合法な天然食材調達人達と関わりを持つ未登録住民と思われます」

「それが――被疑者？」

被疑者と言っていいでしょうと石田は答えた。

「先週の日曜日――川端リュウ君が殺害されたと思《おぼ》しき時刻に、未成年らしき二人の男性と一人の女性が争っている姿を見たという証言が取れました。服装などから判断するにこれがその猫と呼ばれる人物である可能性が高い。しかもその現場には――もう一人少女がいたという」

「もう一人？」

「矢部祐子さんである可能性があります」

「矢部さんが――川端君の殺害現場にいたというのですか？」

「可能性です。現場に居合わせた可能性があるのです。ただ、この猫と呼ばれる娘は、その後矢部さん宅の近辺でも目撃されている。のみならず――作倉さんの家の傍《そば》にもいたらしい」

「作倉さんの――ですか」

「たぶん、猫は矢部さん宅を監視していたのではないでしょうか。作倉雛子さんは矢部さんのお宅を訪ねていますね。その直後にうちの捜査員とあなたが行き、まあひと悶着があった訳ですが――作倉さんはその場で解放され自宅に戻っていますね。見張っていた猫は、自宅に戻る彼女を尾行したのではないかと考えられる。作倉さんが帰宅した時間と目撃証言の時間はほぼ一致します」

――あの時。

その猫という娘は静枝や橡のことも視《み》ていたというのか。

――視られていた。

静枝は背中に冷風が当たるような、とても厭《いや》な気分になった。

「相川さんの件やそれ以前の事件との関わりは今のところ不明ですが、川端、中村、矢部の三人は何らかの事情でこの猫と揉《も》め事を起こし、命を狙われたのではないかと考えられます。川端君が殺され、身の危険を感じた二人は潜伏した。しかし矢部さんは発見されて」

「殺害されたと？」

――そうだろうか。

その展開には何か齟齬《そご》があるように感じる。齟齬があるというよりも、何だか簡単過ぎる。そこだけ切り貼りしたようにでき過ぎている。

しかし状況はそうした図式を示唆《しさ》していますと石田は言った。

「そうなら――一連の事件の背後には未登録住民を中心に構成される犯罪集団が控えているとも考えられる。いや、そう考えた方が」

「判り易いというだけですよね？　そもそも一般市民が、しかも未成年が、そうした犯罪組織と揉め事を起こしたりするでしょうか」

石田は笑った。

「十五年前の外国人による合成麻薬大量密売事件をご記憶ですか？　あの時、あの厄介《やっかい》な薬は十歳から十三歳の児童を中心に売買されました。事件が発覚したのも顧客である児童と販売組織のトラブルが契機《きっかけ》です。電子犯罪で検挙される者の六割は未成年であり、その半数に何らかの犯罪組織が関与しています。今回は何が起きているのか判りませんが、あり得ないことではないでしょう」

「そうですが――」

何か、どこかで間違っている。静枝はそうした違和感を拭《ぬぐ》い切れない。

「最初の会議の際も話題になりましたが、未成年の犯罪件数は年々減少傾向にあります。しかしそれは我々R捜査課の出した数字であって、本体であるV捜査課を含めて考えるなら数字は横這《よこば》いなのです。しかも、R捜査課扱いの事件に関しても、この数字はあくまで犯罪を引き起こし、起訴される者の数が減っているということなのであって——犯罪に巻き込まれる者の数は寧《むし》ろ増えていると私達は認識しています。ですから」

判りましたと静枝は答えた。

そんなことに引っ掛かっている訳ではない。

「被疑者と思しき猫なる少女と接触したという記録が確実に残っているのは、今のところ都築美緒さんただ一人なのです。その美緒さんと被害者は同じクラスで研修を受けていた。しかもあなたはその両方のカウンセラーだ。ですから我々は」

「残念ですが——捜査に有効と思われる情報を私は持っていません」

そのようですねと石田は落胆したような声を出した。

「まあ、そもそも人間と思われていなかったのでしたら——仕方がありません」

「そう。何しろ人と猫を取り違えるような無能なカウンセラーですから」

「私達だって情報が揃うまでは気がつきませんでしたからね。それは仕方がない」

石田はモニタを操作して呼び出した画面を読み上げた。

「ええと、この条《くだり》です。ネコの模様は昔の中国の絵と同じだ——という、この記述が決め手になりました」

「猫の模様——ですか」

「はい。C地区には動物の猫がいますし、動物の猫には、まあ模様がありますから、気にしなければ気になる記述ではない。しかしこの——」

「中国の絵——ですか」

「そうですね。実はものは試しと、猫というキーワードで児童のデータに検索をかけてみたのです。当然大変な件数がヒットした訳ですが――Ｃ地区、それから中国人というキーワードでも都築さんは引っ掛かってくる。調べてみると――猫なる人物が暮らしているらしい物件のすぐ傍に、彼女の居住物件があることが判明した。そこでデータを洗い直してみたのです。そうして読み直してみると――彼女のデータの中に頻繁に登場するネコという単語は動物ではなく、人間のことを指しているとしか思えなくなって来た訳です。彼女の書いた記述をよく読むと、動物の猫の場合はカタカナでドーブツと表記されていることが多い。で、ネコの模様とは、コスチュームのプリント――いや、刺繍《ししゅう》のことだったようです。まあ――幼児期の記憶として書かれた記述がほとんどで、十歳くらいを境に、猫に関する記述はぴたりとなくなるのですが――」

「そう――ですか。いや、そうですね」

静枝は都築美緒を担当して五年になる。

美緒は学力が異常に高いというだけでなく、不思議な求心力を持つ娘である。視点も発想もユニークで、他の児童と比較すると何かと目立つ存在だった。それなのに――。

静枝はそんなことも知らなかったのだ。

幼児期の育成環境を把握できているかいないか。それは、カウンセラーにとって致命傷となり得る実に大きなポイントである。

人格が形成される時期に何を見、何を聞き、何を食べたのか、どんなことをされて、どんなことをしたのか――。

その微妙な差異によって児童へのアドヴァイスもカウンセリングの指針も大幅に変わってしまうのである。だから静枝は前任者から引き継いだ際も、特に気をつけてチェックしたつもりだったのだ。

しかし。

前任者も――気がついてはいなかったのだろう。

静枝が前任者から引き継いだ時点で、都築美緒にとって猫は、既に遠い過去の思い出になっていたのだろう。

それにしたって静枝が何も解っていなかったことに違いはない。

何も。

子供達のことなんか何も解っていないことは、誰より静枝がよく知っていたのだけれど。

石田は暫《しばら》く静枝の顔を眺めていたが、やがて背後の捜査員に耳打ちして何か指示を出し、わかりましたと言った。

「何が解ったのでしょうか」

「今のところ——その件に就いてあなたから得られる情報はない、ということが判った、という意味です。ただ——引き続きご協力はお願いしたい。当面は司馬さん同様ここに詰めて戴きます。宜《よろ》しいですね」

答える気がしなかった。


静枝はただ首肯《うなず》いて、それから部屋を出た。

ひたすら清潔を装った廊下が薄汚く見えた。

忌《い》ま忌《い》ましく直線のふりをしている。

静枝は——掌《てのひら》で壁面を触った。

今まで一度として壁など触ったことはない。

壁はひやりとしていた。

そして堅さも質感も違うのに——。

それは、母親の屍体《したい》の手を握った時の感触に似ていた。

静枝は、壁から手を離してウエットペーパーで拭った。

何度も何度も拭った。

眼を閉じると矢部祐子の朧《おぼろ》げな顔が浮かんだ。

顔といってもそれは漠然《ばくぜん》としたイメージに過ぎず、決して瞭然《はっきり》とした像を結んだ訳ではないのに、それでもそれは慥《たし》かに祐子だった。

しかし細部を詳細に思い出そうとすると、それはすぐに他のものになった。

その細部は、母の死骸だったり、都築美緒だったり、石田だったり、鏡に映った不機嫌な自分だったりした。静枝の中の祐子は――。

全部借り物のイメージででき上がっているのだ。

――何で死んじゃうのよ、か。

静枝は無機質を装ったコーナーを曲がり、人気《ひとけ》のないエントランスホールを抜けてカウンセリングブースに入った。与えられたカウンセラー用の個室で待機するよう指示があったからである。

そこなら待機中でも職務を熟《こな》せる。

IDカードを通すと不愉快な音を立ててドアが開いた。

カウンセリングルームはどれもグリーンを基調にした落ち着いた色彩で統一されている。静枝の個室も採光部が大きく取られた、明るいスペースである。リラクゼーションがコンセプトだという。

しかし静枝がその風景の中でリラックスすることはない。

どんな造りであろうとどんな色であろうと、そこは静枝の職場である。緊張はあるが弛緩《しかん》はない。そこは数え切れない児童が、ぐずぐずした内面を吐露《とろ》したり、泣いたり憤《いきどお》ったりする場所である。その不定型のモノを一切合切《いっさいがっさい》受け止めて、親切なふりをしてさくさくと事務的に処理する場所である。

デスクについて静枝は大きな溜《た》め息を吐《つ》いた。

それからモニタを点《つ》けて、矢部祐子の画像を呼び出した。意味はなかった。もやもやしたイメージを払拭《ふっしょく》するために、本物の顔を見ておきたかっただけである。

ピンク色の瞳の、小柄な少女の姿が映った。

「色か」

色が抜けていたのだ。

ピンク色が注入されることで静枝のイメージは矢部祐子本人に急速に収束《しゅうそく》した。

もう他の誰でもない。

いまだ借り物のイメージではあったのだろうが。

それでも静枝の中の祐子は存在感を持ったものに変わったようだった。途端に腹に穴が空いたような気分になった。

これを悲しいというのかと静枝は思った。

その時である。

庭の植え込みが不自然に揺れていることに静枝は気づいた。

カウンセリングブースの採光部はセンターの中庭に面してとられている。

中庭はセンターを囲むグリーンエリアと繋がっている。繋がってはいるのだが、センターの敷地である庭と緑地はレーザーセンサで仕切られており、外部からは侵入できない仕組みになっている。

公共施設のセキュリティはどこよりも万全だ。つまり――そこは通常人のいるはずのないエリアなのである。手入れをする技術者が一日おきに入るが、曜日が違うし、手入れをするとしても作業は早朝に行われるはずだ。


――そういえば。

静枝は窓辺に向かう。

何日か前――多分四日前――中村雄二が潜伏している可能性があるのでセンター周辺の緑地帯を一斉捜索するというような通告を受けた気がする。その通告があった段階では、中村は被疑者に近い重要参考人だった訳で、だからこそ潜伏という表現だった訳だが――。

どうやら今は違うらしい。

捜査員が中庭まで入って来たのか。

いや、もしかしたら中村雄二本人である可能性もある。

窓に手を掛ける。

セキュリティを解除する。

もう一度目を凝《こ》らす。

原生林を模したらしい作り物の天然。

――揺れている。

静枝は開閉プレートに手を翳《かざ》す。

低いモーター音と共に硝子《ガラス》がスライドする。外が侵入して来る。温度差。湿度差。そして自然の音。匂い。湿った土の香り。腐敗した養分を吸い上げて繁る草木の香り。静枝の最も苦手とする有機的な、不潔な香り。

がさり、と音がした。

静枝は窓のフレームにセットされていたセキュリティコールを抜き取った。

中村が加害者だろうと被害者だろうと、いや、そこにいるのが中村でなかったとしても、通報はしなければならない。必ず——誰かいる。

「誰」

声が掠《かす》れた。

歯朶《しだ》の陰から現れたのは中村雄二ではなかった。

「あなた——」

「お前さんか。いや、もう駄目かと思った」

男は顔の前に張り出した葉を手で除《よ》けた。

「椽——さん？　あなた」

「いや——実は——ん」

椽はそこで静枝の手の中のセキュリティコールに目を遣《や》った。

「押す——か」

「押した方が宜《よろ》しければ」

宜しくないなと椽は言った。

「押されれば俺は懲戒免職だ。場合によっては実刑を喰らうかもしれない」

「実刑？」

「実刑だよ。警察官服務規程違反のうえ立ち入り禁止区域に不法侵入だ」

「服務規程違反って——捜査をされてるんじゃないんですか」

「捜査か。捜査な。ここの捜索は昨日の午前十時付けで終了している。終了の通達がセンターに入る直前に、俺はガーデン管理課に嘘《うそ》を吐いて、この庭に入ったんだ」

「嘘？　嘘って——」

橡の衣服はかなり汚れていた。至るところに土や植物の部分が付着している。

今の言葉を信用するなら、橡は丸一日このジャングルの中に隠れていたことになる。汚れても当然である。

言っただろう、俺は謹慎中だ——と橡は言った。

「今の俺は身分を証明するものを何も持ってないに等しいんだよ。一切の職権は停止。謹慎中はIDカード使ったってチェックされるんだ。手配中の前科者みたいなもんで、民間人より待遇は悪い。嘘吐くしかない。だから——何も見せずに、ただ捜査と偽《いつわ》ってここに入ったんだよ」

「何故《なぜ》——そんなこと」

話せば長いし聞けばあんたに迷惑がかかると橡は言った。

「そのセキュリティコール押すのが——あんたの立場上は賢明だろうな」

——賢明。

そう聞いて、静枝は鏡に映った険悪な自分の顔を思い出した。それからその顔は取り澄ました石田の顔に変わった。賢明な判断——何という厭な言葉だろう。せめて、せめて人が死んだ時くらい、愚鈍で非常識な行動を取った方がいい。きっといい。

そう、強く感じた。

静枝はコールスティックをフレームに納めた。

何故押さないと橡は問うた。

「捻《ひね》くれているからよ」

「そいつは魅力的な理由だな」

「あなた——本当に謹慎中なの？」

「どういうことだ？　俺が事情を知ってるあんたに嘘吐いてどうなる」

「非公式を装って、私から何か情報を摂取したいのじゃない？」

石田か——と言って、橡は頰《ほお》を攣《ひきつ》らせた。

「なる程——あんたの行動が石田に筒抜けで、それで俺を疑ったのか」

静枝は答えずに椽の表情を観察した。眉間《みけん》に皺《しわ》を寄せている。だからさ、と椽は言った。

「俺と接触すると迷惑がかかるというのはそういうことだ。俺があんたを監視してたんじゃないんだよ。監視されてたのは——俺だ。あんたは、俺があんたと接触したためにプライヴェートな行動まで連中に掴まれることになっちまったんだよ」

「あなたが——監視されてるって、どういうことです？」

「どういうことなんだろうな。そこまでは俺にも判らない。ただ尾行されてたことだけはすぐに判った。尤《もっと》も気がついたのはあの店を出て、あんたと別れた後のことだがな。俺が気づいた途端に尾行は解けたが、今度は強制的にGPS探査をかけられた。あれは判るんだ。ディスプレイを切り替える時僅《わず》かにノイズが出るし、オンエア情報受信する時も色相が少しだけずれる」

「完全マークされたってことですか？」

「そうだ。端末押さえられたんじゃ身動きがとれないから、先週一杯は温順《おとな》しくしてたんだが——どうにも我慢ができなくなってね」

「我慢って——何の我慢です」

ただ単に監視されてるのが窮屈になっただけだと椽は笑った。

「自宅で昔のRPGの復刻版やってたって良かったんだが——知られてると思うと何とも落ち着かないもんだ。仕方がないから携帯用端末を住居に置いて出て来た」

「端末を？」

「位置が全く動かないからすぐにバレるな。だから昨日の早くにここに潜り込んだんだが——出られなくなった。お笑いだ。監視用の集像機が至るところにあるし、動けやしない。ま、見つかって通報されなくてもガーデン管理課のスキンヘッドの女が気がつけばそれでお仕舞いだがな。何しろ入ったのに出て来ないんだからな。だからもう諦《あきら》めていた」

椽は肩を竦めてもう一度笑った。

静枝はやや混乱している。何故——笑うのか。

「こんなところに——三十時間以上もいたんですか？」

静枝なら十分保《も》たないだろう。静枝の目には雑菌の巣窟にしか見えない。

俺は不潔愛好症だからなと椽は答えた。

「案外平気だぞ。こう見えても俺は屋外活動は苦手で、信じられないだろうが幼児の頃は潔癖症で通ってたんだ。二十世紀の終わり頃、幼児はまだ泥遊びなんかしてたからな。でも俺は嫌いだった。その頃はまだ専用ゲーム機って玩具《おもちゃ》みたいなのがあって、それでばっかり遊んでた。でも泥遊びも満更じゃないと、この齢《とし》になって知った」

椽は泥だらけの掌《て》を静枝に向けた。

静枝は躰《からだ》を後ろに引き、左手を伸ばして中に導くポーズを示した。椽は怪訝《けげん》な顔をする。

「何の真似だ？」

「今日は児童はいません。ここには誰も来ません」

「だが——あんた、そりゃ拙《まず》いだろう。それに」

「セキュリティは切ってあります。カウンセリングルームの記録映像はプライヴァシー保護の観点から厳重に保護されていますし、そもそも児童が入室しない限り作動しません。私が退室する際に一緒に出れば——取り敢えず館内には入れるでしょう」

椽は憮然《ぶぜん》とした表情になった。逆境で笑い、援助の手を差し伸べると警戒する。この男もやはり静枝同様捻くれている。

「俺は——汚いぞ」

「観《み》れば判ります」

目に見える汚れは目に見えぬ汚れよりマシだ。

椽は用心深く窓辺まで近寄ると、土の沢山付着した靴を脱いで、不器用にフレームを乗り越え部屋に侵入《はい》った。どさり、と音がした。土の匂いがする。

静枝は窓を素早く閉めてデスクに戻り、エアクリーナーを作動させる。無理してるなと椽は言った。

「息止めてまで何で助けるんだ」

「あなたが逃げ回っている理由が、判らないからです。あなたが謹慎処分になった理由すら私には理解し難《がた》い。況《まし》てや、警察が警察官を監視するためにGPSを動員するなど、俄《にわ》かには信じ難いことです。例えば――あなたが今回の事件の被疑者と目されているというなら話は別ですが」

「そうなら」

背を向けて窓の外を観ていた橡は静枝の方に向き直った。

「あんたは危険だということになる」

橡はそう言ってから両手を前に突き出した。

「俺が殺人鬼なら、この――俺の指についた泥があんたの頸《くび》に引っ越しする可能性はあるぞ」

「扼殺《やくさつ》というのはどうでしょうか。でき得るものなら――他の被害者と同様に刃物で殺して戴きたいものです。絞め殺されるのだけは――」

嫌いなんですと静枝は言った。

橡は手を下ろした。

「残念だが俺はあんたを素手で殺害できる程強くないんだ。見かけ倒しでね。躰が大きいだけで体力測定はずっとランクCなんだ。学力も低いが腕力もない。公務員だからまだ雇って貰えてるが、エリア警備なら採用不可だ。威嚇《いかく》用のスプレーガンを自分に向けて発射する程の間抜けだしな」

座ってもいいかと言って橡はカウンセリング用の椅子に腰を下ろした。

「石田に呼ばれたか」

「呼ばれました」

静枝はデスクに落ち着く。

「矢部祐子――さんが殺《や》られたんだな、と橡は言った。今朝――と静枝は答える。

「失踪してから少なくとも一週間くらいは生きてた勘定か。警察がもう少し早く保護できてれば命を落とさずに済んだかもしれないな。気の毒なことをした」

「今更何を言ってもどうにもなりません。それを言うなら失踪発覚が遅れたのは私の責任なんです。たとえ自分に過失があったのだとしても、済んだことを反復するのは後ろ向きです」

冷たいな、と橡は言った。

「俺には後悔がある。むざむざやられたって感じだよ」

「むざむざやられた、という部分に関しては同感です。で——橡さんは、今度は何を思いつかれたんです？」

橡は眼を剝《む》いた。意外に大きな眼である。

「思いついたって——何をだ」

「ですからあなたが警察に監視されている理由を教えてくれと——私にしてはかなり直截《ちょくせつ》的にお願いしたつもりだったんですが」

静枝は立ち上がり、ディスペンサーからフラボノイドドリンクを抽出して橡に渡した。橡は旨《うま》そうに飲み干した。

「ありがたいな。出す方はともかく——ああ、尾籠《びろう》な話ですまないな。まさか朝露《あさつゆ》集めて飲む訳にもいかないから、喉《のど》がからからだったんだ。いやはや今の時代にこんなサバイバル体験をするとは思ってなかったよ。あのな、悪いが俺は本当に何もしてないし、何も考えてない。一週間前にあんたに話した例の着想を持ってたってだけだよ」

「あの——連続殺人に非連続殺人が雑《ま》じっている可能性があるという？」

「そうだ。去年の事件に関しては——仏滅《ぶつめつ》に起きた殺人と遺体の一部が欠損している殺人は別の事件なんだと、俺は今でも思っている。それから今回このエリアが巻き込まれた事件は——」

ＤＣですか、と静枝は問うた。

「しかし相川亜寿美はＤＣに全く興味を示していなかったそうですが」

司馬に確認したことである。橡はそうらしいなと答えた。

「しかし——それはそうでなくっちゃいけないんだよ」

「どういう意味です？」

「相川亜寿美は——足りなかったんだ」

「足りないって——」

「足りなかったんだ。だからキャラクターに興味を持っていたんじゃあ、却《かえ》って筋が通らなくなる。これは別の事件だ」

「臓器が欠損していたと——」

「肝臓がなかった」

ぞくりとした。

壊れた人間のレプリカは、やはり全部揃ってはいなかったのだ。

「実は日曜日に後輩の端末からアクセスして検案調書を閲覧したんだ。後輩は有能な警察官だからな。ただ——残念なことに俺のことを信頼しているらしい。だから出世できねえ」

石田は何と言っていたと椽は尋いた。

「相川さんは私の担当ではありませんし、センターへの報告にそうした内容はありませんでした。遺体は酷く損壊されていたとだけ——」

「まあ、わざわざ報せる必要もないことだろう。警察も、よもや犯人が持ち去ったとは考えていないようだしな。臓器テイクアウトするような殺人鬼はいないだろ」

「持ち去った——」

椽は備えつけのウエットペーパーを抜き取ると顔と頸を拭い、持ち去る意味というのはないだろうと言った。

「四五十年前ならともかく、まさか今時生体間移植でもないだろう。培養臓器は廉《やす》いし確実だぞ。その辺の娘から抜き取ったって適合するかどうか判らない訳だし、そもそもそんなローテクな技術を修得してる医者は珍しいからな。生体間移植は却《かえ》って難しい。そんな割に合わないことをする者がいるとは思えない。じゃあ何だ、ということになる」

「人体の一部分を偏愛する性向を持った人間はいます。その昔から殺害した相手の部分を切断して持ち去るような例は多くありますし——蒐集《しゅうしゅう》するような性癖の人間も」

「臓器もか」

「臓器の例は——残念ながら知りません」

まあいてもおかしくはないけどな——と言いながら、橡は黒く汚れたペーパーを一度鼻先に持っていき、顔を顰《しか》めてからダストシューターに捨てた。

「変態の質は幅広くって、深さは底知れないもんだからな。基準もなけりゃ指針もないんだろう。見方を変えれば俺もあんたも変態だ」

仰《おっしゃ》る通りですと静枝は答える。

「ただ——俺にはこれは変質者の——ああ、差別的な言い方じゃないぞ。性癖を満足させるために違法行為を犯してしまう人間という意味だ。これはそうした個人の行為じゃないような気がしてならないんだよ」

「根拠はあるんですか」

「まあな。だってよく考えてみな。俺の推量通りなら、前回の仏滅殺人と今回のキャラクター殺人を隠れ簑《みの》にして——二年越しの連続殺人が行われていることになるだろう。それ以前の事件に就《つ》いては調べてないが、もしかしたら、もしかしたらだが、これはずっと続いていることなのかもしれない。そうなら——だ。ただの変態が己の嗜好《しこう》性癖を満たすためにしていることとは思えなくなるのじゃないか」

それは橡の言う通りだろう。

計画的過ぎる——いや、計画的であるか否かは問題ではない。そうした犯罪が普《あまね》く情動的なものであるとは限らないのだ。性向と知的水準は無関係である。動機こそ性的衝動に求められるものの、精緻《せいち》に練《ね》られた用意周到な性犯罪も多い。ただ、この場合はどうなのだろう。

「スケールが大きい、というような意味でしょうか」

静枝が問うと橡は頷いた。

「——個人のファイルに収まるサイズじゃないように思うんだ」

「橡さんの着想が的を射ているなら——慥《たし》かにそうですね。すると、例えば組織的な犯行であると、そうお考えなのでしょうか」

組織なあ、と橡は煮え切らない答え方をした。

「組織ってのはどうなんだろう」

「石田管理官はC地区などに棲み着いている未登録住民の犯行であるという見解を示されていましたけれど——」

「未登録住民だ？」

「彼らは組織とは呼べぬまでも集団を形成し、非合法な手段を以《もっ》て生活の糧《かて》としている訳ですから、スケール的には橡さんの仰るそれに近いのではありませんか？」

「それはそうだが——」

どこから湧いて出た、と橡は言った。

それから耳の後ろを掻《か》いた。

「ご存知ないのですか」

橡は指の動きを止めて、知らんと言った。

「少なくとも俺が捜査に参加してた頃にそんな話は出てなかったが」

「何でも——川端リュウ君が殺害された晩、被害者及び中村雄二君の二人と揉めている少女がいたという目撃証言が得られたとか。その少女が未登録住民らしいんです。その現場には矢部祐子さんもいたようですが——」

「そんな話は聞いてない。川端リュウと中村雄二が目撃されたのは連れ立って現場付近に向かうところだ。現場は昼間でも人気の全くない場所だ。第三者が目撃していたというのは考えにくい。見ていたなら——中村か矢部かどちらかしかない」

「でも石田さんはそう仰ってました。猫と呼ばれる十四五歳の女児だそうで、クスリ屋とかいう人達と関わりがある少女だとか」

「天然食材調達人どものことか。慥かに連中はかなり広い範囲でネットワークを持ってるようだがな。それにしたって——唐突な気はするがな」

橡はいっそう険しい顔つきになり、再び耳の後ろを掻き始めた。

「その未登録児童は——私達が矢部宅を訪問した際もあの近辺にいたらしいんです。私達が作倉さんを解放した後、作倉さんを尾行しているらしい」

「その証言——どうやって採《と》った？」

橡は腕を組んだ。

「慥かに捜索願が受理された後、矢部宅周辺の聴き込み捜査はしたはずだ。しかしその時点で矢部祐子は殺されてた訳じゃない。失踪だぞ。勿論、事件に巻き込まれた可能性もある訳だから、不審者の姿を見なかったかどうかも調べたんだろうが——失踪の場合はまず失踪した時のこと、それからする直前のことを調べるんだ」

「それは——当然でしょうね」

「そうだろ。俺達があそこを訪れたのは矢部祐子が失踪した二日後のことだ。なら——偶々《たまたま》耳にしたとしか思えない。況《ま》して作倉雛子の家の周辺を調べたとは俺には思えないな。俺が報告した時点であの娘は無関係と判断されたんだ」

静枝もそう聞いていた。雛子は現在取り調べ中らしいが、彼女が注目されたのは祐子殺害が発覚した後のことだと思う。

橡は身を低くした。

「聴き込みというのは中々大変なんだ。今時ぼうっと外を見てるような人間はいない。街歩いてる奴だっていない。みんなモニタを見てるんだ。そもそも役人がリアルコンタクトを求めた段階で、大方は拒否される。強制はできない。昔と違って発言はすべて記録されるから、いい加減なことを言うと罪に問われる場合があるからだ。匿名《とくめい》だと何でもかんでも情報撒《ま》き散らす癖に、個人として責任を持った発言を求められると、シャットダウンしちまうんだよ」

それはそうなのだろう。

「だから、そんな簡単に都合のいい証言なんて採れるものじゃない。中村と川端が連れ立って出掛けたのだって——証言したのは同居人とエリア警備なんだ」

「それじゃあ——石田管理官の発言はどう理解すればいいんですか？　証言が採れたというのは事実ではないと？」

「いや、事情聴取中に管理官本人が発言したというんなら、何らかの形で証拠能力のある情報は採ってあるはずだ。あんたが話を聴かれた時は他の捜査員も同席してたんだろうし——どこで行われたものであっても事情聴取中の発言は総て公式記録として残るからな。それに、だいたい管理官があんたに嘘吐いたって始まらないだろう。だから——考えられるとすれば、まずその被疑者と思《おぼ》しき娘が先に挙がっていて、その情報を集めた、とかな」

「先に？」

「そう。その猫とかいう娘が怪しいという前提の下に聴き込めば、話は別だ」

「その未登録住民にターゲットを絞り込んで情報収集をしたということですか？」

「それなら——まあ少しは集まるだろう。未登録住民に対して反感を持っている市民は多いからな。モニタ上で匿名情報収集のページを開いて、犯罪に関わっている可能性ありとかなんとか書いた上で、その娘の特徴を記しておけば、情報は小一時間で大量に集まる。ほとんどが使い物にならないジャンクデータだし、証拠性は一切ないんだが、中にはそれらしいものもある。匿名でも発信元はある程度絞れるからな。目星をつけてから聴き込みに行けば効率はいい。手間は省ける」

「それじゃあ」

「だからよ」

椽はいっそう前傾し、開いた膝《ひざ》の上で組んだ手の甲の上に顎《あご》を載せた。

「その——最初の情報がどっから出たかと、俺はそこが気になるんだよ。まずネタありきだ。警察が猫の存在を知らなきゃ始まらないんだぞ。猫のニュースソースは誰だ？　それがなくちゃそんな証言は集まらない。絞り込むことはできないからな。必ずタレ込んだ奴がいる」

「タレ込んだ？」

「密告——というのかな。その猫の情報を警察に齎《もたら》した奴がいてだな、しかも、それはかなり信頼性の高い情報だった——ということだろう。そうでなくっちゃ警察もそこまではしない。五里霧中だったというならともかく、中村雄二という被疑者候補がいた訳だし——ま、あんたの進言で中村は被疑者候補から被害者候補に——表向きは路線変更してたんだがな」

表向き——ということは、警察は静枝が発言した後も、中村を有力な被疑者として考えていたということなのだろう。だが——。

「私は先程の石田管理官の口振りから——中村君が完全に被疑者リストからは外れたというような印象を持ったのですが」

外れたんだろうと椽は躰を起こした。

「多分——中村雄二はもう確保されてる」

「え？」

「センター周辺の捜索打ち切りが決定したのは月曜の夜だ。打ち切りといっても発見された訳じゃないんだから、普通なら何人かは残る。この辺りはな、中村の潜伏先としては可能性が一番高いといわれていた場所なんだ。それが、昨日十時を以て全員撤収だ。これは俺の推理だが——その猫という娘の情報を提供したのは中村自身なんじゃないか？」

「中村君が？」

「中村の証言なら信頼性は絶対だ。川端と一緒にその娘に襲われたんだと中村本人が証言したのであれば、こりゃどんな手を使っても捜すに違いない。だから——」

「それなら何故中村君を確保したと公表しないのです？」

「それは——」

椽が口を開きかけたその時、デスクトップのモニタが点滅した。

椽の推理は外れたようだった。

モニタの画面は——中村雄二の屍体発見を報せていたのである。

017

どうなってるんだよと美緒は怒鳴った。

ケーブルや基板に囲まれた美緒は、何だか凄《すご》く強そうだった。

「何で？　何で殺されちゃったんだ？　何だよ腹部に裂傷って。両足に多量の擦過傷《さっかしょう》って何なんだよ。肝臓を含む臓器の一部が欠損って、頸動脈《けいどうみゃく》切断って何なんだよ！　おい牧野」

美緒は幾つも並んだモニタのひとつを指で指し示した。何度も何度も指し示した。

そこには――。

葉月は直視できない。

「見ろよ。矢部、こんなになっちゃったぞ。どうしてだよ」

「私は――」

「中村の仕業《しわざ》じゃないんだ。じゃあ誰がやった？」

「私は知らない。私は」

葉月は言葉に詰まった。

何が何だか判らなかった。

ただ、また亀のアイコンが現れて、それから停電になって、指示があった通り美緒の住処《すみか》まで来ただけだ。

来るなり美緒は、モニタに映し出された矢部祐子の姿を葉月に見せた。

祐子は壊れていた。

「あの時――エリア警備来たよな。ちゃんと来たよな？」

葉月は何度も頷《うなず》いた。頷いているうちに気持ちが悪くなった。

でも座ると美緒に叱られるような気がして、そう思うと途端に胸が苦しくなって来て、そのうち鼻の上の方が熱くなって来た。子供の頃のことを思い出す。これは。

泣いてんじゃねえよと美緒は言って、葉月を睨《にら》んだ。

「何で泣くんだよ。泣いてる人間見るのなんて初めてだよ。眼から水分出してんじゃねえよ」

「泣いてる――の？　私」

言われなければ判らなかった。

これは。

――泪《なみだ》か。

美緒はくるりと背を向けた。

「あたし達の計画は失敗したワケか。いや――そうじゃないんだ。上手《うま》く行ったんだ。そうだよな、何か間違ったっけ？」

間違ってはいない。

土曜の夜。


葉月と美緒、そして歩未は、祐子を伴って葉月の家に向かった。

まず葉月は家に入り、自分の部屋に戻ってモニタを点《つ》けた。それから十分、葉月は学習の真似事をした。十分後――アラームが鳴った。モニタに門から玄関までの映像が映る。門の内側に倒れ込んだ祐子の姿を確認して、葉月はセキュリティコールを押した。五分程でエリア警備とセキュリティ会社の職員が到着し、音声通信が入った。

只今《ただいま》敷地内に侵入した人物を確保しました――。念の為ご確認をお願いします――。

モニタに祐子の顔が向けられる。

ご存知の方でしょうか――。

葉月は判りません、と答えた。

たぶん、いきなり祐子が敷地内に侵入して来たなら、モニタ越しに顔を観《み》たって誰だか判らなかったはずだ。下手《へた》なことを言うと却《かえ》ってややこしいことになる。

本来ならば祐子が失踪していることを葉月が知っている方がおかしいのだ。

モニタ越しの祐子は虚《うつ》ろな表情だった。勿論《もちろん》演技である。祐子はそれでも顔を背《そむ》けるその刹那《せつな》――少し微笑《ほほえ》んだように葉月は思えたのだった。

微笑んだのだとしても、それがどんな意味を持つ笑みなのか、そこまでは判らなかったのだけれど。

それが動いている祐子の映像を観た最後だった。

そして今日、次にモニタに映った祐子は、

――壊れていた。

あたしも確認したんだと美緒は言った。

「矢部は慥《たし》かにエリア警備の巡回車に乗った。車に乗せられたらまず自分の名前を言えと言っておいたから――たぶん矢部は自分が誰なのか名乗ったはずだ。捜索願も出てるんだから、すぐに照合されて矢部は保護されるはずだった。もし本人かどうか確認するのに手間取ったとしてもその間解放されるワケじゃない。絶対安全のはずだった。それが――」

何で死んじゃうんだと美緒はもう一度言った。

美緒がもう一度何かを叫ぼうと口を開いた時、がちゃりと扉が開いた。

黒々としたケーブルの合間に歩未が立っていた。

歩未は――落ち着いている。

「何の用」

「何の用じゃないよ。遅いよ」

「僕は頻繁にモニタを見ない。端末だってあまり見ない」

「見ろよ端末くらい。あのな神埜――」

歩未は美緒が何か言う前に眼を細めた。モニタの画面に気づいたのだ。

「矢部――死んだのか」

「死んだよ。ザクザク切られて」

「誰が――やった？」

知るかと言って美緒は椅子ごと振り向いた。

美緒も――泣いていた。

「おい神埜。お前あの後どこに行った」

「都築の指示通り——暫《しばら》くあの巡回車の後を追った」

「どこまで」

「徒歩で移動機械に追いつくことはできないよ。矢部を乗せた巡回車は慥《たし》かにエリア警備の管理センター方面に向かった。確認できない距離まで開いたから——僕は引き上げた」

「そうだよ。そうなんだ。エリア警備の巡回車G02254は慥かに牧野議員宅で不審者を保護して管理センターに向かったんだ。あたしはちゃんと傍受してた。警察にも連絡は入ったはずだ。保護した不審者は捜索願が出されている少女と同一人物と思われるので至急確認願いたし——という通報が、慥かに発信されてる。これを見ろよ」

歩未はドアを閉め、葉月を通り越して真っ直ぐ美緒の横まで進んだ。

「これはあたしが盗《と》った情報だ」

モニタに通信文が映し出された。

「これと同じ文面の緊急通報が県警の捜査本部宛てに発信されてる。ところが——」

美緒は手元のキーを叩いた。

「受理されてない。いや——受信記録もないいんだ。おまけに」

もう一度叩く。

「見ろ。G02254から送信した記録も——何にもないいんだぜ。なくなってる。いいや、これは削除されたんだ。情報盗んだあたしの手許には残ってるんだからな」

「削除されたって」

なかったことにされたんだと美緒は言った。

「何もかも嘘《うそ》にされちゃったんだよ。こんなのってあるか。おい判るか牧野。あたしらは誰かに否定されたんだ。あの夜のあたし達はまるごと消されちゃったんだよ。誰があたし達を嘘にした？　だれが矢部をぶっ壊したんだ！」

「そう興奮するな都築」

歩未は暫く幾つかのモニタに映った情報を読んでいたが、やがて大きなジュラルミンケースの上に腰を下ろした。

「これは警察のデータ？」

「そう。検案調書。解剖の結果はまだ出てない」

「警察の動きは？」

「判らない。判らないけど——犯人は中村じゃない」

「そうだろうね」

歩未は静かに、しかし決然《きっぱり》とそう言った。

「何だよそれ」

美緒は紅《あか》くなった大きな眼で歩未を睨《にら》んだ。

「何で神埜にそんなこと判るんだよ。中村は矢部を殺そうとしてたんだぞ」

「殺せなかったじゃないか」

でもさ——美緒は充血した眼を擦《こす》った。

「普通はそう思わないだろ。普通中村が殺したと思うんじゃないか」

「そんなことはないよ。あの晩、架橋の下で僕が見たのが中村なら——エリア警備に保護された矢部を連れ出して殺すような大それた真似はまずできないと思う。それにエリア警備や警察のデータを書き換えられるのは——子供では都築くらいだ」

「そうだけどさ。でも——中村が犯人じゃないとあたしが言うのは、そんな理由からじゃないんだ」

美緒は洟《はな》をすすった後、またキーを叩いた。

「見ろよ」

歩未は——今度はよく画面を見ずに、すぐに顔を背けた。葉月はそろそろと近付く。

「なん——なの？」

「だからよく見なよ」

美緒はモニタを示す。

「中村雄二も殺されてるんだ」

——殺されてる？

画面にはやっぱり壊れた男の画像が映し出されていた。

「流石《さすが》のあたしも吃驚《びっくり》したよ。これ、牧野が来るちょっと前——ついさっき発見されたんだ。この近くの——C地区の廃屋《はいおく》の中に放置されてたらしい。エリア警備が発見して、まだ解剖もされてない。いいか、これ——ここ見ろよ。死後約三日かそれ以上は経過している——と、そう書いてあるだろ」

「死後——三日って」

だから三日経ってるんだよと美緒はヒステリックに怒鳴った。

「矢部が死んだのは——司法解剖の結果を見てみなくちゃ正確には判んないけど、今見られる検案調書では概《おおむ》ね月曜くらいの見当だそうだ。ところが中村は日曜か、土曜の夜には死んでいるんだ。発見されたのは矢部の方が先だけど、死んだのは中村の方が先だってことさ」

「その人も——」

葉月は歩未同様モニタから目を離した。

美緒はふん、と鼻を鳴らした。

「手口は似てる。頸《くび》を鋭い刃物で切られてるんだそうだ。それから胸と腹、右腕にも深い傷があるらしい。この画像じゃよく判らないけど。だから他のと同じ——特に川端と同じような死に方さ。これ、どういうことなんだよ」

美緒は変だろ変だよと自問自答した。

「これで全部判らなくなっちゃった。あたしはさ、川端殺したのは中村だと思ってたんだ。仲間割れだよな。だって矢部を狙ったのは川端と中村で、これは間違いのないことなんだから。矢部はあの二人に殺されかけた。それは——神埜も目撃してるんだろ」

歩未はうん、と小さく答えた。

「それなら——猫のヤツに邪魔されて、矢部殺し損ねて、それで喧嘩になって中村が川端殺しちゃったんだと思ってたんだ。そうなら、それまでの事件だって怪しいだろ」

怪しいってどういうことと葉月は問う。

ちっとも整理ができない。

「怪しいじゃん。他の事件の犯人も中村達の仕業なんじゃないかと思ったの。だから調べた」

「調べたって何を？」

「矢部を狙った理由だよ。矢部の話だけじゃイマイチ判らないじゃん。だから調べた。そしたら何となく判った。あいつらには動機があるんだ」

祐子を殺そうとした動機。

つまり形状認識異常者を憎む理由——ということになるのだろう。

「川端と中村はさ、大昔の動画——なんか原始的な動画の、もンの凄い信者だったんだぜ」

「信者って——何？」

「マニアの凄いヤツだよ。もうシンコーしちゃってるんだ」

「信仰って、その昔の動画を？」

「何とかいうムーヴィーをさ。特定の動画だよ」

動画を信仰するというのは——ピンと来ない。

「知らない？　四十年か五十年くらい前の、骨董品みたいなヤツだぜ。何だっけ、あの有害なフィルムに直接手で絵を描いて、それを光学フィルムに写し取って連続して投映するヤツだよ。スティックになってないのもある。川端はアンティークのリアルショップで売ってるような昔の機械チューンナップして円盤式のソフト再生してたみたいだ。中村の方はペーパーのマガジン集めてた。いいか、紙だぞ紙。買ったら凄い高価《たか》いぜ」

「それが——何なの？」

うん——美緒は今度はタブレットの上に指を翳《かざ》した。

「いいか——その昔の何とかいうムーヴィーのディレクターがさ、勿論何年も前に死んでるんだけど、ええと——これか。それから、これ。こっちは別の人が作ったムーヴィーなんだけどさ。この二人の作品を熱狂的に支持するヤツって今でも大勢いるみたいでさ」

画面には不思議な服装の女の子のＤＣ画像が何枚か映った。

「こっちと、それからこれは別モノな。感じが違うだろ。これはそれぞれ別のディレクターが作ったんだそうだけどさ、その二人、偶々《たまたま》死んだ日が一日違いなんだ。年号は一年ズレてるんだけど。で、何て言うんだっけ？　死んだ日」

命日——と歩未が答えた。

「人が死んだ日は命日っていう」

「メーニチか。そのメーニチが、記念日になっててさ。ＡＭ忌《き》っていうんだそうだけど——なんか熱心な老人達が始めたみたいなんだけどさ。それが三月の終わり頃なんだ。イヴェントとかやるんだぜ。えーと、これがそのＡＭ忌に寄せて全国から——海外も少し雑《ま》じってるから世界各地からか。まあマニアから寄せられたメッセージ。死人にメッセージ送ってどうなるのか知らないけど、毎回結構な量が集まるみたいなんだ」

モニュメントのようなものが画面に映った。

「これね、どっかに建ってるらしいこの記念碑にデータストッカーが組み込まれてて、毎年毎年そこにこのメッセージ移すんだって。物凄い無駄だと思うけどさ。ここに——連中が書いてる」

美緒はサーチウインドウにコードを打ち込んでエンターキーを押した。

「カワバタリュウ／すべては貴方《あなた》から始まっている／貴方の創造された世界は偉大です／それなのに自分の功績であるかのように発言する愚か者、あなたのレプリカであるにも拘《かかわ》らずオリジナルだと勘違いしている愚か者、あなたを蔑《ないがし》ろにして、あなたの功績を無視して浮かれる愚か者をワタシは許しません／無知で愚かなる者には——これ何て読むの？」

シュクセイと歩未が言った。

「粛清の——鉄槌《てっつい》か。粛清の鉄槌を下さなければなりません。これ、どうやらぶっ殺すって意味みたいじゃないか。使わないよこんな言葉。イカレてる」

「イカレてるという言葉も使わない」

「煩瑣《うるさ》い。イカレてるものはイカレてるんだ。いいか。それから並んで——ナカムラユウジ／この世界は仮初《かりそ》めのものです／変化し、衰え行くものは真理たり得ません／あなた達の造り上げた世界こそが絶対不変のものなのです／あなた達こそが真理です／汚らしい現実に真理の姿を重ね合わせるバカは死なねばなりません／自分は冒瀆《ぼうとく》を許しません——」

「冒瀆」

冒瀆だ——と祐子も罵《ののし》られたのだと言っていた。

「それが——矢部が狙われた理由なの？」

そうだよと美緒は答えた。

「矢部は形状認識異常だった。つまり矢部には自分の顔も——こんな風に見えていた」

再び画面は先程のDCキャラクターに変わった。

何をしようとしているのか、何という名前なのかも判らない、大昔の、モニタの中の美少女——。

そのDCは慥《たし》かにどことなく祐子に似ていた。


「川端と中村にとってこの絵の女は——神聖にしてナントかっていうだろ。あれだったんだ。ところが矢部の目には、矢部自身がこんな形に見えてたんだよ。自分はこんな顔してますと、自画像まで描いてた。ほら、よく似てるだろ？　眼とか鼻とか同じじゃん」

なる程、全体はともかくパターンが酷似《こくじ》しているのだ。省略の仕方や処理の仕方が同じなのである。

瞳の色だけは違っていたけど。

「よくよく調べてみると——矢部のお父さんもここにメッセージ書いてることが判った。まあ過激なものじゃなくってさ、子供の頃から大好きです、今でも好きです、みたいなフツーのメッセージだったけど——ファンだったんだろ。たぶん矢部は子供の頃からこんなの観せられてたのかもしれない。いや観せられてたっていうのとは違うかもしれないけど、目にしてたことは確かだぜ。矢部みたいな病気の場合は——影響出るかもな」

許せなかったんだあいつらには——と乱暴に言って美緒はばちん、と一番端のモニタの電源を落とした。

「でも——そんな絵を描く人はいっぱいいいるじゃない」

「いるよ。いるけど——大抵は真似なんだよ」

「真似はいいいっていうの？」

「真似はいいんだ。オリジナルがあって、それをコピーしたってことなんだから。コピーは絶対にオリジナルを超えられない。でも、矢部の場合は違う。矢部には真実、世界がこんな風に見えていたんだ。あいつはこのデフォルメされた世界で生きていたのさ。だから連中は許せなかった。本当にそうなのかどうか確認して、確認が取れた途端に消去しようとしたんだ」

——消去。

「そんな理由で？　そんな理由で——」

人は人を殺せるものなんだろうか。


最初に殺された女——と美緒は続ける。

「最初の被害者はDCビエンナーレで準グランプリ獲《と》った女なんだ。DCビエンナーレってのは一般から創作DCを公募するやつな。そん時賞を獲ったキャラクターは勿論オリジナルとして応募されて評価されたんだけど——実はこの、ヤツらがシンコーしてる動画にほんの少し出て来る端役《はやく》に凄《すげ》ぇ似てたらしいのな。審査員は誰も気づかなかったんだ。一部では騒がれたみたいだけど——結局は不問にされたみたいな。実際、似てたってだけで、本当に盗用とかじゃなかったようだし。でもあいつらは許さなかった」

「冒瀆——ってこと？」

「あなたのレプリカであるにも拘らずオリジナルだと勘違いしている愚か者に粛清の鉄槌を、だよ。その通りじゃないか」

慥《たし》かに文面通りではある。

「それだけじゃないぜ」

美緒は消えたモニタの隣のモニタに別の画像を映し出した。

「これ知ってる？　近頃人気だそうだけど。デフォルメーションアイドル。あたしなんかは昔のカイジューの方が好きだけどさ。これ——」

それは葉月でも知っているＤＣだった。

去年、爆発的に高い接続率を示したフィクション系コンテンツの主人公である。

この国ではない、どこの国でもない国で、そしていつの時代でもない時代で、その少女が冒険をするというような凡庸《ぼんよう》なストーリーだった。

評判が良かったから葉月も何回か接続した覚えがある。

でも結局ちゃんと観ていない。

ストーリーは凡庸なのに展開が唐突で、公になっていない設定や伏線が多過ぎて、葉月にはそれが追いかけられなかったから——結局つまらなかったのだ。


今年に入ってからは専用回線を接続すると二十四時間主人公の日常生活が映し出されるサーヴィスが開始されたはずだ。

取り分け事件が起きる訳ではなく、夜なんか寝ているだけなのだそうだが——それでも一年間、毎日別のプログラムが設定されているらしい。そんなもの誰が観るのだろうと思っていたのだが、中高年を中心に結構人気のようである。

「これ——似てねえ？」

「似てるって——こっちの昔のＤＣに？」

「矢部の絵に似てんのと別の方のヤツ。似てるだろ。顔とか、アナクロな髪型とか」

「ああ——」

慥かに似ていた。

「制作者側はね、勿論昔のＤＣに影響受けてることを認めてるんだ。ところがさ、それを認めないヤツが過激なファンの中にいるのさ。これはオリジナルで、こういう大昔の何ていうんだっけ？　あ」

「アニメ?」

「それ。アニメ。アニメって何の略だろうな。何語なんだろ。まあ、そのアニメなんかには関係ないオリジナルなんだって言い張るんだって。制作者が似てること認めてるのに、妙な言い種《ぐさ》だけどさ。これのファンサイトいっぱいあるだろ。その中の最大サイトの中心人物が言い出したことらしいんだ。しかもそいつ、過激な発言を繰り返すことで有名な女らしくてさ。そいつも——殺されてる」

「そう——なの?」

「隣のエリアの女さ。二番目の被害者なんだ。それから——ほら、キャラと同じ格好する連中がいるだろ? このDCとコスチュームからヘアスタイルまで同じにして、話題になった女がいたじゃん。あれが四人目。ナリキリぶりがオンエアのショーチャンで紹介されて、調子に乗ってさ。その女自身にファンとかついてさ。たぶんそれが気に入らなかったんだと思う」

「気に入らなかったって——」

川端と中村がさ、と美緒は自棄《やけ》っぽく言って、また次のモニタを消した。

「それもやっぱり冒瀆だったんじゃないか。ヤツらにとっては」

「他の事件の犯人も——全部川端と中村が犯人だっていうの?」

歩未はそう言った後、自分の掌《てのひら》を見つめて、それから手の甲を鼻に近づけた。

「連続殺人犯——か」

「殺人鬼だ」

美緒は椅子から立ち上がる。

「間違いないだろ。そうだろ?」

あいつらが犯人だったんだよと美緒は怒鳴った。

「絶対そうだったんだ。そうだったはずなのに、それが——」

待ってよ——歩未は顔を上げた。

「もっと殺されてる」

「もっとって？」

「相川も死んだよ。その前にも——まだ殺されてるだろ」

「矢部までで七人だよ。そのうち四人に対しては連中に動機があるんだ。残りの三人だって、例えば三人とも形状認識障　碍《しょうがい》だったとしたらどうだ？　うちのエリアの相川だっけ？　相川だってそうなのかも判らないぞ。あの障碍は判りにくいんだから」

「それは憶測だ」

「でもさ」

「でもじゃないよ。それに、その中村も川端も、少なくとも矢部を殺すことだけはできなかったはずじゃない。矢部も誰かに殺されたんだろ」

「だから判らないって言ってるんじゃないかッ」

美緒はデスクを思い切り叩いた。

「この事件はさ、絶対にアイツらのやったことなんだ。だって、他に殺された連中に共通項なんかないじゃん。それなのにさ——」

「でも矢部だけは違うだろ」

「だから」

「待って」

葉月はおろおろと手を前に出して空を掻《か》いた。

「矢部——さんは、その中村という人に襲われたんだし、ほんとに狙われてたんでしょう。それは真実なんだとして——でも矢部さんを殺したのは別の誰かな訳じゃない。それじゃあ、例えば他の事件だって別の人が犯人なのかもしれないし——その、昔のアニメーションのマニアだって、もっと沢山いるんでしょ」

「まだ仲間がいるって？」

それはあるか、と言って美緒は後ろに引き、再び椅子に躰《からだ》を沈めた。

「川端や中村は失敗したから——ええと、なんだっけ。シュク」

「粛清」

「粛清された——とかな」

「それは——どうなんだろう」

歩未は両手で鼻と口を覆ったまま言った。何だよまた文句つけるのかと美緒が応じる。

文句じゃないよと歩未は静かに答えた。

「その熱心な旧式動画ファンというのは——都築の話だと世界的なものなんじゃないの？」

「だから言ったじゃないか。そうだよ」

「じゃあ——例えば、中村や川端みたいな狂信的な連中が他にも大勢いるんだと仮定してさ、ホントにそうなら——そういう連中もやっぱり世界各地にいるって考えるべきなんじゃない？」

まあね——と美緒は足を広げた。

「変態に国境はないんだよ。だからさ。そういう仲間が世界中にたっくさんいてさ、組織みたいなもの作ってて——」

「世界各地で旧式動画を冒瀆する人間を殺害してる訳？」

「へ？」

「それはさ、連続殺人なんて世界中のいろんな場所で起きてるんだろうけど、たぶん、その動画に関わる殺人なんてのはこのエリアの周辺でしか起きてないはずだろ。なら——この近所にだけあんな凶暴なマニアが集中して住んでるの？　それともそんな物騒な組織の標的になるようなタイプの人間ばっかりがこの近所に集中して住んでるのか？」

「そんなことないけどさ」

「じゃあどうしてこの近辺だけで起きてるんだ？」

「じゃあ——違うっていうの？」

「違わないさ」

歩未は鬱陶《うっとう》しそうに機械類を仰《あお》ぎ見て、それから葉月をちらりと見た後、美緒に向けて、

「殺人者は他にもいるんだ」

と言った。

「他って——」

「人殺しはそいつらだけじゃないんだよ」

「他にも動機持った連中がいるっての？」

「動機なんか——あんまり関係ないのさ」

歩未は無表情にそう言った。関係ないってどういうことさと美緒は尋《き》いた。

「関係ないことないだろが」

「関係ないよ。どんな立派な理由があったって人殺しは人殺しだし、同じようにどんだけ動機があったって殺せない人には人なんか殺せない。でも——殺せるヤツは殺すんだ」

「そりゃそうかもしれないけど」

「人殺しは——すぐ傍《そば》にいる」

「傍？」

美緒はくるりと部屋を見回していねぇよ、と言った。

「何言ってんだよ。それとも神埜、まさか——麗猫がその、他の犯人だとでも言うのか？」

歩未は何も答えなかった。

「何だよ。神埜何か視《み》たのか？　川端は——猫のヤツが殺したのかよ、おい」

「それは違うよ。何度も言うけどあの人は殴られて昏倒《こんとう》した。僕が言うのは」

何さ何だよと美緒は歩未に詰め寄った。

「川端や中村だけ特別だと思わない方がいいってこと」

「特別だよ。だって——人殺しだぞ」

「人殺しは特別な人間だけが起こすことじゃないだろ」

「そうかもしれないけど——あいつらは別だよ。アニメだかアニムスだか知らないけど——」

人間何だと思ってるんだと美緒はスチールデスクの足を蹴飛《けと》ばした。

「作り物の方が偉いって何だよッ。ウシとか、ブタだっけ？　ドーブツ殺したって人でなしとか言われるんだぞ。サカナ獲ったってクジラ喰ったって猛烈に抗議されるんだぞ。あいつらが殺したのはヒトだぜ。ヒトの方がサカナより下か？　こんな絵より下か？」

「上も下もない」

歩未は美緒を見据えた。美緒は眼を剝《む》いた。

「何だって？」

「大きいも小さいもない。そして良い命も——悪い命もないさ」

サカナもヒトも同じだ——そう言って歩未は自分の腕の辺りの空気を沢山吸い込んだ。

「どっちも同じように特別な価値は——ないさ」

「価値がないだと？」

美緒は歩未の前までケーブルを踏んで進み、拳《こぶし》を握って立ちはだかった。

「矢部の命に価値がないっていうのかよッ」

歩未は顔を上げた。

「違うよ。ムシを捻《ひね》り殺すのもヒトを殺すのも、生命を奪うという意味では一緒じゃないか。ヒトを殺すのはいけないというならムシを殺すのだっていけないだろ。だから僕らは、行き着くところ生き物を食べるのをやめたんだろ」

「そうだけどさ」

「僕は矢部の命に価値がないなんて言ってない。ただ矢部の命だけ特別ってことはないと言ってるだけだよ。命のサイズってのは大き過ぎもしなけりゃ小さ過ぎもしないんだ。僕らの命のサイズは、きっちり僕らの躰の容量に合ってるものなんだ。そして、どれも同じように——特別な価値はないよ」

「だから殺していいって言うのか神埜」

「殺していいなんて言ってない」

言ってないと繰り返して歩未は白くて細い指を握った。

「殺しちゃ——いけないんだよ。きっと」

「そりゃいけないんだよ。重罪だ。大体さ、これは絵だぜ。サカナでもカメでもない。作り物じゃん。あいつらにとってはさ、作り物の方が本物のヒトより位が上だったたってことじゃないのか？　そんなのあたしは理解できない。こんな絵こそ——価値ないじゃん」

ばちん、と美緒は他のモニタの電源も落とした。

パチパチという音が部屋の天井や壁を走った。

「あいつら——ヒトの命なんかどーでも良かったワケだろ」

「そうじゃないと思う」

「どうだっていうのさ」

「中村や川端は——ヒトの命を軽く考えてた訳じゃないと思う。あいつらが崇拝してた昔の動画、ずっと前に僕も観たけど——ヒトの命は掛け替えのないものだとか、人命は地球より重たいとか、そんなようなヒューマニスティックなこと語ってたの覚えてる。だからあいつらはヒトの命を軽《かろ》んじてたんじゃない。ヒトの命なんて結局サカナの命と同じだってことが解らなかっただけだと思う。あいつらは、反対にヒトの命は馬鹿みたいにでっかいものだと思ってたんじゃないかな。ところが——一人殺して、それで何も起きなかったから——余計に解らなくなったんだ」

「何でさ」

「ヒト一人殺したって天罰も当たらないし——」

世界は何も変わらないからさと歩未は言った。

「モニタの中とは違う」

そう——それなら葉月にもよく解る。

モニタの中にだけ真実があるんなら、モニタの外は嘘になる。そうだとしたら——人殺しもリアルじゃなくなるのかもしれない。殺して、捕まって、刑が確定して、記録に残って初めて殺人事件は完成する。それまではふわふわとした夢のようなものなのだろうか。

でも——。

歩未は葉月の顔をちらりと観て、牧野が考えてることとは違うよと否定した。

「人を殺すのは——リアルだよ。ものを食べるのと一緒だ」

「食べるのと？」

「そうさ」

歩未はもう一度自分の掌を見つめた。

「どんなに世界を数字に閉じ込めてみたって、どんなにモニタの中に逃げ込んでみたって、僕達は食事をする。生き物を食べるのをやめたって、何かを口に入れて噛《か》んで飲んで消化している。これはリアルだろ」

「そうだけど」

「記録上食事をしたことにしたって――お腹は空くんだ。僕達は生きているから。だからこれがリアルだ。おんなじように、記録上死人にされたって生きてる以上は生きてるだろ。データの上で誕生したことになってたって、親の子宮から出て来なくっちゃ人間にならない。あの都築の友達だって記録上法律上はいないことになっているんだろ。でもあの人はユーレイじゃない。僕はあの人をこの眼で視て、話もしたぞ。あの人は存在する。いや。牧野だって今は自分の家にいることになってるんだろ？　でもここにいるじゃないか」

そう。

記録上葉月は今、ここにいない。

でも、葉月は今、ここにいる。

いるんだろ、と歩未は言った。

「僕が観ている牧野は幻なのか？　嘘の牧野か？」

嘘かもしれない。

葉月はそうも思う。でも。

――私はここにいる。

「人間はさ、牧野。ぐにゃぐにゃの臓器の中に食べ物詰め込んでドロドロに消化して、それから生殖して、血だらけで生まれて来て血を流して死ぬんだ。そればっかりは数字にできない。だから――人を殺すのはリアルなことなんだ」

「でも――」

それじゃあどうして、と葉月は思う。

「現実って、僕らが考えているよりずっと何でもないものなんだ。中村も川端も、それが解らなかったのさ」

「何でもないもの」

何でもないんだよと歩未は言った。

「ゲームでしてはいけないことをするとプレイヤーは大変なリスクを負うし、場合によっては世界が終わったりするだろ。ゲームオーバーだ。でも現実はゲームオーバーしない。世界も終わらない。人を殺すような、絶対してはいけないことをしても——端末が使えなくなったり情報の配信が止まったりすることはない。況《まし》て世界が終わったりは絶対しないんだ。矢部が死んだって川端が死んだって、明日は来るし何も変わらない。だから——」

あいつらは勘違いしたんだと歩未は結んだ。

「勘違いな——」

勘違いで殺されたんじゃ堪《たま》らないよと美緒は静かに言った。

歩未は美緒の横顔に透き通った視線を送った。

凄く自然だった。

「都築——正義の味方みたい」

「揶《から》うなよ。誰が死んだって殺されたって——あたしには関係ないよ。他人《ひと》のことだもん。ただ、何か悔しいだけだよ。何だかワケが判らないからイライラすんだよ。何だよ。あたしはこの世の全部を監視してやりたかったんだ。だからこの特製のモニタ作ったんだ。それなのにワケの判んないヤツらがこそこそしやがって——矢部まで殺して。筋通らないよ」

「珍しく真っ直ぐなヤツな。都築」

歩未はそう呟《つぶや》いた後、開かないドアの方に向かった。

「誰か——来る」

「何？　誰も来ないよここ」

「いや——」

がん、と一番階段側のドアが鳴った。外から蹴ったような音だった。

続いて真ん中のドアが鳴り、最後に開閉できるドアが乱暴に開いた。

「猫──」

ストレートのロングヘアに中国服の娘──麗猫が立っていた。

麗猫は無言で、しかも凄い勢いで入室して美緒に近づくと、座っていた美緒の襟《えり》を攫《つか》んで引き上げ、顔を寄せた。なんだよなんだよと美緒は暴れた。

「どういうつもりだ」

「どういうって──お前、怪我《けが》してるのか？」

煩瑣《うるさ》いと麗猫は怒鳴った。美緒の言う通り衣服はところどころ破れていたし、汚れていた。額《ひたい》には出血の跡もあった。口の端に黒く固まっているのも血のようだった。

「何の相談だ」

「そ──相談じゃねーよ。苦しいよ猫」

気安く呼ぶなと言って麗猫は美緒を突き放した。

美緒は椅子に強く当たって、床に尻餅《しりもち》をついた。

「猫てめえ、じゃあ、ホントにお前が──犯人なのか。あたしらも殺す気か」

「犯人だと？　じゃあ──ミオ、やっぱりお前があたしを売ったんだな。一瞬でも──」

そこで麗猫は黙って、肩を震わせた。

「一瞬でも何だよ。売ったたって何のことだよ」

「とぼけるなッ」

麗猫は腕を振り上げた。

美緒は頸《くび》を竦《すく》める。

「あたしらは裏切られるのが一番嫌いなんだッ」

固まっていた葉月はその瞬間に壁際に押し遣《や》られた。葉月を押し退《の》けて前に出た歩未が、麗猫の腕を摑《つか》んだ。

「やめなよ。怪我してたって──君の手刀は凶器になる」

麗猫は歩未を睨みつけた。

「お前か──」

「何のこと」

「あの日のこと──警察に通告したな」

「そんなことはしない」

「じゃあなんで警察があたしのことを嗅ぎ回ってるんだ」

「そんなことは知らないよ」

麗猫は歩未の手を振り解《ほど》いて身構えた。

「やるか」

「やらないよ。何度も言うけど喧嘩は知らないし嫌いだ。殴られるのは厭《いや》さ」

「いい加減なことばっかり言うなよ」

麗猫は歩未に攫みかかった。背後から美緒が飛びついた。

「やめろ猫」

「放せ」

麗猫が脚を振り上げる。縺《もつ》れた三人が壁に打ち当たる。歩未が座っていたジュラルミンケースががたん、と音を立てた。

「駄目だよ危ないよッ」

美緒が大きな声を張り上げてケースに覆い被《かぶ》さった。


「馬鹿馬鹿馬鹿。お、お前らこれ何だと思ってるんだよ。下手したら——半径一キロくらい吹っ飛ぶんだぞッ」

「吹っ飛ぶって都築——」

「だからカメだよカメ。二号機作ってたんだよ」

「武器——か」

「別に誰かと闘う気は——ないけど」

急に萎《しお》れて、美緒は床に座った。それから麗猫を見上げる。

「お前さ。戸籍ないからってやること無茶苦茶」

いてーよと言って美緒は両手を振った。

麗猫は指先まで緊張させたまま、ケーブルが渦《うず》を巻く壁の前に立っている。少し離れた場所に屈《かが》んでいた歩未は、その脚の先から視線をゆっくりと上げて、落ち着いた口調で言った。

「この変な女は——君を裏切ってないよ。僕だって君に嫌がらせをする程興味を持ってはいない。通報したりしたら結局僕が巻き込まれる」

麗猫は放心したように美緒を見つめて、やがて葉月に顔を向けた。

「県議の——娘だったよな」

「私は」

「牧野も関係ない」

「何で判る。体制側の人間だ」

「僕だって都築だって体制側だ。枠ん中で生きてると言ったはずだ」

「じゃあ」

麗猫は壁のケーブルを一度摑んで肚立《はらだ》たしそうに離し、葉月に向けて言った。

「どうしてユウコは連れ去られたんだ！」

「連れ去られたんじゃねーの。殺されたんだよ」

美緒は大儀《たいぎ》そうに立ち上がる。

「これだから端末持ってねえヤツは困るよな。死んじゃったんだよ矢部は」

死んだ——と言ったまま、麗猫は壁に凭《もた》れた。

「死んだのか——あの娘」

「ずたずただよ」

「君は——」

あの時いたんだろと歩未が尋いた。

「あの時って——いつのことだ」

「もしかしたら矢部がエリア警備に護送されて行くのを——追っかけたんじゃないのか」

麗猫は答えずに歩未を睨みつけた。

何だよいたのかよ猫、と美緒が怒ったように言った。

「だったら何で隠れてたんだよ。手伝えよな。肉体労働得意っぽいじゃないかよ。それより神埜。神埜もさ、知ってたんなら何で黙ってるのさ」

「知ってた訳じゃない。でも——判ったんだよ」

「何で」

「この人は——牧野が県議の娘だって知らなかったはずだ。誰も紹介してない」

「ああ。で？」

美緒は一度納得しかけてから首を傾げた。

「紹介されなくても、あの家に行ったなら判る。門にはフルネームが表示されてるから。この人が牧野の家に行ったとすれば——僕らの跡を尾行《つけ》たとしか考えられないだろ。それに、矢部の身に何かあったことも——この人が知ってる訳はないんだ。僕だって知らなかったんだから」

いたよ——と麗猫は答えた。

心配したのかよ、いいヤツじゃないかよと美緒は言った。

「そんなんじゃない。あたしにとっては死活問題だから。気にして当然だろ」

「ソーダンしようと思ったんだけど、呼べねーじゃん猫」

不便だよお前らと言って、美緒は椅子に座った。

「じゃあ——本当にお前達は関係ないのか」

「関係ない。君が警察に追われているなら——それは君自身が失敗《しくじ》ったか、別の筋からの情報提供があったとしか思えないね。僕達は無関係だよ」

麗猫は壁を滑るようにして身を沈め、崩れるように床に座った。かなり大きな怪我をしているらしかった。痛むのだろう。

歩未が左腕を取ると麗猫はく、と唸《うな》った。

「相当やられてるようだけど——それは警察にやられたのか」

麗猫は首を振った。さらさらと髪の毛が揺れた。

「あたしは負けたんだ。また」

「負けた？」

「何者だよそれは」

「ヘッドアートの大男とメタルスーツの外国人さ」

美緒は顔をくちゃくちゃにして、ついでに髪の毛も掻《か》き毟《むし》った。

「ユウコを攫《さら》った連中だよ」

「攫ったァ？」

「そうだ。コーノだっけ」

「歩未でいいよ」

歩未はそう言った。

麗猫はアユミか、と言った。

「あんた、慥《たし》かあの夜、あの交差点のとこで引き上げただろ。その後、巡回車は一回止まったんだ」

「止まった？　道の真ん中で？」

「そう。何か——連絡が入ったような感じだった。あたしは遊歩道の後ろのグリーンの蔭に隠れてたから引き上げるのを一旦《いったん》やめて様子を見たんだ。そうしたら——五分くらいしてからかな。その、ヘッドアートの大男と外国人の二人組が現れた。そいつらは出て来たエリア警備員とセキュリティ会社の職員をぶっ倒して——ユウコを連れ出そうとした。だからあたしは」

「また——助けに入ったのか猫」

「くだらないことをするもんじゃないな」

このザマだと言って麗猫は左の肩を示した。美緒が乗り出して覗《のぞ》き込む。

「うひゃあ。穴開いてるぞお前」

「拳銃——持ってたんだよ」

「ケンジュー？　それってピストルのことか？　嘘吐《つ》け」

「嘘じゃない」

「だって今時銃火器あんのはアフリカか中近東くらいだぞ。そんなん廃止だって廃止。大量に人殺すには不便だし、護身用には威力強過ぎるし、威嚇《いかく》するには大袈裟《おおげさ》で、扱いも難しいから事故は多いし、いいとこひとつもねェじゃん」

人殺しには向いてるよと麗猫は言った。

「それにしか使えないじゃん。そんなん作ったって売れないからな。どこの国でも作るのやめちゃったみたいだし、だったら密輸すらできないだろ。アフリカあたりで出回ってるのだって大昔のリサイクル品だぜ。それこそ何十年も前のムーヴィーでしか見たことないぞ」

葉月はそれすら見たこともなかった。歴史学習の際に静止画像で見たきりである。フィクションなどに登場する場合も、必ず注釈がついている。

「脅《おど》かしてもの盗んだりするヤツ――あれ、ゴートーっていうのか。そんなの今いないじゃん。脅したって盗るものなんかないからさ。ドーブツだって殺さないんだぞ。ピストルなんか、お前の言うように人殺す以外に用のない――」

美緒は急に押し黙って麗猫の肩口の傷を見た。

「殺し――屋とか？」

「まともじゃないあたしが言うのも変だけど――まともな連中じゃないよ。アユミ」

麗猫は歩未の名を呼んだ。

聞き慣れない、それでいて馴染《なじ》みのある音の響きに、葉月はどきりとした。

「あんたの言った通りだった。所詮《しょせん》――あたしの拳法は殺意を持って向かって来る奴には敵《かな》わない。動き見切って急所を狙って打ち込んでも――慥かに効《き》いてるはずなのに、あのスキンヘッドの男はまるで怯《ひる》まなかった。サバイバルナイフ抜いて突っかかって来て――」

怖かったよと麗猫は言った。

「こっちは殺そうなんて思ってなかったから。でも相手はこっちを殺そうとしか思ってない。やっぱりその差は大きいよ。怖くって、後ろに引いて、そしたらもう手も脚も出なかった。逃げるだけ。そして撃たれた。消音銃だと思うけど――」

拳銃で撃たれるなんて、葉月には想像すらできないことだ。

「ずっと――逃げてたの？」

四日間も――怪我をして逃げ回っていたというのだろうか。

「丸一日はB地区に隠れてた。出血が止まらなくって動けなかったってのもあるんだけど、昼間は余計に動けないし。一日経って、何とかC地区に戻《こ》ったら、今度は警察がうろついていた。しかも、名指しであたしのことを捜してた。だから――あたしはてっきり」

「僕達が通報したと思ったんだね」

「他に――あたしのこと知ってる奴に心当たりはないから。エリア警備がうようよいるし。結局ずっと塒《ねぐら》には戻れなくて、西側の地区のクスリ屋仲間に匿《かくま》って貰ってたんだけど、そっちにも警察が来た。今日は――どういう訳か警備が手薄だったから」

「手当ては」

「一応――仲間にはモグリの医者もいるんだ。あたし達も怪我くらいするし病気にもなるから。ろくな設備はないけど。二十世紀並み」

「よく――」

生きて戻ったよと歩未は言った。

「拳銃持ってる奴相手じゃ警察官だって危ない。今は武器持ってる警察官いないから」

「自分の命護《まも》るので精一杯だった。あの娘は置き去り。あの娘――」

死んだんだね、と問われて、死んだよと美緒は素っ気なく答えた。

「何者なんだその連中。何なんだよいったい」

「都築――今日は何だ何だばかりだよ」

「だって何にも判らないじゃん」

「判ってるよ」

歩未は撥《は》ね除《の》けるように言った。

「何が判ってるってんだよ」

「判ってるじゃないか。矢部を殺した奴は――拳銃や刃物持ってる凶暴な奴で、しかも警察や警備会社の情報を傍受したり改変したりできる連中ってことだ。昔のアニメもDCも――あんまり関係ないみたいだな」

「なーんにも判ってないじゃないか」

「判ってるさ」

「何が」

「僕ら子供に手出しのできる相手じゃないってことだけは判ってる。十分だろ」

歩未は美緒の方を向いた。

美緒は歩未の顔を睨みつけた。

「手を引くのか」

「引くも引かないもないよ。僕らはただの子供であって警察じゃない。正義の味方でもない。そもそもこんなことしてる方が――おかしいよ」

「それはそうだよ。でも――このままでいいのか神埜」

　いいだろ――と歩未は言って、それから葉月に同意を求めた。

「僕らは――この間まで他人《ひと》のことなんかどうでもいいと思って生きて来たじゃないか。僕は人と関わるのが嫌いだ。牧野だってそうだったはずだ。それが――」

　それがいつの間にか。

　視線を交わすことだって厭だったのに。

　睨んだり、攫みかかったり、怒鳴り合ったりしてる。

　慥《たし》かに――これはおかしいだろう。おかしいだろうけれど。

「あたしはさ」

　あたしはさ、と美緒はもう一度言った。美緒も同じように考えているに違いない。

「でも、やっぱりこのままは厭なんだよ。絶対ヤだよ。大体――猫、お前どうするのさ」

「あたしは――逃げる」

　逃げるゥ、と周波数の高い声を上げて、美緒は麗猫の前まで進んだ。

「逃げンのか」

「あたしは――死にたくない」

「逃げンのかよ猫ッ」

「やめろよ都築」

　歩未は美緒の肩を摑む。

「この人は怪我してるんだ。死にかけたんだぞ。殺されかけた人間の気持ちが解るのか」

「え――」

　美緒は眼を擦《こす》って、それから血で黒く汚れた麗猫の肩先を凝視《ぎょうし》した。葉月もそこを観る。

　痛みが黒く凝《こご》っていた。

「僕らは痛さを知らずに育ってる。だから他人の痛みも解らない。手加減もできない。なら、厭だとか逃げるなとか勝手なことばかり言うなよ。いいか都築。今度襲われたら確実にこの人は死ぬ。そうでなくても誰か死ぬ。都築の得意の魔法とかを使ったって——命は再起動しないんだ。僕はこれ以上生き死にに関わるようなリアルなことをするのは——それこそ厭だ」

「あたしだって厭だよ」

美緒は麗猫の傷口に指を伸ばした。

「痛い——のか」

「痛いよ。こんな痛みは——初めてだよ。殴られたりするのとは違う」

「痛いんだ——」

美緒は麗猫の肩先に額を当てて、床を見つめた。

「死んだら——痛くないのかな。なあ猫」

「すぐ死んじゃえば——痛くないよ」

そのまま美緒は暫《しばら》く動かなかった。

「もう——」

凝乎《じっ》と美緒の背中を見ていた歩未が葉月に顔を向けた。

「——やめよう。牧野は家に帰るんだ。駄目だよこんなの」

そう。

その方が好いに決まっている。家に帰れば昨日と同じ、去年と同じ閉じた時間が葉月を待っている。そこで毎日同じことを繰り返してさえいれば、世界は勝手に運行してくれるのだ。葉月の気持ちなんかとは無関係に。

「都築も——詮索《せんさく》するのはやめた方がいいよ」

「麗猫を放っておけないよ」

「この人は強いんだよ。変なことをされると却《かえ》って迷惑だ——って顔してる」

「麗猫さんは——」

警察に捕まったりしたらどうなるの、と葉月は問うた。

「どうなるって」

「だって——たぶん、その二人組も顔を見た麗猫さんを狙って来るんじゃないかと思って——警察は捕まえても殺したりしないでしょう。無実が証明できれば——」

「証明はできない」

麗猫は凭《もた》れていた壁から躰を離した。美緒も顔を上げる。

「あたしには身の証《あかし》がない。行動の記録も何も残ってない。それに、あたし達はこうして暮らしていること自体が犯罪だから——殺されることはなくても無罪放免だけはあり得ない」

「でも——人殺しは別にいるんでしょ？」

「いるよ。この界隈《かいわい》では見たことがない連中だ。頭に孔雀《くじゃく》のヘッドアート刻んだ大男とメタルスーツ着た昔の兵隊みたいな男だった。あれは——雇われた連中だと思う」

そんなのには勝てないと歩未が言う。

「だから——君は君が言った通り、逃げるのが一番賢明なんだ。僕達が余計なことをすればする程、この人は立場が悪くなるんだ。判るな都築。君の友達が——追い込まれるんだ」

「友達」

「そうなんだろ。僕や牧野と違って友達がいるんだから——大事にしな」

美緒は充血した眼を見開いて口を尖《とが》らせた。叱られて拗《す》ねる幼児の画像みたいだった。

ただね——麗猫は躰を起こし片膝を立てた。

「そこの——マキノさん。あんたは危ないぞ」

「危ない？」

「連中はユウコがあんたの家で確保されたことを知っている。情報操作して都合よく作り替えたところで、ユウコ確保した警備員と、それからあんただけは——直《じか》にあの娘を目撃してる。奴らはそれを知っているから。手を打って来るかもしれない。注意した方がいい」

こいつの家のセキュリティは馬鹿みたいに厳重だと美緒は言った。

「ムシが入ったって何か鳴る」

「ミオは出入りしているんだろ。お子様にできることだ。敵を侮《あなど》るな」

うーむ、とわざとらしく唸って美緒は葉月の前まで移動した。それから葉月の顔を繁々《しげしげ》と観た。

「それだよ」

「それって――」

「先手を打つんだよ。牧野さ、お父さんに頼んで警察に確認して貰いなよ。この間の不審者はどうなったんだって」

「それって――何か有効なの？」

「有効だよ。だって――そのハゲと兵隊にやられた警備員は、殺されたワケじゃないんだろ。なら連中は――例えばハゲが怖くて黙ってるとか、兵隊に脅かされてビビってるとか、きっとそういうのじゃないのか」

「脅かされて黙ってるというの？」

「それ以外に考えられないだろ。猫の言う通り、記録は自由に書き換えられても記憶の方は都合よくは書き換えられないからさ。当然――牧野も狙われるかもしんない。なら先に言ってやるのさ」

「だから――何を？」

「証言するんだ。この間、門の中に侵入してセキュリティに連行された娘は今度殺された矢部さんにそっくりでした、って。牧野さ、モニタ越しに確認してるはずだろ？」

それはしている。ただ見覚えはないと言った。

「見覚えなんか普通ないんだよ。だからそれは賢明だったと思うぜ。でもいいか、矢部の画像はたぶん今晩くらいから世界中に向けて発信されるはずだ。残酷な連続殺人の被害者の顔としてさ。それを観た牧野は顔が似てることに気づいて――」

「警察に言うの？」

「そーじゃないよ」

美緒は急に元気になった。

「お父サマに言うんだよ。牧野県会議員の口から警察に問い合わせてもらうんだ」

「ああ――」

葉月は養父の表情豊かな顔を思い出す。

今まで考えたことなど一度もなかったけれど、あの人はそれなりの権限を持つ人間なのだ。

そして――少なくとも葉月の敵ではない。

「県議から寄せられた有力な情報だぞ。警察も無視できないんじゃねえ？　それに、警備会社のデータは改竄《かいざん》されてるかもしんないけど、牧野の家のメイン端末のセキュリティ画像の方はまだ残ってるはずだぜ。あのタイプだとモニタにどんな画像が映し出されたのか判るんだよ。一月分くらいのヤツは過去の受信記録が私的に保存されるんだ。モニタに矢部が一瞬でも映ったんなら、必ず何らかの記録が残ってる」

――残ってるのか。

あの嘘っぽい夜の――記録が。

「ほっとけばどんどん消えてくけど、まだ当分は平気だ。引っ張り出してスティックにでも入れとけばいい。そのデータと警備会社のデータ照合すれば必ず不具合が出るはずだ。そうなれば警察も黙っていられないし、襲われた警備員だってハゲが怖いとか言ってらんなくなるぜ」

どうだ、これならいいだろと美緒は歩末に向けて言った。

「文句あるか。これはお子様として至極《しごく》真っ当な抵抗手段だぜ。しかも市民の義務でもある。上手く行けばこいつの――取り敢えず殺人の疑いは晴れる。ま、こいつはそれでも捕まるワケにはいかないけどな。牧野も安全だ。後は――」

権力に委《ゆだ》ねることになるぜと美緒は結んだ。

018

モニタを音声識別モードにして、対話、呼び出しと小声で入力し、それから静枝は司馬、と呼んだ。

不機嫌な顔の画像が映し出された。

司馬は四つばかり奥のブースで静枝同様に待機しているはずだった。映るなり司馬は、もうイヤ、と言った。

「記録されています。発言には気をつけて」

「発言に気をつけられるような精神状態じゃない」

カウンセラーならそのくらい判るでしょと司馬は投げ遣《や》りに言った。


一度信号に分解され再構成された司馬の声は、もうその過程で一切の覇気《はき》を失っていた。

「あたしが何をしたっていうの？　何だってみんな死ぬのよ」

「私だって同じ立場よ。動揺しないで。それより中村君のことだけど――」

どうしてそうやっていつも落ち着いていられるのよ不破――と言って、モニタの司馬は静枝を睨《にら》みつけた。

本当に司馬が睨んでいるのは静枝ではなく集像レンズなのだろうが。

「落ち着いてないわよ。でも」

「むかつく。どうせ呼び出されるから――切る」

画面が落ちて接続拒否の表示が記された。

「相当やられてるな」

モニタの後ろで椽が言った。

「あんたの同僚は――俺の世代に近いぞ」

「そうですか」

「何が起きているかより起きたことで自分がどういう気持ちになるかの方が重要なんだよ。自分の知ることのできる世界はどうせ主観的なものだということに、いい意味でいえば気づいてるんだが――反面何も見えなくなってるんだ。俺の若い頃はみんなそうだったぜ」

それはある意味で真理ですわと静枝は答えた。

「いけないこととも思いません」

「だから悪くはないんだよ。ただ――嘘《うそ》が吐《つ》けなくなる。主観に判断を委《ゆだ》ねるんだからな。自分に正直になるってのは、他人には判らないことに忠実になるってことなんだからな。なりゃなる程、外から見れば狂気と変わらなくなる訳だろ。他人の肚《はら》の中までは判らないことが前提になる訳だし、判ったふりをすることを放棄したら、嘘は吐けない。吐く意味もない。そうすると社会という虚構が足場を失っちまう。そうしてでき上がった箍《たが》の外れた世の中で、あんた達は育ったんだ」

自分達が悪いというような言い方ですねと静枝は冷淡な感想を述べた。

「反省――していると？」

「反省なんざモニタのダストボックスの蓋《ふた》程の役にも立たないよ。中に要らないものが入ってるか入ってないか知れるだけのことだ。まあ、そんなことはどうでもいいや」

そう言った後榛は、いやどうでもよくないか、と言った。

「由々《ゆゆ》しき問題――なのかもしれないな。何たって警察の中枢はみんな俺くらいの齢《とし》なんだよ。県警のてっぺんだって十歳違わないしな。みんな俺と同じで駄目だ――とは言わないが、困った世代ではあるぜ。老人は全部経理だの管理だの総務だの庶務だのに廻《まわ》されてるからな」

「それがいいって――十年くらい前に決まったのでしょう。昇り詰めて一番上に老人が居座るから組織の風通しが悪くなるんだって――」

「まあ人口比で行けば老境に入った連中の方が遥《はる》かに多い訳だから、こりゃ仕方がないんだがな。ある程度の年齢になったら下に廻ってもらうというのは合理的な仕組みなんだが、全部配属替えするってのはなあ。年寄りはまあ、それでも賢いからよ。発言権を持つ者のジェネレーションが固まってるってのは考えものだしな。とびきり若いヤツが上に昇って来ることァないし」

「石田さんなんかは若いでしょう」

そんなこたァないぞと橡はむきになって言った。

「石田管理官も俺と同じくらいだろう。精々《せいぜい》二つ三つしか違わないはずだがな」

そうなのか。静枝は橡に対しては自分の父親くらいの年齢を想定していたし、石田に対しては――同年代とまではいわないが、それ程のギャップを感じていなかった。

「石田さんは――もっと若いと思ってましたが」

「俺が老《ふ》けている」

「年齢《とし》相応に見えます」

「ありがとうよ」

あんたに正確な年齢教えた覚えはないけどな、と笑いながら言って橡は立ち上がった。印象発言でしかないから、慥《たし》かに世辞にもなっていない。

橡は洗浄液で手を洗って消毒し、それからドリンクディスペンサーの前に立ち、ずっと弄《もてあそ》んでいたレンタルカップをセットしてから、躰《からだ》を斜めにしてタッチセンサを眺めた。

「もう一杯貰うぞ。石田ってのはな、あれは相当に優秀な男だ。まあ昔でいうところのキャリアだからな。最近じゃそういう風にはいわないから判らないか？」

「何となく判ります。私もそれ程若くはないですから」

橡は片方の眉《まゆ》を顰《ひそ》めて静枝を見た。

それからカップにフラボノイドドリンクを注《つ》いで窓辺に移動した。

「俺とな、石田管理官はよ、出身エリアが同じなんだよ。この県の東端——ここから三つ隣のエリアだがな。だからまあ、顔を合わせたことはなかったが名前は知っていた。どっちも前世紀組だからな、まだ学校があって——俺なんかはもうボチボチだった訳だが、あの男は地区では一番だった。成績優秀だよ。それだけじゃない、あの男は相当に裕福な環境で育ってるからな。スタートラインからして比べ物にはならないけどな」

「裕福？」

「金持ちだよ」

橡は旨《うま》そうに茶を啜《すす》った。

「石田理一郎《りいちろう》ってのはね、御曹司《おんぞうし》だ」

御曹司——という顔つきではあるか。

「あの男はSVCの創業者の直系でな。現会長の息子かなんかだよ。SVCってのは——ほら、この間も飯喰いながら話したじゃないか。バイオ産業。SVCはそのバイオ関連企業の中心的な存在だよ」

「SVCって——あのSVCですか？」

「おう。他にSVCって会社があるかどうか知らんがな、たぶんそのSVCだろ。人工食材培養産業の草分けでな、昔は——鈴木《すずき》食品化学って名前だったが」

昔の社名までは知らないが、SVCなら静枝も勿論《もちろん》知っている。

この間の話でいえば、合成食材全面切り替え施行で最大限の利権に与《あずか》った企業——ということになるだろう。

「あそこは食材がメインで、海外企業と技術提携して、生き物でないい活きのいい肉ってのを造った最初の会社だ。二十世紀の終わり頃からアジアを中心に食材輸出を始めて飛躍的に伸びたんだな。創業は一九六五年だったはずだから——老舗《しにせ》だ」

そんな昔からバイオテクノロジーというのはあったのだろうか。静枝が疑問を発すると、ないない、と橡はカップを持った手を振って答えた。

「そんな呼び方はなかったろうな。だが、例えば稲の品種改良だって、大きな目で見ればバイオテクノロジーだろ。昔から人間は喰うことにかけては貪欲《どんよく》なんだ。SVCもな、旧社名からも判るように、最初は単なる食材の加工会社だったみたいだな。創業者は、ほら、戦争で喰うものがなくなって――代用食品ってのが流通した時期があっただろ？　代用食品。知らんか？」

知らなかった。

戦争に就《つ》いては厭《いや》という程情報を与えられて育ったが、代用食品という言葉は耳新しかった。そんな言葉は提供された情報の中にはなかったのだ。静枝の年代だと、当時の国の在り方だとか国際倫理の問題だとか、観念的なことばかり学習した訳で、結局二つの世界大戦にしても、人類が過去に犯した数々の愚かな所業の中で、自分の国が関わった、最も現代に近い、限りなく悪しきイヴェント――という認識しか静枝は持てていない。

あったらしいんだよ、そういうのが――と椽は言った。

「当時は鮪《まぐろ》なんかを平気で喰ってたんだ。それが喰えなくなったので、鯨《くじら》を鮪風に仕立てて喰ったりしたんだそうだが――今考えると無茶苦茶だよな。まあ、手に入る食材を手に入りにくい食材に似せる工夫をして喰ったんだろう。それが――発想の根幹だったようだ」

「クジラをマグロにって――それは慥《たし》かに無茶苦茶ですが」

そうだよなあ、と言って椽は笑った。

「まあ――SVCは食品メインで医療関係の方は本業にしていなかったから、DNA情報登録事業頓挫《とんざ》騒ぎのごたごたの時もそれ程痛手を被《こうむ》らなかったんだ。それでいて同業者の利権が著《いちじる》しく損なわれたことに奮起して、猛烈に抗議したみたいだからな。それで企業内の信用を勝ち取って、バイオ産業の中心的存在になったんだよ」

ゴネ得だなと橡は言った。

「結果的には漁夫之利で——そんな言葉は今使わないな。ニュアンスも少し違うか。まあ、直接打撃を受けた訳でもないのに、最終的には大変な見返りを得ることができたという訳だ。結局、体制と癒着《ゆちゃく》したもの勝ちだと——」

「随分詳しいですね」

「SVCの本社は、俺の生まれたエリアにあるんだよ。あそこはSVCのお蔭《かげ》で暮らしが成り立ってるようなエリアだからな。住民の七十パーセントは何らかの形で恩恵を蒙《こうむ》っている。俺の父親も勤めていたからな。詳しいさ。コミュニティセンターの正面には創業者である鈴木敬太郎《けいたろう》を肖《かたど》ったモニュメントまであったからな。石田ってのはその創業者の直系に当たる。母親が創業者の孫——だったかな。お坊《ぼっ》ちゃまだったんだな」

「それが警察に？」

解らないよなあ、と橡は窓の外を見る。

「まあ経営を世襲にするって奇習は最近じゃまずないが、それでも警察官になんかなることはないだろうな。遊んでたって困ることはないだろうし、今じゃ関連企業も多いんだ。この辺りのエリア警備だってSVC系列だろ？」

「そうなんですか？」

エリア警備は、自警団的な民間組織が発展する形で十五年前に誕生した。

誕生に当たっては、警察の業務内容が著しく変化してしまったこと、更にはセキュリティシステムの普及に伴い、ある部分に於《お》いて警察単独での職務遂行が難しくなって来たことが背景にある。結局、警察機構の中の交通部、警備部、警邏《けいら》部と防犯部の一部を分割して民営化し、各地域の自警団を吸収する形で現在のスタイルができ上がったのである。

母体となるのは旧警察機構の一部なのだが、経営は各エリアで認可を受けたセキュリティシステム管理会社が行っている。

「この県のエリア警備の経営をしてるのはD&Sだろ。あれは旧社名がイシダ警備保障だ」

「イシダ？」

「そうなんだ。石田管理官の祖父《じい》さんの興した会社だ。そのイシダ警備保障の創業者の息子が、鈴木食品化学二代目社長の娘と結婚した、ってことだろうな。どっちが先なのか知らないが、イシダ警備保障もSVCの傘下《さんか》に入って、D&Sになったんだよ。他にも色々あるぞ。ほら、この間話した、紫苑エンタープライズ」

「慥《たし》か——去年の連続殺人事件の被害者の勤務先でしたか？」

「そうそう。あそこだってSVCのグループだ。SVCはこの辺から西の方にかけてはかなりの勢力なんだ。だから石田さんも——どっかの経営者にでも収まった方が楽な人生だったろうになあ。何も警察に入ることはないと思うが——」

「何でも猟奇殺人のエキスパートだとか」

いまいましい同僚が言っていた。

「何だって？」

椽は妙な顔をした。

「違うんですか」

「違うというか——一体全体そんな話誰がしたんだ？　まさか石田さん本人が言ったんじゃないだろうな」

アングラ情報だと思いますよ、と静枝は告げた。

「アングラソースな——慥かにあの人は去年は事件の起きたエリアにいたな。その前は——いや、端末がないと何も判らないな。でも、そんな馬鹿なことはないぞ。大体ほとんど未解決なんだから、担当してて途中で配属替えなんか——まああるか」

「私は解決できないから飛ばされたという風に理解したんですが」

「飛ばされてはいないぞ。あの人の場合は全部栄転だ。着実に昇進してる」

「解決もしないで昇進ですか？」

「昇進してるんだから実績はあるんだろうな。まあ経済的に恵まれているとか、中央に対しても影響力のある立場だとか、邪推をし始めれば切りがないんだが、実力のある優秀な男であることは間違いないし、旨い汁を吸いたいのなら何も警察になんか入ることはないんだからな」

それも——そうである。もっと良いポストは沢山ある。

「でもなあ」

静枝は納得しかけたのだが——橡は逆に、システムエラーでも起こしたかのように口を閉ざして押し黙ってしまった。

「どうしたんです?」

静枝が問うと、まるで石田と正反対の落ち零《こぼ》れ刑事は、いやあなあと歯切れの悪い返事をした。

「何でもない。しかし——」

橡は顔を顰《しか》めて、それから手にしたカップを繁々《しげしげ》と眺めた。

静枝は、静枝の嗜好《しこう》性から鑑《かんが》みるにあまり好ましくないであろうこの異質な存在に、妙に慣れてしまっていることに気づく。あまりにも忌避《きひ》すべき状況に直面してしまったために普通は拒絶するはずのものを許容してしまったのかもしれない。

いや——。

それもこれも、一種の現実逃避に過ぎないのだろう。実際静枝は矢部祐子や中村雄二のことに関して思考することを完全に停止している。だから無駄話をしているのだ。無駄は何より嫌いだが、事件に関連することを少しでも考え始めると、途端にあの厭な顔になるからだ。

「いつまでもここにいる訳には行かないなあ」

橡はのろりと立ち上がるとカップを使用済みホルダーに入れた。

「こんなところ見られたら、あんただって立場がない。世間話している心境でもないだろ」

それはそうなのだけれど。

「そう仰《おつしや》いますけど、ここは隠れているには最適の場所ですけどね。児童のプライヴァシー保護のため廊下側からは中が見えませんし、防音処理も完璧《かんぺき》です。窓側の庭はご存知の通り立ち入り禁止。児童の入室がない限り画像も音声も記録されませんし、私か中にいる児童がセキュリティコールを押さなければドアも外からは開きません。その代わり——私が退室する際には、どうやったって一緒に出て貰わなければなりませんけど」

「無人になるとセンサが働くんだな。すると——」

椽は天井をぐるりと見回した。天井には五基の集像機《アイ》がある。

「あんたに迷惑を掛けないようにするには、さっさと出るしかないか」

椽はのそのそと鈍い動作で移動してドアの近くに立った。

「様子を窺《うかが》う——ってことはできないんだな。見えも聞こえもしないのか」

「そうですね。ドアを開けた途端に廊下に人がいたら——まず問題になりますね」

そうだなあと言って、椽はドアの前で躊躇《ちゅうちょ》した。

「その時は刑事装って押し入って来た俺に脅《おど》されたんだ——とでも言いな」

「そんな嘘は通用しませんよ。それに、そんなこと言ったら椽さんが」

免職どころではない。送検されるだろう。

嘘じゃないぞ——椽は眉間《みけん》に皺《しわ》を寄せた。

「半分は本当だろう」

「私には脅迫されたという認識はありませんが」

「そっちにその気はなくたって、これは十分に脅迫たり得る状況だ。俺は身分を偽《いつわ》って立ち入り禁止区域に入り、窓からこの部屋に不法侵入したんだからな。そもそもあんたは俺の処遇なんか気にしなくていいんだぞ。俺はどっちにしろ、ここの敷地内で捕まれば免職なんだからな」

椽は開閉パネルに手を伸ばした。

「待ってくださいよ。廊下に出たとしたって、エントランスはどうやって抜けるんです」

「何とかならないか」

ならないだろう。入館記録のない者が退館することはできない。

「ここにはここ数日警官や警備員が何名も出入りしているはずだが――あれもいちいち全部ＩＤカード通してるのか」

「当然ですよ。ゼロ歳児だって通すんですから。身分証明せずに出入りしようとするなら、ゲート破って強行突破する以外に道はありません。ただ強化ガラスは人間の腕力では破壊しにくい材質だと思いますけど」

「そうだな。強化してなくってもガラスは固いからな、割れないかもしれん。割っても弁償できないしな。だったら、玄関で俺は捕まるよ」

「捕まるって――」

わざと捕まるんだよと椽は言った。

「ここにいるとあんたに迷惑がかかるだろう」

「それなら――同じことですよ。エントランスで捕まったって、出ようとして捕まったんなら、どこから入ったかは必ず尋《き》かれるでしょう。答えなくたってセキュリティが途切れたのはこの部屋だけなんですから確実に私が疑われます」

「じゃあ――そうだな、もう一回庭に出て緑地帯に抜けるよ。俺は元々そこにいたんだし――」

椽は窓の方に向かった。

「――俺がここから出てしまえば、全部なかったことにもできるだろ。まあ、茶は二杯ご馳走になったが、あんたが飲んだことにしておいてくれ」

「センサはどうするんです？」

「センサか？　まあ察知されても壁はない。すぐに追手がかかるだろうが、強化ガラス打ち破るよりは脱出できる可能性が高い。俺は腕力はないが脚は速いんだ。臆病だからな」

「そのお齢《とし》で全力疾走したら命が危ないですよ」

それはあんた一種のハラスメント発言だぜ、と椽は言った。

「プライヴェートだからいいのか」

「事実だからいいんです。健康上の注意を促《うなが》しているだけです。それにしたって椽さん——いったいどこに行くつもりなんです?」

「どにに行くって——」

「自宅に戻って昔のRPGをするって顔じゃないように思えますけど」

「まあな。それもいい考えだが——端末が全く動いてない訳だから、俺の自宅は張られてる可能性が高い。不在表示が出ているのに端末が室内にあるとなれば——これは問題だからな。警察官は謹慎中でも端末の携行を義務づけられてる。ま、当てがある訳じゃないんだが。でも、あんたの厚意に甘んじてても道はない訳だし、ここにいられたところで何もできないからな」

「何かするおつもりなんですか」

「そう具体的な指針がある訳じゃないが——ただ、中村雄二まで殺されて——」

俺はいっそう釈然としなくなったんだよと、椽は低い声で言った。

「また釈然としないのですか」

それは静枝だってしていないのだが。

「例の未登録住民の犯行という線は——ないと?」

「いや——それはあるのかもしれない。どこから出て来た情報なのかは怪しいところだが、管理官が断言してるなら可能性は高いということだろうな。ただ、もしその娘なりクスリ屋なりが犯人なんだとしても、総《すべ》てがそいつらの犯行と言い切ることはできないだろう。もし、もう一組犯人がいたなら——」

ノーマークということか。

じゃあな、と言って椽が開閉パネルに手を伸ばしたのと同時に、アラームが鳴って、デスクのモニタが点滅した。

「待って」

椽が振り向く。

静枝は人差し指を口に当てた。

音声通信だと拙《まず》い。

「はい不破」

画面に映ったのは入館管理部の女性職員だった。

「不破カウンセラーに児童からの面会申請が出ています」

「児童の？」

「そちらに個人的なアポイントメントはありませんでしたか？」

「ありません」

「そうですか。リアルコンタクトです。もう本人は到着しています。どうしても面会したいということですので――状況が状況ですから所長にお伺いしましたところ、不破さんの方で処理して戴《いただ》くよう指示がありました」

「処理するって――」

「いずれにしてもまず児童に面会して戴きたいのです。このまま帰す訳にも行きません。外出を控えるように指導している最中ですから――」

静枝はモニタ越しに椽に向け視線を送った。

椽はその視線を受けて、窓辺からデスクの方に近寄って来た。

静枝の顔は集像機に捕捉されているので意思表示ができない。

モニタの真後ろに来た椽が口を開きかけたので静枝は諒解しました少々お待ちくださいと早口に言って、慌《あわ》てて通信を切った。

「何をするんですか、まったく。声を出さないでくださいよ」

「何だよ。いや、ここで俺が襲いかかる演技でもすればてっとり早いだろうと思ったんだ。そうすればすぐに石田管理官あたりがすっ飛んで来る。そうでもしないと――」

「何とかしますから凝乎《じっ》としていてください」

「何とかするって――だってこれから児童が来るんだろ。そしたら」

「非常時ですからね。何かにつけてイレギュラーなんです」

静枝は入館管理部を呼び出した。

「不破です。すいませんでした。少々混乱しているものですから。面会要請を出している児童は――誰ですか」

「ええと――神埜歩未さん。十四歳のクラスです」

「神埜？」

――神埜歩未。どんな児童だった？

静枝は一瞬そう思って、それからすぐに自分を取り戻した。

「一人で暮らしている児童――ですね」

「そうです。保護者長期不在届が提出されている児童ですね。有事にはセンターに保護責任が発生します。ですから所長のご判断は」

「判りました。ただ――その娘は」


慥《たし》か――姉が環境整備開発援助プロジェクトのメンバーとして海外に赴任しているはずだ。そこまでは思い出したが、それは家族の情報であって本人のものではない。本人の特徴が思い出せない。静枝は言葉を濁したままファイルを検索して神埜歩未の画像データを開いた。

ヴェリーショートの髪型の端正な顔が映った。

――ああ。

「こ――神埜さんは今どこで待機していますか」

「屋外は物騒なのでエントランスゲートは通しましたが、ホールには入っていません。指示があればホールゲートも開放しますが」

「その児童は面識のない第三者との接触を好みません。エントランスホールからカウンセリングブースまでの東Cロードに警察関係者はいますか」

「少々お待ちください」

橡は息を潜《ひそ》めて止まっている。静枝はモニタの中の神埜歩未の静止画像の視線が――。

何故《なぜ》か気になった。

誰もおりません、と返答があった。

「そうですか。それでは訪問して来た児童が退館するまで、エントランスホールから東Cロードまでをブロックしてください。勿論緊急時は解除して戴いて結構ですが、警察関係者と接触すると児童が不安定になる惧《おそ》れがあります。宜《よろ》しいでしょうか」

「ブロックするには所長の許可が要りますが——通行者などがいる場合にのみお報《しら》せするということでは如何《いかが》ですか。幸い、現在警察関係者の方々は南棟にいらっしゃいますし、所長以下センター職員は西棟のスタッフルームを中心にしてそれぞれの課でミーティングをされています。カウンセラーの方々は司馬さんと不破さん以外は自宅待機命令が出ましたので、皆さん帰宅されました。現時点で東棟で使用されているブースは二部屋、つまり不破さん以外でそちらにいらっしゃるのは司馬さんお一人ということになりますが」

「結構です。それではホールゲートを開放して、カウンセリングブースのC0045に来るように神埜歩未さんに伝えてください」

静枝が通信を切ろうとすると、お待ちくださいと管理職員が発声した。

「面会児童が退館する際はエリア警備による護衛をつけて自宅まで護送するよう警察より指示が出ています。通行者ご連絡の件もございますので面会終了後は速《すみ》やかにご報告をお願いします」

「解りました」

静枝は通信を切断して椅子を回し、橡の方に躰を向けた。

「これで——どうです」

「どうって、どうするんだ？」

「これから児童が来ますが——現在この部屋の前からエントランスまで人はいません。橡さんは児童が来る前に部屋を出てください」

「廊下にか？」

「ここの廊下には温度感知センサがあるだけで集像機はありません。児童には、あなたを護衛の警察官だと——本当に刑事なんですから嘘ではありませんでしょう。そう伝えます。面会が済むまであなたはドアの外に、壁に貼りつくようにして立っていてください」

「護衛のようにに——か？」

「護衛のようにです。真ん中に出ると人間だと判ってしまいます。面会が済んだ段階で私は児童と一緒にここを出ますから、椽さんも一緒にエントランスホールに向かってください。私は中からゲートを開けることができます。開ければエントランス内の画像が管理課に映し出されますが、僅《わず》かにインターヴァルがある——まあ、躰には悪いですが全力疾走で館外に出てください。すぐに児童を託すエリア警備が来ますから、その前に姿を消して——」

どこにでも行ってくださいと、普段の静枝ならそう言うだろう。

「——実家にでもお帰りになったら如何です？　端末を住居に置き忘れて親元に帰ったとか言えば、誤《ご》魔化《まか》せるのじゃないんですか？　端末不携帯だけなら精々減給でしょう」

静枝はそう言いながらドアの前に立ち、開閉パネルに手を翳《かざ》した。

ドアが開く。

椽は妙に殊勝な動作で静枝の前まで移動して、この埋め合わせは必ずそのうちにするぞと言った。何の期待もしていませんと、静枝はいつものように答えた。

椽が廊下に踏み出したのと、静枝の前の床に小さな人影が差したのはほぼ同時だった。

モニタに映し出された通りの娘。

何故か視線が痛くて、静枝は顔を下に向けた。

背徳《うしろめた》かったのだ。

静枝はこの娘がどのような想いで静枝の許《もと》を訪れたのかまだ知らない。

外出を控えるように通達がされている最中にリアルコンタクトを求めて来る程なのだから、余程深刻な問題を抱えているのだろうと思う。それなのに静枝は、この娘の訪問を利用して橡を脱出させようと画策している。カウンセラーとして許される行為ではないと思う。更にそれは静枝のポリシーに著しく反することでもある。そもそも自分のしていることは——無茶苦茶なのだ。

神埜歩未ですと娘は言った。

「神埜さん——その」

細部が思い出せない。この娘は——。

「とにかく入って。あ、こちらは警察の——」

静枝は生唾《なまつば》を呑《の》み込んだ。歩未の視線が橡の手の辺りに注がれていたからだ。橡も気がついたのだろう。手を後ろに回した。その手には——泥だらけの靴が持たれている。

護衛の方ですと静枝は言った。

「とにかく入って」

「待ってください」

歩未は凄《すご》く確乎《しっか》りした言葉でそう言った。

「待つって——何を待つの」

「ドアを閉めないでください。ここで結構です」

「どうして？　こんな——廊下で？」

「場所が問題じゃないんです。IDカードを通して入室すれば室内でのことは記録されます。記録されては困ることを——言いに来たんです」

——記録されて困ること？

静枝の動悸《どうき》が高まる。この娘は——。

何者だったろう。

「で、でも——知ってるとは思うけど、ここでの記録は、あなたの承諾なしに外部に出ることはないわよ。だから——」

いや、それは違う。

過去の記録は、抄訳されているとはいえ、総て警察の手に渡っているのだ。静枝は嘘を言っている。

だから——。

心配しないでのひと言が言えない。

静枝はもう一度目を逸《そ》らす。

「とにかく安心して。会話の記録は、私が犯罪に関わることと判断したりしない限りは――」

「犯罪に関わることですから」

歩未はそう言った。

「何ですって？」

「犯罪に関わることなんです」

「どういう――こと？」

「警察の情報は犯人に筒抜けです」

「何ィ？」

椽が前に出るのを静枝は抑えた。

「それだけじゃなくて――犯人に都合よく改竄《かいざん》されてます」

「ば、馬鹿なこと――そんな」

「黙ってください椽さん」

静枝は椽に向けて厳しい言葉を発した。子供の妄想では――多分ない。


「根拠があって言ってるのね？」

歩未は返事をせず、黙って静枝の眼を見据えた。

この子は冗談を言うような児童ではない。

いや、こんな時期にこんな手の込んだ悪戯《いたずら》をするような児童は存在しない。

それに――。

やはり視線が真っ直ぐだ。厭になる程。

「わかった。今セキュリティはオフなの。そのまま入れば――センサは作動しないから記録は残らない。IDカードを忘れたことにすれば――」

「入館時にカードリーダーを通しています」

「そうか――じゃあ」

ここで結構ですともう一度歩未は言った。

「諒解しました。それで――何？」

歩未は一度廊下を見渡してから、やはり決然とした口調で、

「矢部祐子の事件のことです」

と言った。

「矢部さんのことは、もう――オープンになってるの？　一般に流れてるの？」

歩未は静枝の問いには答えなかった。

「殺された矢部祐子は――中村と川端という人にメールで呼び出されて、メールで脅迫され、暴行を受けました。警察はその事実をご存知ですか？」

「中村と川端が矢部祐子を襲った？　いや――」

「矢部さんの端末にメールの送受信記録は一切ないと――石田管理官は言っていたけど」

本人から聞きましたと歩未は言った。

「本人って――あなた矢部さんと接触したの？」

「ないというなら、メールは消去されたんです」

「犯人は個人情報まで改竄しているというの？」

「それから矢部は土曜の夜に牧野県議の住居に侵入し、エリア警備に保護されています。その事実はご存知ですか？」

「牧野って――え？」

静枝は椽の表情を確認する。椽は硬直していた。

「ど――土曜の夜に？」

「セキュリティコールが押されて、到着したエリア警備に保護され、巡回車に乗せられたことは確実です。でも――その車両は二人組の男に襲われ、矢部は攫《さら》われました」

「おい。夢みたいなこと言うな。そんな馬鹿なことがあるか。それなら警察は――」

椽は興奮気味にそこまで言って、突然うう、と唸《うな》った。

「見た――のか。現場」

「そうなの神埜さん？」

「正確には見た者を知っているというだけです」

「誰が見たの？」

「それは言えません」

「見た人は――未登録住民ね」

そうなのね、と静枝は念を押すように言った。

歩未は答えなかった。

静枝は普段は遣わない想像力を巡らせる。

「もしかしたら川端君は、その未登録住民が——矢部さんを助ける際に殺した——の？」

それは違いますと歩未は言った。

「その人は誰も殺していません。疑うのは筋違いです。人殺しは——他にいます」

「知っているの？　犯人」

矢部を殺した犯人は知りませんと歩未は言った。

「でも——警察の持っている情報はあてになりません。それだけは確実です」

静枝はもう一度椽を見た。椽は眉間の皺を深くして、堪えるような表情をしていた。

「犯人による情報操作がされている——というんだな」

不破さん——と歩未は静枝を呼んだ。児童にきちんと呼ばれることなど滅多にない。

「お願いがあります。都築美緒と牧野葉月を——安全な場所に保護してください」

「都築さんと——牧野さんを？」

「二人はそれらの真相を知っています。牧野は自宅に侵入して確保されたのが矢部だと知っている。だから——この事件がどこかおかしいと、既に気づいています。牧野はお父さんを通じて、その件についてエリア警備に問い合わせをするつもりでいます。でも——」

エリア警備も信用できませんと歩未は言った。

「情報が漏れているんなら——犯人に都合の悪いことを通報するのは危険です」

「だが——そんなこと——いや、もし本当にそうした情報が改竄されているんだとしたら、警察は記録に残っている情報の方を信用するだろうから——そんな通報は一蹴《いっしゅう》するはずだが」

「県議からの問い合わせでも——ですか？」

それは無視できないだろう。

しかし、拠《よ》り所となる記録が改竄されていたのでは調べても判りはしない。そうなると——通報者の記憶だけが頼りになる。当然——。

——狙われるか。

「神埜さん、あなた——」

静枝は歩未の顔を漸《ようや》く真正面から見据えた。

「僕達は——矢部を殺した犯人が誰か、そんなことは知りません。ただ矢部が中村と川端に襲われているということ、矢部は土曜日に一度保護され、攫《さら》われたんだということしか知らない。でも、都築も牧野も——警察を疑ってはいませんから」

「お嬢さんは警察を疑っているのかい」

椽が問う。歩未は椽を見る。

「警察を疑っている訳じゃありません。何も——信用してないだけです」

「この——カウンセラーのことは信用してるのか」

していますと歩未は答えた。

「神埜さん、それって——」

何故断言する。

静枝のことを信用している児童など——。

「人を殺すのは良くないことですよね」

「え？」

凛々《りり》しい。静枝は歩未の問いに対する回答を考える前に——そんなことを思った。神埜歩未は、何故かとても凛々しく見えたのだ。短い髪の毛も細い頸《くび》も、立ち居振る舞いも何もかも、何ひとつ無駄なところがない。鏡に映る、倦《う》み疲れた静枝の顔とは大違いである。静枝は自分のほとんどが無駄でできあがっているように感じた。

良くないことよと答えた。

「何故——良くないんですか」

「法律で決まっているから」

そう答えることにしている。椽は戸惑うような顔を見せたが、歩未は少し笑った。

「これ以上死人が出るのはいけないことだと思うんです。でも僕には何もできない。僕は牧野のことも都築のこともよく知らない。でも、不破さんはたぶん二人のことをよく知ってる。それに大人だ。僕よりは——少しマシです」

「しかし俺は——信用できない警察の人間だぞ」

「インナーシューズも履かずに汚れた外履きを手に持って廊下に立っていなければならない護衛の刑事さんは——僕が信用する前に警察から信用されていないと思います」

小娘の澱《よど》みない口調に椽は少したじろいで、後ろ手に隠していた靴を前に出し、それから解ったぜ、と言った。

「図星だ」

お願いしますと歩未は頭を下げた。

「解った。できる限りのことをするけど」

——何をどうすればいい。

椽は安心しろ、と言った。

「これ以上殺させやしない。ただ——大人は狡《ずる》いからな。裏切るかもしれないぜ。お嬢さんの身が危険だ」

「僕は——平気です」

——何て娘だろう。


静枝は少しだけ、この無駄なところが全くない少女が怖くなる。

——前からこんなだったろうか。

この娘は慥《たし》かに自分の受け持ち児童である。何度も何度も面接しているはずだし、幾度となく情報交換もしているはずだ。それなのにこんな顔は見たことがない。こんな真っ直ぐな視線は、受けたことがない。

——まるで。

獣《けもの》のように無垢《むく》な瞳だ。

じ、と背後で音がしたような気がした。

——何？

微《かす》かな音である。

——この音は。

聞き覚えがある。何だ。異質な音ではない。日常的に聞き慣れた音だ。それなのに違和感がある。これは——今聞こえるのはおかしい音なのだ。

そう、これは。

静枝は一瞬のうちにそれだけのことを考え、椽の躰を横に押した。

——見えたか？

椽を押すのに体勢を変えた際——廊下の嵌《は》め殺しのガラスに小さな赤い点が見えたようだった。間違いない。あれはタリーランプが反射しているのだ。

今の音は——集像機のピントが合う音だ。セキュリティが作動している。

「へえ、そうなんだ。よく解ったわ、さあ行きましょう」

静枝はわざとらしく大声でそう言うと、歩未をエントランス方向に進むよう促した。それから室内に首を突っ込むようにして、私が送って行くから心配ないわよと、更に大きな声で言って——ドアを閉めた。

ＩＤカードを通す。

空室の表示が出た。

何だどうしたと椽が問うた。

「どういうつもりだ？　おい」

「狡い大人が——裏切ったみたいですね」

「何？」

「集像機が」

「何だと？」

「天井の集像機が——」

「動いたのか？　映されていたのか？」

「セキュリティは落としてあった訳ですから——そもそも記録システムはドアを閉めてカウンセリングモードにしなければ作動しないはずなんです。考えられません」

「室内での会話が——記録されてたのか」

——それはない。

「少なくともドアを開けるまでは動いていませんでした。いや、どうしたって稼働しない仕組みなんです。だから」

記録というより——。

あんたを監視しようとしたのかと椽は言った。

「そういうことになる――かしら」

何故静枝を監視しなければならないのか。それとも歩未を疑ったのか。

歩未が事件に関係した情報を齎《もたら》すと、予測したとでもいうのだろうか。

「何度も言いますけどカウンセリングルームでの様子は厳重に保護されているんです。特別な場合を除いて第三者が盗み見ることはできないわ。禁止事項です。センターコントロールシステムのプログラムを変更しない限り――絶対に考えられないことよ」

「警察の仕業か」

「警察から要請があったとしても――所長が許可しない限りは――いや、所長の権限だけではできないことです。警察お得意の、超法規的措置ね」

何なんだ。何でこう無茶苦茶になるんだ。

「俺の姿は映ったか」

「さあ」

「――まさか俺がいるとは思わなかっただろうな」

「どうであれここにはいられない。行きましょう」

「行くって――」

どこに行くんだと椽は言った。

「追われてるのは俺だ。あんたは――別に」

「不法に監視されたのは私です」

そう。超法規的措置とは違法ということだ。

良いことと悪いことの線を引くのは倫理でも道徳でも心情でもなく法律だ。心情的に赦《ゆる》せる犯罪があり得るのと同じように、倫理的に赦せない善行もある。先日のデータ供出の件にしろ、誰よりも法律に則《のっと》った行為をするべき立場であるはずの警察が法を無視してばかりいる。歩未の言う通り――。

信用できない。

静枝は歩未を促して廊下を進んだ。

――いまいましいったらない。

ぐにゃぐにゃのくせに、真っ直ぐなふりをしている。何なんだ、この無機的で清潔を装った真っ平らな壁は。

静枝は思い切り壁を叩いた。

手が痛かった。柔らかみも温《ぬく》もりもない。

おい待てと椽が前に廻る。

「あんたは慥《たし》か待機命令が出てるんだろ。外出しないようにと――」

「被疑者でもないのに警察に身柄を拘束されなければならない理由はありません。それに待機していなければ協力できないなんてこともない。拘束に対する理論的根拠なんかどこにもないですよ。端末もあるんだし、いざとなればGPS探査でもすればいいでしょう」

やってられない。

「そうじゃなくってよ、これだとあんたの立場が」

「立場は最初から踏み躙《にじ》られてます」

「だから――」

だからどこに行くんだよと椽は言った。

あなたと同じで当てはありませんと、静枝は答えた。

「早く行かないと――人影が三つあることに管理部が気づけばすぐに誰か来ちゃいますよ。そうしたらあなたも私の心配をしている暇なんかなくなるんだから」

かつかつと自分の跫《あしおと》が耳の奥に響く。

思慮とか分別とか、そうしたものが次々壊れて行くような気がした。

歩未の手を引いてエントランスホールに出る。

「神埜さん――」

こうなった以上あなたも危険よと静枝は歩未を見ずに言った。

「集像機には気づいたけど――集音機の方はいつ作動したのか判らない。どこから聞かれていたのか知れたものじゃないわ。あなたの言う通りなら、警察側の情報は犯人に筒抜けなんだから、あなたも危ない――」

さて。

どうする。

静枝はＩＤカードをリーダーに通してエントランスに抜けるゲートを開いた。歩未を連れてエントランスに入る。

続く橡を静枝はゲートの途中で留めた。そこに人間がいる限りゲートは閉まらない。そこなら集像機にも映らない。

受付用のゲートモニタの前に歩未を連れて立つ。

「管理部——」

呼びかけるとタリーランプが点滅して、ゲートモニタに先程の職員が映った。

「管理部。不破です」

「あ——あの」

「神埜歩未さんが退館します。私が送っていきます」

「しかし指示が——今すぐエリア警備に」

「言ったでしょう。この子は面識のない人間が嫌いなんです」

「でも——」

「もう先方はご存知です。連絡の必要はありません」

女性職員は狼狽《ろうばい》した。こんな事態は彼女のマニュアルにはない。

「ま、待ってください不破さん、ただ今」

「カウンセラー４５８３２１退館します」

エントランスが開いた。モニタを切る。

橡が走った。

橡が建物を出るのと再びモニタ画面が発光したのはほとんど同時だった。

「退館は認められません。その場で待機してください」

「行って」

歩未を外に押し出す。

「不破さん、退館は認められません」

「早く行って」

「所長命令によりゲートを封鎖します」

強化ガラスの扉が閉じる。

「二人とも早く行ってッ」

追いやった静枝の腕を歩未が攫《つか》んでぐいと引いた。

「不破さん」

静枝は歩未に引かれて大きく前に倒れ込んだ。

歩未が受け止める。

ゲートが閉まった。

倒れた静枝は、引き起こしてくれた歩未の腕の香を吸った。

獣《けもの》の匂いがした。

019

養父から返信が届いたのは葉月がメールを送信してから僅《わず》か三十分程後のことだった。

葉月がメールを送信したその時。

養父は県の実力者——有名な大企業の会長か何からしかったが葉月は知らなかった——と、会談中だったらしい。

葉月の方から連絡を入れることなど過去には例のないことだから驚いたのだとは思うけれど、養父は大事な会談中であるにも拘《かかわ》らず、葉月のメールを読んでくれたのだ。


仕事中だった所為《せい》か大層文面は短かったが、それでも最大限に心配している心情が知れる内容だった。葉月達の遣う、誤解を避けるためできるだけ簡潔に文意だけを伝えようとする文章とは、基本的に書き方が違うのだ。

だから養父の気持ちはとてもよく判った気がしたのだが——反面養父が葉月の意図を完全に汲んでくれたかどうかに就《つ》いては、実はよく判らなかった。

養父は、葉月がモニタで確認した侵入者が殺人事件の被害者であるかどうかということよりも、警戒していた矢先に不法侵入者があったこと自体の方を大事と取ったようだった。そうした場合、保護者である養父の許《もと》にすぐ連絡が入ることになっているのだそうで、連絡がなかったことに対して厳重な抗議をすると共に、その件の顚末《てんまつ》を詳細に報告するよう、セキュリティ会社に通達するということだった。

先方と連絡が取れ次第音声通信をするとメールは結ばれていた。

そんなものだろうと思う。

詳細な事情を知らせている訳ではない。

それに凡《すべ》ては子供の理屈、子供の事情である。察しろという方が無理だろう。葉月自身、自分の置かれている状況を把握し得ていないのだ。何が問題なのか、どう行動すればどんな結果になるのか、まるで判っていないのだ。ただひたすら落ち着かない。

情緒が安定しない。

悲しい——のだろう。

きっと悲しいとはこういうことなのだ。

いつもと違うことをしたから、覿面《てきめん》にいつもと違う結果が出た。

関わる度《たび》にこんな心持ちになるなら、やはり人となど関わるものではない。そんな風にも思う。

習慣になっているから当たり前のようにモニタに向かい学習した。

そうしている間は祐子のことも歩未のことも美緒のことも考えなかった。

自動的であることの何と心地よいことか。

いや、心なきことか——だろうか。

一時間後、音声通信が入った。

「学習中でしたか」

モニタの養父はそう言った。

どうして判ったのですかと葉月は問う。

「応答が早かったからです。モニタに向かっていましたね。それにこの時間はいつも学習中ですから」

「そう——ですけど」

イヌみたいだ。自分はパターン認識しかできない動物と同じだ。葉月は厭《いや》になる。

「早速D&Sに問い合わせてみました。ああ、セキュリティ会社です。私が会見していた相手が偶々《たまたま》D&Sの親会社の会長だったものですからね」

「ああ——」

そうなのかというだけで何の感想もない。それは良かったと思うものなのか。

その場で確認できましたと養父は言った。

「確認できたって――やっぱり」

「別人だそうです」

「別人？」

何が？

「家の門を潜《くぐ》って捕まった女性は、不幸な目に遭った君の同級生――同級生じゃないですね、君と同年齢の女性ではありませんでした。記録によると十八歳の生命保護団体の女性だそうです。消毒と称して雑菌を殺すのは人道的ではないという人達です。殺すのをやめろとはいわないが、せめて消毒ではなく殺菌と呼ぶべきだというんですね」

それが――何？

「せめて殺しているという認識を持て、というんです。人間は健《すこ》やかな生活を保つために微生物を殺害していると認識しろと、そういう主張をしている人達です。君が見たのはそういう団体の活動家のひとりで、あの夜は陳情に来たらしいんです」

それは――どこの国の話？


「リアルコンタクトをとる場合も、普通はアポイントメントをとって私のところに来るのですが、どうもせっかちな人だったらしい」

「そんな人――」

知らない。

「嘘――」

嘘じゃありませんよと優しく養父は言った。

それが嘘でないのなら――葉月の方が嘘になる。

記録に残っていますから嘘ではありませんと養父は続けた。

「私はちゃんと記録も見せて貰《もら》ったし、念の為にその時出動したサービスマンと、それからエリア警備員とも話をしました。出動車輌の車輌番号も確認しました」

車輌番号。葉月は覚えていないが、美緒は知っているはずだ。質《ただ》しておくべきかとも思ったが、不自然だし、無駄な気がした。美緒は慥《たし》か、出動記録がない――と、言っていたのではなかったか。

なら、全部デタラメなのだ。

「私のところに連絡が来なかったことに関しては、彼等の責任ではないようです。彼等は忠実に職務を熟《こな》しています。葉月君も——危険な目には遭わなかったでしょう」

遭ってませんと答える。遭う訳がない。

「まあ不快ではあったでしょうが——実害は出ていない。コールから到着までのインターヴァルも契約基準内のスコアで収まっています。問題はデータ管理の方だったようです」

慥かに大いに問題があるだろう。

そのデータは——まるで間違っている。

「侵入者があった場合、ターゲット確保後、刑事事件となるかどうかも含めて必ず二十四時間以内に契約者と通報者に詳細な報告書を供出する義務がセキュリティ会社にはあるんです。この場合は私、それから葉月さんの両方に対して報告義務が発生するんですね」


そんな報告されなくていい。

そんなことが問題なのじゃない。捕まえたのは矢部祐子でしたと報告されていたところで、どうしようもない。祐子はもう死んでいるじゃないか。

そのうえ今更そんな見たことも聞いたこともない女の話を報告されたって、混乱するだけである。

「今回の場合は身許の確認が中々できなかったようなんです。その女性はＩＤカードも携帯用端末も所持していなかった。何かあった時、仲間に手が伸びないようにしていたんでしょう」

嘘だ。そんなのは作りごとだ。

「その上、データの処理が上手《うま》くできなかったようなんです。原因は不明ですが、どこかで情報がストップしていた。私名義の家はこのエリアの中だけでも三軒ありますし、この県の中ならもっとある。その所為《せい》かもしれません。この県のセキュリティはＤ＆Ｓの独占なので混乱した可能性がある。しかしこれは始末書ものですね」

キャッチコピーに偽《いつわ》りありですよ——と養父は言った。

「安全は確保してくれたけれども安心を提供してはくれなかった訳ですからね。会長さんも社長さんも担当者も、大変に恐縮していました。直接そちらにお詫《わ》びに伺うとも言っていたが——それは葉月さんも迷惑でしょう」

迷惑だ。詫びられる謂《いわ》れもない。

「本来なら公表して問題にするべきなのですが、早急にシステムを点検し、問題箇所を改善することを確約してくれたので不問にすることにしました。あ、勿論《もちろん》君がそれでは納得できないというなら然《しか》るべき措置をとりますが」

「納得できない——ということではなくて」

違っているのだ。

誰かが事実を捏造《ねつぞう》している。

過去が創作されている。葉月の体験が否定されている。

「その女性の名前は——判るのですか」

そんな作り物の女に名前なんかあるかと葉月は思ったのだ。嘘なのだから。

しかし養父は名前を言った。

「まあ不法侵入とはいえ門前で捕まっていますから、起訴はされない。刑事事件にはなりませんから警察の介入はない。でも、君が恐怖感を与えられたことを理由に提訴したなら——損害賠償は請求できるかもしれません。そう——しますか」

そんなことをするだけ無駄だ。

その女は——。

たぶん現実の人間じゃないんだ。このモニタの中の、データの中だけで存在する女なんだ。データこそ真実なんだから、モニタの中にだけ本当があるのだから、ならば、たぶん、その人は存在するのだろう。でも、その女がいるというのなら、
葉月が幽霊——ということだ。

葉月の方が嘘なんだ。

「訴訟なんかできませんから。ただ、

「そうですね、裁判は何かと大変ですから。ただ、今後D＆Sの方がシステムの不具合に対処することなく、何の誠意も見せないようでしたら、私はこの件を世間に公表し断固として体質の改善を求めるつもりです。今回はことなきを得ましたが、良くない結果を招くケースも十分に考え得る、重大な欠陥と捉《とら》えることもできますからね。これは県民の、いや国民の生活を護《まも》る上では由々《ゆゆ》しき問題となり得ますから、その場合は中央にも打診する必要がある。エリア警備とセキュリティ会社の関係や、システム認可基準も含めて考え直す必要に迫られるかもしれません――」

そういう言葉は葉月にはあまり届かない。

たぶん養父の言うことは物凄く真《ま》っ当《とう》で、しかもそうした話をする大人達の中では判り易《やす》い部類の言葉なのだと思う。思うけれども、それは葉月の現実とはやっぱり乖離《かいり》している。

いずれにしても報《しら》せてくれてありがとう、と養父は言った。

「葉月君から連絡を貰って、正直言って驚いたし心配もしたけれど、本心を言うなら少し嬉《うれ》しかった。今まではなかったことですから」

――嬉しい？

よく判らなかった。連絡を貰うことは嬉しいことなのだろうか。

「ああ、それから事件の方は被害者が増えるばかりで解決の兆《きざ》しもないようですね。本当に心が痛むばかりですが――本当なら一緒にいたいところです。しかし私にはそれができない。そこで個人契約の特別巡回を依頼しておきました。警備員が定期的に家に行きますから、安心してください」

――それは。

「お、と、う、さん」

葉月は養父を初めてそう呼んだ。どうしてそこでそう呼んだのかは判らない。

とても心細かったからかもしれない。養父は悲しそうな嬉しそうな、葉月には理解し難《がた》い感情を顔で表現して、大丈夫ですと言った。

モニタの画が消えた。

──大丈夫。

大丈夫なのか。

──おとうさん。

躰《からだ》は沈んでいたけれど、気分が浮いていた。身体と精神がひとつに重ならないような、居心地の悪い状態だった。

──怖い──のか。

怖い。

何が怖いのか、こんな気分になったことはない。

葉月はディスクホルダーからディスクを引き出して卓上のデスクトップに挿入する。

そこに記録されているのは、美緒に指示された通りの手順でメインモニタの受信記録バンクから抜き出した──もうひとつの真実である。

いや、もう嘘になってしまった真実か。

時刻表示がされる。

門の前に現れ、倒れ込む少女。

セキュリティコール送信表示。

それから五分程、画面は動かない。

そして訪れる警備員と職員。

音声。

只今敷地内に侵入した人物を確保しました。念の為ご確認をお願いします。

モニタに映し出される──。

虚《うつ》ろな表情の顔。

判りません。

葉月の声。

本当に──。

本当に知らない人だったのかもしれない。葉月が判らないと言って、それが記録されたから、真実になってしまったんだ。過去は記録されることでのみ真実性を主張できるのだから。

――違う。

モニタの中の知らない女は――微かに微笑んだ。

――祐子だ。矢部祐子だ。

葉月は微笑んだ状態で祐子の映像をフリーズさせた。

その画《え》だけは、絶対に矢部祐子のものだと思ったからだ。見ず知らずの女が微笑む訳がない。微笑んでくれるはずはない。

ぐにゃりとした質感と重量感。そして湿った皮膚の感触。人間の触りごこち。

匂い。

それは記録されない矢部祐子の記憶だ。

そんなものは、このディスクには記録されていない。だから――このディスクはきっと何の証拠にもならないのだろう。その、訳の判らない生命保護団体の女とかも、きっと同じような顔をしているに違いないからだ。画像だけでは区別なんかつかないのだろう。

記録が残っていないのならば、明らかに問題になる。でも、残っているなら何の問題にもならない。このディスクに記録されている映像が読み替えられてしまうだけのことである。

全部嘘になるだけだ。

葉月は視界の端に点滅するものを認識した。

――カメ。

美緒からの通信か。

開く。

1時間ばかり前に警備会社のデータが書き換えられた。テキは一枚上手。画像と行動記録はすべて復帰の模様。ただし他のデータは全部デタラメみたい。ウソ800。ヤバイかも。善後策を協議したいからハトの家に来て。19時丁度に停電するからさ。

ミオ。

――十九時。

モニタの時間表示は十八時四十八分三十八秒だった。後十二分弱。

葉月は祐子の笑顔を仕舞ってディスクを排出し、それからホームウエアを脱いでトレーニングスーツを身につけた。

体温維持機能付きで吸放湿性に優れ、衝撃吸収性にも高い数値を示すとかいう新素材でできたスーツである。軽くて動き易いのだが、着ている感じがしない。色だけは何となく気に入っている。

ついでに、まだ下ろしていないウォーキングブーツを履いた。

送電が止められている時間は前回、前々回とも三十秒だった。その間、靴を履く時に玄関でもたつくのが葉月はとても厭だったのだ。

五分程は凝乎《じっ》としていた。

それからモニタをつけたまま部屋を出て、鍵をかける。

リビングに降りようとしたその時――来訪者を告げるアラームが鳴った。

――誰？

葉月は走った。リビングのメインモニタを確認する。エリア警備の制服姿の男が二人、門のところに立っている画像が映っていた。

「牧野さん。私どもは、当エリアのエリア警備員です。先日の不審者排除要請の際の当方の不手際に就きましての、謝罪とご説明に参りました」

――拙《まず》い。

停電まで後――五分しかない。

「その件に就いては、父の方から聞いておりますから――結構です」

帰れ。帰れ。

「はあ。しかしですね、今回特別警戒要請がありまして。個人宅巡回サービス契約もされておりますので――少々その、リアルコンタクトをお願いできませんでしょうか」

――リアル？

「その、今後我々二人がこちらのお宅のセキュリティを担当させて戴《いただ》くことになりますので、ご信頼戴くためにも初回だけは直接顔を見て戴いてですね」

「結構です。結構ですから――」

「決まりですので。邸内の見取り図も戴いておりますが、もしもの時にですね、その、安全を確保するためには、一応内部も見せて戴きませんと――一分少々で済みますから」

――後。

後四分。

どうする。

「怪しい身分の者ではありません。今カードリーダーにIDを通しますのでご確認ください」

男達は続けて門のリーダーにカードを通した。

画面に顔の正面画像と身分、姓名、認識番号が表示される。

いちいち確認してはいられない。


葉月は判りました一分ですねと言って、セキュリティを訪問者モードに切り替え、玄関のロックを解除した。

がちゃりとドアが開く。

「社員番号DV32０054、DV321886、これから百二十二エリアA5035――62牧野邸に入館します。時刻は十八時五十六分十二秒。お邪魔致します」

葉月は廊下に出た。玄関に大きな男が二人立っていた。

ひとりは身長の割に痩《や》せているが、もうひとりは外国人のように巨大に見えた。

「出入り口と窓の確認だけさせて戴きます。あ、念のため本人かどうかご確認ください」

「本人――ああ」

葉月は玄関のモニタをオンにした。

先程メインモニタに映っていたのと同じ画像が立ち上がった。

ID登録されている画像と同じ人間かどうか見比べろというのだろう。

痩せている方は――。

間違いないようだった。ヘルメットの所為《せい》で印象が違って見えるだけである。

もうひとりは――。

――え？

そ、そんな馬鹿な。

「どうしました？」

「いや――」

モニタに映っているもうひとりの男――その顔の正面画像は――。

スキンヘッドに孔雀《くじゃく》のヘッドアート。

「何か――問題でも？」

「な――」

心臓が、動いている。膨らんだり縮んだりしている。血管の中を血の塊《かたまり》が巡って、葉月は一瞬目の前が真っ白になった。


どうしようどうしよう。どうしよう。

こいつらは。

祐子を殺した連中だ。

「失礼して宜《よろ》しいですか」

痩せた男がそう言った。

葉月は咄嗟《とっさ》に壁に貼りつく。

何も答えられない。

喉《のど》の奥がくっついて声が――出ない。

「裏口は――向こうですね。普段は――施錠されているんでしたね」

まず痩せた男が靴を脱いで上がって来た。葉月は遣《や》り過ごす。

続いて――。

大きな男が靴を脱いだ。心臓が。心臓が。

男は無言で葉月の前を、ゆっくりと。とてもゆっくりと。

通り過ぎて。

リビングのドアの前でぴたりと止まった。

指が。

指が震える。い――。

いやだいやだいやだ。

「どうしました」

男がのろりと振り向いた。

「何を――震えているんです」

行って。奥に、裏口の方に――。

「どうしたんです？」

「あ――」

厭だ。顔を見たくない。怖い。怖い怖い。

葉月は顔を背《そむ》けた。視界にモニタが入る。

あの中に入って行けたら。モニタの中ならこんな怖い思いは。

「様子が――変ですねえ。お躰の具合でも悪いのかな」

――動いてる。

時間表示。十八時五十九分五秒。

――あと五十五秒。


葉月は眼を瞑《つむ》って、そのまま大男の方に走った。

虚をつかれたのか啞然《あぜん》としている大男の傍《わき》をすり抜けて素早くリビングに入ってドアを閉める。なんだどうしたんですと言って大男がドアを開ける。もうひとりも廊下を走っている。大男がリビングに入って来る。痩せた男も後に続く。葉月は壁伝いに部屋を半周する。どうしたんですか牧野さん、牧野葉月さんと口々に男達が言う。そして葉月の後をついて来る。もう半周――ドアの前に。

「どうしたんだろう――まさか――」

「私達を知っているんじゃないだろうね」

ドアに手をかける。痩せた男が――。

ナイフを出した。

一瞬だけ刃の切っ先が輝いて――。

灯りが消えた。

葉月は頭を下げて廊下を全力で駆け、玄関のドアに打ち当たって開け、勢いよく閉めた。

そのまま門の外まで駆ける。

やつらが靴を履いている間に電源が戻れば――家はロックされる。中から出るには手続きがいる。それに停電前と停電後で内部にいる人数が異なればシステムはエラーしたことになり、即座にセキュリティのチェックが入るはずだ。そうなれば――。

早く早く早く。早く三十秒。

葉月は駆ける。

ばたん、と音がする。

靴を履かずに追いかけて来たのか。

来る来る来る来る。

ぶん、と風を切るような音がした。

葉月の耳許《みみもと》を何かが凄い勢いで過《よぎ》った。

どさっと地面に落ちる音。振り向く。地面に落ちた黒い塊が勢いよく伸びて――。

痩せた男の腕に弾《はじ》けるように当たった。男の腕の先から凶器が飛んで空中で一度光った。

同時に背後の夜に窓が浮かんだ。電源が戻ったのだ。

さらさらと何かが揺れている。それは急に風に乗るように広がった。

ぐッと男の声が聞こえた。

「さあ、立って。早くッ」

――この声は。

麗猫。

麗猫の真っ直ぐな髪の毛がもう一度広がった。

その長く伸びた脚が痩せた男の喉元に打ち込まれた。

「早く逃げろ。もうひとりが出て来たらあたしも危ないッ」

もう一撃――男は植え込みの上に倒れた。

「駄目だッ。あたしの拳法じゃ相手は死なない。ぼやぼやしてると危ないんだ。さあ走って」

返事もできなかった。

ただ。

手と脚を動かして。自分が移動しているのか世界が移動しているのか判らなくなって。

眼の前のものなんか何も見えなかった。頭の中も空っぽだった。外も内もなかった。

普段、生きている自覚なんかしたことは一度もないのに。半分くらい死んでいるような毎日なのに。どうして死ぬのはこんなに怖いんだろう。葉月が生きていたって葉月が死んだって、世界は何も変わらないのに、どうして死ぬのは怖いんだろう。

路地を曲がって、坂を駆け上がって。

——歩未。

自然に躰が動いて。

歩未の家の裏手、螺旋《らせん》階段の下で葉月は幽々《くらくら》と眩暈《めまい》を起こして倒れた。平衡《へいこう》感覚が失われ、ぐるりと世界が廻って、葉月は一度地面の上を転がった。それから何とか起き上がって家の壁に凭《もた》れて、両肩を抱いた。歯の根が合わない。

麗猫が音もなく眼の前に立った。

「大丈夫だ。もうひとりが出て来る前にあたし達は視界から消えてる」

「あ——」

「落ち着いて。ミオに頼まれたんだ。何か、こっちの動きが敵に漏れてる気がするとか言ってた。通報した途端にデータが書き換えられてるし——ここに来る途中で襲われたらひと堪《たま》りもないからって。お節介《せっかい》なヤツだ」

「お節介——」

意味解らないかと麗猫は言った。

「いいヤツだけどかなり馬鹿ってことだ。早く上がろう。立てる?」

長い腕。葉月はその腕に縋《すが》る。

養父の手より冷たかった。

螺旋を回って屋上に出る。流石《さすが》にここは判らないだろうと麗猫は言った。

「A地区にこんなノーマークポイントがあるなんて普通思わない。隠れ家には絶好だよ」

空が黒くて大きかった。

鳩の家に灯《あか》りはなかった。

「アユミは留守か。どこに行ったんだ——こんな時間に」

麗猫は一度様子を窺《うかが》ってからドアを開けた。鍵はかかっていないようだった。

「ミオも来てないいな。到着しててていい時間なんだけど——とにかく中に入ろう」

葉月はふらふらと中に入った。

中は昏《くら》くて、鳩の住処《すみか》の窓だけが切り取ったように浮かんでいた。

おかしいな——と麗猫は言った。

それから入口でドアに寄り掛かっていた葉月に座りなよ、と言った。葉月はよたよたと前に出て、椅子にどさりと座った。

「あ——」

ありがとう。

漸《ようや》くそれだけ言った。

「ああ」

麗猫も息を吐く。


「途中で襲うどころか家に押し入るとは、流石《さすが》に思わなかった。あの服装はエリア警備だろ。エリア警備に成り済まして入り込んだのか？」

葉月は首を振った。

「どういうこと？」

「本物」

「本物？　本物って？」

「IDカードで確認した。両方本物のエリア警備」

「でも——あいつはこの間エリア警備の車輛を襲ってユウコを攫《さら》った男だ。もうひとりは」

「孔雀のヘッドアートだった」

「じゃあ間違いない。あいつらが——本物？」

エリア警備が敵ってことかと麗猫は言った。

「こいつは厄介だな。もしかするとミオも——」

厭だ。

その先は聞きたくない。

「あのさ——」

「葉月。牧野葉月」

ハヅキか——と言って麗猫は椅子に座った。

「アユミって——どういう女」

「え？」

「変わってるよな」

「そう——」

「友達なんだろ？」

「友達——じゃないよ」

何なんだろう。でも友達ではないんだと思う。

私——よく知らないと葉月は答える。本当によく知らないのだ。葉月が歩未に就いて知っている事柄と言えば、閲覧できる公式データだけ——誰でも知ることができるものだけだ。一般に知られていないことと言えばこの違法建築のことくらいである。

ふうん、と麗猫は言った。

「あんたら——面倒臭いよな」

「面倒？」

「いいや。ハヅキ。暫《しばら》くここに隠れてて」

「ここに？」

「家には帰れないだろ」

麗猫はすっと立った。

「どこに行くの」

「さっきの連中を尾行する」

「危ないよ」

危ないさ——と麗猫は当たり前のように言った。

「あたし達、生きてくこと自体が危ないことだし」

それから麗猫は部屋の真ん中に立って部屋中を見回した。

「何にもないな」

「何にもって——」

役に立ちそうなものさ——と麗猫は天井を見ながら言った。

「そうだハヅキ、端末は切っておいた方がいい。あたし達にはわかんないことだけど——タンマツってのは何かの先端って意味なんだろ」

意識したことは一度もなかった。でも麗猫の言う通りである。

「あんたらはみんなどっかに繋《つな》がってるんだ。それって安心なのかもしれないけど――やっぱり不自由だ。背中に糸がくっついてちゃ動きにくいし面倒臭いだろ」

でも。

それがなくては。

「エリア警備が相手なんだとしたら居場所なんかすぐに見つかっちゃうんじゃないか」

慥《たし》かにGPSモードになっていれば危ない。

GPSになっていなくても、警察ならば強制的に居所を捜せるらしい。

ポケットに手を入れる。矢部祐子が記録されたディスク。

それしかなかった。

葉月は慌てて躯を触った。

――ない。

葉月は端末を持っていない。

――これじゃあ。

自分の居所が。自分の座標が。

ここがどこだか判らなくなってしまう。

バリバリという音がしたので葉月は怯気《びく》りと顔を上げた。

麗猫が――鳩を一羽捕まえていた。徹底的に意思の疎通を拒《こば》むような眼をした不気味な小動物は、麗猫の長い腕の中でぶるぶると震えていた。

まるで――葉月のように。

「とにかく何かあったら――こいつを飛ばす」

「飛ばす？」

「こいつらは――自分がどこにいるのかちゃんと知っているから――必ずここに戻って来る。それまでここから動かないで」

それなら葉月とは大違いじゃないか。

死ぬなよ――麗猫はそう言って、夜の中に消えた。

020

安物の活劇だなと椽は言った。

「子供の頃よく観たぜ。俗悪コンテンツだ」

歩未は黙って道の方を観ている。静枝は——混乱を受け入れている。

整理も整頓も、抽象も象徴もせず、ただ起きたことを呑み込むので精一杯である。

この——表現し難《がた》い、複雑で不潔で、有機的な香り。土と水と草と木の匂い。それだけでもう普段の静枝なら駄目になっているところである。これが子供には必要なものなのだと静枝は学習した。


しかし静枝自身は、こうしたものが徹底的に排除された育成環境で育ったのだ。それがどれ程ヒトにとってよくないことなのか、静枝は知っている。そうしたことに就《つ》いては大量の知識を持っている。それでも、そう育ってしまったものは仕方がない。

時間は取り戻しようがないのだ。一度は育て直しと呼ばれる治療を受けようと真剣に考えたこともあった。しかし静枝はもう、こうやってでき上がってしまっているのだ。だから止《や》めた。

堪《た》えられない。

「やっぱりあんたは残るべきだったんじゃないか」

椽が言った。

「あんたは何ひとつ疾《やま》しいところがなかったんだから——本来ならこんな叢《くさむら》に隠れてることはないんだぞ。盗撮されたのだって、寧《むし》ろ抗議できる立場なんじゃないか」

「あなたを導き入れた段階で、もう十二分に疾しいんです」

それにしたってよ――と椽は鼻を擦《こす》った。不潔な泥がついた。

「これじゃああんた――立派な犯罪者だぞ。立件できるような罪状はないが――見た目が犯罪者じゃないか。こんな中年過ぎのくたびれた男と一緒に未成年拉致《らち》して森の中に隠れてるんだからな。罪に問われなくたって職場復帰は難しいのじゃないか」

「余計なお世話です」

もういい。

静枝は歩未の横顔を見つめた。

信用している――そうこの娘《こ》は言った。それでも、カウンセラーとしての自分は終わりにしてしまっていいように静枝は感じている。

これ以上だらだら続けても――児童に信用されることなんかないだろう。

「こりゃ当て推量だし、何か根拠があって言うことじゃないんだがな、あんた――いいカウンセラーだったんじゃないのか」

椽は中腰になっているのが疲れたのか、直《じか》に地面に座った。

「あんたがカウンセラーなら、俺も児童になりたいくらいだ」

「御免です」

ふん、と椽は鼻を鳴らした。

「だんだん暗くなってきやがったな。それに腹も空いた。それにしても動かないな。ここまで静かだとやる気が失《う》せるな。俺の姿は――確認されなかったのか」

「それはないでしょう。私がゲートを出た時、入れ違いにエントランスホールにはエリア警備員が数名到着していましたし、もしかしたら警察の人間もいたかもしれません。後ろも見ないで全力で走りましたから――断言はできませんけど、あなたの後ろ姿くらいは見えていたはずです」

「見てたけど」

歩未が言った。

「見てた？　誰が。お嬢さんがか？」

「多分警察の人間。制服は着ていなかったし――エリア警備じゃない」

「あの状況でよく確認したな」

「僕は不破さんの腕を引いたから。建物の方を向いていた」

「ああそうか――」

じゃあ何故《なぜ》追って来ないんだ、と椽は乱暴に言った。

「追わない理由があるのか？　隠れてるだけ無駄ってことか」

「出た途端に捕まるんじゃないんですか」

「そりゃあるパターンだな。しかし」

誰が敵方なんだか判りやしないと言って椽は後ろに手をついた。

「ゲームはもっと判り易《やす》いぞ」

「やっぱり家でＲＰＧしてた方が良かったんじゃないですか」

「昔のヤツはもう暗記する程やったからなぁ。最近のヤツは」

やっぱり判りにくいんだよと椽は言った。

遠くに灯《あか》りが点《とも》るのが見えた。

たぶん街路灯が点《つ》いたのだ。

端末を途中で投げ捨てて来たので、時間も何も判らなかった。

椽ではないが、ＧＰＳ探査をかけられたりしたらどこにいるのか一目瞭然である。この状況では捨てるしかない。

しかし座標が判らないから、自分でも正確な位置は判らない。不便なものだ。

センターを囲むグリーンエリアの西側部分のどこか――ではある。中村雄二潜伏の可能性が最も高いと言われていた地域だ。中村はどうやらここには潜んでいなかったらしいが、結局静枝の方がそこに潜伏している。

見る見る暗くなる。

淡朦朧《うすぼんやり》としていた橡の輪郭が余計に朧《おぼろ》になり、それはやがて、すっかり闇に溶けた。

息づかいだけが聞こえる。

室内で聞けば不快な音に違いない。だが、この環境下では寧《むし》ろ自然な音だった。

「誰か来る」

歩未の声がした。

闇がピンと張り詰めた。

「どうして判る？」

「エリア警備と——作倉雛子」

「見えるのか？」

「見えるよ。エリア警備はふたり。ライトを持っている」

凄《すご》い視力だなあと橡は呆《あき》れたような声を出した。

——作倉さん。

多分事情聴取が終わって解放されたのだろう。

こんな時間まで執拗《しつこ》く尋《き》かれていたのだ。あの娘にしてみれば、ほとんど拷問だったろう。

「あ」

「なんだ？」

「作倉が——僕に気づいた」

「嘘《うそ》だろ。どこにいるんだよ」

「この先の——メインロード」

「メインロード？　センターからの遊歩道か？　馬鹿言うな。そんなところからじゃ昼間だって見えねえよ。相当離れてるぞ。だからここに隠れたんじゃないか」

「でも——多分気づいた」

歩未はそう言った。

「エリア警備が立ち止まった」

「こっちに来るのか？」

「違うみたい。何か——緊急の連絡でも入ったのかな。ひとりが先に駆けて行った。作倉ともうひとりは——また歩き出した」

本当に見えてるのかと——橡はどうやら静枝に尋いたようだった。

「大人には見えなくても子供には——見えることもあるんです」

「純粋だからか」

「残酷だからですよ」

「大人は優しいってのか？」

「大人の目はただ濁ってるんです」

ふん、と椽はもう一度鼻を鳴らした。

「神埜さん」

静枝は歩未を呼ぶ。

「結局こんな——その」

何と言えばいいのか。

僕は平気ですと歩未は言った。

「不破さん」

今度は歩未が呼んだ。

「もう一度尋きますけど——人を殺すのは悪いことですよね」

「そう。悪いこと。絶対してはいけないこと。法律で決まっているから」


さっぱりしてるなと椽が言った。

「もっと——べたべた説明されたものだがな。俺の時代は」

「べたべたって何です」

だからよ——椽は多分仰向《あおむ》けになった。

「道徳とか倫理とか、正義とか、人情とか、そういうのだよ。人の命は大切ですとか」

「大切でしょう」

「そうだな。そりゃそうなんだ。俺だって遺族の気持ちとか人の道とかな、ヒューマニズムっていうのか？　それは勿論《もちろん》解るんだ。解るんだけどな、ううん——上手《うま》く言えないな。若い頃の俺は、そういう言葉にどっか冷めてた。いや、悲しみとか苦しみとか怨みとか、そういうのはもう、人一倍解るんだ。理不尽で非道な犯罪者には肚《はら》も立てたし、怒りも憤りも人並み以上に感じたぜ。社会正義っていうのか？　それだって、今なんかよりずっと持ってたように思う。ただこう、なんか」

釈然としないのですかと静枝は問うた。

まあなあ、と榎は答えた。

「どうして釈然としないのか、俺も判らない。まあ警官がこんなじゃいけないことだけは間違いないとは思うけどな」

「そうした感情や理屈は、人を殺してはいけない理由じゃないんです。人を殺してはいけないという法律ができた理由なんです。そこを履き違えるから齟《そ》齬《ご》が感じられるんじゃないんですか？」

ん——と榎は妙な声を発した。

「法律ができた理由？」

「そうじゃないんですか？　家族や知人が殺されれば悲しい。悔しい。苦しい。それは当然のことです。だからこそ人が健《すこ》やかに暮らす権利を暴力的に剝奪《はくだつ》することは、やはり悪いことと判じられる。だから人を殺すのはやめよう——という法律ができたのでしょう」

「それはそうだが——同じことじゃないのか」

同じじゃありませんと静枝は言った。

——同じじゃない。

「どう違う？」

「それじゃあ尋きますが——その人が死んでも悲しくもなくって、悔しがる人も怒る人もいなくって、寧《むし》ろその人が生きていると多くの人が苦しむような人物がいたとして、そういう人は、殺してもいいんですか？」

「そ——」

そんなことはないだろうと、榎は呆れたように言った。

「どんな人間だって殺しちゃ駄目だよ」

「そうならば——そうした様々な感情や理論や教訓は、人を殺してはいけない理由そのものにはなりません。悲しくなくたって辛くなくたって、寧ろ嬉《うれ》しくたって、殺しちゃいけない。法の前では万人は平等なのでしょう」

ああ、と榎は短く言った。

「人を殺してはいけないのは――やっぱり法律でそう決まったから、というしかないんです。正義や道徳それ自体は、それを説明する理由にならないんです。勿論、正義や道徳に則《のっと》った法律が作られているということが前提になりますし、もしそれが信じられなくなったら、やはり戸惑うことにはなるんですけど――それでも罪を犯すことがいけないことなのかどうかと問われた時にそれを持ち出すのは、私は違うように思います。法を遵守《じゅんしゅ》した結果として正義や道徳が貫かれ、感情的にも納得が行く――というのが本来の姿でしょう」

「法律は疑うな、ということか」

「そうではありません。法律を疑うことと法律に従わないことは別です。従えない法と思うなら改正するよう働きかけるべきです。悪法だからといって破っていいなんて道理はない。それは、ルール違反です。それを認めては立ち行かない。悪法であっても破ったものは罰せられて当然です」

「だが、法律を変えるのは難しいだろ」

「それは法律を作ったのも自分達だと知らない人間が言うことです。法律を作ったのは人間で、それは手続きさえ踏めば変えられるものなんです。ただ、たとえ正しくなくとも、誰が見たって間違っていても、大多数がそれで良しとしている限り法は変わらないでしょう。変えるのが難しいとすれば、それは大勢がそれで良いんだと考えているからですよ。まあ――人を殺してもいいという法律ができることはまず考えられませんが」

でも。

「でも、大昔この国では仇討《あだう》ちという殺人が許可されていたんですよ。今世紀に入ってからも死刑という公的殺人は認められていた。そうした法律は結局変えられた訳でしょう」

なる程なあと橡の声は言った。

もう何も見えない。

眼が慣れる程光量がないのだ。

「俺が――そこのお嬢さんくらいの齢《とし》の頃な。人殺しが流行《はや》ったんだ」

榎はそう言った。

「流行った？」

「まあ流行ったといっても、誰も彼もが殺してた訳じゃない。でも、俺と同年代の子供がな、相継いで事件を起こしたんだな。人殺したら世間が変わると思ってたのか、何も考えてなかったのか、まあ俺には関係のないことだった。そんなことをしたらどうなるか、そんなことは子供にだって解るだろ。それが解らない馬鹿がやるんだと――俺はそう思ってたんだ。ところがな」

榎は起き上がったようだった。

「俺にはな、小学校――小学校ってのが昔はあったんだ。七つくらいから十二歳くらいまでの子供一箇所に集めて、年齢別に分けて勉強させる場所なんだが」

私の頃もありましたと静枝は答える。

「段階的に廃止されましたから――小学校は結構最近までありました」

「そうだったかな。まあその小学校からずっと、十四だから――中学校だが、それまで友達だった男がいてな。真面目でよ、やっぱり表で遊んだりしない奴で、気が合ったんだな。仲が良かったんだ。その男がよ、ある日俺のところに来て、頼みがあるんだと言う」

「頼み？」

「そう。今でいう、オンエアのエンターテインメントチャンネルのコンテンツを録画してくれというんだよ。その当時はまだ磁気テープだぜ。まあ、それまでもよくあったことだから、解ったと言った。それで録画して、次の日持って行ったんだよ。そしたら」

そいつの家には幕が張られていたんだ、と榎は言った。

「幕って何です？」

「ブルーシートってやつだ。改装工事してるのかと思ったんだ。そしたら——警察だった」

「警察って——どういうことです」

「現場だったんだ。殺人事件の」

椽は実に淡々とそう言った。

「俺の友達はな、前日に近所の女児を殺害して、それが親にバレて、それで——自分の親兄弟全部殺しちまったんだよ」

「それは——」

ふふふ、と椽は笑った。

「あの野郎、女の子を石で殴り殺して、それで血塗《ちまみ》れで家に帰って、家の者に咎《とが》められたんだそうだ。それで——まあ、家族全員殺害することにしたんだな。家族が揃《そろ》う時間というのが、丁度ずっと見ていた好きな番組が配信される時間だったんだ。当然見られないから、俺のところに録画を頼みに来たという訳だ」

どうだろうなあ、と椽は言った。


「俺のところに磁気テープ持って来た時、あいつはもう女の子殺した後だった。俺がモニタ見てる時、あいつは母親の首に包丁刺してたんだ。俺はさ」

どうしていいか解らなくなったよ——。

椽はもう一度仰向けになったようだった。

「肚が立ったさ。悲しくもなった。でも何が悲しくて何が肚立たしいのかはさっぱり解らなかった。あいつは全然普通だったからな。泣いたり、叫んだり、喚《わめ》いたり怯《おび》えたり、何にもしてなかった。だからひと言打ち明けてくれればとか、相談さえしてくれればだとか、そんな風にも思わなかった。思い詰めてる様子なんか何にもなかったからよ」

「それは——」

静枝には上手い言葉が見つからなかった。

「ふ、と思ったんだよ。人を殺すことなんか何でもないことなんじゃないかって。で、そんな自分が怖くなった。だから大人に尋いたんだ。丁度——さっきのお嬢さんのように」

人を殺すのは悪いことですよね。

人を殺すのは良くないことですよね。

「良くないのは解ったよ。いや、解ってたよ。ガキだって馬鹿だってそのくらいのことは解るさ。親殺されて泣いてる子供見れば胸が痛かった。子供嬲《なぶ》り殺したりする親見れば、それこそぶち殺してやりたくなる程に肚が立った。でも、さっきあんたが言った通り——そんな親でも殺しちまっちゃいけないんだと、それも解ってた。じゃあ何なんだと思ったんだな。俺と、その友達と、どこが違うんだと」

「どこが違ってたんですか」

どこも違わなかったんだろうなと椽は言った。

「俺の友達は——未成年だったからな。その頃は今と違って未成年は無条件で保護されてたし、おまけに精神鑑定まで受けさせられてな。行動障碍《しょうがい》と判定された。慥《たし》かに今思えば典型的な行動障碍のように思えるんだが——その当時の俺はさ、釈然としなかったな」

今も同じかと椽の声は笑う。

「あいつが行動障碍なら俺もそうじゃないかと、そう思った。同じじゃないかと。一方で俺は、やっぱり人殺しなんて赦《ゆる》せなかった。分裂してると思ったぞ。迷って、悩んでよ——気がついたら」

こんな齢になっちまってた。

投げ遣《や》りな声だった。

結局違いはなかったんだな——声はそう続けた。

「たった今解ったぜ。あんたの言う通り、決まりごとは守りましょうという、当たり前のことができたか、できなかったかの差なんだろうな。簡単なことだったんだ」

そんなことが三十何年間も解らなかったんだと声は言った。

「俺の周りにはあんたのようにはっきり言ってくれる大人はいなかったんだ。だから俺は考えた。考えて考えて——それで」

刑事になったんだと椽の声は言った。

「刑事になってからも——よくは解らなかった。ただ、人を殺すことは悪いことだが、人を殺したからといって悪い人間ではない、ということだけは解った。人間ってのは馬鹿だから、簡単に間違う。間違っても気づかない。気づいても遅い」

「遅いんですか」

「遅いよ。遣り直しはできるかもしれないがな、死んだ者は戻らないだろ」

遅いんだよと闇は椽の声で言った。

——死んだ者は戻らないだろう。

それは、静枝が過去に何度も言った言葉ではないか。静枝は地面に手を伸ばした。湿った土は、気温の割にひやりとしていた。まるで屍体のように。死んだ母親の残骸のように。

死んだ者は戻らない——歩未の声がした。

「もう後戻りはできない」

今の俺達のようだと椽は自嘲《じちょう》する。

「いい大人がこんな時間にこんな場所で——馬鹿だな」

大馬鹿だ——静枝もそう思う。

暫《しばら》く黙っていた。

「今——何時なんでしょうね。ここにどれくらいいるんでしょう」

「二十時少し過ぎたくらいかな」

歩未は立ち上がったようだった。

「神埜さん——判るの？　さっき端末持ってないって」

静枝が端末を捨てた時、歩未は持っていないと言ったのだ。

「コミュニケーション研修以外では持ち歩かないんです。持つように指導されているけど」

「じゃあどうして——判るの」

月の位置です——と歩未は言った。

「月——」

夜空には大きな月が出ていた。

「月が――」

恒星が放射する十万ルクスの電磁波のうちの、僅《わず》か〇・五ルクスを微弱に反射して、地球の衛星は密《ひそ》やかに、三十八万四千四百キロ離れた中空に浮かんでいた。

月が出ていたのと静枝は言った。

実物の月なんかずっと見ていない。子供の頃に見たきりである。無機質で覇気のない〇・五ルクスの星の姿はやけに清浄で、静寂で、死人の肌のように冷たそうに見えた。

雲が引いたのだろう。

反射光が象《かたど》る夜の穴は、ほぼ正円に近かった。弱くて青白いけれど、それは愚かな人間どもの輪郭を際立たせるには十分な光量を持っていた。

静枝はその円い光を仰ぐ。たぶん椽も見ている。

「あんなもので――時間が判るんだな――」

方角も判るのかと椽は呆れたように問うた。

歩未のシルエットは頷《うなず》いたようだった。

清浄で静寂な月の光を背負って、その顔は真っ黒だったのだが。

「訓練でもしたのかい。それとも、天体が好きなのか」

「動物は自分がどこにいるか皆知っている」

「ん――」

「空と地面の間のどこに位置しているのか知っている。それはつまり、自分が何ものか知っているということだと僕は思った。僕は自分が何ものなのか判らなかった。だから」

動物が羨《うらや》ましかったんですと歩未は言った。

そして叢《くさむら》を掻《か》き分けて前に出た。

静枝は立ち上がる。

いつの間にか――。

月光の清廉《せいれん》で隠微なスポットライトの中にもうひとつのシルエットがあった。

月の光を全身に浴びていてなお、その影は漆黒《しっこく》に沈んでいた。

「男を食べる者」

漆黒の人形《ひとがた》は酷《ひど》くか細い声を発した。

「女を食べる者。子供を食べる者——」

歌うような、泣くような声だった。

「何卒《なにとぞ》血を恵みたまえ。人の血を与えたまえ。今宵《こよい》それを恵みたまえ——」

橡も立ち上がった。

黒い小さな影は歩未の前にしずしずと進んだ。

「あなた様は——狼ですか」

影は問うた。

——狼？

この声は。作倉雛子。

「あなた——作倉さん？」

それは——喪服に身を包んだ作倉雛子だった。

「狼は絶滅した」

歩未はそう答えた。

雛子は失礼致しましたと丁寧に会釈をした。

顔を上げる。

切り揃えた黒髪。

グレーのシャドウにグレーの唇。

月明かりに浮かんだその顔は、カウンセリングルームの椅子の中で己の発言の是非を問うておどおどしているそれとはまるで違っていた。モノトーンのメイクは夜の中で違和感がなく、寧《むし》ろ映える。この娘は、多分活力ある陽光の中で存在を主張することが困難な娘なのだろう。弱々しい陰光の中でこそ、彼女は生き生きと見えるのだ。

静枝はそう思った。とても——綺麗《きれい》だったからである。

何故戻ったの——と歩未が尋いた。

「家まで護送されたんだろう」

「お報《しら》せに参りました」

「報せ？」

雛子は歩未越しに静枝に視線を寄越《よこ》した。

「また——ひとり行方不明になりました」

「え？」

「不破様とそちらの警察の方がエントランスホールで騒ぎを起こされた、丁度その時——保護者の方からセンター宛てに連絡が入ったのです。昨夜から娘の姿が見えないというような内容だったようで、所長様が、その時わたくしの事情聴取をされていた捜査本部長様のところに駆け込まれて、相当混乱されていた様子で——」

なる程——。

それですぐに追手がかからなかったのか。

静枝や椽に構っている暇はなかったのだ。

しかし——。

「誰？　やっぱり——」

「わたくし達と同じ十四歳のクラスの女性です。わたくしは面識がございません。勿論、お会いしたことはあるのでしょうが——」

思い出はございませんと雛子は言った。

「来生《きすぎ》様——と、仰《おお》せでしたでしょうか」

——来生。

少なくとも静枝の担当児童ではない。

——何なの。私は。

辞する覚悟をしてもなお、静枝はそんなことを気にしている。

案じたり驚いたりする前に、担当児童かどうかの方を気にしてしまうなんて——。

やっぱり自分は心の底から冷酷な、厭《いや》な女なんだと——静枝はそう思った。

現実を素直に受け止められないのだ。

いや——これ以上知っている人間が殺されることが厭なのかもしれない。それは真実、厭だと思う。

しかし、裏返せばそれは、知らない者ならば殺されてもいいと思っている——という風に受け取ることもできるだろう。どっちにしろ厭な女であることに変わりはない。最悪だ。

自己肯定がまるでできない。

鬱《うつ》なのだ。

それで——と雛子は続けた。

「捜査員の方の半数が対処に向かわれたのです。わたくしは残った捜査員の方によって再度の事情聴取を受けていたのでございますが——その最中に、今度はセキュリティコントロールセンターより当エリア担当の全エリア警備員宛てに緊急報告が入ったのでございます。それを——耳に致しましたものですから」

「まだ何か——あったの？」

何が起きているのだ。

「はい。十九時丁度に牧野議員宅でセキュリティシステムに異常が発生したと——」

「牧野——」

歩未が反応した。

「それで結局センターに詰めていた捜査員のほとんどがいなくなり、わたくしは解放されることになったのですが——先程、帰路の途中そこの遊歩道を通りました折り、護衛のエリア警備員の端末に緊急報告の続報が入ったのでございます」

あの時か、と橡が歩未を見る。

歩未は動かず、それで、と短く尋いた。

「牧野葉月様が——広域連続殺人事件の容疑者である未登録住民に誘拐されたと——」

「何だとッ」

橡が飛び出した。

静枝は動けなかった。

また——後手《ごて》に回ったのか。

「でも」

それは作られた事実でございます——と雛子は言った。

「嘘だってのか？」

「そう思われます」

「根拠はあるのか。う——」

占いかと橡は言おうとしたのだろう。

「捜査本部の責任者の方の態度と発言からの、わたくしの推量でございます」

「責任者って——石田か」

「報告があった時点で、牧野邸の件は連続殺人事件と関連したものかどうか——と申しますより、まず事件であるかどうかも判らなかったはずなのです。あくまでセキュリティシステムの異状でしかなかったのですから、当然それはエリア警備とセキュリティ会社の連絡事項で、捜査本部に齎《もたら》されたものではなかったのでございます。ところが——その責任者の方は、エリア警備側から正式な報告を受ける前に現場に急行して娘の安否を確認するようにと、その場にいた警察の捜査員の方々に指示を出しました」

「それは——」

「普通は、先《ま》ずエリア警備が行くのではありませんか」

「それはそうだが——状況が状況だ。異状が発生した家には同じ年頃の娘がいるんだと、そう判ってるんだから——心配して」

　このエリア内に牧野邸は何軒もあるのですと雛子は言った。

「あ——そうだな」

「十四歳の少女がひとりで生活している牧野邸はその中のたった一軒に過ぎません。警察の方ともなればセキュリティ会社の登録ナンバーを聞いただけで特定できるものなのでしょうか？」

「それは——無理だな」

「それに」

「それに何だ」

「その方は警察の捜査員の方々に現場に向かうよう指示をされた後——捜査員の方々がいなくなられてから、どなたかと連絡をおとりになり、それから指示を出されたのです。インカムをされていたので音声通信だったようです。その時——その方は、また猫か、と小声で仰《おっしゃ》られた」

　——猫。未登録住民。

「そして——配信する文書通りにD&S管理センターに報告しなさい、と仰った」

「それが——何なんだ？」

「責任者の方は――警察の方ですね」

「当然だ。石田は県警R捜査課の強行犯担当管理官だ。それが――」

橡の首の辺りの筋肉がみるみる硬直するのを静枝は目撃した。

「――それが――ど、どうした」

「警察の方はエリア警備員に直接指示されることがあるのですか」

「通常はない。命令系統が違う」

橡はそう言った後、そうだな、と呟《つぶや》いて、筋肉の緊張を緩《ゆる》めた。

「D&Sに報告しろと言ったということは――石田が指示していた相手はエリア警備員ということになるんだろうな。つまり、その後各警備員に配信された情報は――石田が作った、いいや、作ったネタだ、ということになるか――」

作られた事実。

嘘の現実。


「わたくしは今、この地区で何が起きているのかは存じません。ただ、限りなく禍々《まがまが》しい、悪《あ》しき出来事が進行していることだけは判ります。先程こちらを通りました際に――皆様の姿をお見かけ致しました。わたくしは――皆様の方が信頼に足ると、そう判断し、お報せに参ったのでございます」

「判断したのは――神様？」

静枝はそう尋いた。いいえわたくしですと雛子は答えた。

「ありがとう」

歩未は雛子に向けてそう言った。

それから再び月を背負うように静枝と橡に向き直った。

「不破さん。それから刑事さん。僕は行きます」

「行くって――どこに行くのよ」

歩未は細い頸《くび》を伸ばして月を仰ぎ見た。

「僕は他人と関わるのが苦手です」

「そんなの――みんなそうよ。私だってそうよ」

人のことなんかどうでもいい。

静枝だって本音《ほんね》はそうなんだ。

「だからこんなことに関わるのは厭です。でも、もう後戻りはできないんです」

歩未の真っ直ぐな視線が月を射た。

駄目だ。

この娘を止めることはできない。

満月を背負った娘は怖い程凛々《りり》しくて、とても高潔に見えた。その姿に、静枝は強い拒絶めいた主張を感じ取る。自分なんかにこの子を止める資格はない。止めるだけの理由も見つけられない。脆弱《ぜいじゃく》で拠《よ》り所《どころ》のない静枝なんかが口を挟める隙《すき》は、全くないように感じられたのだ。

「僕は——平気です」

そう言い残して、娘は靭《しなやか》な動きで身を翻《ひるがえ》し、森の奥に消えた。

雛子が深々と礼をしてその後に続いた。騒々《ざわざわ》と闇が蠢《うごめ》いた。


倦《う》み疲れて薄汚れた中年刑事と、すっかり磨《す》り減ってしまった神経質なカウンセラーは、娘達を飲み込んだ深い森の闇を、かなり長い間——ただ見つめていた。

どう思う——。

最初に口を開いたのは橡だった。

「何も思いません」

「これでいいと思うか」

「思いませんが——いや、思います」

静枝は歩未が立っていた場所に進んだ。

「私達は何をしてるんです？　逃げ出して、こんなところに隠れて——それでも何かしなければいけないことがあるんだと、これじゃ駄目だと思ってましたよ。でも闘う相手が何なのかも判らない。何に肚を立てているのかも判らない。私はあの闇の中に自分の顔しか見えない。自分に——」

嫌気《いやけ》が差すだけです。

橡はいつものようにのそりと出て来た。

「あんたらしくないじゃないか」

「私らしいんですよ。これが私なんです。厭な女なんですよ」

「そんなことは関係ないさ。ただな、ここに到って漸《ようや》く——俺には敵が見えて来たぜ」

「え？」

「最初は考えてもみなかった。その後——何度か疑った。でも、疑う度《たび》に打ち消して来た。そんな馬鹿なことはねえ、あってはならないと、そう思ったからだ。俺はこれでも二十何年、迷いながらも警察官続けて来た。俺の予感が当たってたなら——俺は何だか人生棒に振ったような、そんな気になる。だから否定した」

「何なんです。はっきり言ってください」

橡は静枝に背を向けた。

そして、

「あんた——石田が怪しいとは思わないのか」

と言った。


「さっきのお嬢さんの話を信じるなら、今回の事件はやっぱりデフォルメーションキャラクター絡みの連続殺人だ。犯人は川端と中村ということになる。その中に関係ない事件が紛れ込んでるんだ。去年の事件と全く同じ構造だ。関係ない事件が連続したものと判断された理由は、警察しか知り得ない事実に連続性が見られたから——なんだ。警察しか知り得ない事実、つまり警察官なら知っていた事実、ってことだ」

「それはそうですけど——」

「大勢の捜査員がこつこつ努力していいところまで追い込んでも、それでも犯人が中々捕まらないのだって——捜査の指揮権を持ってる人間が全体をミスリードしてたとしたら、どうだ」

こりゃ捕まらないよと橡は言った。

「捕まえる気がないんだからな。絶対に捕まらないさ。何故捕まえる気がないかといえば——」

指揮者が便乗犯だからだよと橡は言った。

「指揮者って――」

そうだよと榎は言った。

「便乗犯にしてみれば犯行期間が長引けば長引く程に都合がいいんだ。わざと泳がせて――犯行を続けさせ、そこに自分の犯行を紛れ込ませる。非連続を連続に見せかける。何しろ本当の犯人は勝手に犯行を続けてる訳だから、捜査の矛先《ほこさき》は当然そっちに向く。それでも捕まえられない。だからといって警察の内部を疑う奴はまずいない。警官の不祥事も多いが――そんなことまでする奴はいねえからな。怪しめるだけ怪しんでおいて捕まえもしねえ――」

そんな芸当ができる奴は限られてるぜと榎は吐き捨てるように言った。

「犯行後、元々の犯人に全部の罪を被《かぶ》せられれば一件落着、去年のように、被疑者にアリバイがあったりしてそれが不可能になった場合は――迷宮入りだ。動機なんかどうとでも作れるからな」

「酷《ひど》い――話ですよそれは」

「酷いな」

榎は口を一文字に結び、酷いよと繰り返した。

「だから俺も何度も考え直したんだよ。でもどうやら考え直した俺がお人好《よ》しだったようだな」

「自《みずか》らの犯行を眩ますために――他人の犯行に擬態《ぎたい》し、そいつの犯行を見逃していた――いや、寧ろ犯行を促《うなが》していたというのですか」

「そうだ。しかし今回ばかりはイレギュラーだったんだろう。何しろ――犯人の片割れが途中で殺されちまったんだ。でもな」

犯人は複数だった――訳か。

「ひとり死んでもまだひとり残ってたからな。そいつを利用するしかなくなった。だから初めのうち、捜査本部は中村犯行説一色だったんだぜ。あんたが進言するまで、中村は確実に犯人だった。ところがだ。それだけ有力視しておいて簡単に取り逃がしてる。あれだって俺は腑《ふ》に落ちなかったんだが――そう考えれば却《かえ》って納得できるだろう」

「犯行を重ねさせるために――逃がしたと？」

「匿《かくま》ってた可能性もあると俺は思う」

「中村君を――ですか？」

「中村の捜索はな、妙に人数だけ動員した御座《おざ》なりなもんだったぜ。それに、例の猫とかいう娘の情報も――中村本人から得たものだと考えれば筋が通るだろう。中村は矢部祐子を狙ってた。しかし目的は遂げられず、祐子は――多分猫に保護されて姿を隠した。川端は死んだ。しかし、便乗犯が犯行を続けるためには、生き残った中村に人殺しを続けて貰《もら》わなくちゃならないことになる」

「だから――匿ったと？」

「取り引きしたのかもしれないな。中村の次の標的は矢部祐子なんだから、先ず彼女を中村に殺させなくちゃならない。だから矢部に関しては必死で捜したようだ。そして確保の報せが入った途端に――動いた訳だ」

「エリア警備を襲って――矢部さんを？」


歩未の言葉を借りれば攫《さら》った、ということになるのか。

「あのお嬢さんの話を聞く限り、情報が早過ぎる。外に犯人がいるとは考えにくい。それにな、どれだけデータ書き換えたって、実際に襲われた警備員は存在する訳だ。そいつらを抑えることは――外の人間にはできない。でも」

「石田さんなら――」

「できるかもしれないな。あの男は親会社であるSVC創業者の直系であり、エリア警備の経営企業でありこのエリアのセキュリティシステムを管理しているD&S創業者の直系でもある。しかも県警刑事部の管理官だ。ある意味で――遣りたい放題だ、これは。つまりな。警察やエリア警備の情報が外部に漏れてた訳じゃないんだ。敵の方が中にいたんだ。警察の中枢にいる者が――情報を操作していやがったんだよ」

椽はくるりと振り返って静枝の正面に立った。

「だが――今度ばかりは上手くいかなかったんだろうな」

「矢部さんと接触する前に――中村君が殺されてしまったんですね」

そうだと言った椽は、怖い眼をしていた。

「矢部祐子を攫《さら》った以上、当然中村には働いて貰わなくちゃならない。だからこそ奴は解放されたんだろう。ところが――殺す前に殺された。そこで、中村を犯人に仕立てた連続殺人は続行不可能になってしまった。だから野郎は新しい犯人を作った」

「猫――ですか」

「そうだ。それまで中村ばかり疑っていたものが、唐突に未登録住民に鞍替《くらが》えだ。たぶん石田は中村が殺されてしまったことを屍体が発見される前から知っていたんだろう。早急に根回しをして手を打ったんだ。その猫とかいう娘が中村や自分達の邪魔をしているんだという認識は持っていたんだろうから、そいつを犯人に仕立てられれば一石二鳥だろう」

「しかし――」

筋は通る。

でも。

「何のために――そんなこと」

知らないよと椽は怒鳴った。

「でもな、あんたも言ってたが、県を跨《また》いで毎年起きてる連続殺人事件に関わってた警察中枢の人間はあいつしかいない。俺が謹慎になったのだって、連続殺人じゃないなんて主張したからだろ。あんたが監視されたりしたのだってそうだ」

「だから――何ができるんです」

静枝も怒鳴った。

「落ち零《こぼ》れで謹慎中の中年刑事と停職処分間違いなしのヒステリーのカウンセラーが、こんな森の中に隠れてて、それで何がどうなるんです？　見つかって捕まって終わりでしょう！」

「そうだよその通りだよッ」

椽は更に大声を出した。

「だから――あんたまでこんなことするこたぁなかったんだよ」

怒鳴って済まなかったなと椽は頭を下げた。

「こりゃ俺の妄想かもしれない。いや、妄想だろうな。ただ、どっちにしろ俺とあんたは、こんな夜に森の中に突っ立っている。で――どうするかってことだ。投降するか」

「ええ――」

先のことは考えないようにしていた。しかしいつまでもこうしている訳にも行かない。現実逃避もほどほどにしなければいけないだろうと思う。

静枝が今日執《と》った行動といったら。

まるで幼児だ。大人の執る行動ではない。

しかし静枝は大人なのだから、そう振る舞ってしまった以上は責任を取らなければならないだろう。

でも――。

椽の言うことが妄想などではなく、真実だったとしたら。

静枝はその先が想像できない。

椽自身は言うだけ言ったらさっぱりしたというような顔をしている。しかし――。

俺はよ、と中年男は人差し指で額《ひたい》を掻いた。

「このまンま定年までずっと、毎日毎日同じように面白くも可笑《おか》しくもない人生を送って、それで死ぬんだと思ってたがな。まさかこんなことになろうとは思ってもみなかった。見ろよこの状況。まるでフィクションだぞ。そうだなあ、あんたみたいな美人と一緒だというのが、唯一の救いだったな」

思いっきりプライヴェートだからこういう発言はありだろ、と椽は力なく笑った。

「一度結婚に失敗してから、どうも他人と上手くいかない。距離の取り方が判らなくなって、結局一人だ。まあ――俺は、汚らしく老《ふ》けるだけ老けたが、行き着いてみると、あの――青臭い十四の頃と何にも変わってねェ。これじゃあまるで子供だよな。分別も配慮も何にもない」

いや――。

でも。

「あなたの考えたことが妄想ではなく、真実だったら――どうなんです」

「本当だったら――」

「今、あなたが語ったことが全部真実だったと仮定したとして、そうならその時、私達はどうするべきなんです。思慮分別ある大人は――どう対処したらいいんです？」

「対処不能だな」

うん、と短く言って椽は頸を竦《すく》めた。

「また――誰か来た」

椽の背後に光源があった。すぐそばである。歩未にはあんなに遠くのものが視《み》えたというのに――静枝は何も気づかなかった。がさがさと草を鳴らす音がした。

強い光が十字形に拡散した。眼が慣れていない。一瞬真っ白になって、フレアが四方に散った。

「先輩？　先輩じゃないですか？」

光は椽を浮かび上がらせる。

顔の前に手を翳《かざ》した、薄汚い姿が飛び気味に照らし出された。

「先輩――こんなところに」

「お前――高杉《たかすぎ》か？」

光が静枝に向けられた。

あ――拙《まず》いとこでしたか、と若い声は言った。

「こんな時にお安くないですね先輩」

「ば、馬鹿野郎。こんな時に冗談なんか言うな。この人は――」

知ってます――と言うなり。

急に灯りが消えた。

厭な形の残像が幾つも静枝の網膜に躍った。

「しかし――暢気《のんき》な対応ですねえ。それにしても、また大変なことを仕出かしたもんですね先輩。良かったですよ、見つけたのが私で」

「どういうことになってるんだ」

「まだオープンにはなってません。前代未聞の不祥事と上層部の一部は騒いでいますが、何しろこの大事件の真っ最中ですからね。警察としてもこの手のスキャンダルは好ましくないです」

だから俺は何をしたと言われてるんだと椽は残像に向けて問い質《ただ》した。

「自分のしたこと尋かないでくださいよ。いや、捜査中に知り合ったコミュニティセンターの女性職員に対して変質的行為を繰り返し、停職処分中にセンターに不法侵入し、その女性とカウンセリング中の児童を拉致して逃走したと」

「何だとォ」

椽は妙な声を上げた。

「謹慎中だと思ってたんですけどね、先輩は。いつの間に停職処分になってたんですか?」

「なってねえ——と、いうか」

なっちゃってるみたいですよと声は言った。

「オープンされた時には解雇扱いだったりして」

残像が徐々に消えて、声の主が姿を現した。

静枝と同じくらいの齢だろうか。それにしては童顔の男性である。ストレッチ用のトレーニングスーツを着て、手にはライトを持っている。

「こいつ——昼間話したR捜査課の俺の後輩だ。高杉という」

慥《たし》か——椽を信用しているので出世できないと評されていたはずだ。若い刑事は神妙なのか愛想がいいのか判別がつかない微妙な表情で高杉ですと言った後、椽に顔を向けてにやりと笑った。

「いや——失礼ですが、こりゃ妙なデマも流れますよ。慥かに独身のおっさんには目の毒の美人じゃないですか。しかし先輩の好みはもっと肉感的なタイプかと思ってたんですが——知的なタイプってのもいけるんですか」

「おい高杉」

巫山戯《ふざけ》てる余裕はないんだよ俺には——と椽は凄《すご》んだ。

「解ってますよ。他の連中はともかく私はそんなことだって信じてないですよ。先輩知ってれば、あり得ないことだってすぐ解りますって。だからこうして勤務時間外に捜してたんです」

「俺をか」

お二人をですよ——と高杉は言った。

「石田管理官——あれ、様子が変ですよ」

「様子って——何だ？」

「署内でも気がついてるものは多い。先輩に対する処遇も含めて——かなり変です」

椽は何処か気が抜けたような顔をして静枝の方を向いた。

「とにかく安全な場所に移動しましょう。自前の車輛——用意してます」

高杉はそう言った。

021

ただ、何かの匂いがした。

時間が判らない。場所が判らない。何も、解らない。

昏《くら》くて――畏《こわ》い。

暗くて――恐《こわ》い。

幽《くら》くて――怖い。

ちゃんとカウントしてくれなければ、一分も十分も同じ時間の塊《かたまり》だ。

緯度と経度と高度と――それが交わる点が、その点こそが自分の居場所だ。

点には質量はない。

だからほんの少しぶれただけでも自分が何ものか判らなくなる。それぞれの数値が出ていなければ自分などないに等しい。

だから誰かがちゃんと俯瞰《ふかん》して視《み》ていてくれなければ、誰かがそれを保証してくれなくては、葉月はこの世からいなくなってしまう。

麗猫の言った通り、端末は先端だ。先端というのは概念であって、やはり質量はない。その背後に何かが連なっていてこその先端である。いや――。

先端ではなく端末なのだ。

端末というのは一番端ということで、つまり本体は別にあるということだ。

どこかに本当の世界があって、葉月はそこから繋《つな》がっている。

繋がることで生きているような気になっている。

その、どこか他にある真実の世界を、葉月はモニタを通じて眺めているだけなのだ。

生きているんだか死んでいるんだか、それじゃあ判りやしない。

葉月の心臓が止まったって、呼吸が止まったって、脳波が止まったって、何も変わりはしないことになる。数え切れない程ある先端のひとつが、ぷつんと消えるだけだから。元々質量のないものが、本当になくなるだけだから。

それなのに——。

どうしてこんなに怖いんだろう。

思い出すだけで頸《くび》から背中にかけてが硬直する。指先が震える。喉《のど》が渇く。

あの男は——刃物を持っていた。あの刃物で、あの鋭い金属で、葉月の躰《からだ》を切り裂くつもりだったのか。刺し貫くつもりだったのか。

——痛い。

痛いよう。

こんな気持ちになるくらいなら生きていない方がいい。こんな。


こんなのは厭《いや》だもの。

薄気味の悪い唸《うな》り声がする。

鳩の声だ。

言葉にできない音。あの——喉が鳴るのか。

ちかちかと爪《つめ》を立てて歩く音や、ふさふさと羽毛をつつく音。

みんな気持ち悪い。動物は可愛くない。可愛く見えない。祐子が羨《うらや》ましい。

祐子が——。

矢部祐子は死んでしまったけれど。

——ちっとも実感がない。何もリアルじゃない。

実感がないのに、何でこんなに悲しいんだろう。

そして葉月は、膝《ひざ》を抱え、頭《こうべ》を垂れて、しくしくと泣いた。

鳩がバタバタと騒いだ。

死んでしまいたい。

そう思った。その時。

扉が開いた。

怯《おび》えた葉月がまず観たものは、扉の外に立っている黒い影の肩越しに静止した、円《まる》い、月だった。

「牧野――」

呼んでいる。

「ここに――いたのか」

「あ――」

歩未。

「あゆみ――」

初めてそう呼んだ。

躰がいうことを聞かない。

と、いうより、こういう時に、どういうリアクションをとるべきなのか、或《あるい》はとるものなのか、葉月は知らなかった。

ただ顔だけを上げた。

ぼろぼろと泪《なみだ》が零《こぼ》れた。

感情が流す泪ではなかった。


何処《どこ》へ行っていたの、怖かったんだ、殺されかけたんだ、どうして何も言ってくれないの、何で何も尋《き》いてくれないの、あなたは大丈夫だったの、心配したよ――。

心配してよ。

言いたいことも尋きたいことも山のようにあったのだけれど、どれをとっても葉月の心境を言い当てているものはなくて、考えること、頭に浮かぶことが全部的外れで、他人が適当に考えた自分の性格みたいに、当たってもいるし外れてもいた。だから結局何も言えなくて、随分逡巡《しゅんじゅん》した挙げ句に葉月が言った言葉といえば、

「ごめんね」

御免なさいのひと言だった。

「何が」

いつもとまるで変わらない歩未。

歩未は鳩のワイヤーを覗《のぞ》き込む。麗猫が壊してしまったところだ。

「勝手に——上がり込んだから」

「構わない。これは——あの猫という人の仕業《しわざ》？」

そう、と言って葉月は膝を抱え直した。

「誰に襲われた」

「エリア警備」

何故《なぜ》かすんなり答えられた。それは兇《おそ》ろしい体験だったのだけれど。

「本物？」

「本物——だった。でも——矢部さんを攫《さら》った連中」

「ああ」

歩未はワイヤーにかけた手を止めて、一度上を向いた。

「私、ここしか来るとこなかったから」

「ここも——それ程安全じゃないかも」

「そうなの？」

「そうみたいだ。不破さんも言っていた。正しい意見だと思う」

「不破？　カウンセラーの？」

「そう」

「カウンセラーに——会ったの？」

「会ったよ。君と都築を頼もうと思ったんだ」

「頼む？」

「警察やエリア警備に通報するのは危険だと思ったから。あの時も止めたろ？　でも君達は大丈夫だと言って聞かなかっただろ。だから——何とか力になって貰《もら》おうとした」

慥《たし》かに歩未は美緒の発案——葉月の養父を通じてエリア警備に問い合わせること——に反対した。歩未は危険だと言ったのだ。美緒は何故危険なのか判らないと言った。

葉月は——。

よく判らなかった。

けれども結局賛成した。

祐子とのことがなかったことにされるのが、何だか寂しかったのだ。

しかし歩未の懸念は当たっていたことになる。話が通った途端に、葉月はエリア警備員に襲われたのだ。

「不破は——不破さんは」

あの人は味方だと歩未は言った。

「味方って——」

信用できるということと葉月は尋いた。

「信用できるかどうかは、正直言って判らない。でも——あの人は僕らを害するようなことだけは絶対にしない。それは——判ったから」

「判った？」

葉月は不破に対して特別な感情も感想も、何も持っていない。ただ、嫌いではない。

不破は以前、カウンセラーなんかにあなた達子供のことは絶対に解らないと、そう瞭然《はっきり》言った。いつのことかは忘れたけれど凄く印象的で、それ以降葉月は不破に好感を持ったことを覚えている。解ったふりをされるより一万倍好いと思ったからだ。


「大人は賢い。僕らとは違う。嘘《うそ》も上手《うま》いし、立場もある。だけど——僕が接触した所為《せい》で、あの人も行く場所がなくなってしまった」

不破カウンセラーの身にも何かあったというのだろうか。

歩未は力任せにワイヤーのフレームを曲げて、何とか鳩と人との境界を復帰させた。

それから歩未は、暫《しばら》く鳩を見ていた。

「君の家に——行ってみた」

「私の？」

「警察が大勢いた。ドアが破られていたから——誰が見たって何かあったことは判る。お父さんも来ていたみたいだけど——姿は見えなかった」

養父。

心配しているだろうか。

優しい人だから——それは歩未の言う大人の嘘なのかもしれないし、大人の立場なのかもしれないけれど——それでも心配はしているだろうと思う。

思うけれど、何の確証もない。会いたいと思ったことなどなかったけれど、今だけは、少しだけ会いたいような気がしている。心配してくれていることを眼の前でプレゼンテーションして欲しい。そうでなくては。

判らないから。

「今――下のモニタを観てみた」

モニタ。

実相を覗く窓――。

「カメのアイコン開いたら――都築から伝言があった」

「都築――」

美緒は。美緒はどうしているのだろう。

「都築無事なの？」

「牧野を呼び出した後――警察が来たとか書いてあった。猫の線から疑われたって。尾行されるのでここには来られないし、張り込みされてるから絶対家には来るな――って」

「じゃあ――無事――なんだ」

どうかな――と歩未は言った。

「だって警察に囲まれてるんなら――安全なのじゃないの」

「牧野は――エリア警備に襲われた――そうなんだろ」

「そう。でも」

「警察だってまるごと信用はできないよ。牧野の家で起きたことだってデタラメが報告されていた。お父さんにもそう報告されてるはずだ。どうやら悪者にされてるのは――ここの金網を破った人さ」

「麗猫？　違う。あの人は」

「助けてくれたんだろ。あれ――」

正義の味方だねと歩未は言った。

「嘘を見破ったのは作倉だ。僕は、作倉に聞いたんだ」

「作倉？　作倉って――」

お葬式娘さと歩未は言った。

それは——矢部祐子の家を訪ねたと美緒が言っていた娘か。

「事情聴取中に不審な情報に気づいて、わざわざ僕のところまで報《しら》せに来てくれた。それで、物好きにも君の家まで付いて来たんだ。危ないから帰したけど——心配してた」

「心配って——私のこと？」

歩未は振り向いて頷《うなず》いた。

「どうして？」

葉月にはその人に心配される謂《いわ》れがない。

そう言うと、自分だって矢部のこと心配してたじゃないかと歩未は言った。

「そうだけど——でも」

少し違う気がする。作倉という人には——接触したことがない。

「都築にしろ作倉にしろ——変なヤツは他人を心配するものらしい。気にすることはないよ」

「気にしてないけど——」

よく判らない。

「都築に——返信した？」

「しない。僕はメールあんまり好きじゃないから」

「大丈夫かな」

「ほら、自分だって心配している」

「歩未はしていないの？　誰かのこと——心配」

しないよと歩未は即答した。

「僕は心配なんかしない」

「でも——捜してくれた」

「心配する代わりに捜したんだよ」

歩未は机の下から箱を出して、蓋《ふた》を開けた。

「心配したって死ぬ者は死ぬ。しなくたって生きる者は生きる。自分の心の中がどんな風になってたって、それがこの世界に与える影響なんかない。祈れば何とかなるとか、願えば叶《かな》うとか、思えば通じるとか、僕は思わないから。だから——心配する暇があるなら何かする」

「する？」

「考えてたって悩んでたって、それは自分だけのことだから。何かするよ。僕は——人と関わるのが下手《へた》なんだ」

歩未は箱の中の重たそうなものを手に取った。

「そんなの。私だって」

「それなら解るだろ。例えば——僕が牧野のこと凄く心配してたとする。でも、僕にはその気持ちを牧野に伝えるだけの表現力がない。牧野には僕が心配していることが判らない。離れていたなら余計に判らない。だから——何かするしかない」

心は通じないよと歩未は言った。

そして箱の蓋を閉じた。

「人の心はこうやって箱に入ってる。外から何が入ってるかは想像するしかない。互いに想像し合って、それで通じたような気になるだけだ。合ってる時もあるし外れてる時もある。でも合ってるかどうかも——想像するしかない。だから」

歩未は箱の蓋を示す。

「この蓋にね、中にはこんなものが入っていますと書いて、知らせることができる人もいる。ラベルを貼られることもある」

でもさ——歩未は立ち上がった。

そして机の上に置いてあったサポーターを各部に装着した。

「何が書いてあったって、どんなラベルが貼られてたって、蓋は開けられないんだから、本当かどうか判らないいんだ。信用できるのかできないのか——結局想像することになる」

歩未は左手にトレーニンググローブを嵌《は》めた。

「僕は、蓋に何か書くような器用な真似はできないし、他人の箱の中を想像するような面倒なことも嫌いだ。だから——一人でいるんだ」

しゅ、と音がした。

衝撃吸収用のライフベストが歩未の躰に密着した音だ。

「僕は冷たいいか」

「判らない」

いや。

歩未の話はよく解る。

でも葉月は歩未のように振る舞うことはできない。強いとか、弱いとか、そういうことではないように思う。

不破の前任のカウンセラーは、葉月に強くなりなさいと言った。

何かに依存して生きるのではなく、自立しなさいと言った。所詮《しょせん》、人は一人だからと、自分の身を守ることは自分にしかできないからと、その強い女性は言った。それは正しいと思った。

でもその人は、五年前に自殺した。

その人が間違っていると葉月は思わなかった。外敵から身を守れる強い自己は、自分を滅ぼすこともできるんだと思っただけである。

養父はよく、人は一人では生きられないのですと言う。

人間は助け合い支え合って、何とか生きているんですと、そう言う。だから他人には優しくするのですよと、そうも教わった。それも正しいと、葉月は思う。生活に必要なことは全部誰かがしてくれている。そういう仕組みの中でだけ、葉月は生存を許されている。だから葉月も、やがてはその仕組みの中で何かの役割を担わなければならないのだと――葉月は何の疑問もなく思っていた。そうした考え方を無条件に受け入れていた。

でも。

所詮は一人なのか、一人では生きられないのか。

そうした言説は常に正反対のことを言う。葉月はそれを無矛盾に受け入れている。

普段はそれでも構わない。困ることなどない。でも、少し考えると、すぐに解らなくなる。どっちが正しくても、どっちが間違っていても――これではどっちつかずの、駄目な人間のような気になってしまう。そうして、何度か解らなくなって――。

解る訳ないんだから。

赦《ゆる》してあげなさい。

――ああ。不破がそう言ったんだ。

カウンセラーに。

カウンセラーに、あなた達児童のことなんかが解る訳ないの。あなた自身にだって解らないんでしょう。自分のこと解ろうとするなんて無駄。私だって解らない。だから――赦してあげなさい。

――赦してあげなさい。

そうか。

不破はそう言ったんだ。

人間が一人では生きられない、生きて行けないというのは本当よ。でも、所詮一人だというのも本当なんでしょうね。あなたは何も間違ってない。でも、無理して強くなろうと思うことなんかないと思うけど。一番にならなきゃ駄目とか、頑張れとか負けるなとか、そんなこと言うヤツはどっか行って欲しいと私は思うの。

勝ったとか負けたとか、順番がどうだとか、そんなくだらないことに命削《けず》るような生き方してるから人間は駄目になるのよ。そんなことどうだっていいことだもの――。

私もあなたも弱くて駄目な人間よ。

どこが悪いのよ。

どこが。

――どこが悪いのよ、か。

そう言ったんだ。その時の不破の言葉を、葉月はすっかり思い出した。

そうしたら少しだけ元気が出た。

形式的なものとしか思っていなかったけれど、カウンセリングも役に立つんだ。

お腹空いたろと歩未が言った。

喉が渇いたと葉月が言うと、歩未はウォーターパックをくれた。

「牧野――また何も食べてないんじゃないのか」

「食べたよ。残したけど」

それは本当だ。養父からメールが届く前に、スープだけ飲んだのだ。

喉が貼りついたみたいになっていて、葉月は少し噎《む》せた。

「食べた方がいい」

歩未はジャンクフードを葉月の横に置いた。

「食べなければ弱る。襲われなくたって――病気で死ぬ奴もいる」

そうかもしれない。葉月は歩未の言う通りにその人工食材を口に運び、懸命に咀嚼《そしゃく》して嚥下《えんか》した。空腹感はなかったのだが、飲み込んだものが躰に吸収されて行くような感覚はあった。

手にした食品を見る。嚙《か》み取った痕《あと》が湿ってている。人工肉である。これは――動物の死骸を模したものなのだ。味も食感も本物と同じとパッケージには書いてあるが、その本物を葉月は知らない。勿《もち》論《ろん》、何でできているのかも判らない。その正体不明の食材が葉月の血となり肉となるのだ。

何だか訳の判らないもので自分はでき上がっているんだなと葉月は思った。

「食べたら寝た方がいい。床に座ってると疲れが取れない」

「でも」

「家には――帰らない方がいいかも。殺されることはないと思うけど、色々尋かれる。で、何を話してもひとつも信じて貰えない可能性がある。もう、筋書きはできてるんだ」

「本当のことを話しても信じて貰えないの?」

「たぶん」

「でも――警察は麗猫を疑ってるんでしょ」

「疑ってるというよりも、もう決めてる。あれ程犯人に相応《ふさわ》しい人はいないから」

「全然違う。犯人は大きな男だった。ヘッドアートの男と、それから」

「牧野」

歩未は手を伸ばした。葉月はその手を握る。

「いいかい。麗猫は犯人じゃないって君が主張すればする程——あの人は不利になるんだ」

葉月は立ち上がり、椅子に座った。

「どうして？」

「何故未登録住民が君を助ける？」

「それは——」

「いくら君を助けようとしたといっても、あの人がやっつけた悪者はエリア警備員だ。もう、勝手な報告があがってる。ストーリーはできてる」

「でも嘘だもの」

「完成したストーリーを変更するには色々手続きがいるんだ。成り行きを話さないで全部を説明することはできない。成り行きを話せば——あの人が川端や中村と喧嘩したことも話さなくちゃならない。両方とも死んだ。あの人は犯人じゃないけど、警察はそうは思わない」

「どうしようもないの」

「い、い、いや、そんなことはないよ」

歩未はベッドのある部屋の扉を開けた。

「まず——休んで。目が覚めたら——お父さんのところに行くんだ」

「え？」

「大丈夫。お父さんだろ」

養父よと葉月は言った。

「血縁なんて関係ないよ。全然関係ない。君のお父さんは——少なくとも君を殺さない。なら、そこはどこより安全だ。警察もエリア警備も、今のところは——信用しない方がいい」

歩未は真っ直ぐに葉月を見た。この間までは視線を交えることすらなかったのに。

葉月はふらりと立ち上がった。

「歩未は——どうするの」

「僕はいいんだ」

「良くないよ。どこか——行くの？」

歩未は答えずに鳩の方を向いた。

「どこも行かないで」

「僕を心配してくれるの」

「そうじゃなくて――」

怖いからどこも行かないでと葉月は言った。

そして歩未の腕を摑《つか》んだ。

子供みたいだと思った。

「行かないで。一人になりたくない」

「行かないよ」

大丈夫だと言って、歩未は葉月を部屋に導き入れ、ベッドに座らせた。

「牧野が起きるまではここにいる。とにかく眠れ」

「ほんとに」

「さっきも言っただろ。ここだって安全じゃない」

「だから」

朝まで見張ってるよと歩未は言った。

そして葉月は言われるままに、靴を脱ぎ、祐子が寝ていたベッドに横たわった。

手脚を伸ばすと関節が痛んだ。伸ばし切ると急に、頭の芯《しん》の方がぼうっとした。

歩未が部屋を出る。
天窓に円いモニタが光っている。あれは――。
――違うよ。反射してるだけさ。
おやすみ、と言う声が聞こえて、たぶん扉が閉まる前に、葉月は意識を失った。
隣に矢部祐子が寝ている、そんな夢を見た。
隣の部屋には歩未と美緒と麗猫と、
そして葉月自身がいる。
じゃあ私は誰なんだろうと、夢の中の葉月は思っている。
何か話しているけれど、よく聞こえない。
何か食べている。だから生きている。
祐子は――。
ばさばさという、聞き慣れない音がした。ヘルパーが来たのかな。
瞼《まぶた》が紅《あか》く透けて、薄眼を開けると天窓が光っていた。
おかしいな、天井に窓がある。

——朝。

葉月は眼を開けて身を起こした。

眩《まぶ》しい。ここはどこなんだ。

——歩未。

ひとりにしないで。

葉月は飛び起きて扉に向かった。躰が痛い。倦怠《だる》い。動きたくない。でも置き去りにされるくらいなら。私は今ここにいる。生きている。置いていかないで。

扉を開けると鳩の金網の前に歩未が立っていた。

「歩未」

「起こしちゃった？」

それ程の光量ではないのに、酷《ひど》く眩《まぶ》しかった。

「歩未ずっと起きてたの？」

「ずっとって——たった四時間。まだ四時だよ」

「四時——午前四時？」

歩未は鳩を一羽抱いていた。

「その——鳩は何？」

「麗猫が持って行った鳩だよ。さっき戻って来た」

「麗猫が連れてった鳩なの——」

必ずここに戻って来る——。

それまで動かないで——。

「何かあったのね」

歩未は無言で腕を差し出した。

その指先には小さなものが抓《つま》まれていた。

それは——ピンク色の、ネオセラミックの、小さな石だった。

「それは——？」

「鳩の脚に括《くく》ってあった。矢部のピアスだね」

ピンク色の祐子のピンク色のピアス。

「どこに——いや、どこで見つけたの」

それ——歩未は机上の布のようなものを示した。

「脚に結んであった天然繊維の布。麗猫の。そこに書いてあった」

「書く？　布に？」

血でね——と歩未は簡単に言った。

「血？　よく判んない。布に——血？」

「書くものないだろ。紙とかないし。あの人——結構血を流す人みたいだから、それで書いたんだ。百十九エリアのＳＶＣ創立記念センタービル——だって」

「何でそんなところに——このピアスが？」

「麗猫は——牧野を襲った連中を追っかけて行ったんだろ。それで拾ったんだ」

「だからどうして——」

祐子の耳にあったピアス。

歩未の鞄《かばん》に引っ掛かって。

美緒の家に落っこちて——。

このピアスがあったから。このピンク色の石がなかったら——。

「矢部はたぶん——そこで殺されたんだ」

歩未はそう言った。

——殺された。

そのひと言で、葉月は完全に覚醒《かくせい》した。


「まさか——歩未」

歩未は鳩を金網の向こうに放した。ばさばさと羽ばたいて、鳩は窓の下まで飛んだ。

「まあ——もう一度寝ろといっても無理そうだね。下に行って——シャワーでも浴びた方がいい。用意ができたら——僕はここを出る。君はお父さんのところに行くんだ。下のメイン端末から連絡を入れるといい」

「そんなことしたら——ここから発信したって判っちゃうよ」

迷惑をかけることになる。

「僕なら——もういいんだ」

歩未はドアの方に向かう。葉月はその前に出た。

「良くないよ。何するつもり？」

「牧野には関係ない」

「関係なくなんかない。歩未——そこに行くつもりなんでしょ」

行くよ——と歩未は言った。

「何で？」

「行っちゃいけないかな」

「どうして——行くの？　危ないだけだよ。人と関わるのイヤって言ったじゃない。子供のすることじゃないとか言ってたじゃない。関係ないって、ほっておけって言ったでしょ」

歩未は悲しそうな眼で葉月を見た。

「僕には——責任があるんだ」

「責任？」

「人を殺すのは」

良くないことだから、と歩未は言った。

「そんなこと——歩未は正義の味方じゃないんでしょ」

「そう。僕は正義の味方じゃない。でも——これ以上麗猫に損な役回りをさせる訳にも行かないよ。あの人は何も悪くないから」

早くシャワーを浴びて来なよと言って歩未はＩＤカードを差し出した。

「二人で入れば記録が残るけど、僕のカードで入ればセンサには誰だか判らない。ロックはしてないから暗証番号の入力はいらない。カードで開くよ。カードは——出る時扉の前にでも置いといて」

「駄目ッ——」

そう叫んで葉月は入口に立ち塞がった。

「どいてよ牧野」

「い——いや。ひとりになるのは厭ッ」

「だから——下の端末からお父さんに連絡して」

いやッ、と葉月はだだを捏《こ》ねるように叫んだ。

「父に連絡が取れなかったら私はどうなるの？　連絡が取れたって接触できるかどうか判らないもの。あの人はいつも遠くにいるの。接触には時間がかかる。そしたらたぶん、父は警察に報せるに決まってる。警察やエリア警備が信用できないなんて父は考えていないから。あの人は子供じゃないから。そんな夢みたいなこと信じないから。私がいくら説明したって——きっと笑われるだけだから——」

歩未は不思議そうに葉月の顔を眺めた。

驚いたのだろう。葉月だって驚いている。葉月は今までに、怒鳴ったことも、こんなに主張したこともない。それでも譲れない。

こうでも言わないと――。

歩未は行ってしまう。そしたら歩未まで死んでしまう。

「とにかく――シャワー浴びなよ。汚れてる」

「ここで待ってて。私が戻るまで。約束してくれなくちゃ、私は――」

解ったよ、と歩未は言った。

葉月はその眼を見つめる。本当かどうか見極めようとする。

――ほんとう。

無根拠にそう思った。いや――本当は判らなかったのだ。判らなかったというより、きっと歩未は葉月を置いて行ってしまうと、そう思っていたのかもしれない。


「すぐ来るから。待ってて」

葉月は急いで靴を履き、屋上に走り出た。

白くて紅くて明るくて、
雲があって、眩しくて、光っていて。

あんまり空が大きくて――目が回りそうになった。

螺旋《らせん》を回る。家の横を抜けて、玄関に出る。

カードを通す。ドアを開ける。見知らぬ家。

シャワーを浴びたかったのは事実だけれど、気が逸《はや》った。

視線が散る。

取り敢《あ》えず目についたモニタを立ちあげて、トイレにだけ行った。戻るなりモニタを覗き込む。

――カメのアイコン。

開くと、歩未が言っていた通りのメッセージが書き込まれていた。

――教えなきゃ。

美緒にはどうしても教えなきゃと、そう思った。

矢部のピアスが119E・SVC創立記念センタービルで発見されました。発見したのはネコ　葉月。

キーから指を離した途端にウインドウは閉じた。

――おとうさん。

アクセスしてみたものか。

――どうしよう。

僅《わず》かに逡巡した。

歩未は構わないと言うけれど、ここから発信したことが判れば歩未にも迷惑がかかる。でも、このままではどうにもならない。正直に養父に話せば、力になってくれるかもしれない。何としても――歩未だけでも助けなければ。

通信モードにした。その途端に――。

「何これ？」

アクセス拒否――か。いや。

画面が変だ。葉月は急いでモードを切り替える。

――利《き》かない。壊れてる？

違う。

葉月は電源を落として強制的にモニタを消した。

――拙《まず》い。

葉月は椅子を倒して玄関に駆けた。靴を持ってドアを開け、開け放したまま裏手に走った。

「歩未！　アユミッ」

螺旋階段を駆け上がる。このままぐるぐる回りながら天に昇って行きそうだ。鉄を蹴《け》る音がして、眼の前に歩未が立った。ぶつかりそうになって葉月の回転は止まった。どうしたと歩未が問う。バックパックを手に持ってウエストバッグを装着している。靴もオフロード用に履き替えている。

「駄目。通信回線は」

「押さえられてる？」

「たぶん」

「アクセスできないの？」

「できるみたいだけど――アクセスしたら、した途端に」

「解った。行こう」

「一緒に？」

「一緒に。その方が——まだ安全かもしれない」

歩未は螺旋階段の一番上に立って、真っ直ぐな視線を遥《はる》か遠くに投げかけた。最初に葉月がここに来た夜、眺めていた方向である。

「あの——トラフィックロードを行く」

「え？　あの高架の——上？」

祐子が襲われた場所。その上を走る大きな道路。

「あんなところ歩けるの？」

「運搬車輛専用道路だけど、地下に同じ経路の搬送パイプができてるし、途中隣のエリアの商用区域に隣接しているから規制があるんだ。六時から十八時までは何も通らない。百十九エリアに行くなら最短だ。夕方には着く」

大丈夫かい、と歩未は言った。

「ずっと——歩くよ」

「行く」


死にたくない。湿った暗い場所で泣いていた時は死にたくなったのに。

もう死にたくない。

「もうひとり子供が攫《さら》われてる。不破さんも捕まってるかもしれない。猫や都築の命だって知れたもんじゃない。僕も君も危ない。それでも——行く？」

行くと答えた。凝乎《じっ》としていても危ないことに変わりはない。ひとりで膝を抱えて泣いていたりしたら、また——死にたくなるかもしれない。

「じゃあ——水持って。すぐ行こう。あいつらはきっと、もうここに向かってる」

歩未はひらりと身を翻《ひるがえ》した。行く手に十万ルクスの太陽が昇る。

そこには——何の希望もないのだけれど。

022

乗り心地が良いとは決していえなかったし、気分も凄《すご》く悪かったのだけれど、それでも叢《くさむら》に身を潜《ひそ》め地べたに這《は》い蹲《つくば》っているような状況に比べれば、高杉の運転する旧式電動車の後部座席は遥《はる》かに快適だった。

高杉は頻《しき》りに椽の運の強さを強調した。

高杉が訪れた時、エリア警備の巡回車がすぐ隣の公道を捜索していたらしい。先を越されては一大事と考えた高杉は、半ば賭けをするようなつもりで電動車を降りて、遊歩道に入ったのだという。

そこで、高杉は子供が二人駆けて行くのを目撃した。外出禁止の指導があるのに何だろうと後を追いかけて、そこではたと気づいたのだそうだ。

勿論《もちろん》、椽が静枝を拉致《らち》する際に児童が一緒に攫《さら》われたという、合っているのか間違っているのかよく判らない情報を——である。

「あそこであの子を保護しようとしてたら、先輩間違いなく捕まってましたよ。何しろ森の中ったって、二人で突っ立って大声出してるんですから。身の程を知らない」

高杉はそう言った。

慥《たし》かに静枝も椽も、あの時は自分達がどれだけ窮地に立たされているのか全く自覚していなかった。

過酷な状況下にあるという自覚がまるでなかったのだ。いや、それを自覚しようと努力した結果、あんな状況下で大声を出したりしたのである。

——歩末はどうしたろう。

そこで漸《ようや》く静枝はそう思った。

あの凛々《りり》しい娘はいったいどこに行ったのか。あそこで行かせてしまったことが果たして正しい判断だったのかどうか、静枝は考えて、考えあぐねた。

自分達と一緒にいることは決して好ましいことではない。しかし殺人鬼が横行している夜の巷《ちまた》に少女を放つことが、果たして思慮ある大人の遣《や》ることなのだろうかとも思う。

牧野葉月はどうしただろう。都築美緒はどうしただろう。

あの娘達は――。

結局静枝は誰を護《まも》ることも救うこともできない。

静枝は世界を赦《ゆる》すことができない、自分すら赦すことができない出来損ないのカウンセラーなのだから、それも仕方がないことかもしれない。

鬱々《うつうつ》とした。熱い湯を張ったバスタブがやけに恋しかった。清潔なのに消毒薬の刺激臭がしないボディソープの匂いは、静枝が赦す数少ない芳香のひとつである。

充電パーキングに止まった。

最近は充電式の電動車は少ないから人はひとりもいなかった。

パーキングには有料のトイレと、リアルショップがある。静枝も橡もカードを使うことができないので、二人とも高杉のカードを使用した。男性用のトイレに入るのは死ぬ程抵抗があったのだけれど、それでもそうするより仕方がない。リアルショップは有人なので買い物は高杉にしてもらうよりなく、静枝はやはりかなりの抵抗感を無理矢理抑えつけ、ストッキングの購入を依頼した。本当は――全身まるごと着替えたかったのだが。

凡《およ》そ人の食するものとは思えないジャンクフードを食べて、何故《なぜ》か凍結寸前まで冷えたミネラルウォーターを飲んだ。不思議なもので、それでも胃の中にものが入ることで、少し静枝は落ち着きを取り戻した。結局、人間はただの動物なのだと静枝は実感した。

「さて」

運転席の高杉が振り向いた。

「取《あ》り敢えず——こんなとこまでドライヴしましたけど——」

どうします、と高杉は尋《き》いた。

「どうするって——お前はどうしてくれるんだよ」

「私は見ての通りオフですよ」

「馬鹿野郎、お前この大事件の最中に休暇とったのか?」

「何言ってるんですか先輩。公務員がそんな非人道的なこと言ってどうするんです? 五十年前のサラリーマンでもあるまいし、時代錯誤も甚《はなは》だしい」

「俺はな、三十年前から古臭い頭が堅いと言われ続けてるんだ。いいか、お前の世代の常識は全部俺達が作ったものだ。俺にしてみりゃお前達の方が古いんだよ。これからは——もっと働かなくちゃ」

困りましたねえと言って高杉はいっそう後ろに乗り出して、静枝の方を見た。

「カウンセリングしてやってくださいよこの困ったおじさんを。あのね先輩、仕事してないのは先輩でしょ。私はね、有休棒に振って、その困った先輩を助けに来たんですよ。こりゃ明らかに服務規程違反なんですから。バレたら私も処分されるんですから。厭《いや》ですよ降格させられるのは」

だから俺に構うなと言ってるんだよと椽は虚勢を張った。

「ロクなことはないんだよ」

「知ってますよ。構うなって言いますけどね、相川亜寿美のデータ見せろとか、そういうこと言って来るのは先輩でしょ。まあ——お蔭《かげ》で僕にも見えてきましたけどね。真相が」

「それだよ」

今度は椽が乗り出した。

「お前——さっき石田管理官が変だとか言ってなかったか」

「言いました。あの人は——変です」

「どう変なんだよ。俺は――あの人が怪しいとは考えたが、それは全部状況証拠からの推測だ。あの人本人が変だと感じたことはない」

そうですか――と高杉は気楽な声を発した。

「ああ、先輩は管理職じゃないからな」

「何だよ。そりゃお前はもう警部だ。俺はただの巡査部長だ。悪いか」

「悪くないですよ。ですからね、幹部会議があるんですよ。警部階級以上にしか流れないデータだってある。ま、着任以来、あの人の橡兜次嫌《とうじ》いは有名でしたからね」

嫌われてた自覚はあったよと橡は言った。

「ヒステリックに糾弾《きゅうだん》してました。ほら――先輩、去年の事件に就《つ》いての意見書を提出したでしょ。あれ却下したのだって石田さんですよ。ほら、その時はあっちの県警にいたでしょう、あの人。R捜査課長だったんですよ。こっちの管理官にクレームつけたのだってあの人です」

「そうなのか」

「そうですよ。ほら、前の管理官は年齢が微妙だったでしょ。上手《うま》く行けば昇進するはずだったけど、一歩間違うとV捜査課の下っ端に組み替えですからね。どうせみんな最後は下に行くんですから、それまでに少しでも上に行きたい。だから――後任に内定してた石田さんの顔を立てるという形で、先輩は訓告です」

「石田がごねると降格になるのか？　人事権が後任者にある訳じゃないだろ」

先輩――と高杉は妙な声を発した。

「先輩だって僕と同じ百十九エリアの出身でしょうに。なら石田さんがどういう人かは知ってるでしょう。あの人はただのエリートじゃないですよ」

承知してるよと橡は言った。

「郷土の恩人鈴木敬太郎の曾孫《ひまご》だろう」

「鈴木敬太郎は単なる食品加工会社の親爺じゃないですよ」

高杉は困ったように眉を顰《ひそ》めた。

「あの人は一部の人間にとっては神に等しい存在なんです。動物を殺さずに動物性蛋白源《たんぱくげん》を摂取する方法を編み出した人物ということで、まず動物愛護団体――今の生命保護団体が持ち上げた。それを足場に海外での人脈を作ったんですね。食糧難の国に工場作って、安価な人工肉をどんどん吐き出した。これが結局莫大な利益を齎《もたら》したんですな」

「知ってるよ。食と職の両方を提供した恩人だと何かに書いてあったな。嘘臭い外国人の感謝文が載ってたぞ」

「いや、慥《たし》かに雇用問題や食糧問題への貢献は高く評価された訳ですが、鈴木敬太郎が崇《あが》められる理由はそういう現世利益的な功績からだけじゃないんです。ほら、宗教上の理由で牛やら豚が喰えない国があるでしょう。そこでも食べられる訳だし」

「牛や豚を模したものなら喰ってもいいのか？　レプリカでもウシはウシだぞ」

「だって、結局完全な合成食品ですからね。天然の混ぜ物はない。牛肉に豚肉混ぜてるとか、そういうのじゃない。最初は先輩の言う通り模しても駄目という意見はあったようですが、背に腹は代えられなかった。牛に似せたとか豚に似せたという表示をやめれば、単なる化学的な化合物ですからね。それに、そのダミーミートのお蔭で、例えば他国でも牛や豚を殺さないで済む訳ですからね。神聖視している動物のためにもなる」

そうしてできたコネクションは馬鹿にできないものだったんですよ、と高杉は言った。

「この国が世界に先駆けて合成食材への完全転換を為《な》し得たのだって、当然SVCの圧力があったわけで――まあ二代目三代目の政治力もあったんでしょうが。SVCが政財界に並々ならぬ影響力を発揮できたのも結局は鈴木敬太郎のカリスマ性に依存するところが大きいんです」

「あの銅像はそんなに凄いか」

「凄いんでしょうね。今度――世界的に有名な、何とかいう賞が贈られるという話もあるくらいですからね。これは大変な栄誉ですがね、贈られるのは会社でも会長でもない、創立者の鈴木敬太郎本人なんですからね」

死人に贈られるのかと橡が問うと、死んでませんよと高杉は答えた。

「鈴木敬太郎は生きてますよ」

「百十九エリア住民の心の中に――か。聞き飽きたよその台詞《せりふ》は。何かある度《たび》に配信されて来るじゃないかよ。好い加減にしろ。百年も前の人間じゃないか」

「生まれたのはもっと前ですよ。でも鈴木敬太郎は我々住民の心の中に生きてるだけじゃないんです。彼を熱狂的に崇拝する人間は――政界にだって結構いる。自然保護を旗印にして政界進出した代議士は大抵鈴木の息がかかってる。石田さんはそのカリスマの――直系ですからね」

お前も俺ももう住民じゃないと橡は返した。

橡も色々言っていたが、石田という男は橡が思っていた以上に大物であるらしい。

自然保護という言葉は最近では当たり前過ぎて聞かなくなったが、十四五年前には何かにつけて重要なキーワードだった。もう駄目だもう駄目だと言われ続けて来た環境問題が、いよいよ崖《がけ》っぷちに来たと、国民全部が認識したのがその頃だったのだ。

環境保護問題は資源確保の問題や食糧問題と共に、何事にも優先されるべき事象として考えられた。それに抵触するような物事は、どんな些細《ささい》なことでも徹底的に糾弾された。

今思えば、それは一種のブームだったのだろう。

静枝はそう受け止めている。

時代の危機感というのは、一種の熱病のようなもので、通り過ぎれば結構さっぱりと忘れられてしまう。その当時は皆、自然保護という熱病に熱《う》かされていたのである。

環境破壊は慥《たし》かに今でも深刻な問題なのだが、正しいことでも度を越せば滑稽《こっけい》になる。静枝は当時まだ幼かったけれど、それに就いては妙に冷めていたと思う。

行政はいつでも少し遅れてブームを反映する。結局その時もそうだった。移動機械の規制や工業用機械の規制が段階的に行われ、最終的に合成食材の全面採用までには十年近くの歳月がかかっている。それでも、何かにつけて鈍々《のろのろ》しているこの国に於《お》いて、それらはかなり迅速な対応だったと受け止めるべきなのかもしれない。何故ならそれは普《あまね》く他国の判断に先行する形で採用されているからだ。合成食材全面転換は、この決断の苦手な国をして世界基準の範とし得る程の大英断だったようである。

その大英断の背後にも、鈴木敬太郎なる人物の影がある——ということだろう。

警察内部にも鈴木敬太郎信奉者はいるんですよと高杉は言った。

「狂信的というんですかねえ。彼らにとって石田さんは、だから特別な存在なんです。ですからね、まあ、忤《さか》わないに越したことはないんです」

「逆鱗《げきりん》に触れると俺みたいになる訳か」

「いや、そうじゃないですよ。本当に逆鱗に触れたら——」

こ、こ、こんなものじゃ、す、すみません、よ、と高杉は言った。

「ふうん」

「ふんじゃないですよ先輩。危ないのは——危ないんですから」

「だからって好き勝手していいということにはならん」

当然ですねと言って高杉は前を向いた。

「私が石田さんを変だというのは、何も先輩のことがあるからばかりじゃないんですよ。例の児童データの供出問題にしたって——必要性を説いてるのはあの人だけだ。上層部では問題視する幹部も少なからずいるようですからね——」

出しますよ、と高杉は言った。

「出すって――どうする」

「ここにいたって朝になれば捕まりますよ。移動するなら夜のうちです。今夜なら検問もないですから。先輩の境遇で移動機械を利用できると考えてる者は誰もいませんからね」

もう随分時間を潰《つぶ》してしまったですよと高杉は言った。静枝が覗き見ると、コントロールパネルの時刻表示は既に二時五十分だった。

「それにしたって行くところはないぜ」

「取り敢えず他のエリアに行きましょう。ああ、私の実家はどうです?」

「百十九エリアのか?」

「一旦《いったん》匿《かくま》いますから――後はご自分の家に行かれるとか」

「離婚してから帰ってないんだよ。何となく顔向けができない気がしてな。母親は孫の顔見たがってたからな」

贅沢《ぜいたく》は言ってられないですよと高杉は言う。

車輛は動き出す。

「そちらの不破さんを紹介して新しい配偶者だとか嘘吐《うそつ》いちゃどうです?」

「駄目だよ。大体、手配されたらまず実家に手が回るだろうがよ」

「ああ――じゃあやっぱり私のところにどうぞ。妹がひとりいますが、引き籠《こも》りで人には会いませんから――」

引き籠りなんですかと静枝は問うた。

「そうなんですよ。もう二十三なんですが、八つの頃から外に出ない。十五年ですよ。しかし今は、出なきゃ出ないで生活できますからね。特にあのエリアは福祉が充実してて」

それも鈴木敬太郎のお蔭かと橡は言った。

「そうですよ」

「偉大な男も――とんだ曾孫を持ったものだな」

「ええ。まあ、ねえ」

何だよと橡は問う。

「いや、先輩の言ってた通りですよ。石田さん、エリア警備との癒着《ゆちゃく》も取り沙汰《ざた》されてるんですよ」

「俺の言ってた通り？」

「言ってませんでしたか？　私物化してるって噂《うわさ》なんですよ。あの人はＳＶＣの方は曾孫ですけど、Ｄ＆Ｓの方は孫でしょ。等親が近い。その所為《せい》かいいように使ってるらしい。エリア警備は基本的に民間企業ですからね。警察と密接な協力態勢にあることは必要ですが、癒着しちゃあ拙《まず》いし、況《まし》てや一個人が動かしちゃ駄目でしょう」

「駄目だがな。おい高杉」

「なんです」

「お前どうして——俺を助けた？」

橡は妙なことを尋いた。

「そりゃ先輩を信用してるからですよ。よく言ってたじゃないですか。俺を信用するからお前は出世できないって」

車輛のスピードが速くなった。

「飛ばすな」

「もう三時過ぎですからね。なに、すぐです。明るくなる前に着きますよ」

「どこに着くんだ」

高杉は答えなかった。

車輛は大きく曲がった。

「少し——寝たらどうです。お二人とも疲れてるんじゃないですか」

「寝る——か。寝首でも掻《か》く気か」

「何を言ってるんだか。不破さん、やっぱりこの人はカウンセリングが必要ですよ。いいですか、いったい誰が好きこのんでこんなことしますか。私は石田管理官を疑ってるんです。あの人は警察官の立場を利用し、エリア警備を私物化して、連続殺人を繰り返している。こりゃ、前代未聞の極悪犯罪でしょう」

「お前も——そう思うのか」

何言ってるんですかと高杉が言った途端、窓の外がオレンジ色になった。

トンネルに入ったのだ。不快なノイズが充満する。移動機械は好きじゃない。

「先輩だってそう思ってるんでしょう。だからこそ謹慎中に家抜け出して、こんなことしてる訳でしょうに」

先輩は石田管理官を告発しようとしてるんでしょうと、高杉は抑揚なく言った。

「あのな、俺が家抜け出したのは石田を疑ったからじゃない。怪しいとは思ったが、まさかそんな狂気染《じ》みたことしてるとは考えなかった。俺はただ釈然としなかっただけだ。だがお前は——気がついていたのか？」

まあ——と高杉は言う。

よく聞き取れない。

型が古いので防音処理が今一つなのである。車窓《しゃそう》を、暖色系のライトが幾つも幾つも通り過ぎる。

麻酔でもかけられたように、ぼうっとする。

暫《しばら》く沈黙が続いた。

とても厭な沈黙だった。

静枝は暖色系のライトが嫌いなのである。息が詰まる。窓を開けたい衝動に駆られる。合成樹脂の匂いと、靴に付いた泥の匂いと、汗の匂いと。呼吸をするのが厭だった。しかし隧道《ずいどう》の途中で窓を開けたところで、埃《ほこり》っぽい、不潔な空気が流れ込んで来るだけである。

約二十分の間、ひたすら静枝は堪《た》えた。

トンネルを抜けるとすっと車内が静かになった。

もう、外はうっすらと明るい。

静枝は椽の横顔を盗み見た。

窶《やつ》れている。相変わらず泥で汚れた顔。疎《まば》らに生えた髭《ひげ》。眼の周りには隈《くまど》取りができている。

充血した眼は、運転席を睨《にら》んでいた。

「おい」

もう百十九エリアですと高杉は言った。

「間もなく――陽が昇る」

そりゃあ良かったなと橡は言った。

「何ですよ、先輩」

「高杉。お前な、昨日はどんな仕事した。センターに来てたのか」

「そりゃ大騒ぎでしたからね。中村が殺されて矢部祐子さんの屍体が発見されて」

「逆だろ。矢部の方が発見は早い」

「あ――そうですね。私は昨日は――女の子から事情聴《き》いてたんですよ。不破さんの事情聴取があった時も、別室であの娘さん――」

作倉雛子かと橡は問うた。

「そうそう。その子。あの変わった口の利《き》き方する女の子。苦労しましたよ、聞き出すの。結局収穫はなかったですが――」

カウンセラーも大変ですよね、と言って高杉はちらりと背後を気にした。

「来生とかいう娘の捜索には行かなかったのか」

「行きません」

「何で行かなかった」

「何言ってるんですか。だって――その時、丁度先輩達が騒ぎを起こしたんじゃないですか。私はもう気が気じゃなかったから――嘘吐いて外して貰ったんですよ。休暇願もその時に出した」

そうかい、と橡は低い声で言った。

「じゃあ――牧野邸の騒ぎが報告された時は、お前は石田と一緒に、作倉雛子の事情聴取をしてたんだな？」

「そうですよ。あれ、どうなったんですかねえ。未登録住民に誘拐されたとか――」

「お前何時に上がった」

橡は責め立てるように尋いた。

「だから僕は――牧野邸のセキュリティ異状があった後、作倉雛子さんを帰してですね」

「その段階で上がったとか言わないだろうな」

上がりましたよと高杉は言った。

「先輩が心配でしたからね。その時点で上がって、一旦エリア本部の宿舎に戻って着替えて、それからこの電動車調達して出て来たんですよ」

そうかい、そりゃ変だなあと橡は言った。

「変？」

「お前——さっき、俺が石田とエリア警備の関係に就いて疑ってるようなことをお前に言ったと、そう言っただろ」

「ええ言いました。それがどうしました」

「あのな、俺は一度だってお前にそんな話をしたことはないよ」

そうでしたかねえ、と高杉は上の空で答えた。

「いいか、高杉。俺はお前と違って平刑事だし、頭も悪い。だから俺がそこに気づいたのは、何を隠そう昨日の夜のことだ。白状するなら、これは俺の着想じゃなくて、お前に取り調べを受けてた作倉雛子の着想なんだよ」

「そ——そうですか」

「お前——雛子尾行《つけ》たな」

「ど、どうしてですか。私は」

「俺達の話——どこから聞いていた」

「妙なこと言いますね。何のことです。私はあの時女の子と擦れ違って、先輩達の大きな声を聞いて、それで見つけたんですから——ああ、先輩、石田さんとエリア警備の関係の話もしてたでしょう。僕はそれを遠耳《とおみみ》に聞いて、それで以前聞かされたように錯覚を」

「その話をしてた時は小声だった。遊歩道までは聞こえない」

そう。静枝が叢《くさむら》から出たのは橡が石田に対する疑惑を話し終えた後——高杉が現れた時のことだ。

高杉はそうですかねえ、などと答えた。

「じゃあ勘違いかなあ」

「お前——どうあってもあの時点で現れたと言い張るんだな。なら——どうして牧野県議の娘が未登録住民に攫《さら》われたこと知ってるんだ」

「それはだって、事情聴取中に」

「事情聴取中には——まだそこまで判ってなかったんだよ。エリア警備員にその事実が通達されたのは作倉雛子が解放された後のことなんだ。現場確認の時間があるだろうから捜査本部に連絡が入ったのはもっと後だよ。お前、その時もう上がってたんじゃないのか」

高杉は答えなかった。

「お前は石田が何者かに送った通信文の内容を知ってるな」

どうなんだ高杉ッ——と怒鳴って、榛は運転席を摑《つか》んだ。

「知っていますよ」

「何ィ」

榛は身構えた。

静枝は——急激に。

覚醒した。この男。

これは——。


嵌《は》めたな高杉ッと榛は怒鳴って運転席の方に乗り出した。

バチッと音がして小さな青い光が見えた。

榛が躱《かわ》す。

——スタンガンか。

「危ないなあ。私は運転中ですよ」

榛が腕を伸ばす。もう一度音がした。

ウッと短く唸《うな》って榛は後ろに引いた。

「怪《け》我《が》をしますよ。先輩もそちらのカウンセラーの先生のように——お行儀良くしていて貰わなくっちゃなあ」

静枝は——硬直していただけである。じわじわと黒い恐怖が頭の中を占領する。

「うるせえ。うるせえうるせえ。てめえ——石田の仲間なんだな」

「仲間じゃなくて——理解者ですよ。石田さんの」

「き、貴様ッ」

榛はもう一度運転席を摑んで揺すった。

「おっと」

危険ですよ先輩と高杉は言った。

「てめえ――いったいどうして」

「さっきも言ったでしょう。警察内部にも――信奉者はいるんですよ」

「止めろ。こいつをとめろッ」

椽はドアの開閉ノブを何度か動かし、力任せに引いた。同時に車体が大きくカーヴし、椽は勢い余って静枝の方に倒れた。

「クソッ」

椽は脚でドアを蹴った。何度も蹴った。

「無理ですよ先輩。中からは開かないんだから。それに」

もうすぐ到着しますから――高杉は首を曲げて、不快な視線を送り付けた。

フロントガラスに陽光が差す。

大きな建物。よく見えない。

――ここは。

車輛はゆっくり、滑るようにスロープを下って、地下の駐車場に降りた。

「言ったでしょう。本当の逆鱗に触れたら――ただじゃすまないと」

高杉は愉快そうに笑った。

023

頰《ほお》がひりひりした。

陽光に当たっただけでこんな風になるものだろうか。昼間というのは、こんなに暑いものなのか。明るいだけじゃなかったのか。

葉月は脚を交互に踏み出す。どこまでも続く、乾いた、殺風景な運搬車輌専用道路をただ歩く。不細工な柱で宙に浮いている癖にこの作り物の地面は堅くて、そのうえあまり綺麗《きれい》ではなかった。罅《ひび》割れたアスファルトはまるで年老いた動物の荒れた肌のようだった。


遠くに視線を飛ばす。

消失点まで真っ直ぐに伸びている。

こんな風景は見たことがなかった。世界にはこれだけの距離があることを、風景にはこれだけの奥行きがあることを、葉月は生まれて初めて知った。近くで見ると罅だらけなのに、遠目に見た路面は平らで、滑らかですらあり、その景色は直線的でとても綺麗だった。

ゆらゆらと景色が歪《ゆが》んでいる。

陽炎《かげろう》だよと歩未が言った。

「カゲロウって――絶滅したムシ」

そうじゃないよと言って歩未はパックウォーターをひと口飲んだ。

「ここは照りつける一方で、遮《さえぎ》るものが何もないからさ。この上の道は、日中の温度がかなり上昇するんだ。熱せられた路面から熱くなった空気が立ち昇るの」

「空気が――歪むの？」

「空気は動いてるだけ。その向こうが歪んで見えるんだ」

脚は大丈夫と歩未が尋《き》く。大丈夫だよと葉月は答える。偶々《たまたま》選んだコスチュームが功を奏したことになる。運動に不向きなスタイルでこの道は歩けなかっただろう。

「ここは——歩きにくいからさ」

「だってこれ、運搬用の移動機械専用道路なんでしょ？」

「昔は運搬専用じゃなかったみたいだけど——最初から人が歩く道じゃなかったみたいだ」

「人の移動にも使ってたんだ」

こんな殺伐《さつばつ》とした景色の中を移動するという神経が葉月には解らない。

昔の話だよと歩未は言った。

「これ、老朽化が酷《ひど》いだろ。あんなハシラで持ち上げてるだけなんだから、地震が来たらきっと倒れちゃうよ」

「この道が？　壊れる？」

「壊れるよ。最近の物流は地下のパイプ通すのが主流だから——もうすぐこれも取り壊されるんだと思う」

石は駄目だねと、歩未は葉月には解らないことを言った。解らなかったけれど——何が駄目なのか尋くことはしなかった。

空は青かった。ブルースクリーンより明るくて、鮮明で、深くて強くて透明だ。

大きな雲が浮かんでいる。

大き過ぎて目が眩《くら》む。

スケール感が把《つか》握めない。昔風の高いフェンスが途切れると、緑地帯の樹々がぞわぞわと動いているのが見えた。葉月は——眼を大きく開けた。開ければ開ける程、世界が明瞭に、そして微細に見えるような気がしたからだ。ドットに分解されていない画像は拡大しても拡大しても暈《ぼ》けることはなかった。

ふう、と頬に風が当たる。

目に見えない空気は、葉月に葉月がここにいることを自覚させてくれた。

少し休もうと歩未は言った。そして道路の真ん中に座った。それから持っていたパックウォーターを頭の上に掲げて、歩未はその中身を自分の顔と頭に注いだ。

飛沫《しぶき》がキラキラと輝いて見えた。

「好い風だ。このままどこまでも行っちゃいたくなる」

誰もいないから。

歩未は道の先を見る。

「どこまでも――」

葉月も座った。

路面は凄《すご》く熱かった。

「あの向こうには――何があるの」

「同じような街があるだけ」

「どこまでも――続いてはいないの」

続いているよと歩未は言った。

「でも代わり映えはしない。この道の先には街がある。その先にも街がある。繰り返しているだけさ。何も変わらない。有限のくせに、この世には地の涯《はて》なんてない。終わりも始まりもない。僕らはその中で点《つ》いたり消えたりしてるだけだ」

だから行くだけ無駄なんだけどと言って、歩未はバックパックからジャンクフードを取り出した。

「食べよう。今食べないと――この先いつ食事できるか判らない」

「この先――」

行くだけ無駄な先。

葉月はライスボールを受け取って、代わりに持たされていた袋の中から高吸収性の柑橘《かんきつ》系ドリンクを出して歩未に渡した。自分用にはフラボノイド系のドリンクを選んだ。

「ここは――安全なの」

「こんなところに子供がいるとは誰も思わないよ。僕らは端末も持ってないし」

自分達は今、何かの端末じゃないんだと葉月は再認識した。

「流石《さすが》に空から捜すような大袈裟《おおげさ》なことはしないだろうし」

「空――」

葉月はライスボールとフラボノイドドリンクを持ったまま立ち上がって、フェンスの切れ目まで歩いた。樹々の隙間から遠くの街が鳥瞰《みえ》た。

地図に似ていた。

鳥はいつも、こうやって地面を眺めているのだろうか。

葉月は、自分の置かれている非常識で理解不能で危機的な状況を忘れて、その霞《かす》んだ景色を眺めながらジャンクフードを頬張った。咀嚼《そしゃく》して、嚥下《えんか》した。何故《なぜ》かここ何日かの間に食べた食事の中で一番満足感があった。味はよく判らなかったし美味《おい》しいとも思わなかったけれど、ものを食べたという気になったのだ。


太陽が眩《まぶ》しかった。

「あと三十分くらい歩くと廃屋《はいおく》になったリアルショップがある。汚いけどトイレもあるよ。配電も給水も止まってるけど」

「この道行ったことあるの」

「あるよ。あの日もここを歩いてた」

「あの日って――矢部さんが襲われた日？」

歩未は頷《うなず》く。

「そう。行くだけ行ったら日が暮れて――通行規制時間を超過しちゃってさ、運送車輌が通り始めたんだ。だからフェンス伝いに端を通って目立たないように戻った。途中から下に降りるのは無理だから。見つかったら捕まるけど――案外気がつかない。凄いスピード出してるから。さっき僕らが昇って来た階段まで戻って、帰ろうとしたら――矢部がいたんだ」

出合うべきじゃなかったんだねと歩未は言った。

「でも――もう遅いや」

歩未は空になったバックパックを小さく畳んでウエストバッグに収納した。それから立ち上がって葉月の方に手を伸ばした。

「身軽になった。水は僕が持つ」

言われるままに葉月は袋を差し出した。

「ありがとう」

「何かあった時——逃げ易《やす》くしておかなくちゃ」

逃げる。

逃げなければいけないようなことが——。

——これから起きる。

「このペースで後三時間は歩かなくちゃいけない。猫の報《しら》せて来た建物は三つ隣のエリアの端だから。脚が駄目になったら逃げられなくなるし、ペースを落として疲れたら休もう。この気温じゃ体力も消耗する」

「今——どこにいるの」

「もうすぐ百二十一エリアの商用区域だよ」

——ちゃんと判ってるんだ。

葉月とは違う。俯瞰《ふかん》なんかしなくても、どこかに繋《つな》がっていなくても、歩未は自分の位置を知っている。空と大地との関係が判っているのだろう。

追いかけても追いかけても追いつけない陽炎を追うようにして、それから暫《しばら》くは無言で歩いた。額《ひたい》を汗が伝った。拭《ぬぐ》っても拭っても汗は流れ出た。これが室内だったなら不快極まりない状況なのだろう。分泌されているのは老廃物を含んだ体液なのである。汚らしい。

——そんなに厭《いや》じゃない。

でも、汗が眼に入るのだけは少し厭だった。

項《うなじ》から頸《くび》にかけてが異様に蒸し暑く感じられた。ふわふわした髪の毛と皮膚の間に、きっと陽炎が吹き溜《だ》まるのだと葉月は思った。後ろの髪の毛を持ちあげて、チーフで縛った。

不器用なのか上手《うま》く結べなかった。

結んでいるうちに歩未はずっと遠くに行ってしまった。

——歩未が。

髪を伸ばさないのはこの所為《せい》か。

そんなことを思う。

無駄だもんな、と思う。

戻ったら自分も髪を切ろうかとも思う。

——戻ったら？

どこに戻るというのだろう。歩未の言う通り、後戻りなんかできないのだろうに。

この道の先に待っているのは、希望なんかじゃない。でも何故か死んでしまうとも思えなかった。

あんなに怖くて、あんなに辛くて、暗い部屋で膝《ひざ》を抱いて、生きているのに死んでるような気になっていたというのにも拘《かかわ》らず。状況はいっそうに過酷で、一縷《いちる》の望みすらないというにも拘らず。昨日の葉月と今の葉月は、どこも違わない同じ人間だというのに。

——どうしてこんなに違うんだろう。

壊れたリアルショップで少し休んだ。


物凄く昔の建物だった。外国の風景にしか見えなかった。油を燃やして動く昔の移動機械の残骸が何台か残っていた。酷く座り心地の悪い形の、座面の固い椅子に座って、葉月は髪を縛り直した。

建物を出ると陽が翳《かげ》った。

途端に過ごし易くなった。

大きなカーヴを幾つか曲がった。

商用区域に面する道は、フェンスではなくドームのようなもので覆われている。

可視性のない素材なのだが透過性だけは高いらしく、中に入っても光量は変わらなかった。白くて明るいトンネルの中を行くような具合である。

トンネルを抜けるといきなり視界が啓《ひら》けた。

それまで前方にしか伸びていなかった景色が、左右に開いたのである。

フェンスの高度が低くなり、フェンスよりも高い緑地が両側に続いている。

「山さ」

「山」

「僕らの街から見える山」

「形が違う。こんなじゃないよ」

「ものは違う場所から見れば違って見える。僕らはもう山の中にいる」

「山の——中なの」

想像がつかなかった。葉月にとって山は遠くに見える景色でしかない。街並みの遠景、つまり壁紙のようなものだったのである。その遠景の中に葉月自身がいるというのか。

「この道は山を切って作られてるんだ。下の道は山を迂回《うかい》してるから時間は倍かかる——」

歩未は低いフェンスを手で触りながら進んだ。

「ここだ」

フェンスにワイヤーネット製のドアがついていた。蔦《つた》か蔓《つる》か、植物がびっしりと絡みついている。真ん中に開閉禁止・出入厳禁というスチールの表示プレートが貼《は》ってあった。

「開けちゃいけないって書いてある。危ないんじゃないの？」

「外からこの道路に入るのが危険なんだ。僕らは逆」

「開くの？」

「開くよ。開ける意味ないから誰も開けないだけさ」

ぎい、と軋《きし》る。

歩未は家にでも帰るように扉を潜《くぐ》った。葉月も続いた。

フェンスの外は草や木が生い茂っていた。

「この山を越えれば——百十九エリアだよ」

「ここが——山なの？」

コミュニティセンターの周りの緑地帯とあまり変わりがない。

山だよと歩未は言う。

「僕らが今いるとこは、これでも標高高いんだ」

「ヒョウコウ——って、ああ標高か」

「そう。地球の表面からの距離」

標高。自分の高さ。

あっちが西──こっちが北──。

歩未が躰《からだ》の向きを変える。

緯度と経度。自分のいる場所。

歩未は自分の点が判るんだ。なら端末なんか要らない。

「だから──こっちだ」

歩未は雑草を掻《か》き分ける。

「少し登って、後は下りになる」

草は濡《ぬ》れていた。雨が降ったわけでもないのに。

そういうものなのか。

地面はぐにゃぐにゃしていた。足許《あしもと》を見ると、下ろしたてだった靴はすでに汚れていた。

木の葉の影が揺れている。濃い影薄い影、遠い影近い影。大きい影小さい影。たくさんの影が、全部別々の運動をしている。木洩《こも》れ日《び》は複雑な模様を地面に投げかける。


計算して画面上に再現することは、きっと美緒でも難しいだろう。

「歩きにくい?」

「そう──でもないけど」

ただ、手応《てごた》えがない。

「アスファルトよりは人体にいいよ」

歩未のペースは変わらない。

葉月は大地を踏み締める。靴底を通じて伝わる土の感触に戸惑う。

「柔らかい」

「衝撃が吸収される分、効率が悪くなる」

歩未はそう言った。

慥《たし》かに効率は悪かった。

でも一歩移動するごとに景観は変わった。樹木達はどれも同じようでいて、同じ形のもの、同じ色合いのものはひとつとしてなかった。質感も形状も悉《ことごと》く異なっている。光の加減も変わる。地面の高さが違うから視点の位置も変わる。

絶え間なく変化する景観に葉月は目を瞠《みは》った。いや、変わるのはロケーションだけではない。草や石や、固い地面や柔らかい地面や、触るもの踏むものの総《すべ》てが違う。気温も湿度も均一ではない。

そして。

——匂い。

草の匂い。樹液の匂い。水の匂い。土の匂い。

そして——。

自分の匂い。

これが——。

そこを抜ければきっと下りだと言って、歩未は前方を指差した。

「街まで下りなくても——中腹くらいにその建物があるはずだよ」

大きめの木に片手をかけて、歩未はその向こうを望む。葉月は駆け上がる。

鳥になったような錯覚を覚えた。

なだらかな斜面を樹々が埋めている。

その向こうに、灰色の塊《かたまり》のようなものが、とても果敢《はか》なく広がっていた。街——なのだろう。更に向こうには、いつもより小さなスティックビルが、それこそ遠景の壁紙みたいに霞《かす》んで浮かんでいた。

「あれが——百十九?」

そうさと歩未は言う。

慥《たし》か葉月は二年か三年ばかり前、その番号の街に行ったことがある。

でも、あんな薄っぺらいところではなかったと思う。特別な印象は何も残っていない。リニアから降りて見渡した他の街は、自分の住んでいる街と何も変わらなかった。そんな記憶しかない。つまり葉月の住む街も、離れて見ればあんなに希薄な景色になってしまうということなのだろうか。

——あれは。

コミュニケーション研修の工場見学だっただろうか。そう、食品工場を見学したのだ。たぶん歩未も一緒だったはずである。

歩未は五年前の一月に転入して来たのだから、ならば当然いたはずだ。でも、その頃の歩未のことを葉月は何も思い出せない。

歩未が五年前に転入して来たということを、葉月はデータ上で知ったのだ。

思い出は何もないのだ。

「レール付きの乗り合いリニアなら四十五分、一般道でも移動機械を利用して行けば三時間もかからない。運送専用の道路を夜走ってる奴なんかは速いから、さっき僕らが何時間もかけて歩いた行程を三十分かけないで移動する。でも――人間が歩けば、一日かかる」

モニタに映すだけなら一秒かからない。

――そうか。

葉月は、自分の目にフィルターがかかっていることに気づく。景色が薄っぺらく見えるのは、今見ている現実をモニタの画面に見立てているからに他ならないだろう。

――眼を開くんだ。

もっと鮮やかに。もっと明瞭に。この世界には奥行きがある。

あの建物だと歩未は再び指差した。

灰色の街から少し離れた緑の中に、白い尖《とが》った建物が見えた。

「三年前みんなで来た時は建設中だった。あれがSVC創立記念センタービル」

――やっぱり来たんだ。歩未も。

来たよね、と問うと、一緒に来ただろ、と歩未は答えた。

「あの高さだと――二十階くらいあるかな。高層が流行《はや》らなくなった頃の設計だから」

一時間は歩くから少し休もうと言って、歩未はそこに座った。葉月も斜め後ろに座る。いつもの、歩未と葉月の姿。

ヴェリーショートの髪。黒い髪と暗褐色のヴェストに挟まれた白い白い項《うなじ》。

でも——歩未の真っ直ぐな視線の先にあるのは普段見ている景色ではない。

いつもは何時間でも座っていられるのに、僅《わず》かな時間が酷く長く感じられた。

歩未は暫《しばら》く建物を見ていたが、そのうちすっと顔を向こう側に向けた。

その先に。

大きな丸い石があった。

歩未はその石の方に顔を向けて、長い間止まっていた。

葉月からは白い項が見えるだけで、歩未がどんな表情をしているのかは判らなかった。

「歩未」

「何」

「これからどうなるの」

「たぶん——取り返しのつかないことになる。牧野には悪いことをした」

「歩未が悪い訳じゃないでしょう」

いいや僕が悪いのさと、歩未は向こうを向いたまま言った。

それから再びあの建物の方を示した。

葉月も同じ方を見た。

「たぶん——あの近くに猫がいる。あの人はまだ生きている」

「そうなの——」

何故断言できるのだろう。

あれを見て——と歩未はビルを指し示す。

「凄い人数のエリア警備だ。異常だよ」

「あれ——エリア警備？」

顕微鏡ムーヴィーで見た細菌画像みたいだ。

「二百人——態勢かな」

「エリア警備が二百人？」

エリア警備。制服。想起した制服姿が恐怖を喚起する。つい一日前まで、葉月にとってそれは安全を齎《もたら》してくれる、安心を表す象徴的なコスチュームだった。いまはもう違う。

――あれは全部敵だ。

　樹々の表面を渡って来たどこか緑色の風が、歩未の白い項を滑って葉月に当たった。

「あの中にいる人は、そんなに麗猫が怖いの」

「いや――たぶん生け捕りにしたいんだろうね。猫は犯人になるべき人材なんだから、最後まで生かしておかなきゃならないんだろう。でも――あんなに大勢配備したのじゃ、却《かえ》って逆効果だ。どういうつもりなんだろう。いくら猫が正義の味方気取りでもあそこに突入するようなことはしないだろう。あの人は身の程を知っている」

　歩未は伸び上がり、それから立ち上がった。

「正門は――あっち側だね。それから――あそこ何だろう？」

「どこ？」

「あれ――付属施設だよね」

「あれ廃棄物処理設備だよ」

　ああ――と歩未は納得したように言った。

「じゃあ猫はあそこを調べたんだ。こいつは――燃えない」

　歩未は肩越しに掌《てのひら》を差し出す。白い掌の中。

　ピンクのピアス。

　ネオセラミックだから丈夫だぞ――。

　美緒もそう言っていたっけ。

「こいつは僕の鞄にくっついて来た。きっと外れ易いんだ。矢部は、拉致《らち》されてここまで連れて来られて、それで館内のどこかでとれたか――或《あるい》は攫《さら》ったた連中の服にくっついて来たか――とにかくこのピアスはこの建物の中で廃棄物に雑《ま》じって分別されずに処理されたんだろう。つまり」

　猫はあの中か――と歩未は言った。

「あの中？」

「たぶん連中はそれを知ってるんだ。だから外を取り囲んで――」

「じゃああの警備は、捕まえるためじゃなくて逃がさないため？」

それにしたって大袈裟だと思う。どれだけ強くたって、麗猫は葉月とそう変わらない、十五歳の少女なのだ。二百人は多過ぎる。

「猫のくせにフクロのネズミだ。でも——どうして踏み込まないんだろう」

僕は行く、と言って歩未は踏み出した。

「どうするの歩未」

「とにかく麗猫を逃がす。何を考えているのか知らないけど、このままだとあの中にいる奴の思うツボだから。それに——麗猫は犯人じゃない。犯人にしちゃいけない」

待ってよ——葉月も腰を上げる。

「二百人だよ」

「僕にとってはひとりだって手に余る。闘うつもりはないから数の問題じゃないよ」

「そうかもしれないけど——」

「牧野はここにいて」

「ここに?」

「ここは安全だから。僕の家や君の家や都築の家より——安全な場所さ」

「ずっとこんなとこにいらんない。ひとりは厭」

「死ぬよりマシだよ」

長い睫《まつげ》に縁《ふち》どられた、仔鹿のような瞳。歩未は水の入った袋を地面に置いた。

「やだよ歩未。私も——行く」

「駄目だよ」

「行くよ」

どうしてさ——と、歩未はたぶん初めて感情的な声を出した。

「友達だからよ」

「友達じゃないよ」

「え——」

僕は人と関わり合うのが嫌いなんだと言って、歩未は葉月に背を向けた。

「嘘《うそ》。じゃあ何であんなところ行くの。放っておけばいいじゃない」

「向こうから関わって来たんだ。関わりを断つために、行く」

「それじゃあ」

それじゃあどうして私をこんなところまで連れて来たのと、葉月は訴えた。

今更、今更そんなのないと思う。

こんなのないと思う。

危険だったからだよと、歩未はいつものように答えた。

「ここはさ――牧野」

「ここ？」

葉月は左右を見た。この場所が――何なのか。

「ここは――僕が人じゃなくなった場所なんだ」

「人じゃない？」

ありがとう牧野と短く言って、歩未は斜面を駆け下りた。

生い茂った緑に紛れて、その姿はすぐに見えなくなってしまった。


葉月は――僅か、自失した。

「いやッ」

葉月は後を追う。

踏み出すなりに滑った。膝の力が抜けて脚がいうことをきかない。自覚がなかっただけで葉月の肉体はかなり疲労しているのだろう。自分の意思通りに自分の身体が動かせなくなるなんて、そんなことがあるのか。いうことをきかないこの躰は誰の躰なんだ。

――これは私の躰だ。

この躰が私だ。

ずるずると枯れ草の斜面を滑って、それから転がった。木の根に当たった。物凄い土の香りを葉月は吸い込む。噎《む》せて、手で顔を拭うとその匂いはいっそう増した。

「歩未」

草に把《つか》まる。何本もの草が千切れ、根ごと土をつけて抜けた。放り投げる。

落ち着いて。息を吐き出して。立ち上がる。躰がいうことをきかないのじゃない。気持ちが躰を無視しているだけだ。いうことをきかないのは気持ちの方なんだ。

できることはできる。できないことはできない。できないことをできると思いこむのは間違いだ。

立ち上がることはできた。

まだ——。

建物は見えている。

葉月は考える。

当たり前のことなのに、いざ直面してみると判らなくなる。

あの建物に至るためにはこのまま斜面を下るしかない。下れば葉月自身の高度が下がる。

建物との距離は近くなるわけだから、あの建物はどんどん大きく見え始めるのだろう。

同時に、いまはまるで絨緞《じゅうたん》のように見えている樹々も大きくなるはずだ。

あれはたぶん、いま目の前に生えている樹木と同じような大きさなのに違いない。葉月は想像力を働かせる。先《ま》ず、あの建物の高度が葉月と同じ高さまで上がったところ。同じ平面上にあの建物があったなら。そして建物と自分との間には——。

要するに森——センター周辺のグリーンエリアのようなもの——があるのか。その向こうに建物があるということだ。あれはセンターよりずっと高い建物だから。

——なら——見えるか。

目標が見え続けるなら安心だ。距離は。

葉月の住居からコミュニティセンターくらい。ただ高低差を計算に入れれば割り増しになるはずだ。疲労を考えれば更に時間はかかるだろう。でも方向さえ間違わなければ——。

一時間かからないくらい。

——まだ。

行ける。葉月にも行ける。

急いではいけない。

躰が動く範囲でしか人間は生きることができないのだと――葉月は学習した。

居ながらにして宇宙の果てを観たり、行きもしない国の様子を視《み》たり、会ってもいない他人の声を聞いたり、通じてもいない他者と通じ合ったりするのは――全部幻想だ。モニタの前に座っているのはただの動物で、動物は自分の大きさに見合った世界で生きている。手が伸びる範囲――脚の届く範囲にしか動くことはできない。

葉月は斜面を登り、歩未の置いて行った水の袋を持って、それからもう一度方向を確認した。自分を俯瞰することはできない。ならば指針を。見上げると太陽が眩しかった。

――こうやって居場所を知るんだ。

一歩ずつ、山を下る。

ただ下る。

脚を踏み出す。踏み下ろす。地面を踏み締める。


どこか上の方にいた自分がすうと降下して来て、いつの間にか身体と重なった。

やがて建物は半分も見えなくなった。葉月の標高が下がったのだろう。

見上げる。太陽が動いているのが判った。

やがて葉月は道らしきものに辿《たど》り着いた。

昔の人が通った道だ。そう思った。

道に沿って進んでみる。

歩未もこの道を通ったのだろうか。

歩未はどのくらい先に行っているのだろうか。

歩未は――生きているのだろうか。

花が咲いていた。

画像で観る動物保護区のようだ。

道は大きくカーヴしていた。片側は崖《がけ》のようになっており、粗末なフェンスが設けられている。金属製らしく、白い塗料で塗られているが、そこここが腐食しており、それはまた茶色く錆《さ》びてもいた。手摺《てすり》にしては背が低い。役に立ちそうもない。

フェンスの下のアスファルトは端が崩れていて、罅割れには雑草が生えている。アスファルトで固められた道というのは年月が経てばこんなに見苦しいものになってしまうんだと——葉月は無感動に思った。

その先、道は分岐していた。更にカーヴを続ける本道と山側に進む脇道である。

——方角は。

葉月は太陽の位置を確認する。山が陰になっている。陽光は既に傾きかけているのだ。沈むまでにはまだ間があるだろうが——光の差し込む方向は確実に下がって来ている。葉月は暫く自分の影の伸びる方角と天空とを見比べて、考えた。

——こっちだ。

目標に向けほぼ直線で進み、途中から道の曲線に沿って曲がったのだ。

このカーヴの先は——街に通じているのだろう。

葉月は枝道の方を選択した。

しかしほんの十メートルも行かぬうちに葉月は行く手を阻まれた。

バーが渡されている。

立ち入り禁止の表示。進入禁止の標識。通行止めのサイン。

でも道が途切れているわけではない。

——この道でいいんだ。

葉月はバーに両手を掛けて攀《よ》じ登り、なるべく静かに飛び降りた。

歩未の匂いを——追うように。

動物の嗅覚《きゅうかく》は大変に優れているのだと葉月は学習した。葉月は嗅覚異常ではないけれど、それでも匂いを嗅ぎ分けることなどできない。日常生活に於《お》いて、匂いを嗅ぎ分けなければいけない状況というのはまず発生しない。不快な臭いは凡《すべ》て消されている。ヘルパーの作る料理は食べなければいけないものでしかなく、どんな匂いも全部料理の匂いだ。細かな差など意識したことはない。

そもそも合成食材というのは後から香りを添加するのだそうだ。匂いがしなくたって味は一緒なのだろう。葉月はそんなものばかり食べている。

通行止めの道は、やはり途切れている訳でも壊れている訳でもなかった。それは途中から、寧《むし》ろ整備の行き届いた新しい道路へと変わった。A地区内を走る住宅地規格道路と変わりのない新素材アスファルトの路面である。路面灯も埋設されている。左右の緑も今までのそれとは違い、整備された人工的なものに近くなっている。

——通行止めというのは。

私有地に続いている道——ということか。

葉月が歩いているこの道はSVCの所有する土地の敷地内を通る私道なのではなかろうか。

コーナーを曲がって顔を上げ、葉月は生唾《なまつば》を呑《の》んだ。

巨大な白い建物が、緑の奥に聳《そび》えていたからである。

方向感覚が急に失《う》せた。

下り始めた最初のポイントと現在地の位置関係がよく判らない。幾度か道に沿って曲がり、結局混乱してしまったのだ。途中、目標物が視界に全く入らなくなったことも原因のひとつだろう。上から見下ろした時の建物の形を思い出す。葉月は今、あの建物に対してどういうポジションにいるのだろうか。想像しても曖昧《あいまい》になる。思い出しても像にならない。

——廃棄物処理施設。

そこに麗猫がいると歩未は言っていた。道はたぶんこのままあのビルまで繋《つな》がっている。

しかし、いくら繋がっているからといって道の真ん中をのこのこ歩いていたのでは——。

——二百人のエリア警備。

言葉で想起しただけで葉月は戦慄《せんりつ》した。足が竦《すく》む。

——この先には。

二百人の敵がいる。

——グリーンの方に。

緑地帯の中を通った方が少しは安全だろうか。道路よりは隠れ易い。路上にいて、もし巡回の警備員に出合ったりしたならそれでゲームオーバーだ。葉月は建物を見上げたまま何歩か後ろに下がって、それから道の端に移動し、植え込みを越して——。

——センサ。

慌てて脚を引く。

しかし。

——遅い。

絶望的だ。

道の両脇には集像機《アイ》付きレーザーセンサが何台も設置されていたのだ。

——厭だ。

私は何をしているんだ。

葉月の思考はそこで止まった。

空っぽの頭の中に恐怖がこんこんと湧《わ》いて——。


葉月の躰と重なっていた葉月自身は物凄い勢いで躰から乖離《かいり》して上方に飛んだ。

葉月の躰は大声で叫び、二百人のエリア警備が取り巻いているはずの白い大きな建物に向けて、全力で駆けた。判断力も理解力も何もかも、全部壊れてしまった。

とても狡猾《こうかつ》な葉月自身は、死地に向けてひた走る我と我が身を——。

何故か冷静に俯瞰していた。

024

デスクの端に眼を遣《や》った。

どこにも視線の遣り場がない。

不思議と恐怖感はなかったが、気も狂いそうな程の嫌悪感が静枝の胸中に充満している。

黒い金属の塊《かたまり》。そこから伸びる金属の筒。筒の先は静枝とその横の椽に向けられている。

高級合成皮革《ひかく》の匂いがする。本物そっくりに作ってあるそうだから、匂いも模しているに違いない。そうならきっと、これが動物の皮の匂いなのだろう。吐き気がする。


悪心《おしん》に追い討ちをかけるように。耳障りな声が響いた。

「いかがですか——よくお休みになれましたか」

口跡《こうせき》のいい、神経質そうな声。

「お使い戴《いただ》いたのはここのゲストルームの中でも最上級のスゥイートです。遠方からお迎えした要人などもお泊まりになられる部屋ですよ」

拘束具と見張りさえなかったら最高だったんだがなと、椽は投げ遣りに答えた。

静枝は自分の手を見る。

まだ痕《あと》が残っている。

「——ルームサーヴィスと、序《つい》でに外出許可も欲しかったけどな」

「無料奉仕ですから——そこまでのサーヴィスは致し兼ねますね」

大きな艶《つや》のあるデスクの向こうの高価《たか》そうな椅子に、腺病質《せんびょうしつ》な男は座っている。

石田である。

石田の横には医療用のマスクをつけた白衣の男が控えている。デスクの横には着替えた高杉が畏《かしこ》まっている。その更に横、エリア警備の制服を着た痩《や》せぎすで長身の男が——どうやら拳銃らしきものを構えて静止している。

並んで座らされている静枝と橡の背後には、頭部にボディアートを施《ほどこ》した大男が威圧するかのように立っている。

無菌室のような部屋だった。

天井も壁も床も艶々に磨かれている。塵《ちり》のひとつもない。

「私が到着するまではくれぐれも丁重に持て成すよう申し付けておいたのですがね」

「ああ丁重だ。今だってこんな立派な椅子に座らされてるし、文句なしだよ管理官」

「座り心地は如何《いかが》ですか？　お二人にお座り戴いている椅子はＶＩＰ用の椅子です」

俺の尻にはあわないなと橡は腰を浮かす。

「まず泥だらけだからな。汚しちまうよ」

そのようですねと石田は答えた。

厭《いや》な——声だ。

「最近は子供でもそんなに汚さない」

「そうだな。だが、あんた俺の年俸知ってるだろう。多分弁償できねえと思うぞ」

「結構ですよ。汚れた場合は取り替えるというリース契約ですからね。このビルには沢山の人が来ます。児童も、老人も来る。いちいち椅子の汚れを気にしていたのでは立ち行きませんからね」

どこなんだよここは、と橡は怒鳴った。

「知らないのですか？　君はこのエリアの出身でしょう」

「知らないよ。十五年実家には帰ってないんだ。こんなものあったかよ」

困りましたねえ、と石田は言った。

「ここはＳＶＣ本社別館の創立記念センタービルですよ」

──SVC？　ここが？

「俺が住んでた頃にはこんな洒落《しゃれ》たもんはなかったんだよ。銅像と──後は工場しかない、冴《さ》えない街だったんだ」

　おやおやここの出身者とも思えない──と石田は首を竦《すく》めた。

「この地で、我が曾祖《そうそ》父《ふ》である鈴木敬太郎は、SVC──旧鈴木食品化学株式会社の前身である鈴木食品加工の第一号工場の操業を開始したのです。このビルは、社名変更三十周年を記念し、曾祖父の偉業を称《たた》える目的で建設された──コミュニティセンターの機能も備える総合的なインテリジェントビルです」

「コミュニティだと？」

「そうですよ。一階はコミュニティセンターの代行機関として機能している。十五階から十九階までは最新技術を導入した最先端の設備を整えたメディカルセンターになっています」

「はッ。高額所得者専用の高級病院かよ」

「違いますよ。ここはエリア住民なら誰でも無料で利用できるのです」

「無料《ただ》──か」

「エリア外の方々は有料になりますが──盛況のようです。他の階には鈴木敬太郎の様々な功績を示す展示資料館や膨大な数を誇る鈴木敬太郎コレクションをメインにしたミュージアム、それにリラクゼーションルーム、アミューズメントスペース、各種スポーツ設備──宿泊施設もある。それから、勿論《もちろん》レストランもあります。SVCの食材を使用した最高級料理が楽しめる。街に人影がほとんどないというこのご時世ですからね。他のエリアからも集客できる施設というのは──稀有《けう》な例でしょうね」

　今日は休館日ですから誰もいませんが──と石田は言った。

「休日出勤とはご苦労なことだな」

　橡は虚勢を張る。

「いや、早朝――お二人の到着を高杉君から聞かされましてね、私も一刻も早く駆けつけたかったのですがね。何しろ――現在百二十二エリアはパニック状態なのです。矢部祐子さんに続いて中村雄二君の遺体発見、来生律子《りつこ》さんの失踪、牧野葉月さんが自宅から誘拐され、それから神埜歩未さんも行方不明です。もう警察は目が回る程忙しい。何とかスケジュールを調整して抜けて来たのですが、こんな時間になってしまいました。十時間以上お待たせしてしまった」

「そりゃそうだろうな。捜査本部付管理官と――犯人の二役だからな」

ふん、と石田は笑った。

「さて――どうしたものでしょう」

「どうしたもこうしたもねェだろう。さっさと好きにしたらいいだろう。あんたはこのエリアじゃ有名人だ。この土地で敵《かな》わないのは――子供の頃から判ってるよ」

「私の方は子供の頃の君を知りませんよ。それにしても――」

信じられませんねと石田は呆《あき》れたように言った。

「君は市民の範たる公僕、遵法《じゅんぽう》者の鑑《かがみ》たるべき警察官でしょう。そして」

石田は静枝を見据える。

「あなたは児童を健全に育《はぐく》むために国から派遣されているカウンセラーだ。謂《い》わば大人の見本です。社会を支えるべき公務員であるお二人が法律を無視して暴走するというのは――感心しませんね。あなた方の執《と》った行動は反社会的ですよ。子供でもあるまいに、無謀もいいところです」

うるせえと橡が毒突いた。

「罪もない少女攫《さら》ってブッ殺したり、連続殺人犯を泳がせて犯行の手助けしたりするのは法律違反じゃねェのか。反社会的じゃねェのかよ」

「解ってませんね」

石田は椅子を半回転させて立ち上がった。

「いいですか、例えば——この部屋から誰かが外に出ては部屋の中にいる全員が困る、という状況があると仮定しましょう。この部屋の出入り口は——そのドア一箇所しかない」

石田は指を半端に曲げて静枝の背後の大きな飾り扉を示した。

「部屋から出るにはそのドアを開けるしかない。だから中の者はそのドアを通ってはいけないという決めごとをする。法律というのはその決めごとのことだ。私は——そのドアを潜《くぐ》ってはいません。潜らずに外に出る方法を知っている。ドアを通過せず外に出て戻れば、出たことすら判らない。私は決めごとを破ってはいないんです。でも君達は——」

どん、と石田はデスクを叩いた。

「そのドアを正面から通ろうとして見咎《みとが》められ、剰《あまつさ》えドアを打ち破ろうとまでしたんですよ。何をしたかったのかは知りませんが、要するに君達は、ただ徒《いたずら》に決めごとを破っただけなんです」

「詭弁《きべん》です」

静枝はもう、この厭な声を聞きたくなかった。

「馬鹿馬鹿しい詭弁です。言っておきますが私は法律に抵触する行為などした覚えはありません。慥《たし》かに警察の待機要請を無視して外出しましたが、そもそも捜査協力は任意でするものであり、容疑者でもない私を拘束する権限は警察にはないはずです」

「まだ判りませんか」

「何がです」

「あなたを被疑者にするかしないかも——私が決めることなんですよ」

「何ですって？」

「あなたがたが犯罪者かどうかを決めるのは私達なんですよ」

「量刑を決定するのは司法であって、あなたではありません」

「そう、判断するのは私ではない。しかし判断させるのは私です。そう言っている」

石田はゆっくりと静枝に顔を向けた。

「裁判所は我々の提出するデータを根拠にして判断をする。あれは判断するだけの機関です。いいですか不破さん、あなたのデータを生み出すのはあなた自身ではない。私達なんです。あなたの履歴もあなたの性癖もあなたの罪状も——全部私達が作る」

それこそ無法です——と静枝は言った。

「物分かりの悪い方ですね。無法じゃあないでしょう。私は現行の法律通りに裁いて貰《もら》うんだと言っているんですからね。無法なのはあなた達ですよ。まさか捕まらないとでも思っていたんですか？　考えてしたこととは思えませんね」

「警察に捕まるのは仕方がないと思ってたがな。あんたに捕まるのが——厭だったんだよ。それにしても——そこの馬鹿野郎が寝返ってるとはな」

椽は高杉を睨《にら》みつけた。高杉は軽く会釈をした。

「彼は寝返ったりしていませんよ。大変優秀な私の部下です」

けッ、と吐き捨てるように言って、椽は頭の後ろで手を組んだ。

透《す》かさず拳銃を持った男が腕に力を込めた。指先が緊張する。

「何もしねえよ。俺は弱いんだ喧嘩《けんか》」

椽は眼を細め、伸ばされた男の腕の先にある黒い凶器に視線を注いだ。

「ただな、石田さん。あんたはさっきからずっと、法律違反はしてねえとか何とか御託《ごたく》を並べてるようだがな、じゃあその男が持ってるモノは何なんだろうな。さっきからこっちに向けてるが——警察の備品にしちゃ重たそうだし、どうもそこの穴からは威《い》嚇《かく》スプレーや捕縛用の樹脂が出て来るように——俺には見えないんだがな」

「それはそうでしょうね。彼が持っているのは充分に殺傷能力のある拳銃です。国内は勿論、国際法でも製造売買所持が固く禁じられている——二〇一〇年型のZモデルです」

「そんなもの――」

「しかし――私にはどうもそれが見えない
なにィと橡が大声を上げた。

「見えないものは見えません。そんな物騒なものがこの国にある訳がない。彼はただ腕を伸ばしているだけです。指の先には何もない。見えますか？　高杉君」

一向に見えませんと高杉は言った。

「コッの野郎――」

「おっと動かない方がいい。あそこで腕を伸ばしている彼は、人の動きに大変敏感に反応するタイプです。すぐに指が動いてしまう」

拳銃から橡の眉間《みけん》まで――いきなり、真っ赤な直線が現れた。

レーザーポインターのようだった。

「指が動くと、その光に沿って――」

「何もねェところからおっかないものが飛んで来る訳だな。よく判ったよ」


「圧倒的不利というのはね、橡君。こういう状況のことをいうのです。聡明《そうめい》な不破さんには、もうご理解戴けているかと思いますが――」

「あなたが――ないと言えばない。あると言えばある。そういうことですね」

パチパチパチパチ、と石田は小馬鹿にしたように手を叩いた。

「流石《さすが》は――高名な児童精神病理学者不破幸枝《ゆきえ》さんの娘さんですね。その通りです」

「母は――」

母は関係ない。

「四年前の事件はショッキングでした。惜しい方を亡くした」

「あ――あの人のことは関係ないでしょう。あなたなんかに」

口にして欲しくはない。

「私はね、不破さん。お母さんの著書を何冊も読んでいます。尊敬できる人物だと」

「——尊敬？」

——死んだ者は帰って来ないのよ。

——あなたがそんな態度をとるから。

おや、不思議な顔をしますねえと言いながら、石田は静枝の顔を覗《のぞ》き込むようにした。

顔を背《そむ》ける。

何なんだこの男は。

「その顔は——まるで尊敬できない、とでもいうような顔ですね。いけませんよ。誇りを持つべきですよ。あなたの——」

——母親なんですから。

「あ——」

——何よ。何よ何よ。

「あなたに何が解るのよッ」

腰を浮かせた途端。

光の筋が静枝の額《ひたい》に移動した。

息が止まった。

失礼——と石田は言った。

「まあ——そんなことはどうでもいいことです。さて」

石田は踵《きびす》を返し、元の椅子に深々と座って、卓上で組んだ指の上に顎《あご》を載せた。

「どうしましょうかねえ」

冷ややかな視線が静枝と椽を行き来する。

「困ったお二人を処罰することは実に簡単です。罪人にしてしまうことも、殺してしまうことだってできる。いや、殺すどころかあなた達の人生ごと抹消してしまうことだって、然程《さほど》難しいことではありません。しかし私は——あまり無駄な死人を出すことを好まないのですよ」

「無駄な死人だァ？」

「無駄ですよ。あなた達は使い道がない」

——使い道？

石田は大きく反《そ》り返った。

「そこで——どうです、取り引きをしませんか」

「取り引きだと？」

「悪い話ではありません」

「おいおい、この状態で悪くない話なんか想像できねえよ。俺だって馬鹿じゃねえ」

「いや、悪くはないはずですよ。いいですか。現在《いま》なら――橡君はデータ上、軽犯罪を犯したに過ぎない訳で、要するにこの場で逮捕して送検したとしても微罪で済ませることが可能なのですね。まあ懲戒免職にはなるでしょうが、刑事責任を取らなければいけないかどうかは微妙な線です。場合によっては無罪に持ち込むことも可能ですね。ただ、後――そうですね、二十四時間程経過してしまうと、橡君、君は誘拐殺人犯人として指名手配されることになります」

「何？　俺が――誰か殺すってのか」

「神埜歩未さんがまず死ぬ。彼女はあなたが不破さんと一緒に攫《さら》ったことになっていますからね。それから――」

待って――と静枝は叫んだ。

「あなた達まさか神埜さんを」

――あの娘まで。

安心してくださいと石田は言った。

「あの神埜という少女は不思議な娘です。彼女と行動を共にしていた作倉雛子さんの方は牧野邸近辺で確保したのですが――あの娘はまだ確保できていない。まあ――時間の問題だと思いますが」

私にはD&Sが経営する全エリア警備がついていますからと、石田は嗤《わら》った。

「これは中々馬鹿にできない情報網なのですよ。残念ながら警察内部ではそのデータを有効に活用し切れていないのですが、私個人としては、大変に役立たせて戴いている」

「あの子は関係ないでしょう。関係ないわよッ」

「それも――私が決めることですよ」

「何なのよッあなた――何様よッ！」

「鈴木敬太郎翁《おう》の御曾孫《ごそうそん》ですよ」

高杉が言った。石田は片頰を攣《ひきつ》らせて笑った。

「困ったことに、不破さんを誘拐する際に一緒に連れ出した児童を、椽君は邪魔になって殺害してしまう訳です。で――数日の逃避行の後、そうですね、三日がいいところですか。三日後、今度は不破さんの遺体が発見される。これは暴行されているんです。近頃珍しい性犯罪ですね。まあ統計上、性的暴行を抵抗なく行えるのは――椽君の年代なのだそうですし」

教育が悪かったのでしょうかねえ、と石田は言った。

「あなたが子供の頃は、チャイルドポルノや猥褻《わいせつ》図画が世に溢《あふ》れ、大の成人《おとな》が不倫とかいう古語を振り翳《かざ》して、まるで痴呆症の一症状のように性行為に耽《ふけ》り、剰《あまつさ》え恥知らずに自慢し合ってまでいたようですな。狂気の沙汰です。売春や売春まがいの接待業もどうやら黙認されていたのでしょう。性という幻想に社会全体が振り回されていた、実に愚かしい時代だ」

今のご発言に就《つ》いてだけ言えば同意見ですねと静枝は言った。

「前世紀の終り頃から今世紀の初頭にかけて――性に対する虚妄の肥大がピークに達していたことは事実でしょう。あなたの言うように愚かしい時代ではあった。しかしジェネレーションで横割りにして人間の資質を判断したりするのは非科学的と言わざるを得ませんわね。だいたい――あなただって椽さんと同じような年代だそうじゃないですか」

「そうですね。三年くらいしか違わない。しかし、残念ながら私は――そうしたこととは無関係なんです。私は刑事事件は起こさないことになっているんですよ」

「起こさない――じゃなくて起こしても誤魔化《ごまか》せると言い直せ」

「誤魔化す？」

「誤魔化してるだろ。他人に罪を着せてよ」

「罪を着せる？　どういう意味でしょうか」

「連続殺人犯に自分の犯した殺人事件の罪を着せただろうが。今回だって——川端や中村に、二人が死ねば今度は未登録住民に、てめえの罪を着せようとしてるだろうがッ」

私は誰も殺していませんよ、と石田は言った。

「私は何もしていません。私は県警刑事部R捜査課の管理官ですよ。そんな凶悪犯罪を犯す訳がないじゃないですか。失礼なことは言わない方がいい。それに、連続殺人の犯人に殺人の罪を着せるというのも変でしょう。連続殺人の犯人なんですから、殺人者に決まってるじゃないですか。着せるも着せないもありません」

おうおうおう、と声を上げて橡は何度も何度も頭を振った。

「そうだろうよッ。クソッ。解ってるよ。あんたは手を汚してないんだ。どうせあんたにはアリバイもあるんだろ。地位も人望もあるだろうよ。だからあんたは安全なんだな。ヘドが出るぜ」

橡は動かずに——暴れた。幼児がだだを捏《こ》ねるような動きだった。どうしようもない、もどかしい、遣り場のない怒りが胸の内を駆け巡っているのだろう。その気持ちは十分に解った。

「クソ、肚《はら》が立って気が狂いそうだよ。おい、殺すならさっさと殺せよッ」

石田は微笑《ほほえ》んで、力なく首を横に振った。

「本当に頭が悪いですね」

「悪いよ。頭悪いからこんな目に遭ってるんだ」

「取り引きだと言ってるでしょう。あなた達次第ですよ。不破さんは無罪放免、しかも職場復帰もできる。橡君は、まあ懲戒免職は免れないが——その後の就職先もお世話して差しあげましょう。地元のエリア警備なんかどうです？　課長待遇で推薦します」

「いったいどうしたら——そんなおいしい話が舞い込んで来るんだよ」

俺達に何しろって言うんだよと橡は怒鳴った。

「簡単なことですよ。椽君は現在あなたにかけられている容疑を認めること。それから不破さんは、椽君にされたとされていることを認める。君は加害者、こちらは被害者。どうです?」

「俺がこの人ストーキングして誘拐したと?」

「そう。そうすれば——少なくとも殺人犯にはならずに済みます」

「神埜さんは——」

神埜歩未の命も保証するというのねと静枝は問うた。

歩未だけでも助かるなら——。

しかし石田は無表情に首を横に振った。

「それはできません。あの娘さん——神埜さんと、それから牧野葉月さん、都築美緒さんには死んで貰わなければなりませんでしょうね。そうですね、高杉君——」

「神埜歩未は昨夜捕らえた作倉雛子にも情報を洩らしている可能性があります」

じゃああの子も殺そう、と石田は言った。

「お、お前気は確かか? さっき無駄な殺人はしねえと——そう言っただろ」

娘ばっかり何人も殺してどうするんだよと椽は怒鳴って、床を強く蹴った。

「私は無駄な屍体を出すのは好まない、と言ったんです。その子達は——無駄じゃないですからね。神埜歩未さんは——」

石田はデスクの上のタッチパネルに手を翳した。デジタルスクリーンが立ち上がり、そこに見慣れた児童の情報が表示された。大変な勢いで検索がなされ、やがて裏返しになった歩未の顔がスクリーンに現れた。

「おや——トリプルAですよ。これは凄《すご》い。それから牧野さんは——」

——何を見ている?

「ん——Aダッシュですね」

問題ありませんと白衣の男が言った。

「彼女は基礎体力が劣っているというだけで、内臓疾患はありませんし、食事はD&S系列のホームヘルパーが提供する最上ランクのサーヴィス契約がされていますから、栄養バランス的にも問題は寧《むし》ろありません。前回のようなことさえなければ、寧ろ良質かと思われますが」

それは楽しみですと石田は言って、再び検索をかけた。

都築美緒が映った。

「Bですね」

それは採ってみないと判りませんと白衣の男は言った。

——採る？

「作倉雛子さんは——あの児童は、どうも不健康そうな顔色をしていましたが——ああ、ダブルAですね。いや、不破さん、あなたのエリアの児童は、皆さん健康ですねえ」

——それはメディカルチェックの判定データだ。

こいつらは。

「——何をしているのッ」

静枝は言い知れぬ恐怖に駆られた。

「あ、あなた達はいったい何をしているのよッ！」

石田は答えなかった。

ただ嗤った。

「何が可笑《おか》しいの？　あなた達は何をしているんです！」

「不破さん。あなた質問できる立場じゃないでしょう。先程からお伺いしているのは私の方なんですがね。さあ、どうするんです？　橡君」

「あのな、悪いけど——俺は頭が悪い。頭が悪過ぎてあんたの出した条件が理解できないんだよ。何だって？　人殺しか変態か選べって？」

簡潔に纏《まと》めましたねと石田は笑った。

「どちらにします」

「巫山戯《ふざけ》るな」

橡はそこで静枝を見た。

「俺は——変態でも変質者でも何でもいいよ。だがな——」

どっちに転んでも子供殺すような気のふれた条件を吞《の》めるかッ——と吠えて橡は石田の方に向けて飛びかかった。

しかし。

背後から大男に急襲され、橡は巨大なデスクに打ちつけられるようにして、力任せに押さえ込まれた。静枝は椅子ごと横倒しにされた。

立ち上がろうとした瞬間、額にレーザーが照射された。橡は腕を捩《ね》じ上げられ、顔面をデスクに押さえつけられてなお、叫んだ。

「この野郎ッ！　子供何人も殺して偉そうにしてるんじゃねェッ」

「橡君」

石田はデスクに押しつけられて醜く歪《ゆが》んだ橡の顔を、まるで汚物でも見るかのように嫌悪感のたっぷり籠《こも》った視線で眺めた。

「そうそう。データを見ましたよ橡君。君は——慥《たし》かこの百十九エリアで大昔に発生した、猟奇殺人事件の犯人の少年の——親友だったそうじゃないですか。君は過去に、彼を擁護するような発言をしていますね。当時の家庭裁判所の記録に残っていましたよ」

「擁護なんかした覚えはないッ。どんな時にも殺人は罪だ。大罪だッ」

「しかし——慥か殺人者を蔑視《べっし》することは良くないとか、そうした発言を過去にされてもいますね。殺人者を庇《かば》うかのような証言もしている」

罪は罪、人は人だと橡は叫んだ。

「殺人自体を赦《ゆる》すなんて発言をした覚えはないッ。それに——だいたい理由もなく次々子供殺すような奴にそんな真っ当な意見を言われたくはねえッ」

「私はね、橡君、人を理由なく殺したりはしないんです」

「な、なんだと——」

大男の腕の筋肉が硬直した。

椽は悲鳴を上げた。

痛そうだなあと石田は顔を顰《しか》めた。

「返す返す失礼な人ですね。動機もなく人の命を奪う奴ら――殺人淫楽症《いんらくしょう》――そんな屑《くず》と一緒にされては困るんです」

椽は暴れた。

「ど、動機がありゃいいとでもいうのかッ」

「いったい」

何を考えているのでしょう――と石田は呆れ顔をする。

「君はそれでも警察官ですか？　動機？　何ですか動機というのは？　欲に駆られたとか、痴情が縺《もつ》れたとか、そういう低俗な理由のことですか？　そんなくだらない事情で尊い人命を奪ったりする人間こそ、私は赦せませんけどね」

「じゃあ――てめえにどんな大義名分がある」

「大義名分ねえ。古い言葉だ」

「俺は年寄りなんだよ。てめえと同じ二十世紀生まれだよ」

言葉を慎んでくださいよ先輩と高杉が言った。

高杉貴様と言いかけた椽の言葉は、途中から呻《うめ》き声に変わった。

「大義名分などという言葉はもう通用しないのですよ椽君。国家は個人の延長に過ぎない。君や私の世代はよく知っていることじゃないですか。衆愚《しゅうぐ》がナショナリズムを選び取る理由は、ただ判り易《やす》いからというだけのことだ。しかしそれはもう有効じゃないんだ。理想も倫理も法律も今や国家を護《まも》るためには機能しないんです。ただ、社会秩序が保たれているという幻想を大衆に与えるためだけに、それはある」

「だ――だからなんだ。俺は頭が悪い爺《じじ》ィだ。解るように言え」

椽は絞り出すようにそう言って、更に抵抗した。

石田はその姿を蔑《さげす》む。

「貧困、無教養、無分別が齎《もたら》す犯罪は根絶されるべきですね。勿論それが国のためであろうと、正義のためであろうと同じことです。資源が乏しいから他国から略奪する、領土が狭いから侵略する、思想が違うから弾圧する、侵略された過去があるから攻撃する――それは貧乏だから泥棒する、話が合わないから殺す、怨みがあるから復讐するというのと同じことでしょう。私達は過去、個人には赦されない行為を国家という枠組みでは許容して来た。そう大衆に思い込ませるための詭弁こそが大義名分と呼ばれて来たのです。そんなものはもう、ない」

「だから何だッ」

「どうであれ人殺しは良くないことですよ。だからこそ、この国は戦争をしないと決めた訳でしょう。死刑も廃止された。その決定に対する異議は聞こえて来ませんね。そして――この国は動物を殺して食べることもやめたんだ。そうだね？」

鈴木翁の御功績ですと高杉は畏まった。

「そう――私はね橡君、人を殺しているんじゃないんですよ。結果的に彼女達は死んでしまう、というだけのこと。これは仕方がないことなんですよ」

「な、何が仕方がないだッ」

橡は痙攣《けいれん》しながら、その顔を無理矢理石田に向けた。

「てめえの言う通り、殺人の動機ってのは概《おおむ》ねくだらない。しかしな、貧乏だから人殺しになる訳でも無教養だから殺人者になる訳でもねえ」

そんなのは本当の動機じゃないんだと橡は怒鳴った。

「理由なんか本当はないんだ。俺はな、理由なく人殺しちまう奴の気持ちは――解る。勿論、赦せねえけどな、絶対に赦せねえけどな。それでも解る。殺人淫楽症なんて言葉は誰かが勝手に作ったもんじゃないか。関係ねえよ」

ほう、と石田は小馬鹿にしたように合いの手を入れた。

「それで?」

「だがてめえみてえな奴の気持ちは鼻毛の先程も解らない。こんな——てめえの立場やら財力やら利用して、組織ぐるみで、安全な場所で、訳の解んねえ理屈くっつけて殺人を繰り返すような奴のことは解らない。解りたくもねェッ!」

「組織?」

組織じゃねえかよと椽は怒鳴る。

「残念だが私は特定企業のデータを収集操作できる立場にはいますが、自分の組織は持っていない。慥《たし》かに私自身は警察組織の一員ではありますがね」

「てめえ勝手に使ってるんだろうが」

「おやおや。私は慥かにデータを操作して警察やその他の組織の動向を意図的な方向に導いたり、司直が判断をする手助けをしたりはしますが、それはあくまで社会秩序回復のための一助としての行為ですからね。警察組織を私物化するようなことはしていませんよ」

「内部に手下を入れてるじゃねえか。そいつはどうなんだ!」

そいつだ、お前だ高杉と椽は吠えた。

大男が椽の腕を更に強く捻《ひね》り上げた。

厭な音がした。

「彼は——私の部下であり、善《よ》き理解者ですよ。協力を強制したつもりはありません」

「信奉者ですよ管理官」

高杉は真顔でそう言った。

もう一度厭な音がした。

椽の足が何度も痙攣した。

「見苦しいなあ。アルヴィル君。その汚らしい顔を私のデスクからどけてくれないか。そう、床が汚れるのも厭だが——油谷《ゆたに》さん——大変申し訳ないがそこを消毒して戴けませんか」

石田は椽を見もせずにそう言った。大男は椽を床に叩きつけ、太い脚で踏みつけた。白衣の男がウエットペーパーでデスクの表面を拭う。

「因《ちな》みに彼は油谷君といいましてね、鈴木家の厨房を三十年以上任されている我が家専属のシェフなんです。君を踏んでいる大きな男は、アルヴィル君というフランス人です。彼は私に雇われているだけですよ。高い報酬を払っていますから——忠実に職務を熟《こな》してくれる。物騒なものを構えているのは老《ラオ》という中国系の未登録住民です。今どき珍しい銃のマニアでね。私が戸籍を作ってあげた。ここにいるのは君が考えているような人間達じゃないんです」

「昔のフィクションでもあるまいに——先輩、犯罪組織なんて効率の悪い集団は百年前に根絶してますよ。時代錯誤だなあ」

高杉はそう言ってから静枝の方に近づいて来て手を差し伸べた。

「さあ——不破さん」

静枝はその手を払い退《の》けて立ち上がった。

正常でいられる自分が信じられなかった。

血の味がする。

椅子ごと倒された拍子に口の中が切れたようだった。静枝は手の甲で口の端を拭《ぬぐ》った。

大ッ嫌いな人間の味がする。

人間の匂いがする。

静枝は石田の真ん前に、脚を広げて立った。

「勇ましいですね不破さん。そこで這《は》い蹲《つくば》っている男とは大違いです。あなたのような逸材は子供達のためにも必要なんでしょうが——残念です。とても残念ですよ」

高杉が寄って来る。静枝はありったけの侮蔑を籠《こ》めて睨みつける。

「そこの橡君は——ほら、ご覧の通りあなたが一番嫌いなタイプの不潔で無神経な男です。お聞きになっていたならお判りでしょうが、彼はどうも私の素晴らしい提案を拒否するようなのです。従って、あなたも三日後に無駄な死を迎えることになるでしょう。それがお厭なら——どうです、この橡君を説得してくれませんか」

「ざ――残念ですわね。私はそこで踏まれている不潔な中年男と――」

全く同じ意見なのと静枝は言った。

おやおや驚いたと石田は言った。

「あなたは私とよく似た資質をお持ちだと――勝手に分析していたのですが」

「あなたと一緒にされるくらいなら――不潔な中年と心中した方がマシよッ」

静枝は髪の毛を掻き上げた。普段は直接髪の毛に触ることはない。踏まれたままの椽が、にやりと笑った――気がした。

「ご趣味が変わられたのかな。しかし、悪趣味と言わざるを得ません」

良かったですねえ椽君と言って石田は椽を見下ろした。

「十五年ぶりに異性に好かれましたね」

高杉が愉快そうに笑った。

「石田さん」

名を呼ぶのも厭だ。

「あ――あなたは、あなた達は――狂っています」

「そうですか？　しかしそんなデータはどこにもありません。ねえ高杉君？」

「狂ってるというならあなたがたですよ。世間的にはね」

高杉が笑いながら静枝に手を伸ばす。

静枝は後ずさる。こんな奴らに触れられるのは厭だ。細菌より悪い。

「殺すなら――今殺してください。その拳銃で撃てば済むことでしょう」

「そうはいきませんよ。いいですか、データは書き換えられます。しかし人が死にますとね、屍体という物的証拠が残ってしまうんです。検案調書を書き換えることもできますが、屍体が残っているうちは書き換えても無駄だし、検案に当たる担当医師はどうにもできません。色々面倒ですからね。筋書き通りに死んで戴く方が簡単なんです――」

それに橡君が拳銃を持っている訳がないと言って石田は笑った。

「まあ、彼はその昔、まだ警官が拳銃を持っていた頃に巡査になった人間ですからね。ただ、扱えたとしても、発砲したことは一度もないでしょうね。まあ、ここの設備を使えば遺体を完全に処理してしまうことも可能なんですが——人間がひとり、完全にこの世から消えてしまうというのはどうも戴けませんね。勘定が合わなくなってしまいますし」

石田は立ち上がり、つかつかと跫《あしおと》を立てて静枝の前に出た。

「やはり——橡君がするとしたら扼殺《やくさつ》でしょうね」

「扼殺——」

「お母さんと同じ方法ですよ」

「やめてッ」

母の頸《くび》。指の跡。

人間のレプリカの、壊れた部分。

いやああ——静枝は悲鳴を上げて後退した。


母さん。

母さんの。

母さんの馬鹿。

「今殺しはしませんよ。三日後です」

いや、いやいや。

静枝は髪の毛を振り乱す。母と同じ色の髪の毛である。

「錯乱するとは見苦しい。見損ないましたよ不破さん。高杉君——」

高杉が静枝の肩を背後から捉《とら》えた。

その時——である。

卓上に投影されっ放しになっていたスクリーンの画像が変わった。

「ん——おや、何だろう」

侵入者があったようですと油谷が言った。

「侵入者？　どこからです」

「裏のゲートを抜けて侵入したようですね。映像が出ます」

おお、と石田は喜びに似た声を上げた。

「いや——見なさい、こんなことがあるのでしょうか。この娘は——」

牧野葉月さんじゃないですかと石田は言った。

「牧野——」

葉月。

静枝は分裂する。

錯乱し、現実逃避を強く望む自分と——。

カウンセラー不破静枝に。

「牧野葉月が——」

どうして。

手間が省けましたねと高杉が言う。

「猫の手引きで未登録住民どもに匿《かくま》われているとしたら、これはかなり厄介なことになるなと思っていたんですよ。しかし、矢部祐子にしてもそうでしたが——実に都合よく出て来てくれる」

石田管理官のご人徳ですよと高杉は静枝の耳許《みみもと》で言った。


——巫山戯るな。

静枝は高杉を振り払い、デスクに駆け寄ってスクリーンを裏側から見た。

裏返しの牧野葉月が——怯《おび》えている。

「牧野さんッ」

厭なんです——。

もう子供達が殺されるのを見るのは——。

——これは。

これは母さんの言葉。

あの、馬鹿な、弱い偽善者の発した言葉だ。

「逃げてッ！　牧野さん来ちゃ駄目」

静枝は叫んだ。

聞こえる訳もないのに。

聞こえませんよと石田が言う。

そんなことは判ってる。

静枝は振り向く。

「これ以上子供は殺させない。あたしの児童に指一本触れさせせないッ」

「あたしの児童？　おやおや、そんな古臭い台詞《せりふ》があなたの口から出るとは、意外ですね不破さん。教師と生徒だの、恩師と教え子だの、そうした概念を旧弊《きゅうへい》として排除したのは、あなた達じゃなかったんですか？」

「関係ないわよ。関係ないわよそんなこと。あの子のことを私は知っているの。だからあの子は私の児童なのよッ。殺さないでよ。あの子は――あの子達は」

子供達が殺されるのを見るのはもう厭ッ――静枝は絶叫した。

「聞き苦しい！」

石田は厳しい口調でそう言った。

「論理的でない言説は聞くだけ無駄だ。非建設的で耳障りなだけだ。この錯乱した女とそこの馬鹿な男を――そうだな、そこの殺菌ブースにでも入れておきなさい。こんな奴らのためにこれ以上ＶＩＰルームを汚すことはない」

静枝の首と肩に老の手がかかった。

デスクから引き剝《は》がされる。厭だ――。

スクリーンの中の裏返しの牧野葉月が遠くなる。

厭だ。厭なんだ。

あの子を殺さないで。

「その子を」

大きな飾り扉が開いて、静枝と橡は廊下に引き摺《ず》り出された。

艶々の廊下を引き摺られる。

どこもかしこも清潔だ。多分――このフロアは滅菌されている。

やがて不快なアラーム音と共にドアが開いた。ドアの中にもう一つ扉があった。高杉がパネルに手を翳すと中のドアが上方にスライドした。橡が叩き込まれる。続いて静枝が引き摺り込まれた。もう抵抗する気力がない。

放り出された。

ドアが閉まる。

ドアの強化ガラス越しに無表情な高杉の顔が見えた。やがてもう一枚のドアが閉まり、ガラスの向こうの鄙俗《いやら》しい顔も見えなくなった。

静枝は這ってドアのところまで行き、そこここを触った。

気力は萎《な》えても、厭なものは厭だ。

遣り場のない、怒りにも似た、苛立《いらだ》ちにも似た、それでいてそれらとは少し異なった感情が胸中を占領する。

ドアを叩く。

ほとんど音はしなかった。

殺さないで――もう殺さないでと言って――静枝は泣いた。

すまないな――背中で橡の声がした。

「俺と関わると――ろくなことはねえだろ」

静枝はその弱々しい声を背中で聞く。振り向きたくなかった。

「前の配偶者が言ってたぜ。あなたは子供だ、と」

俺もそう思うと橡は言う。

「いつまで経《た》っても――もう後何年かで五十だぞ俺は。五十になってもまだ大人になれねえ。それはどうしてかと考えた。で――判った」

静枝はゆっくりと振り向いた。

橡は部屋の隅で壁に凭《もた》れ、肩で息をしていた。

顔半分が青黒く変色し、腫《は》れている。内出血しているのだろう。左手が不自然な方向に向いているから、多分骨折もしている。

「俺はさ、ちゃんと子供にならなかったんだよ。だからちゃんとした大人にもなれねえ。子供はよ、きちんと子供にならなくっちゃいけないんだ。子供の時代を子供として送れなかったことに悔いが残ってるんだ俺は。だから子供になりたい、ちゃんとした子供やりたいと――いつもどこかで思ってる。いつまでも大人にならないんじゃない。大人のくせに子供になりたがってんだ俺は。自分の子供でもできてれば、また別だったんだろうが――」

子供に子供は育てられねえかと椽は顔を歪ませた。笑ったようだった。

「椽さん――」

椽は唸《うな》った。

痛いのだろう。

大丈夫ですかと静枝は躰《からだ》を起こして向き直った。

「こんな薄汚い中年と心中じゃ――あんたも浮かばれねえだろ」

不潔で無神経だからなと椽は言った。

「椽さん」

「いいんだよ。離婚した配偶者も同じことを言ってた。自覚もある。巻き込んですまなかった」

「私は――自分の意志で選択したんです」

「だが、俺と関わってなければ、あんたの児童はあんたが救えたかもしれねえ」

「そう――でしょうか」

そうとは思えない。

事実、静枝は無力である。

静枝なんかには何もできない。自分も救えない人間に他人が救える訳がない。理屈を捏ねるだけでは世界は何も変わらない。自分が嫌いになるだけだ。

それ以前に――椽がいなければ、何も気づいていなかったかもしれない。

「私は」

厭な女だ。

そんなことはねえさと椽は気休めを言った。

「いや、そう思うってだけだがな。正直言ってさっきあんたが最後に言った言葉――石田は論理的じゃないとか言ってたが、俺には一番解り易かった。あんたの言葉の中で」

一番通じたぜと椽は言った。

子供達が殺されるのを見るのはもう厭ッ――。

――厭なんです。もう子供達が殺されるのを見るのは。

母さん。

「あれは――母の言葉なんです」

通信で聞いた最後の言葉。

その時、静枝はこう答えた。

――死んだものはもう戻らないのよ、母さん。

「あいつの話じゃ――」

椽は苦しそうに言葉を発した。

「あんたの母親は有名な人らしいが、俺は知らなかったぜ。無学なものでな」

「私の母は――あの男の言った通り児童精神病理学者です。社会学者でフェミニストだった父と思想上の対立があって離婚しました。私は父に引き取られて育った。それは協議の結果ではなく、自分で選択したことでした。母の考え方は――嫌いだったんです。子供の頃」

厭な女。そう思っていた。

静枝は父が好きだったから。

「父は高潔で理性的な人物でした。でも――やっぱり二十世紀の人間だった」

「俺と――同世代か」


そうでしょうねと静枝は答えた。

「私は結局父の言葉に傷つくだけの子供時代を送りました。私は――半ば望んでコミュニケーション障碍児《しょうがいじ》になった。そして結局、そんな私を救ってくれたのは、大嫌いな母だったんです。私は父の許《もと》を離れ、裁判所に申請して母の旧姓に改姓した。とはいえ手続き上の問題ですから、ほとんど無意味な作業でしたが」

まあなあと椽は曖昧《あいまい》な返事をする。

「母を頼った訳ではなかったんです。救ってもらっても好きにはなれなかった。でも人間的なことはともかく、功績には見るべきものが多かった。そういう意味では尊敬していました」

亡くなったのかと椽は問うた。

「ええ。担当していた十六歳の行動障碍を持つ児童に――殺されたんです。首を絞められて」

いや。違う。

首を絞めてもらって、だ。

「その少年は――母の治療を受けながら、六件の殺人を犯した」

「治療中にか？」

「ええ。逮捕され事件が次々に発覚して――担当医として母は責任を問われました」

　ああ――と榎は声を上げた。

「三十二エリアで起きた事件か。あの――十歳くらいの子供ばかり狙った、四、五年前の」

「そうです。母は――少年の無罪を主張した。慥《たし》かに少年には行動障碍はあったし、暴行事件も起こしていた。治療中だったのですから完治してもいなかった。行動障碍は簡単に治るものではありません。しかし世間はそのような危険人物を何故《なぜ》監禁しておかなかったのかと母を責めた。母は――絶対に無実だと言っていました」

　そして母さんは、不破幸枝は壊れたんだ。

「母は、私の母は精神鑑定中に犯人の少年を連れ出して――一緒に死んだんです」

「一緒に死んだ？　待て。俺の記憶じゃ、その少年は、精神鑑定中に激昂し、精神科医を殺して自殺したと――そんな話じゃなかったか？」

「違います」

　殺したんじゃない。

「殺したんじゃなくて、殺してもらったんです」

「意味が――解らねえが」

「母は――少年の無罪を主張する一方で、世間の論調に自信を失ってもいた。もし少年が真犯人だったら――そう思うと気が狂いそうになると――そう言っていた。亡くなった被害者に対して、自分は何と詫《わ》びたら良いのか判らないと」

　あの子達は私の所為《せい》で死んだの――。

　そうなの、教えて、私が悪かったの――。

　　――弱虫。

「私はそんな弱い母が厭だった。赦せなかった。信念があるなら押し通せと――冷たく言ったんです。それが学者としてのあなたの在り方だろうと」

——死んだものはもう戻らないのよ、母さん。

「しかし状況証拠その他から——少年の有罪はほぼ間違いないと、そう思われてもいたんです。少年の有罪が確定すれば——母は学者としても人間としても駄目になる。そうした状況でした」

母は少年を連れ出した。

それは——現実からの逃避行だった。

「音声通信が来たんです。私のところに」

この子は——。

やってないと言うんです——。

勿論私もそう考えています——。

でも、もう有罪は間違いない——。

この子の判断力は正常なんです——。

この子は正常としか鑑定できません——。

心神喪失状態なんかには決してならない——。

だから、間違いなく有罪になる——。

「私は——正直に言えば驚いたんです」

そう。案じる前に驚いたのだ。

「精神鑑定中の被告人を連れ出すなんてまともな人間のすることじゃない。非常識です。だから母を詰《なじ》った。いい加減にしろと言った。その少年は警察が犯人と断定して送検もしている人間だ、精神鑑定の結果異常が認められないなら——あなたの仕事はそれで終わりだと言った。後は裁判所が判断することだと。どうであれ死んだ子供はもう戻らないんだから、馬鹿な真似はやめろと」

何度も何度も言ったのだ。

「ホテルのモニタの向こうで、母は泣きました。もうこれ以上子供が死ぬのは見たくないのと言って泣いた。錯乱していたんです。私は母が泣いている画像を——初めて見た」

厭なんです——。

もう子供達が殺されるのを見るのは——。

——いくらあなたが泣いたって、死んだものは戻らないって言ってるでしょう。

——いい、その子が犯人なのよ。解らないの。

静枝がそう言った途端。

母は完全に崩壊したのだ。

静枝は気づく。いや気づいていたのに気づかぬふりをしていたことに気づく。

母が本当に壊れたのは、実はその瞬間だったのだろう。母を壊したのは、世間じゃない。学問でもない。警察でもない。

静枝だ。

静枝の言葉で母は壊れたのだ。

「そして母は――一緒にいた少年に、自分の首を絞めるように言ったんです。あなたはどうせ殺人犯にされるのだから、それなら私を殺してと、そう言ったんです。少年は――泣きながら母の首を絞めた。そして――端末の画面から消えた。飛び降り自殺でした」

「じゃあ」

椽は濁った眼を見開いた。

「あんた――母親が殺されたところを」

「観ていました。昨日庭に捨てた、あの端末のディスプレイで」

それは――と言って椽は黙った。

「これは――一種の心中です。しかし真相を世間に知らしめることは宜《よろ》しくないと、そう――警察側は判断したようです。高名な児童精神病理学者と連続殺人事件の犯人と思《おぼ》しき少年が精神鑑定中に手に手をとって逃避行して――揚げ句の果てに無理心中では、あまりにも無茶苦茶ですから。ですから――先程椽さんが言っていたような筋書きが捏造《ねつぞう》されて配信されたんでしょう。だから」

「待てよ」

椽は痛そうな顔をして無理に躰を起こした。

「おい。それは――やっぱり冤罪《えんざい》だったのかもしれねえぞ」

「何を言うんです。私はこの目で」

頸にかかった指を。

泪《なみだ》を流す母を。

そうじゃねえと橡は言った。

「いいか不破さん。よく聞きな。俺は昨日あんたと話をしていた時に思い出せなかったことを今漸《ようや》く思い出したんだ。いいか、石田管理官は——四年前まで、三十二エリアを管轄に持つ県警察に配属されていたんだ。あいつは——その時、その事件を担当していたに違いないんだ」

「え——」

「その少年は——本当に無罪だったんじゃないのか？　あんたの母親は間違ってなかったんじゃないのか？　さっきあいつが言ってたことを覚えてるよな。データなんかは書き換えられる。証拠なんか幾らでも作れる。社会秩序を保つためにデータを改竄《かいざん》するってのは、一番世間が納得し易い筋書きを作るってことなんだろ？　違うのか？」

「そんな——」

どこかで分裂していた静枝は、その時急速にひとつに収束《しゅうそく》した。

「その時殺された六人の子供はな、全員同じメディカルセンターで治療を受けてた子供だな」

「そうです。母が——勤務していたところですが」

「俺の記憶では——その病院はＳＶＣ資本だ。経営してるのはＳＶＣの系列会社だよ」

「じゃあ——」

——母さんは。

あの少年も。みんな、みんな——。

「クッソう」

橡は躰を動かした。

「痛ェ。畜生、俺はあんな奴赦せねえよ。ブッ殺してやりたい。痛てて」

ううッと橡は唸り声を上げた。

「駄目——だな」

いや——。

静枝は立ち上がる。見回す。

何もない部屋だった。比喩《ひゆ》ではなく本当に何もない。窓もない。何も置かれていない。

凹凸《おうとつ》もない。壁も床も天井も、青白い灯《あか》りに均等に、均質に照らし出されている。

血と泥に塗《まみ》れた橡だけが異質に浮かび上がっている。

「殺菌ブースと言っていましたね」

「言ってたな。俺もあんたも汚いからな」

天井にも突起はない。紫がかった光を放つ平板なライトがあるだけだ。数箇所に穴が空いているが、ノズルの先端が覗いているだけである。消毒剤を噴《ふん》霧《む》するためのものか。

「集像機《アイ》の類《たぐい》はないようですね。計器類も——スウイッチもない」

ドアの脇にタッチパネルがあるだけである。

カードリーダーもない。暗証か、声紋か指紋か、或《あるい》は虹彩センサかもしれない。

開けられない、ということだ。

「脱出でもする気か」

「諦《あきら》めたのですか」

「ん——」

牧野葉月。神埜歩未。都築美緒。作倉雛子。来生律子。そして猫——。

このままではみんな死ぬ。何で。何のために。あいつらは何をしている。

結果的に彼女達は死んでしまうというだけのこと。これは仕方がないことなんですよ——。

仕方がないだと巫山戯るな。殺させてたまるか。

「——殺させないわよッ！」

静枝は叫んだ。反響しない材質の部屋は、その声をあっと言うまに吸収した。

025

歩未が駆けて来る。

無駄のない筋肉の動き。

まるでけもののように美しい。

左右から何人かの男の人が走り寄って来る。

制服を着ている。

警備の人だ。

何か言っているけど何も聞こえない。

葉月は今、広い道路の真ん中に立っている自分を少し上の方から俯瞰《ふかん》している。あの娘は何を怯《おび》えているのだろう。


足が竦《すく》んで動けないのか。怖がりで臆病者で内向的で少しだけ反抗的で、でもそういう気持ちを全部呑《の》み込んで、呑み込んでも平気な程にどうでもいいと思っている、本当に駄目な娘だ。

駆け寄った歩未は――。

葉月の頬をぶった。

「何してるんだ！」

「え――私」

「来てッ」

腕を摑《つか》まれる。にんげんの感触。

「走るんだ！」

「あ――」

エリア警備が向かって来る。

前からも――後ろからも。

葉月は歩未に強く引かれ、天空から自分の躰《からだ》に舞い降りて――駆けた。

建物の付属施設の後ろに回り込む。

左右から――来る。葉月は壁に突き飛ばされる。

「歩未！」

大勢のエリア警備が歩未に群がった。

——私の所為《せい》だ。

何の考えもなしに葉月がここに来たから。

「やめてッ」

叫ぶ。子供のように叫ぶ。

数名の警備員が葉月の方に駆けて来る。

——来ないで。

葉月の頭上で何かが動いた。

見上げる。

猫。

塀の上に麗猫。

麗猫は葉月を飛び越すように下降して先頭の警備員を蹴り飛ばした。俊敏に身を返す。

腕を取って返し、拳《こぶし》を顔に打ち込む。

「ハヅキお前——何してるんだッ」

歩未が擦《す》り抜ける。

「麗猫！」

「アユミ——」

歩未は——追い込まれるようにして葉月の右横に至り、数名と応戦していた麗猫が左につけた。

ふたりは葉月を護《まも》るように、葉月の前で背中合わせに身構えた。

「こんなところまで何しに来たッ」

「鳩——飛ばしたろ」

「飛ばしたけど——ただ来ればいいってもんじゃない」

警備員は次々と数を増やし、葉月達は壁を背にして取り囲まれた。

囲まれちまったじゃないかと麗猫は言った。

「折角《せっかく》——うまく隠れてたんだ」

見破られてたよ君は、と歩未は言った。

「出て来易《やす》いようにここだけ警備が手薄だった。隙《すき》を見て逃げるところを捉《とら》えようって作戦だ。きっと警備員は中に入れない契約なんだ。だからこっそり接触はできると思ったんだけど」

葉月が邪魔したのだ。

「接触してどうする」

「交代だ。君には話しておかなくちゃいけないことがある」

「交代ィ？」

背中合わせのまま、麗猫は歩未の方を見た。

チカチカと、葉月達を取り囲む警備員達の腰の辺りが発光した。

端末が光っているのだ。

やがて――警備員の壁を割って、ひとりの男が現れた。

おいおい君達――男は緊張感のない声を発した。

「こんな大勢で何ですか。侵入者ったたって女の子じゃないか。ここの責任者は誰だ？」

私ですと言って警備員のひとりが前に出て、IDカードを男に差し出した。

男は自分の端末でカードを読み取り、いかんなあと言った。

「慥《たし》かにここの警備は念入りにと、警察の方にも要請が出ているよ。だから私もこうして巡回に来ている。そりゃ君らも承知だろ。でもね、幾ら何だってこれは遣《や》り過ぎでしょう。敷地内に迷い込んだ児童に対して――何か、君達は」

警棒を翳《かざ》して威嚇《いかく》するのかと言って、男は警備員が手にした棒をぺたぺた叩いた。

「行き過ぎですよ行き過ぎ。県警本部からD&S本部にクレームを入れなくてはいけないな。社員研修しとるのか？　これは児童虐待ですよ君。管理センターに連絡しなさい」

「しかし――ですね、この娘は抵抗を」

「そりゃ抵抗するよ。怖いだろうこんな大勢で。何人いるんだ？　三十人はいるじゃないか。子供三人に三十人かかって、他の持ち場はどうしたんだ。この間に正門付近にテロリストでも襲撃して来たらどうなりますか」

男は躰を傾けて警備員達を嘗《な》めるように見た。

「強盗もない暴行事件もない、平和だ平和だと言ったってね、迷子に襲いかかる警備員がいるか？」

この子達は私が預かるからと言って男は葉月達の前まで出て来た。

「私は県警の――ああ。こういうものです」

男は端末に自分のカードを読み取らせて、ディスプレイを葉月達に向けた。

R捜査課課長待遇・警部・高杉章治《しょうじ》と表示されていた。本人のようだった。

「さあ――君達はどうしてこんなところに来たのですか？　どこから入ったの？　今日はメンテナンスのための休館日なんですよ。悪いけど少しだけ事情を聞かせてもらえるだろうか。不法侵入者のセンサが君達を感知してしまってね。画像が撮影されてしまったんですよ。そうすると関係各位に提出する報告書を作成しなくちゃいけないものだから」

高杉は丁寧《ていねい》にそう言った。

普通だ。この上なく普通だった。


そう――慥《たし》かに警察の情報は漏れているのかもしれない。葉月を襲った二人はエリア警備員の格好をしていたし、身分もそれに違いなかった。だからといって――。

全員が悪者ということはないのだ。

それはあり得ない。

どうであれ警察ぐるみ、エリア警備ぐるみの犯行である訳がない。ならば――。

葉月は歩未を見た。歩未は真っ直ぐに高杉を見ている。

麗猫は――。

隙を窺《うかが》っている。

そう、麗猫は警察に追われているのだ。

ならば――逃げた方がいいに決まっている。

微《かす》かに躰を動かした麗猫の腕を歩未が摑んだ。麗猫は歩未を横目で見る。歩未は高杉から視線を外さず、そのまま麗猫を引き寄せるようにした。

歩未は――。

――どうする気だ？

高杉は不思議そうな顔をして一度頸《くび》を曲げた。

「まあ――怖かったんだろうけども。取り敢《あ》えず中に入りましょうか。事情を聞かせて貰えればすぐに解放しますから。中で、飲み物でも戴《いただ》きながら。いいですか？」

「解りました」

歩未はそう言った。

麗猫は切れ長の眼を開いてもう一度歩未の顔を見て、それから葉月に視線を送った。

葉月は――ただ背中に当たるざらざらの壁の感触を気にして――下を向いた。

それでは行きましょう、と高杉が言った。それから刑事は突っ立っている三十名の警備員に早く持ち場に帰りなさいと怒鳴った。

警備員達は無言で、しかし各々《おのおの》小首を傾《かし》げながら散った。首を摩《さす》ったり足を引き摺《ず》ったりしているのは麗猫に打ちのめされた者なのだろう。


「さっきも言いましたが今日は休館日なんです。まあこのエリアの人なら皆知っていますが、実は明日がここのね、創立者が誕生された日なんですよ。明日は式典なんかもありますから、昨日と今日はメンテナンス日でね。君達は――他のエリアから来たんだね？」

「百二十二です」

「ああ――それは残念でした」

高杉は愛想よくそう言った。

要所要所にずらりとエリア警備が並んでいる。

中世の煉瓦《れんが》を模したネオセラミック製の低い階段を昇り、広いテラスのようなスペースを過ぎる。遊歩道を通って手入れの行き届いた庭園を越すと、大きな広場に出た。そこからなだらかなスロープと緩《ゆる》やかな石の階段が続いている。

「普通は昇降機《エスカレーター》が動いてるんだがね。今日は止まっています。若いから平気でしょう」

刑事はそう言って階段を下った。

麗猫が立ち止まる。

歩未は敏感に察して首を振った。

階段脇にもエリア警備が並んでいる。葉月達は依然囲まれてはいるのだ。

「あっちが正面です。しかし、どこで間違ったのかなあ」

高杉はそう大きな声で言ってから手招きをした。

「大丈夫。もう怖い目には遭わせませんよ。警察はエリア警備とは違いますから。お話を聞くだけ。事情によっては情状酌量、センターにも保護者の方にもお報《しら》せしませんから。あ、あくまで事情によっては、ですよ」

階段を下りきると正面ホールという表示が出ていた。強化ガラスとネオセラミックで構成された思い切り豪華なエントランスだった。

見上げる。

真っ白い尖《とが》った建物が聳《そび》えている。

遠くから見た時とは全然違う。グロテスクだ。


「普通ね、街の方から真っ直ぐ来ると、こっち側に着くんですよ。リニアのホームからは送迎用ソーラバスも出ているしね。あ、今日は運休ですね。だから──」

勝手に喋《しゃべ》りながら高杉は玄関に並んだ警備員にIDをちらつかせた。

「ご苦労様。侵入者騒ぎは収まりましたから通常通りの業務をお願いしますよ。あ。この子達は一旦《いったん》私が預かりますから──」

「高杉警部、しかし入館には身分証明が」

「ああ──大丈夫ですよ。ノーカウントで処理するよう私の方からセキュリティ管理センターに連絡しておきますから。休館日にいちいちシステム稼働するのも、カウント処理してポインターつけるのも大変でしょう」

──ポインターつけるんだ。

葉月がそう思ったのを見越したかのように、高杉は笑顔を向けた。

「ここはね、高さは低いけど広いですからね。平日かなりの入館者があるんですよ。ですから通常はID通すだけじゃなくて、端末にポインターをセットして、館内のどこに誰がいるのか判るようにしているんです。病院もあるから。誰もいないところでご老人が倒れたりする場合もあるし、迷子もいますからね。ただ休館日には通常のシステムが稼働してないし、端末がない場合ポインターセットが面倒なんですよ。専用の送信機をレンタルしなきゃいけないしね。それに休館日はね、そもそも関係者以外は警備員だって絶対に入れないんですから——」

さあ入りましょうと言って高杉は警備員を横に退《の》けさせ、ゲートの真ん中の大きな扉に、目立たないように設置されているカードリーダーにカードを通し、続いてタ、カ、ス、ギと自分の名前を言った。

ゲートは音もなく開いた。

「声紋感知式なんですよ。早く入って。私と一緒でなきゃ出入りできないんだから」

歩未が入った。

麗猫に押されて葉月も中に入る。

麗猫が続いて、最後に高杉がゲートを潜った。

高杉は振り向いて、確乎《しっか》り頼むよと警備員に言った。

ゲートは再び音もなく閉じた。

「さあ、これでもう安心です。ここはもう外からも中からも絶対に開かない。怖い警備員はもう来ませんよ。ええと——応接できるような部屋に行きましょうね」

コミュニティセンターの室内競技用トラックの四倍以上はある広いエントランスホールだった。

かなり上の方まで吹き抜けになっている。

大空間である。

しかも床も柱もピカピカに磨かれている。ホールの真ん中には昔の服を着た老人の銅像が飾られていた。

趣味が悪いと葉月は思った。

正面壁面にはガラスのパイプが八本並んで立っている。カプセル型エレヴェーターだろう。普通はこんなに長くない。高杉は真っ直ぐ正面のエレヴェーターまで進んで、上を指差した。

「ほら、そこから見えるでしょ。あそこ。五階に談話室があるんだ。そこ行きましょう。そこなら飲み物もあるし——あ、ディスペンサーは休みでも動くから平気」

高杉が手を翳すと八本並んだパイプの三番目のゲートが開いた。

歩未が乗る。麗猫が続く。葉月も続いた。

短いメロディが聞こえて扉が閉まった。僅《わず》かなGがかかり、滑るように葉月達の高度は増した。エントランスホールの床がするする遠ざかる。

山を上ったり下りたりするのはあんなに大変なのに。自分の標高を自力で上げようとするにはあんなに労力がかかるというのに。息を吸って吐くうちに葉月の標高はみるみる上がった。

「今——何時ですか」

歩未が高杉に問うた。

高杉は一瞬うん、という顔をして自分の端末を覗き、十七時五分二十秒だよと答えた。

「ありがとうございました」

歩未はそう言った。

オープンスペースの休憩所のようだった。

椅子やテーブル、ディスペンサーが並んでいる。

しかし高杉はこっちですよと言ってずっと奥に進み、やはりカードを通して名前を名乗り、金属製の扉を開けた。

「さあ——入って」

長い、艶々の廊下だった。

扉が幾つも幾つも並んでいる。

葉月達が入ると金属の扉は閉まった。

どこがいいかなあ、といいながら、高杉は半ば愉《たの》しそうに扉を選び、ここにしよう、と言ってカードを通した。

中のドアには声紋感知センサはないようだった。

「さあ——どうぞ。飲み物は何がいい？」

簡素だが高級そうな応接室だった。

ドアの横に立って、高杉が導く。

しかし歩未は——動かなかった。

麗猫はそれまで率先して動いていた歩未が急に止まったので訝《いぶか》しく思ったのか、不思議そうな視線を歩未に送って、それから高杉を一度見据えた。高杉は笑っている。麗猫は顔を背《そむ》けて部屋に入った。葉月も続く。葉月が部屋に入り切ったその時、歩未の声がした。

「高杉さん」

「うん？」

振り向きざま。

高杉の姿は葉月の視界から消えた。

ドアが閉まった。

「なんだ？」

麗猫が葉月を押し退《の》ける。

ドアに手をかける。

開く訳はないのだ。

IDカードも何も持たずに、扉なんか開けられるものではない。

アユミ、アユミと言って麗猫はドアを叩いた。

「ハヅキ、いま——何があった？　アユミはどうした？」

「私は——何も見なかった。でも声が」

声がどうしたと言って、麗猫が葉月の両肩を摑んだ途端、ドアが開いた。

歩未が立っていた。

歩未は黙って部屋に一歩入ると、すぐにドアを閉めた。

「おいアユミ。どうした」

「どうもしないよ」

「どうもしないって——あの刑事はどうした？」

「そこに——いる」

「いる？」

麗猫はドアの方を見た。

もう閉まっている。

見える訳がない。

麗猫は一度ドアを蹴った。

「くそ！　閉じ込められたのか。おい、どういうつもりだよアユミ。あいつは警察だよ。こんなところに監禁されちゃ手も足も出ない。お前達はいいかもしれないけど——あたしはどうなる？」

「勿論《もちろん》これは罠《わな》だよ」

歩未は麗猫に背を向け、ドアの方を向いたまままそう言った。

「罠だ？」

「あの高杉という男は、僕らの素姓を全部知っていた」

「知っていた？」

——素性をって。

「でも——」

あの刑事の様子はとても普通だった。

葉月達の方はといえば、これは明らかに非常識な行動を執《と》っているのだ。一切事情を知らない警察関係者があの状況下におかれたならば、普通高杉のように振る舞うはずだ。

「いや——」

麗猫は表情を曇らせる。

「県警の刑事だろ——あたしのことを知らないのは変かな」

「だって似た人はいるし」

いいかい牧野——と歩未が言った。

「入館する時あの男はどうして僕達が端末を持っていないことを知っていた？」

「え——？」

「あの男は、端末がなくてはポインターをセットするのが面倒だ、と言ったんだ。今時端末を持たずに出歩く少女なんていない。いるとすれば未登録住民か、襲われて慌《あわ》てて家を飛び出して来た娘か——僕のような変わり者くらいだよ」

「でも——それは、持っていないと言った訳じゃなくて、持っていなかった場合」

「あの男はエレヴェーターで僕が時間を尋《き》いた時、何も尋き返さずにすぐに教えたよ。不審がるような様子は全然なかった。時間が知りたければ普通は誰でも自分の端末を見る。他人に時間を尋く奴なんかまずいないから、時間なんて尋かれたら普通は端末持ってないのと尋き返す。僕が端末を持っていないことを知っていたからすぐに教えたんだ」

「じゃあ——」

麗猫は眼を細めた。

「アユミ——わざと罠にかかったのか？」

「中に入らなくちゃ何もできない。それに、外にいるよりここは安全だ」

麗猫と歩未が呼ぶ。

「何さ」

牧野を頼むよと歩未は言った。

「頼む？　頼むって——なんだよ」

「牧野は——僕を友達だと思ってる。でも僕は牧野の友達じゃ——ない」

「歩未」

いいから——と歩未は背を向けたまま一喝《いっかつ》した。

葉月は言葉を失ってその白い項《うなじ》を見た。

「君なら牧野の友達になれる。君は強いし——牧野を護って」

「お前は——どうするんだ」

わからないと歩未は言った。

「ただ——僕はここにいちゃいけない。君達と一緒に——助かってもいけない」

「いけないいけないって——何がいけないのかあたしにはさっぱり解らないよ」

歩未は何も答えずドアを見つめている。

「アユミ、お前まさか——ひとりで悪党やっつけて来ようなんて馬鹿なこと考えてるんじゃないだろうな？　馬鹿馬鹿しい。正義の味方にでもなる気なのか？」

そんなこと考えてないと歩未は言った。

「僕には——誰が悪党なのか解らないから。善とか悪とか、正しいとか間違っているとか、そういうことはよく解らないよ。信念もないし、護るものもない。だから何かのために闘おうとか、そんなことを思ったこともない」

じゃあ何だよと麗猫は怒鳴る。

「何しようってんだ！」

「歩未——捕まってる子を助ける気？」

また誰か捕まってるのかと麗猫が問う。

「来生って子。それに——美緒も狙われてるみたいだったから」

無事だろうか。

「ミオも？」

あの馬鹿——と麗猫は椅子の背に腰を下ろした。

「子供の頃から変な奴だった」

歩未は少しだけ振り向いて、ちょっとだけ視線をくれた。

「だけどアユミ。助けるっていっても——大体あたしたちは監禁されてるんだぞ。外にだってあれだけ人がいる。中に何人いるか知れたもんじゃない。これじゃ戦争だ。隠れてるだけで精一杯だったんだから。本当に誰か捕まってるなら、それは助けたいとは思うけど——あたし達に何かができるとは思えない。勿論お前ひとりじゃ」

「僕は何かできるなんて思ってないよ」

「なんだと？」

「助けたい気持ちはない訳じゃないけど——」

歩未——と呼んで葉月が触れようとすると、歩未は身を躱《かわ》した。

「君達は——勘違いをしている」

「勘違い？」

「僕はね、君達と一緒にはいられないんだ。僕には君達の友達になる資格はない」

「どうして」

「僕はひとごろしだからだ」

歩未は後ろを向いたまますっと手を上げた。

その手には合金製のサバイバルナイフが握られていた。

ぽたぽたと——真っ赤な液体が床に滴《したた》った。

「え？」

何を言った？　歩未は今何と言った？

葉月は床を見た。歩未の下は——真っ赤だった。


「犯人は僕だ」


歩未は振り返った。

肩から首にかけて、歩未は真っ赤だ。

「川端リュウと中村雄二を殺したのは僕だ。たった今——あの刑事も殺した」

馬鹿——と言って麗猫はドアに向かう。

開かない。振り向く。

ナイフが麗猫の顔の前に翳された。

「あ——アユミ——お前」

「僕と一緒にいると——死ぬかもしれないよ」

麗猫は眼を見開き、その切っ先を見た。

葉月は——。

アユミの言葉が理解できなかった。いったい何を言っているの？

「お前——じゃあ、あの夜、あたしがやられて気絶した後——あの男を——」

「そう。あの後、僕は川端を殺した」

「嘘《うそ》——だろ」

「嘘じゃない。たくさん血を浴びた。洗っても洗っても——けものの匂いはとれなかった」

けものの匂いがする——。

「歩未、じゃあ——歩未あの日」

あの日、あの時、歩未は——。

僕は平気だよ——。

犯人だったから。

「ただ――勘違いしないで欲しいんだ。僕は麗猫のように矢部を助けるために川端と闘った訳でもないし、罪を裁くために川端を殺した訳でも――ないんだ」

「襲われたんだな。目撃したからか。襲いかかって来たんだろ？」

そうだろ、正当防衛だよと麗猫は言った。

「それなら仕方がないことだし――」

「そうじゃないよ」

歩未はナイフを引いた。

「川端は――僕が見ていることに気づいて逃げようとした」

「に――逃げる？」

「実際中村は逃げて行った。僕は――追うつもりはなかった。ただ帰ろうとしただけだ。でも川端は転んで――僕に言った」

見たな、見たんだろ――。

いいか、黙ってろ――。

「喋ればお前が捕まるぞ、と川端は言った。今思えば――たぶん連中は警察の内部にいる誰かと通じていたんだと思う。矢部を殺しても、たとえそれが未遂に終わっても、目撃者さえいなければ捕まらないんだという、そんな口振りだった」

「警察の中に協力者がいたのか」

「僕は――」

川端を斬り殺したと歩未は言った。

「殺してしまった」

「どうして――何でだ」

何でだよと麗猫は叫んだ。

「理由は僕にも解らない。怖かったことは慥《たし》かだ。でも、きっと身を護ろうと思った訳じゃないんだ。確実に――殺意はあったんだ。こいつを振り下ろせば人は死ぬと、僕は知っていたからね。いや――そんなこと、幼児にでも解ることだね。でも僕はその時、それ以外のことは何も考えてなかった」

「それ以外って？」

「相手を殺すこと——だよ」

麗猫はごくりと唾を呑み込んで後ろに引いた。

中村の時もそうだったと歩未は言った。

「矢部が牧野の家に行った夜——君はエリア警備に護送されていく矢部の後を追って行っただろう。僕はあの時。矢部が乗った巡回車を見失った訳でも、追いつけなくて諦めた訳でもないんだ。偶然——中村を見つけてしまったのさ」

「中村が——いたのか」

いたよと歩未は言った。

「たぶん中村は——警察関係者に匿《かくま》われていたんだと思う。麗猫——」

麗猫は返事をしなかった。

「君の情報を警察にリークしたのもたぶん中村本人だ。僕の情報も一緒に流れたはずだけど、僕のことは判らなかったようだ。君は未登録住民のくせに目立つ。僕はノーマークだ」

——僕は平気だ。


「矢部確保の報せを受けて、その警察の中の協力者はすぐに中村に報せたんだと思う。一方で牧野を襲った連中にエリア警備の巡回車を襲わせて矢部を攫《さら》った。警察に保護されてしまったら、殺せなくなってしまうからだろう。理由は知らないけど——その誰かは、どうしても中村に矢部を襲わせたかったんだ」

僕を見て中村は怯えたよと歩未は言った。

「中村は青くなって逃げた。僕は追いかけた」

殺すつもりだったのか——と、麗猫はとても小さい声で言った。

「殺すつもりで追いかけたのか。どうなんだ、アユミッ!」

麗猫は泣いていた。

葉月は泪《なみだ》も出ない。

「違うよ。僕は事情が尋きたかったんだ。殺そうとは思ってない。でも中村は——」

歩未は血に濡れたナイフを見つめた。

「C地区の――都築の家の近くの建物の中に中村は消えた。きっとそこに匿われていたんだと思う。僕が入って行くと中村は大声を出して、来るな来るなと言った。僕は――」

人殺しはあいつらだけじゃないんだよ――。

人を殺すのはリアルだよ――。

人殺しはすぐ傍《そば》にいる――。

僕はそんなに怖いだろうかと歩未は尋いた。

「歩未――」

「中村はまるで肉食獣に出合った小動物のように怯えてた。僕は――威嚇も何もしていない。刃物だって出しちゃいなかった。でも――そう」

僕は、命乞いをする中村も殺した――歩未はいつものように、いつもと同じ口調でそう言った。

「僕は――人殺しなんだ。行き合ったものを殺す」

――人喰い狼さ。

麗猫は更によろよろと後ろに下がって、応接用の椅子に沈んだ。

「君達はこれでも僕を友達だというのか」

麗猫は顔を伏せた。

「そう――それが正しいんだ麗猫。僕なんかをまともに見るな」

歩未は寂しそうにそう言った。

「牧野も解っただろ」

葉月はただ歩未の澄んだ眼を見ている。何も答えられない。

「アユミ、お前――」

「僕が黙っていた所為《せい》で君に疑いがかかってしまった。本当に悪かったと思う。だから僕は君と交代しなければならないんだ。君は――何も悪いことをしていない」

歩未はそう言ってポケットからカードを出した。

――高杉のIDカード。

「だから――僕は行く。どうなるのかは判らないけど――行くんだ」

待てよッと麗猫は下を向いたまま叫んだ。

「待って。駄目だ行っちゃ」

あたしは信じられないと麗猫は言った。

これでも——と歩未は血塗《ちまみ》れのナイフを出した。

「僕は人殺しだ」

「歩未ッ」

葉月は歩未の前に出た。

「歩未は——私を助けてくれたじゃない」

「助けたさ。助けたって——僕が殺人者であることに変わりはない」

幾ら善いことをしたって、この手についたけものの匂いは落ちないんだと言って、歩未はナイフを持った血に染まった手を翳した。

「見ろ。人殺しの手だ」

——そんなの。

「だって、川端だって中村だって——人殺しじゃないッ」

だからって殺していいなんて理屈はないんだと歩未は言った。

「たとえ相手が人殺しでも、悪党でも、殺せば殺した方が絶対悪いんだよ牧野。どうであっても人殺しは良くないことだ。僕は善悪の基準も物事の真贋《しんがん》も正否も判らないけど、たったひとつだけ確実に判ることがある——僕が良くない人間だということさ」

初めてじゃないのかと麗猫が力なく言った。

「川端が最初じゃないんだな——アユミ」

そうなのかどうなんだと麗猫は静かに、しかし威嚇するように言った。

「どうなんだよアユミッ！」

「やめてよッ」

葉月は麗猫を睨《にら》みつけた。

「嘘よ。歩未は嘘を言ってるんだよ」

「ハヅキ、こいつは——」

残念だけど嘘を言う女じゃないよと麗猫は言った。

歩未は静かに語り出した。

「最初は——あの、山の中だった」

「山――？」

ここは――さ――。

ここは僕が人じゃなくなった場所なんだ――。

――あそこ？

あの場所なの？

「僕は――あの運搬用の道を歩いてあそこに行くのが好きだったんだ。何故好きだったのか、それは解らない。今の家に越して来てからはよく行ってた。昼間ずっと歩いて――夜になると運送用の移動機械が走り出して通れなくなるからさ。あそこで夜明しして、次の日に戻ったりしてた。それがね、去年の夏――僕はあそこで男に襲われた」

「襲われた？」

「突然――覆い被《かぶ》さって来たんだ。人なんか誰もいないと思ってたから驚いた。馬鹿だったんだね。あんな遠いところ誰も行かないと思ってた。でも、よく考えてみれば遠いというのは僕らの街からなんであって、このエリアの住人にしてみればそう遠い場所でもないんだ」

それでどうしたんだと麗猫は尋いた。

「逃げようとしたら殴られた。それから蹴られた。刃物で脅《おど》かされて。僕は怖かったから必死で抵抗した。悲鳴も上げた。もう訳解んない状況さ。そしたら――その男は急にね、乱暴をやめた。そして僕に謝ったんだ」

「謝った？」

「そう。正座して、頭を下げて、怖かったろ、悪かった、御免なさいって。四十半ばくらいのおじさんだった」

「それ――変質者ってヤツか？」

「その人は、自分はおかしいんだと言っていた。三十何年か前に女の子を殺して、それがバレて家族全部を殺して、捕まって、病院に入れられて、でも何年かしたら退院させられたんだと言っていた。検査されて、治療して貰って、それで大丈夫だと言われたんだそうだ」

人を殺すのは良くないことですよね——。

「その人はそう言った。良くないことだと十分に判っていますと言った。反省もしているし悔いてもいるんだ、何度も死のうと思いましたと——こんな小娘に向かって、その人は何度も何度も謝った。僕はただ怖かっただけ。おじさんは——」

月明かりの中で。

「でも——どうしても抑えられない時があるんだと言った。何かを壊したくて仕様がなくなることがある、だから——」

歩未はナイフを眺めた。

「——これを買って持ち歩くことで、それで、満たされない願望を、絶対に満たしてはいけない願望を満たしていたんですと——そのおじさんは言った。そして、頭を下げたまま、このナイフを僕に向けて差し出したのさ。僕は」

その人を殺してしまったんだと歩未は実に簡単に言った。


「それが最初だ」

「どうしてだ」

「解らない」

「どうして殺した」

「だから——解らない」

解ったらそんなことはしないと歩未は言った。

「襲われて恐ろしかったことは慥《たし》かだ。男の言い訳じみたものの言い方が厭《いや》だったのも本当。でも僕には破壊衝動なんかない。こいつを壊してやろうなんて少しも思わなかったし、憎しみも、怨みも何にもなかった。でもね——差し出されたこいつを持って」

歩未はナイフを自分の顔の前に持っていった。

「あの人が頭を下げて泣いていて——そう。満月だった。円《まる》い月が上の方に出ていて、それでね。あ、い、ま、だと思ったんだ」

「今だ？」

ほんの一瞬。

何万分の一秒の、僅かな、僅かな時間の隙間。

「次の瞬間、その人は死んでた。頸の裂け目から沢山の血を流して。僕は混乱して、どうしていいか判らなくなって、まる一日そこに座って屍体を見ていた。夜が来て、僕は穴を掘って屍体を埋めて――見ただろ牧野」

「あの――石？」

あの大きな石。

――あの下に。

「あれはお墓だよ。僕が作ったお墓だ。それから僕はずっとあそこに通ってる」

「悔いてるのかアユミ」

「そうじゃない。後悔したって時間が元に戻らないことぐらい、それこそ幼児でも知っている。お墓に謝ったって死んじゃった人には通じない。それは自己満足だろ。僕はただ、自分が何故そんなことをしたのか、ずっと考えていた」

考えが纏《まと》まったら警察に行こうと、そう思ってたんだと歩未は言った。

「これは言い訳じゃなくてほんとだよ。だってこのままじゃ捕まったって何も言えない。何故そんなことをしたのか尋かれても答えられない。今回のことだってそうだ。僕は悪者を退治した訳じゃない。でも――このままでは僕は、連続殺人犯を退治した人間になっちゃう。そうじゃないんだ。正当防衛でもない。正義の天誅《てんちゅう》でもない。友達を殺された復讐でもない」

僕は単なる殺人鬼なんだと歩未は言って、一粒だけ泪《なみだ》を零《こぼ》した。

「不破さんと話をして、それで踏ん切りがついたんだ。人殺しはやっぱりしてはいけないことだ。だから僕は――」

「だからって死ぬつもりなんじゃないだろうな」

それだけは赦《ゆる》さないと麗猫は言った。

「美しい自己犠牲の精神――とかいう奴か。くだらない。どうなのさアユミ」

「僕は――死にたいとは思わない」

でも死ぬ覚悟はできてるとか言うなよ――麗猫は顔を上げ、ゆっくりと立ち上がった。

「力ずくでも行かせない」

歩未は麗猫を悲しそうな眼で見つめた。

「お前は友達だ」

麗猫は素早く動いてカードリーダーを塞いだ。

「やめろ麗猫」

「いやだ。お前いつか――あたしに弱者を保護するのが趣味なのかと尋いただろ。あたしは答えなかったけど、答えは出てたんだ。そうだよ。あたしは安っぽいヒューマニズムに溺《おぼ》れるナルシストだ。お前の言う通りだったんだ。猫に餌付けして、救ってやってるような気分になってる――驕《おご》った厭なガキだった。お前に言われてそれがよく解った。だからあたしは」

お前を友達だと思ってると麗猫は言った。

「未登録住民にそんなこと思われちゃ迷惑だろうけど」

「迷惑だよ」

「アユ――」

麗猫の頸《くび》にナイフが当てられる。

「君は僕を止められない」

「あ、アユミ――」

「何度も言うが、僕は喧嘩は弱い。闘い方なんか知らない。でも――殺し方なら知っている。君は、僕を殴ることしかできないだろ。僕は」

君を殺すことができる。

「あ――」

葉月が近づく。

「歩未――」

「近付かないで牧野」

「だって」

「僕は――僕は君だって殺してしまうかもしれないんだ」

「え――」

そんなのは厭だよと歩未は言った。

「君達を殺すようなことになっちゃったら――その後僕はどうすればいいんだ。だから、友達だなんて言わないでくれ。僕を行かせてくれ」

ごめんな、と言って歩未はナイフを引き、麗猫の肩に手をかけて、そっと横にどかした。

ドアが開いた。

「歩未――」

血塗れの歩未は葉月の声に振り返る。

「僕は――平気さ」

ドアは閉じた。

026

遠雷のような音が聞こえた。

静枝は敏感に反応した。

「今の音は——何？」

「音？　何か爆発するような音だったな。あの老とかいう男が拳銃でも撃ったか」

破いた上着で左腕を吊《つ》った椽が顔を顰《しか》めた。

「拳銃——の音がどのくらい大きいのか私は知りませんが、この構造物がどれだけ防音に優れたものかは判ります。特にこの部屋の壁は防音効果が高い素材です。それで今の音だと」

「なんだ？　余程でかい音だったのか」

「大きいのも大きいんですが——あの重低音ですから、振動がかなりあったんじゃないでしょうか。建物自体の」

「振動な。まあ内戦中の某国あたりから密輸した五十年くらい前のオンボロ戦車でテロリストか何かが助けに来てくれた——ならいいんだがな。残念だがこんなでかい立派な建物壊せるような兵器は文明国にはないぞ。飛行機でも墜《お》ちたか」

椽は痛みを堪《こら》えるような顔をして立ち上がった。

「どうしたんです？　立ってても疲れるだけだからあんたも座れと——」

「念の為だよ。中年刑事の勘」

ぶん、と妙な音がした。今度は近い。

「今——電圧が下がったみたいだったな」

「電圧？」

見上げる。紫がかったライトが——瞬《また》いた。

「おかしいわ。こんなの」

「俺の部屋の二十年ものの電灯みたいだな」

椽が冗談を言い終わる前に――静枝の視界は途切れた。

まさに突然のシャットダウンだった。漆黒《しっこく》の闇である。灯りは――。

「停電か？」

「この手のビルで停電は考えられないですよ。メディカルセンターもあるんですから、予備電源の確保は建築基準に盛り込まれてます。蓄電槽も仮発電設備も――」

タッチパネルが発光している。

――停電じゃない。

パネルはランダムに数字を表示しパッと消えた。

「今。開きます、きっと――」

静枝は紅《あか》い数字の残像目掛けて飛びつき、手探りで扉を捜した。

「早く。手伝って！」

見えねえよと言いながら椽の気配が近づく。

ドアの手応えがあった。

「ここです」

溝に爪《つめ》を立て指を入れて引く。重い。

ぐう、とドアが動いた。思った通りだ。静枝は力任せに引いた。

――窓。

もう一枚。椽が右手をかける。

「おうッ」

低い声。

ドアが動いた。

「早く出て」

静枝は半分程開いた隙間から椽を押し出し、自分も続いた。

廊下も昏《くら》かった。

「どこかに」

「隠れる場所か？」

二三回閃光《せんこう》が走って、廊下の灯りが点《つ》いた。

ほぼ同時に殺菌ブースのドアが閉まった。

「あそこ——」

静枝は取り敢《あ》えず石田のいた部屋の扉からは死角になっているだろう、廊下のコーナーに駆ける。橡が足を引き摺《ず》りながら続く。

「おい、怪我《けが》した爺ィ置いて行くな」

「爺ィの屍体になったら連れて行きようがないんです。早く」

どうなってるんだ——コーナーを曲がった給湯室らしき場所に橡はへたり込んだ。

「何で助かった？」

「まだ助かってないですよ。何者かが——この建物を攻略してるんです。きっと」

「攻略？　ゲームじゃねェんだぞ」

「いや——」

一度目の音は物理的な衝撃だ。

しかしその後の停電は——。

——キーのロックを外した。

多分、全館の扉の鍵を一斉に外したのだ。


——何故《なぜ》。

侵入するためか——脱出するためか。

中から可能な操作ではないだろう。

ならば——。

誰かが入って来たのか。

廊下の向こうに気配がした。静枝は動こうとする橡を押さえ、顔を出して様子を窺《うかが》った。

——あれは。

老と——フランス人——アルヴィルだったか。

痩《や》せた拳銃男と凶暴な巨漢が廊下を反対側に駆けて行く。

——向こうにエレヴェーターがあるのか。

二人とも殺菌ブースの前は通らなかったので、多分気づいていない。

あの——。

大きな飾り扉が開いている。

「行きましょう、橡さん。今なら——石田ひとりです」

「おう、と言いたいところだが——あんた、どうする気だ」

「あのマッドな管理官人質にとってでも子供の命助けるのよ——」

静枝は廊下に躍り出た。

凶暴な連中の姿は既にない。

大きな扉はまだ開いている。

いや——。

閉まりかけている。

静枝は靴を脱ぎ捨てて、廊下を全力で駆けた。

「待ちなさいッ」

飾り扉の向こうで石田が一瞬怯《ひる》んだ。

取り付く。脚を差し入れる。

石田は理解不能という顔をして、何故か扉を閉めようとはせずに、すっと身を引いた。そして神経質そうな細い眉《まゆ》を歪《ゆが》めた。

「不破さん——」

「どうしたの？　テロリストでも来た？」

「いや——本当にそうらしい」

「何ですって？」

榛が漸《ようや》く後ろに追いついた。静枝は艶々《つやつや》の部屋に入る。榛を入れてから飾り扉を閉める。

ロックする電子音が聞こえた。

「驚かないんですね。それに素直に入れてくれた」

「別に構いませんよ。少々汚れるが——あなた達が出られないことに変わりはない」

石田はそれでもひどく厭《いや》そうにデスクの方に向かった。

「待って。あの野蛮な奴等を呼び返すつもり？」

「安心しなさい。それどころではない」

石田はデスクに座ると背後の壁を見た。

「今は——あなた達に構っている暇はない。その辺に座っていてください」

「やけに慌ててるじゃねえか」

榛は脚を引き摺って、先程まで座っていた椅子に座った。

「おい、石田」

「君に呼び捨てられる謂《いわ》れはない」

石田は眉間《みけん》に一本皺《しわ》を刻んだ。

椽は真っ赤になった右目を細めて、ふん、と言った。

石田はスクリーンを立ちあげた。

「おい、高杉君。高杉君。ん？　なんだ？」

高杉がどうかしたのかと椽が尋《き》いた。君には関係ないと石田は言った。

「油谷さん。問題はありませんか」

問題ありませんという油谷の声が聞こえた。スクリーンには顔も映っている。

「検査の結果は良好でした。期待してください」

「それは諒解しましたが――それより先程のアクシデントは」

こちらは問題ありませんと油谷は言った。

「正面ゲート。その後は何か？」

こちらは混乱していますという応答だった。

画面にはエリア警備らしき人物が映っている。

画像が何度も乱れた。

音声も途切れた。

ノイズだらけだ。

「なんですか。聞き取れませんが。文書で送れますか？」

電磁波が、という単語しか聞き取れなかった。

「侵入者は確認できましたか？　侵入者はいるのですか」

未確認と、乱れた画像は途切れた音声で答えた。

石田は諒解しましたと言って、それから再度高杉を呼び、応答がないので通信を切った。

そして石田はもう一度背後を見た。

「何をそんなに警戒してる？　その――あんたの後ろに何か大事なものでもあるのか？」

「な、なんだと？　君は何を――何もない」

石田はほとんど初めて動揺した。

いいじゃねェかと椽は言う。

「俺はどうせ終身刑だろ。二度と社会復帰はできない。こっちのお嬢さん――いや、不破さんは俺に殺される。なら――あんたがいったい何してるのか、何のために毎年何人も人殺してるのか――いや殺してるんじゃないんだっけな。何でもいいけどよ。その理由を――教えてくれてもいいんじゃないか？」

おい石田さんよ、と榛は恫喝《どうかつ》するように言った。

「子供から内臓抜いてるな。言ってくれ。あんた何をしてる」

石田は一度きつく榛を睨《にら》んで、それからこう言った。

「凡《すべ》ては――曾祖父《そうそふ》のためですよ」

「曾祖父？　鈴木敬太郎か？　銅像に捧げものでもしてると言うんじゃないだろうな。まあ、あの爺さんの信奉者は半ば宗教じみてるが――」

馬鹿な――と石田は吐き捨てるように言った。

「私は信仰を持たない。曾祖父を愚弄《ぐろう》するような口を利《き》くと承知しませんよ」

「死人を崇《あが》めるのは宗教じゃないのか？　今は違うのかな。俺が若い頃は――まあ俺は宗教には無知だからな。先祖祭ったりするのは宗教だろ？」

祖先崇拝は正確に言えば宗教ではありませんと静枝は答えた。

「勿論《もちろん》宗教的な考え方の基本ではありますし、地域に依っては民俗宗教的な様相を示すことも多いようですが――教義が整った、いわゆる宗教とは少し違います」

そうなのか、と榛は恍惚《とぼ》けた。

石田はヒステリックに机を叩いた。

「非常時に愚にもつかないことを――黙っていなさいッ」

「黙っていられねえ。そっちはどうか知らないが、こっちはずっと非常時なんだよ。そんな、百何十年も前に生まれた死人のジジイのために、何の罪もない娘が殺されて――いやこれからも殺され続けるというのならな」

何を言っているんだあんたは——と石田は急に激昂した。

「死んだ？　誰が死んだというんだ」

「誰がって——あんた気は確かか？」

「それはこっちが尋《き》きたいね橡君」

石田は立ち上がった。

「私の曾祖父は——鈴木敬太郎は生きていますよ」

「なに？」

「知らないのですか。明日は曾祖父の——百十五回目の誕生日だ」

「誕生記念日、だろうが。幾ら頭が煤《すす》けてるからって馬鹿なこと言うなよ。鈴木敬太郎は二十年も前に死んでるはずだ」

生きているんだと石田は怒鳴った。

「君はこの建物が何のために作られたのか知らないのか？」

「社名変更がどうしたとかジジイの功績を称《たた》えてとか言ってたじゃねえか。違うのかよ」

「いいか、この建物は曾祖父のためだけに創《つく》られたのだ。曾祖父の業績を、曾祖父の意志を理想を、曾祖父のコレクションを、曾祖父の歴史の総てを蒐《しゅう》集《しゅう》し、展示して称えるために。そのビルの最上階には当然曾祖父鈴木敬太郎ご自身に居て戴《いただ》かなくてはならない。居続けて戴かなくてはならないのだ」

「居続けるって——」

「鈴木敬太郎は永遠に死なない」

馬ッ鹿野郎——橡は腫《は》れ上がった眼を見開いた。

「よくもそんな世迷《よま》い言《ごと》を——あんた、本当に狂ったか！」

狂ってなどいませんよと言いながら、石田はデスクから離れた。

曾祖父はこの国に必要な人物なんだ、なくてはならない人物なんだ、解らないか判りませんかと石田は繰り返し言いながら、橡の前に至った。

「いいですか椽君。君みたいな屑《くず》が死のうが生きようが世の中は何も変わらないが、あの方が亡くなったりしたら世の中は簡単に引っ繰り返ってしまうんだ。曾祖父の影響力は君が思っているより遥《はる》かに大きい。危ういこの国が辛《かろ》うじて均衡を保っていられるのも、曾祖父の命あってこそなんだ！」

石田は椽の椅子の背凭《せもた》れに手を突いて、その顔を覗き込んだ。

「どうです、判るでしょう」

「わ――わからねえよそんなこと」

「あの方は秩序なんです。秩序そのものだ。そして曾祖父が倫理だ。鈴木敬太郎を生かしておくことが、生気を失ったこの国の――いや、腐敗しきった世界の、そのバランスを保つ唯一の方法なんだ。鈴木敬太郎はこの世界を維持するための最後の砦《とりで》なんだ。だからあの方が生き続けることが何より大事なんだ。だから何事にも優先すべきことなんだ――」

――狂っている。

これは――。

いや。

異常ではない。

それは差別用語だ。

しかし、この男が常軌を逸していることだけは間違いない。

この石田という男は――。

もう、この世の住人ではないのだ。

静枝は戦慄《せんりつ》した。

だから、だからだからと石田は言った。

「だから曾祖父を生かすためだけにこのビルは建設されたのだ。莫大な巨費を投じて最先端のテクノロジーと頭脳とを投入した医療設備を作った。私は曾祖父を生かすためならありとあらゆる手段を講じる。だから――」

「おいッ」

「殺した奴の内臓が要るのか？」

そりゃ最先端じゃねえぞと椽は言った。

「クローン技術はお前らバイオ産業の伝家の宝刀じゃないのか？　何だって生きてる人間殺してまで内臓抜かなきゃならない！　移植するのか？　それとも——人体に薬効があるとか言うなよ。そんな古文書に出てくるような話信じる馬鹿は世界中捜したってどこにもいないぞ！」

石田は急に無表情になってふっと椽から離れた。

「やはり——君は馬鹿だな」

「なんだと？」

「移植？　薬効？　薬効だなんて、そんなものがあるわけはないでしょう。もしあったとしたって、何も生きた人間から採《と》る必要なんかない」

じゃあ何だよと椽が見上げる。

勿論味ですよ味——と石田は言った。

027

何だよッと声を上げ、麗猫がドアを蹴った。

「何だよあいつ――」

泣いているような声だった。

葉月は両手を握り締めてただ立っている。

ぽろぽろ涙が出た。

感情が暴走して制御不能だ。

でも声も出なかったし、動けもしなかった。

――何がどうした訳でもないのに。

そう。

葉月自身に何か変化があった訳ではない。

歩未が過去に何をしていようと、これから何をしようと、そしてどうなろうと、それは葉月には関係のないことだ。葉月が痛い訳でも、葉月が苦しい訳でも、葉月の命がなくなる訳でもない。

それなのに。

この動揺はなんなのだろう。

この、どうしようもない程掻《か》き乱された、絶対に収拾《しゅうしゅう》のつかないだろう気持ちの在り様はどうしたことだろう。関係ないのに。自分じゃないのに。

ヤロウッと麗猫はもう一度ドアを蹴った。と、同時に。

ごう――という低い轟音《ごうおん》が響いて、部屋全体が揺れた。

「な――なんだ？」

麗猫はバランスを崩して壁に手をついた。

「あれ――今の何だ？　まさかアユミの仕業か？」

歩未が――何をしたというのだ。いや――逆じゃないのか。

麗猫もそう思ったようだった。猫は眼を細め眉間《みけん》に皺《しわ》を寄せて、

「やられた——のか」

と言った。

その顔が、ふっと一回暗くなった気がした。涙の所為《せい》かと思ったのだが、どうやら違うようだった。

パチパチと——照明が点滅した。

猫が上を向く。葉月は涙を拭《ぬぐ》う。

たぶん吹き抜けに面した窓の外——エントランスホールのライトも点滅している。

灯りが消えた。

「停電か？」

「え？」

——停電。

ドアのカードリーダーが赤く細く光っている。その光の点はゆっくりと下に移動した。

「開く」

「何？」

開くよ、と言って葉月はドアに走り寄った。

ドアは——難なく開いた。

呆気《あっけ》に取られている麗猫を葉月は急《せ》かした。

これは。

「たぶん三十秒で閉まるから——出て」

麗猫は何だよと言いながら部屋から出た。

ドアを閉める。

ロックされる音がした。

——美緒の魔法だ。美緒は。

生きている。

そう口にしようとした葉月は、何か柔らかいものを踏んだ。

ぬるりとそれは滑って、葉月はぺたんと尻餅《しりもち》をついた。立ち上がろうと床に手を突く。

——何？

掌《てのひら》を見る。赤いぬるぬるしたもの。温かい。

——この匂い。

視線を落とす。

「あ、あぁッ、ああああッ」

葉月は尻餅をついたまま腰を抜かして、闇雲《やみくも》に脚を屈伸させた。ぬるぬると脚は滑って、柔らかいものを何度も蹴った。

柔らかいものは。

眼を開けて葉月の方を見ていた。

いや、その表現は正しくない。それは何も見ていない。

葉月は床に広がった血溜《ちだ》まりの中で踠《もが》いていた。脚の先には——大きく眼を開けた高杉の屍体が横たわっていた。

「あああああ、ああああああああ」

ハヅキ。ハヅキと麗猫が呼ぶ。

「ハヅキ。しっかりしろ馬鹿。立て」

猫は葉月を引き摺《ず》るようにして立たせた。立ったはいいが脚ががくがく震えて、おまけに息が詰まって全く動けなかった。そして視線は、高杉のもう焦点の合うことのない瞳に釘付けになっている。

葉月はただ、ああ、ああと赤ん坊のように言い続けた。

麗猫が葉月の両肩を強く抱いた。

「大丈夫だ。これは——ただの死骸だ」

「た——ただの？」

死骸を見るのは初めてかと麗猫は尋《き》いた。葉月は頷《うなず》いたつもりだったが、震えていたので上手《うま》く頷けたかどうかは判らなかった。麗猫はいっそう強く葉月を抱き締めた。

「いいか。あれは怖いものじゃない。悪いものでもない。人は死ねばみんなああなる。あれはただのモノだ。だから——落ち着いて」

落ち着いて。

猫の真っ直ぐな髪の毛が葉月の肩にかかる。

——人を殺すのはリアルだよ。

こういうことなんだ。絵空事じゃない。人は殺せば本当に死ぬ。

「あ——歩未が」

「あいつが殺《や》ったんだ」

どうするハヅキ、と麗猫は言った。そして葉月から離れて肩に手を掛けた。

「あたしはあいつにあんたを護《まも》れと言われた。だから——必ず護る。さあ」

どうすると麗猫はもう一度尋いた。

「このままどこかに隠れているか、何とか逃げきるか、それとも——」

葉月はまだ屍体を見ていた。

もう見るなと麗猫は言った。

「隠すものじゃないが、見続けるものでもない。それより——」

猫は廊下を端まで見通した。

「出るならどうやって出るかだ。偶然あそこのドアは開いたけど、もう他は閉まってる」

「偶然じゃないよ」

「どういうこと?」

「あれは——」

あれは美緒の、と葉月が言いかけた、その時。

どかん、と物凄《ものすご》い音がして。

白煙と共に、廊下の端のスチールドアが吹っ飛んだ。バリバリと小さな稲妻のようなものが何度か明滅した。ドアは大きな音を立てて床に当たり、バウンドしてもう一度大きな音を立てた。

煙と粉塵《ふんじん》の中から人影が現れた。

「み——」

「美緒!」

粉塵の中には——。

都築美緒が顔をくしゃくしゃにして立っていた。

オレンジ色のゴーグル。メタルのブレスサポーターにはケーブルで縦横無尽に繋《つな》がれた様々な機械と基板が接続されている。腰にはたぶんバッテリーのベルト。そして右肩から右手にかけては巨大な体温計のような機械——昔の画《え》で見る高射砲、いやバズーカ砲というのか——。

待たせたね――と美緒は言った。

「ミオ、お前――何者？　なんて格好だ？　まるでフィクションDCだぞ。古いよ」

「お前に言われたくねーよ、猫。折角《せっかく》捜して来てやったのに。牧野――生きてたか」

葉月は漸《ようや》く美緒――とだけ言った。

「また泣いてたのか。お子様だなあ。泣くなよ。さあ――行くぞ」

「行くぞってどこに行く。大体――何だそれ？　思いっきり不細工だぞ」

「カメ三号だよ。一応プラズマ砲な。でもプラズマ発射するって考え方は一旦《いったん》やめてね。もっと実用的にした。プラズマの破壊力ってどーも思ってるのと違うんだな。んで、携帯用に改造した。物凄い機能搭載だぞ。今――そこのね、玄関前のホールを破壊してやった。もう、大慌てで、警備員がほとんど全部集まって来たから、手薄になったとこのドア開けて侵入した」

「お前――戸籍あるからって、やること無茶苦茶だぞ」

美緒はうるさいよ、と言って、それから葉月の背後にあるそれに気づいた。

葉月は振り返る。

美緒は――。

「神埜がやったのか」

そう言った。

「ミオ――お前――知ってたのか」

「知らないよ。でも考えたら判った。あいつが川端と中村殺したんだな」

「どうして判った」

あたしは天才だ、と美緒は答えた。

「さあて――このビルのデータは全部こいつにインプットして来たからね。設計図から見取り図から建築素材から――見積もりまで入れちった。牧野が知らせてくれたのと、警察に足止め喰ってたお蔭《かげ》で色々準備できたぞ。まず――」

美緒はプラズマ砲につけられたキーボードを叩いた。ゴーグル上にデータが表示された。

「この建物は——要は病院だ。下の方は娯楽設備ばっかで肝心なものは何もない。ただ——どう見たって怪訝《おか》しな構造の部屋が——あるんだ」

ゴーグル上のデータが次々に並べ換えられる。

「ここだここ。十四階のこのフロアはレストランなんだ。これが厨房な」

判らないよと猫が言う。

「こことかこれとか、それは——お前にしかちゃんと見えないだろ馬鹿」

「あ——そうか。すげえ発見。これはあたしにしか見えないんだ。まあ、いいや。でさ、そのフロアはほとんどレストランで、当然厨房がある。ところがその厨房と隣接して、どう見ても医療用のブースとしか考えられないスペースがあるんだ。搬入された設備や備品は全部医療用」

「だって病院なんだろ」

「だからそこは食堂なんだよ。メシ喰うとこ。そこに最新医療器具だらけの部屋があんだよ。医療関係ばっか。それなのに——どうしてメディカルセンターじゃなくて厨房に繋がってるんだ？」

「さあ」

「というワケでそこに行く」

美緒はプラズマ砲の一部をスライドさせて、十四階ね、と言った。

「という訳ってどういう訳だ。おいミオ」

「何だよ呑み込みの悪い奴。使い道の判らない部屋はそこと、最上階の変な小部屋だけなんだ。大きさから考えて誘拐された児童は絶対そこにいるって。いなきゃもう駄目ってことだと思う。因《ちな》みにな、牧野。来生の他に作倉も攫《さら》われたぞ」

「作倉ってあの」

お葬式娘だよ——と美緒は言い、離れてて、と怒鳴った。

「何する気だ」

「いちいち小細工するの面倒だから、ドアはみんな壊す！」

麗猫が銃口——なのだろうか——の上に手を掛けた。

「やめろよまったく」

「何すんだ危ねーよ。触るんじゃないよ」

「派手なことはするな。人が来る」

「人はな——ほとんどいねーの」

美緒はプラズマ砲を下ろした。

何故判ると猫が尋く。

「おいこら猫。あたしを誰だと思ってるんだ」

「バカ娘だ」

「天才だよあたしは。天才は用意周到なんだ。ちゃんとセキュリティシステムのデータも戴《いただ》いてるぜ。あんな、このでかい施設の中にさ、現在確認できる人間ってのは何人もいない。外の警備態勢はほぼ二百人で、あたしが攪乱《かくらん》したから増員してるかもしれないけど——連中は中に入れない」

「入れない？　どうしてだよ。中で何かあったらどうするんだ？」

何かあったワケだけどな——と美緒は口許《くちもと》だけで笑った。

「そういう決まりになってんだ。契約事項は絶対優先だ。エリア警備は商売だからね。そのうえセキュリティの方も通常通りには稼働してない。どーしてかっていうと、この中にはその確認できる数人の他に——あたし達を含めて捕まってる連中が何人かいるからだ。普段なら入館者データ操作すれば誤魔化《ごまか》せるけど、人の出入りがない休館日じゃあ誤魔化しようがない。三千人も三千五人もそう変わらないけど、十人と十五人じゃ偉い違いだろ」

今日は分母が小さいんだよと美緒は言う。

「メンテナンスとか言ってたけど——」

あそこで死んでいる男が。

メンテナンスしてる人達はいないの、と葉月は尋いた。

「いない。メンテは昨日で終わってる。出すもの出せば二日もかからないよ。ビル管理業務はD&Sの系列会社が請け負っていて、空調冷暖房その他もろもろ、機材や調度のリース会社の商品点検に至るまで、全部契約業務は終了してて、もう送金まで済んでる。今日は——予備日扱いにされてるみたいだけどね。たぶんそうじゃない」

「違うってのか」

「違うよ。入館が確認できるのは——警察関係者二人。それからエリア警備員が二人。そして、何故か調理室扱いの技術者が三人。計七人だ。館長も職員もいないいんだぞ。これは変だろ。そんなメンバーでこの建物動かすか？」

「建物動かすって」

「あのな、お前らなんかは野良《のら》だから実感ないかもしんないけど、文明人の住むハコってのは金がかかかんだよ。このビルなんか、スゲーぞ」

「人数のわりに高価《たか》くつく——ってことか」

「仮システム稼働させるだけだって時間当たりのコストは相当かかる。電気料金払うだけだってお前ら未登録住民の一年分の食費くらい出る。テキトーな計算だけどな。んで——外の警備だけは無茶苦茶ゲンジュー」

美緒はプラズマ砲を音を立てて肩の方に回した。

「ま——だからあたしは乗り込むことにした。七人倒せば——捕まってる奴らを救い出せる。殺された連中の仇《かたき》も討てる。勝算はないわけじゃない」

「倒す——」

人殺しは——良くないことだよ。

「待って美緒。倒すって——」

駄目だよ殺しちゃ。

「殺されてるんだぞ、こっちは」

「だからって——やり返していいってもんじゃないよ。それじゃあ」

それじゃあ歩未の気持ちは。

いや、この、遣《や》り切れない葉月の想《おも》いは。

解ってるよもう——と美緒は言った。

「お前らが何か悩んでるのはシミュレーション済みだって。大昔のフィクションはさ、愛のためとか信念のためとか御託《ごたく》並べて、平気で人殺して賛美されてた。今日日《きょうび》そんなのが通じないのはあたしだって百も承知だ」

「じゃあ——」

「いいか、こう考えて納得しろ牧野。目的はあくまで救出と脱出だ。こうなっちまったらもーどーしようもない。ヤダヤダ言ってたらあたしもあんたも殺される。全員殺されるんだぞ。敵に戸惑いはないんだ。もう何十人も殺してるんだぜ」

でも——。

「怨み晴らさでおくものかって、それで済んでたお気楽な時代もあったんだ。あたしはブッ殺すとはいってないんだ。生き残ろうってのはポジティブシンキングだぜ。とにかく今は、自分が生き残ることだけ考えろ。喰うか喰われるかだッ」

どけッ——と叫んで美緒は武器を構えた。

しゅう、と美緒の周りに陽炎《かげろう》が立った。

武器のゲージランプが次々に点《つ》く。ほんの小さな青い稲妻が、幾つか武器の周りに発生した。

次の瞬間。

壁が吹っ飛んだ。美緒も後ろに吹っ飛んだ。葉月は両手で顔を押さえる。

「痛《いった》ああ。うわー躰《からだ》に悪いカンジ。電磁波シールド効いてんのかこれ。でもほら見ろ。構造上この廊下の壁はここが一番脆《もろ》いんだ。どうだ、綺麗《きれい》に壊れたろ。建築も面白いね」

美緒は壁を潜《くぐ》る。

お前やっぱり無茶苦茶だと言って麗猫は屈《かが》んで顔を押さえていた葉月の肩に手を掛けた。

「ハヅキ。馬鹿で変だけど、とにかく美緒の言う通りだ。黙っていたらみんな殺される。殺すのは厭《いや》だけど——」

殺されるのもイヤだろと麗猫は言った。

壊れた壁の向こうはまた別の廊下だった。

「さっきのところは両端にゲートがあって閉鎖空間になってる。入って来たのと反対側のゲート開けてもこっちのスペースには直接出られないんだな。ところが壁一枚壊せば——これこの通り、通常使われない非常階段だ」

美緒はこれ重てえと言いながら階段を昇った。

「大丈夫だな」

麗猫が背中を叩いた。葉月は頷いた。

麗猫が階段を駆け上がる。

葉月が続く。

エレヴェーターなら僅《わず》か数秒の運動量。

昇っても昇っても変わらない、
無機質な同じ景色。

六階も七階も八階もみんな同じだ。ここには昇っているという行為だけがある。概念だけが自分の高度を保証している。疲労感だけが時間経過を知らせてくれる。

でやあッと美緒の奇声が反響した。

「ここだッ。足場悪いからここは壊さないぞ」

美緒は武器からあの万能カードを抜きとってリーダーに通した。

14と書かれたゲートが開いた。

「その方が全ッ然楽じゃないか！　何考えてんだお前は」

「クラッシャー美緒と呼んでくれ。さあ——来い」

美緒はゲートの中に躍り込んだ。

廊下には誰もいなかった。

「あっち側が——いわゆるレストランだ」

「その部屋は？」

美緒は躰を低くして様子を窺《うかが》う。

いや——データを読んでいる。

「人間——が来る」

急げ——美緒は短く言って右に走った。

麗猫が美緒を追い越して音もなく先に進み、コーナーの向こうを確認した。

本物の動物のように俊敏だ。

来い、というサイン。美緒が続く。

葉月が続く。

「あれが厨房。でかいぜ」

「広いのか」

「リョーリすんのって工場だと思ってた。あたしは無知だな」

「お前――あたしらが料理すんの見てたろ。子供の頃はまだ動物殺して食べてたよ」

「あれは未登録住民の宗教行事かと思ってたぜ。あたし宗教も無知な――」

美緒はカードで厨房のゲートを開けた。

「これ――消毒ゲートだ。やっぱ工場じゃん」

消毒なんかしてられるかよと言って、美緒はプレートの数字を押した。

中のゲートが二枚同時に開いた。

「どうだ。非常時入退室モードだ。黴菌《ばいきん》どもの命を救ったぜ」


中は広々としていた。

シンクと作業台がずらりと並んでいる。熱処理する器具や設備、それから大きなステンレス製の扉。

見ろよフリーザーだぜと美緒が言った。

「人間凍ってたりしてな」

一回笑って、美緒はすぐ真顔になった。

冗談ではない。

その部屋はどこさ――と、入口を気にしながら麗猫が言う。

「で、ここ閉まらないのかミオ!」

「緊急入退室モードの場合は閉まらないの。火災とかの時に死んじゃうだろ。細菌の命と引き換えなんだから我慢して見張れ。ええと――」

美緒は上を向いた。データを読んでいる。

葉月は厨房内を見回す。

「あれ――」

扉。関係者以外入室禁止。

牧野すげえと美緒が言った。

途端。
アユミッという麗猫の叫び声が聞こえた。
振り向く間もなく麗猫は厨房から廊下に飛び出して行った。
「歩未？」
いるの——。
男の咆哮《ほうこう》が近づいて来た。
葉月はゲートに駆け寄る。
「来るなッ」
歩未の声。
身構える麗猫の背中。その向こうに——。
——あの男。頭に孔雀《くじゃく》のボディアート。
葉月を襲った男。
あいつが——凶器を手にして——。
更に向こう。
脚を開いて立った歩未がいた。
歩未は男を屹度《きっと》見つめていた。
フリーズしたみたいに動かない。
動けない。
動けない。
動けない。
歩未の。
口許だけが動いた。
「猫——頼んだことをしてくれ」
ナイフを振り翳す。
男が——。
けだもののように吠えて歩未に突進した。歩未は敏捷《びんしょう》に走った。
速い。
麗猫は一瞬戸惑って——振り向いた。
「早く中に」
「あ——歩未は」
いいからと言って麗猫は葉月をゲートの中に押し込んだ。
「約束した。未登録住民は——友達を裏切らないんだ。それに——あたし達は邪魔だ」

中では美緒がきいきい言っていた。

「ウざってえ立ち入り禁止。暗証計算なんかしてらんない。えええい、どうだッ」

再び轟音が響いた。

パチパチと辺りがスパークして、ステンレスの表面を幾つもの稲妻が蛇《へび》のように走った。何故か電磁調理機のライトが全部点いた。もうもうと湯気が上がった。計器類がショートして、ガラスの割れる音がした。

立ち入り禁止のドアがすっかりなくなっていた。

「まるでテロリストだなあたしは。重罪だ。弁償も無理」

美緒は中に侵入した。

葉月は背後を気にする。

猫は小さく首を振った。髪の毛が揺れた。

中は――。

「手術台か？　これ――」

「いや――」

調理台だと麗猫は言った。

「調理台？　だってこの設備はどう見たって――」

誰だッと猫が叫んだ。

白衣を着た男がオシロスコープの背後に身を潜《ひそ》めていた。マスクをしている。

「な――何事だ。おお、お前達は――て、テロリストか」

「少女だよ」

美緒はそう言って男を見据えた。

「幼《いたいけ》気な少女だ。おじさん――犯人か？」

「は、犯人？」

「ここで殺したな。あたしらの仲間」

「仲間――とは何だ」

「お前らの世代が格好悪いって切り捨てたもんだよ」

「何？」

「お前らの上の世代が勘違いして好き勝手した所為《せい》で格好悪くなっちゃったものだ！」

美緒は武器を構えた。

「やめて美緒！」

「解ってるよ。威嚇《いかく》だ威嚇。威嚇ってのは威張ってやるんだ。さあ威嚇されて怖かったら拉致《らち》監禁してる他の幼気な少女をさっさと出せ！」

男は壁伝いに移動した。そして――。

もう一つ扉。

「テロリストだッ。食材を確保しろッ」

男はそう叫んで、タッチパネルを操作し、セキュリティコールに手を伸ばした。

もう一枚のドアがロックする。男の伸ばした手を回り込んだ麗猫が蹴り上げた。

セキュリティコールが宙に飛んだ。

「呼んだって無駄だッ」

麗猫は男の白衣のカラーを攫《つか》んで、力任せに手術台――いや、調理台の方に突進した。

医療機械が倒れて火花を散らす。男は猫によって台の上に押しつけられた。

「おい。今、あんた食材と言ったな！」

男は眼を見開いて猫の顔を見た。

猫は真っ直ぐに見返す。

「食材って何だよッ」

猫は殴りつける。

マスクが外れて飛んだ。

まさか。

「お前達――」

まさかまさか。

「ここで人間料理してたんじゃないだろうなッ！」

麗猫はもう一度男を殴った。

「答えろ。答えろ答えろ。早く答えろ」

男は何度も頷いた。

「そ、そうだ。いや――違う」

「どっちだよはっきりしろッ」

「ひ、ヒトの臓器を材料にして」

「何だよそれ！」

美緒が叫んだ。

「バッカじゃねえ。バカ過ぎ。動物も殺すな喰うなって時代に——んで人間か？　何だそれ？　おいこら、お前らの会社じゃん本物そっくりの人工肉開発したの？　世ッ界中に輸出して大儲《おおもう》けしてンだろうが。法律変えて大儲けしたんだろうが。それが何でだ」

「味が」

「味？」

「ど、どうしても作れなかったんだ。あのお方のお口に合う味が。構成成分や組織結合の状態まで、忠実に再現しても、ど、どうしても本物と違うんだぞうだ。そ、そもそもサンプルが少ない——いや、だ、誰も食べたことなど、なな、なかったから」

当たり前だッと怒鳴って麗猫はもう一度男を殴った。

「人が人喰ってどうする」

お前らおかしいと麗猫は男のカラーを攫んで吊《つ》るしあげるようにした。

ドアロックが外れる音がした。

「麗猫危ない！」

葉月が叫ぶ。

ドアから二人の男が飛び出して来て——。

——スプレーガン。

辺りが真っ白になった。眼が霞む。涙が止まらない。

「目《め》潰《つぶ》しが効くかッ」

麗猫の声がした。

白煙の中にシルエットが浮かぶ。棒状のものを持った男達が襲いかかる。

重たいモノが空を切る音。がさがさ揉《も》み合う音。

短い悲鳴。

何かが何かに打ち当たる。鈍い打撃音。そして何かが壊れるような音。

スモークが徐々に床の方に沈み、床一面が雲の絨緞《じゅうたん》のようになった。

悲壮な顔をした麗猫が立っていた。

左手で男のカラーを攫み、右手は——男の頸《くび》に食い込んでいた。

男の首がぐらりと揺れた。麗猫が手を離す。男は首を大きく揺らしながらずるりと床の方にずり落ちて、スモークの中に沈んだ。

もうひとりの男は——。

計器の中に頭を突っ込んでいる。男は幾度か痙攣《けいれん》して、やがて動かなくなった。

調理台の上の男は——仰向けになってひくひくしていた。

胸に大きな調理用ナイフが突き立っている。飛び出て来た男が持っていたものだ。乱闘中に過《あやま》って刺されたのだろう。白衣に真っ赤な染みがどんどんと広がった。やがてそれは台に零《こぼ》れ糸を引いて白く煙る床に垂れた。男は眼を剝《む》いてその様子を見つめ、やがて眼を剝いたまま、
動かなくなった。

男は人間を調理した調理台の上でこと切れた。


「殺した」

麗猫はひとことそう言った。

「手加減——できなかった」

「麗猫——」

あいつの言う通りだったと言って猫は自分の手を見る。

「この角度この勢いでそこに打ち込めば、必ず頸の骨は折れる——あたしはそれがちゃんと解ってた。自分の手がちゃんと凶器になることをあたしは知ってた。でも——その瞬間」

それ以外のことは何も考えてなかった。

相手を——殺すこと。

こんなものなんだと猫は言った。

「こいつらにも——人生や、思い出や希望があったんだろうに。こんな簡単に——」

こんな簡単にお前の方が殺《や》られてたかもしんないんだと美緒は言った。

「そうなりゃ——あたし達もこうなってた」

殺るか殺られるかって状況の中に少女放り込むことが間違ってるんだと美緒は言った。

「あたし達の場合はこの状況に望んで入ったんだけどな。いいか猫、これはお前だけの責任じゃない。あたしも牧野も同罪だ。ひとりで何かやってるあの馬鹿野郎の分も含めて全員同罪だ。全部終わってから——償《つぐな》うしかない——」

生きてたらなと美緒は言った。

「お前はお気楽だよ」

麗猫は暗い顔でそう言った。

葉月は目を伏せる。

現実が見たくない訳じゃない。

歩未の気持ちも、麗猫の気持ちも、そして美緒の言うこともよく解る。

怒りもある。何だか知らないけどやっつけてやりたいという気持ちもある。

悪人纏《まと》めて吹っ飛ばしたら爽快《そうかい》だろうとも思う。

でも——。


そんなのは厭だとも思う。可哀相だとも思う。

動物は動物を食べるという。

葉月は可哀相だと思う。

でも。

命とは何だろうと考える。

だから眼を閉じたのだ。

考えてるヒマはねーぞと美緒は言った。

「うだうだしてると考えることも罪償うこともできなくなるんだからな」

そして男達が出て来た部屋に入った。

来いよ、と呼ぶ。

中には手術用のケープのような服を着せられた娘が寝かされていた。

頑丈そうな拘束具でベッドに固定されている。口にも何かが嵌《は》められていた。

美緒はゴーグルでデータを読む。

「ええと。来生律子な。本人だ。おい大丈夫か。喰われてないか」

美緒はベッドの下を覗《のぞ》き込んで拘束具を外した。

「喰われちゃいないな。あたしは都築だ。こいつは牧野。あれ猫な。おい、平気か」

来生律子は起き上がって口に嵌められていた器具を外した。

「あ――何？　今度は何？」

「何じゃない。助けに来たんだぞ。物凄い罪を犯して――救出に来たんだ。あんたはもう少しで喰われるとこだったんだぞ。少しは危機を感じろ」

「わ――解ってる。感じてる。もう駄目かと思ってたから。あ、もうひとりいる。その中」

大きなハンドルがついた金属製の重そうな扉があった。

麗猫が取り付いて回した。

中には作倉雛子が座らされていた。

よしッ――と美緒が言った。

028

喉《のど》の奥の方から苦いものが込み上げて来た。

幾ら清潔を装っても躰《からだ》の中は細菌だらけだ。汚らしい。

静枝は口に手を当てる。

嗚咽《おえつ》か嘔吐《おうと》か、胸が痙攣《けいれん》する。

橡も脱力している。多分、言葉がない。悪巫山戯《わるふざけ》にも程がある。度を過ぎたジョークは笑いを誘わない。しかし、これはどうもジョークですらない。

その一部を食べるために少女達は攫《さら》われて殺されたのだ。


しかも凡《すべ》ての首謀者は警察幹部だというのだ。

荒唐無稽《こうとうむけい》だ。低俗なショーチャンネルでもこんなものは配信しない。百年前のフィクションだってこんな馬鹿なストーリーはない。

現実の訳がない。

しかし——。

首謀者である石田は、静枝の前に厳然として存在する。

胃が収縮する。胃液が逆流する。

横隔膜《おうかくまく》がひくひくと震えた。

呼吸が苦しくなって来る。

——こんな男と。

同じ空気は吸いたくない。

「曾祖父《そうそふ》が——」

石田は無表情だった。

「——鈴木敬太郎がどのような形で今のような影響力を持つに至ったのか——詳しいことは私にも判らない」

知りたくもない。声を聞きたくない。
「身寄りも財産もない状態から出発したのですから
それは裏も表もあったのでしょう。しかし結果とし
て現在この国の中枢システムは明らかに曾祖父の影
響下にある。曾祖父の支配力というのは、国家とい
う枠組みを超えて及んでいる訳ですから——」
だから人を喰ってもいいのか——椽の掠《かす》れた声が
漸《よう》く厭《いや》な石田の声を止めた。
「偉い奴は人喰ってもいいのかよ」
「さっきも言ったでしょう。曾祖父を健《すこ》やかに生か
しておくことが何事にも優先するんです」
「そうは思えないな。それはな、お前の妄想だ。大
体——本当に生きているのか」
「勿論《もちろん》ですよ。政治的な配慮から戸籍は抹消しまし
たが」
「何だ政治的配慮って」
「色々ですよ。それに永遠に生きて戴《いただ》くためには戸
籍は邪魔です」
「馬ッ鹿野郎、そんな——」
椽は口籠《くちご》った。続ける言葉がないのだ。石田の語
る常軌を逸した内容に対して切り返せるような言説
は、静枝にだって思いつかない。少なくとも常識的
なヴォキャブラリーの中にはない。
健康状態は良好ですよと石田は言った。
「昔の歴史記録ムーヴィーなどは、好んでご覧にな
る。意識も記憶もはっきりしていますし、視力も衰
えていないし、言語障碍《しょうがい》もない。残念ながら筋力
が衰えてしまって歩行は困難ですが」
当たり前だと椽は言った。
「平均寿命は延びたし、爺ィ婆ァの数も増えたが健
康なのはたった一割だぞ。九十パーセントが何らか
の障碍かかえてやっと生きてるんだ。百十五歳超し
てピンピンして歩き回ってたなら、化け物じゃない
か。いや——人喰ってるなら本物の化け物だ」
「失礼なことを言うなッ」
石田は怒鳴った。

「不破さん聞きましたか。今の発言は差別発言ですよ。そうでしょう。老人と規定する基準もないというのに、老いたというだけで蔑視《べっし》する。何歳だろうが、何を食べていようが、そんなことは個人の尊厳に何等《なんら》影響するものではないでしょう。人権は保障されるべきですよ。それを、化け物呼ばわりするなど、言語道断だ」

人間殺して喰う奴に人権なんかねえと椽は怒鳴った。

「それは問題発言だ」

「おう問題発言だ。差別発言だ。いいんだよ。プライヴェートだから。訴えるか？　今は記録装置も動いてないいんだろうが。何を発言したって証拠はねえよ！」

石田は冷たい視線を放つ。

椽は吊った腕を摩《さす》った。

「俺に暴行働いた記録もねえからな。データがないなら、全部なかったことになるんだろ」

「データは創《つく》るものだとも言いましたが」

けッと椽は舌を鳴らした。

「俺は馬鹿だから、この非常識な状況を受け入れようと、さっきからずっと、いいだけ考えたぜ。でもな、どうしても納得できないことがある」

石田は顔だけを椽に向けた。

「だってよ——あんたの曾祖父《ひいじい》さんのところは合成肉作ってるんだろう。ありゃ本物そっくりなんじゃないのか？　それとも、やっぱりあれも本物には敵《かな》わないものなのか？　俺達の舌は最近衰えて来てるから——適当に誤魔化《ごまか》されてるのか？」

「SVC製品の品質は、世界中で高く評価されている。過去の食文化を継承する形で原材料だけを大量生産できるものにシフトさせるという発想は、粗悪な他社の製品では決して考えられないものだった。様々な分野から賛同の意思表示があったことは君でも知っているだろう」

「知ってるから尋《き》いている」

「何を——だ」

「動物を殺すな。地球環境を護《まも》れ。食い物が足りない——解るぜ。そうだろう。薬品捏《こ》ね合わせて肉でも魚でも造れるなら、そりゃいいだろうよ。一発解決だ。それが——」

「そう——」

慥《たし》かにそうだ。橡の言いたいことは判る。

「そういえば鈴木敬太郎という人は生命保護運動にも深い理解を示された人じゃなかったですか？　国際稀少《きしょう》動物保護基金名誉理事だとか、保護海域生態系回復プロジェクトの発起人だとか、そうした活動をされていましたよね——」

生前——と、言いかけて静枝は呑み込んだ。

静枝はその名前をバイオ産業の領袖《りょうしゅう》としてではなく、寧《むし》ろそっち——生命保護——その昔の動物愛護——運動に積極的に関与した人物の名前として記憶していた。

「捕鯨の全面禁止も国内自然動物保護区の設定も」

曾祖父の功績ですよ不破さん、と石田は言った。

「そんな方が——何故《なぜ》」

人間を喰う。

「それが——」

曾祖父が合成食品の事業に着手した理由なのですと石田は言った。

「意味がよく解らないわ」

「曾祖父はね、あの——愚かで馬鹿馬鹿しい戦争に行ったんです。そしてそれは酷《ひど》い目に遭ったのですよ。そこで曾祖父は死にかけた。その曾祖父を救ってくれたのが」

人肉だった——。

石田はそう言った。

「じ——人肉って」

「部隊が全滅し、負傷して死にかけていた曾祖父はある将校に救われたのだそうです。その将校が曾祖父に与えてくれた食糧が——人間の肉だった」

静枝は再びの嘔吐感に襲われた。

「曾祖父は九死に一生を得て生還した。しかし復員してからも長い間、その時食べたものが何だったのか、曾祖父は知らなかったのだそうです。ところがある時――曾祖父はその事実に気づいてしまった。そして、驚愕《きょうがく》し、思い悩み、絶望した」

当然だと椽は言った。

「俺なら――狂ってたかもしれない。いや――」

案外平気なのかもなと負傷した刑事は腫《は》れた顔を歪《ゆが》めた。

「曾祖父は宗教を始め、様々な思想信仰に救いを求めた。しかし、何も彼を救ってはくれなかった」

石田は椅子を回転させて壁の方を向いた。

「食べてしまったものは――仕方がない。何より知らずにしたことでもある。元より望んでしたことではない。しかし割り切れなかった。罪悪感は常に曾祖父に付き纏《まと》ったそうですよ」

「と――当然です」

静枝は何度か呼吸をして漸《ようや》く言葉を発した。

「それで罪悪感を持たない方が――一般的ではないわ」

本当は異常ですと言いたかった。

「駄目ですよ」

石田は椅子ごと振り返る。

駄目ですよ不破さんと言って細い眉根《まゆね》を寄せる。

「何が――駄目なんです」

「あなたカウンセラーでしょう。表面的な理解で納得しちゃ駄目ですよ。いいですか、曾祖父は人肉を食べてしまったことを悔いて、悔恨の日々を過ごしていた訳ではないんです。曾祖父は――」

事あるごとに思い出すその味が忘れられなかったんですと石田は言った。

「じゃあ――いや――」

石田は頷《うなず》いた。

「人間の肉の味が忘れられないという罪悪感は、人間を食べてしまったことに対する罪悪感とは違うものでしょう。それは食べたくなるということだ」

——食べたくなる。

「曾祖父は食べたくなる自分を恐れたのです。どれだけ食べたくなるのです。食べてしまうことを惧《おそ》れたのです。どれだけ食べたくとも——これだけは食べられません。殺して食べるしかないんです。欲求を満たすためには反社会的な行為を犯さなければならない。これは——禁断の嗜好《しこう》性です」

だから普通は我慢するんだと橡は言った。

「我慢できない連中を——俺達は取り締まるんだろうが」

曾祖父は我慢したのですよ——と石田は言った。

「曾祖父は遵法《じゅんぽう》者ですよ。ずっと我慢し続けた。そして——あることに気づいた。別の材料で同じものを造れはしないか——と。合法的に欲求を満たすためにはそれしかなかった」

「だから——合成食品を？」

そんな想いで造り出されたモノを——静枝はずっと食べていたのか。

「敗戦当時は代用食品というのがあった。戦争に負けた国はいっそう貧しくなりますからね。曾祖父はそれを発想の根幹とした。手に入る獣肉を加工して自分の記憶通りのもの——人肉を造ろうとしたんですよ。動物を殺さずに食べるという発想は、凡《すべ》てそこから出たものだ。その他の食材は、総《すべ》て副産物です」

そして曾祖父は百年生きた——石田はデスクを指でなぞった。

「結局——鈴木敬太郎は偉大な功績を数々残し、社会に対する大変な影響力と莫大な富と素晴らしい技術を手中にした。SVCの技術は世界に誇れる最高の水準だ。しかし、それでも人肉の味だけは——どうしても手に入れることができなかった」

「これだけのテクノロジーを以《もっ》てしてもか」

「技術者に伝えることはできないんですよ」

味覚や嗅覚の言語化は大変に難しいのですと言って、石田はデスクを叩いた。

「成分調整、組織調整、何を取っても組み合わせは何億通り、何兆通りとあるんですよ。僅《わず》かずつ僅かずつ調整していっても、ごくごく微細な匙《さじ》加減で一挙に失敗する。牛だって豚だってそうですよ。SVCの合成肉は、クローン培養した牛や豚よりもずっと本物に近い。いや――近いんじゃない、本物なんだ。SVCはレプリカを造っているのじゃない。オリジナルを再現しているんです。違うんですよ、培養した肉と生きている肉は。他社に真似ができないのは――製品の製造過程が特殊だからでも原材料の成分が違うからでもない。それがあまりにも複雑で精密に設計されているからなんだ。でも――人間だけは上手《うま》くいきませんでした」

「そっくり同じに造っても――か」

「そっくり同じに造っても、です。勿論クローン培養した本物の人肉も駄目だった。私達には打つ手がなかった。何しろ味がいいが判るのは――曾祖父だけですからね」

味。

その言葉は――厭だ。

「百十歳の誕生日にね」

石田はそこで嬉《うれ》しそうな顔をした。

「私は曾祖父に、でき得る限り最高の贈り物をしようと考えた。そしていいことを考えついたんだ。プレゼントしてあげたんですよ。曾祖父に」

本物のそれを。

「それ――三十二エリアの子供の肉じゃ――ないでしょうね」

静枝は――眼球が痛くなる程眼に力を込めて石田を睨《にら》んだ。

「お察しですか。その通りです。SVC系列でしたからね、あのメディカルセンターは」

母も。

母の頸《くび》を絞めたあの少年も。

――この男の犠牲者なのか。

石田は無表情に――笑った。

「何しろ曾祖父は高齢ですからね。どんな肉でもいいという訳にはいかないんですよ。きちんと検査した食材でないと与えられません。検査基準に合格しても、そう、この間の矢部祐子のようにウィルスに感染しているような場合もありますからね。風邪薬の抗生物質なんか呑まれては味にも影響が出る。結局、あの肉は捨てたんだ。だから、採取する前によくよく検査を——」

「あ——あなた。それで」

そのために児童のデータを。

そんなことのためにあの子達の記録を。

思い出を。歴史を。過去を、静枝はこんな奴に譲り渡したのか？

「漸《よう》く気《や》づいたのですか。そう、最近のメディカルチェックは綿密にやりますからね。ただ個人情報は貰えない。健康な児童を選別するには——あのデータがどうしても必要でしてね」

「そんな——」


ならば。

コピーした静枝も荷担していたことになる。

何だ何だ何なんだ！　静枝は石田に駆け寄った。

思い切りぶってやりたかった。拳《こぶし》を握る。

「う——」

言葉が出ない。悔しい。悔しい悔しい。

石田は静枝を見上げた。

「これでも苦労しているのです。まず、曾祖父が食べたのがどの部位だったのか、それを知るのに二年かかった。漸く肝臓を含む内臓の一部であることが判って、それからが大変でした。新鮮な食材を調達するのは骨が折れる。長期間に亙《わた》って続けられる連続殺人事件というのは、実は起きているようで中々ないんです。偶々《たまたま》起きたとしても毎年そう都合よく起きはしませんからね。更に、たとえ起きたとしても、まず警察本体より先に真犯人の意図を酌《く》まなくてはならない。そしてその被害者となり得る者の中から適当な人選をしなければならない」

ところが——と石田は静枝の顔を覗《のぞ》き込む。

「食材の品質を知る手段がないのです。去年は系列会社の社員が被害者でしたから——真相を摑《つか》んですぐにメディカルチェックをさせたんですよ。しかし成人の肉はあまり良くなかった。それに比べて今年は」

——とても良かった。

静枝は手を挙げて石田の頬に振り下ろした。しかし腕は摑まれ、静枝は反対に殴り飛ばされた。

「ふん。あなたは暴力を振るわない人だと思っていましたよ」

幻滅ですね——石田は唾でも吐くようにそう言った。

静枝は艶々《つやつや》の床を——何度も拳で叩いた。

——私なんかより。

こいつはずっと厭な奴だ。似てるけど違う。自分の方がまだ。

——まだマシだ。


這《は》い蹲《つくば》ったまま、髪を振り乱して静枝は石田を睨みつけた。

デスクの上のデジタルスクリーンが乱れた。

「まだ——解決しないのか。高杉。高杉」

スクリーンは一度消えて、再び現れた。

「おい。油谷さん——油谷さん」

通じない。

「老。老——」

スクリーンはぐにゃりと攣《ひきつ》るように形を変え、数回点滅して、結局ちらつくだけで何も映らなくなった。石田はクソッと柄《がら》にもない声を発してデスク中央のパネルを操作した。背後の壁に、プラズマディスプレイがゆっくりと下降して来た。

「おい、油谷。私だ。どうしました」

突然画面一杯に巨大な亀の画像が映し出された。

亀は口から火炎を吐き出して、一声奇妙な声を発した。

029

ゴーグルを撥《は》ね上げた美緒は綺麗なカーヴの眉《まゆ》を吊りあげてうひひひ、と言った。

笑ったのではなくそう言った。

「今後は全部カイジューだ。情報操作ってのはこうやるんだぜェ」

美緒は愉快そうに、猛烈な勢いでキーを叩いた。音声入力の普及の所為《せい》か、最近はキーボードが使えない児童も増えている。葉月は好んで併用しているが、それにしてもここまで速いと呆《あき》れてしまう。

「何してるんだよおい」

麗猫が叱るように言った。

「悪巫山戯《わるふざけ》は止《よ》せ。状況を考えろ」

「巫山戯てないって。いいか、今、このビルのメイン管理システム経由でD&S管理センターのメインに侵入したんだ。このビルに関するデータ全部壊してやる。それから――周りにいる奴ら全部引き上げさせる」

「このスティックは何だ」

「それはあたしお気に入りのカメカイジューのムーヴィースティック。上の奴がどこにアクセスしようと、こいつが映る。強いぞカメ。まあ何も映らないよりはいいだろう」

それが悪巫山戯だと猫は怒ったように言って、厨房のゲートの方を確認した。それから来生律子の方を向いて、大丈夫かあんた、と尋《き》いた。

律子は医療用のチューブで腰の辺りを縛り、誰かのロッカーから拝借した白衣を羽織っている。あまり物怖《ものお》じしない娘のようだった。

大丈夫っていえば大丈夫と律子は言った。

「縛られて寝かされて検査されてただけやもん。でも大丈夫じゃないっていえば大丈夫じゃないよ。突然攫《さら》われたんだからさ。犯されるか殺されるかするし普通」

喰われかけたんだよと美緒は言った。

「よし。これで——一時間後にエリア警備の退去命令が出る。この国の勤め人は融通《ゆうずう》が利《き》かないから必ず速《すみ》やかに撤収するぞ。リチギなんだか自分で考えるのが面倒臭いんだか不明だけど、命令は必ず守るからな。ついでに——警察にもデタラメな情報がどんどん流れる——」

ぞっ、と言って、美緒は最後に威勢よくエンターキーを叩いた。

凄《すご》いなこの子、と律子が驚いたように言った。

「っていうか——おたくら誰？　何者？」

悪者だと美緒は言って、モニタからスティックを抜いた。

「さあ——これで後は脱出——ってワケにはいかないな。な、牧野」

そう。歩未がいる。

放っては行けない。

少なくとも葉月は行けない。

あの女ひとりで格好つけやがってと言って美緒はモニタの電源を落とした。

「牧野襲った連中と闘ってるのか？　ならピストル持ってるんだろ。拙《まず》いよ」

「アユミは闘ってない。きっと逃げてる」

「逃げてる？」

あいつは自分の技量を弁《わきま》えてると麗猫は言った。

「あんな奴らに正面から向かっていくような無謀なことは絶対にしない。それに——死んで罪を償《つぐな》おうとか、自分が犠牲になろうとか、そんなことも考えてないと思う」

そうか、そうゆー風に考えてないのかと美緒は驚いたように言った。

「あたしがよく見る大昔のムーヴィーはさ、大抵そうだぞ。誰かのために闘ってさ、死んだりするとみんな褒めるのな。バカ。しかも無謀な闘いの方が褒められるの。無謀なら無謀な程イイの。軍隊相手にひとりで闘うとか。単なる馬鹿。勝ち目なし。大バカ。んで、また勝つのな。悪い奴らは皆殺しで誰も気が咎《とが》めないの。信じられないよーな無神経。超バカ。でも負けても褒められンだ。男のロマンとか、孤独な大人の何とかとか——」

「うちらは男でも大人でもないやん」

律子が妙なアクセントでそう言った。そうだと麗猫は言う。

「孤独——でもないしなあ」

美緒はゴーグルを下ろして何かを表示し、検索し始めた。

「子供はもっと狡猾《こうかつ》でもっと現実的だかんな。あいつも——そうだよな」

どこだろうなあ——と美緒は呟《つぶや》く。

「ここ部屋数多いんだよ。無駄にでかいし。ただ飛び出したって迷子になるだけだぞ。つうか見つかれば殺されるしな。ううん、捜すの面倒臭いぞこの3Dの透視図。慥《たし》か——そこいら辺で見かけてから、もう一時間半くらい経ってるか?」

「もうちょっと経ってる。どこかに隠れてるならともかく、逃げるにしてももう限界だな」

猫は髪を掻《か》き上げた。

「さっき全室ロック外しちゃったけど拙かったか? 神埜はIDカード持ってるんだろ。なら入れる部屋もあるワケだ。どっか隠れてたなら——」

「あいつらだって持ってるよ。同じことだ」

上。

上でございますと、静かな声がした。

黒服の作倉雛子の声だった。

「上? ナニ、作倉どうしたって?」

「あのお方は——上に向かっておられます。この建物の上に——鬼がおります」

——オニがおります。

雛子は青白い顔をほとんど動かさず、グレーの小さな唇を動かしてそう言った。

言い終えてから黒いシャドウで縁《ふち》どられた眼で葉月達を見た。

「ああん——？」

美緒は口を開けた。

「作倉——占いやんだっけ」

雛子は答えずに眼を伏せた。

どうする、と猫が美緒に尋いた。どう思う、と美緒は葉月に問うた。歩未は——。

「たぶん上にいると思う」

葉月はそう答えた。

「——ひとりで逃げる気なら下に行くと思うよ。でも私達を逃がす気なら——あいつらを上に誘《おび》き出すんじゃないかな。それに、上にはまだ」

誰かいるんだ。

諒解、と美緒は言った。


「まったくさ——布ッキレに血文字書いてハトで飛ばしたり、霊感で居所捜したり、おまえら絶対時代間違ってるのな。古代の人とかじゃねえの」

あたしの好みだけどと言って、美緒はぴょんと椅子から飛び降り、葉月と麗猫を見比べた。

それから律子と雛子を見た。

「あのさ、もうこのビル内には敵は何人もいないんだから——どっか隠れてたら？」

「隠れてる——ってのもなんかさ」

性に合わないやと言って、律子は厨房内を見渡して物色し、手頃な棒を手に取った。

「自分の身は自分で護《まも》れと爺ちゃんがよく言ってたから」

「ジーチャン？　何でもいいや。とにかく折角《せっかく》助かったんだから——」

誰も死ぬなよと言って、美緒は不細工な武器を肩に装着し、ゲートを潜《くぐ》った。

麗猫を先頭にして廊下を進む。

非常用階段に至る。

この上は何なの、と葉月は美緒に尋いた。

「この上は全部総合メディカルセンター。設備すげえの。ビルの建設費より高価《たか》いんだ。各種取り揃《そろ》えだし――この内容だと、上の方、十八階以上は研究施設に近いかもな」

美緒が全館のロックを解除したので、どのドアも難なく開いた。

十五階まで昇る。

電動式のゲートは既に開いていた。

「未登録の闇《やみ》医者とは偉い違いだな」

麗猫はガラス張りの治療室を眺めながら肩口を押さえた。

「酷《ひど》い治療だった。弾出す時死ぬかと思った。撃たれた時より痛かった」

十五階は比較的開放感のあるオープンスペースが多かったので捜し易《やす》かった。

しかし、名を呼ぶ訳にはいかない。

敵がどこに隠れているか判りはしないからだ。

　十六階に進んだ。

　十六階には小さなブースがたくさんあった。カウンセリングルームに似ていた。

静かだった。葉月達の跫《あしおと》しか聞こえない。

床も壁も反響を抑える素材になっているようだ。

艶々《つやつや》だが決して滑らない。メンテナンスもクリーニングも行き届いている。塵《ちり》ひとつない。

歩く度《たび》に泥だらけの足跡が残るので、葉月は何だか申し訳ないような気分になった。掃除した人は一生懸命やったのだろうに。その人は何も悪くないというのに――我ながら変なことを考えると葉月は思った。この極限状況を、まだ葉月の一部は受け入れていない。

待て。

「美緒」

葉月は小声で呼んだ。美緒が振り向く。

「足跡」

「何だよ。いいんだ汚しても。あたしなんか破壊してんだ」

「そうじゃなくて——歩未もここまで私と同じ道を来たの。だから」

美緒は一瞬固まって。それからナイス牧野、と言った。

それから前を行く麗猫達を止めて、美緒はブレスサポーターの中から出した携帯用スキャナーで葉月の足跡の一部を写し取った。

「色——ほとんど変わりないな。きっと」

「何をするの？」

葉月は足跡を捜して辿《たど》るつもりだったのだ。

「見てな」

美緒はスキャナを自分の武器に接続し、スキャンした画像を取り込んだ。

どうやら不細工なプラズマ砲は様々な演算が可能な多機能マシンでもあるらしい。

美緒はゴーグルを下ろした。

武器のパネルで何かを調節する。

「——あった。あいつ、ここを走った」

見えない。ただ、床がほんの少しだけ埃《ほこり》っぽいように見えた。

「色相の差異をさ、強調してさ、それからコントラストを調節してるの。この先に集像機《アイ》がついてんだよ。ううん——上だ。階段行こう」

「犬みたいな奴」

麗猫はそう言ったが、葉月にはどこが犬なのか解らなかった。

再び階段に戻った。

美緒は唸《うな》る。

「照明の色温度が違うからはっきりしないなあ。でも——ある。上」

美緒の指示で十八階まで昇った。

慎重に、麗猫が様子を窺《うかが》う。

十八階はほとんどぶち抜きの、巨大な、いや広大なフロアだった。

太い柱が何本も天井を支えている。デスクと計器類が整然と並んでいる。

――窓。

信じられないくらいワイドな窓だった。

窓の外は夜。

夜の空には。

――満月。

円《まる》い、円い、大きな満月が、窓の真ん中に滲《にじ》んで光っていた。

まるで吸い込まれるように。

葉月は光る天体に見蕩《みと》れた。

そろそろと。

一歩踏み込む。

気配はない。

音もしない。

匂いもしない。

葉月は歩未を感知できない。

美緒が武器を向ける。


そして眼で報《しら》せる。

麗猫が音もなく前に出る。

手を後ろに翳《かざ》す。来るなというサイン。律子と雛子が留《とど》まる。

葉月は美緒の後ろに回った。自分の心臓の鼓動が聞こえた。

葉月の心臓は動いている。

こんな音を聞いたのは生まれて初めてだった。たぶんそれは――生まれてから一度も途切れることなく、ずっと聞こえ続けていたものなのだろうに。

どきん。どきん。どきん。

どきん。

美緒がほんの僅か脚を前に出した、その時。

手前のデスクが撥ね上げられて、真っ黒い大きな塊《かたまり》が躍り出た。塊は猛烈な勢いで突進して来た。それに気づいた時、かなり遅れてどかんガシャンとデスクの倒れる音が聞こえた。

――あいつだ。

そう思った時はもう遅かった。ヘッドアートの大男は麗猫を張り飛ばして美緒の頸《くび》に太い腕をかけ、思いっきり吊り上げるようにした。誰も動けなかった。声すら上げられなかった。美緒は脚をじたばたさせて抵抗する。何の効き目もない。麗猫が飛びつく。

これは——。

敵《かな》う訳がない。大きさがまるで違うのだ。麗猫はかなり長身だが、それでも葉月の目には男の半分くらいにしか見えなかった。しかし男の腕は麗猫のウエストくらいある。

そして、かなり遅れて恐怖感が葉月を襲った。

「やだあッ」

やめて——と葉月は叫んだ。

ばん、と音がした。

デスクの上に。

大きな満月を背にした、

シルエットの歩未が立っていた。

男が一瞬振り向いた。歩未はすっと低くなった。

そして——。

消えた——と思った刹那《せつな》。

まるで獣のような速さで。

華奢《きゃしゃ》な影は文字通り音も立てずに美緒を吊り上げた大男の許《もと》に駆け寄り、

振り向いたその喉頸《のどくび》を。

掻き切った。

時間にしてほんの数秒のことだった。

影の歩未が男から離れて、その端正な顔が月明かりに晒《さら》されて、そして漸《ようや》く——。

男はがああ、と声を上げた。

そして美緒の頸にかけた手を離した。美緒が落下する。男が美緒に背を向ける。両手を挙げて、そして歩未に向かい合う。

歩未の顔に大量の血しぶきが浴びせられた。

ひゅうひゅうと、木枯らしのような音がした。

大男は両手で喉を押さえた。音は止まった。

しかしその指の間から、何度も、何度も赤黒い液体が周期的に溢《あふ》れ出た。心臓の鼓動と呼応するように。どくんどくんどくんどくん。

どくん。

そして男は――。

歩未に襲いかかりでもするように、前のめりに倒れた。

人形が倒れるように、無造作に。

床に血溜まりが広がった。

歩未は顔半分を月明かりに晒して倒れた男を見つめていた。

「歩未――」

歩未は顔を上げた。

澄んだ凛々《りり》しい眼。

ヴェリーショートの髪。

端正な顔立ち。華奢な腕。

何もかもが血に染まっている。真っ赤な血潮を蒼《あお》い月光が照らしている。

歩未は肩で息をしていた。たぶん、歩未は今までずっと――この大男とひとりで闘っていたのだ。

アユミ――と言って麗猫が立ち上がった。

「両手が塞《ふさ》がるのを――待ってた」

歩未はそう言った。

「都築――大丈夫か」

美緒は頸を右手で押さえて大丈夫じゃねえと言った。

「出て来るのが遅え。もう二三秒早く出ろ」

「みんな――無事なの」

無事だと猫が答えた。

「なら――早く逃げるんだ。このフロアにはもうひとり――」

いきなり何かが弾《はじ》けた。葉月は自分の耳が弾けたのかと思った。伏せろッと猫が叫んだ。

遠くの柱の蔭から。

真っ赤な細い線が照射されていた。

「アップねえ、逃げろお前らッ」

美緒が叫ぶ。どっか行って隠れろと大声で言う。

フロアの入口にいた律子が動いた。

もう一度音が弾けた。

――これが銃声？

うッという短い悲鳴。来生ッと美緒の呼ぶ声。律子の左腕から鮮血が飛んだ。雛子がそれを抱えるようにして視界から消えた。美緒が出る。牧野――と猫が呼ぶ。声を出す間もなく、葉月は屈《かが》んだまま入口に逃げた。赤い筋。レーザーポインター。

――厭《いや》だ。

銃声――よりも一瞬早く、葉月の躰《からだ》は飛んだ。そのまま入口を抜ける。

歩未が突き飛ばしてくれたのだった。床を一回転して歩未もフロアを出た。

更に銃声が聞こえた。

18という表示のプレートが弾け飛んだ。

同時に麗猫が滑り出て来た。

「あの娘《こ》は？　怪我《けが》は」

「擦《かす》っただけだと思う。今、作倉と一緒に上に逃がした」

「上に？」

歩未が怪訝《けげん》な顔をした。

ネコ、お前行ってくれと美緒は麗猫に言った。

「葬式娘と二人じゃ何にもなくたって危ないぜ」

牧野もな――と言った後、美緒はゴーグルを下ろした。

「おい神埜」

美緒はゴーグル越しに歩未を睨《にら》みつけた。

「何故あたしがあいつら上に逃がしたか解るか」

歩未は不思議そうな顔で美緒の眼を見つめた。

「あのピストル馬鹿は――下の階に行くからだ。何故下に行くか解るか」

「おい、都築――」

「お前を上にやるためだ。行け神埜ッ」

美緒は歩未を階段の上に強く押した。そして、
フロアの入口に立った。

「順番で行くならあたしの番だッ。さあ来いこのシューティング野郎！」

美緒はプラズマ砲を構えた。

その額《ひたい》に赤い線が照射される。

「うひゃあ狙われた。早く行け神埜ッ！　あたしが殺《や》られちまうだろーがッ！」

言うなり美緒は躰を引いた。

銃声が聞こえた。

「アップねえ、間一髪」

「都築——」

「お前に心配される程馬鹿じゃねーよ。あたしは天才だ」

「馬鹿だよ」

歩未はそう言って階段を駆け上がった。

「牧野。お前、早く行けよッ」

美緒は入口から武器の先だけを覗かせている。

集像機を通じて中を見ているのだ。ゴーグルにはフロアの様子が映っているのだろう。


「来た来た来た。馬鹿、牧野、お前遅いよ。いるなよここに」

「ああ——」

「ああじゃないって。ホント、拙い。お前、あたしから離れるなよ」

美緒はそう言って階段を駆け降りた。

葉月も続く。

十七階。

「こっちだ牧野」

美緒は十七階のフロアに飛び込んで、真ん中の通路を駆け抜けた。

背の低いパーティションで仕切られたセミオープン式ブースが沢山並んでいる。

それがガラスの仕切りやロッカー、計器類などで区切られている。迷路のようだった。

「来たッ」

階段を駆け降りる音。

美緒が柱の蔭に隠れる。

「牧野、こっから動くなよ——」

美緒は砲身をすっと差し出す。

レーザーの赤い筋が薄暗いフロアの中を彷徨《さまよ》っている。

美緒はいきなり飛び出した。

すっと光が美緒に当たる。

横に飛ぶ。

銃声と共に卓上のモニタが破壊された。男が走る。身を屈《かが》めた美緒が移動する。

立ち上がる。銃声。

パーティションに穴が空き、ガラスが割れた。美緒は素早く動き回る。しかし、立ち上がると必ず捕捉される。これでは逃げることもできなければ近寄ることも、勿論《もちろん》攻撃することもできない。銃弾が尽きるのを待つ気か。それとも隠れ続ける気か。

それにしては美緒の動作は挑発的だった。

突然——美緒は男に背を向けて床に座り込んだ。

ほぼ同時に壁に穴が空いた。

「ちッくしょうあの野郎。ピストル持ってるからって偉そうに。バンバンバンバン撃ちやがって、おっかねえよ！　くそ、よくも麗猫撃ってくれたな。あたしは赦《ゆる》さないぞ。来生まで撃ちやがって。法治国家で十四歳の少女拳銃で狙うなんてのは非常識だろーに。でもな」

ぴッと電子音が鳴った。

「こっちは上を行く非常識だぞ。負けてられるか変態め。ちょろちょろ動いてくれたからお前の行動パターンはもうすっかり解析済んだぜ。それにな、こっちにはこの建物のデータが全部入ってるんだ。さて。この平面図の上で——あたしがここにいる。さあ、お前はどう動く——」

美緒のゴーグルに並んだ数字が映し出され、急速にスクロールした。

数字が止まる。美緒は武器のタッチセンサに手を翳《かざ》す。

体中のゲージランプが次々に点灯した。

しゅう、と陽炎《かげろう》が立ち昇る。

「チャージ」

美緒はそう言うと、
突然立ち上がって、
男のいる位置からは少し左にずれた方向に砲身を向け、大声で叫んだ。

「女子供なめるんじゃねェッ」

男が動いた。途端に幾本もの稲妻が走って、光の束のような太い筋がフロアを貫いた。

天井の電灯が一斉に点滅し、部屋中のモニタがぼんやりと発光した。

バチバチバチと何かがショートした。小さな稲妻が見えた。

しゅう、という音を最後にして。

フロアは静寂になった。

男はまだ拳銃を構えて立っていた。

ただそれは発射されなかった。レーザーも消えていた。やがて。

バァン、といっそう大きな破裂音がフロアに響き渡った。

拳銃が——それを持った男の手首ごと破裂して散った。

男の耳や鼻から、白い煙がゆらりと立ち昇った。

——死んでる。

「美緒！」

美緒は天井に向けて武器を構えたまま、髪の毛を逆立てて、眼を開いたまま止まっていた。

「美緒——美緒ッ」

葉月がよろよろと近づくと、美緒はどさりと床に座った。

「あー、こ、怖かった」

「怖かった？」

「頭で考えるのと違うからな。どうなるかわかんなかったんだ。でも何か——こいつ、電磁調理機みたいな威力発揮したみたいだな。あいつ——中から焦げてる」

肩に触ると美緒はがくがく震えていた。

「これであたしも――」

そこで言葉を止め、美緒は葉月を見て、それから葉月に抱きついた。

そして、
失禁するところだったあたし――と言った。

030

壁が動き始めた時、石田は絶叫した。

静枝にはそれが、今まで見た石田の姿の中で一番人間らしい姿に見えた。

沈着冷静で優しかった母も、死ぬ間際《まぎわ》は錯乱していた。

さあ殺して、頸《くび》を絞めて——と。

自分が治療している患者に殺人を強要するなど何があろうと考えられないことである。

その後どうなるのか——そこにほんの少しでも考えが及べば、絶対に、絶対にそんなことはしない。


その少年は自殺してしまった。

自殺していなかったら殺人罪に問われていた。

万が一罪に問われなくたって、自分が人を殺したという想いは残る。だから母は人でなしだと静枝は思っていた。赦《ゆる》せなかった。

自分が嫌いなのと同じだけ——母さんが嫌いだった。

でも。

人には後先が考えられない時があるんだ。

錯乱する石田を見て、何故《なぜ》か静枝はそんなことを考えていた。

この男は赦せない。誰が何と言おうと赦すことはできない。

しかし。

大《おお》お祖父《じい》様、大お祖父様、と——石田は何度も叫んだ。

それから床に手をついてその姿を見つめていた静枝に、突然気がついた。

石田はショーチャンネルのコメディアン宛《さなが》らに奇妙に頸《くび》を曲げた。

そして、まるで巫山戯《ふざけ》るように顔面を硬直させ、半分白目を剝《む》いて静枝を睨《ね》めつけた。

「何だよお前」

何だよ何だよ何だよと繰り返し言いながら石田は静枝の横に来た。

「こら」

石田は静枝を蹴《け》った。静枝は理解不能の展開にただ痛いと叫んだ。

「あなたいったい――」

――何よこの眼は。

こら、こら、こら――石田は何度も何度も静枝を蹴った。

橡がおいよせと言って片手で石田の肩を摑《つか》む。

「どうしたんだ、管理官」

石田は橡の吊っている方の腕を強く摑んで、ぐいと捻《ひね》った。

物凄い唸《うな》り声を上げて橡はその場に沈んだ。

しかし石田は離さなかった。

「何だよ。何で邪魔するんだ。何だよ。おい、何か言え。言えよほら」

橡は歯を食い縛って堪えている。

静枝は石田の手を取った。

「やめなさいッ」

石田はふ、と手を離して、すうっと飾り扉の前に移動した。

そして、

「何が悪かったんだろうな」

と言った。

「どうしてだろうな。うまく行っていたのに。高杉はどうしたんだろう。みんなどうしていなくなっちゃうんだろう――」

――壊れたのか。

「――平気ですよ私は。些細《ささい》なことだ」

石田は再び突然振り向いた。

「電気系統の故障でしょうね。電磁波が異常に強まっている。下の医療機器が誤作動したのかもしれない。通信ができないのも、単に回線が混乱しているだけかもしれない。何の問題もありません」

「そ――そんなことで――隠し扉が開くか」

床に転がったまま椽が言う。声が嗄《か》れている。

突然左右に割れて開き出した石田のデスクの背後の壁は既に完全に開いていた。中にはもう一つゲートがあり、そちらも開いていた。ゲートの中には木製の古めかしい扉が覗《のぞ》いていた。

「何、扉が開いただけですよ」

石田は笑った。

「今ごろ下ではね、侵入して来た牧野葉月と神埜歩未がね、捕まっています。それから猫とかいう、汚らしい、低俗な未登録住民もね。きっと確保されてる。そして、来生律子の腹が割かれて、美味《おい》しそうな肝臓が取り出されているでしょう。何しろ今回、材料はたくさんあるんです」

食べても食べてもね、と言って石田は嬉《うれ》しそうに手を広げた。

「大お祖父《じい》様は喜ぶだろうなあ。百十五歳にもなると、好きなものを食べることくらいしか楽しみがないですからね。それで――あなた達にはね、そうですねえ、やっぱり二人とも死んでもらいましょう。そうだな、心中が良い」

俺も殺すことにしたのかと椽は言った。

「だって君みたいな馬鹿が刑務所に入っているのは税金の無駄遣いですよ。君が生きていたのじゃ、おおお祖父様もにんげんをたべられないでしょう。おおお祖父様には、にんげんをいっぱいたべてもらって、いつまでも、いつまでも」

飾り扉がすうっと開いた。

石田が、首を前に突き出すように、とても間の抜けた格好で外を覗いた。

その首の横をぶん、と何かが過《よぎ》った。

石田の横に少女が立っていた。

石田は不思議そうに少女の横顔を眺めた。

血が。

血が、少女目掛けて噴射された。

「こ──神埜さん」

全身血塗《ちまみ》れの神埜歩未は、瞬《まばた》きひとつせずに立っていた。

石田は。

何が起きたのか解らないといった顔のまま、とてもゆっくりと床に崩れ落ちた。

歩未の形の良い顎《あご》から血が滴《したた》っている。

華奢《きゃしゃ》な右手には特徴的な形の厳《いか》めしい凶器が握られていた。

椽が躰《からだ》を起こした。静枝はまだよく事態が呑み込めていなかった。

「お──お嬢さん、あんた──」

「僕は人殺しです。犯人は──僕だ」

歩未は滴る血を拭《ぬぐ》いもせず、決然としてそう言った。

静枝も──起き上がる。

「今見た通り──僕はこの人を殺した。下でも高杉という刑事さんと、孔雀《くじゃく》の鼯《いれずみ》の男を殺しました。川端リュウと中村雄二を殺したのも僕です。それら総《すべ》ての罪を認めます」

「川端と──中村を？」

「神埜さんあなた」

静枝は立ち上がる。自分はなんて弱いんだろうと思う。今静枝が見たことが真実なら、そしてこの娘が言っていることが真実なら、それはこの上なく大変なことなのだろう。それなのにこの少女は、それでも確乎《しっか》り立っているじゃないか。血潮で真っ赤に染まっているのに。

歩未の背後に作倉雛子と、多分、来生律子が現れた。その後ろには──。

──猫か。

大人びた顔立ちの長身の少女だった。歩未は石田の骸《むくろ》に一瞥《いちべつ》もくれずに部屋に入って来た。

少女達が続く。

雛子が静枝に向けて丁寧に礼をした。

「お怪我《けが》はありませんか」

「私は――大丈夫」

痛いなんて言ってられない。

扉の外に都築美緒が現れた。

そして――泥だらけの牧野葉月。

――無事だったんだ。

みんな生きていたんだ。

いや――。

この子達がこのビルを攻略したのか。

忌《い》まわしき虚妄《きょもう》の城は、この少女達の手で陥落したのだ。

歩未は――真っ直ぐな視線を保ったまま部屋を突っ切って石田のデスクを通り越し、隠し扉とその奥のゲートを潜《くぐ》った。

神埜さん――静枝が呼びかける。

歩未は一度振り向いた。


そして一番奥の、木製のドアを開けた。

美緒が、葉月が静枝を通り越して歩未に続く。猫も、雛子も律子も。静枝は椽に手を貸して立たせ、その後ろに続いた。

扉を抜け、ゲートを抜け、ドアを潜る。

少女達がドアの両脇に並んでいた。

輝く程に白い部屋だった。

正面は大きな窓になっている。

窓の外には満月が輝いていた。

巨大な天体。

それは何故か、酷《ひど》く間近に輝いていた。

大きくて無機的な機械に囲まれて、小さな、白いベッドがある。

その上に。

皺《しわ》だらけの干からびた小さな老人が、半身を起こしてこちらを見ていた。老人の躰からは幾本ものチューブが伸びていて、頸の後ろやほとんど毛のない頭部からは細いケーブルが何本も出ていた。

ベッドには食事用の可動式テーブルが設《しつら》えられており、その上には白い洋皿が置かれている。

皿の上には食べかけの肉が一切れ盛られていた。

真っ赤に染まった歩未が、その横に立っている。

とても静かに立っている。

老人は、その凜《りん》とした顔をまるで畏怖《いふ》の籠《こも》ったかのような眼《まなこ》で凝視《ぎょうし》していた。

「あ――」

機械が軋《きし》るような声だった。

「――あんた、鬼か」

「僕は狼だ」

出合ったものを屠《ほふ》る、忌避《ルー＝ガルー》すべき狼だと歩未は言った。

老人は幽《かす》かに笑ったようだった。

「儂《わし》を――楽にしてくれるのか」

「違う。殺すんだよ」

歩未はそう言うと、老人に繋《つな》がっている沢山のラインを――。

ナイフで切断した。

プツッ、と音がした。

小さなシグナルが明滅し、次々に消える。

稼働音が止《や》む。

ファンが止まる。

モニタがブラックアウトする。

点滅していたランプも、やがて消えた。

機械が――。

停止した。

老人は何度か周囲を見回して、それから自分の皺だらけの手を一度見て、皺だらけの顔を悲しそうに歪《ゆが》ませて――そのまま静かに――とても静かに絶命した。

老人は生きていたのではない。生かされていたのだ。

歩未はゆっくりと踵《きびす》を返した。

「刑事さん。僕はまた――人を殺しました」

橡は眼を伏せた。

不破さん、と歩未は静枝を呼んだ。

「人を殺すのは――良くないことですね」

「そうよ」

静枝はできるだけ毅然《きぜん》として答えた。

自分のためにではなく、この子達のために。

「僕を捕まえてください。そして裁いてください」

橡はしかし首を横に振った。

「悪いが――お嬢ちゃん」

それはできねえと橡は言った。

「俺にはあんた達を捕まえることも裁くこともできねえ。俺は誰も殺しちゃいねえが――あんたより罪深いかもしれねえ。一緒に裁かれろってなら――解るがな」

「人殺しが裁かれないのでは物語に決着がつきません。これでは」

僕は。

「決着なんかないわ」

静枝は――本心そう思った。


「そういうものは――データ上便宜的《べんぎてき》につけられるものでしょう。現実にすっきりした決着なんかないのよ。言葉の上では何とでも言えるけれど、そしてそう思い込むことは簡単だけど、人間はそんなに簡単なものじゃないし――ある意味でもっともっと単純なものよ」

こんな中年の駄目な刑事に言ったって始まらないわと静枝は憎まれ口を利《き》いた。

「僕は――」

「いいのよ」

静枝は歩未を抱き締めた。母が静枝にそうしたように。

「解った。警察に――法律に委《ゆだ》ねましょう。それでいいわね」

もうすぐ警察が来るよ――と美緒が言った。

「手回し良く呼んでおいたんだ。事情は何にも知らないけど」

それなら。

朝までにはここを出られる。この、虚妄の城を出ることができる。
静枝は少女達の顔を見る。
ここは虚妄の城だが——これは現実だ。
こんなに悲惨で、こんなに沈痛で、こんなに陰惨なのに。こんなに哀《かな》しいのに。
大勢の人間が死んでいるのに。沢山の血が流れているのに。
それでも静枝は、少女達が生きているのが嬉しかった。
たとえ大きな罪を背負ったのだとしても——。
厭《いや》な——女だ。
現実に人が死んでいて、
現実に人を殺してしまった者がいて、
それで嬉しいなんて、思うだけでも最低の女だ。
満月が映《は》える窓ガラスに、疲れ果てた自分の顔が映っていた。
静枝はその窶《やつ》れた厭な顔を見て——。

何故か涙が止まらなかった。
月はゆっくりと。
そして冷たく。

そして狼は赤ずきんを食べてしまった。

――シャルル・ペロー

031

結局。

葉月達の物語に結構性《けっこうせい》は求められなかった。

いや、現実に物語的な結構性は必要ない。

何もかも、よく解らないまま、凡《すべ》ては流されるようにして、結局何も変わらなかった。

矢部祐子や、相川亜寿美や、川端リュウや中村雄二や、大勢の失われた命は、モニタの中でまるで最初から死人だったかのように扱われた。

犠牲者という烙印《らくいん》を捺《お》されて。

物語化された犠牲者達の人生は、物凄《ものすご》くコンパクトで解りやすかった。例えばモニタの中の祐子は、生きて動いていたあの祐子とは全然違うモノだった。

葉月は、幾ら生前の祐子のムーヴィーが流されても、あのぐにゃりとした感覚も匂いも想起することができなかった。

百十九エリアのSVC創立記念センタービルはいつの間にか何とか主義者のテロリストに襲われてしまっていたし、休館日だったので被害は最小限に留《とど》まったということになっていた。

あんなに血が出て、あんなに爆発して、あんなに人が死んだのに、
何が最小限だと葉月は思った。

葉月は父に温かく迎えられた。

父は何も尋《き》かなかったが、ただ心配しました、と言った。

もうこんな想いはしたくないですとも言った。そして葉月は、少しだけ叱《しか》られた。

歩未がどうなるのか、どうなったのか、結局葉月は知らない。知りようがなかった。

事情聴取は別々に行われ、それぞれは各々《おのおの》の住居に戻されたのだ。美緒に就《つ》いても、麗猫に就いても同じことである。

葉月は事情聴取の時に何から何まで見聞きしたことを全部話したし、歩未にしても美緒にしても嘘《うそ》を吐《つ》いたり誤魔化《ごまか》したりするとは到底《とうてい》思えなかった。雛子や律子だって隠し事をする必要は何もない。

ならば当然、全員がそれなりの処分を受けるはずだった。

でも。

三箇月ばかり休んで、それで久し振りに出席したコミュニケーション研修には、美緒も、歩未も出席していた。雛子も律子もいた。誰も口を利《き》かなかった。それまで以前と何も変わりはしなかった。だから何も尋くことはできなかった。

あまりにも同じだったから。

それまで葉月は、美緒と口を利いたこともなかったし、雛子や律子に至っては顔も覚えていなかったのだ。歩未は——。

結局、前にも増して目立たなかった。

歩未は研修中もずっと外を見ていた。

研修が終わって、葉月はひとりであの場所に行った。

そして膝《ひざ》を抱えて座った。

覇気のない燻《くす》んだ街並み。

動画スティックみたいな何本かのビル。

遠景に——山。

自分はあそこにいたんだと思う。あの山を越えたのかと思う。

でも方角がたぶん違っている。それも判っている。

牧野さん——と声がした。

顔を向けると、階段の手摺《てすり》のところに不破静枝が立っていた。

「不破――さん」

「こんにちは」

不破はそう言って葉月の横に座った。

そういえば、不破だけは今日いなかったのだ。代行カウンセラーが適当なことを言っていた。何も聞いていなかったから何を言っていたのかは解らないけれど。

「不破さんあの――」

「休暇中なの」

不破は尋く前に答えた。

「暫《しばら》く休むわ。御免ね」

「その――」

「処分はされなかった。全部なかったことにされちゃった」

「なかったこと？」

人間性否定されたような気になるよね、と言って不破は笑った。

――こんな人だっただろうか。

葉月は不破を――見た。

「あのビルのてっぺんにいた男はね、戸籍上は死人なの。それに機械で無理矢理生かされてた。主体は機械の方。生物学的にも死人よ。だから――殺せない。殺しても殺したことにならない」

「他の――人は？」

「テロル」

「連続殺人は」

「迷宮入り。そのうちの何人かは川端君と中村君の仕業《しわざ》だって――公報チャンネルで配信されてたでしょ。その殺人犯二人を殺したのと、矢部さん殺した犯人は――見つかってないって」

「でも――」

歩未は自白している。

「真相が露見すると色々拙《まず》いみたいね。あのビルのてっぺんにいた老人は――大物だったの。あの男が死んだら、天地が引っ繰り返るようなことになるって、犯人は言ってた」

「犯人？」

石田って人よと不破は言った。

「でも——それはね、どうもその石田の妄想だったみたい。慥《たし》かにあのお爺さんは大物だったのよ。国を動かすようなお金や信用を持ってた。でもね、あんなお爺さんひとり死んだところで、天地が引っ繰り返るどころか、世の中は何にも変わりはしなかった。知ってるでしょ？」

そう。

何も変わってはいない。

「変わる訳ないのよ。人間は——そんなに凄《すご》いものじゃないから。ちっぽけなもの。人間は凄い、物凄いと思えば思う程、私は何か見失う気がする。人は人の大きさしかない」

「歩未も——同じようなこと言ってました」

神埜さんか——と言って、不破は遠くを眺めた。

「歩未はどうなるんですか」

「たぶん——どうにもならないわ」

「でも」

「嘘だって。嘘ばかり吐《つ》く、虚言癖《きょげんへき》妄想癖がある児童だと——警察は言ってた。だからデータにもそう書き込まれたみたい。これじゃあ」

本当の狼少女よねと不破は言った。

葉月にはどういう意味か解らなかった。

「すっきりしないでしょ、牧野さん」

「そうでも——」

そうでもないですと葉月は言った。

そうなんだと不破は答えた。

「善と悪とか、弱者と強者とか、聖と邪とか——対立する二項の概念闘わせて物語創るのは、簡単だし判り易い。でも世の中そう簡単なものじゃないのよね。きっと」

私にもよく解らないし——と言って、不破は仰向《あおむ》けになった。そして、人殺ししておいて昼寝している馬鹿も中にはいるわ——と言った。

「え？」

叢《くさむら》から手が出て振られた。

「あれはセートーボーエー。相手はピストル持ってたんだし」

「訳の判らないでっかい武器を持ってたのは誰。都築さん」

「み——美緒？」

美緒が枯れ草を沢山くっつけた顔を叢から覗《のぞ》かせた。

歩未は——。

歩未の姿はなかった。

けものの匂いもしなかった。

あの子はどこに行くんだろうと、不破は遠くの空を見ながら言った。

「きっと——辛《つら》いだろうね。罪を償《つぐな》うこともできないなんて」

葉月には解らない。

葉月も空を見る。

昼間、月は見えない。


でも、なくなった訳じゃない。

葉月はここにいる。

美緒はそこにいる。

歩未はどこにもいない。

あれは——もう昔の話なんだ。

昔、狼というけだものがいたそうだ。

でも。

狼は——絶滅した。

そういうことになっている。


（了）

この作品は、徳間書店より二〇〇一年六月に単行本として、
二〇〇四年十一月に、トクマ・ノベルズとして刊行された作品です。

お礼の言葉

「F・F・N」（フューチャー・フロム・ナウ）――それは、全く新しい小説へのアプローチでした。
九八年、月刊「アニメージュ」、月刊「キャラ」（ともに徳間書店刊）、そしてインターネットで、
二〇三〇～五三年の近未来社会の設定を読者から公募し、その設定を元に、
京極夏彦氏が新たな物語を生み出す、というプロジェクトがスタートしました。
警察、通信、学校など、未来の世界の様々なジャンルに寄せられた、七〇〇件以上の応募、
それらの設定が、著者の元で錬磨され、かつてなかった新しい物語を生み出す……。
これは従来、著者から読者へと、一方的にしか提供されない小説という形態の限界を超え、
読者から著者へのアイデアの提供という形で、インタラクティブな物語を生み出す試みでした。

『ルー=ガルー』の世界まで、あと少し。
時代も世界も小説も、そして私たちも、この物語で描かれた未来に着々と歩を進めています。

この小説は、読者の方々がいなければ、生まれ得なかった物語です。
応募してくださった方々に、心より御礼申し上げます。

（講談社文芸図書第三出版部）

hanks to

戸川友美
鷹村実樹
河合麻衣
さんぱ
眞泰志
深森狼
江無承
漆原直樹
くまもと
らいち
東海林剛
太田康裕
夕凪うなぎ
安松資夫
楠見裕孝
清水寿子
水崎翔平
永田陽子
阜雪
伊藤麻依子
高野和絵
パウワウ
大場香奈子
林孝宗
佐々木かおり
岡野智幸
高木祐亮
美恵
やむん天狗
来栖
加藤知子K
緋龍桜
水月神奈
私はユーピッ
クで一般人を
やめました
チュロス
KK
中島晴美
なぎねこ丸

夕凪亜輝羅
赤雄
植村真弓
島貫和也
さとなか
紅茶きのこ
村瀬智彦
秋元雄
長谷川暁
河合美波
藤沢千絵
山野鉄郎
井上ゆかり
稲＆ちさと
大城武
大城美千代
大城汐里
上原大知
上原周太
タノ原綾香
妖怪やまちち
秋吉真里
水元信子
日曜ジャック
櫟
石川雅子
奥井隆雄
宮崎秀智
中緒晶子
難波みより
神野貴仁
かあーっ
井上陽子
脇本
水蓮
をばな
仲田馨
松川佐智恵
鈴木香奈子
福本絵里子

まきこ
坂東未来
宮戸ひとみ
山埼由紀子
平恵梨子
涼月佳夜子
稲葉直樹
笹木
井上真希
長塚早弥佳
白瀬小百合
江見清子
伴重和
谷口加住子
斉藤正美
ねこたび
向井俊一
野崎貴博
吉野裕美
蔭山智美
斉藤哲朗
松永理恵子
大橋伸夫
わさび茶づけ
星人
末岡幸子
清水久江
林昭宏
影山清美
岡田孝信
井上允彦
谷本清佳
春日
京師和音
久我芳彦
住山かおり
辻晶子
マコト虫
久保七恵
古中梨恵

savizo
松本優子
じゃぱ=
ありす
佐藤宇一
岡本陽
藤田早苗
一宮真弓
待鳥正峰
菅野直道
吉田紀美子
イマイ＆
サイトウ
石川泰之
池田大二
池上晶子
森本優
明官美樹
奥田栄治
碇和剛
川瀬恵子
荻野やすこ
福田洋
藤枝美千子
梶原豊美
松井季実子
菊池敦子
湯田亮介
長野晶子
馬杉愛
古沢北斗
妙
阿部早子
藤沢香織
卓
水嶋敦子
飯澤愛佳
中川裕介
川崎哲治
窓より林檎

中川淳一
脇恒平
中村恭子
安田達也
堀裕紀
岡田有里子
ドインク
渡辺太一
船山久美子
岸根夏季
岡崎晃司
奥野真之
奥野恭美
ずん太
山内香
祐美子
みき
佐伯大輔
下斗米啓
鈴木由紀
塩川聡子
ユリア
仁科佑一
河野浩嗣
金井淳
下間恵美
まこと
金子昌江
河田和弘
長田佐織
磯崎有紀子
石原則和
山本淳史
向井二郎
杉原令奈
藤田寛子
山本真祥
川村久美子
坂下陽子
辻まゆみ

森直樹
川村敦子
松田功
福島典子
桜未明
ホッタ ケイコ
清水愛子
若菜はる美
関山藍
松山浩子
森千佐子
鈴木有佳子
中村誠
守屋剛士
松原順子
細川明子
鈴木健太郎
多田慎一郎
中村まり
西岡真由美
古屋旭代
曄道萌野
福島平之介
池田亜美
冨谷美希
三木節子
倉崎美妃
石坂剛
熊谷守朗
吉井千絵
金野美佳
福井志帆
佐々木貞彦
菅野美紀
鮫島葉月
谷口信人
古味輪千紗

special t

諸橋妙子
駄文作家
うらん
菊池郁子
河田恭平
藤原成実
横尾睦
坂下絵里
奥泉春菜
前田高世
小島乃莉子
水沢ながる
横山智彦
工藤紘子
関和彦
西山真隆
若菜洋樹
ぐるぐる使い
土田順一
槌田純壱他
30名余
Stハート
スカウト
想井馳世
山本晃久
山縣仁
水野修平
本間庸郎
宮城鳥取
粟粟要
仙波美香
鈴木敦子
徳永基二
金沢しのぶ
中島聖子
小川直人
小浜和代
下山麻子
大待泰介
檜垣果織

高橋美詠子
吉岡憲史
細川恵
中島泰
星野亮
鈴木まほろ
斯波まや
琉
古川昌絵
恵美押負
多賀智英
林めぐみ
吉川翔子
一山
岡田真実
中澤寛子
矢部いつ子
齋藤智一
中谷歩
林米子
山本亜紀
中野涼子
本橋智一
小田豊芳
柏田香枝
田村聡美
千田昭則
山本晋平
吉岡隆典
大沢真弓
尾張輝虎
横田くみ子
青山竜司
TSUTOMU
金築優
オリーブ茶
谷口剛
欄れいな
齋藤郁恵
夏の姫ゆり

永井章子
サチコ
中沢健
ィ
丸茂正裕
江波戸更卓
平野拓郎
古平映理
小松詠久美
大杉悦子
MAD
STUFF
竹内麻理
新藤鮎子
白坂桂輔
深井絵奈
水北青
爆走特急ヒロ
1001号
高橋正良
匿名希望!!
新崎のぶ
越智三和
狭山藤
永栄暢
大羽千恵
桜原りあ
丸井スミス
あおがえる。
中村麻紀
野村光規
広岡光幸
工藤知子
冨久明俊
中村悠水南
酒井文昭
新井理絵
まぐなむ
なすび☆
ミネバ様

記憶♡
ミネバ様
日和♡
谷賢一郎
藤原祥雄
京師蔵乃助
高木日央
依乃魅祐倚江
島倉凡子
北国案山子
乾義連
息子(SON)
宍戸一
久保吉貴
加藤孝浩
久野晴美
金原洋
永井祐次
鹿島典子
西尾泰和
比嘉良浩
G・O・Uスイス
連邦
氷月瞳子
綾琴乃
桜井香予
鹿俣美樹
キアッパ
6月の風
柴田靖守
しおこんぶの
友
木峰佳魚
ポポイ
ナハト
ムジーク
味村正太郎
オタク見習い
佐原京一
伊藤尚太

山下正人
気が付けば
プーさんに
キタヲ
大塚宏
ねんころりん
杜鵑
ことちともえ
百瀬寛
村正勘解由
和田優子
船橋一浪
佐藤彰芳
佐藤透子
Chu-Chu
村田圭三
鈴木和江
逢坂富久江
ネフティス
島健大
梅窪剛
中沢豪由貴
鈴木みずほ
けんけん
大関和宏
草野由美子
小林和弘
玉田義弘
辻仁己
野村勝義
寿浅千紘
三瓶恵美子
山本里依子
村上大哉
佐藤亜希
前田朋子
ミカエル
土屋貴義
西村大輔
浜田敬子

仲原英水子
水野令子
山本航
雄島有蔵
竹善
阿部ひろみ
村上由里子
熊谷遼一
原田忠男
松木雅幸
日野慎
佐々木章子
大塚一宏
江馬栗栖
日渡水稀
森川恭行
飛田順子
長谷川祐子
YU-NO
但見静江
原田真吾
びびんば
うえさか
かずみ
真柴浅葱
たかむらみき
高橋国男
岡田邦彦
杉浦秀樹
小原亜希子
岡麻友美
藤井あゆみ
きゆわ。
山田愛
大橋修
清めぐみ
神御えんり
中村真理子
木村幸子
木下健

講談社ノベルス版『ルー=ガルー 忌避すべき狼』の刊行に際して、
改めて、応募してくださった方々に御礼申し上げます。

N.D.C.913　588p　18cm

ルー＝ガルー　忌避《きひ》すべき狼《おおかみ》

二〇〇九年十月二十一日　第一刷発行

KODANSHA NOVELS

定価はカバーに表示してあります

著者—京極《きょうごく》夏彦《なつひこ》

発行者—鈴木　哲

発行所—株式会社講談社

東京都文京区音羽二-一二-二一

郵便番号一一二-八〇〇一

編集部〇三-五三九五-三五〇六

販売部〇三-五三九五-五八一七

業務部〇三-五三九五-三六一五

本文データ制作—講談社文芸局ＤＴＰルーム

印刷所—凸版印刷株式会社　製本所—株式会社若林製本工場

ISBN978-4-06-182674-8

2009年――
『ルー＝ガルー』アニメ化プロジェクト、始動。

そして2010年――
新たな『ルー＝ガルー』が動き出す……！